Markus Heitz

Die Mächte des Feuers

ROMAN

Piper München Zürich

Von Markus Heitz liegen in der Serie Piper vor:
Schatten über Ulldart. Ulldart – Die Dunkle Zeit 1
Der Orden der Schwerter. Ulldart – Die Dunkle Zeit 2
Das Zeichen des Dunklen Gottes. Ulldart – Die Dunkle Zeit 3
Unter den Augen Tzulans. Ulldart – Die Dunkle Zeit 4
Die Magie des Herrschers. Ulldart – Die Dunkle Zeit 5
Die Quellen des Bösen. Ulldart – Die Dunkle Zeit 6
Trügerischer Friede. Ulldart – Zeit des Neuen 1
Brennende Kontinente. Ulldart – Zeit des Neuen 2
Fatales Vermächtnis. Ulldart – Zeit des Neuen 3

Als Hardcover-Broschur bei Piper:
Die Zwerge
Der Krieg der Zwerge
Die Rache der Zwerge
Das Schicksal der Zwerge

Als Hardcover bei Piper:
Die Mächte des Feuers
(auch in der Serie Piper)

Ungekürzte Taschenbuchausgabe
Februar 2008
© 2005 Piper Verlag GmbH, München
Umschlagkonzeption: Büro Hamburg
Umschlaggestaltung: HildenDesign, München – www.hildendesign.de
unter Verwendung eines Motivs des Bildarchivs Monheim, Meerbusch
Karte: Erhard Ringer
Autorenfoto: Arne Schultz
Satz: Filmsatz Schröter, München
Papier: Munken Print von Arctic Paper Munkedals AB, Schweden
Druck und Bindung: Clausen & Bosse, Leck
Printed in Germany   ISBN 978-3-492-26654-3

www.piper.de

*Denen gewidmet, die bereit sind,
neuen Pfaden zu folgen*

»Schon wenn einer ihn [den Drachen] sieht, stürzt er zu Boden. (...) Ich will nicht schweigen von seinen Gliedern, wie groß, wie mächtig und wie wohl geschaffen er ist. Wer kann ihm den Panzer ausziehen, und wer kann es wagen, zwischen seine Zähne zu greifen? (...) Stolz stehen sie wie Reihen von Schilden, geschlossen und eng aneinander gefügt. (...) Aus seinem Rachen fahren Fackeln, und feurige Funken schießen heraus. Aus seinen Nüstern fährt Rauch wie von einem siedenden Kessel und Binsenfeuer. Sein Odem ist die lichte Lohe, und aus seinem Rachen schlagen Flammen. (...) Trifft man ihn mit dem Schwert, so richtet es nichts aus, auch nicht Spieß, Geschoss und Speer. (...) Er ist ein Geschöpf ohne Furcht.«
Die Bibel, Hiob 41

»Draco ist der groesten tier ainz, daz dia werlt hot. Von dem mag der groz helfant nicht sicher gesein.«
aus: Buch der Natur, Conrad von Megenberg (1309–1374)

»Daher heißt es, in der Walburgisnacht fliege der Drache um und trage seinen Gläubigen Butter und Schmalz aus fremden Häusern zu. Was er nicht weiter schleppen kann, speit er auf die Schwindgruben; die gelbweißen Algen in Tellergröße, die man auf dem Düngerhaufen zuweilen erblickt, heißen daher Drachenschmalz.«
sinngemäß übersetzt aus: Liber octo questionum (gedruckt bei Joh. Hasselberger 1515) von Abt Trithemius

»Ein Drache ist schön anzusehen. Einen habe ich besessen; er war anderthalb Fuß lang. Ich habe ihn Ambrosius Fabianus geschenkt. Er hatte ungefähr die Farbe eines Krokodils.«
aus: De animantibus subterraneis von Georgius Agricola (1494–1555), Humanist und Gelehrter

»Dieser Namen Trach kommt bei den Griechen von dem scharfen Gesicht her und wird oft von den Schlangen in gemein verstanden. Insonderheit aber soll man diejenigen Schlangen, so groß und schwer von Leib all an der Größe halb übertretten, Trachen heißen.«
aus: Thierbuch von Conrad Gessner (1516–1656)

»Wolfeszahn und Kamm des Drachen«
aus: Macbeth von William Shakespeare (1564–1616)

»Furth lebt, solange der Drache stirbt.«
Spruch der Bewohner von Furth im Wald (Bayern)

Prolog

**1. Januar 1925, Korumdie-Gebiet,
Zarenreich Russland, Grenze zu China**
»Wann der Herr wohl zurückkehrt?«, fragte Xing mit Wehmut in der Stimme. Sie strich die Oberfläche der dicken, aufgeschüttelten Daunendecke glatt und trat ans Fenster.

Gigantische Berg- und Eislandschaften breiteten sich vor ihr aus. Die wie an einer Schnur aufgefädelten, schroffen Gipfel schwangen sich allesamt über 6000 Meter hoch. In Xings Augen reckten sie sich abweisend und stolz den Wolken entgegen und ließen es geschehen, dass die Gespinste sie hin und wieder einhüllten und verbargen. Wenn die Berge genug davon hatten, schien es ihr, als zerschnitten sie die Wolken mit ihren scharfkantigen, steilen Hängen, um sodann wieder aufzutauchen. Xing bewunderte die Berge, die unbezwingbar für die Menschheit waren und sich allein ihrem Herrn unterworfen hatten.

Unterhalb des höchsten Gipfels, auf der Ostseite des Korumdie, befand sich das höchste Schlafzimmer der Welt, mit dem atemberaubendsten Ausblick. Es maß zehn mal zehn Meter; rote und schwarze Teppiche verkleideten die nackten Felswände, und an der fünf Meter hohen Decke liefen geschwungene dunkelrote Stoffbahnen entlang. Tagsüber fiel das Sonnenlicht durch die breite Fensterfront und ließ das Rot magmahaft schimmern; sobald es dunkler wurde, spendeten zwei elektrisch betriebene Kristallkronleuchter Helligkeit. An den eingezogenen, mit Blattgold versehenen Säulen im Raum waren Petroleumlämpchen angebracht, deren Schein sich auf dem Edelmetall warm und sanft spiegelte.

Dies war nur eines von vier Dutzend Zimmern des himmlischen Palastes; sieben davon waren ständig beheizt.

»Er ist kein Herr«, sagte Maxim missmutig und fuhr mit der Hand über die Decke, um eine Delle zu hinterlassen und die verlangte Perfektion zu zerstören. »Ein Kerkermeister, mehr ist er nicht. Und ich verstehe nicht, wozu er dieses kleine Bett benötigt.«

Xing, die ihre langen schwarzen Haare zu einem Zopf geflochten und unter die Pelzkappe gesteckt hatte, eilte sofort herbei und strich den von Maxim angerichteten Makel wieder weg; die Bewegung ihrer Hand war exakt und liebevoll. »Hör auf! Du machst ihn nur wütend, und ich bekomme es dann wieder zu spüren.« Sie bewegte sich stets elegant, obwohl sie zwei lange, schwere Mäntel trug, um sich gegen die Kälte zu schützen. »Du musst noch viel lernen.«

Maxim, vierundzwanzig Jahre alt, kräftig gebaut und ehemals Anführer einer russischen Bergexpedition, ging wortlos an Xing vorbei und schaute nach unten in die wilden, menschenleeren Täler des Korumdie, in denen kristallreine Quellen sprudelten und eisige, klare Bäche schufen. Seine Hände ballten sich zu Fäusten, als er an seine Begleiter dachte. Da war Mihail Waltow, der kleine Geologe, der sich mehr über die Blumen als über die Steinproben gefreut hatte. Maxims Kehle wurde trocken, die Wut brannte sie aus, während ein neues, lachendes Gesicht vor seinem inneren Auge entstand: Alexsey Gogol, ein abergläubischer Bergsteiger ohne viel Bildung, aber mit einem Talent, immer den richtigen Weg zu finden. Genau wie Tukhan Ling, der Bergführer, der den besten Buttertee der Welt zubereiten konnte ... Maxim presste die Zähne aufeinander, bis sie knirschten. Nein, er wollte nichts lernen.

Die Wiesen weit unterhalb der Zone des ewigen Schnees schimmerten aufsässig bunt und schufen leuchtende Farbkleckse im allgegenwärtigen Grau und Weiß. Auf der anderen Seite trug der Wind Schnee von den Hängen und wehte ihn senkrecht davon. Eine lang gezogene, gleißende Standarte formte sich, die das Majestätische des gewaltigen Gebirges noch hervorhob; doch außer einer Hand voll Menschen kam niemand in den Genuss dieses beeindruckenden Schauspiels.

Maxim sprach die Schönheit nicht an. Seine Augen schweiften zum Horizont, dorthin, wo seine Heimat lag: Sankt Petersburg, viele, viele Werst entfernt. Er rieb sich über die Stirn, die Finger glitten durch die kurzen braunen Haare, und er wünschte sich sehnlichst, diesem Albtraum hier zu entkommen und zu seiner Familie zurückzukehren. Waltow, Gogol, Ling, der ganze Rest seiner Expedition war diesem Scheusal zum Opfer gefallen, davon ging er fest aus.

»Mich behandelt er gut. Und das täte er auch mit dir, wenn du ihn nicht unablässig reizen würdest«, hörte er Xing hinter sich sagen.

Es fiel ihm schwer, ihr Alter zu schätzen, und sie gab keine Antwort, wenn er sie danach fragte. Zwanzig, fünfundzwanzig Jahre? »Wie lange bist du schon hier?«, wollte er wissen. Der Hass steckte noch immer in seiner Kehle, während sein Blick sich wieder in die Täler senkte.

»Es dürften inzwischen«, sie zögerte, rechnete nach, »zehn Jahre sein.«

»Und du hattest nicht einmal das Verlangen, deine Eltern zu sehen?« Anhand der leise raschelnden Geräusche wusste er, dass sie mit einem Staubfeudel über die Nachttischchen aus Elfenbein ging. Es war eines ihrer Rituale: zuerst die Tischchen, danach die oberen Seiten der goldenen Bilderrahmen. Danach würde Xing Lavendel-Räucherstäbchen entzünden und einige der besten schwarzen Trüffeln auf ein Silbertablett legen, um es auf dem Kissen zu deponieren und dem Tyrannen eine Freude zu bereiten.

»Nein, das Verlangen hatte ich nicht. Ich bin aus einem Leben gerettet worden, das ich gehasst habe. Auch du hättest es gehasst, denn es bedeutete Qualen. Nichts als Qualen und Erniedrigung.« Sie trat an seine Seite und betrachtete, wie weit unter ihnen Steinböcke zwischen den Felsen umherkletterten, um an das frische, saftige Gras zu gelangen. »Er schlägt mich nicht, er schenkt mir ein Lächeln, er gibt mir zu essen und Kleidung. Ich bin die Letzte, die sich über ihn beschweren wird. Es gibt keinen schöneren Palast als diesen, und kein Kaiser hat diese Aussicht wie wir.« Die Mandelaugen blickten auf Maxims verschlossenes Gesicht, Xing lächelte aufmunternd. »Wenn die Sonne versinkt und die Gipfel glühen, Maxim, dann...«

»Ich bin der letzte Überlebende«, unterbrach er sie hart und lehnte die Stirn an das eiskalte Fenster, an dessen Rändern Eisblumen wuchsen. »Als wir aufbrachen, um das Massiv im Namen des Zaren zu erkunden, bestand meine Expedition aus vierzig Leuten, Xing. Dann erschien er, stand über uns wie ein Raubvogel, und ein heftiger Wind warf die Mehrzahl meiner Leute in den Abgrund. Er hat sie einfach abstürzen lassen.« Maxims warmer Atem schmolz die dünne Reifschicht, Tropfen rannen die Scheibe hinab, als weine das Glas um die Toten. »Diejenigen, die sich an den Felsen festklammerten, schickte er mit einer Steinlawine in den Tod. Bis auf mich.« Er schluckte, sah sie vorwurfsvoll an. »Du dienst einem Mörder!«

»Für mich ist er ein Herr und ein Befreier, dem ich ewigen Dank schuldig bin«, erwiderte sie mit Nachdruck, und das Lächeln verschwand aus ihrem Gesicht. »Wenn du es nicht erträgst, ihm zu dienen, dann geh. Die Tore des Palasts lassen sich leicht öffnen.« Xing wandte sich um und verließ das prächtige Schlafzimmer.

Maxim folgte ihr durch den prunkvollen Herrschaftssitz, vorbei an den Gemälden bekannter Maler. Sein Blick fiel auf ein Werk von Caspar David Friedrich; er hatte den Stil von der Audienz beim Zaren her wiedererkannt, der einige Bilder des Deutschen besaß. Bezeichnenderweise hieß es *Die gescheiterte Hoffnung*.

Natürlich hatte er sich Gedanken über eine Flucht gemacht, er war studierter Botaniker und ein mehrfach vom Zaren ausgezeichneter Bergsteiger, der sich vor einem Abstieg nicht fürchtete. Doch die dünne Luft machte jede Bewegung zu einer Qual; er hielt sich noch nicht lange genug in der Höhe auf, um sich daran gewöhnt zu haben. Außerdem waren ihm Seile, Haken, Eispickel und Steigeisen weggenommen worden. Ohne die Sicherheit einer Gruppe käme das Fluchtvorhaben einem Selbstmord gleich.

Maxim hatte noch keine Antwort auf die Frage gefunden, was ihm besser gefiel: von einem launischen Tyrannen getötet zu werden oder an den Hängen zu erfrieren.

Die Kälte in den sicher sieben Meter hohen und fünf Meter breiten Gängen brachte ihn trotz der Mäntel zum Frösteln. Anstelle von nackten Felswänden schritten sie an hübsch anzusehendem Backsteinmauerwerk vorbei; die Kabel der elektrischen Lampen waren geschickt dahinter verborgen worden. An den Wänden hingen weitere Bilder von Malern, die Maxim nicht kannte, und er gab sich für einen Augenblick der schönen Illusion hin, dass er in der Eremitage flaniere statt im Innern eines Palastes, der auf dem Dach der Welt lag.

Xing betrat eine der Schatzkammern, Maxim trottete hinter ihr her.

Der zwanzig mal zwanzig Meter große Saal lag auf der Südseite. Kleine Fenster befanden sich hoch oben in der Decke; hier ging es weniger um Aussicht als um das, was sich zwischen den vier Wänden verbarg. Die Anordnung der Felsdurchbrüche leitete die Sonnenstrahlen zu exakt ermittelten Punkten, an denen sich die größten Schätze befanden.

Maxim sah vierzig antike Statuen, die aus einem griechischen Tempel gestohlen worden waren, wie er von dem Tyrannen selbst gehört hatte. Aus weißem Marmor gehauen und vollendet bearbeitet, zeigten sie Götter und Helden im Kampf gegen Ungeheuer aus der Sagenwelt; um die Statuen und Standbilder herum waren echte Goldmünzen und Edelsteine drapiert worden, und aus dem steinernen Füllhorn quollen Diamanten, Goldklumpen und Silberbrocken.

Das Licht umschmeichelte die Statuen, brachte sie zum Leuchten und gab ihnen den Anschein, als handele es sich um versteinerte Wesen, die jeden Augenblick aus ihrer Starre erwachen, von ihren Podesten steigen und sich nach den Schätzen zu ihren Füßen hinabbeugen würden.

»Ist es nicht herrlich?« Xing nahm ein Tuch aus ihrem Mantel und polierte die Goldauflagen an der Statue des Ares. »Mach dich nützlich«, riet sie ihm freundlich. »Der Herr wird es gerne hören, wenn ich ihm sagen kann, dass du mir heute die meiste Arbeit abgenommen hast.«

»Wer hat das alles errichtet?« Maxim verspürte keine Lust, sich bei dem Tyrannen beliebt zu machen. »Wer schuftete für ihn, damit er kaiserlicher als der Zar leben kann?«

»Menschen wie ich, die ihm gerne dienten, und Menschen wie du, Bergsteiger, die es wagten, in sein Gebiet einzudringen.« Xings Bemühungen ließen das Gold strahlen und schimmern.

»Es muss Jahrhunderte in Anspruch genommen haben.« Maxim konnte nicht anders, als den Palast und die Leistung derer, die ihn erbaut hatten, zu bewundern.

»Warum auch nicht? Der Herr hat alle Zeit der Welt. Die Vergänglichkeit kümmert ihn nicht.« Die Chinesin lächelte selig wie eine tief Gläubige, der soeben eine Erscheinung widerfahren war, und rieb mit dem Tuch voller Hingabe über die silbernen Sandalen der Statue.

Maxim schenkte ihr einen verächtlichen Blick. Er verstand sie nicht und rechnete nicht damit, dass sie sich einem Fluchtversuch anschloss, doch er war sich sicher, dass es unter den vierzig anderen Menschen in diesem Palast welche gab, die ihn begleiten würden. Nicht alle dachten so merkwürdig über eine Entführung wie Xing. Er fühlte Erleichterung, als ihm bewusst wurde, dass er seine Entscheidung zur Flucht getroffen hatte, mochte sie auch aussichtslos erscheinen. Petersburg wartete auf ihn, seine Freunde warteten auf ihn, und der Zar musste zudem von allem erfahren.

Die Flucht war vielleicht doch nicht unmöglich, seine ihm geraubte Ausrüstung könnte er gewiss aufstöbern, und wie es weiterging, war lediglich eine Frage von guter Planung. Er würde sich eine Route die Hänge entlang suchen, auf der ihm kein Aufseher folgen konnte. Sobald er eine Telegrafenstation erreicht hatte, war es um den Palast auf dem Korumdie geschehen. Waltow, Gogol, Ling bekamen ihre Rache, und wenn er die Truppen selbst hierher führen musste: Er wollte dieses Gebäude in Flammen sehen.

Ein gewaltiger Schatten huschte über die Fenster hinweg und ließ den Saal für ein, zwei Lidschläge in Dunkelheit fallen.

Xing hob den Kopf, ein Leuchten lag in ihren braunen Augen. »Er ist schon wieder zurück?« Sie richtete ihre Kleidung, zupfte daran herum und eilte auf den Ausgang zu. Für Maxim benahm sie sich wie ein Mädchen, das zu ihrem Liebsten ging. »Los, komm. Und keine Sorge«, zwinkerte sie, »ich werde heute noch einmal für dich lügen. Ich will nicht, dass der Herr böse wird.«

Der Russe begleitete sie den abschüssigen Gang entlang, vorbei an Türen zu weiteren Sälen, in denen sich der Tyrann bei seinen Aufenthalten im Palast die Zeit vertrieb. Oft malte er in seinem Atelier oder spielte stundenlang Cello im Musikzimmer, und wenn ihm danach war, nahm er sich Frauen, mit denen er sich vergnügte. Manche von ihnen hatte Maxim seither nicht mehr gesehen. Als hätte es sie niemals gegeben.

Sie erreichten die burggroße Eingangshalle, in der sich bereits Bedienstete versammelt hatten. Die Mehrheit von ihnen rechnete Maxim seinem Volk zu, aber auch einige Chinesen befanden sich unter ihnen. Die Sprache einer Frau und eines Mannes, den Gesichtern nach Europäer, verstand er gar nicht. Er vermutete, dass sie aus Frankreich stammten.

Auch hier sorgten Glühlampen in den unzähligen Lüstern und Leuchtern für gleichmäßiges Licht.

»Los, los, ihr Schlafmützen!«, rief Tjushin, ein älterer Russe in einem weißen Zobelmantel, der die Aufgabe des Majordomus innehatte und die Knute an seinem Gürtel nicht zur bloßen Zierde trug. Er war einst Bojar gewesen, nun verwaltete und organisierte er die Abläufe im Palast im Sinne des Tyrannen mit solch einer Hingabe, dass Maxim im Stillen beschlossen hatte, ihn vor der Flucht zu töten.

»Aufstellen, aber rasch!« Tjushin deutete mit dem Arm eine Linie an, zog mit dem anderen die Knute. »Ihr wisst doch, was ich will. Das muss schneller gehen!« Er schlug nach einer Frau, die den Fehler begangen hatte, zu dicht an ihm vorbeizueilen. Sie wimmerte auf; die Bleikügelchen an den Enden der Lederriemen trafen sie am Hinterkopf. Ohne die Kappe wäre die Haut sicherlich aufgeplatzt. Tjushin scheuchte die Menschen stets wie Vieh, ganz gleich, ob sie dem Tyrannen freiwillig oder erzwungenermaßen dienten.

Maxim sah die Männer und Frauen laufen, suchte in ihren Gesichtern nach Zeichen des Aufbegehrens. Ein Stirnrunzeln, ein lautloses Fluchen, ein viel sagender Blick genügten ihm, um einen Gleichgesinnten zu erkennen, der sich ihm bei der Flucht anschließen würde. *Bitte, Herrgott, lass mich einen oder zwei finden*, flehte er. *Sie können das nicht alle willenlos mit sich machen lassen.*

Tjushins Blick fiel auf Xing und Maxim. »Du, mein kleines Gelbgesicht: Ist das Schlafgemach gerichtet?« Die Knute deutete auf die zierliche Frau.

»Sicher«, erwiderte Maxim an ihrer Stelle. »Sie hat alles brav befolgt, was du ihr aufgetragen hast, Menschenschinder.«

»Nicht«, raunte Xing und sah ihn flehend an. »Tjushin wird dem Herrn von deinem ...«

Der Majordomus kam auf ihn zu, er griente voller Vorfreude. »Du aufsässiger Bastard! Dich schlage ich am liebsten«, schrie er und holte zu einem brachialen Hieb aus, als ihn ein Ruf vom Tor her ablenkte. Eine grüne Lampe neben dem verschlossenen Eingang leuchtete auf. Die Sicherungsmannschaft im Ausguck gab den Menschen im Innern des Berges auf diese Weise das Zeichen, dem Tyrannen zu öffnen.

»Ich zeige dir, wie aufsässig ich sein kann.« Maxim konnte nicht anders, seine unterdrückte Wut auf den Herrn des Palastes suchte sich ein Ventil. Er schlug Tjushin die Faust mitten ins Gesicht. Knirschend brach die Nase, und ein Strom von Blut ergoss sich daraus. Der Zobel färbte sich auf der Brust und über dem Bauch rot.

Brüllend taumelte der Getroffene rückwärts und versuchte mit seiner rechten Hand, die Blutung aufzuhalten.

»Packt ihn«, rief Tjushin undeutlich, und zwei der Bediensteten ergriffen Maxim. »Es wird mir eine Freude sein, dem Herrn von deinem Angriff zu berichten. Ich hoffe, er hat noch nichts gegessen, Bursche.« Er schaute auf Xing. »Dich trifft ebenfalls Schuld, Schlitzauge. Ich hatte dir aufgetragen, ihm Benehmen beizubringen.« Er spie Blut auf den Boden und schwankte dabei; rötliche Speichelfäden zogen sich von seinen Lippen, ehe sie rissen.

»Nein!« Xing erbleichte. »Nein, Tjushin!«, jammerte sie und reckte bittend die Hände. »Er ist zu unbelehrbar und stürmisch, ich kann ihn nicht bändigen.«

Der Majordomus taumelte auf sie zu, versetzte ihr einen Hieb mit der Knute. Es gab ein widerlich klatschendes Geräusch, Blut spritzte. Mit einem spitzen Schrei fiel die Chinesin auf den Rücken und hielt sich weinend das getroffene Gesicht. »Schweig! Du hast versagt«, nuschelte er. »Der Herr wird dir das nicht durchgehen lassen.«

»Du bist widerlicher Abschaum!« Maxim hing keuchend im Griff seiner Bewacher, die ihn jetzt in den Schwitzkasten nahmen, um ihn zu bändigen. »Xing ...«

Tjushin hatte sich von dem Schlag erholt und trat Maxim hämisch lachend in den Bauch. Der Russe verstummte mit einem Stöhnen. Dann rannte der Majordomus auf das fünf Meter hohe und drei Meter breite Stahltor zu, um den Tyrannen im Palast willkommen zu heißen. »Spielt seine Lieblingsmusik«, gab er Anweisung.

Die Frau, die zuvor ebenfalls die Knute zu spüren bekommen hatte, kurbelte das Grammophon an, legte eine Schellackplatte auf und setzte die Nadel auf die Rille; bald darauf klang die Stimme von Enrico Caruso durch die Halle, der die Arie des Rodolfo aus La Bohème sang. Der hohe Raum wirkte Wunder und entriss dem künstlich erzeugten Schall das Scheppern, Rauschen sowie das aufdringliche Knacken. Er ließ den Eindruck entstehen, der Sänger stünde in einer Konzerthalle, und machte die Darbietung äußerst lebendig.

Tjushin betätigte den Hebel am linken Türflügel und setzte damit die ausgefeilte Mechanik in Gang, die durch Gegengewichte, kleine und große Zahnräder einen Riegel nach dem anderen zur Seite zog und die massiven Sperren löste.

Der Palast war zugleich eine wehrhafte Festung, denn der Herr besaß Neider. Ebenbürtige Neider. Deswegen befanden sich stets Bedienstete im Ausguck auf dem Gipfel des Korumdie, die den Horizont und den Himmel nicht aus den Augen ließen, solange es ihnen das Wetter erlaubte. Auch wenn die Lage des Palastes ein streng gehütetes Geheimnis war, konnten sich Tjushin und der Tyrann nicht darauf verlassen. Erst wenn die grüne Lampe aufleuchtete, durfte der Eingang geöffnet werden; flammte die rote auf, hatten die Verteidigungsanlagen augenblicklich besetzt zu werden. Das war allerdings noch niemals geschehen.

Der Majordomus schob einen zweiten Hebel nach unten, der in die Steinwand eingelassen war, und die Flügeltüren wurden durch hydraulische Kräfte gleichmäßig geöffnet. Die Klänge aus dem Grammophon verliehen dem Vorgang etwas Dramatisches, und in dem sich verbreitenden Spalt wurden die Umrisse eines gewaltigen Wesens sichtbar.

Tjushin begab sich vor den Eingang und verneigte sich tief, die Bediensteten bis auf Maxims Wächter und er selbst taten es dem Majordomus nach. »Ich entbiete …«

Eine Walze aus blauem Feuer rollte durch den zwei Meter breiten Spalt herein, erfasste Tjushin und brannte ihm innerhalb eines Blinzelns Kleider und Fleisch von den Knochen, ehe seine Gebeine von dem vernichtenden Flammensturm mitgerissen wurden und im Umherwirbeln zu Asche vergingen.

Der Strahl quoll zu einer Wolke auf, während er sich weiter in die Halle schob. Zehn Bedienstete waren von der Lohe vertilgt worden, und diejenigen, die in unmittelbarer Nähe standen, wurden von der wallenden Hitze erfasst. Der Eingang verwandelte sich in einen Glutofen; dann erklang ein lähmendes, Gehör zerfetzendes Brüllen.

»Nein!« Xing richtete sich auf. Ihr Gesicht wies fünf hässliche, schmale Striemen auf, die von der Knute stammten, auch ihr rechtes

Auge war von den Riemen getroffen worden. Durchsichtige Flüssigkeit sickerte hervor und mischte sich mit dem Blut; die Schmerzen, die sie spürte, zeigte sie nicht. »Das ... das ist nicht der Herr!«

Die Wächter ließen Maxim fallen.

Er spürte die Hitze nicht minder, hustete, flüssiges Feuer schoss durch seine Nase und verkohlte die Lungen. Jedenfalls dachte er es zunächst. Erst nach drei Versuchen bekam er Luft, würgte und schmeckte Schwefel. Maxim hob den Kopf, seine Augen tränten.

Durch die Tür schob sich ein gewaltiger, vierbeiniger roter Drache, die gezackten Schwingen an den muskulösen Schuppenleib gelegt, damit er durch das Tor passte. Den schmalen Kopf hatte er bis zur Decke gereckt, um einen besseren Überblick zu bekommen, und die glutroten Augen wanderten unentwegt durch den Raum; aus der halb geöffneten, langen Schnauze drang ein leises Grollen.

Im nächsten Moment lief ein Beben durch den hinteren Teil der Halle. Ein dumpfer Schlag erklang, an einer Stelle sprangen Steinchen aus der Decke, es staubte, bis beim nächsten Krachen große Fragmente abplatzten und auf den Boden fielen. Drei Männer wurden von den Trümmern erschlagen. Es geschah derart schnell, dass ihnen nicht einmal Zeit blieb zu schreien.

Durch das fünf Meter breite Loch schlängelte sich ein großer, grünhäutiger Drache, der mit seinen langen, spitzen Krallen Löcher in den Fels schlug und kopfüber die Wand hinabkroch. Er maß sicherlich dreizehn Meter in der Länge und hatte kurze, kräftige Beine.

Maxim erkannte deutliche Unterschiede im Körperbau der beiden Kreaturen. Der rote Drache wirkte geringfügig kleiner, zierlicher, da er wie der Tyrann der Flugspezies angehörte. Hohes Gewicht war dabei nicht von Vorteil.

Der lange, kräftige Schwanz des grünen Drachen schlug wie eine Peitsche nach den nächstbesten Bediensteten und zerteilte drei von ihnen. Vier weitere wurden durch die Wucht des Hiebs durch die Halle geschleudert und rutschten über den polierten Stein. Einer schlitterte dem roten Drachen vor die linke Vorderklaue und wurde von diesem mit einer raschen Bewegung zerstampft.

Maxim stand auf, duckte sich und half Xing, auf die Beine zu kommen. Sie starrte noch immer auf die beiden Drachen.

»Weg von hier«, raunte er, um die Ungeheuer nicht auf sich aufmerksam zu machen. Das grüne züngelte und zeigte eine violettfarbene Zunge, wandte sich blitzschnell nach rechts und kroch in den Gang, der tiefer in den Palast führte; der geflügelte Drache sandte sein blaues Feuer in einem sehr dünnen, gebündelten Strahl gegen die flüchtenden Menschen und sicherte die Eingangshalle. Wer getroffen wurde, zerfiel zu heißem Staub.

Xings Gesicht war bleich vor Schreck geworden, sie verstand einfach nicht, was vor sich ging. »Die Posten …«, stammelte sie und klammerte sich an Maxim, »sie hätten uns warnen müssen.« Abwesend betastete sie das verletzte Gesicht, die blutige Hand zitterte, und ein gequältes Stöhnen entstieg ihrer Kehle. Nun erst wurde sie sich ihrer Schmerzen bewusst.

Der Russe war sich sicher, dass die Männer im Ausguck als Erste von den fremden Drachen getötet worden waren. Ihm war es gleich, ob sie sich gegen den Tyrannen verbündet hatten, um ihn zu töten oder ihm die Schätze zu rauben – sein eigenes Leben befand sich in größter Gefahr. Es gab keinen anderen Ausweg mehr, als den Palast zu verlassen, Ausrüstung hin oder her. Der Korumdie besaß sicherlich mehr Barmherzigkeit als die Wesen in der Halle.

»Still«, zischte er Xing an und lief mit ihr gebückt zu dem Gang, der sie ins Schlafzimmer führen würde, das sie zuvor aufgeräumt hatten.

»Was tun wir?«

»Wir steigen aus dem Fenster und versuchen, es lebend bis nach unten zu schaffen«, entschied er und zerrte sie mit sich.

»Aber wer beschützt den Palast des Herrn, wenn wir flüchten? Wir müssen uns Waffen suchen und …« Xing war verzweifelt und sträubte sich gegen Maxims Griff. »Er braucht uns!«

»Es geht um dein Leben, Xing!«, herrschte er sie an. »Vergiss den Mörder. Meinetwegen soll er von den anderen Bestien in Stücke gehackt und verbrannt werden.« Maxim hatte die Tür zum Schlafzimmer erreicht, drückte die Klinke nach unten und öffnete den Eingang.

Kalter Wind wehte ihnen entgegen, die Vorhänge flatterten, und Schneeflocken tanzten umher. Das große Fenster lag in Trümmern auf dem Boden, der Qualm der Räucherstäbchen duckte sich unter der eisigen Luft, wand sich und malte Zeichen in den Raum, ehe er sich auflöste.

»Was für eine Unordnung«, stöhnte Xing auf. »Es dauert Stunden, bis ich das in Ordnung gebracht habe. Woher soll ich ohne Tjushin so rasch einen Glaser beschaffen?« Sie machte einen Schritt in das Gemach hinein, ihr Blick fiel auf das Bett. Das Tablett mit den Trüffeln war verschwunden.

Maxim folgte ihr vorsichtig, sah sich um. Die Scheibe war nicht ohne Grund zu Bruch gegangen – noch ein Angreifer? Er zog sein Messer, um wenigstens ein trügerisches Gefühl der Sicherheit zu verspüren, das ihm die Klinge verlieh. Dann warf er ihr einen schnellen Blick zu. »Du kannst machen, was du willst, Xing, aber ich verlasse diesen verfluchten Palast.«

Xing strich die kaum sichtbare Delle, die vom Tablett herrührte, aus dem Kissen. »Ich kann ihn nicht verlassen. Die Drachen werden bestimmt wieder gehen, und dann kann ich alles herrichten«, murmelte sie tonlos. Sie befand sich im Schock des unbändigen Angriffs und flüchtete sich in Dinge, die sie kannte, die Sicherheit bedeuteten.

Maxim sah den leeren Ausdruck in ihrem gesunden Auge und gab es auf. Er nahm sich das Eisbärenfell, das als Bettvorleger diente, und legte es sich um die Schultern. Es würde ihm gegen die Kälte draußen nützlich sein. Er musste nicht weit kommen; alles, was er benötigte, war eine Telegrafenstation.

Nach einem letzten Blick auf Xing eilte er zum Fenster, als sich ein schrecklicher Drachenkopf davor erhob. Ein blutroter Karfunkel saß ihm mitten auf der Stirn und blendete Maxim mit seinem Leuchten; Augen besaß das Monstrum offenbar keine. Die kleinen Schuppen am Hals glänzten wie Diamanten. Doch die Pracht lenkte nicht von der Hässlichkeit des Drachen ab.

Maxim dachte nicht nach, er handelte aus Schrecken und Abscheu. Das Messer schnellte nach vorn, die Klingenspitze prallte gegen den roten Edelstein – und zersprang. Das Eisen hatte nicht einmal einen Kratzer hinterlassen.

Der Drache schnaubte, die lange Schnauze klappte weit auseinander, und Maxim sah nur noch, dass zwei lange, messerspitze Zahnreihen auf ihn zurasten ...

Xing hörte das Krachen von Knochen und wandte sich um. Sie musste mit ansehen, wie der Drache den jungen Russen einfach vom Gürtel an aufwärts zermalmte. Blut spritzte zwischen den geschlossenen Zähnen hervor und rann auf den Boden, dann zog sich der Kopf mit dem Leichnam nach draußen zurück.

Ehe Xing in der Lage war zu reagieren, erschien der Drache erneut, legte die schlanken, scharfen Krallen auf den Fenstersims und zog sich ins Innere. Trotz seiner vier Beine wirkte der Körper geradezu schlangenhaft dünn, die Flügel filigran und zerbrechlich. Im Ganzen war er kein Vergleich zu dem roten Drachen in der Eingangshalle. Er maß acht Meter in der Länge und drei in der Höhe, und als er vor der regungslosen Xing stehen blieb, ließ das grelle Leuchten des Karfunkels auf seiner Stirn etwas nach.

»Dein Name ist Xing, wie ich vernahm?«, fragte er mit zischender, nicht unangenehmer Stimme.

Sie starrte auf die bluttriefenden Maulränder und die Fänge, die vor ihrem Gesicht schwebten. Der Drache hatte die Kiefer nicht bewegt, er sprach wie der Herr unmittelbar in ihrem Kopf. »Ja«, stotterte sie und konnte die Augen nicht abwenden.

»Bist du so etwas wie die Haushälterin von Gorynytsch?«

»Ich diene dem Herrn mit Hingabe«, erwiderte sie. Nun fixierte sie den Karfunkel, aus dem die Stimme zu kommen schien.

»Dann kannst du mir berichten, woher diese köstlichen Trüffeln stammen, Xing?«

»Ich verstehe nicht ...« Xing dachte, sie habe sich verhört. Fieberhaft überlegte sie, wie sie vor dem Drachen flüchten könnte. Denn einer musste den Herrn warnen, auch wenn sie noch nicht wusste, wie sie das bewerkstelligen sollte. *Vielleicht ein großes Signalfeuer auf dem Gipfel?*

»Das würde nichts bringen, Xing«, lachte er. »Aber es ist rührend, wie du dich um denjenigen sorgst, der dich entführte und einsperrte.«

Sie verfluchte sich für ihre verräterischen Gedanken und konnte sie dennoch nicht verhindern. Wie täuschte man einen Drachen, der Pläne ohne Aufhebens erriet? »Die Trüffeln stammen aus dem Périgord«, antwortete sie rasch, um ihn abzulenken. »Sie werden für den Herrn gesucht.«

»Das passt zu ihm. In meinem Revier wildern.« Der Drache hob die rechte Vorderklaue und deutete auf den Eingang. »Führe mich zu den anderen. Das wäre äußerst zuvorkommend von dir.«

»Zu den Drachen?«

Er nickte. »Wir werden uns ein wenig mit meinen Freunden unterhalten, da dein Meister offensichtlich nicht zu Hause ist.« Die Kralle schob sie sanft auf den Ausgang zu. »Was, und das gebe ich nur ungern zu, äußerst bedauerlich und ärgerlich ist. Der weite Weg aus Frankreich für nichts und wieder nichts. So pittoresk ist es hier nun auch wieder nicht.« Er nickte ihr zu. »Mein Name ist Vouivre. Und ich wäre dir sehr verbunden, wenn du mir die Vorräte dieser exquisiten Trüffeln aushändigen würdest. Dann hätte sich der Ausflug wenigstens ein bisschen gelohnt.«

Xing schleppte sich vorwärts, durch den Gang zurück quer durch den Palast zur Eingangshalle, und versuchte, an nichts zu denken, was ihre Lage verschlimmerte.

Der rote Drache saß noch immer vor dem Tor und sein Schwanz zuckte wie der einer ungeduldigen, aufgeregten Katze.

I.

»Siegfried bekämpfte sie.
Beowulf starb durch sie.
Der heilige Georg tötete einen. Einen von vielen.
Es gab sie schon immer, zu allen Zeiten, in allen Kulturen der Völker der Welt. Babylonische Könige, antike Helden, römische Gelehrte, christliche Streiter standen ihnen gegenüber.
Unzählige Schriften, vom Gilgamesch-Epos bis zur Bibel, zeugen davon.
Die Schrecklichsten unter ihnen trugen Namen wie Leviathan, Tiamat, Hydra, Python, Jörmungand, Grendel, Tarasque oder Fafnir – einst als Ungeheuer gefürchtet, dann von Helden nahezu ausgerottet.
Nahezu...
Noch immer kriechen oder fliegen ihre vielgestaltigen Nachkommen aus ihren Verstecken, verbreiten Schrecken unter uns Menschen, bis wackere Kämpfer erscheinen, um sie zu bezwingen, wie es Generationen von Kämpfern vor ihnen taten.
Bis heute.
Bis 1924.
Wir wollen ihnen ein Denkmal aus Worten und Bildern bauen.«

Vorwort zur Serie »Drachentöterinnen und Drachentöter
im Verlauf der Jahrhunderte«,
im »Münchner Tagesherold«, Königlich-Bayerisches Hofblatt
vom 1. Juni 1924

1. Januar 1925, Reichshauptstadt Berlin, Königreich Preußen, Deutsches Kaiserreich

»Entschuldigung, mein Herr, aber sind Sie Gast in unserem Haus?«

Onslow Skelton blickte zwischen den Angestellten in den einschüchternd voluminösen Kutschermänteln und mit den dazu passenden hohen Hüten hin und her. Sie verbarrikadierten den Eingang des Hotels *Adlon* stilvoll und drohend zugleich. Er musste an die Kraftmeier im Zirkus oder Preisboxer auf dem Jahrmarkt denken. Gleich zwei solche schlagkräftige Vertreter ihrer Art hatte man als Aufpasser eingekauft und sie als Wächter aufgestellt. Offenbar konnte nur der Linke der beiden sprechen; der andere beschränkte sich darauf, böse und abweisend zu lächeln.

Es war offensichtlich, dass Onslow Skelton nicht in die Welt der Reichen und Berühmten gehörte, die hinter der klassisch anmutenden Fassade des berühmten Hotels übernachteten oder sogar für längere Zeit hier lebten. Der deutsche Kaiser war, wenn er keine Lust auf das zugige Stadtschloss verspürte, hier ebenso anzutreffen wie europäische Könige oder indische Maharadschas, Schauspieler wie Charlie Chaplin oder geniale Köpfe, die den Namen Sauerbruch und Einstein trugen. Die Creme de la creme, exotisch und einmalig durch ihr Erscheinungsbild oder ihre Tätigkeit.

Onslow Skelton dagegen war nichts von alledem.

Anstatt Pelzen trug er karierte Hosen, ein weißes Hemd mit einem karierten Pullunder, darüber ein dickes Wollsakko gegen die winterliche Kälte. Die Cordmütze auf den kurzen schwarzen Haaren, die von Pomade zu einem exakten Mittelscheitel gezwungen worden waren, hatte nichts mit einer Krone gemein. Nur das dunkle Oberlippenbärtchen und die langen Koteletten gaben ihm etwas von einem Dandy – wenn die runde Jungenbrille nicht gewesen wäre. Die penibel gepflegte Aktentasche aus schwarzem Leder machte seinen Auftritt nicht besser.

Skelton verstand Deutsch, antwortete aber in reinstem Britisch. Unter Umständen ging er auf diese Weise als versnobter, spleeniger Lord durch. »Nein, noch bin ich es nicht, Sir. Und sollte es mir nicht gelingen, jemals an Ihnen vorbei zu gelangen, werde ich es auch nie sein können.«

Der Mann lächelte. »Haben Sie Gepäck, Sir?« Er wechselte ansatzlos, wenn auch mit dem typischen deutschen Akzent, ins Englische.

»Wie Sie unschwer erkennen können, nein. Im Übrigen beabsichtige ich, einen Ihrer Gäste zu besuchen, Sir, und sollte ich nicht pünktlich zu meiner Verabredung erscheinen, werde ich Ihrem Gast Ihren Namen nennen. Ich bin mir sicher, dass Herr Adlon sehr begeistert sein wird, wenn er von Knjaz Zadornov über den Diensteifer seiner Angestellten informiert wird.« Skelton bleckte die Zähne und wartete, bis die Worte ihre Wirkung getan hatten.

»Verzeihen Sie, Sir. Ich hielt Sie für einen Reporter.« Der Mann legte die Rechte an den Hutrand, deutete Verbeugung und Entschuldigung gleichermaßen an, dann öffnete er ihm die Tür. »Melden Sie sich bitte beim Empfang an, Sir.« Er gab seinem Kollegen einen Wink, Skelton zu begleiten – vermutlich, um ihn gleich wieder an die Luft zu befördern, falls er sich als Lügner erweisen sollte.

»Danke vielmals.« Skelton trat über die Schwelle und schritt ins Foyer des berühmten Hotels, dessen Gästezimmer bereits seit Jahren mit fließendem warmem und kaltem Wasser sowie Elektrizität ausgestattet waren. Das Foyer zeigte mit seiner Pracht, dass das *Adlon* ein Gesamtprodukt von Kunst, Technik, Handwerk und viel, viel Vermögen war.

Pagen in den klassischen Uniformen eilten unauffällig umher, schleppten Gepäck, Tabletts mit Essen und Getränken oder hielten Nachrichten und Briefe für die Gäste in den Händen. Auf dem Weg zur Rezeption erhaschte Skelton einen Blick ins Restaurant, wo Kellner in schicken Fracks noch schickere Damen und Herren bedienten, deren Garderoben einen Querschnitt durch die aktuelle Mode zeigten. In der hinteren Ecke des Foyers befand sich eine kleine Sitzecke, in der Skelton berühmte Gesichter zu erkennen glaubte, die sich halb hinter Zeitungen verbargen und ihren Kaffee genossen. War das nicht Henry Ford, der amerikanische Millionär und Hersteller Tausender Fließbandautomobile? Und der Mann daneben erinnerte ihn an einen Schauspieler, den er auf einem Filmplakat gesehen hatte: Hans Albers.

»Guten Tag, mein Herr«, wurde er gegrüßt.

Skelton hatte trotz des vielen Umherschauens weder einen Pagen noch einen Gast angerempelt und, ohne es zu bemerken, den Empfang erreicht.

»Einen wunderschönen guten Tag«, sagte er zu dem gestandenen Mann hinter dem Tresen, dessen Anzug teurer war als alles, was er am Leib trug und sonst noch an Habseligkeiten sein Eigen nennen durfte. Auf dem goldenen Namensschild des Concierge stand *Harmstorf* zu lesen. »Wäre es möglich, Knjaz Zadornov zu melden, dass ihn Mister Onslow Skelton von Hamsbridge & Coopers Insurance zu sprechen wünscht? Wir haben eine Verabredung.« Er zückte eine Karte und reichte sie dem Mann.

»Sicher, Sir. Einen Moment, bitte.« Harmstorf deutete eine Verbeugung an und langte gleichzeitig nach dem Hörer des Telefons.

Die Bewegung sah routiniert aus, und Harmstorf schaffte es sogar, während des gesamten Gesprächs beflissen zu lächeln. Der Brite verstand kein Wort der kurzen Unterhaltung, es klang nach Russisch.

Um eine Anstellung im *Adlon* zu erhalten, war es wahrscheinlich notwendig, zumindest Englisch, Französisch und Russisch sprechen zu können, vielleicht noch Italienisch; vermutlich beherrschten die meisten Diplomaten weniger Fremdsprachen als der Concierge.

»Der Fürst lässt bitten, Mister Skelton.« Harmstorf legte auf, reckte das Kinn und vollführte eine kleine Geste. Wie aus dem Nichts stand ein Page, keine vierzehn Jahre alt, neben dem Tresen. Der Aufpasser, der bislang nicht von Skeltons Seite gewichen war, stapfte indessen zurück zum Eingang. »Bring den Gentleman zu Fürst Zadornov.« Und zu Skelton gewandt: »Folgen Sie dem Pagen, Sir. Er wird Sie sicher führen. Ich wünsche Ihnen einen angenehmen Tag, Sir.« Er verneigte sich leicht.

»Ihnen auch.«

Mit dem Fahrstuhl ging es nach oben. Sie teilten sich die Kabine mit einer Dame in einem weißen Kleid, das unzählige Federn und Spitzen besaß. Ihr Hut passte gerade so in Höhe und Breite hinein, und auf ihrem Arm hockte etwas, das ein Hund sein sollte, aber viel zu klein geraten war. Neben ihr stand ihr Diener, der eine braune Papiertüte hielt. Skelton schätzte sie auf fünfzig Jahre; das Geschmeide um ihren Hals, um die Handgelenke und an ihren Ohren funkelte angeberisch.

»Ich muss es einfach wissen«, wandte sie sich plötzlich an ihn. »Gehen Sie auch zur Séance von Madame Sàtra, mein Lieber?«

Skelton sah sie verwundert an. Der Name des berühmten, außergewöhnlichen französischen Mediums stand tatsächlich auf seiner Liste von möglichen Helfern bei seiner Suche, aber er hatte nicht gewusst, dass sie sich in Berlin aufhielt. »Nein, Madame. Ich bedauere.«

»Sie sehen nicht nur aus wie ein Brite, Sie klingen auch wie ein Brite. Ach, wie schade, dass Sie nicht dabei sind. Ich bin so aufgeregt und hätte gern ein wenig geplaudert, um mich abzulenken.« Der Lift hielt an, Skelton verließ die Kabine, und die Dame folgte ihnen. »Wie schön, wir haben den gleichen Weg! Da ich Sie schon angesprochen habe: Was halten Sie von Séancen? Ich hoffe, dass ich Kontakt zu meinem verstorbenen Gatten aufnehmen kann, um ihn zu fragen, wo er die Nummer für den Safe aufbewahrt hat. Und natürlich, wie es ihm im Jenseits ergeht«, fügte sie rasch hinzu, um nicht zu gierig zu wirken.

»Ich habe mich nicht ausgiebig mit dem Thema beschäftigt, Madame. Nur das, was man in den Zeitungen liest.«

»Diese Geisterkraft, dieses Ektoplasma, das man immer auf den Bildern erkennt – ich bin gespannt, wie es in Wirklichkeit aussieht. Ich kann mir unter der weißen Absonderung so gar nichts vorstellen. Es sieht für mich aus wie geronnene Milch oder lange Teigschnüre, die den armen Medien aus der Nase und aus den Ohren quillen. Ob es wohl schmerzt?«, plapperte sie weiter und hielt die Hand auf. Der Diener reichte ihr einen Keks, den sie dem Hündchen verfütterte. »Man hört ja so einiges über diese Leute, und ich war schon bei vielen selbst ernannten Medien. Indische Gurus, Zigeuner, europäische Zauberer, aber keiner hat mir meinen Mann aus den Tiefen des Nachlebens hervorgezogen. Madame Sàtra ist meine letzte Hoffnung.«

»Es soll viele Scharlatane in den Reihen der Bewegung der Theosophen geben, Madame. Dank Mister Houdini sind bereits einige dieser Täuscher überführt worden.« Skelton sah auf den Pagen, der vor ihm herwanderte, und sehnte sich danach, endlich das Zimmer des Fürsten zu erreichen, um der geschwätzigen Vettel zu entkommen.

»Houdini? Ist das nicht dieser Amerikaner?«

»Ein Illusionist, der gesteht, dass er mit Tricks arbeitet und es sich zur Aufgabe gemacht hat, die Scharlatane unter den Medien zu entlarven.« Er lächelte.

»Wollen Sie damit andeuten, Madame Sàtra gehöre zu diesen Blendern?« Abrupt blieb sie stehen.

»Um Himmels willen, nein, Madame!« Skelton wusste, dass zahlreiche Persönlichkeiten aus der Geschichte von ihr herbeibeschworen und befragt worden waren; mit Sàtras Hilfe hatte der Archäologe Carter angeblich sogar das Grab des Tutanchamun vor drei Jahren in Luxor entdeckt. Der legendäre König sei ihr erschienen, hatte sie verlauten lassen.

Die Dame war erleichtert und schob dem Hündchen noch einen Keks ins Maul. »Jetzt hatten Sie mich aber erschreckt, Sir. So eine

Séance kostet nämlich nicht eben wenig, müssen Sie wissen.« Endlich blieb sie an einer Doppeltür stehen, vor der ein livrierter Wächter stand. Sie suchte in ihrer Handtasche nach der Einladung. »Wünschen Sie mir Glück. Wenn dieser Tresor weiterhin geschlossen bleibt, werde ich bald arm wie eine Kirchenmaus sein.«

»Ich drücke Ihnen die Daumen, Madame.« Skelton nickte ihr zu, eilte weiter und atmete tief aus, was den Pagen zum Grinsen brachte. »By Jove! Noch ein Wort mehr, und ich schwöre bei Gott, dass ich sie mit dem Pudel gestopft hätte«, raunte er dem Jungen zu, der daraufhin in schallendes Gelächter ausbrach.

Endlich gelangten sie zur Suite des Fürsten.

Der Page klopfte gegen die Tür. Nach einiger Zeit öffnete ihnen eine hübsche, junge Frau, deren Kleid unordentlich und hastig angezogen wirkte; die brünetten Haare mit den kleinen Löckchen hatte sie rasch hochgesteckt und einen muschelähnlichen, weißen Hut darauf gesetzt; ihr Blick war leicht verklärt. »Verzeihung«, wisperte sie und huschte zwischen ihnen hindurch. Sie eilte den Gang entlang, sprühte dabei etwas Parfüm auf ihre Handgelenke und das Dekolleté.

Skelton war sich absolut sicher, dass es sich um eine Schauspielerin gehandelt hatte, aber ihm wollte partout nicht der Name einfallen. Lya Mara?

»Kommen Sie rein, Mister Skelton!«, tönte es aus der Suite. »Früher hätten Sie nicht erscheinen dürfen.«

Skelton gab dem Jungen ein paar Pfennige und trat durch die geöffnete Tür.

Es roch nach schwerem Tabak und drückendem Männerparfüm, das Skelton sofort ein lautes Niesen abrang. Die Vorhänge waren zugezogen, ein halbes Dutzend Kerzen brannten im Wohnbereich; drei Windspiele in verschiedenen Tonlagen erzeugten ein leises, unregelmäßiges Konzert. Warum sie sich ohne einen Luftzug drehten und die Röhren aneinander schlugen, blieb Skelton schleierhaft. Er zog die Mütze ab und glättete die pomadigen Haare mit einer raschen Handbewegung. »Knjaz Zadornov?«

»Kommen Sie näher, Mister Skelton«, forderte ihn eine tiefe, sonore Stimme auf.

Er zog die Tür hinter sich zu und ging weiter in die Suite hinein, dann erkannte er den Fürsten. Aufgrund der Stimme hatte er mit einem Menschen in seinem Alter gerechnet, doch anstelle eines Dreißigjährigen lag ein junger Mann, der gerade einmal die Volljährigkeit erreicht haben mochte, auf dem dunkelgrünen Diwan.

Er war sehr schlank, die langen schwarzen Haare hingen offen auf sein schwarzes Hemd, das bis zur Brust aufgeknöpft war. Stoppeln standen ihm im Gesicht, mit dem Rasieren nahm es der Fürst wohl nicht allzu genau; die schwarzen Koteletten reichten bis an den Unterkiefer. Skelton musste an das Selbstbildnis von Dürer denken, nur dass dieser Mann wie dessen jüngerer, verwegenerer und attraktiverer Bruder aussah. Sein Hemd war aus der nachtfarbenen Stoffhose gerutscht, die Füße waren nackt. Es war offensichtlich, was sich kurz vor seinem Eintreffen in der Suite abgespielt hatte.

»Möchten Sie einen Absinth, Mister Skelton?« Zadornov richtete sich auf, eine Hand hielt das Mundstück einer Wasserpfeife, der Schlauch führte hinter den Diwan. »Oder lieber etwas von meiner Pfeife, deren Inhalt nicht unbedingt harmlos zu nennen ist? Sind Sie Haschisch gewohnt?«

»Nein, vielen Dank, Durchlaucht«, lehnte Skelton rasch ab und sah in die faszinierend blauen Augen des Fürsten. Bei einer Frau hätte man sie betörend genannt, mal erschienen sie heller, mal dunkler, und sie zogen die Blicke regelrecht an. Es fiel ihm schwer, sich von ihnen zu lösen und nicht zu unverschämt zu starren. »Ich brauche einen klaren Verstand, Durchlaucht.«

Zadornov nickte grinsend, sog am Mundstück und hüllte den Kopf in Nebel. »Was immer Sie wünschen, Mister Skelton, rufen Sie einen Kellner und lassen Sie sich etwas bringen. Wasser und Tee stehen auf dem Tisch. Machen Sie es sich bequem.«

Während Skelton sich setzte, die Tasche neben sich platzierte und etwas von dem Wasser in ein Glas goss, stellte Zadornov die Füße auf den Boden und legte das Mundstück zur Seite. Sein wild-hübsches Antlitz tauchte aus dem Tabaknebel auf. Er goss sich ebenfalls etwas zu trinken ein; die klare Flüssigkeit aus seiner Flasche verbreitete den charakteristisch schwachen Geruch von Wodka.

Skelton verfolgte, wie der Russe ein paar Rosinen aus einem Kristallschälchen nahm, sie in den Mund steckte, kaute und gleich darauf den Alkohol trank. Es schien zu stimmen, was man sich über ihn berichtete: Die Momente, in denen man ihn nicht unter Drogen erlebte, waren spärlich gesät.

Zadornov richtete die Augen auf ihn. »So, Mister Skelton von Hamsbridge & Coopers Insurance aus London. Erzählen Sie mir, womit ich Ihnen und Ihrem Unternehmen helfen kann.«

»Es verhält sich so, dass ich ohne Billigung meiner Vorgesetzten bei Ihnen vorspreche, Durchlaucht. Würden sie erfahren, dass ich mich bei Ihnen befinde, hätte dies wohl eine Rüge, wenn nicht sogar meine sofortige Entlassung zur Folge. Ich bitte Durchlaucht daher um Diskretion.« Skelton nahm sein Glas und nippte daran.

»Die ist Ihnen sicher, Mister Skelton. Wenn Sie mir endlich Ihr Anliegen schildern? Ich erwarte in einer Stunde den nächsten *Besuch*«, lächelte er süffisant.

Auch *das* Gerücht stimmte offenbar: Zadornov hatte viele Frauenbekanntschaften. »Sie haben von dem Überfall auf das kunsthistorische Museum in London gehört, wie ich annehmen darf?«

Zadornov überlegte. »Vage. Ich bin mir nicht sicher. Fassen Sie es kurz für mich zusammen, seien Sie so freundlich.«

»Es gab einen Einbruch, die Diebe hatten es auf mehrere Kunstschätze aus der Abteilung Drachenjagdwerkzeuge und Kleinodien abgesehen. Sie wurden von den Wärtern gestellt, wie man anhand der Spuren annimmt, doch dann ...«

»Richtig!« Zadornovs Augen zogen sich zusammen. »Es fällt mir wieder ein. Man fand nur Leichen, es gab keinen einzigen Überlebenden. Der Wert der gestohlenen Gegenstände beläuft sich auf 21,1 Millionen Britische Pfund, las ich?«

»Es stimmt leider nicht ganz, Durchlaucht. Die Summe hat sich auf 34,4 Millionen erhöht.« Skelton leerte sein Wasser und bediente sich am Samowar, goss sich zuerst tiefschwarze Brühe aus dem kleineren Kännchen obenauf in die Tasse und verdünnte den Sud mit kochendem Wasser aus dem bauchigen Kessel. »Und Hamsbridge & Coopers müssten diese ungeheure Summe bezahlen, wenn wir die Gegenstände nicht wiederbeschaffen können.« Er beugte sich zur Seite, öffnete die Tasche und nahm einen Katalog hervor, in dem die entwendeten Gegenstände abgebildet waren, überwiegend als Zeichnung, aber auch als Fotografien. »Das sind sie, Durchlaucht.« Er schob das Büchlein über den Tisch.

»Aha.« Zadornov richtete sich ebenfalls einen Tee, rührte unglaublich viel Zucker hinein und gab Sahne hinzu. »Ich vermute, Ihr Unternehmen hat keine Ahnung, wo sich die Beute befindet.«

»Wie gesagt, die eintreffenden Polizisten fanden nichts als die Leichen der Diebe und Museumswärter, die... Nun, sie waren tot.« Skelton nahm weitere Fotografien heraus, um Zadornov die Kadaver zu zeigen, doch der Fürst lehnte mit einer Handbewegung ab. »Alle Spuren am Tatort, da ist Scotland Yard sicher, weisen auf einen Überfall mindestens zwei verschiedener Gruppen hin. Anhand der Abdrücke, Durchlaucht.«

Zadornov lachte leise und finster. »Gleich zwei, die sich darum schlugen? Man versteht einfach nicht, was in Kriminellen vorgeht.« Er nahm den Katalog der fehlenden Gegenstände zur Hand, blätterte ihn durch. »Aber sie haben Geschmack«, meinte er nach Sichtung der Schmucksteine.

»Scotland Yard hat seine Hilfe bereits angeboten, aber ich wollte mich nicht allein darauf verlassen, Durchlaucht.« Skelton war durch die offenkundige Teilnahmslosigkeit des Russen verunsichert, der nur noch Augen für die Beute besaß. »Sie sind als Hellseher bekannt. Als berühmter Hellseher.«

»Da haben Sie sich den schmeichelhaftesten meiner Titel herausgesucht, Mister Skelton«, lächelte Zadornov und musterte ein Zepter, das zwei Schneiden besaß. »Das Zepter des Marduk, mit dem er angeblich Tiamat in Teile geschnitten hat«, las er die Bildunterschrift. »Ausgegraben 1901 bei Sippur.«

Skelton wurde unruhig, als der Fürst wieder zum Wodka griff. Er bekam Zweifel, dass es eine weise Entscheidung gewesen war, ihn aufzusuchen. Nur gut, dass seine Vorgesetzten nichts davon ahnten. »Meine Hoffnung ist, Durchlaucht, dass es Ihnen möglich ist, durch Ihre hellseherischen Fertigkeiten den Ort zu ermitteln, an dem die Beute aufbewahrt wird«, sagte er.

»Und danach?«

»Werde ich Hamsbridge & Coopers Bescheid sagen, damit sie die Polizei dorthin senden.«

»Mister Skelton.« Zadornov sah auf, und die blauen Augen fingen ihn sofort. »Wie wollen Sie erklären, dass Sie wissen, wo sich die geraubten Dinge befinden?«

»Ich werde sagen, ich hätte mich umgehört, Durchlaucht.«

Der Fürst runzelte die Stirn. »Ich würde zu gern etwas von dem Erfolg ernten, den Sie dank meiner Hilfe haben werden. Sagen wir, dass Sie später gegenüber Zeitungen erwähnen werden, woher Sie den entscheidenden Hinweis bekommen haben.«

»Das werde ich gern tun.« Skelton kostete von dem Tee und stellte fest, dass er furchtbar stark und bitter geraten war. Er hatte sich zu wenig Wasser zum Verdünnen des sicherlich seit Stunden kochenden Suds genommen. Das erklärte die Unmengen von Zucker in Zadornovs Tasse; außerdem bemerkte er einen Geschmack darin, der ihm merkwürdig erschien. Er milderte ihn mit mehr Milch. »Gehe ich recht in der Annahme, dass Sie mir helfen möchten, Durchlaucht?«

»Sofern Sie mich bezahlen können, Mister Skelton.« Zadornov lehnte sich zurück, den Rücken gegen die Lehne des Diwans gestützt. »Ich beanspruche zehn Prozent Ihrer Versicherungssumme. Das wären anstatt 2,1 nun dank Ihrer Ehrlichkeit 3,4 Millionen Pfund.«

Skelton erbleichte, setzte sich stocksteif hin. »Durchlaucht, das ist ein ungeheuer hohes Entgelt ...«

Der Fürst zeigte auf den Ausgang. »Dann gehen Sie ein paar Zimmer weiter, Mister Skelton, und versuchen Sie Ihr Glück bei Madame Sàtra. Soweit ich weiß, nimmt sie fünfzehn Prozent und mehr. Dabei wird sie keinerlei Rücksicht auf die Lage Ihres Unternehmens walten lassen.« Er hob das Mundstück wieder auf und sog mehrmals daran, bis weißer Rauch aus seinem Mund und den Nasenlöchern drang. Sein Gesicht verschwand aufs Neue im Nebel. »Oder ich gebe Ihnen die Adressen von einigen bemerkenswert guten Betrügern, die Ihnen weniger Geld abnehmen, aber deren Aussagen so viel wert wie dieser Qualm sind«, kam es dunkel aus den Schwaden. »Es ist Ihre Entscheidung, Mister Skelton.«

Der Brite leerte die Teetasse, etwas knirschte zwischen seinen Zähnen. »Nun gut, Durchlaucht. Ich bin nicht in der Position, großartig um die Bezahlung zu feilschen.«

»Das sehe ich ebenso.« Der Rauch wirbelte, plötzlich stand Zadornov neben ihm, leicht vornübergebeugt und genau auf Augenhöhe; das helle Blau brannte sich in seinen Kopf. »Wie wollen wir festhalten, dass ich das mir zustehende Geld auch bekomme, Mister Skelton? Da Sie ohne Wissen Ihrer Vorgesetzten bei mir sind, können Sie auch keinerlei bindende Verträge für das Unternehmen Hamsbridge & Coopers eingehen.«

»Ich schwöre Ihnen, Durchlaucht, dass Sie Ihre Belohnung erhalten werden«, antwortete Skelton und wunderte sich über die Monotonie in seiner Stimme, über seine plötzliche Schläfrigkeit.

Zadornov legte den Kopf in den Nacken und lachte laut und anhaltend, während er sich wieder auf den Diwan fallen ließ.

»Zweifeln Sie an meiner Integrität, Durchlaucht?« Skelton fühlte Wut in sich aufsteigen. »Als ein britischer Gentleman ...«

Der Fürst gluckste, hob abwehrend beide Hände. »Verzeihen Sie mir, lieber Mister Skelton. Es ist eine Gewohnheit von mir, nichts mehr auf Worte zu geben, weder von Bettlern noch vom Zaren.« Er schlug die Beine übereinander, ergriff das Mundstück. »Machen Sie mir einen anderen Vorschlag.« Er zielte mit dem Schlauchende auf ihn. »Sie besitzen sicherlich ein Haus, Mister Skelton?«

»Sicherlich, Durchlaucht.«

»Wo?«

»In London, Baker Street 221. Eine gute Lage mit ruhigen Nachbarn, einer von ihnen ist sogar Detektiv, und ich ...« Skelton verstummte. »Sie verlangen mein Haus?«

»Als Sicherheit, Mister Skelton. Damit Sie dafür sorgen, dass ich meine 3,4 Millionen Pfund von Hamsbridge & Coopers erhalte«, lächelte Zadornov. Er beherrschte die Kunst, zugleich lauernd und fordernd zu wirken. Die durchdringenden Augen machten es unmöglich, den Blick abzuwenden und sich zu sammeln, um eine Verneinung auszusprechen. Die schwarzen Haare legten einen Schatten auf das Gesicht, er sah gefährlich und diabolisch aus. Gläubige Menschen hätten ihn in diesem Augenblick für den Teufel in Menschengestalt halten können.

Skelton bemerkte, dass sich die Wände um ihn drehten, und er bekam Angst. Sein Herz schlug plötzlich schneller. Die Einrichtung des Zimmers selbst blieb starr und unbeweglich, seine Finger klammerten sich in die Sitzfläche des Stuhls. Er traute seinen Augen nicht: Der Fürst wuchs auf dem Diwan, verwandelte sich in einen Riesen und öffnete den Mund. Anstelle von Worten stiegen Fledermäuse auf, und Schlangen schlüpften zwischen den Zähnen hervor, schlängelten sich auf ihn zu. Skelton bemühte sich um Fassung, schloss die Lider und zählte stumm bis zehn. Als er sie wieder hob, war von Zadornov nichts zu sehen, aber wenigstens waren die Wände zur Ruhe gekommen und die Tiere verschwunden.

»Hier«, sagte die Bassstimme unmittelbar neben seinem linken Ohr, ein Block und ein Stift flogen an ihm vorbei und landeten unglaublich lärmend auf der Tischplatte. Der Brite sprang erschrocken auf, kreischte sogar wie ein Mädchen.

Der Fürst wich vor ihm zurück. »Mister Skelton, was ist denn mit Ihnen?«

»Ich weiß nicht, Durchlaucht.« Seine Stirn fühlte sich heiß an, er wischte darüber und fühlte Feuchtigkeit zwischen den Fingern. »Vielleicht ist es Ihr Tabak. Oder der Tee ...«

Zadornov blickte auf den Samowar. »Oh, sollte das noch die alte Füllung sein?« Er hob den Deckel von der kleinen Silberkanne, rührte mit dem Finger darin und holte ein langes, gezacktes Blatt hervor. »Ich fürchte, ich muss mich bei Ihnen entschuldigen, Mister Skelton. Sie hatten das Vergnügen, etwas von meinem russischen Besonderheitentee zu kosten.« Er musterte ihn. »Halluzinationen?«

»Ja, Durchlaucht.«

»Geräusche, hundertmal lauter als üblich?« Er setzte sich und schob zuerst den Block und dann den Stift an Skeltons Platz.

»Durchaus, Durchlaucht.«

»Dann rate ich Ihnen, keinen Tee mehr zu sich zu nehmen. Sie hatten schon eine gute Dosis, und für jemanden, der keinerlei Drogen gewohnt ist, genügt es vollkommen.« Zadornov schenkte sich Tee nach. »Wollen wir zum Geschäftlichen kommen, Mister Skelton? Ich diktiere Ihnen, wenn es recht ist.«

Er setzte sich, nahm den Graphitschreiber und notierte, was der Fürst diktierte.

»Hiermit erkläre ich, Onslow Skelton, im Namen von Hamsbridge & Coopers Insurance, dass als Lohn 3,4 Millionen Pfund von Hamsbridge & Coopers an Knjaz Grigorij Wadim Basilius Zadornov gehen, wenn die entwendeten Stücke aus dem kunsthistorischen Museum durch den Hinweis des Fürsten gefunden werden«, sagte der Russe. »Nein, schreiben Sie lieber: die Mehrzahl der entwendeten Stücke.«

»Durchlaucht, ich muss darauf bestehen, dass es alle Stücke sind.« Zadornov deutete auf das Papier. »Von mir aus. Also ... durch den Hinweis des Fürsten gefunden werden, mindestens aber 34 000 Pfund für die Séance als solche.« Er ignorierte die Blicke des Mannes. »Sollte sich Hamsbridge & Coopers Insurance weigern, die 3,4 Millionen Pfund auszuzahlen, erhält Knjaz Grigorij Wadim Basilius Zadornov als Kompensation das Anwesen in der Baker Street 221 von Mister Onslow Skelton. Datum und Unterschrift, bitte.«

Ohne ein gutes Gefühl bei der Sache zu haben, unterzeichnete Skelton.

Kaum hatte er seinen Namenszug darunter gesetzt, nahm der Russe das Blatt an sich und brachte es in ein Zimmer nebenan, kehrte zurück, rutschte an den Tisch heran und legte die Linke auf den geöffneten Katalog mit den Beutestücken. »So, Mister Skelton. Mit Ihrer Erlaubnis beginne ich die Suche nach den Schätzen.«

»Ich bitte darum, Durchlaucht.« Skelton nahm sein kariertes Taschentuch hervor und tupfte sich das Gesicht ab, es war sicherlich knallrot. Schnell trank er von seinem Wasser, dann betrachtete er Zadornov, dessen Gesicht einen abwesenden Ausdruck annahm, die blauen Augen zuckten kaum merklich hin und her, die Lider flatterten, und der Blick reichte in die Unendlichkeit.

Urplötzlich breitete sich die hektische Bewegung über den gesamten Leib des Fürsten aus, er zitterte, klapperte mit den Zähnen und ächzte unterdrückt. Die Hand, die auf dem Katalog lag, verkrampfte sich und nahm ein klauenhaftes Äußeres an, zog die Seite knisternd zusammen und zerriss sie zu einem großen Teil.

»Durchlaucht?« Skelton schluckte nervös. »Durchlaucht, was ...?« Er hatte keine Ahnung, ob das Teil einer Vision war oder ob bei Zadornovs Hellsehereiversuch etwas gravierend schief lief.

Speichel rann aus den Mundwinkeln, der Fürst ächzte, und die blauen Augen rollten nach oben weg, sodass es nur das Weiß in den Höhlen gab. Seine Hand ballte sich zur Faust, die Fingerknöchel färbten sich hell, so sehr presste er die herausgerissene Seite zusammen; dann kippte er nach hinten, riss die Teetasse mit, rutschte vom Diwan und schlug hart auf dem Boden auf.

Als ein lauter Schrei aus Zadornovs Kehle stieg, der nichts Menschliches besaß, sprang Skelton zum zweiten Mal von seinem Stuhl auf.

1. Januar 1925, Reichshauptstadt Berlin, Königreich Preußen, Deutsches Kaiserreich
Noch eine Suite im *Adlon* wurde vom Schein vieler kleiner Kerzen erhellt, die alle auf dem großen Tisch im Wohnbereich aufgestellt worden waren.

Der Rest der Unterkunft lag im Halbdunkel, die Schatten der sieben Männer und Frauen, die an dem Tisch saßen, reichten einige Ellen weit und verschmolzen mit der Dunkelheit, als wollten sie vor dem bevorstehenden Ereignis flüchten.

»Gibt es noch irgendwelche Fragen mich und meine Methoden betreffend?« An der kurzen, oberen Seite saß Madame Arsènie Sofie Sàtra, das berühmteste Medium und die erfolgreichste Geisterbeschwörerin des französischen Königreichs, wenn nicht sogar Europas.

Weder der weltberühmte Entfesselungskünstler und Spiritistenzweifler Harry Houdini noch das British College of Psychic Science hatten sie eines Schwindels überführen können. Houdini hatte schon Dutzende Séancen von Betrügern platzen lassen – aber bislang keine einzige von Madame Sàtra. Er schaffte es nicht, ihr einen faulen Zauber nachzuweisen. Dies ließ die Skeptiker zwar nicht verstummen, aber die Schar ihrer Anhänger vergrößerte sich stetig.

Dass sie selbst etwas Gespensterhaftes besaß, war ihrem Ruf nur zuträglich. Sie war für eine Frau recht groß, hatte lange, weißblonde Haare und hellbraune Augen, die ins Rötliche gingen, und die alabasterfarbene Haut nahm kein bisschen Bräune an. Ihr extrem attraktives Äußeres, in das sich sogar die leichte Stupsnase einfügte, hüllte sie entweder in schwarze oder weiße Kleidung, einen anderen Farbton gab es nicht für sie.

Heute trug sie ein hochgeschlossenes weißes Kleid mit kurzen Armen, dafür reichten die Handschuhe bis an den Ellbogen; die Spitzen am Kragen und über dem Dekolleté gaben dem an sich züchtigen Kleid etwas Verruchtes, man sah viel schimmernde Haut.

Eine Dame in einem weißen Kleid, um die fünfzig und mehr Geschmeide um den faltigen Hals, Handgelenke und an den Ohren als die Queen, hob die Hand.

»Ja, bitte, Frau von Schomus?«

»Werden wir das Bewusstsein verlieren, Madame Sàtra?«

»Wieso sollte das geschehen, meine Dame?«

Die Frau errötete. »Nun, man hört so einiges, Madame. Es ist meine erste Séance, und ich habe empörende Dinge gehört, die sich dabei zutrugen.« Als sie den scharfen Blick bemerkte, fügte sie rasch hinzu: »Nicht von *Ihren* Séancen, Madame.«

»Ah, ich verstehe, was Sie meinen. Sie spielen auf die Orgien an, die sich zugetragen haben sollen.«

Einer der jüngeren Männer am Tisch hob den Kopf und sah Arsènie verlangend an, sein Blick huschte von ihrem hübschen Gesicht hinab auf die Brüste. »Ich hörte ebenfalls davon, Madame.«

»Ich kann Sie beruhigen. Es werden sich keinerlei Unsittlichkeiten zutragen, auch wenn das Licht verdunkelt ist oder sogar während der Anrufung verlöschen wird.« Sie lächelte der älteren Dame zu. »An diesen Geschichten sind Hochstapler schuld, liebe Frau von Schomus. Unter dem Deckmantel der Trance ließen sich einige gerne gehen, redeten gotteslästerlich und obszön und verführten die Teilnehmer der Sitzungen der Reihe nach. Sie wurden von der Society of Psychical Research rasch des Betrugs überführt.« Die mehr rötlichen als braunen Augen richteten sich auf den Mann. »Sie müssen keine Bedenken haben. Die Moral bleibt gewahrt.«

Der Mann verzog den Mund. Arsènie konnte sich gut vorstellen, dass er nur deswegen an der Séance teilnahm, weil er auf eine ungewöhnliche Ausschweifung spekuliert hatte. Sie liebte es, mit den Wünschen der Männer zu spielen. »Sind alle der Herrschaften bereit?«

»Ja, Madame«, erfolgte die geraunte Antwort der vier Frauen und zwei Männer.

Ihr Blick schweifte über die neugierigen Gesichter, teilweise entdeckte sie eine Spur von Angst darin. »Bevor wir in die Geisterwelt eintauchen, muss ich fragen, ob die Anwesenden auch ihren Obolus für meine Mühe entrichtet haben«, sagte sie leise, sodass sich alle unwillkürlich auf ihre Stimme konzentrierten. Sie erntete ein Nicken und ein Handzeichen von einem ihrer Diener, der genau Buch geführt hatte. Arsènie lächelte belohnend, vor allem in Richtung der Männer, und streckte die Arme nach rechts und links aus. »So fassen wir uns alle bei den Händen, um unsere Energien zusammenzuführen, die ich ins Jenseits zu Ihren Verlorenen und Geliebten senden werde.«

Zögerlich wurden Finger ineinander gehakt.

Arsènie trug nicht umsonst Handschuhe. Sie hasste es, feuchte, schwitzige Hände zu berühren, die sie an rohes Fleisch oder einen nassen, kalten Putzlappen erinnerten. Sie richtete die Augen fest auf die Kerzenflamme und fokussierte sie. Sie spürte das Ziehen der Pupillen, wie sie sich verengten und zu kleinen schwarzen Punkten wurden, aus denen Energie wie aus dünnen Düsen strömte. Das Ektoplasma war für die Menschen um sie herum noch unsichtbar.

»Ihr Geister in der anderen Welt, welche die unsrige doch umschließt, ich rufe euch!«, wisperte sie mit viel Betonung. Das hätte sie zur Anrufung nicht tun müssen, aber es wirkte besser auf die Teilnehmer. »Kommt zu mir, ich beschwöre euch. Gesellen Sie sich zu uns, Herr Karl von Schomus. Zeigen Sie sich, und vernehmen Sie den Wunsch Ihrer Gattin Wilhelmina.«

Es tat sich nichts, die Flamme flackerte nicht einmal.

»Karl von Schomus, ich rufe Sie!« Abrupt wurde Arsènies Stimme dunkler, fordernder. »Zeigen Sie sich!« Sie öffnete einen Spalt im Zwischenraum, der Jenseits und Diesseits voneinander trennte, und sandte Energie als Köder aus, um die Seele herbeizurufen. Sie würde dem Ektoplasma einfach nicht widerstehen können.

Plötzlich knurrte der Pudel von Frau von Schomus, der auf dem Arm ihres Dieners hockte, und krümmte sich zusammen, die Ohren klappten nach hinten.

Auf einen Schlag verlosch die Kerze, und darüber erschien das leuchtende Gesicht eines Mannes um die siebzig, der einen langen schwarzen Bart trug. Er wirkte ärgerlich, verwirrt, schaute sich unentwegt um; das Ektoplasma hatte seinen Dienst getan.

»Mein lieber Karl«, quiekte seine Gemahlin erschrocken.

»Lösen Sie die Finger nicht«, zischte Arsènie und hielt die Konzentration aufrecht. Sie spürte, dass die Geisterebene in Aufruhr geriet, es gab Strömungen und Verwirbelungen, welche sie so noch nicht erlebt hatte. Die Séance stand unter keinem guten Stern. »Stellen Sie Ihrem Gemahl die Frage, Frau von Schomus.« Ihre Atmung beschleunigte sich, die Geister strengten sie an und sogen ihr das Ektoplasma regelrecht aus dem Leib.

»Mein lieber Karl«, stammelte die dickliche Frau. »Ich suche die Nummer unseres Geldschranks, in dem du die Wertpapiere aufbewahrt hast. Bitte, nenn sie mir.«

»Du wirst sie niemals erfahren!«, donnerte er. Im Zimmer wurde es kühler, und ein leichter Wind fuhr durch die Haare der Anwesenden. »Eher sollen sie im Tresor verrotten, als dir nützen, Ehebrecherin!«

Frau von Schomus erbleichte, sah schnell nach rechts und links, danach zu Arsènie. »So war das nicht gedacht, Madame Sàtra«, beschwerte sie sich.

»Ich habe keinen Einfluss auf das, was sich in der Vergangenheit ereignet hat, Frau von Schomus«, erwiderte sie abwesend, ihre Brust hob und senkte sich schneller. Sie spürte, dass sich ein Gast aus dem Jenseits im Raum befand, der nicht gerufen worden war. Er strich um die Gruppe, lauerte auf eine Gelegenheit, sich zu zeigen. Arsènie verlagerte ihre Kräfte und nutzte sie nun zur Abwehr anstatt zur Herbeirufung. Es wurde ernst.

»Du bist eine Hure, Elsbeth!«, schrie der geisterhafte Karl. »Du hast es mit meinem Buchhalter getrieben.«

»Schicken Sie ihn weg, Madame«, verlangte Frau von Schomus aufgebracht. Man hatte sie vor den Augen und Ohren anderer Persönlichkeiten kompromittiert! »Das ist nicht mein Gemahl. Er würde so etwas niemals zu mir sagen.« Sie machte Anstalten, sich zu erheben.

»Bleiben Sie sitzen!«, herrschte Arsènie sie an. »Sie bringen uns alle in Gefahr!«

Doch Wilhelmina Elsbeth von Schomus war zu tief getroffen. »Sie haben mir nichts zu befehlen, Sie Schwindlerin! Wer weiß, was für einen Geist Sie da herbeigezaubert haben, der sich als mein lieber Karl ausgibt.« Sie versuchte, sich aus den Griffen ihrer Nachbarn zu winden, die sie anstarrten und nicht loslassen wollten. »Ich kenne die

Tricks der Scharlatane, Madame Sàtra, und ich bin mir sicher, dass im Zimmer über uns jemand sitzt, der mit irgendwelchen Spiegeln und Licht und Wind dafür sorgt, dass wir uns gruseln.«

»Bitte, liebe Frau von Schomus«, bettelte ihr linker Nachbar und hatte Mühe, den Griff länger zu halten. »Denken Sie an uns!«

Arsènie sah das Unheil kommen, befand sich aber zu weit weg, um es verhindern zu können.

»Ich denke an mich. Und an das Geld.« Sie riss sich los und stand auf. »Ich gehe!«

Der Kreis war gebrochen.

Mit einem lauten, dunklen Fauchen fiel eine Windböe über den Raum her, schleuderte die Sitzenden samt den Stühlen um und katapultierte die leichteren Einrichtungsgegenstände Geschossen gleich umher. Kerzenleuchter, Bilder, Tassen und Unterteller verwandelten sich in Projektile, unsichtbare Kräfte zerschlitzten die Leinwände der Gemälde an den Wänden, und eine Kuchengabel durchbohrte den winselnden Pudel.

»Ihr Geister, ich banne euch«, schrie Arsènie gegen das Toben des Sturms an. Die Männer und Frauen um sie herum kreischten, suchten Schutz unter dem Tisch oder klammerten sich aneinander. Sie schloss die Augen und mobilisierte ihre ektoplasmischen Kräfte. Dieses Mal würden sie deutlich zu sehen sein.

Schwarze Gespinste schnellten in fingerdicken Strahlen an verschiedenen Stellen aus ihrem Oberkörper, fächerten filigranen Netzen gleich auseinander, sie hemmten die Kraft des Windes und fingen umherzischende Gegenstände ab, die daraufhin starr in der Luft verharrten. Arsènie hatte ein Messer abgefangen, das im Begriff gewesen war, sich beim nächsten Lidschlag durch Frau von Schomus' Hals zu bohren.

Als der Sturm verebbt war, öffnete Arsènie die Augen und ließ das Ektoplasma sich auflösen. Überall in der Suite rumpelte und klirrte es, weil die eben noch schwebenden Dinge der Schwerkraft folgten und zu Boden fielen. Sie seufzte und ließ sich in das Polster ihres Sessels sinken. Lichtstrahlen fielen durch die gesprungenen Fenster herein, die meisten Vorhänge waren heruntergerissen, zerstört oder hatten sich um die Halterung gewickelt. »Es ist vor ...«

Fünf gewaltige Köpfe eines schwarzen Drachen erschienen als

geisterhafte Materialisation über dem Tisch, die gelben Augen leuchteten, und die grässlichen, dornenbesetzten Schädel sahen sich gierig um; der mittlere erspähte Arsènie und stieß ein dröhnendes Brüllen aus, dann schnappte er nach ihr, zwei weitere Drachenköpfe folgten ein Blinzeln später.

Sie sah die Mäuler auf sie zurasen, hielt die Arme vor den Kopf und schrie aus Leibeskräften.

Klackend schlugen die Zähne aufeinander und hätten sie sicherlich zerfleischt – wenn es ein echter Drache gewesen wäre.

Im nächsten Moment verging die Erscheinung, zurück blieben umherwabernde, weiße ektoplasmische Schlieren, die sich wie Tabakrauch auflösten.

Mit einem Kreischen kroch Frau von Schomus unter dem Tisch hindurch zum Ausgang, stieß ihren Diener zur Seite und riss die Tür auf; schreiend hastete sie den Gang entlang.

»Die Gefahr ist gebannt, meine Herrschaften«, keuchte Arsènie und betrachtete vorsorglich ihre Arme. Es gab keine Wunden, dabei hatte sie den stinkenden Atem des Monstrums gerochen und das heiße Feuer gespürt, das in seinem Rachen schlummerte.

Sie sah sich in dem Chaos um, das die Séance hinterlassen hatte, während die Männer und Frauen vom Schreck getrieben aus dem Raum stürmten. Scherben knackten unter den Stiefelsohlen der Flüchtenden.

»Das wird die teuerste Rechnung, die mir das *Adlon* jemals ausstellt«, murmelte sie angesichts der Verwüstung und erhob sich vorsichtig. Ihre Beine zitterten, denn obwohl sie bereits so einige schreckliche Begebenheiten mit den Geistern hinter sich gebracht hatte, übertraf das eben Erlebte alles. Es blieb unerklärlich. Ein schwarzer Drache mit fünf Köpfen und gelben Augen. Arsènie wusste die Erscheinung nicht einzuordnen. Warum sollte er ihr nachstellen?

Sie ging ins Schlafzimmer, in dem ihre Kleider wild verstreut umherlagen, suchte ihr silbernes Etui und nahm sich eine Zigarette heraus. Sie brauchte dringend einen ihrer Traumbolzen, wie sie die mit Haschischöl behandelten Zigaretten nannte, um sich zu beruhigen.

Arsènie setzte einen Glimmstängel auf eine dreißig Zentimeter lange Spitze, zündete ihn mit einem Streichholz an und inhalierte hastig das Nikotin und Haschisch.

Ohne Frage würde dieses Ereignis ihren Ruhm mehren. Ein solches Durcheinander konnte keine einzelne Person inszenieren, nicht in einer Suite und nicht ohne ein Heer aus verborgenen Helfern. Die Echtheit war nicht anzuzweifeln.

Langsam ließ sie sich auf ihr großes Bett sinken, zählte die Herzschläge und versuchte, sich durch langsames Ein- und Ausatmen zu beruhigen.

In diesem Augenblick erklang der schauderhafte Schrei eines Mannes auf dem Gang, dessen Seele Schreckliches widerfahren sein musste.

1. Januar 1925, nahe München, Königreich Bayern,
Deutsches Kaiserreich

Silena stand mit den Händen in den Taschen des langen, schwarzen Ledermantels vor den rauchenden Trümmern der Fokker Dr-I. Sie verstand es nicht. Der Dreifachdecker gehörte zu den sichersten und wendigsten Ausbildungsmaschinen ihrer Drachentöter-Staffel Saint George. Nur ein schlafender Pilot rammte ihn senkrecht in den Boden.

Schwarzer, fettiger Qualm stieg auf, ein kleines Feuer wütete in dem Überbleibsel des Motors und zehrte vom Öl und Treibstoff, ohne sich an den Sturzbächen zu stören, die aus den dunkelgrauen Wolken stürzten.

Hoffnung wich der Erkenntnis, der Schock traf sie und machte sie starr. Regen rann in den Kragen des Mantels, tränkte ihr weißes Hemd und rann bis in den Bund der beigefarbenen Knickerbockerhose.

Um die junge Frau herum waren Rettungskräfte am Werk. Männer in dunkelblauen Uniformen mit dem roten Abzeichen der Staffel auf dem linken Ärmel wühlten in dem verbogenen Wrack nach den beiden Piloten, um sie noch vor den sich ausbreitenden Flammen zu erreichen.

Silena beteiligte sich nicht daran, obwohl irgendwo im Durcheinander aus Metall, Holz und Blech ihre beiden Flieger verborgen lagen. Sie hatte beim ersten Anblick der Fokker gesehen, dass es keinerlei Aussichten gab, den Absturz zu überleben.

Nach dem fürchterlichen Kreischen der abschmierenden Maschine und dem lauten Krachen des Einschlags, den alle aus der Staffel gehört hatten, war sie so schnell sie nur konnte aus dem Zelthangar aufs Feld gelaufen. Der Dreck hing an ihren schwarzen Stiefeln, Lehmspritzer hatten es durch das Rennen bis auf den Rücken des Mantels geschafft und zogen von dort helle Schlieren abwärts. Silena hatte helfen und ihre Piloten retten wollen, aber als sie als Erste vor der Fokker gestanden hatte, hatte sie sich nicht mehr bewegen können.

Eilige Schritte näherten sich ihr, Stiefel platschten in Pfützen und aufgeweichte Erde. »Was, zum Teufel, geht hier vor, Großmeisterin?« Neben Silena erschien Leutnant Bloom, der Ausbilder der Bodeneinheiten der Staffel und der beste Techniker, dem sie jemals in ihrer Laufbahn als Drachentöterin begegnet war. »Welche armen Schweine haben denn versucht, mit der Fokker nach Öl zu bohren?« Er zog den dunkelblauen Uniformmantel zusammen, damit er nicht durchnässt wurde.

»Meine Brüder, Leutnant.«

»Was?« Der Mann wandte ihr erschrocken das faltige, gebräunte Gesicht zu. Der mächtige graue Schnauzbart hing nass auf der Oberlippe. Dann schaute der Leutnant wieder nach vorn. »Das kann nicht sein. Großmeister Demetrius war gleich nach Ihnen der beste Pilot der Staffel …«

»Ein Übungsflug«, fiel sie ihm tonlos ins Wort. »Er bat mich, mit Theodor einen Tiefflugangriff unter schlechten Bedingungen üben zu dürfen.« Sie schluckte, wischte sich Regen und Tränen aus den Augen. »Wir wissen, dass Theodor nicht zu den Besten gehörte, Leutnant.«

Bloom strich sich die grauen Haare aus dem Gesicht. »Er hätte den Dreifachdecker niemals so abschmieren lassen. Sogar die Anfänger haben die Maschine im Griff. Es kann nur ein … Unfall gewesen sein.«

»Ein technischer Defekt, Leutnant?« Sie richtete die klaren, grünen Augen auf ihn.

Er schüttelte den Kopf. »Nein, Großmeisterin. Ein Versehen oder ein unglücklicher Zufall. Die Fokker befand sich in einem einwandfreien Zustand. Ich habe sie heute Morgen noch selbst geflogen, um das Leitwerk zu justieren. Keinerlei Beanstandung.«

Bewegung kam am Wrack auf. Ein Soldat sprang vom untersten geborstenen Flügel, der an dem verbogenen Rumpf hing, kam auf sie zu, salutierte. »Wir haben sie, Großmeisterin Silena.«

Die Drachentöterin zögerte. Sie wollte ihre Brüder nicht als zerschmetterte Kadaver in Erinnerung behalten, andererseits befahl ihr schlechtes Gewissen ihr, einen Fuß vor den anderen zu setzen. Sie hatte die Übung erlaubt, sie trug Mitverantwortung am Tod der Männer.

Silena stolperte über den Acker, stieg über Trümmerteile und erklomm den untersten Flügel wie die Treppe zum Schafott, wo sie vier Uniformierte mit bedrückten Gesichtern erwarteten. Sie hielten Blechverstärkungen und Streben zur Seite, damit sie einen Blick ins Innere werfen konnte.

Zitternd beugte sie sich über den Rand.

Demetrius, der hinten saß, war von den dünnen, scharfkantigen Metallscheiben im Oberkörper und an den Beinen zerschnitten worden. Allein seine Lederjacke verhinderte, dass sein Leib auseinander rutschte. Der rechte Oberschenkel fehlte, er lag vermutlich vorn im Cockpit. Das Blut, das aus dem Stumpf geschossen war, hatte den Sessel und den Rücken des zweiten Mannes vor ihm vollkommen eingefärbt. Ein unterarmlanges Stück des abgebrochenen Propellers steckte in Theodors Brust, sein Kopf hing nach vorn und war durch den Aufprall gegen die schmale Scheibe geschleudert worden; das Gesicht glitzerte von den vielen Scherben, von den einst hübschen Zügen ihres jüngeren Bruders war nichts mehr zu erkennen. Die Finger hielten den Steuerknüppel umklammert – er, der Unerfahrenere, war geflogen.

Silena schluchzte auf. Ihre Beine gaben nach, und sie sackte auf die unterste Tragfläche. Bloom stützte sie, sonst wäre sie in den Dreck gerutscht. Sie erbrach sich und zitterte. »Ich habe sie umgebracht«, flüsterte sie und spuckte aus. »Ich hätte Demetrius das Manöver niemals erlauben dürfen.«

»Wir lassen das ganze Wrack genaustens untersuchen, Großmeisterin«, versprach der Leutnant und gab den Soldaten, die mitleidsvoll auf ihre Vorgesetzte blickten, Anweisung, ihre Arbeit fortzuführen.

»Tot«, raunte sie und fuhr sich mit beiden Händen durch die braunen Haare, die in einem Pagenschnitt bis an die Ohrläppchen reichten.

Silena musste an die gemeinsamen Flugstunden denken, an die ersten Einsätze gegen kleine Flugdrachen. Mit welcher Bravour Demetrius geflogen war, und mit welchem Ehrgeiz Theodor danach gestrebt hatte, sie beide zu schlagen. Trotz seiner fehlenden Erfahrung hatte er bald in eine Lanzelot steigen wollen, eine schnelle Doppeldeckermaschine, die von zwei Heckmotoren angetrieben wurde und eine lange ausfahrbare Lanze unter dem Rumpf montiert trug.

»Ich habe ihn immer gewarnt«, flüsterte sie abwesend, die Augen auf den Acker gerichtet, auf den der Regen ebenso prasselte wie auf sie. Silena nahm ihre Kraft zusammen, stemmte sich auf die Beine, um einen letzten Blick auf ihre Brüder zu werfen. Zwei der hoffnungsvollsten Nachfahren des heiligen Georg existierten nicht mehr.

Sie zog Demetrius die Fliegerkappe ab und streichelte sein volles schwarzes Haar, schluchzte leise. Ihr Blick fiel auf die rechte Hand, welche die halbautomatische Pistole umklammert hielt. Sie schniefte, wand den Griff aus den noch warmen Fingern und ließ das Magazin aus der Luger gleiten. Es war leer.

Bloom sah ihr über die Schulter. »Was gibt es, Großmeisterin?«

Silena hielt ihm das Magazin hin. »Mein Bruder hat die gesamte Munition verbraucht, und ich frage mich, worauf er während des Fluges geschossen hat.« Ihre Trauer wurde von der Hoffnung verdrängt, dass es einen Schuldigen gab, den sie für den Tod zur Verantwortung ziehen konnte. An dem sie ihre Wut mit aller Kraft auslassen durfte. Sie betrachtete aufmerksam den Rumpf der Maschine. »Bringt mir jedes Teil des Wracks, ich möchte jedes noch so kleine Stückchen vom Leutnant untersucht wissen«, befahl sie den Rettungskräften aufgebracht.

»Denken Sie, dass sie von einem Drachen angegriffen wurden?« Bloom suchte unter einer Tragfläche Schutz vor dem Regen, während Silena prüfend mit den Händen über den Rumpf strich und die zerstörte Fokker umrundete.

»Der Dreifachdecker war ein Übungsflugzeug und nicht bewaffnet«, rief sie. »Sie hatten weder ein Bordgeschütz noch eine Lanze montiert, um sich gegen Drachen oder Drachenjäger zu verteidigen.« Sie blickte auf zwei Dellen knapp vor dem Leitwerk, winkte einen Soldaten zu sich und ließ sich etwas anheben, um besser sehen zu können. »Ich bin mir sicher, dass sie angegriffen wurden und Demetrius versucht hat, sie zu verteidigen, während Theodor flog.«

Einschusslöcher fand sie nicht, somit schied eine Attacke durch Drachenjäger aus. Sie waren die schärfsten und dazu noch illegalen Konkurrenten, wenn es darum ging, die Bestien zu jagen. Silena kämpfte wie alle Drachentöter im Namen der Kirche gegen das personifizierte Böse, als das der Drache in der Bibel beschrieben wurde. Drachenjäger dagegen handelten aus reiner Profitgier. Sie erlegten die Wesen, um die Einzelteile für viel Geld an Universitäten, abergläubische Menschen, Sammler oder Köche zu verkaufen. Es hatte in der Vergangenheit oft Tote gegeben, wenn Drachenjäger und Drachentöter vor einem Hort aufeinander getroffen waren, und nicht selten war das Scheusal dabei entkommen.

Gegen einen großen Drachen halfen keine herkömmlichen Kugeln, er musste im Zweikampf besiegt werden, wie seit vielen Jahrhunderten, in denen sich die Ungeheuer und die Menschen die Erde teilten. Dabei machte es keinen Unterschied, ob sich das Gefecht auf der Erde oder nun endlich auch am Himmel abspielte. Allein die Nachfahren des heiligen Georg hatten es gewagt, den Krieg in die Wolken zu tragen, anfangs mit verheerenden Verlusten; inzwischen gab es wirkungsvolle Waffen und Maschinen.

»Was hat er mit der Pistole gewollt?«, murmelte Silena und besah sich den Rumpf. Unterhalb des Leitwerks entdeckte sie vier unterschiedlich große Löcher dicht nebeneinander. Die stammten nicht von Geschossen. »Merkwürdig.«

Inzwischen waren ihre Brüder geborgen und auf Bahren zu den Zelten geschafft worden. Sie erklomm die Oberseite des Rumpfs, sprang auf die Sessellehne und beugte sich nach vorn, um nach den Stahlseilzügen zu sehen, mit denen die Ruder bedient wurden; einer davon machte den Eindruck, angeschnitten worden zu sein. »Leutnant Bloom«, rief sie den Mechaniker zu sich und zeigte ihm das Kabelende. »Ihre Meinung?«

»Verfluchte Tat! Wenn nicht durchtrennt, dann zumindest so angeritzt, dass er früher oder später reißen musste«, sagte der Mann nach einem langen Blick. »Ein Saboteur in unserer Staffel?«

»Nein. Ich schätze, es war ein kleinerer Drache, der ...« Silena sah auf die Dellen auf der Oberseite des Rumpfes, die sie zuvor betrachtet hatte – und erkannte aus größerer Entfernung eine Form. »Bloom, sagen Sie mir, dass das keine Fußabdrücke sind.«

Er drehte den Kopf. »Für mich sieht es ganz danach aus. Was, zur Hölle, ist über unseren Häuptern geschehen?« Blooms Augen richteten sich auf den bewölkten Himmel.

Silena wusste keine Antwort und schaute ebenfalls nach oben. In den tief hängenden Wolken konnte sich alles Mögliche verborgen halten und auf einen Angriff gelauert haben, aber die Spuren waren nicht zuzuordnen.

»Ein Mann springt aus einem anderen Flugzeug, landet auf dem Heck des Dreifachdeckers, will das Leitwerk zerstören und wird dabei von Demetrius unter Beschuss genommen. Er springt, durchsticht mit dem Werkzeug die Außenhaut und trifft zufällig einen Seilzug, dann lässt er los und rettet sich mit dem Fallschirm«, mutmaßte sie.

»Der Mann, der das getan hat, dürfte sich zu Recht tollkühn und wahnsinnig nennen. Wäre es nicht einfacher, die Fokker abzuschießen, Großmeisterin?«

»Haben Sie eine bessere Geschichte, Leutnant?« Silena deutete auf das Camp, wo sich die Zelte unter dem finsteren Himmel zusammenduckten und im Wind schwankten, der merklich auffrischte. Sie bildete sich ein, dass in den Wolken über ihnen ein riesiger Drache mit den Schwingen schlug.

Nebeneinander schritten sie durch den Matsch zurück zur Unterkunft, dem Fliegenden Zirkus, wie sie ihre bewegliche Staffel nannten. Die Hand glitt in die Manteltasche und fand die Silbermünze, die ihr Demetrius geschenkt hatte. Er ließ sie gern in der rechten Hand verschwinden und in der linken wieder auftauchen, über die Fingerknöcheln wandern oder sogar durch Tischplatten springen, wenn man daran glauben wollte. Täuschung und Fingerfertigkeit, darauf kam es an. Er beherrschte die besten Tricks mit der Münze. Besser gesagt: Er hatte sie beherrscht.

Sie rieb über die glatte Oberfläche, das Metall erwärmte sich.

Bloom sagte nichts, bis sie die leere Offiziersmesse betraten.

Es roch nach feuchter Zeltwand, nach dem Holzdielenboden und frisch gebrühtem Kaffee, darin mengte sich der Geruch von Zigarren und Zigaretten. Das Bodenpersonal durfte sich Laster erlauben. Licht rührte von den vielen Petroleumlampen her, die an den Querstreben des Zeltes befestigt waren und sich bemühten, das Olivgrün zu erhellen.

»Um auf Ihre Frage zurückzukommen: Nein, ich habe keine bessere«, meinte er, ging zur Vitrine, goss sich selbst und danach Silena einen Whiskey ein und hielt ihr das Glas hin.

»Nein, Leutnant, ich trinke nicht. Das wissen Sie doch.«

»Auch nicht unter diesen Umständen, Großmeisterin?« Er schwenkte das Glas, goldgelb schwappte die Flüssigkeit an den Rändern entlang.

Sie schüttelte den Kopf, nahm sich ein Handtuch und rieb sich damit über die Haare, danach warf sie es ihm über die Schulter. »Auch nicht unter diesen Umständen.« Sie legte den Mantel ab, setzte sich. Ein Messeadjutant zog ihr die Stiefel aus und brachte ihr einen starken Tee. Sie ließ die schwere Münze über die Fingerknöchel wandern. Es half ihr nachzudenken.

Bloom leerte seinen Whiskey in einem Zug und schwenkte den zweiten. »Ich opfere mich für Sie. Jemand muss einen weiteren Feind des Menschen in die Knie zwingen«, zwinkerte er, wurde aber sofort wieder ernst.

»Ich werde dem Erzbischof persönlich berichten«, sagte sie und gab Milch und Zucker in den Tee, ohne umzurühren.

»Da tun Sie recht, Großmeisterin. Er würde einem geschriebenen Bericht nicht glauben, fürchte ich.«

Nach und nach betraten die übrigen Offiziere der Staffel Saint George das Zelt, sie scharten sich am Eingang zusammen und warteten auf eine Gelegenheit, Silena ihr Beileid auszusprechen.

In einer herkömmlichen Fliegerstaffel wäre eine Frau als Pilotin undenkbar gewesen, hier wurde sie bewundert. Es war kein Geheimnis, dass sie außerhalb der Einheit von Luftwaffenpiloten misstrauisch beäugt wurde. Wenn Frauen schon flogen, dann nur zivile Maschinen.

Leutnant Bloom ergriff die Initiative. Er erhob sich, nahm die

Whiskeyflasche und warf sie dem Offizier zu, der ihm am nächsten stand. Wortlos schenkte der Mann aus und gab Bloom ein Zeichen, als alle Anwesenden gefüllte Gläser in den Händen hielten.

Der Mechaniker räusperte sich. »Erheben wir uns in Gedenken an Großmeister Demetrius und Großmeister Theodor, die am heutigen frühen Nachmittag ihr Leben verloren haben«, sagte er getragen und mit lauter Stimme. »Wir werden uns immer ihrer und ihrer Taten erinnern!«

Silena stand auf, steckte die Münze in die Tasche und hielt ihren Humpen mit Tee in die Höhe, alle Augen richteten sich auf sie. »Ich schwöre, dass wir nicht eher ruhen, bis wir herausgefunden haben, wer meine Brüder umgebracht hat. Denn eines ist sicher: Es war kein Unfall.« Es erleichterte sie ungemein, die Worte aussprechen zu können. Somit traf sie keine Schuld, und auch ihre Brüder waren reingewaschen. Silena durfte einen anderen als sich hassen. »Für ihre Seelen!« Sie setzte den Humpen an die Lippen.

»Für ihre Seelen!«, riefen die Offiziere und leerten ihren Whiskey, danach schmetterten sie die Gläser auf den Dielenboden.

Einer nach dem anderen kondolierte Silena, sie schüttelte Hände und war dennoch erleichtert, als sie allein zu ihrer Unterkunft gehen konnte.

Die vom Regenguss nassen Kleider ruhten auf den Ständern: Ledermantel, Uniformjacke und -hose sowie das Hemd bildeten die wenig attraktive Hülle für die Welt der Männer.

Was darunter lag, wusste nur sie, und es hing gleich daneben. Sie gönnte sich weiße Seidenbüstenhalter, die im Gegensatz zu den steifen Korsetts angenehm auf der Haut lagen, nicht zuletzt die Strümpfe und dazugehörigen Bänder. Silena besaß drei Dutzend verschiedene und sammelte immer noch. Ein unsichtbares Accessoire, ganz für sie allein.

Das Wasser rann aus den Kleidern und tropfte in die untergestellten Gefäße; ein einschläferndes Geräusch.

Dennoch gelang es Silena nicht, die Augen zu schließen und den furchtbaren Tag in einem Traum zu vergessen. Sobald sich die Lider senkten, erschien das blutverschmierte Cockpit vor ihr, die Leichen ihrer Brüder …

Schließlich setzte sie sich in ihrem Feldbett auf, stellte die Füße auf den Holzdielenboden. Sie trug einen dunkelblauen Männerschlafanzug, weil sie Nachthemden nicht mochte. Andere Drachentöter hätten das Zelt und die karge Liege als unter ihrem Stand abgelehnt, aber ihr machte es nichts aus. Sie betrachtete sich dank ihrer Abstammung als etwas Besonderes, ja, aber nicht als Übermensch und nicht als Heldin. Sie tat ihre Pflicht wie viele aus ihrer Familie vor ihr.

Ihre Linke hielt den Talisman umfasst, der an einer Kette um ihren Hals hing: ein Splitter von dem Speer ihres Vorfahren, des heiligen Georg, Drachentöter und Stadtbefreier; sobald sie sich einem Drachen auf fünfzig Meter näherte, glomm der Eisenspan auf und warnte sie.

Sie fuhr über den Splitter und war in Gedanken bei Demetrius und Theodor, bei ihrem sinnlosen Tod, den ein Unbekannter heimtückisch herbeigeführt hatte. Sie hatte einen kleinen Drachen im Verdacht.

Die Augen wanderten zum Grammophon. Silena stand auf, kurbelte es an und ließ die Yale Whiffenpoofs erklingen. Sie hatte die amerikanische A-capella-Gruppe vor zehn Jahren das erste Mal bei einem Konzert gehört und war von der Wirkung der Stimmen und den Melodien fasziniert gewesen. Die Whiffenpoofs bestachen durch exzellente Einzigartigkeit. Wahre Goldkehlen. Niemand vermochte es, derartig beruhigende und abwechslungsreiche Klangteppiche zu weben, auf denen sich die Seele ausruhen durfte.

Nach den ersten Tönen entlud sich Silenas Trauer und zerstörte die raue Schale, die sie in der Öffentlichkeit trug.

Weinend stand sie vor dem Schalltrichter, kehrte ins Bett zurück und kauerte sich zusammen. Endlich musste sie keinen der Männer mehr beeindrucken, weder Freunde noch Gegner, jetzt durfte sie Schwäche zeigen.

Es tat gut, hemmungslos zu weinen. Der angestaute Schmerz wurde hinausgeschwemmt und erträglicher. Bis zum Morgen würden die Augen auch nicht mehr gerötet sein, es gab keine verräterischen Spuren von zu vielen Empfindungen.

Das letzte Mal hatte sie so getrauert, als ihre Eltern vor ihren Augen von einem Drachen ermordet worden waren. Der Erfolg hatte Athanasius und Silene den frühen Tod gebracht. Sie waren in einen

Hinterhalt gelockt und von scharfen Klauen zerfetzt worden, als sie ...

Zu viele schlechte Erinnerungen suchten sie heim. Silena nahm das Laken, um die salzigen Tropfen zu trocknen, und betrachtete die Autogrammkarte, die neben ihrem Feldbett stand. Die Aufnahme zeigte den Regisseur und Schauspieler Harry Piel, den sie seit seinem ersten Film bewunderte – nicht, weil er gut aussah, sondern weil er Abenteuer bestand, waghalsige Szenen selbst ausführte und beinahe sogar Kunstflieger geworden wäre. Sie fühlte eine Verbundenheit zu ihm.

»Manchmal wäre es schön, wenn das Leben mehr von einem Film hätte«, sagte sie leise und schloss die Augen. »Ich könnte den Tod von Trius und Theo einfach herausschneiden und eine neue Szene mit ihnen drehen. Als hätte der Absturz niemals stattgefunden.«

Die Whiffenpoofs hatten aufgehört zu singen; zu den Tropfgeräuschen gesellte sich das leise Rauschen, als die Nadel am Ende der Platte angekommen war und keine Töne mehr fand.

Sie wurde müder, gähnte und zog die Decke über sich.

»Ich werde nicht aufgeben, bis ich euch gerächt habe«, schwor sie ihren Brüdern flüsternd und küsste ihren Talisman. »Der Schuldige wird sterben.« Sie schloss die Augen und hoffte auf einen Traum.

II.

»Die Linie Longinus
Ausgehend vom römischen Legionär, der Jesus am
Kreuz die Lanze in die Seite stieß, haben sich die
Nachfahren vor allem auf den Nahkampf mit dem
Spieß spezialisiert.
Manche behaupten, diese Lanze sei noch immer
im Besitz der Linie, komme bei besonders großen
Drachenexemplaren zum Einsatz und richte verheerenden Schaden an.
Das Officium äußert sich dazu nicht.

aus der Serie »Drachentöterinnen und Drachentöter im
Verlauf der Jahrhunderte«
Im »Münchner Tagesherold«, Königlich-Bayerisches Hofblatt
vom 1. Juni 1924

1. Januar 1925, Korumdie-Gebiet, Zarenreich Russland, Grenze zu China

Von den Lüstern und Leuchtern an der Decke der Eingangshalle waren nur noch angebrannte, versengte Reste übrig. Das Blattgold war geschmolzen und hing als erstarrte Tröpfchen an den Wänden. Die Birnen waren größtenteils erloschen oder geplatzt. Die kleinen, zuckenden Flämmchen, die auf der Einrichtung tanzten, verbreiteten flackerndes Licht und machten das Geschöpf noch unheimlicher, Furcht einflößender; nur Caruso sang nach wie vor tapfer, als sei gar nichts geschehen.

Xing wurde langsamer.

»Keine Sorge. Ddraig Goch tut dir nichts.« Vouivres silbrig funkelnde Kralle schob sie erneut an, Xing trudelte vorwärts. Es machte dem Drachen mit dem Karfunkelauge offenbar Spaß, sie immer weiter zu treiben.

Ddraig Goch – den Namen kannte sie. Der Herr hatte ihn erwähnt, als er vom Herrscher von Wales sprach. Sie watete durch Trümmer, Staub und Asche. Sie schauderte, als ihr bewusst wurde, auf wen sie die Sohlen senkte, denn es war eben nicht nur fein geriebenes Gestein. Der brutale Tjushin, aber auch all ihre Freunde waren zu aufwirbelnden grauen Flöckchen geworden. Die Chinesin kämpfte mit den Tränen. Der Palast des Herrn war erobert und entweiht, geschändet. Die Geborgenheit, der Frieden und die Seligkeit hatten sich aufgelöst wie die Menschen.

Aus dem Seitengang erschien der grüne Drache, der sie an einen gewaltigen Waran erinnerte, nur dass er einen breiteren Kopf und dickere Hornplatten besaß; die violette, gespaltene Zunge schoss aus dem Maul, und die glitzernden, bösen Augen starrten zu ihr und Vouivre. Sie erkannte an der rechten Seite statt der Schuppen eine Stelle, die von vier biegsamen Eisenbändern geschützt wurde, die wiederum mit Drähten im umliegenden Hornpanzer befestigt waren; vermutlich war der Drache einst dort verwundet worden.

»Keiner von euch rührt sie an«, hörte sie ihren Beschützer sagen.

»Warum nicht? Sie ist ebenso wertlos wie die anderen«, kam die Antwort, und Xing vermutete, dass der grüne Drache gesprochen hatte. »Sie wissen nichts.«

»Ich möchte dennoch warten, bis sich unser geschätzter Freund Iffnar zu uns gesellt hat.« Vouivres Kopf schwenkte herum, er sah auf das Grammophon. »Wäre jemand so freundlich?«

Ddraigs Schweif stieß blitzschnell und peitschend nieder, zerschlug das Abspielgerät in tausend Stücke, die Schellackplatte zersprang. Xing unterdrückte einen Schrei.

»Merci. Ich werde mich niemals an diese unsäglichen Errungenschaften gewöhnen«, meinte Vouivre erleichtert und blickte Xing an. »Der Klang schmerzt in meinen empfindlichen Ohren. Ich habe nichts gegen Gesang, ganz im Gegenteil, und Monsieur Caruso ist ein ebenso begnadeter wie hässlicher Mensch. Aber ihn blechern aus einem Trichter zu hören, ist mir zuwider. Es verzerrt und tötet das Lebendige darin.«

»Als die Barden durch das Land zogen, sangen und spielten, das waren noch Zeiten.« Der rote Drache ließ sich nieder, legte den Kopf auf die vierklauigen Vorderpranken und stieß heiße Luft aus. Seine Stimme klang heller als die der beiden anderen. Ein Weibchen? »Man hätte Edison töten sollen. Für sein Grammophon, für die verfluchte Elektrizität und alles, was daraus wurde.«

»Reaktionäres Pack«, rief jemand, gleich darauf erschallte Gelächter.

Die drei Drachen wandten die Köpfe und blickten zu einer weiteren Tür in der Halle, durch die ein grauer Drache kam, dessen Flügel im Vergleich zu Vouivres und Ddraigs klein und verkümmert wirkten. Dafür erschien die Gestalt umso kräftiger, die Kiefer waren mächtig und konnten gewiss mehrere Baumstämme gleichzeitig durchbeißen. »Wenn ihr schon die Zeit zurückdrehen wollt, lege ich euch unbedingt den Tod dieser beiden Amerikaner ans Herz, die den Menschen das Fliegen ermöglichten. Ich habe mein Soll erfüllt und Lilienthal zum Absturz gebracht.« Er betrat die geschwärzte Halle und schaute sich um. »Ein hübsches Feuer, geschätzte Ddraig.«

»Ein Lob aus Eurem Mund ist wie üppiges Mahl.« Der rote Drache richtete sich auf, sein Schatten wuchs an der Wand zu spektakulärer Größe. »Es liegt schwer im Magen und führt zu nichts als Unwohlsein. Behaltet es daher, Iffnar.«

Auch dieser Name war Xing nicht unbekannt: ein Drache, der entgegen einer mittelalterlichen Sage den Kampf gegen den Helden überlebt hatte und deswegen nur noch ein winziges Stückchen seines Herzens besaß. Sie überlegte fieberhaft. Ihr wollte der Name des Recken nicht einfallen, weil er fremd und merkwürdig in ihrer Sprache klang. Ein Deutscher, wenn sie sich richtig erinnerte.

Xing fühlte sich angesichts der Ungetüme um sie herum noch kleiner, als sie ohnehin war, eine Maus unter Hunden. Sie betrachtete Vouivres funkelndes Schuppenkleid, das als einziges von den versammelten Drachen ohne Kampfspuren geblieben war. Die anderen zierten sich mit zahlreichen Kratzern und Rissen auf den Hornplatten. Sie machten den Anblick der riesigen Wesen noch martialischer und beängstigender. Xing benötigte all ihre Tapferkeit, um sich nicht zur Flucht zu wenden, die gewiss den Tod nach sich gezogen hätte.

»Ihr erscheint spät, mein deutscher Freund«, sagte Vouivre freundlich und ein wenig spöttisch. »Hattet Ihr Gegenwind?«

»Ich war lange vor Euch da, aber zog es vor, erst in den Hort einzudringen, nachdem Ddraig die Posten auf dem Gipfel ausgeschaltet hatte. Ich träte ungern allein gegen Gorynytsch an, und Ihr werdet verstehen, dass ich an dem bisschen Herz, das ich in mir trage, doch sehr hänge.« Iffnar betrachtete Xing, das Feuer spiegelte sich in seinen Augen. »Ist das alles?«

Die Chinesin wurde das Gefühl nicht los, dass zwischen den Drachen eine enorme Spannung herrschte. Es war, als befänden sich vier wilde Bullen gleichzeitig in einem fremden Stall, die sich belauerten und abschätzten, wann das Kräftemessen beginnen würde. Sie wusste aus den wenigen Erzählungen des Herrn, dass sich ältere Drachen untereinander nicht gut verstanden. Diese Exemplare zählten zweifelsohne zu den ganz alten. Sie schluckte, ihre Beine zitterten.

Vouivre lachte. »Anscheinend. Was die gute Ddraig mit ihren eindrucksvollen Flammen nicht garte, jagte Grendelson durch die Gänge.« Er hob die rechte Vorderklaue und deutete auf Iffnar. »Da Euch noch einige Haare aus dem Mund ragen, nehme ich an, dass auch Ihr auf Eure Kosten gekommen seid. Somit«, die Kralle schwenkte herum und zielte auf die Frau, »ist sie unsere einzige Quelle. Seid nett zu Xing.«

Jeder der vier Drachen machte einen Schritt auf sie zu, die durchdringenden, stechenden Augenpaare und der rote Karfunkel richteten sich auf sie. Die junge Chinesin meinte, die Blicke spüren zu können, wie kräftige Berührungen, ein steter und unangenehmer Druck am ganzen Leib.

Sie fühlte sich bedrängt und eingeschüchtert. Xing wusste sich nicht anders zu helfen und sank auf die Knie, hielt sich die Hände vors Gesicht. »Ich weiß nicht, wo der Herr ist«, schluchzte sie.

»Was sprach er zu dir, als er den Hort verließ?«, vernahm sie Vouivres samtene Stimme. »Gab er dir einen Hinweis darauf, wohin er fliegen wollte?«

»Nein«, weinte sie und wagte es nicht, zu den Geschöpfen aufzublicken. Vor allem den Grünen, der Grendelson genannt wurde, fürchtete sie; ihr Herz raste vor Todesangst. »Nein, er sagte mir nichts. Er sagt uns niemals, wohin er geht.«

»Ich wusste doch, dass sie zu nichts taugt.« Iffnar hatte sich zu Wort gemeldet. »Wenn Gorynytsch beschließt unterzutauchen, ist er für uns verloren. Dein Plan, Vouivre, war ein Fehlschlag.«

»Vielleicht hat ihn ja einer von euch gewarnt«, erwiderte der diamantene Drache mit falscher Freundlichkeit. »Wäre einer von euch so kurzsichtig, gemeinsame Sache mit dem Scheusal zu machen?«

»Schweigt!« Grendelsons Stimme sprach in ihrem Kopf, gleichzeitig öffnete er seine Kiefer und brüllte so ärgerlich, dass sich lose Steine aus der Decke lösten und auf den Boden fielen. »Wir haben Wichtigeres zu tun.«

Xing duckte sich noch mehr zusammen, das Dröhnen und Vibrieren der Drachenstimme drohte, sie in Ohnmacht zu stürzen. Sie meinte, dass der Stein unter ihr wankte, so laut lärmte Grendelson. Sie vernahm die Unterredung der Drachen und verstand dennoch nicht, worum es dabei ging.

»Xing, steh auf«, verlangte Grendelson von ihr, und sie konnte trotz ihrer Furcht nicht anders. Der Befehl besaß hypnotische Macht. Sie starrte in das Drachenantlitz, auf die violette Zunge, die hervorzüngelte. »Du wirst verstanden haben, was uns dazu gebracht hat, unsere Horte zu verlassen und den weiten Weg zu unternehmen.« Er neigte das Haupt, bis die Schnauze nur eine Armlänge von ihrem Kopf entfernt war. Blut und lange braune Haare hafteten daran. »Wenn sich vier der mächtigsten Wesen der Welt, die sich abgrundtief hassen, zusammentun, um deinen Herrn Gorynytsch zu töten, kannst du dir ausmalen, dass es einen triftigen Grund gibt.«

Xing schauderte, es gelang ihr nicht, sich abzuwenden. »Ich ... weiß nicht ...«, stammelte sie.

»Die Erde benötigt eine Ordnung, Xing. Wir vier sind diese Ordnung der Alten Welt, wir leiten und führen die Menschen seit Anbeginn unserer Existenz ohne ihr Wissen, damit die Geschicke in geraden Bahnen verlaufen.«

»Was hat der Herr damit zu schaffen? Warum erzählt Ihr es mir?«, fragte sie mit brüchiger Stimme.

»Weil du für uns wichtig bist.« Grendelson musterte ihr Antlitz. »Dein Herr ist auf dem besten Wege, diese Ordnung zu zerstören. Er beabsichtigt Dinge, gegen die der Weltkrieg wie ein Scharmützel wirken wird. Die Menschheit könnte seinetwegen untergehen.«

»Der Herr war immer gut zu mir und den anderen im Palast. Er würde eine solche Tat niemals in Betracht ziehen«, verteidigte sie ihn auf der Stelle.

»Er *wird*, Xing! Alles gerät in Gefahr«, Grendelson spreizte eine Kralle ab, »wegen eines unvernünftigen, machtbesessenen Drachen. Wir wollen den Menschen Leid ersparen und die Bedrohung vernichten, ehe sie weiteres Unheil anrichtet. So bitte ich dich im Namen aller, die in der Alten Welt und in Asien leben, Xing: Sag uns, wo wir ihn finden!«

Xing sah in die geschlitzten Pupillen, die in dem durchdringenden Gelb schwammen. Sie mochte den Drachen, unerklärlicherweise sogar mehr als ihren Herrn, und das Gefühl nahm zu, je länger sie in die Augen sah. Sie lächelte ihn furchtsam an, und liebend gern hätte sie ihm berichtet, wo ihr Herr abgeblieben war. Sie wollte ihm jeden Wunsch erfüllen, sich bemühen und ihm gefallen. Doch bei aller unerklärlichen Zuneigung musste sie ihm gestehen: »Ich weiß es nicht.«

Die Kiefer öffneten sich ruckartig, umschlossen die junge Chinesin und packten den Oberkörper.

In dem ersten furchtbaren Schmerz verschwand die Hingezogenheit, Xing schrie auf und zappelte, stemmte sich mit den Armen gegen die Zähne, während sich heiße Messer in ihren Unterleib bohrten; warme Flüssigkeit rann über ihren Bauch. »Nein, Gnade, ich ...!« Der Druck auf ihren Rücken erhöhte sich, ließ sie kreischen.

Ihre Gegenwehr und das Leiden endeten abrupt. Grendelson zerteilte den dünnen Körper mit einem schnellen Biss und schlang die Brocken ohne zu kauen hinunter.

»Ich mag es nicht, wenn sie ihre Kleider noch tragen. Die Fetzen verfangen sich zwischen den Zähnen.« Seine gespaltene Zunge leckte über das Maul und wischte die Blutspuren ab.

Ddraig blieb ruhig und schüttelte nur ihr Haupt. Es dauerte eine Weile, bis der erste Drache sprach.

»Eigentlich wollte ich sie haben«, merkte Iffnar verdrossen an.

»Das war nicht nett. Sie wollte mir noch das Versteck der köstlichen Trüffeln verraten«, fügte Vouivre missbilligend hinzu.

»Ihr werdet sie schon finden, Eure Nase kennt den Geruch.« Grendelson betrachtete die Züge seiner Mitstreiter. »Was nun?« Er wandte sich zu Iffnar. »Ihr kennt ihn am besten von uns vieren. Was wird er tun?«

»War das ein Vorwurf?« Er starrte den grünen Drachen an. »Wir alle waren von ihm begeistert, wenn ich Euch erinnern darf. Er fügte sich perfekt in die Lücke, die der verstorbene Groszny hinterließ, und führte die Vereinbarung fort, die wir alle eingegangen sind. Wenn er die Umstürzler und diesen Lenin nicht eliminiert hätte, wäre der Zar tot, und das Chaos würde regieren.«

»Nur zu dumm, dass Gorynytsch dafür sorgte, dass sich die Lücke auftat. Er hat dem Drachentöter den Hinweis gegeben, wo er Groszny finden kann. Es ist mir nach wie vor ein Rätsel, wie es dem Drachentöter gelungen ist, dieses dreiköpfige Flugscheusal zu bezwingen.«

»Es war eine Frau, kein Mann«, warf Ddraig ein. »Sie heißt Silena, eine Nachfahrin des Drachentöters Georg. Sie hat schon einige der Kleinen auf dem Gewissen.«

Vouivre sah sie erstaunt an. »Höre ich da so etwas wie Bewunderung heraus?«

»Nein. Es geht mir nur um Gerechtigkeit. Wenn Männer sich ihrer Taten rühmen, sollten es Frauen genauso handhaben.«

»Jedenfalls ist Gorynytsch aus unseren Linien geschert«, kehrte Grendelson zu dem eigentlichen Punkt zurück.

»Er hat uns im Glauben gelassen, dass er den Fortschritt ebenso ablehnt wie wir«, setzte Iffnar seine Verteidigung fort. »Ihr habt es alle geglaubt.«

Vouivre sah zu den verkohlten Resten der elektrischen Lampen, dann zu den Trümmern, die einst ein Grammophon gewesen waren. »Leider ja. Iffnar hat Recht, wir haben uns täuschen lassen. Was ihn in meinem Auge noch viel gefährlicher macht. Was wird er tun?«

»Einen Krieg heraufbeschwören. Nicht zwischen den Vasallen, sondern zwischen dem Westen und dem Osten.« Iffnar grollte, der Gedanke machte ihn unruhig und wütend. Er war der größte Fürsprecher Gorynytschs gewesen, nun besaß er die größte Mitschuld an der drohenden Katastrophe.

Ddraig ließ sich auf den Boden sinken. »Dem Osten? Wie kommt Ihr darauf?«

Vouivre deutete mit den Klauen um sich. »Ein Hort an der Grenze zu China eignet sich perfekt dazu, Erkundungsflüge zu unternehmen und ins Feindesland vorzudringen. Xing war eine Chinesin, und er besaß noch weitere Sklaven aus dem Land jenseits des Korumdie, nehme ich an?« Er sah zu Grendelson und Iffnar, die daraufhin nickten. »Sie haben ihm Auskünfte erteilt. Gorynytsch lässt sich auf das Gefecht ein.«

»Und er ist vorbereitet.« Iffnars breites graues Haupt hob sich anklagend in Richtung Decke, zu den verschmorten Leitungen. »Ist es ein Fehler, dass wir uns gegen die Errungenschaften stemmen? Können wir sie überhaupt aufhalten? Lilienthal ist tot, und dennoch haben die Menschen die Himmel erobert. Ganz zu schweigen von der Industrie und den vielen anderen Entdeckungen.«

»Ich weiß. Noch reichen die Flugzeuge nicht weit hinauf, aber es wird der Tag kommen, an dem diese knatternden Maschinen auch in meinen schönen französischen Alpen umherfliegen und mir auf die Nerven gehen.« Vouivre seufzte. »Kümmern wir uns um Gorynytsch, danach lehren wir die Menschen wieder mehr Respekt.«

Ddraig wandte den Schädel plötzlich zum Eingang, sie erhob sich und sah zum Tor hinaus. »Ich rieche einen Drachen«, raunte sie. »Er kommt auf uns zu.«

»Gepriesen sei Nidhögg«, flüsterte Grendelson. »Am Ende kehrt Gorynytsch zurück, und wir haben uns die Sorgen umsonst gemacht.« Er zwängte sich neben die rote Drachin, und auch Iffnar setzte sich in Bewegung, sodass es im vorderen Bereich der Halle unvermittelt sehr eng wurde.

Einzig Vouivre blieb zurück. »Gebt unserem Gast etwas mehr Raum«, rief er gut gelaunt.

»Ihr wisst, wer sich dem Hort nähert?«, fragte Ddraig über die Schulter hinweg. »Sollte es eine Falle sein, Franzose, wird mein Feuer ausreichen, um Euch das Karfunkelauge aus der Stirn zu brennen und Eure Juwelenplatten zum Schmelzen zu bringen.«

»Nicht so voreilig, geschätzte Ddraig. Es ist ein Freund von mir, der auf meine Einladung hin erscheint.«

»Ist es ein schwarzer, hässlicher Flugdrache?«, vergewisserte sich Iffnar.

Vouivre lachte. »Es wird unserem Verbündeten aber gar nicht gefallen, wie Ihr ihn beschreibt.«

»*Noch* ist er nicht mein Verbündeter«, grollte Grendelson und entfernte sich rückwärts kriechend vom Tor, die anderen beiden taten es ihm nach. »Was hat er hier zu suchen?«

»Wartet, bis er eingetroffen ist.«

Lautes Flügelschlagen erklang, Windböen wirbelten herein und jagten Wolken aus Asche und Dreck umher. Vor dem Tor landete ein fünfköpfiger schwarzer Drache, dessen Leib und Schwingen es beinahe mit Ddraigs Ausmaßen aufnehmen konnten. Er war etwas kleiner, was ihn als junges Exemplar auswies. Die handtellergroßen Schuppen schimmerten matt wie Öl, das aus der Erde sickert, die spitzen Hörner auf den Schädeln waren lang wie Unterarme, zehn gelbe Augen leuchteten laternengleich, und aus den Nasenlöchern quoll ockerfarbener Dampf. Der unbekannte Drache hielt sich bereit, sein Feuer einzusetzen.

Vouivre sah hinüber zu Ddraig, in deren Augen er Begierde zu lesen glaubte. »Ein stattlicher Bursche, nicht wahr?«, meinte er amüsiert.

»Zu jung«, gab sie zurück, ohne sich umzudrehen. Sie war wie Iffnar und Grendelson wachsam. »In zweihundert Jahren kann er sich noch einmal bei mir vorstellen und um meine Gunst ringen. Falls er das Zusammentreffen überlebt.«

Vouivre glitt an ihnen vorbei und bedeutete dem schwarzen Drachen, näher zu treten. »Das ist Grosznys Sohn, Pratiwin. Er hegt die gleichen Absichten wie wir: Gorynytsch muss sterben. Er besitzt einige unschätzbare Vorteile und Verbündete, die uns bei der Suche nach unserem Feind nutzen werden. Und er hat sich bereit erklärt, uns zu helfen.«

»Wenn mir danach die Regentschaft über Russland gegeben wird«, erhob Pratiwin seine Stimme, ein abgrundtiefer Klang mit Kraft und Hass darin. »Das ist meine einzige Bedingung, ihr Altvorderen.« Die fünf Häupter verneigten sich vor ihnen, die gelben Augenpaare schauten unterwürfig auf den Boden. »Ich werde nicht eher ruhen, bis ich Gorynytsch gefunden und zerrissen habe, um meinen Vater zu rächen und meine Familie an ihren Platz zurückzubringen.«

Ddraig kniff die Augen zusammen. »Er hat deinen Vater doch nicht getötet?«

»Nein, Altvordere. Aber er verriet der Drachentöterin den Hort und die Schwäche meines Vaters. Damit ist es so, als hätte er selbst den Mord ausgeführt. Auch die Drachentöterin wird sterben.«

»Du klingst mutig und von dir überzeugt.« Iffnar besah sich den schwarzen Drachen genauer. »Keine Kampfspuren, weder von Auseinandersetzungen mit deinesgleichen noch mit Drachentötern. Dein Hornpanzer ist jungfräulich.«

»Ich bin gut im Kampf, Altvorderer. Und klug. Bisher gelang es niemandem, mich zu verletzen.«

»Wie alt bist du?«

»Neunundneunzig Jahre, Altvorderer«, antwortete Pratiwin.

»Wie kommt es, dass du schon fünf Köpfe besitzt?«

»Ich schlüpfte mit ihnen, Altvorderer.«

»Wenn das kein gutes Zeichen ist. Ein von Leviathan Gesegneter«, lachte Vouivre. »Meinen Beifall findet er, wenn er Russland führen möchte.«

Grendelson betrachtete ihn von der Seite. »Schwörst du, die Erfindungen der Menschen abzulehnen und sie rückgängig zu machen?«

»Ja, Altvorderer.«

»Die Erfindungen niemals selbst anzunehmen und die Tradition der Drachen fortzuführen?«, ergänzte Ddraig getragen.

»Ja, Altvordere.«

Iffnar gab einen Zischlaut von sich. »Bei deinem Leben?«

»Ja, Altvorderer.« Jetzt hoben sich die fünf Köpfe nacheinander, die gelben Augen schauten den grünen Drachen ohne Furcht an. »Meinen Schwur leiste ich mit meinem Leben als Pfand.«

Ddraig nickte zufrieden. »Soll er sich auf die Suche begeben, ohne dass wir unsere eigenen Bestrebungen vernachlässigen. Aber du«, sie wandte sich an den schwarzen Drachen, und ihre Stimme gewann an Schärfe wie die einer Kaiserin, »wirst uns unentwegt unterrichten. Sobald du Gorynytsch gefunden hast, rufst du uns. Allein wirst du ihn nicht besiegen, so gut und klug du sein magst. Oder«, sie klang spöttisch, »sein möchtest.« Sie schob ihn zur Seite, sofort wich er aus und machte ihr den Weg frei. »Ich kehre nach Wales zurück, die Winde stehen günstig für einen kurzen Flug. Wir hören voneinander.« Ddraig warf Vouivre einen langen Blick zu, dann verschwand sie.

»Mir ergeht es ebenso«, sagte Iffnar und folgte ihr. Sein felsgrauer Leib schob sich aus dem Tor hinaus in den Schnee, wo er die kurzen

Flügel ausbreitete und gegen die eisigen Winde abhob. Im Gegensatz zu Ddraig glitt er durch die Luft, die kleineren Schwingen erlaubten keine schnellen, wendigen Manöver.

Als sich Vouivre und Pratiwin nach Grendelson umwandten, war der grüne Drache verschwunden. Er legte keinen Wert auf Freundlichkeit.

»Du kennst deine Aufgabe, welche dir der Rat der Altvorderen übertragen hat«, betonte er nochmals vor den fünf Häuptern, die sich wieder verneigten. »Erfülle sie, und du bekommst, was man deinem Vater genommen hat. Du kennst die Regeln?«

»Es geht um den Erhalt der Macht, nicht um deren bedingungslose Ausdehnung«, sagte Pratiwin, als habe er es schon endlose Male zitiert. »Wir kämpfen nicht gegeneinander, wir bleiben im Verborgenen, um die Menschen nicht aufzuschrecken. Ordnung bringt uns Macht, nicht das Chaos, Altvorderer.«

»Sehr schön, Pratiwin. Du wirst deinem Vater alle Ehre machen.« Er zeigte auf den Ausgang. »Geh nun. Es gilt, Schlimmes für uns Drachen und unsere Vasallen zu verhindern. Gib dein Bestes. Bald kannst du diesen und viele weitere Horte dein Eigen nennen.«

»Das tue ich mit Freuden, Altvorderer.« Der schwarze Drache richtete seine Köpfe auf und ging hinaus. Die hereinschießenden Winde verrieten Vouivre, dass Pratiwin abgehoben hatte.

»Aber bis der Hort dein ist, suche ich diese köstlichen Trüffeln«, murmelte er und eilte durch die verlassenen Gänge.

Natürlich war der Schwur eine Farce. Oder zurückhaltender ausgedrückt: Er besaß Lücken. Die Altvorderen rangen seit ihrer Entstehung um Macht, mit dem Unterschied, dass sie sich seit dem Mittelalter nicht mehr zeigten und ihre unwissenden Vasallen in den Krieg schickten. Sie hatten aus ihrer beinahen Ausrottung gelernt. Zu viel Präsenz war nicht gut.

Vouivre folgte dem Geruch, der durchdringender wurde, je näher er der Küche kam. Er streckte den Oberkörper in den Raum, soweit er hineinpasste, und durchsuchte die Vorratsschränke.

Tatsächlich entdeckte er drei Kisten Trüffeln. Rasch öffnete er eine, entfernte das Papier und schob sich eine faustgroße Knolle auf die Zunge; sie schmolz auf der Stelle und gab ihren unnachahmlichen Geschmack frei.

Sogleich hellten sich seine trüben Gedanken etwas auf. Vouivre schmiedete neue Pläne für die Zeit nach Gorynytsch.

2. Januar 1925, München, Königreich Bayern, Deutsches Kaiserreich

Ein lautes Schrillen beendete Silenas unruhigen Schlaf.

Es war eine Trillerpfeife, die von einem Menschen mit einem unglaublichen Lungenvolumen geblasen wurde, und sie liebte dieses Geräusch; einen Augenblick später schrie jemand durch die Zeltwand: »Sichtung!«

»Aye!«, rief sie zurück, und ihr Herz pumpte das Blut schneller durch die Adern, ließ sie hellwach werden. Silena sprang in ihre drachenlederne, gefütterte Fliegerkombination, schnürte die Stiefel und schnappte sich die Kappe, den Säbel und die Pistole, während sie auf den Ausgang zurannte und gleich darauf ins Freie trat.

Der neue Morgen begrüßte sie mit einem leichten Nebelschleier über dem Boden, durch den die aufgehende Sonne drang. Wenigstens schneite oder regnete es nicht. Kein optimales, doch taugliches Flugwetter. Silena atmete tief ein, schmeckte Feuchtigkeit, Schnee und Benzin.

Vor ihrer Unterkunft wartete ein Soldat, der ihr die Umgebungskarte reichte. Der Ort, an dem die Sichtung erfolgt war, lag keine drei Kilometer von ihrem Lager entfernt. Ihre Aufregung stieg.

»Wann?« Sie ließ sich von ihm beim Anlegen des Holsters helfen, ohne dass sie ihre Geschwindigkeit beim Gehen verringerte.

Um sie herum befand sich der Fliegende Zirkus in dem üblichen Aufruhr, den ein Alarm stets auslöste. Jeder Mann wusste, welche Handgriffe getan werden mussten. Die Lanzelot wurde aus seinem Planenhangar gerollt und für Silena bereitgestellt. Jagdzeit – und alle in der Staffel Saint George fieberten mit.

»Vor zwei Minuten, Großmeisterin«, gab er zurück.

»Exemplar?«

»Ein junger Einender, Flugdrache, gelb, geschätzte zwei bis drei Meter. Hat einen Bauernhof heimgesucht und zwei Kühe gerissen.«

Sie hatten den Flieger erreicht, und Silena schlüpfte in die Riemen des Fallschirms. Routiniert legte sie die Gurte an, danach halfen die Soldaten ihr beim Einsteigen.

Sie zwängte sich in den Sitz, stülpte sich die Kappe auf die Haare und legte die Brille an; danach folgten die Handschuhe. Es war zu schön, um wahr zu sein. Sollte sie einen Tag nach dem Mord an ihren Brüdern die Gelegenheit bekommen, ihren Tod zu rächen? War es dieser kleine Einender gewesen, ein Drache mit einem Kopf, der die Fokker zum Absturz gebracht hatte?

»Maschinengewehre geladen?«

»Aye, Großmeisterin.«

Silena zwang sich zur Ruhe. Wenn sie jetzt einen Fehler beging, könnte er verhängnisvoll sein. Ein junger Drache war zwar keine Herausforderung, sie waren dumm und leicht zu übertölpeln, besaßen wenig Erfahrung, aber eine grobe Unachtsamkeit des Feindes würden sie dennoch ausnutzen. »Lanze?«

»Eine.«

»Noch eine«, befahl sie und trat nacheinander auf die Fußpedale, zog an der Steuersäule. Gehorsam reagierten die Höhen- und Seitenruder, alles ließ sich einwandfrei bewegen. Die Maschine war mit einer dünnen Schicht Drachenhaut bespannt worden, damit die Konstruktion einem Flammenstoß standhielt. Käme es zu einem solchen Angriff, müsste sie Kopf und Oberkörper tief einziehen und sich auf die schützende Wirkung ihrer Fliegerkombination verlassen. Bislang hatte es immer funktioniert; ein kleiner Drache hatte zudem keinen allzu heißen Brodem. Mehr als schwitzen würde sie nicht.

Die Bodenmannschaft montierte eine zweite Lanze unterhalb des Rumpfs in die Rotationshalterung, andere hielten sich bereit, die Bremsklötze auf Silenas Zeichen hin vor den Rädern wegzuziehen.

Sie startete die Motoren, die Propeller wirbelten und entfachten einen enormen Wind, der anschwoll, als sie Gas gab und die Drehzahl beschleunigte. Obwohl die Bremsen angezogen waren und die Klötze vor den Rädern lagen, drängte die Maschine vorwärts. Silena wartete einige Augenblicke, bis die Propeller das bekannte Geräusch von sich gaben, das ihr den Start anzeigte.

Sie nickte, die Männer zogen die Hindernisse weg, und Silena gab die Bremse frei. Die Lanzelot beschleunigte ruckartig und schoss über die Bahn, Silena wurde durch den heftigen Schub in den Sitz gepresst.

Dann zog sie die Schnauze nach oben und lenkte den Doppeldecker steil in die Höhe, um dem Bodennebel zu entkommen und eine klare Sicht zu erhalten; rechts und links von ihr dröhnten die Motoren, sie wischte die Feuchtigkeit von den Brillengläsern und leckte sich das Kondenswasser von den Lippen. Es schmeckte wunderbar rein und frisch. Silena lächelte grimmig, Vorfreude und Rachegedanken mischten sich.

Die Lanzelot stieß durch den Nebel in einen klaren blauen Himmel, ließ das Grau wie ein eintöniges Meer hinter sich zurück und legte sich waagrecht in den kühlen Winterwind. Jetzt begann die Suche.

Silena sah rechts und links aus dem Flugzeug, schaute in die angebrachten Spiegel, die ihr das Beobachten unmittelbar unter dem Rumpf ermöglichten.

Die Sonne wurde stärker und löste die störenden Schwaden auf, die dem Drachen guten Schutz vor einer Entdeckung geboten hatten. Sie erkannte den Bauernhof, ein einzelnes Gehöft, und ihre Anspannung nahm noch um eine Nuance zu.

Sie fürchtete sich nicht vor dem Kampf, auch nicht, wenn es ein älterer Zweiender gewesen wäre, doch eine gewisse Grundspannung gehörte dazu. Sie vermochte Leben zu retten.

Da sich unter ihr nichts tat, sah sie wieder nach vorn, durch die Zielvorrichtung, die sowohl für die beiden Maschinengewehre als auch die Lanzen galt. Die langen Speere ließen sich über einen Knopfdruck ausfahren und ragten mehrere Meter über die Flugzeugnase hinaus. Das Visier diente dazu, einen Drachen auch unter widrigen Sichtverhältnissen anpeilen und ihm den Todesstoß versetzen zu können. Die Maschinengewehre waren eher dazu gedacht, sich gegen rivalisierende Drachenjäger zur Wehr zu setzen. Auch das kam durchaus vor.

»Da haben wir doch was«, murmelte sie und betrachtete den Punkt, der sich in die Sonne schwang. Für einen Vogel war er zu groß, für ein Flugzeug machte er zu merkwürdige Bewegungen. Der Drache hatte die Lanzelot gehört und versuchte, den blendenden

Schein des Gestirns für seine Flucht zu nutzen. »Nicht mit mir, Bestie.«

Silena klappte die getönten Gläser nach unten und erkannte Einzelheiten jetzt besser: Es war der Einender. Sie erhöhte die Benzinzufuhr, die Motoren brüllten auf und ließen die Propeller lauter singen als zuvor. Der Wind pfiff begleitend in den Drahtabspannungen der Tragflächen.

An Geschwindigkeit konnten es die Flugzeuge der Staffel alle mit der von Drachen aufnehmen, die mangelnde Wendigkeit machten die Piloten durch unglaubliche Flugkunst wett. Silena sah wieder kurz nach rechts und links. Dort wären normalerweise Demetrius und Theodor geflogen und hätten mit ihr einen schlagkräftigen Verband gebildet.

Sie schluckte die Trauer hinunter und drückte den Knopf, der die erste Lanze ausfahren ließ.

Der Drache rückte rasch näher. Mit schnellen Flügelschlägen versuchte er, in eine größere Höhe zu entkommen, wo der Lanzelot und Silena die Luft ausging. Doch in seiner Unerfahrenheit beging er den entscheidenden Fehler. Er drehte den blutverschmierten Kopf nach hinten, stieß einen Schrei aus und legte die Schwingen an, um wie ein jagender Falke in die Tiefe zu schießen und dann unter dem Flugzeug hindurchzutauchen.

Silena konterte. Sie vollführte mit der Maschine eine Drehung um die eigene Achse und zog den Steuerknüppel nach vorne, was zu einer halben Rolle führte. Dabei sackte die Lanzelot etwas nach unten und befand sich wieder auf gleicher Höhe wie der Drache.

»So leicht mache ich es dir nicht«, knurrte Silena.

Noch dreißig Meter trennten die Kontrahenten, da bemerkte sie ein schattenhaftes Huschen, das sich unter ihrem Rumpf bewegt hatte.

Sofort zog sie den Knüppel in voller Fahrt nach hinten und absolvierte einen Looping, während sie einen zweiten Drachen an sich vorbeischießen sah. Die ausgestreckten Krallen verfehlten die rechte Tragfläche um einen halben Meter. Ohne das Manöver wäre es zu einer für sie verheerenden Kollision gekommen.

Die Fliehkräfte raubten ihr kurz den Atem, doch sie verlor nicht mal ein Blinzeln lang die Orientierung, auch wenn sich Erde und

Himmel mit unglaublicher Geschwindigkeit drehten. Kaum vollendete sie den Überschlag, setzte sie zum Sturzflug an und jagte mit rasender Geschwindigkeit dem Boden entgegen. Mit einem Blick in die Spiegel vergewisserte sie sich, dass ihr der zweite Drache folgte. Er war einen Meter größer als der gelbe, dunkelbraun und besaß einen stachligen, schlanken Kopf. Vielleicht ein Männchen, das sich beweisen wollte. »Das war deine letzte Tat«, versprach sie und leitete abrupt ihren Angriff ein.

Sie zog die Lanzelot ansatzlos hoch und nahm das Seitenruder, um den Doppeldecker zu drehen, bevor er an der höchsten Stelle durchsacken konnte. Dieses Manöver war sehr schwer zu fliegen, da immer die Gefahr bestand, dass die Maschine zu langsam war und somit am oberen Ende abschmierte. Sie beherrschte es perfekt.

Silena steuerte genau auf den Rücken des überrumpelten Drachen zu und jagte ihm die Lanze knapp am Rückgrat vorbei durch den Leib. Es gab einen deutlichen Ruck, die Waffe wurde ausgeklinkt, und die Lanzelot brauste nach einer winzigen Schlingerbewegung weiter.

Sterbend stürzte der Drache dem Acker entgegen, spie blutrote Flammen der Verzweiflung und des Hasses nach dem viel zu hoch fliegenden Doppeldecker, ehe er sich in den weichen Boden bohrte.

Silena lachte auf und ließ die zweite Lanze ausfahren. Der gelbe Drache hielt auf ein kleines Wäldchen zu, um sich darin vor dem übermächtigen Jäger zu verstecken.

Sie steuerte über ihn hinweg und überholte ihn; dann zog sie den Steuerknüppel zurück und setzte unverzüglich Seiten- und Höhenruder ein, um die Maschine nach rechts rollen zu lassen. Dabei erlaubte sie der unteren Tragfläche, absichtlich abzusacken, um die Rollgeschwindigkeit zu erhöhen. Nach dieser Wende kurz vor dem Wald ging sie in den Sturzflug über, um Tempo aufzunehmen, und brauste horizontal auf den Drachen zu.

Ihr Gegner war verwirrt, flog zickzack und hoffte, dem Doppeldecker dadurch zu entwischen und die Bäume zu erreichen.

Silena war sich nicht sicher, die Mörder ihrer Brüder vor sich zu haben. Und dennoch verlangte sie unbändig nach Rache.

Als der Drache ausbrechen wollte, scheuchte sie ihn mit einer Gewehr-Salve zurück, genau in ihre Flugbahn, und ließ den Doppeldecker eine volle Drehung nach der anderen um die Längsachse vollführen. Damit schraubte sie sich in den Feind hinein und ließ ihn völlig im Unklaren darüber, was sie als Nächstes tun würde.

Der Drache legte die Schwingen erneut an und wollte sich noch weiter der Erde entgegensenken – da traf ihn die Lanzenspitze mit der vollen Wucht von über 200 Stundenkilometern in den Kopf. Der sich nach unten verbreiternde Schaft sprengte den Schädel auf, riss den Unterkiefer ab und ließ Knochen- und Fleischfetzen auf die Erde regnen; schwarzes, heißes Blut sprudelte und spritzte umher.

Der Kadaver krachte in das Wäldchen, wo er an den kräftigen Tannenstämmen zerschellte und sich in viele Brocken auflöste; hier und da loderten Flammen auf, das heiße Blut setzte vereinzelt die Rinde in Brand, doch es genügte nicht, um den Wald anzuzünden.

Silenas Herz raste so schnell wie die Motoren, sie fühlte eine unglaubliche Freude über ihre beiden Erfolge – aber keine Genugtuung. Ihre starken Vergeltungsgelüste waren noch lange nicht befriedigt.

Während sie im Tiefflug über die beiden Absturzstellen der Drachen hinwegdonnerte und beobachtete, wie die Lkw-Kolonne der Staffel mit den Bodentruppen sich näherte, um die Leichname zu sichern, wusste sie: Sie würde sich noch lange auf der Jagd befinden.

2. Januar 1925, München, Königreich Bayern,
Deutsches Kaiserreich
Der Odeonsplatz vor der Feldherrnhalle war voller Menschen, die sich auf den bereitgestellten gepolsterten Stühlen niedergelassen hatten. Sie lauschten der Rede von Alexander Werner Freiherr von Humboldt von der Universität Berlin, der auf den Stufen stand und in ein Mikrofon sprach.

Es war ein kühler Winterabend, der Platz und die Loggia dahinter waren hell erleuchtet. Fackeln und Feuerschalen sorgten für eine wohlige Atmosphäre, die überlebensgroßen Statuen von Tilly und Wrede in den Bogen der Halle wirkten erhabener als sonst; für die Gäste gab es heißen Tee und Glühwein auf Kosten des Officiums.

In der Feldherrnhalle, im Rücken von Professor Humboldt, hatten sich einige der bekanntesten Drachentöter des Officiums versammelt und saßen im Scheinwerferlicht auf einem Podium, damit man sie auch noch in den hinteren Reihen erkannte. Sie trugen ihre weißen Uniformen, darüber schwarze Stoffmäntel; auf den Köpfen saßen die schwarzen Hüte, deren Krempen nach oben geklappt waren.

Unter den Zuhörern befand sich auch Silena, die sich einmal mehr und wie immer bei diesen Gelegenheiten nicht wohl fühlte. Sie wollte nicht wie ein Idol angehimmelt und umschwärmt werden; sie hasste es, im Mittelpunkt zu stehen und ihre Besonderheit hervorzuheben. Dementsprechend hatte sie ihren Platz nahe der Treppe so gewählt, dass sie hinter der Statue eines steinernen Löwen nahezu verschwand.

»Die fossilen Funde haben uns die Verwandtschaft der Kreaturen, die wir Dinosaurier nennen, mit der Geißel gewiesen, von der die Menschheit heimgesucht wird.

Wie Sie im Verlauf des Vortrags sahen, ist es mir nach Jahren der Forschung zweifelsfrei gelungen, den Nachweis zu erbringen, dass die Drachen von den Karnivoren der Saurier abstammen.

Nicht nur ihr Körperbau, auch ihr Gehirn hat wesentliche Verbesserungen erfahren und kann durchaus Affenschläue aufweisen«, hörte Silena den Professor erklären.

Sie mochte solche Vorträge nicht. Sie jagte die Biester, und es interessierte sie nicht sehr, woher sie kamen. Schlimm genug, dass sie da waren. Aber da es sich um eine Feierstunde handelte und am Ende auch ihrer Brüder gedacht werden sollte, war sie erschienen. Silena fröstelte und zog den Mantel enger um sich. Bei diesen Temperaturen war es gut, dass sie Leder anstelle von Stoff bevorzugte.

»Lassen Sie mich anmerken: Manche Menschen, die sich Gelehrte nennen, vertreten die abstruse Ansicht, dass ältere Drachen mindestens so intelligent wie der *homo sapiens* sind. Ich rufe denen entgegen: Humbug! Nonsens!«, ereiferte sich Humboldt, und sein Atem war als weiße Wolke zu sehen. »Diesen *draco sapiens* gab es nie und wird es niemals geben. Der Drache ist eine gewaltige Fressmaschine, zu Lande, zu Wasser und in der Luft. Ein Haifisch unter uns Menschen, ein Schädling, den es zu bekämpfen gilt.«

Jetzt klatschte die Menge begeistert Beifall und ließ die Drachentöter hochleben. Silena hätte darauf wetten können, und so kam es: Großmeister Loyo aus der Linie Ignatius erhob sich und winkte den Menschen zu, strahlte und verteilte mit einer Hand Küsse ins Publikum, bevor er sich setzte. Silena schüttelte sachte den Kopf. Loyo war einer von den Angebern, die sie nicht ausstehen konnte. Und dazu ein Weiberheld, der seinen Status und seinen Ruhm gern ausnutzte.

»Wenn er nicht so unglaublich gut wäre, hätte er schon lange eine Stelle in der Verwaltung«, vernahm Silena eine leise Stimme und wusste, dass sie Großmeisterin Martha gehörte.

»Ich fasse daher zusammen«, fuhr der Professor fort. »Auch der Drache durchlief zur Zeit der ersten Kreuzzüge eine weitere Entwicklung, eine neue Stufe der Evolution. Die alte Generation wird groß, vermehrt sich langsam, verbirgt sich vor den Menschen oder versucht, ein eigenes Territorium zu erobern. Diese Alten sind es, die immer wieder in den Mythen auftauchen: titanisch, gewaltig, überwältigend. Die neue Generation ist kleiner, sich schneller vermehrend, quasi eine Landplage, und drang seit dem Mittelalter tiefer in unseren Lebensraum vor. Ich möchte nicht verschweigen, dass es die eine oder andere stille Duldung eines Drachen gegeben haben könnte, es sei an die barbarischen Sitten der Opferung erinnert.« Er trank einen Schluck von seinem Tee, stützte eine Hand aufs Pult und zeigte auf die Drachentöterinnen und -töter hinter sich. »Wir verdanken es also unter anderem auch den Drachenheiligen und ihren Nachfahren, die unter der Leitung des Officium Draconis den Schutz der Bevölkerung übernahmen und bis heute übernehmen, dass wir nicht im Gewürm ersticken und die gefährlicheren Großen weitestgehend ausgerottet sind. Seien wir dankbar dafür, aber vergessen wir nicht, dass die Kirche mit diesen christlichen Helden die eigene Größe untermauern möchte, um die vielen heidnischen Helden aus unserem Gedächtnis zu verdrängen.«

Vereinzelt drangen Buh-Rufe aus dem Publikum, und auch Silena fand es nicht schlau, einen solchen Ausflug zu unternehmen.

Doch Humboldt blieb unbeeindruckt. »Man möchte es vielleicht in den Kathedralen des Glaubens nicht gern hören, doch auch sie haben Dankbarkeit verdient. Das sage ich aus der Kathedrale des

Wissens. Ansonsten gilt nach wie vor das Motto: Nur ein toter Drache ist ein guter Drache. Mir persönlich ist es gleich, von wem er getötet wird – doch diese exquisiten Menschen hinter mir gehören zur bedeutendsten Elite, die wir gegen die Bestien auffahren können!«

Jetzt wurde wieder laut geklatscht, die Menschen sprangen von ihren Sitzen, riefen und jubelten.

Natürlich stand Loyo als Erster auf, trat vor und hob beide Arme zu einem fürstlich anmutenden Gruß ans Volk, als sei er der König von Bayern.

Humboldt gab das Mikrofon frei, schritt nach unten und setzte sich zu den Besuchern. Das Podium war nach wie vor nur den Drachentötern vorbehalten.

Ferdinand Erzbischof Kattla, der ein schwarzes Gewand mit einem weißen Spitzenkragen trug, stand von seinem Platz auf und begab sich nach vorn. Er war ein unscheinbarer Mann in den Sechzigern; der silbergraue Bart stand ihm wie ein Teppich aus Stahlstiften im Gesicht, die dichten Brauen tauchten die Augen in Schatten. Auf dem Kopf mit den fingerlangen schwarzen Haaren saß ein großer, runder Hut. Er war das Officium, der Leiter der mächtigen Organisation.

Sofort wurde es auf dem Odeonsplatz still.

»Wir gedenken heute zweier Menschen, die ihr Leben gaben. Großmeister Demetrius und Großmeister Theodor aus der Linie Sankt Georg starben durch einen heimtückischen Drachenangriff«, sprach er getragen.

Silenas Augen füllten sich mit Tränen. Sie hoffte, dass er sich an ihre Bitte erinnerte, sie nicht nach vorn zu rufen, um ihr das Wort zu erteilen. Es gab nichts zu sagen. Nicht vor fremden Menschen, nicht in der Öffentlichkeit, wo ihre Worte von Reportern in die ganze Welt getragen wurden.

»Es ist für das Officium eine schwarze, schmerzliche Stunde. Und dennoch geben wir den Kampf nicht auf.« Kattla legte eine Pause ein, dann rief er: »Niemals! Denn wir tun das Werk Gottes.«

Die Glocken der nahen Theatinerkirche begannen zu läuten, und die Menschen senkten die Häupter zum Gebet.

Silena konnte ihr Weinen nicht länger unterdrücken, zückte ihr Taschentuch und täuschte einen Hustenanfall vor. Keine Schwäche, und war die Verzweiflung noch so groß! Sie konzentrierte sich, brachte den heißen Strom aus ihren Augenwinkeln zum Versiegen und schnäuzte die Nase. Niemand hatte ihren kurzen Zusammenbruch bemerkt, die Fassade hatte gehalten.

In das leiser werdende Geläut setzte ein Chor ein, der ein Lied zu Ehren der Verstorbenen sang, danach war die Veranstaltung zu Ende.

Silena blieb auf ihrem Platz und beobachtete. Die meisten der Drachentöter beließen es bei einem Winken in die Menge und eilten zu ihren Automobilen, eines teurer und prächtiger als das andere. Loyo und noch mehr aus seiner Linie dagegen begaben sich unter die Menschen, verteilten Unterschriften und ließen sich bewundern.

Silena legte den Kopf in den Nacken und sah zur Decke der Feldherrnhalle, eines der ihrer Ansicht nach überflüssigsten Gebäude Münchens.

Ihr Vater hatte über die Statuen von Tilly und Wrede unter Anspielung auf Herkunft und strategische Begabung stets gesagt: »Der eine war kein Bayer und der andere kein Feldherr.« Und vor ein paar Jahren waren eine Hand voll Narren zur Halle marschiert und hatten die Absetzung des bayerischen Königs gefordert. Die Polizei hatte die Demonstration aufgelöst, einer der Aufrührer war dabei ums Leben gekommen. Wieder kein Bayer, sondern ein Österreicher, wenn sie sich richtig erinnerte.

Ihr Blick wanderte nach links und erkannte eine Steinstatue auf dem Dach, die ihr noch nie aufgefallen war: Es war einer der vielen Gargoyles, der Wasserspeier, die in München und anderswo auf die Giebel gesetzt wurden.

Das flackernde Licht gab dem fratzenhaften Antlitz etwas Lebendiges, die tief in den Höhlen liegenden Augen waren unsichtbar für Silena; doch aus irgendeinem Grund verschaffte ihr der Anblick Unbehagen. Sie hatte von einigen Menschen gehört, die sich wie kleine Kinder vor den Statuen fürchteten, doch sich selbst bislang wahrlich nicht dazugezählt. Sie schob es auf die Trauer, ihre Gefühle.

Silena schauderte zum zweiten Mal, erhob sich und eilte die Stufen der Halle hinab. Sie hastete an den Menschen vorbei, die sie erkannt hatten und ihr die Hand schütteln wollten. So flüchtete sie regelrecht in ihr Automobil, einen Phänomen. »Nach Hause«, befahl sie Sepp, ihrem Fahrer.

»Sehr wohl.« Das Automobil rollte los.

Silena sah aus dem Fenster, auf die Menschen und die Stadt. Sie war froh, allen zu entkommen und wieder allein zu sein. Auf sie wartete das Flugfeld, ihre Staffel, ihr Bett, damit sie morgen gleich wieder in die Luft steigen konnte. Demetrius' und Theodors Mörder waren noch nicht zur Strecke gebracht.

3. Januar 1925, München, Königreich Bayern, Deutsches Kaiserreich

»Mein tiefes Mitgefühl, Großmeisterin Silena.« Ferdinand Erzbischof Kattla, der wie tags zuvor ein schwarzes Gewand trug, saß in seinem Ohrensessel und blickte sie prüfend an.

»Danke, Exzellenz.« Das Officium Draconis erstreckte sich über drei Stockwerke, wie Silena wusste, und er selbst bevorzugte es, sich im obersten aufzuhalten. Damit er die Drachen als Erster kommen sah, wie man sich auf den Fluren zuflüsterte.

Es handelte sich um ein überraschendes und formelles Zusammentreffen, also hatte sie ihre weiße Drachentöter-Uniform angezogen. Jede der am Stehkragen eingestickten schwarzen, gespaltenen Zungen stand für ein erlegtes großes Scheusal. Sie kam bislang auf sieben, denn die kleinen Exemplare zählte sie nicht; quer vor der Brust trug sie die schwarz-blaue Ehrenschärpe für besondere Verdienste, und auf ihren Ärmelumschlägen prangte die stilisierte Lanze mit Flügeln: die Staffel Saint George.

Erzbischof Kattla stand auf und bedeutete ihr, näher zu treten und die militärisch starre Haltung abzulegen, dann reichte er ihr die Hand. »Es tut mir unendlich leid. Als ich von der Tragödie hörte, kamen mir die Tränen. Ich habe Demetrius' und Theodors Verlust beweint, das sei Ihnen versichert, Großmeisterin. Eben dies wollte ich noch einmal betonen, abseits von allen Reden und Feierlichkeiten des gestrigen Abends.« Sein Gesicht drückte den Gram aus, den er empfand. »Ich verfolgte ihren Werdegang und setzte große Stücke auf sie. Prächtige Menschen und prächtige Drachentöter.«

Silena spürte sie erneut, diese Enge in ihrem Hals, als versuche eine Drachenklaue, ihr den Atem zu nehmen. Sprechen gelang ihr nicht, also nickte sie und lächelte gezwungen.

»Außerordentliche Flieger wie Sie, Großmeisterin. Wer hätte gedacht, dass das Officium den Kampf gegen den Teufel nicht nur am Boden, sondern auch in der Luft führen darf.« Er nahm sie am Ellenbogen und geleitete sie zum Fenster. »Unglücklicherweise haben Ihre Brüder noch keine Familie mit ihren Gemahlinnen ins Leben gerufen.«

»Niemand ist darüber trauriger als ich, Exzellenz. Ich hätte sehr gern Neffen und Nichten gehabt.«

»In diesem Fall widerspreche ich Ihnen, Großmeisterin. Die Kirche übertrifft Ihre Trauer bei weitem.« Kattla sah auf den Platz, auf dem die Menschen trotz des Schneefalls umherliefen, der eine oder andere Kinderwagen wurde durch das Weiß geschoben. »Sie sind nun die einzige Nachfahrin des heiligen Georg, Großmeisterin.«

»Ich weiß, Exzellenz.«

»Sind Sie sich dieser Verantwortung bewusst?«

»Ja, Exzellenz.«

»Dann werden Sie verstehen«, er drehte sich zu ihr, »dass ich Sie nicht länger am Himmel fliegen lassen darf, Großmeisterin.«

»Ich werde besser auf mich Acht geben, Exzellenz.«

»Sie haben mich nicht richtig verstanden.« Er lächelte nachsichtig. »Oder Sie wollten mich nicht verstehen: Sie werden vorerst keine Drachen mehr jagen, Großmeisterin. Das ist ein Befehl, so leid es mir tut.«

Der Boden tat sich auf und verschlang sie, die Wände stürzten ein, und Schwärze bemächtigte sich ihrer Augen. Silena kämpfte gegen das Übelkeitsgefühl und den Schwindel, gegen den Schrecken an, den die Worte ihr versetzten. Sie hatte nicht damit gerechnet, dass Kattla ihr das Liebste verbieten würde, was sie sich vorstellen konnte. Nicht mehr den Wind in den Haaren spüren, das Kribbeln im Bauch, wenn es in Sturz- und Steigflüge ging, die Erde weit unter sich und das Röhren der Motoren in den Ohren – die Drachen zu jagen und zu töten. Das Erbe des heiligen Georg war stark in ihr, es drängte sie.

»Aber was soll ich stattdessen tun? Motoren reparieren?«

»Sie wissen sehr wohl, was das Officium von Ihnen erwartet,

Großmeisterin.« Der Erzbischof wandte sich zum Fenster, er schaute zu den Schneewolken, die ihre Last abluden und die Dächer mit eiskaltem Puderzucker überzogen.

Silena starrte sein Profil an. »Das kann nicht Ihr Ernst sein, Exzellenz!«

Kattla schnalzte mit der Zunge. »Suchen Sie sich einen netten Mann, Großmeisterin. Heiraten Sie ihn und gründen Sie eine Familie noch innerhalb dieses Monats. Auch das ist ein Befehl.« Ihre Hände krampften sich um die Schärpe.

»Exzellenz, Sie zwingen mich dazu, mein Flugzeug gegen die Sitzwache an einer Kinderwiege einzutauschen?«

»Denken Sie nicht an *sich selbst*, Großmeisterin, sondern an das *Erbe*, das Sie in sich tragen und weitergeben müssen«, sagte er scharf, ohne sie anzuschauen, und verschränkte die Arme hinter dem Rücken. »*Müssen!* Es ist Ihre Pflicht der Menschheit gegenüber. Solange es Drachen gibt, braucht die Welt die Nachkommen der Heiligen.«

»Ich habe meinen Brüdern geschworen, dass ich ihre Tode rächen werde, Exzellenz. Das kann ich nicht tun, wenn ich ein Kind austrage. Es wird mich mindestens ein Jahr kosten, bis ich wieder aufsteigen kann.«

»Die Bodentruppen müssen so lange ohne Ihre Hilfe auskommen, Großmeisterin. Aber es führt kein Weg daran vorbei.« Er seufzte. »Bedenken Sie, dass es niemanden nach Ihnen geben wird, der den Tod Ihrer Brüder rächen könnte, falls Ihnen etwas zustößt. Es muss nicht einmal durch einen Drachen geschehen. Ein technischer Defekt an einem Flugzeug genügt, um Sie am Boden zerschellen zu lassen.«

»Aber der Drache, der meine Brüder angegriffen hat, ist sicherlich noch in der Nähe«, begehrte sie auf und sah ihn trotzig aus den grünen Augen an. »Exzellenz, nur diesen Einsatz noch. Im Namen meiner Brüder.«

»Nein, Großmeisterin. Es wird keine Flüge mehr geben. Wir brauchen mindestens drei Nachkommen von Ihnen, danach dürfen Sie zurück an den Himmel und die Teufel jagen. Drachen werden alt.« Der Erzbischof schaute sie an und lächelte. »Sie werden dann genügend Zeit haben, Ihre Brüder zu rächen. Schüren Sie Ihren Hass und geben Sie ihn an Ihre Kinder weiter.« Er schickte sich an, die Unterredung zu beenden.

»Woher soll ich diesen *netten Mann* nehmen, Exzellenz? Sendet mir Gott einen, oder woran erkenne ich ihn?« Silena beherrschte sich, sonst würden ihr noch ganz andere Wörter über die Lippen kommen. »Ich werde mich nicht dem Nächstbesten hingeben. Ich muss davon überzeugt sein, dass er alle Eigenschaften mit sich bringt, die ich von ihm erwarte.« Sie trat einen Schritt auf den Erzbischof zu. »Und nicht zuletzt, Exzellenz, muss ich ihn lieben. Dieser Anspruch steht in der Bibel.«

»Sie müssen mich nicht daran erinnern, was in der Heiligen Schrift steht, Großmeisterin.« Er schaute auf sie herab. »Und ich bin auch kein Kirchenmann wie viele der anderen Bischöfe. Ich leite das Officium Draconis. Meine Aufgabe ist es, die Teufel zu bekämpfen, und nicht, hehre Bibelstellen zu zitieren. Das steht denjenigen zu, die in die Kanzel steigen.« Seine Augenbrauen zogen sich zusammen. »Für den Kampf benötige ich Krieger. Piloten. Vor allem Piloten Ihres Schlages, Großmeisterin. Und Sie werden dafür sorgen, dass das Officium welche bekommt.« Er deutete auf die Tür. »Gehen Sie jetzt und sparen Sie sich die Worte, die Ihnen auf der Zunge liegen. Keine Beleidigung, kein Flehen wird mich dazu bringen, den Befehl zurückzunehmen. Sollten Sie keinen passenden Mann finden, lassen Sie es mich wissen. Ich habe einige Kandidaten ins Auge gefasst.«

Silena bebte vor Wut, dennoch gelang es ihr, sich ruhig umzuwenden und das Zimmer zu verlassen, ohne den Erzbischof anzuschreien.

Sie sah es überhaupt nicht ein, sich ein Kind machen zu lassen, sie fühlte sich weder bereit dazu noch in der Lage. Erst wollte sie den Mörder ihrer Brüder tot zu ihren Füßen liegen sehen, und das würde selbst Erzbischof Kattla nicht unterbinden können.

Sie marschierte durch das Officium Draconis, ohne einen klaren Gedanken fassen zu können. Theodor und Demetrius lagen noch nicht unter der Erde, sie hatte keine Gelegenheit gehabt, mit den Witwen zu sprechen, und man verbot ihr, in die Maschine zu steigen. Stattdessen verlangte man von ihr, Kinder zu bekommen. Das alles war zu viel für sie.

Silena hatte keine Augen für die schmiedeeisernen Schmuckleisten in den Ecken oder für die allgegenwärtigen Wasserspeier vor den Fenstern, an denen sie vorbeiging.

Europa, darunter auch das Kaiserreich und die bayerische Königshauptstadt, hatten nach der Gründerzeit die Baukunst des Mittelalters neu entdeckt und die moderne Bauweise mit Elementen von einst gekreuzt.

Dabei entstanden ehrfurchtgebietende Bauwerke mit düsteren gotischen Elementen, aber auch viel Stahl. Die große Rosette, die vor dem Knick des Korridors hing, war das Meisterwerk eines Kunstschmieds, und ein Glasmacher hatte farbige Scheiben in raffiniertem Arrangement eingezogen.

Als Silena gedankenverloren um die Ecke des Gangs bog, rannte sie in eine andere Frau hinein; Akten fielen auf den Marmorboden und mischten sich zu einem Durcheinander, dazwischen flatterten Fotografien von erlegten Drachen mit entsprechenden Bildunterschriften und Anmerkungen umher.

»Verzeihung«, bat sie und bückte sich, um der Frau zu helfen. Erst als sie die blauen Hosen bemerkte, erkannte sie, wen sie vor sich hatte. »Großmeisterin Martha!«, rief sie erstaunt und erhob sich. Sie streckte die Hand aus. »Wie schön, Sie zu sehen. Ich dachte, Sie wären in Südfrankreich unterwegs, um den nächsten Großen zu erlegen.«

Martha, gut fünfzig Jahre alt und mit der ungeminderten geistigen Rege einer Zwanzigjährigen ausgestattet, lächelte. Sie hatte die langen silbernen Haare zu einem Zopf geflochten und trug eine weiße Bluse mit Stickereien und roten Längsstreifen auf der rechten Brust. »Ich war bereits dort.« Sie hob den Unterarm und zeigte die lange, genähte Wunde. »Dieses Mal hätte er mich beinahe erwischt, Großmeisterin Silena. Ich werde allmählich zu alt. Meine Kinder sollten weitermachen.«

Silena bewunderte Martha. Wie die heilige Martha, von der sie abstammte, bevorzugte sie eine gänzlich andere Art, Drachen zu erlegen: Sie bezwang sie im wahrsten Sinne des Wortes von innen. Sie ließ sich von ihnen in einem Stück verschlingen, um sich anschließend durch die weichen, leicht zu durchdringenden Eingeweide nach außen zu schneiden. Natürlich gelang diese Methode nur bei ausgewachsenen Exemplaren sowie nach langer Vorbereitung; dass Martha sie beherrschte, bewies ihr hohes Alter. »Wie haben Sie es dieses Mal angestellt?«

Sie grinste. »Ich habe mich von ihm beim Trinken verschlucken lassen. Es hat sich herausgestellt, dass sie dabei weniger misstrauisch sind als beim Fressen. Nachdem wir seine Wasserstelle gefunden hatten, lag ich im Schilf verborgen und ließ mich ins Maul treiben. Als er mich bemerkte, war es zu spät.« Martha betrachtete die Narbe. »Meine Rüstung aus Drachenschuppen und Kettenhemd hätte beinahe versagt, die Eckzähne lagen mir im Weg.« Sie grinste. »Es wäre eine Herausforderung, einen Teufel mit nur einem Arm aufzuschlitzen.«

Silena verneigte sich. »Ich bin jedes Mal voller Hochachtung für Sie.«

»*Sie*? Nun, dabei sind Sie es, die die Drachen am Himmel herausfordert und mit ihnen um die Wette fliegt.« Martha sortierte die Akten wieder, dann zeigte sie Silena eine Aufnahme von einem gewaltigen vierköpfigen Monstrum. Es lag tot am Ufer eines Sees, in seinem weichen Bauch klaffte ein menschengroßes Loch, aus dem Innereien hingen und Magensäfte liefen. »Das war er. Ein Laufdrache und furchtbar gefräßig. Wir haben zehn Eier gefunden und zerstört, zwei Junge waren bereits geschlüpft. Aber mit den Kleinen werden auch die Anfänger fertig. An irgendetwas müssen sie ihr Handwerk erlernen.«

Silena betrachtete den Drachen: ein Albtraum von einem Geschöpf, für einen herkömmlichen Krieger nicht zu bewältigen, sondern nur im Verband von Drachentötern.

Glücklicherweise hatte die Kirche noch einige von ihnen zur Auswahl, deren Methoden so unterschiedlich wie die Männer und Frauen waren. Die Bandbreite reichte vom Bezähmen durch wunderschönen Gesang über das Besprengen mit einer bestimmten Substanz, bei deren Geruch die Ungeheuer wie in heftige Trunkenheit fielen und sich leichter töten ließen.

»Vier Köpfe. Er muss alt gewesen sein.«

»Ja. Ich war ihm lange auf der Spur.« Martha blickte sie an. »Haben Sie neue Hinweise durch die Untersuchung des Wracks erhalten, Großmeisterin?«

Silena verzog den Mund. Es hatte sich rasch herumgesprochen. »Nein«, antwortete sie schleppend.

Die ältere Frau, die ihre Mutter hätte sein können, legte die rechte Hand auf ihre Schulter. »Kommen Sie doch heute Abend auf den Empfang, den ich gebe. Trauer ist wichtig, aber zu viel davon kann die Seele schädigen. Vertreiben Sie ein wenig von Ihrem Kummer, und geben Sie mir die Ehre, Großmeisterin. Es wird das Andenken an Ihre Brüder nur erhöhen.«

»Was feiern Sie, Großmeisterin?«

»Meinen zwanzigsten Großen. Aber wenn Sie so weitermachen, werden Sie mich dreimal überrundet haben, wenn Sie in meinem Alter sind.« Martha nickte ihr freundlich zu. »Sie wissen, wo ich wohne. Der Empfang beginnt gegen sieben.« Sie schritt an ihr vorbei und trat durch eine Tür, auf der ARCHIV stand.

Silena rückte die Ehrenschärpe zurecht und setzte den Weg fort, nahm sich Mantel, Hut und Handschuhe und verließ das Officium; sie überquerte den Marienplatz, um sich in ein nahes Café zurückzuziehen.

Sie verzichtete auch dieses Mal darauf, von ihrem Privileg Gebrauch zu machen und den Bereich des Cafés zu betreten, in den nur Adlige, Räte und Bürger von Stand vorgelassen wurden. Sicher gehörte sie zu einer Elite, doch im Gegensatz zu manch anderen Mitgliedern des Officiums betonte sie dies nicht eigens. Man umgab sich gern mit Drachentötern, lud sie zu Theaterpremieren und Empfängen ein, um den Veranstaltungen besonderen Glanz zu verleihen. Viele erlagen der Verlockung des Ruhmes, Silena dagegen hielt sich zurück und tauchte niemals in den gesellschaftspolitischen Schlagzeilen der Zeitungen auf. Ihre Eltern hatten sie anders erzogen.

Stoff raschelte, und ein Mädchen von siebzehn Jahren stand neben ihrem Tisch und verneigte sich ehrfürchtig vor ihr. »Ein herzliches Willkommen. Mein Name ist Marie, und es ist uns eine Ehre, eine Drachentöterin zu Gast haben zu dürfen, Großmeisterin.« In den Augen war die Bewunderung zu lesen, und der leichte Schmäh in ihrer Stimme verriet, dass sie aus dem benachbarten Kaiserreich Österreich-Ungarn stammte.

»Vielen Dank.« Silena lächelte. »Einen Tee und ein paar Kekse mit weißer Schokolade bitte«, bat sie und nickte.

»Sehr wohl, Großmeisterin.« Sie eilte davon.

Silena grübelte, hatte automatisch die Münze in der Hand und ließ sie wieder über die Knöchel wandern; das polierte Silber glänzte. Sie stand vor einer schwierigen Entscheidung, die das Leben, wie sie es bislang führte, beenden könnte.

Seit ihrer Geburt war sie von ihren Eltern und dem Officium auf ihre Aufgabe vorbereitet worden. Mit zwölf Jahren und zu Beginn der eigentlichen Adeptenzeit hatte sie bereits zu den besten Pilotinnen der Staffel gehört, ausgebildet von den Brüdern Richthofen. Seit der Weihe zur vollwertigen Drachentöterin mit achtzehn Jahren gab es nichts anderes in ihrem Leben als das Fliegen und die Jagd auf Drachen. Ihre Eltern waren im Krieg gegen diese Monstren gefallen. Ihren Tod hatte sie vor vier Jahren gerächt und das Biest mit ihrer Maschine gehetzt, bis sie ihm den Todesstoß versetzt hatte; die Lanze war mitten durch den hässlichen Kopf gegangen. Selbstverständliche Pflicht und Rache – eine zweifache Motivation.

Bevor die Bilder der toten Eltern und Brüder aus ihren Erinnerungen aufstiegen, erklangen die Schritte des Mädchens. Sie brachte die Bestellung und zog sich sofort zurück. Es war Silena nicht entgangen, dass das Mädchen auf ihren weißen Kragen mit den Stickereien geschielt hatte.

Silena gab Zucker, dann Milch hinein. Sie liebte es, die verschiedenen Stufen zu schmecken, durch den bitteren Tee hinab zur milden, mit Milch vermengten Ebene zu tauchen, bevor kurz vor dem Erreichen des Bodens die Süße des Zuckers die Zunge traf.

Während sie die Milchwolke betrachtete, die im schwarzen Tee aufquoll, versank sie in ihren Gedanken. Sollte sie die Staffel verlassen, um den Mörder auf eigene Faust zu stellen? Gäbe es für sie dann eine Rückkehr zu den Drachentötern, oder wäre sie auf immer eine Ausgestoßene?

Silena legte die Münze auf den Tisch und schaute hinaus auf den Platz, der im dichter werdenden Schneetreiben immer menschenleerer wurde. Die umhertaumelnden Flocken besaßen etwas Hypnotisches, sie fraßen ihre Gedanken auf und hinterließen eine Leere im Kopf.

Sie sah, wie Martha durch das große Tor des Officiums trat und über den Platz eilte.

Silena blickte nachdenklich in die Teetasse, aber auch dort lag die Antwort nicht verborgen. »Ich habe es euch geschworen«, sagte sie leise, und die Gesichter von Demetrius und Theodor spiegelten sich auf der Oberfläche des Tees. Sie winkte nach der Bedienung und wollte zahlen.

»Sie sind selbstverständlich eingeladen, Großmeisterin«, sagte Marie und verneigte sich vor ihr.

Silena lächelte. »Nein, das möchte ich nicht.«

»Aber *ich* möchte es, bitte, Großmeisterin«, bestand Marie schüchtern und aufgeregt.

»Nun, dann sage ich vielen Dank.« Sie nahm eine Mark aus der Hosentasche und drückte sie dem Mädchen in die Hand. »Das ist für dich. Und auch ich bestehe darauf.« Silena erhob sich, steckte die Silbermünze ein, warf sich den schwarzen Ledermantel über und zog die langen Stulpenhandschuhe an; auf den Kopf setzte sie den schwarzen Hut. Der rechte Rand war nach der Manier der Großwildjäger nach oben geklappt.

Sie erhaschte die Schlagzeilen der Tageszeitung, die auf einem Ständer neben der Tür hing: »*Zeppelinsches Luftschiff beweist erneut Überlegenheit.*« Darunter stand zu lesen: »*Hugo Eckener steuerte den Zeppelin LZ126 über den Atlantik und zurück, heute wird die Ankunft in Hamburg erwartet. Helium ungefährlicher als Wasserstoff, aber ebenso tragfähig.*«

Den ganzen Artikel ersparte sie sich, stattdessen widmete sie sich dem Bild darunter.

Silena kannte diese fliegenden Zigarren, zweihundert Meter lang und ein Durchmesser von etwa achtundzwanzig Metern. Mit den zweitausend PS der fünf Maybach-Motoren bewegten sie sich recht zügig voran. Sie wusste, dass die Ingenieure des Officiums an einem eigenen Modell arbeiteten. Einem ganz besonderen Modell, auf das sie sich sehr freute, sofern sie in absehbarer Zeit noch zu der Staffel gehörte.

In Gedanken kehrte sie in das weiße Gestöber zurück, zog die Schultern hoch und stellte den Pelzkragen aufrecht, um sich gegen den Wind zu schützen.

Nach einigen Schritten wandte sie den Kopf zur Seite, als eine besonders starke Böe ihr den Schnee regelrecht ins Gesicht peitschte, sodass es wehtat. Dabei fiel ihr Blick auf einen Abdruck im frischen Schnee, der tiefrot gefärbt war. Blut?

Silena eilte zu der Stelle, erkannte die Abdrücke von Schuhen sowie einer Hand, als sei jemand ausgerutscht und habe sich vor einem Sturz bewahrt. Doch woher stammte das Blut?

Einen halben Meter weiter sah sie den nächsten Fußabdruck und weitere rote Spritzer. Sie folgte den Spuren. Der dicht fallende Schnee raubte ihr die Sicht. Als sie angestrengt auf den Boden sah, bemerkte sie, dass aus den Fußspuren eine breite Bahn wurde, als hätte sich jemand mit letzter Kraft vorwärts gezogen und dabei immer mehr Blut verloren. Es musste eine tiefe Wunde sein.

Schnee und Wind ließen unvermittelt nach.

Ungefähr in der Mitte des Platzes lag eine Gestalt ausgestreckt, der Schnee um sie herum hatte sich rot gefärbt. Die Flocken bildeten eine dünne Schicht auf den blauen Hosen und dem Mantel.

»Großmeisterin Martha!« Ein heißes Schaudern durchfuhr Silena, sie rannte los und beugte sich über die Frau. Der Kopf war gründlich zerschmettert worden, das Gesicht bestand aus einer blutigen Masse ohne Konturen, aus der zersplitterte Knochen hervorstanden. »Nein, um Himmels willen!« Die ältere Drachentöterin hätte sofort tot sein müssen, doch war es ihr gelungen, sich vorwärts zu schleppen. Neben ihr lag eine zerborstene, kindgroße Steinfigur, ein sandsteinfarbener Arm mit einem Messer ragte aus dem Schnee.

Silenas Herz pochte panisch, sie hob den Kopf, spähte nach rechts und links. Die Häuserfronten, an denen sich die steinernen Wasserspeier befanden, lagen weit auseinander, kein ihr bekanntes Wesen vermochte eine der zwei Zentner schweren Schmuckfiguren abzubrechen und bis in die Mitte des Marienplatzes zu schleudern.

Niemand – *außer* einem Drachen!

Wut und Hass jagten durch ihren Körper. Sie war sich sicher, den feigen Täter zu kennen – denjenigen nämlich, der auch ihre beiden Brüder auf dem Gewissen hatte: einer der kleinen Teufel. Er hatte es gewagt, die Drachentöter anzugreifen, und zwar nicht, wie es sich gebührte, im Zweikampf, sondern hinterrücks und ohne jeglichen Anstand.

»Ich kriege dich!«, rief sie, und ihre Stimme kehrte als Echo von den Gebäuden zurück. Ein paar Krähen antworteten ihr. So sehr sie zu den Dächern emporstarrte, die hinter dem Schnee verschwammen, sie erkannte nichts. »Ich werde für Ihre Seele beten, Großmeisterin, und Sie ebenso rächen wie meine Brüder«, versprach Silena erregt und stand auf, rannte ins Officium. Ihr Zorn hatte neue Nahrung erhalten und war zu einer unauslöschlichen Flamme geworden, die nach Vergeltung lechzte.

Sobald der Erzbischof in Kenntnis gesetzt war, würde sie mit ihrer Maschine aufsteigen und sich auf die Suche begeben. Diese Morde durften nicht ungestraft bleiben.

6. Januar 1925, Hauptstadt London, Königreich Großbritannien
Constable Edward MacEwan, ein Mann im besten Alter, schlenderte schlagstockschwingend durch die abgedunkelte Eingangshalle des Imperial War Museum.

Er gehörte zu den zwölf Bobbies, die eigens zur Bewachung der neuen Ausstellung beordert worden waren. Nach dem Überfall auf das Kunsthistorische Museum waren die Sicherheitsmaßnahmen verstärkt worden.

MacEwan fand die Aufgabe äußerst angenehm, denn während seine Kollegen durch die nasskalten Straßen Londons liefen und trotz ihrer Umhänge froren und bis auf die Knochen durchweichten wie trockenes Brot in einer Wasserschüssel, durfte er im Warmen sein und dabei die unzähligen Exponate kostenlos betrachten.

Und es war eine unwirtliche Nacht. Vor den Scheiben zogen dichte Nebelschwaden vorüber, drückten sich wallend gegen die Fenster, als wollten sie das Glas zum Zerspringen bringen; Millionen von Regentropfen prasselten aufs Dach und erschufen ein anhaltendes, gleich bleibendes Rauschen.

MacEwan schüttelte sich. Er nahm seine Taschenuhr aus der Jacke und klappte den Deckel auf. Kurz vor ein Uhr in der Nacht. »*God save the Queen: teatime*«, sagte er vergnügt und kehrte in den Aufenthaltsraum zurück, aus dem laut und deutlich das helle Pfeifen des Teekessels zu hören war.

»Guten Morgen, Gentlemen«, grüßte er und trat schwungvoll ein, wobei er sich über den schwarzen Schnauzer strich. Sechs Männer in dunklen Uniformen saßen um den runden Tisch herum, hielten mit einer Hand die Unterteller, mit der anderen die Tassen, akkurat vor ihnen standen die Helme. Ein malerischer Anblick. »Gibt es was Neues?«

»Noch mehr Spinner, Sir«, antwortete ihm Franklin, ein breiter Mann um die vierzig mit einem dichten braunen Backenbart, und nickte zur Zeitung, die auf dem Tisch lag. »Oder haben Sie es noch nicht gelesen? Die *Times* hat die Erklärung der Drachenfreunde Europas abgedruckt. Sie fordern, dass wir dem Morden ein Ende machen und die geschuppten Götter anbeten sollen, wie es sich gehört.«

»By Jove! Davor bewahre uns Gott und Queen Viktoria die Zweite, Gentlemen.« MacEwan schenkte sich den Rest aus der Kanne ein und gab das leere Gefäß an einen der Museumsbediensteten weiter – die stumme Aufforderung, noch mehr Tee zu bringen. »Sandwiches wären auch eine ausgezeichnete Idee, mein Lieber«, sagte er freundlich. »Mit Gurke, bitte.« Er zog die *Times* zu sich und überflog den Artikel.

»Es scheint denen ernst damit zu sein«, murmelte er. »Ich bezweifle, dass wir mit den Drachen in Frieden leben würden.«

»Die Waliser können es, Sir«, warf Constable Jones ein. Der schwarzhaarige Heißsporn von gerade mal zwanzig Jahren gehörte erst seit sechs Monaten zu den Bobbies, war jung und ungestüm. Dass er bei den erfahrenen Polizisten saß, diente dazu, ihn zu beruhigen und ihm zu zeigen, worauf es ankam: ruhiges Durchsetzungsvermögen statt unflätiger Schreierei, Schubsen und Schlagen.

»Die Waliser haben ihre Seele auch an den roten Teufel verkauft, Jones«, gab MacEwan zurück und las den Kommentar zu den Drachenfreunden Europas. Der Redakteur machte sich über die Drachenfreunde lustig und verlangte von der Krone, gegen sie vorzugehen, ehe sich die abstrusen Gedanken weiter verbreiteten. »Recht hat der Mann!« MacEwan pochte nachdrücklich auf die Zeilen. »Man müsste alle Drachentöter und Drachenjäger dorthin schicken und so lange das verfluchte Land absuchen lassen, bis das verdammte Vieh zur Strecke gebracht ist.« Er faltete die Zeitung und legte sie auf den Tisch. »Wo bleiben denn die Gurkensandwiches? Ich bete, dass die

Drachenfreunde keine Gurkensandwichs mögen. Ich teile ungern die Vorlieben des Feindes, das habe ich schon so in Indien gehalten. Das Einzige, was sie von mir bekommen können, ist eine Kugel.«

Die übrigen Constables lachten, nur Jones schaute seinen Vorgesetzten böse an.

»Ich weiß, was Sie sagen wollen, Jones. Ihr Waliser habt es uns Engländern niemals verziehen, dass wir euch gezwungen haben, unter den Schutz der britischen Krone zu treten. Aber die Queen mag euch«, grinste er und hob die Tasse an, um seinen Tee zu schlürfen. »Sie verbringt gern ihren Urlaub dort.« Er nickte dem Bediensteten zu, der das Getränk bereitet hatte. »Gut gemacht, Sir. Das wärmt das Herz.« Franklin nahm einen Flachmann aus der Tasche und bot MacEwan an, den Tee mit einem Schluck Gin zu verfeinern. »Nein, Franklin, vielen Dank. Erst nach dem Dienst«, lehnte er ab.

»Eines Tages wird Y Ddraig Goch im Buckingham-Palast erscheinen und die Queen davon überzeugen, dass Britannien unter den Schutz von Wales treten sollte, Sir«, grummelte Jones. »Die Chinesen und Japaner haben nicht Unrecht.«

Langsam hob MacEwan den Blick, er verlor jeglichen Humor. »Constable, Sie unterstützen doch nicht etwa die Schlitzaugen bei ihrem Schlangenkult?«

»Nein, Sir«, antwortete Jones, doch man hörte, dass er es nicht ernst meinte.

MacEwan, stocksteif und gerade sitzend, Unterteller und Teetasse in den Händen, schaute ihn an. »Das rate ich Ihnen, Constable, sonst käme ich sogar auf den Gedanken, dass Sie mit den Spinnern verbrüdert sind, die asiatische Verhältnisse zu uns einschleppen wollen. In dem Fall müsste ich Meldung machen.«

»Das bin ich nicht, Sir.«

»Also gut.« MacEwan nippte wieder am Tee. »By Jove, wir hätten sie fertig machen sollen, als wir die Gelegenheit hatten. Wir haben den Reisfressern vor gut zwanzig Jahren schon einmal gezeigt, wo ein Brite sein Gewehr trägt, und jetzt sitzt der Drachenkaiser auf dem Thron.« Sein Gesicht rötete sich, er redete sich in Rage. »Wenn mich Ihre Majestät Viktoria die Zweite fragte, ob ich mit unseren Jungs von Indien nach China marschieren würde, bei Gott, ich würde ein lautes Ja schreien, Jones! Ich habe die verdammten Thug-Mörder in

Bombay überlebt, da werde ich doch den verfluchten Drachenanbetern den Kopf von den Schultern schießen können!«

»Bravo, Sir«, nickte Franklin. »Gut gesprochen!« Er hob die Tasse hoch. »Lang lebe die Queen!«

»Lang lebe die Queen«, kam es sofort von den Polizisten und Museumswärtern, selbst Jones wiederholte den Spruch.

»Was denken Sie, wer dahinter steckt, Sir?« Franklin steckte seinen Stock in den Halter seiner Koppel, nahm den Helm vom Tisch und setzte ihn auf.

»Hinter den verdammten Drachenfreunden?« MacEwan tat es ihm nach, der Tee wirkte und belebte seinen Verstand; noch war die Nacht nicht zu Ende, und die Kunst- und Kriegsschätze wollten beschützt werden. »Mit Sicherheit einer der Großen. Vielleicht sogar«, er schaute zu Jones, »dieser rote Teufel. Gott möge ihm seinen stachligen Schwanz in den Arsch schieben. Und wenn er dazu keine Zeit hat, soll er mir Bescheid geben. Ich werde es nur zu gern tun.« Er erhob sich unter dem Gelächter der Männer, zeigte auf Franklin und zwei Wärter. »Genug geredet, Gentlemen. Gehen wir und lösen die Wachen ab, damit auch sie in den Genuss von Tee kommen dürfen. Es scheint mir, als wären die Sandwiches leider abhanden gekommen. Der gute Mann wird sich mit seiner Fracht in seinem eigenen Museum verlaufen haben.«

Franklin lachte. »Vielleicht hat ihn ein kleiner Drache überfallen, Sir, der Gurken mag?«

»Noch ein Grund mehr, Drachen zu hassen. Wenn sie mir die Gurken wegfressen, das schwöre ich bei der Queen, hole ich mein gutes altes Gewehr aus dem Schrank und ziehe gegen sie ins Feld.« MacEwan zwinkerte und öffnete die Tür.

Zu dritt marschierten sie über den Mormorboden der gewaltigen Eingangshalle. Das Wetter war nicht besser geworden, ganz im Gegenteil. Nebel und Regen hatten sich verstärkt.

MacEwan nahm die Treppe nach oben. »Gentlemen, loben und preisen Sie den Schöpfer, dass er uns das Los zufallen ließ, in diesen Hallen zu wachen. Keine zehn Pferde brächten mich ,,,«

Ein lautes Klirren erklang, wie von Glas oder Porzellan.

»Das kam aus der Halle.« Der Constable zog seinen Schlagstock und eilte los, Franklin und die beiden Museumswärter folgten ihm.

»Gott, sei ein Engländer und schicke mir ein paar Drachenfreunde, die ich verdreschen darf!«

Sie schlichen vorwärts. Zuerst fiel ihnen nichts Verdächtiges auf, doch dann sahen sie eine Gestalt im Schatten der Säulen neben einer Vitrine knien. Sie machte sich offenbar an der Verankerung zu schaffen. Um sie herum lagen mehrere Gegenstände.

MacEwan bedeutete ihnen, einen Kreis zu bilden und dem Einbrecher den Weg abzuschneiden. »Halt, Bursche!«, donnerte er und eilte auf den Mann zu. »Du wirst ...« Sein Blick fiel auf die Dinge am Boden. Es sah aus wie ... Gurkensandwiches?

Der Mann sprang auf und begab sich mit erhobenen Armen in den Lichtschein. »Nein, Sir! Nicht! Ich bin es, Smithwick«, rief er hastig, weil er Prügel fürchtete.

»Was machen Sie denn in der Halle?« MacEwan musterte ihn und betrachtete die Scherben am Boden.

»Ich hatte den Tee vergessen und bin noch einmal zurück, und dabei sind mir die Sandwiches und die Teekanne ...«

MacEwan winkte ab und blieb stehen. Franklin kratzte sich lachend am Backenbart und hob das Tablett auf. Zwei Sandwiches, mit Gurke und Ei. »Sir, haben Sie noch Hunger? Hier wäre was.«

»Nein, Franklin, ich verzichte.« Er bückte sich und half dem Museumswächter die Bruchstücke aufzulesen, ehe sie ihre Tour durch das riesige Gebäude fortsetzten.

»War einer der Gentlemen eigentlich in der Ausstellung, welche die Diebe heimgesucht hatten?«, fragte Franklin in die Runde und fuhr nach allgemeinem Kopfschütteln fort: »Ich schon. Sehr schade um die gestohlenen Stücke. Waren schöne dabei. Die hätten sich gut in meinem Wohnzimmer gemacht.«

MacEwan lachte. »Was denn zum Beispiel?«

Franklin formte mit den Fingern einen kleinen Ball. »Ungefähr so groß, sah aus wie ein durchsichtiger Toffee oder Bernstein, mit Einschlüssen darin«, erzählte er. »Eine Lampe hat das Ding zum Leuchten gebracht, das war umwerfend. Nachträglich ist es wohl mit Linien versehen worden, es sah aus wie ein kleiner Globus.«

»Nichts für mich. Es sei denn, man könnte es als Kricketball verwenden«, meinte MacEwan und grinste. »Ich hätte ...« Abrupt blieb er stehen.

Die Tür zum Saal 13, der Abteilung für historische Drachenjagdwerkzeuge, stand offen. Im Innern huschten die schmalen Lichtkegel von Blendlaternen über Vitrinen und Wände; leise Stimmen erklangen, und gleich darauf klirrte es wieder, dieses Mal jedoch gedämpft.

Franklin hatte bereits seine Signalpfeife im Mund, aber MacEwan hinderte ihn daran hineinzublasen. »Nicht! Der Saal hat drei Ausgänge. Wenn wir die Diebe jetzt warnen, könnten sie uns entkommen, und wir wissen nicht, was sie schon erbeutet haben. Es wird erst gepfiffen, wenn wir vor den Türen Position bezogen haben«, flüsterte er. Mit Gesten dirigierte er Franklin und die Wärter auf ihre Plätze. Er selbst blieb zusammen mit einem der Wärter am Haupteingang stehen und verbarg sich hinter einem Stahlträger.

Der Saal maß zehn mal vierzehn Meter, hatte eine Front ganz aus Glas und mehrere große Dachfenster. Stahlträger ragten sieben Meter in die Höhe und gaben den miteinander vernieteten Querstreben Halt. Insgesamt erweckte Saal 13 den Eindruck, ein großes Gewächshaus oder ein Atelier zu sein.

Unter der Decke schwebten die Skelette von zwei kleinen Drachen und einem großen Flugexemplar mit immerhin zwei Köpfen. Es war selten, dass die Kirche eine solche Zurschaustellung erlaubte; normalerweise erhob sie Anspruch auf jedes noch so kleine Stückchen eines echten Drachen. MacEwan vermutete insgeheim, dass es sich bei den Skeletten in Wahrheit um Fälschungen handelte.

Darunter breiteten sich die Vitrinen aus, in denen Waffen ausgestellt waren, welche die Menschheit – zumindest in Europa – gebraucht hatte, um Drachen zu erlegen. Primitive Speere, Schwerter, sogar eckig geschliffene, scharfkantige Steine hatten einst zur Jagd gedient.

Aber die Diebe hatten es auf ganz andere Gegenstände abgesehen.

MacEwan beobachtete einen von ihnen, eine schwarz gekleidete und maskierte Gestalt, die im Schein ihrer Lampe eine Liste studierte und langsam an den Schaukästen entlangging, bis sie vor einem Schwert stehen blieb. Sie packte den Zettel weg, stellte die Leuchte ab und nahm einen Glasschneider hervor. Drei kräftige Bewegungen später, und sie hatte eine dreieckige Öffnung geschaffen. Behutsam fasste sie ins Innere, fischte nach dem Griff des Schwerts.

»Was machen die so lange?«, fluchte MacEwan durch den Schnauzbart und hielt Ausschau nach Franklin und dem Wärter. Sie pirschten sich an die Türen heran, befanden sich aber immer noch gute zehn Meter von ihnen entfernt.

MacEwan überschlug indes die Anzahl der Diebe und kam auf ein Dutzend Männer, vorausgesetzt er hatte sich nicht verzählt. Das Plätschern und Trommeln ganz in seiner Nähe wies ihm den Weg, den die Verbrecher zum Ein- und Aussteigen in den Saal gewählt hatten: Eine der Dachluken stand offen, Regen fiel herein und prasselte auf den Boden und die Vitrinen.

Als Franklin und der Wärter endlich vor den Türen standen, hatten die Diebe bestimmt vierzig Gegenstände aus den Schaukästen entfernt. In der Mehrzahl handelte es sich um Kleinode, wie Dolche und Schwerter, aber auch wertvolle Kunstgegenstände, die aus einem Drachenhort aus dem 18. Jahrhundert stammten. Sie hatten tatsächlich zwei goldene Muschelbonbonnieren ausgesucht und eine mit Arabesken versehene Schmuckdose entwendet, deren Intarsien aus reinem Gold bestanden.

MacEwan legte eine Hand an den Lichtschalter und blies aus Leibeskräften in seine zweistimmige Pfeife. Sofort fielen seine beiden Männer ein und beschallten den Saal mit dem durchdringenden Bobbie-Signal.

»Stehen bleiben!«, schrie er. »Ihr Hurensöhne seid alle verhaftet, die Ausgänge sind blockiert, und der Raum ist umstellt. Gebt auf, oder es wird ...«

Krachend zersprang das mittlere Segment der Fensterfront, Scherben fielen klirrend aus großer Höhe herab und zertrümmerten Vitrinen, rissen Statuen um; umherfliegende Fragmente beschädigten die Aufhängungen der Drachenskelette. Befreit von einigen ihrer Halterungen, pendelten sie hin und her und schienen zu untotem Leben erweckt worden zu sein.

MacEwan sprang zur Seite, um den Splittern zu entgehen. Den Schreien nach zu urteilen hatte es mindestens zwei der Diebe erwischt. Erschrocken richtete er die Augen zur Decke und sah eine geflügelte Gestalt in raschen Manövern zwischen den Streben kreisen, ehe sie sich auf einen der Männer stürzte und ihm gezielt die Tasche entriss.

Plötzlich stand Jones neben dem Constable, er keuchte noch, weil er gerannt war.

»Heilige Scheiße«, raunte er und verfolgte, wie der zwei Schritt große, hässliche Drache dem Dieb, der seine Beute nicht hergeben wollte, mit einem kräftigen Hieb seiner Klauen zuerst die Brust aufriss und danach den Kopf abschlug. Mit einem Siegesschrei, der dem eines Raubvogels nicht unähnlich war, flatterte er zurück unter die Decke und setzte sich auf eine Querstrebe; seine leuchtenden weißen Augen stierten auf die Männer herab. Er suchte nach dem zweiten Opfer.

Die Diebe robbten unter den Vitrinen entlang auf die Ausgänge zu, doch immer mehr Constables rannten in den Saal und schützten die Ausgänge. Einige von ihnen hatten den unerwarteten Angreifer dicht unter der Decke noch nicht bemerkt.

»Alle raus!«, befahl MacEwan und ließ den lauernden Drachen nicht aus den Augen. »Von uns kann es keiner mit ihm aufnehmen.« Er rief den Dieben zu, dass sie sich zum Haupteingang bewegen sollten, wenn ihnen das Leben lieb sei. »Lasst die Beute, wo sie ist. Und keine Tricks, sonst werfe ich euch dem Teufel da oben zum Fraß vor, verstanden?!«

Die Männer tuschelten untereinander, berieten sich über das Angebot.

Da stieß sich der Drache ab und schoss wie ein Pfeil nach unten, brach durch eine Vitrine und griff den darunter liegenden Dieb mit seinen langen Krallen. Er schlug mit den Flügeln und schwang sich zurück in die Höhe, zog den Mann mit. Der Mann schrie unentwegt. MacEwan hörte das Knirschen von Knochen, gleich danach schlug ein Körper auf dem Boden auf, und das Kreischen endete.

Die nächste Fensterfront explodierte regelrecht, ein zweiter Drache, noch hässlicher und größer als zwei ausgewachsene Männer, brach über sie herein. Er schlitterte quer durch den Saal, griff mit beiden Hinterklauen nach den Dieben und schleuderte sie wie Puppen umher. Das Wesen besaß solche Kraft, dass es die Männer durch die Türen schmetterte und die davorstehenden Constables und Museumswärter wie Kegel umwarf.

Der größere Drache krächzte und sperrte das schnabelartige Maul mit den spitzen Zähnen drohend auf, landete und entfaltete die

Schwingen; seine Klauen troffen von Blut. Gleichzeitig drückte sich das kleinere Scheusal ab und stieß auf den nächsten Dieb nieder.

MacEwans Befehle gingen in dem Durcheinander unter, das entsetzte Rufen seiner Leute, der Wärter und der Hand voll überlebender Verbrecher mischte sich mit den Stimmen der Drachen und erlaubte kein verständliches Wort mehr.

Als sich der beängstigende Schädel mit den weißen Augen ihm zuwandte, die kurze Schnauze sich öffnete und ein warnendes Fauchen erklang, drehte MacEwan sich um und rannte. Der Teufel war hinter ihm her.

III.

»Wenn Sie mich fragen, und das tun Sie ja, handelt es sich bei dem Officium um eine Organisation, die aus dem Schaden anderer Nutzen zieht. Zu uns sind sie erst nach mehrmaligen Aufforderungen gekommen, als der Drache drei Kühe und eine Herde Ziege gefressen hatte, und dann wollten sie von unserem König auch noch eine Aufwandsentschädigung für die Reisekosten. Ich weiß doch genau, dass das Officium die Ungeheuer zersägt und die Stücke heimlich verkauft. Das nächste Mal rufe ich die Drachenjäger, das kann ich Ihnen sagen. Die finanzieren alles aus eigener Tasche.« Alois Draxelhuber, Bauer

aus dem Bericht »Das Officium – Die heimliche Macht«
in »Kommunistische Wahrheit« vom 6. September 1924

11. Januar 1925, Dordogne, fünfzehn Kilometer westlich von Périgueux, Königreich Frankreich
Vouivre gefiel die Umgebung nicht. Es war zu flach, keine echten Berge, in deren Schluchten oder engen Höhlen er notfalls für seinen langen, silbrigweißen Körper Schutz suchen konnte; stattdessen kroch er durch kahle Walnussbaumwälder und hinterließ für seinen Geschmack viel zu breite und einfach zu entdeckende Spuren im Schnee. Wenigstens tarnte ihn sein glitzerndes Schuppenkleid auf weite Entfernung.

Doch er hatte es sich nicht nehmen lassen wollen, seine Heimat in den Westalpen zu verlassen und selbst auf die Suche zu gehen. Die Trüffeln, die echten schwarzen Trüffeln aus dem Périgord, hatten nach dem ersten Frost ihre volle Reife erlangt, und Vouivre wollte sie nicht fremden Gaumen überlassen, weder Menschen noch seinesgleichen. Schlimm genug, dass Gorynytsch ihn beraubt hatte. Noch ein Grund mehr, den Russen zu töten.

Seine geschuppte Nase grub sich in den Schnee, die lange, gespaltene Zunge schnellte hervor und suchte nach dem typischen Aroma der Trüffelknolle. Nicht weit von ihm musste sich eine verbergen, er nahm den Geruch deutlich wahr.

Ein Windstoß brachte die Äste um ihn herum zum Wanken, Schnee rieselte von ihnen herab und landete auf ihm. Die Böe trug ihm einen sehr bekannten Geruch zu, und Vouivre hob das gekrönte Haupt mit dem Rubinauge. »Pratiwin, mein Bester. Du hast Neuigkeiten für mich?« Er zog den Leib etwas mehr zusammen und richtete das vordere Drittel auf.

Der schwarze, fünfköpfige Drache war gelandet und legte die Schwingen an, damit er besser unter den Walnussbäumen hindurchpasste. »Die habe ich, Altvorderer.« Seine Schädel verneigten sich, und die gelben Augen starrten ergeben zu Boden. »Es gibt Schwierigkeiten mit den Menschen.«

Vouivre prägte sich die Stelle ein, wo er die schwarze Trüffel vermutete. Er hörte an der Betonung, dass sein Spion nicht plänkeln wollte, wie sie es sonst so gerne taten, sondern ehrlich besorgt war. »War das der Grund dafür, dass du die Drachentöter umgebracht hast?«

»Ich habe sie nicht umgebracht, aber das ist eine andere Schwierigkeit, Altvorderer. Die Morde an den Drachentötern habe ich nicht zu verantworten. Ich wusste von vorneherein, dass sie zu viel Aufmerksamkeit wecken würden.« Pratiwin stieß Luft aus, die sich in der eisigen Umgebung in dichten, weißen Dampf verwandelte und ihn für einige Sekunden in Nebel hüllte; als er wieder zum Vorschein kam, lag Raureif auf seinem schwarzen Panzer. »Eine unter den Menschen interessiert sich für Dinge, die sie nichts angehen.«

»Wie meinst du das?«

»Sie stellt sagenumwobenen Gegenständen nach. Und ich fürchte, sie ist mächtiger, als es den Eindruck hat.«

Vouivre verstand, was gemeint war, und stieß einen lauten Zischlaut aus. »Das passt mir nicht. Was ist mit Gorynytsch?«

»Ich habe ihn aus den Augen verloren. Er besitzt die seltene Gabe, sich von einer Sekunde auf die nächste unsichtbar machen zu können.« Die Köpfe hoben sich etwas, auch wenn sie untertänig geduckt blieben. »Das ist selbstverständlich nur bildlich gesprochen, Altvorderer.«

»Das schmeckt mir alles überhaupt nicht«, zischte Vouivre, und seine gute Laune starb zusammen mit der Vorfreude auf die echten Périgord-Trüffeln. Die Schwierigkeiten verdarben ihm alles. »Gibt es eine Möglichkeit, die Frau ohne Aufsehen auszuschalten?«

»Nein, Altvorderer. Ich bleibe lieber verborgen in der Nähe des Russen. Bei einem Wettlauf zwischen den beiden würde ich eher auf Zadornov setzen als auf Sàtra.« Pratiwin bemühte sich, seine Stimme ruhig zu halten und einen bittenden Unterton beizufügen, um den Zorn des mächtigen Wurmdrachen nicht noch weiter anzustacheln. In Rage würde ein Altvorderer nicht zurückschrecken, ihm zur Strafe für die Nachrichten einen seiner wertvollen Köpfe abzuschlagen.

Vouivre spürte, dass der schwarze Drache Furcht hegte – was ihn wiederum amüsierte.

»Wäre ich Gorynytsch oder Iffnar, mein Bester, würdest du aus gutem Grund zittern. Aber ich neige nicht dazu, meine Verbündeten zu verstümmeln. Wir hätten beide nichts davon«, sprach er. »Es wird mich aber nicht davon abhalten, dich zu töten, wenn du bei deinem Auftrag versagst.«

»Das werde ich nicht, Altvorderer. Der Russe ist viel versprechend, auch wenn er in Begleitung von Onslow Skelton reist.«

Vouivre lachte. »Welch ein lustiger Name. Er passt zu einem britischen Detektiv und Gentleman.« Dann wurde er etwas ernster. »Bleib ihm auf der Spur und lasse dich nicht auf Kämpfe mit Drachentötern ein.«

»Ich weiß nicht, Altvorderer ...«

»Damit die Drachentöter in Scharen über uns herfallen?« Er schüttelte sich. »Kein guter Gedanke. Wir halten uns weiter im Verborgenen und lassen sie ein paar der unwichtigen Kleinen hetzen. Das beschäftigt sie und lenkt sie von unserer Jagd ab.« Vouivre sah es den gelben Augen des Verbündeten an, dass er nicht einverstanden war. »Lass die Klauen von Großmeisterin Silena, wenigstens so lange, bis wir alles in Ordnung gebracht haben«, zischte er und klang nun wahrhaft bedrohlich. Dabei richtete er den Leib weiter auf und starrte von oben auf den Mehrköpfigen herab. »Suche Gorynytsch und halte dich an die Anordnungen, die ich dir gegeben habe.«

»Das tue ich, Altvorderer. Doch es fällt mir schwer.« Pratiwin grollte und seufzte zugleich. »Die Gelegenheit, sie zu töten und Rache zu nehmen, wird verlockend sein.«

»Und du wirst sie bekommen, das versichere ich dir. Aber ein Angriff auf sie kommt erst später in Frage.« Vouivre ließ das Karfunkelauge aufleuchten, und die Umgebung schien für die Dauer eines Blinzelns dunkler zu werden, damit der Rubin umso heller erstrahlte. Ein bewährtes Mittel der Einschüchterung.

»Ja, Altvorderer«, beeilte sich Pratiwin auf der Stelle zu versichern. »Ich kehre zurück auf meinen Posten. Sobald es etwas zu melden gibt, eile ich zu Euch.« Rückwärts gehend wich er vor dem Wurmdrachen zurück, bis er an eine Stelle im Wald gelangte, wo er die Schwingen spreizen und abheben konnte.

Vouivre verfolgte den Flug mit dem Karfunkelauge. *Pratiwin, du wirst doch nicht aufmüpfig werden?*, dachte er bei sich.

Er kannte einige russische Drachen, sie waren alle unbeherrscht, jähzornig und äußerst auf Gewalt bedacht. Diese niederen Gelüste mochten seinen derzeit so wertvollen Verbündeten zu einem Risiko werden lassen, und er hoffte sehr, dass er ihn nicht selbst bei einem der nächsten Zusammentreffen auslöschen musste. Es gab auf die Schnelle keinen guten Ersatz. Die meisten jüngeren Drachen hatten sich mehr oder weniger heimlich auf Gorynytschs Seite geschlagen, um den harten Regeln der Altvorderen endlich zu entkommen.

»Immer diese ungestümen Revolutionäre«, murmelte er ärgerlich und nahm die Suche nach den so köstlich riechenden Trüffeln wieder auf. Weder unter den Menschen noch unter seinesgleichen mochte er sie, die Umstürzler und Weltenwandler. Es wurde Zeit, den Menschen wieder Teile ihrer Zivilisation zu nehmen, angefangen beim Flugzeug bis zu den technischen Errungenschaften des Alltags.

Ddraig hatte eine sehr gute Idee gehabt. »Bekämpfen wir die Menschen mit ihren eigenen Waffen«, hatte sie gesagt, »beispielsweise durch Manipulationen an der Börse. Schlagen wir die Wirtschaft entzwei, rauben wir ihnen ihren Reichtum – und sie fallen rasch in ein dunkles Zeitalter zurück. Technik braucht Geld.«

Vouivre stimmte ihr zu. Er würde dafür sorgen, dass Charles der Unerreichte noch mehr Staatsvermögen in sinnlose Prachtbauten steckte. Aus Krisen erwuchsen Kriege, und nicht umsonst klangen die beiden Begriffe ähnlich.

In ein paar Jahren konnte man einen neuen Krieg der Vasallen in Europa beginnen lassen. Einen zweiten Schlieffenplan würde es nicht geben, und dem kleinen Belgien gedachte er beim nächsten Mal mehr Aufmerksamkeit zu widmen. Auf eine Umgehung der französischen Truppen würde er nicht mehr hereinfallen. Wenn er jetzt noch einen guten Einfall hatte, wie er Pratiwin enger an sich binden könnte, würde der Tag gut enden. Vor allem dann, wenn er bei seiner Delikatessen-Suche Erfolg hätte.

Die geruchsempfindliche Zunge hatte die Trüffel lokalisiert, ein wenig Graben in der eiskalten Erde, und Vouivre genoss den intensiven Geschmack des Pilzes.

Er wurde sich bewusst, dass er eben Gedanken verschwendete. »Ach nein. Iffnar wird dann tot sein und seine Deutschen endlich mir gehören«, lächelte er. Ihm stand ein Duell mit Ddraig bevor, und sobald er die Alte Welt ganz allein besaß, würde er sich um die Neue Welt kümmern, von der er lediglich wusste, dass es auch dort Drachen gab. Alles andere blieb im Dunkel. »Verfluchtes Amerika.«

Vouivre grub nach einer weiteren Knolle – da stieg ihm ein merkwürdiger Duft in die Nase, den er niemals zuvor gewittert hatte.

Er schnellte herum und zog den Schlangenleib mit. Das Schwanzende durchtrennte den Stamm eines kleineren Nussbaums; knackend und splitternd kippte er um und bohrte sich in den Schnee. Vögel flatterten erschrocken davon, einige Meter weiter stieg ein Schwarm Krähen mit lautem Gekreisch in den grauen Winterhimmel.

Vouivre sah nichts, was zu dem Geruch auf seiner Zunge passte. Seltsamerweise bereitete ihm das – Unbehagen? Er wollte nicht so weit gehen und es Furcht nennen, er war ein Altvorderer, ein jahrhundertealtes Wesen, das bereits auf die verschiedensten Namen gehört hatte. Er musste sich vor nichts fürchten. *Wer ist da?*

Eine Gestalt in einem schwarzledernen Umhang trat hinter einem Baum hervor, darunter wurde eine Rüstung aus Drachenhaut sichtbar. Um den Kopf lag eine weiße Haube mit einem dünnen Sehschlitz für die Augen, darüber stülpte sich ein dicker, dunkler Helm aus gehärtetem Leder. In der Linken hielt sie einen drei Schritt langen Schaft, an dem ein etwas mehr als ein Meter langer Knochenspieß befestigt war.

»Mein Name ist Ichneumon«, sagte eine Stimme, die ebenso gut männlich wie weiblich sein konnte, aber mit einem ungewohnten

Akzent sprach. Vouivre kannte ihn von den Marokkanern oder anderen afrikastämmigen Kolonialfranzosen.

»Du störst mich beim Genuss seltener Trüffeln, mutiger und törichter Mensch«, machte ihn Vouivre aufmerksam. »Aber der Geschmack auf meiner Zunge ist zu superb, um ihn mit minderwertigem Menschenfleisch zu zerstören. Ich gebe dir fünf Lidschläge, um zu verschwinden, bevor ich dich …«

Unvermittelt war die Gestalt verschwunden – und tauchte direkt vor ihm auf, um ihm den Knochenspieß wie eine Nadel schräg von unten in den aufgerichteten Leib zu rammen. Vouivre brüllte vor Überraschung und Schmerz auf. Die Klinge drang tief in ihn hinein.

Er wich zurück und schlug gleichzeitig mit dem Schwanz nach dem Angreifer. Aber der Hieb peitschte lediglich Schnee auf und ließ eine glitzernde Wolke entstehen. Vouivre fauchte wütend und kroch rückwärts, um den Hain zu verlassen. Die Bäume boten seinem Feind zu viele Deckungsmöglichkeiten.

Der rieselnde Schnee warnte den Wurmdrachen. Blitzschnell zog er den Kopf zur Seite und sah die Spitze des Spießes knapp an seinem Karfunkelauge vorbeischießen. Die Gestalt saß nun über ihm in den Ästen und hatte ihm aufgelauert.

Vouivre stieß einen Strahl aus stahlblauem Feuer gegen die Baumkrone und verbrannte die Äste und Zweige zu Asche.

Wieder erhielt er einen Stich, dieses Mal in die Körpermitte und knapp am Herzen vorbei, mitten in die Innereien. Diese Art von Schmerz hatte er schon sehr, sehr lange nicht mehr fühlen müssen.

Vouivre schnappte nach der Gestalt, die den Spieß aus der Wunde zog, aber die Zähne stießen ins Leere. Mit einer nicht nachvollziehbaren Bewegung hatte sie sich aus seiner Reichweite entfernt und die Waffe mitgerissen. Heißes, schwarzes Drachenblut ergoss sich umgeben von einer Dampfwolke aus dem Schnitt zwischen den Schuppen und sprühte in das Weiß, das sofort schmolz.

Vor ihrer nächsten Attacke wurde die Gestalt von dem Wurmdrachen bemerkt. Sein Schwanz stieß nach vorn, und Vouivre biss gleichzeitig nach ihr.

Wieder gingen beide Angriffe fehl.

Mit einer unglaublichen Sprungkraft drückte sie sich ab, zog die

Beine an und reckte den Spieß mit der Klinge nach unten, zielte auf den sich nähernden Drachenkopf. Vouivres beide Herzen schlugen schneller als gewöhnlich. Selbst seine unglaublichen Raubtierinstinkte schienen gegen diesen Angreifer zu langsam. Die Muskeln spannten sich, der Hals zog sich zurück.

Die Spitze ritzte die silbern-diamantenen Schuppen, sprengte etliche davon ab. Beinahe wäre sie ihm unterhalb des Karfunkels in den Schädel gedrungen.

Vouivre grollte. Die Wunden schmerzten, aber weit mehr brannte das Wissen, einem ebenbürtigen Gegner gegenüberzustehen, der nicht einmal ein Drache war. Er wandte sich um und jagte der Gestalt einen zweiten Feuerstoß nach, doch wieder war sie bereits verschwunden. Das konnte kein Mensch sein!

Vouivre kroch hastig rückwärts und spie unentwegt Flammen, um den Walnussbaumwald mit allem, was sich darin befand, in Brand zu setzen. Seine Bewegungen wurden immer schneller, er wollte entkommen. Hinter jedem Stamm sah er nun die Gestalt lauern, er schleuderte die vernichtenden Lohen ohne Unterlass, während seine Herzen klopften und stampften. Man hatte ihn zur Beute degradiert, und dieses Gefühl war erniedrigend. Furcht war erniedrigend!

Endlich hatte Vouivre den Wald hinter sich gelassen und befand sich auf einer verschneiten Ebene. Selten zuvor war er derart glücklich gewesen, sich auf einer überschaubaren, deckungslosen Fläche zu befinden.

Das Feuer hatte auf den gesamten Hain übergegriffen, Rauch und Flammen stiegen weithin sichtbar in den Winterhimmel und verkündeten den umliegenden Dörfern, dass es im nächsten Jahr weder Trüffeln noch Walnüsse geben würde, von deren Handel sie lebten.

Vouivre kroch weiter rückwärts und wartete eine ganze Weile, bis er sich sicher war, dass die Gestalt den Wald auf seiner Seite nicht verlassen hatte. Es war kein Drachentöter gewesen, die Leute des Officiums legten bekanntlich Wert darauf, dass man sie als solche erkannte. Von einem so schnellen, einzelnen Drachenjäger hatte er zumindest in Frankreich noch nichts gehört. Das besorgte ihn.

Die Wunden pochten und klopften, es würde dauern, bis sie vollständig verheilt waren. Vouivre betrachtete den Stich, der das Herz verfehlt hatte. Seltsamer und unerwarteter war er dem drohenden

Tod noch niemals begegnet. Er rechnete die Attacke Iffnar und Grendelson zu. Sie wussten von seinen Plänen und der Absprache mit Ddraig, gewiss hatten sie ihm den Besucher auf den Hals gehetzt.

Fauchend rutschte er über den Schnee und begab sich auf den Rückweg in die sicheren Westalpen. *Ich werde mich bei euch beiden revanchieren*, versprach er stumm. Bis er das Gebirge erreicht hatte, sah er sich immer wieder in der menschenleeren Landschaft um, ob die Gestalt mit dem merkwürdigen Namen, dieser lästigen Waffe und der Geschwindigkeit eines Mungos ihm nicht doch folgte.

Vouivre bemerkte nichts, aber selbst das beruhigte ihn nicht mehr.

14. Januar 1925, Hauptstadt Stuttgart, Königreich Württemberg, Deutsches Kaiserreich
Silena drückte das Rennflugzeug, eine umgebaute Macchi, im Tiefflug über die Dächer, die unter ihr mit mehr als zweihundert Stundenkilometern vorbeischossen. Haarscharf ging es über die Kamine des Stuttgarter Stadtschlosses hinweg. Sie zog die spitze Nase etwas hoch und beschleunigte.

Der Mercedes-Motor röhrte auf und gab seine achthundert Pferdestärken frei, brachte die tiefschwarze Macchi auf mehr als vierhundert Sachen, mit denen sich die Drachentöterin Bad Cannstatt näherte. Die Italiener hatten das knapp sieben Meter lange Flugzeug in ihrer Version nicht für lange Strecken ausgelegt, aber durch kleinere Umbauten und eine bessere Motorkühlung hatte sie sich in das schnellste Transportmittel ihrer Zeit verwandelt. Wenn auch nur für eine Person.

Der Wind pfiff in den Streben und Drähten, und obwohl Silena hinter der bruchsicheren Windschutzscheibe ein wenig abgeschirmt war sowie einen zweifach gefütterten Ledermantel, Helm, Handschuhe und dicke Stiefel trug, machte ihr die Kälte zu schaffen. Ohne die Fliegerbrille wären ihre Augäpfel vermutlich eingefroren; dennoch würde sie um nichts in der Welt große Strecken mit der langsamen Eisenbahn oder dem Auto zurücklegen.

Die Einsamkeit des Fluges erlaubte ihr, in Ruhe nachzudenken.

Die Beerdigung ihrer Brüder und der Großmeisterin Martha war furchtbar gewesen. Ihre Schwägerinnen hatten sich beim Weinen gegenseitig angestachelt, während der Erzbischof Kattla selbst die Zeremonie auf dem Münchner Waldfriedhof übernommen hatte.

Dort lagen alle gefallenen Nachkommen der Drachenheiligen der letzten zweihundert Jahre. Gewaltige Mausoleen erhoben sich aus dem Boden, versehen mit Statuen und Wandbildern, welche die Geschichte des jeweiligen Ahnen erzählten, und darin warteten die Grabnischen auf die sterblichen Überreste, die mitunter nichts als Asche oder Fetzen waren. Es ging über Treppen viele Meter nach unten, bevor der Boden mit der frischesten Kammer erreicht wurde. Nirgends in der Welt sah ein Grab eindrucksvoller und atemberaubender aus als in München.

Sie erinnerte sich an eine Beerdigung im Sommer, als Großmeister Tim aus der Linie Timoteus zu Grabe getragen worden war. Es hatte nach Tannen, warmem Stein und Weihrauch gerochen, ein Tag zum Sterben schön. Dieses Winterwetter hasste sie.

Silena hatte sich nicht lange aufgehalten, die Suche nach dem Drachen, der ihrer Meinung nach den Tod aller verschuldet hatte, blieb erfolglos. Zwei kleinere Überwachungszeppeline schwebten seitdem über dem Münchner Himmel und hielten Ausschau nach einer verdächtigen Bewegung.

Ihre Entscheidung, was den Verbleib in der Staffel anging, war gefallen.

Es dauerte nicht lange, und Silena erkannte die vier gewaltigen Hallen, in denen die Ingenieure Ersatzteile formten, aber auch nach den neuesten Erkenntnissen der Luftfahrt neue Modelle für die Staffel Saint George ersannen. Eines davon würde sie heute abholen.

Sie verringerte die Geschwindigkeit der Macchi und setzte zum Landeanflug auf der gewalzten Piste an. Die Maschine gehorchte den Befehlen der Fußpedale und Steuerknüppelbewegungen wie eine zickige Diva. Es bedurfte viel Fingerspitzengefühls.

Eine Schneewolke aufwirbelnd, setzte sie auf den gefrorenen Boden auf und nahm das Gas weg. Der V12-Motor rutschte in den Leerlauf; die verbliebene Geschwindigkeit reichte aus, um das Rennflugzeug zum ersten der vier Hangars zu steuern und es ausrollen zu lassen.

Das Tor öffnete sich, Männer in den Uniformen der Staffel eilten in die Kälte, um die Macchi mitsamt der Passagierin in die Halle zu schieben.

Silena stand auf und zog sich Brille und Lederhelm ab. Darunter lagen eine gefütterte Kappe und ein Gesichtsstrumpf aus dicker Wolle. Mit jeder Lage, die sie von sich warf, kam mehr und mehr die Frau zum Vorschein, wie man sie kannte und schätzte.

Ihr schlug der geliebte Geruch von Öl und Metall entgegen, dazu mengten sich Benzin und Schmiermittel; überall wurde an Flugzeugen gearbeitet, manche davon waren Prototypen, andere beschädigte oder aufgekaufte Maschinen, die von den Ingenieuren für die Staffel umgebaut wurden.

Silena atmete tief ein. Die Geräusche, die Gerüche, der Anblick – das war ihre Welt, die sie liebte und von der sie sich schwer trennen konnte. Wollte.

»Willkommen, Großmeisterin!« Vor der Macchi stand ein untersetzter Mann mit einem braunen Schnurrbart, dessen Enden mit Wachs zusammengedreht und nach oben gestellt waren; die Spitzen reichten bis an die Ohren. Er steckte in einer dunkelblauen Uniform, die Insignien wiesen ihn als Hauptmann aus. Sein Gesicht war freundlich, und trotz des Alters von dreiundsechzig beherrschte er ein bübisches Lächeln.

Silena sprang aus der Kanzel, warf ihre Fliegerkleidung über den Flügel der Macchi. »Sie haben wie immer die Halle voll, Hauptmann von Litzow«, grüßte sie ihn herzlich und reichte ihm die Hand, die er kräftig drückte. Sie empfand größten Respekt vor dem Mann, auf den ein Großteil der neuen Modelle der Staffel zurückging.

»Lieber habe ich viel zu tun als gar nichts.« Seine Heiterkeit wich einem sehr ernsten Ausdruck, stumm sprach er ihr sein Beileid aus.

Sie nickte und sah sofort wieder das schlammige Feld mit dem zerborstenen Wrack vor sich. Die verhasste unsichtbare Schlinge legte sich um ihren Hals und drückte zu, machte die Kehle eng und trocken. Aber inmitten der Halle, umringt von zahllosen Männern, durfte es keine Tränen geben, nur Trauer. Und Haltung. »Danke«, presste sie hervor.

Litzow betrachtete ihr Gesicht, als sei es das Antlitz eines alten

Freundes. »Wissen Sie, wie ähnlich Sie Ihrer Mutter sehen?«, sagte er, und sie erkannte eine aufflammende Sentimentalität, die Stimme klang längst nicht mehr fest wie bei der ersten Begrüßung. Er war ein guter Kamerad ihrer Eltern gewesen und hatte manches Fest mit ihnen gefeiert. »Nein, wie ähnlich Sie ihr sind?«

Um Silenas Herz schloss sich eine Klammer, sie rang nach Luft. Weitere Erinnerungen stiegen auf. Die ersten Töne eines Whiffenpoofs-Songs – selbst wenn ein Arbeiter sie falsch pfiffe – würden ausreichen, um sie in Tränen ausbrechen zu lassen. »Danke, Hauptmann«, erwiderte sie und riss sich zusammen. »Würde es Ihnen etwas ausmachen …«

Glücklicherweise erkannte er, in welche Lage er sie brachte, und er erschrak über seine eigene Gedankenlosigkeit. »Verzeihen Sie mir. Es war war unverzeihlich, dass ich Ihnen noch mehr Schmerzen bereitet habe.« In Litzows Augen schimmerte es feucht, die Sentimentalität wurde ausgewaschen und durch eine großväterliche Freundlichkeit ersetzt.

Sie seufzte lange und schenkte ihm ein aufrichtiges Lächeln. Silena wusste, dass ihre Mutter und der Hauptmann zusammen aufgewachsen waren und sich sehr gemocht hatten. Jetzt litt er mit ihr, der letzten Nachfahrin. »Schon gut, Hauptmann. Sie haben sicherlich etwas, womit Sie mich aufmuntern können?«

»Sicher, Großmeisterin. Es ist mir eine Ehre, Ihnen den besten Nurflügler zu übergeben, den ich jemals gebaut habe«, sprach er feierlich und ging mit ihr die schmale Gasse zwischen den Flugzeugen entlang. »Wir haben die Fehler der letzten Version der Lanzelot ausgemerzt und uns noch einmal die Pläne von John William Dunne aus dem Jahr 1907 und danach angesehen.«

Silena lächelte. Sie wusste, dass es der Hauptmann sehr gerne spannend machte und neue Maschinen wie Geschenke unter dem Weihnachtsbaum präsentierte. »Ich nehme an, Sie haben Dinge entdeckt, die sich verbessern ließen?«

»In der Tat, Großmeisterin. Dagegen wird die Macchi, mit der Sie gekommen sind, wie eine harmlose Fliege am Himmel aussehen.«

Sie sah von weitem ein weißes Tuch, unter dem sich eine merkwürdige Silhouette abzeichnete. Die unter dem Rumpf montierte, zehn Schritt lange Lanze war nicht verpackt worden, jemand hatte auf die vierklingige Spitze einen Korken gesetzt. »Sie haben es geschafft, mich sehr neugierig zu machen«, verriet sie dem Mann.

»Das war Sinn der Sache, Großmeisterin.« Er blieb vor dem Flugzeug stehen und hob eine Kordel vom Boden auf, die zum Tuch führte. Mit der anderen Hand gab er einem Techniker einen Wink.

Über Lautsprecher wurden die Menschen zusammengerufen und kamen aus allen Ecken der Halle gelaufen, um bei dem historischen Augenblick dabei zu sein; eine Mechanikerin brachte ein Tablett mit Schaumweingläsern und zwei Flaschen.

»Es ist vollbracht, Leute«, rief Litzow. »Ich bin stolz auf alle, auf jeden Einzelnen von euch. Unsere Arbeit ist getan, und wir übergeben daher die Saint G1 an Großmeisterin Silena. Möge sie Ihnen und den Piloten, die nach Ihnen den Himmel bevölkern und die Drachen jagen, hervorragende Dienste leisten.« Litzow zog an der Kordel, Reißnähte lösten sich, und das Tuch glitt in vielen Stücken von der Außenhaut der Maschine.

Silena beherrschte sich, um nicht in Lachen auszubrechen.

Die Saint erinnerte an eine Flunder, die man auf ein Querbrett genagelt und der man die Schwanzflosse eines Hais verpasst hatte. Rechts und links des hohen Leitwerks saßen zwei bullige, mit Kapseln geschützte Motoren, die Pilotenkanzel war komplett von einem eingetrübten Dach geschützt, und die Außenhaut sah aus wie mit unterschiedlichen Farbtönen bemaltes Schmirgelpapier.

Sie blinzelte mehrmals, suchte nach Worten, die nicht zu verletzend gegenüber den Menschen waren, die erwartungsvoll um sie herumstanden und zumindest ein kleines Lob hören wollten. Silena schaute in das gespannte Gesicht des Hauptmanns, der blind nach der Schaumweinflasche griff und sie ihr reichte. »Ich sehe, es verschlägt Ihnen die Sprache, Großmeisterin«, sagte er stolz. »Geben Sie uns die Ehre, der Saint ihren persönlichen Kampfnamen zu geben und sie zu taufen, wie es sich für eine Maschine dieser Klasse gebührt.«

Sie räusperte sich und schluckte die Heiterkeit herunter. »Vielen Dank, Hauptmann von Litzow.« Sie wog die Flasche in der Hand. »Wo kann ich sie dagegen schlagen, ohne Schaden in der Bespannung anzurichten?«

Der Mann grinste, und ein leises Lachen ging durch die Halle.

»Wo immer Sie wollen, Großmeisterin. Die Saint ist hart im Nehmen.«

»So taufe ich dich auf den Namen ...« Sie wählte ein unverfängliches Wort. »Stachel.« Kraftvoll schlug sie auf die äußere Kante des Flügels, und die Flasche zersprang, ohne einen Kratzer zu hinterlassen; Schaumwein ergoss sich auf Mensch und Maschine.

Die Mitarbeiter klatschten und riefen. Sie hatten nicht bemerkt, dass Silena die Saint noch nicht ernst nahm.

»Ein passender Name. Die *Stachel* wird dank Ihrer Flugkunst manchen Drachen erstechen, Großmeisterin.« Litzow tätschelte den nassen Flügel. »Sie werden es sich gedacht haben, dass wir Drachenhaut zum Bespannen benutzt haben, damit das Feuer der Konstruktion nichts anhaben kann. Die Streben und sämtliches Innenleben bestehen aus Drachengebein, sogar die Seilzüge sind aus den Sehnen gemacht und äußerst stabil.« Er stieg auf den Flügel und von dort auf den Rumpf, spazierte darauf entlang und sprang mit beiden Füßen auf die gläserne Kanzelverkleidung. »Das hier ist aus den Augen der Scheusale gemacht, Großmeisterin. Wir haben den Glaskörper etwas getrocknet und fein abgeschliffen. Er sollte den Flammen ebenso widerstehen wie der Rest.« Stolz zeigte er auf die Abdeckung der Motoren. »Das ist neu. Sollten Sie in Drachenfeuer geraten, schirmen diese Manschetten Sie lange genug ab, um aus dem Kern der Hitze zu entkommen, bevor die Motoren in die Luft gehen. Dennoch rate ich Ihnen, nicht länger als zehn Sekunden in einem Strahl zu verweilen. Aber mit fünfhundert Stundenkilometern sollten Sie rasch entkommen können.« Er kehrte auf den Rumpf zurück und streckte ihr einladend die Hand entgegen.

Silena staunte und gesellte sich zu dem Hauptmann, der die Kanzel für sie öffnete. »Das nenne ich Ironie«, meinte sie. »Ich fliege in den Überresten eines Drachen und jage damit andere.«

»Sie werden damit zur Legende werden, Großmeisterin.« Er half ihr beim Einsteigen.

Sie ließ sich auf den Sitz fallen und stellte fest, dass es sehr eng war, enger als in einer Badewanne. »Nicht sehr komfortabel, Hauptmann.« Silena schaute nach vorn und hatte dank der Bauweise der Saint zumindest freie Sicht. Keine störenden Propeller, keine hinderlichen Gestänge oder irritierenden Abspannungen.

»Aber dafür sicher. Sie werden selbst bei Manövern in hoher Geschwindigkeit nicht umhergeschleudert.« Er deutete auf die Nackenstütze. »Die brauchen Sie, sonst brechen Sie sich das Genick, wenn die Saint beschleunigt.« Litzow erklärte rasch die Instrumente; es gab sogar einen künstlichen Horizont, damit sie bei den vielen Rollen und Schleifen wusste, wo Himmel und wo Erde war. »Außerdem haben wir Ihnen zwei 08/15-Maxim-Maschinengewehre eingebaut, falls Sie sich gegen Drachenjäger zur Wehr setzen müssen. Per Knopfdruck können Sie zwei kleine Tanks am Heck öffnen, in denen sich ungelöschter Kalk befindet. Perfekt gegen Drachenaugen.« Die Abzüge auf der Steuersäule waren nicht zu übersehen.

»Ich bin beeindruckt, Hauptmann.« Silena betätigte die Pedale für die Seitenruder, legte die Hände an den Steuerknüppel und probierte aus, wie schwer oder leicht er reagierte. »Wie Butter«, entfuhr es ihr verwundert.

»Eine Dreingabe des Materials. Flugdrachenbein ist sehr leicht, also brauchten wir keine schweren Teile.« Litzow lachte. »Oh, ich freue mich, wenn Sie mir von Ihrem ersten Flug berichten. Unser Testpilot war begeistert.«

»Dann sollte ich die Motoren anwerfen und ...«

»Warten Sie besser, bis wir die Saint aufgetankt haben.« Nun wurde er etwas verlegen. »Die Reichweite ist allerdings begrenzt, die beiden V8-Motoren schlucken viel. Mehr als eine halbe Stunde unter voller Belastung werden Sie nicht in der Luft bleiben können, und sollten die Propeller verstummen, können Sie zurück auf den Boden segeln.«

Das gefiel ihr gar nicht. »Sie wissen, dass sich ein Kampf in die Länge ziehen kann, Hauptmann. Weswegen dann dieser große Nachteil?«

»Mit der Saint wird die Kampfzeit erheblich reduziert. Denn ...« Er winkte, und drei Arbeiter brachten eine Flugzeuglanze, hinter deren Spitze ein Päckchen mit einer Reißleine angebracht war. »Eine Lanze mit Sprengspitze, Großmeisterin. Da die Panzerung eines Drachen ihn gegen herkömmliche Geschosse gut schützt, brechen wir ihn von innen auf. Die Ladung wird gezündet, sobald die Lanze in seinem Fleisch steckt und ausgeklinkt wird. Ein Treffer, einerlei an welcher Stelle, genügt, und die Bestie ist erledigt.« Litzow sprang von der Tragfläche und forderte Silena auf, ihm zu folgen. »Da ist eine Mehrfachhalterung. Sie fasst drei Lanzen, im normalen Flug schauen die Spitzen nicht unter der Nase der Saint heraus. Sie betätigt von der Kanzel aus eine Federdruckvorrichtung, welche die Lanze ausfährt, und danach können Sie den Angriff fliegen. Weil wir alle wissen, dass Drachen empfindliche Ohren haben, sind zwei Sirenen unter den Tragflächen montiert. Im Sturzflug erzeugen sie ein lautes Kreischen, das die Biester gehörig irritiert.«

Die umstehende Mannschaft hatte inzwischen gefüllte Schaumweingläser erhalten. Auch Silena bekam eines gereicht, in dem sich jedoch Wasser befand; sie trank keinen Alkohol.

»Ich bedanke mich im Namen Seiner Exzellenz, Erzbischof Kattla, für die hervorragende Arbeit«, sagte sie mit lauter Stimme, damit alle sie vernahmen. »Die Ingenieure haben sich wieder einmal selbst übertroffen.«

Ein Bote trat an den Hauptmann heran und reichte ihm ein Telegramm; er überflog die Zeilen, hob den Kopf und kam auf sie zu, beugte sich an ihr Ohr. »Großmeisterin, hier steht, ich soll Ihnen das Flugzeug auf keinen Fall aushändigen. So schreibt mir der Erzbischof«, raunte er überrascht. »Können Sie mir erklären, was das bedeutet?«

Silena schluckte. Also war ihr Abflug entgegen der Anordnung des höchsten Vorgesetzten der Drachenheiligen bemerkt worden. Sie öffnete den Mund zu einer Erwiderung.

Ein Blitz fiel durch die Hallenfenster herein, und im nächsten Moment erschütterte das Dröhnen einer lauten Explosion das halbtonnenförmige Gebäude. Die Streben und Wände wackelten, und der Druck brachte vereinzelte Scheiben zum Bersten; das Licht in der Halle erlosch, von draußen fiel Feuerschein herein.

»Die Stromgeneratoren sind detoniert!« Litzow rannte zum Ausgang, die Männer und Silena folgten ihm, sie schoben eines der großen Tore zur Seite und liefen hinaus.

Der kleinere Hangar, in dem sich die Turbinen zur Elektrizitätsgewinnung befanden, stand in Flammen, davor lagen Männer im Schnee und rührten sich nicht.

Die Tore des größten Hangars ganz hinten auf dem Gelände schoben sich auseinander, zwei Lastwagen hatten davor geparkt, und auf den Ladeflächen standen Leute, die nicht die Uniform der Staffel trugen – mit Gewehren im Anschlag.

»Ein Überfall!« Silena wollte an ihre Koppel greifen, doch sie hatte ihre Pistole nicht dabei. »Was befindet sich in dem Hangar, Hauptmann?«

»Die Cadmos«, knirschte er und schrie Befehle, die Waffen zu holen und sich gleich wieder vor dem Tor zu sammeln. »Ich wette, Großmeisterin, dass es diese verfluchten Drachenfreunde sind. Sie wollen das Luftschiff vernichten, an dem wir drei Jahre lang gearbeitet haben.« Er rannte los, vorbei an der brennenden Generatorenhalle, die keiner mehr löschen konnte; Benzindämpfe verpufften und sandten Feuerwolken in den bewölkten Himmel, an dem sich eine Schneefront sammelte. Die Hitze, die von dem Gebäude ausging, war immens, sie mussten einen Bogen schlagen.

Sobald sie sich der dritten Halle näherten, schossen die Unbekannten nach ihnen.

»Diese Schweinebande!« Litzow warf sich hinter einem Stapel Bretter in Deckung, Silena hechtete neben ihn, während die Kugeln um sie herum schwirrten.

»Es ergibt keinen Sinn«, sagte sie zu ihm und zog den Kopf ein. »Wenn sie die Cadmos zerstören wollten, weswegen öffnen sie die Tore?« Sie spähte durch die Einschusslöcher nach vorn und sah, wie sich das zigarrenartige Vorderteil des Luftschiffs aus dem Hangar schob. Sie hatte sich gleich gedacht, dass die Unbekannten es stehlen wollten.

Jetzt erklang das Pochen und Stampfen der gewaltigen Maybach-Motoren, mit denen die Propeller am Heck angetrieben wurden. Ein lautes, dunkles Surren wie von einem überlauten aufgescheuchten Bienenschwarm lag in der Luft, und die Cadmos schob sich mehr und mehr aus der Halle.

Silena staunte. Der Durchmesser des Luftschiffs betrug sicherlich vierzig Meter. Die Hülle bestand aus dem gleichen Material wie ihre Saint, und unter dem Schwebekörper hing eine schmale, aber sehr lang gestreckte Gondel, die alles übertraf, was sie bislang zu Gesicht bekommen hatte. »Beim heiligen Georg! Was haben Sie da gebaut, Hauptmann?«

Litzow zog seine Pistole, blinzelte über die Deckung und feuerte dreimal nach den Angreifern, duckte sich gleich wieder, dann prasselten die Kugeln um sie herum nieder. »Einen Flugzeugträger, Großmeisterin, bestückt mit vier weiteren Saints«, antwortete er. »Er hätte die Staffel schneller und beweglicher gemacht, denn sie wäre nicht länger auf die Eisenbahn angewiesen. Die Gondel ist vorn und hinten geöffnet und mit Fangleinen ausgestattet, sodass Sie mit den Saints in der Luft starten und landen können. Sie hätten die Cadmos bekommen sollen, aber nach dem Tod Ihrer Brüder hatte der Erzbischof angeordnet, dass sie im Hangar bleiben soll.« Er schnellte hoch, schoss wieder. »Ha! Ich habe einen der Bastarde erwischt!«

Das Luftschiff hatte sich vollständig aus dem Hangar bewegt, es maß über zweihundertfünfzig Meter in der Länge, und sein zylindrischer Körper begann, sich um die eigene Achse zu drehen. Das Brummen der Motoren schwoll an und war nun noch lauter, die Cadmos beschleunigte behäbig. Das Schiff stieg auf.

Inzwischen rückten die Leute des Hauptmanns vor, ein Gefecht entbrannte, bei dem die unbekannten Angreifer rasch verloren; die Überlebenden versuchten, mit den Lastern zu entkommen, doch die herbeigeschafften Maschinengewehre ließen den Fahrern keine Chance. Die Fahrzeuge wurden durchlöchert, blieben nach wenigen Metern liegen.

»Die Flugabwehrkanoniere sollen auf die Heckpropeller zielen«, schrie Litzow zu den Stellungen hinüber, wo die langläufigen Geschütze mit verschiedenen Handkurbeln ausgerichtet wurden. »Keiner trifft mir die Gondel!«

Der Abzug der ersten Kanone wurde betätigt – und das Geschütz verschwand in einer grellen Wolke aus Flammen und grauem Qualm.

»Halt, Feuer einstellen!«, befahl der Hauptmann sofort. Die Fremden hatten ihre Flucht gründlich vorbereitet und die Flaks sabotiert; vermutlich hatten sie Granaten verkehrt herum in die Rohre geschoben. Jeder Schuss hätte eine Detonation, Tote und Verletzte beim Bodenpersonal zur Folge.

»Ich folge denen, Hauptmann.« Silena rannte zum Hangar zurück und achtete nicht darauf, was ihr Litzow nachschrie.

Sie sprang in eine Spad XIII, ein älteres Doppeldeckermodell aus dem Weltkrieg, und startete den Motor. Hastig schlüpfte sie in Jacke und Handschuhe und zog sich die Fliegerkappe und die Brille an.

»Ist das MG geladen?«, schrie sie einem herbeilaufenden Techniker zu, während sie in die Riemen des Fallschirmrucksacks glitt.

»Ja, Großmeisterin«, brüllte er zurück und hielt sein randloses Käppi fest.

Silena lenkte die Maschine hinaus zum Rollfeld. Die Cadmos schob sich den schützenden Wolken entgegen. Wenn sie erst erreicht waren, gab es keine Gelegenheit mehr, die Heckpropeller unter Beschuss zu nehmen und das Luftschiff zum Landen zu zwingen. Kugeln würden gegen die Bespannung aus Drachenhaut nichts ausrichten, jedenfalls keine dieses Kalibers.

Die Spad rauschte über die Landebahn und knatterte im Vergleich zur Macchi wie ein Kinderspielzeug; mit etwas mehr als zweihundert Stundenkilometern Höchstgeschwindigkeit wirkte sie lahm, aber sie ließ sich besser steuern als die rote Diva.

Die Luft war dennoch eisig, es roch nach Öl. Silena zog die Maschine hoch und folgte der Cadmos.

Es war ein ungleiches Rennen. Mehr als neunzig Sachen erreichte ein solches Luftschiff nicht, der Doppeldecker schloss rasch auf und näherte sich von der Breitseite.

Dann blinkten viele gelbe Lämpchen entlang der Gondel auf, im nächsten Augenblick schlugen die Kugeln in den Rumpf der Spad. Die Unbekannten hatten die Verfolgerin bemerkt und die Bordgeschütze zum Einsatz gebracht.

Silena ließ die Spad seitlich abgleiten, um die Höhe zu verringern, ohne Geschwindigkeit zu verlieren. Sie neigte die linken Flügel nach unten und steuerte gleichzeitig mit dem Seitenruder dagegen, um den Kurs beizubehalten; damit tauchte sie aus dem Feuerwinkel der MGs und schoss unter der Gondel hinweg.

Zu ihrem Erschrecken endete der Kugelhagel nicht. Auch der Boden der Gondel war mit Schnellfeuergewehren bestückt, deren Geschosse die Bespannung des Doppeldeckers gefährlich löcherten; sie selbst entging nur knapp einer Kugel.

»Verflucht, Litzow! Was für eine Festung«, zischte sie. Es blieb ihr nichts anderes übrig, als die Spad trudeln zu lassen, um sie zu einem schwierigen Ziel zu machen, auch wenn sie dabei an Höhe einbüßte.

Die Welt drehte sich wie wahnsinnig geworden um sie herum.

Silena roch die Abgase, der Flugwind wurde noch brachialer und riss ihre Fliegerkappe davon. Im letzten Moment konnte sie die Brille greifen und über die Augen ziehen. Ohne sie wäre das Fliegen bei diesen Umständen so gut wie unmöglich geworden.

Erst knapp über dem verschneiten Boden fing sie die Spad ab. Der Motor röhrte auf, als sie mit der Maschine einen Bogen beschrieb und einen schnellen Steigflug begann, um sich der Cadmos dieses Mal ans Heck zu heften und die Ruderanlage zu zerstören.

Aber das Luftschiff steckte bereits mit dem vorderen Drittel in der niedrigen Wolkendecke. Silena feuerte mit den Zwillings-MG, ohne einen sichtbaren Schaden anzurichten, und wurde durch Sperrfeuer gezwungen abzudrehen.

Die feindlichen Geschosse schälten die letzten Reste der Rumpfbespannung ab, knallend rissen zwei Abspannungen; plötzlich stieg schwarzer Qualm aus dem Motor, der Propeller geriet ins Stottern und stand mit einer letzten Verpuffung still.

Sofort sackte die Spad weg und stürzte unheimlich lautlos der Erde entgegen.

»Das waren ein paar Kugeln zu viel. Drachen sind mir lieber.« Silena versuchte, die Spad abzufangen und sie wenigstens im Gleitflug nach unten zu bringen und zu landen. Aber ein Knirschen hinter ihr riet ihr, die Maschine zu verlassen; sie würde demnächst in zwei Teile zerbrechen.

Die Höhe genügte für einen sicheren Ausstieg. Rücklings sprang sie aus der Kanzel und warf einen letzten Blick auf die Cadmos. Leise erklang das Pochen der Motoren als letzter Gruß, bevor sich die fliegende Zigarre gänzlich in Wolken hüllte und verschwand.

Jetzt zog sie die Reißleine. Mit einem lauten Flattern entfaltete sich der Schirm und bremste ihren Fall. Unter ihren Füßen sah sie das Werftgelände, wo die Löscharbeiten begonnen hatten und viele Menschen umhereilten, um sich um die Verletzten zu kümmern; die Angreifer ließ man offenbar achtlos liegen.

Die Diebe hatten sich ihren Erfolg mit einigen Verlusten erkauft, aber einen unschätzbaren Fang gemacht. Es musste jemand sein, der Verwendung für die Cadmos besaß. Für Silena kam dafür nur eine Horde abgebrühter Drachenjäger in Frage. Wer sonst hätte für solch ein Luftschiff Bedarf? Oder Agenten eines anderen Königreichs, die einen neuen Krieg planten und von der fliegenden Festung erfahren hatten?

Sie verfolgte, wie die Spad einige hundert Meter von dem umzäunten Gelände entfernt auf dem gefrorenen Boden zerschellte. Da gab es nichts mehr zu reparieren.

Silena landete ganz in der Nähe des vierten Hangars, raffte eilends den Schirm zusammen und löste sich von den Riemen, um hinüber zu Litzow zu rennen. Er stand mit einem großen Fernglas nahe der Generatorhalle und suchte den Himmel ab. »Sie ist weg!«, rief er bestürzt. »Drei Jahre Arbeit zum Teufel. Und unschätzbare Flieger verloren. Diese Idioten werden die Saints in den Boden rammen, weil sie damit nicht umgehen können.«

»Es wird aufklaren, Hauptmann. Und dann ist ein Koloss wie die Cadmos wieder sichtbar«, meinte sie grimmig. »Es wird leicht, sie aufzuspüren.«

Noch immer starrte er in die Luft. »Sie kann bis auf achttausendfünfhundert Meter steigen, Großmeisterin. Niemand wird sie von da oben runterholen.« Er senkte das Fernglas und schaute sie an; sein Gesicht war bleich. »Wie erkläre ich das dem Erzbischof?«

»*Ich* erkläre es ihm, Hauptmann.« Sie sah auf die Taschenuhr. »Morgen früh, bei Anbruch der Dämmerung, mache ich mich auf den Rückflug mit der Saint nach München. Ich werde mit Exzellenz heute noch telefonieren und ihn auf das vorbereiten, was ich ihm eröffnen muss.«

»Im Telegramm stand, dass ich Ihnen das Flugzeug nicht überlassen darf, Großmeisterin«, wiederholte er die Anweisung.

Sie richtete die klaren, grünen Augen auf das Gesicht des Mannes. »Wie viele Männer haben Sie verloren?«

»Siebenundsechzig, Großmeisterin. Zwanzig Techniker, die in der Generatorenhalle waren, der Rest sind Wachsoldaten.«

»Sie haben sich nichts vorzuwerfen, lieber Litzow. Es konnte niemand mit einem solchen Überfall rechnen ...«

»Danke, Großmeisterin, aber ich weiß, welche Schuld mich trifft. Ich hätte seit dem Auftauchen dieser wahnsinnigen Drachenfreunde mit einem solchen Überfall rechnen müssen. Die Gefahr geht nicht nur von den Teufeln aus«, fiel er ihr niedergeschlagen ins Wort. »Dienen Sie dem Erzbischof meinen Rücktritt als Leiter der Werft an, er soll meinen Nachfolger senden. Ich werde nur noch an der Entwicklung beteiligt sein. Die Verteidigung hat jemand zu übernehmen, der ein besserer Stratege ist als ich. Und von mir aus nehmen Sie sich die Saint, Großmeisterin. Es kann sie ohnehin keiner besser fliegen als Sie. Und keine Maschine wäre sicherer für Sie.« Er grüßte sie militärisch. »Verzeihung, aber ich muss die Aufräumarbeiten koordinieren, bevor sie mit dem Wasser und Sand mehr zerstören als das Feuer.« Er eilte davon.

Silena betrachtete die Wolken, in denen sich die LS Cadmos verbarg und in der eben sicherlich gefeiert wurde. Es gingen ihr entschieden zu viele mysteriöse Dinge vor. Mordanschläge auf die Drachentöter. Überfälle auf Museen, bei denen es die Täter auf Dinge abgesehen hatten, die mit Drachen zu tun hatten. Dann die erstarkenden Drachenfreunde und der Diebstahl des Luftschiffs.

Was kam als Nächstes?

15. Januar 1925, München, Königreich Bayern,
Deutsches Kaiserreich
Silena, in die weiße Drachentöter-Uniform gekleidet und den schwarzen Ledermantel darüber, stand vor Erzbischof Kattla, die Hände auf dem Rücken verschränkt und gelassen abwartend, bis sich der Wutausbruch des Mannes gelegt hatte; doch noch sah es nicht danach aus. An ihrer Seite hing ein Schwert, unter der Achsel eine Luger Halbautomatik.

»Sie haben es gewagt, gegen meine Order zu handeln, Großmeisterin, und sind in ein Flugzeug gestiegen!«, grollte er. »*Mehrmals!* Und Sie haben sich in den Kampf gestürzt.« Er schüttelte den Kopf, schnalzte wieder mit der Zunge. »Ihr Handeln ist unverantwortlich, Großmeisterin. Denken Sie an die Nachfahren des heiligen Georg!«

Silena biss die Zähne zusammen. Wieder diese Aufforderung, Kinder in die Welt zu setzen. »Vielleicht gibt es noch eine versprengte Linie, Exzellenz«, gab sie zurück. »Damit wäre dem Officium besser geholfen als mir, schätze ich.«

Kattla runzelte die Stirn. »Vermutlich. Aber leider haben all die

Nachforschungen in den historischen Aufzeichnungen nichts ergeben. Alle Heiligennachfahren sind aufgespürt.« Er schwieg und versuchte, sich zu beruhigen. »Großmeisterin, verstehen Sie mich doch: Wir haben in der langen, nun beinahe siebenhundertjährigen Geschichte des Officiums schon sieben Linien verloren, weil die Männer und Frauen ebenso uneinsichtig waren, wie Sie es sind. Wie schmerzlich sind diese sinnlosen Verluste!«

Seine Worte prallten an Silena ab. »Ich sehe nichts Sinnloses in meinem Versuch, das Luftschiff des Officiums zu retten, Exzellenz.«

Kattla klatschte in die Hände. »Sie wissen, was ich meine. Karolus, letzter Abkomme Maginolds, ist von uns gegangen, weil er entgegen der Weisung unbedingt ein Automobilrennen mitfahren wollte.«

»Ihre Sorge ist unbegründet, da ich kein Automobil steuern kann. Und die Saint ist eine ausgezeichnete Maschine und sicherer als jedes Automobil«, warf sie ein. »Hauptmann Litzow würde mich ansonsten niemals damit aufsteigen ...«

Der Erzbischof hörte ihr nicht zu. »Der Mord an Martha hat uns eine der erfahrensten und angesehensten Töterinnen geraubt. Es wird lange dauern, bis ihre Kinder ihr gleichkommen. Und Sie«, er wirbelte auf den Absätzen herum, »leisten sich Luftkämpfe gegen die Cadmos. Selbstmord, Großmeisterin! Reiner Selbstmord!«

»Dennoch stehe ich lebendig vor Ihnen, Exzellenz.«

Er ließ sich in den Sessel fallen, stützte die Stirn mit der Hand und schloss die Augen. »Ich habe Anweisung geben lassen, dass niemand Ihrer Staffel Zutritt zu den Maschinen gewährt«, sagte er müde.

»Exzellenz, wenn *Sie* mich nicht fliegen lassen, suche ich mir jemanden, der es tut.« Silena sprach ruhig und wohl überlegt. »In meinem Flugzeug bin ich sicherer als am Boden.«

»Sie bekommen so viel Schutz, wie Sie haben wollen. Gebären Sie Kinder, Großmeisterin.«

»Nein, Exzellenz.«

Er hob die Lider, starrte sie wütend an. »Sie wagen es noch immer ...«

»Ich *muss!* Ich habe den Tod meiner Brüder zu rächen, den Mörder von Großmeisterin Martha zu finden, und ich muss die Cadmos suchen. Es gibt mir zu viele Rätsel, Exzellenz, denen ich auf den Grund gehen muss.«

»Sie sind kein Detektiv, Großmeisterin. Überlassen Sie diese Dinge der Polizei und uns.«

»Ich habe nicht den Eindruck, als käme die Polizei sonderlich weit, Exzellenz. Es ist meine Aufgabe, und ich ahne, was hinter den Anschlägen steckt: Ein junger Drache mordet hinterrücks und hält sich nicht mehr an den Codex des Zweikampfes. Auch eine Beteiligung der Drachenfreunde schließe ich nicht aus.«

Kattla schüttelte den Kopf. »Das sind gute Gründe, Sie nicht mehr an der Jagd teilnehmen zu lassen.«

Silena trat einen Schritt nach vorne. »Verzeihen Sie mir die offenen Worte, aber es ist mein fester Entschluss, den Sie nicht unterbinden können. Sollten Sie Ihr Verbot aufrechterhalten, werde ich die Reihen der Drachenheiligen verlassen und auf eigene Faust nach den Mördern suchen, Exzellenz. Irgendjemand wird mir eine Maschine überlassen, und wenn ich sie mir von den Drachenjägern stehlen muss, wird Gott mir meine Tat verzeihen, da sie Höherem dient. Aber *alleine*, Exzellenz«, sie kam noch näher auf Kattla zu, »steigt die Gefahr für meinen Leib und mein Leben. Es wäre demnach besser, wenn ich mit Ihrem Segen aufstiege und eine verlässliche Bodenmannschaft zur Verfügung hätte.«

Der Erzbischof betrachtete sie durch seine gespreizten Finger hindurch. »Sie sind stur und uneinsichtig, zudem erpressen Sie mich, Großmeisterin. Wie Ihr Vater Athanasius.« Er seufzte. »Ich kann nichts dagegen tun und hatte doch auf Ihre Einsicht gehofft. So gebe ich nach und kehre den Spieß um. Auch Sie werden dafür etwas geben müssen.« Er stand auf, hob die rechte Hand. »Schwören Sie mir, Großmeisterin, dass Sie, sobald Sie Ihre Aufgaben erfüllt haben, eine Familie gründen und weitere Drachentöterinnen und -töter in die Welt setzen werden, auf dass wir den Teufeln Einhalt gebieten können, wie es unsere Verpflichtung ist – oder ich sage Ihnen voraus, dass es für Sie keine Gnade im Jenseits geben wird, wenn Sie umkommen und vor das Angesicht Gottes treten werden!«

Silena nickte. »Ich schwöre es, Exzellenz, denn ich sehe die Notwendigkeit.« Sie hob die Hand ebenfalls zum Schwur, der ihr nichts ausmachte. Sollte es aus irgendeinem Grund dennoch nichts mit Kindern werden und sie eines Tages vor Gott treten, würde sie ihm alles erklären. Er war sicherlich verständiger als der Erzbischof. »So soll es sein.«

Befreit atmete Kattla aus. »Wenigstens dieses Zugeständnis konnte ich Ihnen abringen.«

»Ich habe es niemals abgelehnt, eine Familie zu gründen, nur der Zeitpunkt passte mir nicht, Exzellenz«, lächelte sie erleichtert und fühlte sich wie nach dem Ende eines arbeitsamen Tages, obwohl es nur eine Unterhaltung gewesen war. Zugegebenermaßen eine anstrengende Unterhaltung. Silena hätte sich über die Anordnungen des Erzbischofs hinweggesetzt, doch sie ging lieber mit als ohne seinen Segen. Jetzt wurde es spannend, was das Kommende für sie bereithielt. Aufregung erfasste sie. »Was hatte es mit der Cadmos auf sich, und wer wusste davon?« Silena benötigte mehr Hintergrund, um ihre Suche zu beginnen. »Wem schreiben Sie den Diebstahl zu?« Sie nahm auf dem Sofa Platz, er setzte sich wieder in seinen Sessel.

»Das Luftschiff war als Luftlandebasis für die Staffel gedacht: Ihre beiden Brüder und Sie als Piloten, dazu zwei Ersatzmaschinen, die in zwanzig Tagen an jedem Ort dieser Welt sein könnten, wenn es die Lage erfordert. Niemand wusste von dem Vorhaben, wenn es auch nicht wirklich geheim gehalten worden war.« Kattla nannte die gleichen Verdächtigen, die auch sie sich bereits ausgemalt hatte: Ganz oben auf der Liste standen die Drachenjäger welcher Gruppe auch immer, danach rangierten Agenten von ausländischen Mächten, die etwas gegen das Deutsche Kaiserreich planten und die Cadmos als schlagkräftige Waffe sahen; weniger in Betracht zog er die Drachenfreunde. »Bislang haben unsere Aufklärer nichts von dem Luftschiff entdecken können«, schloss er ärgerlich. »Als hätten die Wolken sie aufgefressen und zu Dunst verdaut.«

»Ich nehme nicht an, dass Hauptmann von Litzow ein Schwesterschiff bauen kann, das es mit der Cadmos aufnimmt?«

Kattla verneinte. »Unsere Vorräte an Drachenhaut sind so gut wie aufgebraucht, den Rest benötigen wir für Ersatzteile oder Experimente. Es ist nur ein winzig kleines Luftschiff geblieben, der Prototypus der Cadmos. Es besitzt lediglich eine gepanzerte Passagiergondel und ist kein Vergleich.«

»Rare Drachenhaut?« Silena grinste. »Auch das ist ein Grund mehr für mich, in die Saint zu steigen.«

»Aber ich bitte Sie, weniger Abenteuersinn als gewöhnlich zu zeigen«, mahnte er inständig. »Bedenken Sie die Folgen, Großmeisterin.«

»Sicher, Exzellenz. Hat es weitere Anschläge auf unsere Streiter durch das junge Drachenexemplar gegeben?«

»Nein. Es gab zwar Morde, aber nichts, was uns in Tränen ausbrechen lassen sollte.« Kattla zog eine Schublade an seinem Schreibtisch auf und nahm den *Königlich-Bayerischen Herold* hervor, blätterte und reichte die aufgeschlagene Seite an sie weiter. »Einer dieser Blavatsky-Jünger wurde umgebracht oder ist aus eigenem Antrieb aus dem Fenster seines Hauses gesprungen. Die Polizei rätselt noch, ob einer der vielen im Haus angetroffenen Séance-Teilnehmer etwas mit dem Ableben zu tun haben könnte.«

Silena sah an Kattlas Miene, dass er sich über die Theosophische Gesellschaft zum einen amüsierte und sie zum anderen vollkommen ablehnte.

Helena Petrovna Blavatsky hatte die Organisation ins Leben gerufen und sich zum Ziel gemacht, all die vermeintlichen Wahrheiten über Gott zu horten, zu vergleichen und ein universales Prinzip zu erarbeiten, um die Menschheit in einer universellen Brüderlichkeit zu verbinden. Dabei vermengten sich abstruse Ableitungen aus den Naturwissenschaften mit den Glaubenssätzen der verschiedenen Religionen der Welt und auch philosophischen Anschauungen.

Der Weltkrieg hatte gezeigt, dass die Theosophische Gesellschaft weit davon entfernt stand, die angestrebte Brüderlichkeit zu erreichen. Heute beschäftigten sich die meisten ihrer Mitglieder mit der sogenannten Geisterwelt. Séancen waren in Mode und brachten Geld.

»Sie halten viele so genannte Medien für Täuscher, Exzellenz.«

Kattla nickte. »Der Aufklärungswille von Houdini und die Society for Psychical Research sind unsere größten Verbündeten im Kampf gegen den Aberglauben, den sie Spiritismus und Mesmerismus nennen.« Er stieß die Luft aus. »Fliegende Tische, Geister, Erscheinungen aus dem Jenseits – Humbug, Großmeisterin. Je mehr von denen, die an diesem Unsinn festhalten, aus dem Fenster springen, umso besser.«

Es klopfte, und der persönliche Diener des Erzbischofs trat ein, beugte sich zu ihm herab und flüsterte ihm etwas zu, woraufhin er aufstand. »Ich habe ein unangenehmes Telefonat vor mir, in dem ich dem Kaiser erklären muss, was dem Officium gestohlen wurde.«

Silena hob die Brauen. »Die kaiserliche Hoheit wird toben und Deutschlands Himmel mit Flugzeugstaffeln überziehen, die nach der Cadmos suchen sollen, nehme ich an.«

Kattlas Gesichtsausdruck veränderte sich. »Wissen Sie, Großmeisterin, was mir eben in den Sinn kam?«

Sie konnte es an seinen Augen ablesen. »Dass unsere kriegerischkaiserliche Majestät ebenso Verwendung für die Cadmos hätte. Für die Schutztruppen in den afrikanischen Kolonien wäre die Luftunterstützung unbezahlbar.«

»In der Tat, Großmeisterin. Der Platz an der Sonne könnte mit diesem Luftschiff bald vergrößert werden.« Kattlas Mundwinkel zogen sich nach unten. »Dieser Raub kostet mich meine Gesundheit. Beinahe wünschte ich mir, dass die Cadmos vom Blitz zerfetzt vom Himmel fiele. Gott zum Gruße. Und halten Sie mich auf dem Laufenden.« Er wandte sich um und verließ das Zimmer. Silena verneigte sich und nahm die andere Tür, um auf den Flur und von dort ins Treppenhaus zu gelangen. Ihre Hand legte sich auf den Schwertgriff.

Seit dem Mord an Martha ging sie nicht mehr ohne Waffen aus dem Haus, um sich im Kampf gegen einen der fliegenden Teufel zu verteidigen. Die Pistole taugte dazu nicht und war gegen mögliche Angriffe seitens der Gruppe der Drachenfreunde gedacht; aber die Schwertschneide hatte es in sich. Sie war aus Drachenzahn geformt worden, rasiermesserscharf und hart wie Stahl, dabei leicht wie ein Besenstiel und gut zu führen. Silena hatte zwar noch nie am Boden gegen ein Monstrum gekämpft, aber sie hatte die entsprechende Ausbildung von ihrem Vater und den Lehrern des Officiums erhalten und traute es sich zu, gegen ein kleineres Exemplar zu bestehen.

Sie verließ das Officium und stieg in den wartenden Phänomen 12, der ihr samt Fahrer vom Officium zur Verfügung gestellt wurde. Die luxuriöse Maybach-Limousine und auch den Opel 30 hatte sie abgelehnt. Sie legte Wert auf Geschwindigkeit, nicht auf Prahlerei. »Ist es nicht merkwürdig, dass es mich gar nicht reizt, das Steuern eines Automobils zu lernen, Sepp?«, meinte sie während der Fahrt und betrachtete die vorbeiziehende Umgebung; ihre Linke spielte wieder mit der Silbermünze.

»Vermutlich ist Ihnen das Automobil nicht schnell genug, Großmeisterin.« Der Fahrer brachte sie zum Hotel *Palais Seinsheim*, einem Luxusgebäude, das seinerzeit für den bayerischen Minister Graf Seinsheim errichtet worden war.

Silena lachte. »Das könnte in der Tat so sein.« Sie betrachtete die Fassade im Stil des späten Rokoko. Dahinter verbargen sich Annehmlichkeiten, die es dem Hörensagen nach mit dem legendären *Adlon* in Berlin aufnahmen. Da es sich jedoch um ein altes Gebäude handelte, konnte die Moderne nur bedingt Einzug halten, fließendes Wasser und Elektrizität gab es ausschließlich in den exklusiven Suiten – wie sich Silena eine genommen hatte.

Die Drachentöterin erlaubte sich dieses Privileg gelegentlich und sah es als Ausgleich zum harten Leben im Fliegenden Zirkus, mit dem sie oft genug im Einsatz war oder zu Übungsflügen durch die Lande reiste, im Feldbett schlief und ein warmes Bad vermisste. Das Officium bezahlte ihre Unterkunft ohne Murren, zumal ihre anfallenden Kosten im Vergleich zu anderen im Officium als gering zu bezeichnen waren. Von Großmeister Loyo existierte eine Restaurantrechnung über eintausendvierhundertelf Mark und sieben Pfennige, die er an einem einzigen Abend verprasst hatte.

Der Phänomen hielt an, ein Hotelangestellter sprang herbei, um ihr die Tür aufzuhalten, und sie stieg aus. »Holen Sie mich morgen früh ab, Sepp«, wies sie den Fahrer an und gab ihm eine Mark Trinkgeld. »Ich möchte, dass die Saint um neun Uhr startbereit ist.« Dann stieg sie die zwei Stufen hinauf und trat durch die Tür in das Foyer.

Sie hielt sich nicht lange auf, sondern begab sich auf der Stelle in ihre Suite und ließ sich ein Bad ein. Das warme Wasser plätscherte in die Wanne, Silena gab von ihrem eigenen Badeöl hinein, und der Geruch von Honig und Kräutern stieg mit dem heißen Dampf auf, der die Spiegel zum Beschlagen brachte.

Die harte Schale fiel von ihr ab und landete auf dem Fliesenboden, das Samtene darunter kam zum Vorschein und wurde sorgfältig auf dem kleinen Stuhl abgelegt; liebevoll entfernte sie die dunkelroten Strumpfbänder, danach die Strümpfe. Dann drehte sie den Hahn zu.

Silena goss sich ein Glas Johannisbeersaft ein und stellte es neben die Wanne, und als sich die Schellackscheibe mit den Yale Whiffenpoofs drehte und sie die beruhigenden Stimmen vernahm, begab sie sich in das Wasser und tauchte bis zum Kinn darin ein. Durch den Pagenschnitt wurden keine Haare nass, sie musste sich keinerlei Sorgen um ihre Frisur machen. Mit ein Grund, weswegen sie diesen Schnitt wählte.

Sie nahm den Korallenschwamm, tränkte ihn und rieb sich damit langsam über das Gesicht, über den Hals, das Dekolleté. Silena schloss die Augen. »Einen netten Mann«, wiederholte sie murmelnd die Worte des Erzbischofs. Die Antwort, woher sie ihn nehmen sollte, war er ihr schuldig geblieben.

Bislang hatte sie drei Männer in ihrem Leben kennen gelernt, und keiner von ihnen hatte sich auf Dauer als »nett« herausgestellt. Es hatte ihr genügt, um Erfahrungen zu sammeln, und die Lust an der Liebe geweckt, mehr war jedoch nicht daraus geworden. Manchmal benahm sie sich eben nicht wie die Nachfahrin eines Heiligen.

Sie hielt den Arm mit dem Schwamm nach oben, presste das Wasser heraus und ließ es auf ihr Gesicht prasseln. *Wer weiß schon, wie sich die alten Heiligen benommen haben?* Silena grinste. Es hätte sich bestimmt nicht gut gemacht, wenn ein Heiliger nicht ganz so vollkommen gewesen wäre, wie ihn die Kirche haben wollte. Sie selbst war eine Vertreterin der schwierigen Fraktion und sehr zufrieden damit.

Das war schon so in der Ausbildung gewesen. Mit zwölf Jahren und dem Erreichen des Adeptenstatus hatte sie sich geweigert, ihren Platz in der Schlange vor der Essensausgabe im Internat des Officiums einem älteren Adepten zu überlassen, wie es allgemein üblich war. Sie war einfach stehen geblieben, kein Schubsen und Schieben hatte sie aus der Bahn geworfen. Sogar die folgende Prügelei hatte sie gewonnen ... Silena musste grinsen, als sie sich daran erinnerte.

Nach einer halben Stunde verließ sie die Wanne, wohl duftend und sauber. Silena zog sich frische Kleidung an und begab sich nach unten, ins Restaurant des Palais; es war leider gut besucht.

»Grüß Gott, Großmeisterin«, wurde sie am Eingang vom Maître empfangen. Wie alle Bediensteten trug er einen schwarzen Anzug mit langen Schößen und darunter ein weißes Hemd, was seiner

Zunft den Spitznamen Pinguine eingebracht hatte. »Den Tisch am Fenster, ist das genehm?«

Die Köpfe der elegant gekleideten Gäste wandten sich ihr zu, es wurde geflüstert und geraunt. Die Zeitungen hatten ausführlich über den unerklärlichen Absturz von Theodor und Demetrius berichtet, und man erkannte sie, die tapfere Drachentöterin, die ohne Familie und mit einer schweren Bürde da stand.

Sofort war die gute Stimmung, die ihr das Bad bereitet hatte, verflogen. Es würde ihr dabei helfen, unerschütterlicher und härter zu erscheinen.

»Sehr gern, Alois.« Sie ließ sich aus dem Ledermantel helfen und folgte dem Maître durch den Saal in die linke Ecke, wo sie sich mit dem Rücken zur Wand niederließ. Den Säbel schnallte sie ab und legte ihn auf den Stuhl neben sich, die Pistole blieb unterhalb der Achsel; sofort eilten drei Kellner herbei und richteten den Tisch, brachten Wasser und Wein sowie die Karte. »Was können Sie empfehlen, Alois?«

»Terrine vom Bauernhähnchen mit Gänseleber in Thymianwürze, dazu indisches Chutney von Gartenfrüchten, danach Sauté vom Rinderfilet mit Morcheln à la crème und Kartoffelgestampf. Als Nachtisch vielleicht etwas Leichtes, wie einen Obstsalat mit parfümiertem Eis, Großmeisterin?«

»Sehr gern.« Silena zeigte auf den Wein. »Den können Sie gleich wieder abräumen, Alois.«

Der für den Fauxpas verantwortliche Kellner erhielt einen strafenden Blick vom Maître. »Sicher, Großmeisterin. Verzeihen Sie, das neue Personal hat sich Ihre Gewohnheiten noch nicht eingeprägt, aber das werde ich in der Küche mit Hilfe eines Fleischhammers umgehend nachholen«, lächelte er sie an, verbeugte sich und zog sich zurück. Auch die anderen Kellner verschwanden wie verscheuchte Fliegen. Silena wusste, dass sich Martha gerne hier aufgehalten und den Wein nicht verschmäht hatte. Sie fragte sich, ob sie zu Ehren der ermordeten Drachentöterin nicht eine Ausnahme machen und ein Glas auf sie trinken sollte. Nach kurzem Zögern blieb sie beim eingeschenkten Wasser und betrachtete die Männer und Frauen in den edlen Roben um sich herum.

Ohne dass sie den Grund dafür benennen konnte, beschlich sie ein ungutes Gefühl. Sie fühlte sich beobachtet und wollte herausfinden, von wem. Ihr Blick schweifte suchend über die Gäste.

Einige Frauen bevorzugten den konservativen Stil, zugeknöpft und hochgeschlossen, viel Geschmeide an den Ohrläppchen und um den Hals, die Männer in schwarzen Anzügen oder in Uniformen. Aber sie entdeckte auch Damen in kurzen Charlestonkleidern, ganz aufreizende Freizügigkeit, garniert mit langen Zigarettenspitzen, an denen lasziv gesogen wurde, während die Begleiter sich oftmals sportlich gaben und weiße Hosen, gestreifte Hemden und leichte Sakkos trugen. Der vornehme Prunk und die eherne Moral der Kaiserzeit trafen auf die grassierende Moderne, die sich in der Musik und vor allem dem Verhalten niederschlugen.

Silena bemerkte einen Plakatläufer vor dem Fenster, der Tafeln auf Brust und Rücken trug, die zum Charleston-Abend in einen Club einluden.

Kein Tanz für sie, und sie hätte auch niemals vermutet, dass er in wenigen Jahren derart in Mode geraten würde, aber sie mochte die lebhaften, mitreißenden Lieder und die Stimmung, die dabei entstand. Vielleicht sollte sie den Club besuchen, um auf andere Gedanken zu kommen – auch wenn es der Erzbischof besser nicht erfuhr.

Irgendwo stießen Menschen miteinander an, Kristallgläser klirrten. Da kam ihr der Gedanke: Wenn das Versehen mit dem Wein mehr bedeutete? Alois hatte neues Personal erwähnt. Es wäre der perfekte Ansatz für einen Drachenfreund, sich einem Mitglied des Officiums unverdächtig zu nähern und ihn dann anzugreifen.

Als Silena den Kopf drehte, um nach Alois zu suchen, stand wie aus dem Nichts ein junger Mann mit Dreitagebart und langen Koteletten vor ihrem Tisch, den sie zehn Jahre jünger als sich selbst schätzte.

Sein hoch gewachsener Körper steckte in einem dunkelgrünen Gehrock, darüber trug er einen weit schwingenden braunen Militärmantel mit dickem, schwarzem Zobelkragen; auf den offenen, langen schwarzen Haaren saß ein hoher Zylinder, die Augen verbargen sich hinter einer dunkelrot getönten Brille. Die Finger in den weißen Handschuhen lagen auf dem schweren Silbergriff eines Gehstocks.

»*Sie* sind es«, raunte er und erbleichte. »Sie sind es tatsächlich!«

Silena legte aus einem Gefühl heraus die Hand an den Griff der langläufigen Po8. »Hätten Sie die Güte, sich vorzustellen, mein Herr?«, verlangte sie barsch.

»Verzeihen Sie mir meine Unhöflichkeit.« Er verneigte sich und schaute über den Rand seiner Brille, dabei wurden unglaublich strahlend blaue Augen sichtbar. »Ich bin Knjaz Grigorij Wadim Basilius Zadornov. Nach einem langen Weg aus Berlin quer durch das verschneite Kaiserreich ist es mir endlich gelungen, Sie zu finden.« Betont langsam zog er seinen Zylinder ab und setzte sich ihr gegenüber. Er lächelte freundlich und wirkte sehr erleichtert, die Wangen bekamen eine gesunde Farbe zurück. »Mein Glück könnte nicht größer sein.«

»Auch wenn Sie mich von irgendwoher zu kennen glauben, kann ich das nicht von Ihnen behaupten.« Silena entspannte sich noch nicht, die Hand blieb an der Pistole. »Da Sie mich aber gefunden haben: Was wollen Sie von mir?«

Zadornov strahlte sie an. »Sie müssen mich umbringen, Drachentöterin!«

IV.

»Die Linie Georg
Ausgehend vom Drachentöter Georg, haben sich die Nachfahren dem Nahkampf verschrieben und sich als einzige Linie im Luftkampf gegen die Drachen bewährt.
Herausragende Pilotin und auf dem besten Wege, eine Legende zu werden, ist die junge Großmeisterin Silena, die nach dem Tod ihrer Eltern die größte Hoffnung des Officiums und der Staffel Saint George ist.«

aus der Serie »Drachentöterinnen und Drachentöter
im Verlauf der Jahrhunderte«
Im »Münchner Tagesherold«, Königlich-Bayerisches Hofblatt
vom 1. Juni 1924

**15. Januar 1925, München, Königreich Bayern,
Deutsches Kaiserreich**
Silena forderte ihr Gegenüber mit einer Geste auf, die getönte Brille abzunehmen, damit sie in den Augen erkennen konnte, ob der Mann wahnsinnig geworden war oder sich einen Scherz mit ihr erlaubte. Weder erkannte sie das eine noch das andere. »Herr Zadornov...«

Er hob die Hand. »Knjaz, was so viel wie Fürst bedeutet, ist die korrekte Anrede, Drachentöterin.«

»Und *Großmeisterin* ist meine korrekte Anrede, Fürst«, erwiderte sie auf der Stelle. »Können Sie sich erklären?«

Er wandte sich zum Maître, der mit besorgtem Gesicht hereilte. »Bring mir eine Flasche Champagner. Die beste, die in diesem Keller lagert.«

»Belästigt Sie dieser Gast, Großmeisterin?«, erkundigte Alois sich besorgt, nicht zuletzt, weil sich noch immer die Hand um die Luger schloss. »Ich lasse ihn gern hinausbegleiten.«

»Nein, Alois. Es ist gut, ich möchte hören, was der Fürst mit mir zu besprechen hat. Sein Anliegen ist ... bizarr.«

Zadornov warf dem Maître einen verdrossenen Blick zu. »Mein Champagner, wo ist er?«

Alois lächelte unverbindlich. »Sicher, mein Herr. Können Sie ihn auch bezahlen?«

Wortlos zückte der Fürst sein prall gefülltes Portemonnaie aus der Innentasche des Gehrocks und zählte dreihundert Mark auf den Tisch. »Bekomme ich etwas dafür?«

»Sicher, mein Herr.« Alois schritt davon, während sich Zadornov wieder Silena zuwandte.

»Geldmangel kann es nicht sein, der Sie in den Wunsch treibt zu sterben«, stellte sie nüchtern fest. »Wieso reisen Sie quer durchs Kaiserreich? Wieso werfen Sie sich nicht vor die Straßenbahn oder vor einen Zug? Ein Mann Ihres Standes hat sicherlich immer eine Waffe dabei.«

»Die habe ich durchaus, Großmeisterin«, setzte er mit einem Grinsen nach. »Bislang wollte ich auch leben und mich gegen meine Feinde verteidigen.«

»Was ist geschehen, dass Sie die Meinung geändert haben?«

Zadornov lehnte sich so langsam nach vorn, dass Silena zuerst dachte, er werde ohnmächtig und kippe um. »Eine Vision, Großmeisterin.«

Sie stöhnte auf. »Um Himmels willen! Sie sind Spiritist?«

»Nein. Ich bin *Hellseher*, Großmeisterin«, antwortete er beleidigt. »Ich habe mit den Betrügern und Taschenspielern, welche die Salons bevölkern, nichts zu schaffen. Meine Kunst und Gabe ist Fluch und Segen gleichermaßen.« Er bekam den edlen Tropfen in einem Kühler gebracht, ein Kellner öffnete die Flasche, ohne den Korken knallen zu lassen, und goss ein. Zadornov leerte das Glas in einem Zug, stellte es weg, nahm das Rotweinglas und hielt es auffordernd hin; es wurde gefüllt.

»Lassen Sie mich raten: In einer Vision haben Sie mich gesehen und sind seitdem der Überzeugung, dass ich Sie ermorden soll?«

Dieses Mal sog er den Champagner laut ein, verscheuchte den Kellner. »So in etwa, Großmeisterin. Aber es ist diffiziler.«

»Nein, ist es nicht.« Silena nahm die Finger vom Lugergriff und zeigte auf die Flasche. »Sie haben sich betrunken, danach vermutlich Drogen zu sich genommen, höchstwahrscheinlich die gleichen, die momentan durch Ihre Adern rauschen. Ihre Pupillen sind kleiner als der Kopf einer Stecknadel, und ich wage nicht zu raten, was Sie genommen haben. In diesem Zustand überkam Sie eine fixe Idee, und jetzt sitzen Sie vor mir.«

»Alles falsch«, kommentierte er, nippte wieder. »Bis auf die Drogen.«

»Fürst, mein Essen wird gleich serviert, und ich habe nicht vor, es kalt werden zu lassen, weil ein russischer Trunkenbold mich ...«

»Hören Sie mir zu, Großmeisterin.« Seine blauen Augen schienen von Licht durchflutet zu werden, bannten sie und brachten sie vor lauter Verwunderung zum Verstummen. »Ich hatte eine Vision, die mich überraschend traf und mir sehr, sehr große Furcht einflößte. Nicht um mich. Sondern um das Schicksal der Menschheit.«

Silena wollte ihn auslachen – aber sie konnte nicht. Sie starrte in das magnetisierende Blau und vernahm die tiefe Stimme, die alle sonstigen Geräusche in dem Speisesaal verdrängte. Und bettelte stumm darum, mehr von ihr zu hören.

»Ich sah einen vierbeinigen Lindwurm, ein gewaltiges Wesen mit fünf Köpfen, das nachts aus seiner Höhle gekrochen kam und sich von Westen in eine verlassene Stadt begab. Dann erkannte ich einen Flugdrachen, einen schwarzen mit fünf Köpfen und gelben Augen, der auf einem Berg von Menschenleichen hockte und einen nach dem anderen verzehrte. Er schnaubte, hob die Nüstern in die Luft und schwang sich in die Lüfte. Und er flog aus dem Norden zu der Stadt, in welcher der Lindwurm wartete.« Zadornov wandte den Blick nicht von Silena ab. »Eine Wand aus Nebel rollte aus Osten heran, und darin erblickte ich die Umrisse eines Ungeheuers mit langen Hörnern und kleinen Flügeln, mehr Schlange als Drache, die sich wie eine lange Fahne im Wind wand und tanzte.« Er beugte sich nach vorn, näherte sich ihrem Gesicht, sodass sich ihre Nasen beinahe berührten.

Silena bewegte sich nicht, starrte in das blaue Leuchten, Augen wie riesige Rundfenster oder zu Scheiben geformte Ozeane, in die man eintauchen wollte.

»Im Süden, Großmeisterin, sah ich Sie. Sie erschienen in der funkelnden Rüstung eines Ritters, eine lange Lanze haltend und wie eine Kriegerin auf einem schwarzen Pferd sitzend«, raunte er und senkte seine Stimme weiter. »Drache, Lindwurm, das Nebelungeheuer und Sie trafen sich mitten in der Stadt, auf einem freien Platz, wo sich ein kahler Berg in den Himmel stemmte, und alle vier stürmten zum breiten Gipfel hinauf. Dort schwebte in vier Metern Höhe die Erde in der Luft, eine wunderschöne kürbisgroße blaue Kugel mit den Kontinenten, wie Gott sie vom Himmel aus sehen darf.« Zadornov hielt inne. »Dann erschien ich. Ich streckte die Hand nach der Erde aus, und sie senkte sich zu mir herab. Kaum berührte ich sie, schrumpfte sie und veränderte ihre Farbe in strahlendes Gelb. Da stürmten die Drachen und Sie auf mich zu. Buntes Feuer hüllte mich ein, ich hörte die Drachen brüllen und Sie schreien, Großmeisterin. Jeder wollte, dass ich ihm die Erde aushändige, während sie auf mich losgingen wie Berserker.« Er schluckte. »Zähne, leuchtende Augen, das Feuer und die Hitze, die geschliffene Lanzenklinge, die auf meinen Kopf zielte – ich bekam es mit der Angst zu tun. Die Erde wog schwer und schwerer in meinen Armen, bis ich sie nicht mehr halten konnte. Sie entglitt mir und fiel auf den Boden, Großmeisterin! Sie zerschellte wie eine überreife Frucht, das Wasser der Ozeane ergoss sich auf den Felsgipfel, die Kontinente zerfielen und wurden davongeschwemmt. Ich hörte die Menschen schreien! Ein kollektives Kreischen aus Millionen Mündern marterte meinen Verstand, und das Wasser wandelte sich in Blut.« Langsam lehnte er sich in seinen Stuhl zurück. »Deswegen will ich sterben. Ich will nicht für das Ende der Welt verantwortlich sein.« Zadornov wandte sich ab und trank das Glas leer, schenkte sich nach.

Silenas Verstand befreite sich nur allmählich von der Wirkung der betörenden Augen und der bannenden Stimme. Sie hatte die Bilder, die er ihr geschildert hatte, wahrhaftig vor sich gesehen! Sie schienen durch die Pupillen in ihren Kopf gelangt zu sein, mit all ihrer brutalen Faszination und erschreckenden Echtheit.

»Einbildung«, krächzte sie und langte nach ihrem Wasser. »Alles Einbildung, Fürst.« Hastig stürzte sie es die Kehle hinab und versuchte, das Gesehene hinfort zu spülen und zu vergessen.

Zadornov rieb sich mit der linken Hand über das Gesicht, er seufzte. »Nein, Großmeisterin. Ich kenne meine Visionen sehr genau, und bislang haben sie mich niemals getäuscht. Es ist leicht, sie zu deuten, und es gibt keinerlei Spielräume.« Bedauernd ließ er die letzten Tröpfchen aus der Flasche in sein Glas rinnen. »Sollte ich am Leben bleiben, werde ich über das Schicksal der Erde entscheiden und sie vernichten. Ich hatte noch niemals etwas mit Drachen zu schaffen, und diese Exemplare, die ich sah, übertrafen alles, was ich bislang an Aufnahmen von diesen Ungeheuern in der Zeitung gesehen habe.« Er zeigte auf sie. »Aber Sie, Großmeisterin, habe ich erkannt. Seit Sie das Monstrum in der Nähe von Moskau getötet haben, kennt man Ihr Gesicht in meiner Heimat aus den Zeitungen.«

Silena hatte sich inzwischen beruhigt und die letzte Benommenheit aus ihren Gedanken vertrieben. »Ich habe nicht verstanden, warum ausgerechnet *ich* Sie umbringen muss, Fürst.«

Er lächelte, das Lächeln eines erwachsenen Mannes, eines Verführers. »Weil Ihre Lanze mich durchbohrte, kurz nachdem ich die Welt vernichtete. Da es Ihr Schicksal ist, mich umzubringen, dachte ich mir, dass es eine geschicktere Lösung sei, wenn Sie mich töten, *bevor* die Menschheit durch meine Schuld untergeht.« Er langte in die rechte Innentasche des Mantels, nahm ein paar geknickte und gefaltete Blätter heraus. »Ich habe versucht zu zeichnen, was ich sah.« Er breitete die Skizzen vor Silena aus. Es waren hervorragende Darstellungen des Drachen und des Lindwurms, und sie erkannte sich selbst in dem Harnisch, den der heilige Georg auf Darstellungen des Hochmittelalters trug.

Sie zog die Zeichnung der Nebelwand mit den schemenhaften schlangenähnlichen Umrissen zu sich, betrachtete sie genauer. »Wenn ich mich nicht sehr täusche, haben Sie einen asiatischen Drachen zu Papier gebracht«, sagte sie nach einer Weile.

Alois erschien mit einer Horde von Kellnern und servierte den ersten Gang ihres Essens, nicht ohne dem Fürsten vorher einen bösen Blick zugeworfen zu haben. Sicher war das Palais auf reiche Gäste angewiesen, aber sie sollten nun mal über einen gewissen Stil verfügen.

Silena kostete von der Terrine vom Bauernhähnchen mit Gänseleber in Thymianwürze und nickte. Die Kellner und der Maître zogen sich daraufhin zurück. Das Essen verdiente wahrhaftig keinerlei Beanstandung.

»Sie können mir glauben, Großmeisterin, dass es mir ziemlich gleichgültig ist, welche Scheusale auf mich einstürmen«, sagte der

Fürst. »Alles, was ich möchte, ist, das Ende zu verhindern, wie es mir meine Vision offenbart hat.«

»Das ist wirklich Ihr Ernst, Fürst?«

Er legte beide Hände auf den Griff des Spazierstocks. »Das ist es.«

»Ich soll also«, sie warf einen Blick auf die Zeichnung von ihr, »in eine Rüstung steigen und Sie hoch zu Ross mit einer Lanze niederstrecken, ja?«

»Nein. Es wird genügen, wenn Sie mich erschießen«, Zadornov sah auf die Luger unter ihrer Achsel, »oder enthaupten.« Dieses Mal deutete er auf den Säbel. »Hauptsache, es dauert nicht lang, und ich bin tot. Ich gehe davon aus, dass die Schneide scharf ist.«

Silena legte das Besteck auf den Tellerrand. »Fürst, Sie sind verwirrt. Davon abgesehen darf ich Sie nicht umbringen, nur weil Sie es wünschen. Sie sind kein Drache, also habe ich keinen Grund, Sie zu verletzen, geschweige denn zu töten. Es wäre Mord.«

Zadornov, der bis eben noch sehr hoffnungsvoll gewirkt hatte, sprang auf, richtete die Stockspitze auf sie. »Sie haben nichts von dem verstanden, was ich Ihnen sagte, Großmeisterin! Wir reden vom Untergang der Menschheit! Und Sie weigern sich, dieses Unglück verhindern zu wollen?«

Die Gäste des Restaurants sahen wieder auf, es wurde getuschelt. Welch eine Zugabe zu dem exquisiten Menu du jour.

»Verschwinden Sie, Fürst«, riet Silena ihm unfreundlich. »Gehen Sie zu Ihren Spiritistenfreunden und springen Sie mit denen Hand in Hand ~~aus dem Fenster~~, wenn Sie unbedingt ins Jenseits möchten. Aber ich bitte Sie, mich in Zukunft mit Ihrer Anwesenheit zu verschonen, vor allem, wenn ich beim Essen bin.«

Alois stand mit einer Hand voll Kellnern plötzlich hinter dem Russen, und diese Kellner waren so breit gebaut, als hätten sie vorher jahrelang Kohlesäcke geschleppt anstatt Tabletts getragen. »Entschuldigen Sie, mein Herr, aber ich bitte Sie herzlich, mir umgehend zum Ausgang zu folgen«, verlangte der Maître halblaut.

»Ich gehe freiwillig. Keiner der Fräcke wird mich anfassen«, befahl der Fürst herrisch, und Alois wagte keinen Widerspruch. Zadornov setzte die dunkle Brille auf, nahm seinen Zylinder und stülpte ihn auf die langen schwarzen Haare. »Großmeisterin, wir sehen uns wieder.«

»Nein, Fürst, das werden wir sicherlich nicht.«

Er grinste. »Ich werde Ihnen eine Gelegenheit verschaffen, in der Sie nicht mehr anders *können*, als mich umzubringen.« Seine Rechte schob den Mantel zur Seite, und sie erkannte einen Pistolengriff. »Ich habe es auf die eine Weise probiert, nun ist es an der Zeit, eine andere zu versuchen.«

Silena nahm das Zerteilen des Mahls wieder auf und sah ihn absichtlich nicht an. Sie fürchtete, dass die blauen Augen sie einfingen, verstummen ließen und sie ihres eigenen freien Willens beraubten. »Begegnen wir uns noch einmal, lasse ich Sie einsperren. Alois kann bezeugen, dass Sie mich bedroht haben.«

Zadornov drehte sich theatralisch um, der weit schwingende Mantel flog, und der pelzbesetzte Saum pendelte. »Wir sehen uns wieder, Großmeisterin«, rief er, als er den Ausgang erreicht hatte, und verließ schnell das Restaurant, um ihr keine Gelegenheit zu einem Widerspruch zu geben.

Silena aß weiter, und dabei betrachtete sie die Bilder der gezeichneten Drachen. Jetzt gab es noch mehr Rätsel für sie, und dabei hatte sie mit den bisherigen schon genügend zu tun. Sie war sich nicht recht schlüssig darüber, was sie mit dem Erlebten anfangen sollte: es für sich behalten? Oder doch lieber Nachforschungen über den verwirrten Fürsten anstellen? Er trug eine Waffe bei sich, was ihn zusammen mit seiner Verwirrtheit und seinem Anliegen nicht eben ungefährlich machte.

Als das Sauté vom Rinderfilet mit Morcheln à la crème und Kartoffelgestampf serviert wurde, hatte sie die Zeichnungen eingesteckt. Sie würde die Skizzen an das Officium übergeben. Der Fürst hatte ihrer Einschätzung nach nichts mit ihren Rätseln zu schaffen, und Silena beabsichtigte nicht, sich ein weiteres freiwillig aufzubürden.

16. Januar 1925, München, Königreich Bayern, Deutsches Kaiserreich

Nach einer unruhigen Nacht in dem wunderbaren Bett des Palais ließ sich Silena von Sepp als Erstes zum Officium fahren, damit sie die Zeichnungen abgeben konnte. Sie hoffte, dass sie damit auch die Bilder in ihrem Kopf loswürde, die sie seit der Begegnung mit Zadornov in sich trug, und glaubte doch nicht eine Sekunde daran, dass ihre Träume mit Spiritismus zusammenhingen. Vermutlich ging es mit den aufwühlenden Ereignissen der letzten Tage einher, dass sie wirres Zeug im Schlaf erlebte. Sogar die Gesichter ihrer toten Brüder verfolgten sie des Nachts.

Nachdem sie schreiend aus dem Bett gefahren war, hatte sie im Affekt die Zeichnungen verbrennen wollen – aber sich dann doch dagegen entschieden. Aus einem ganz einfachen Grund: Ein schwarzer fünfköpfiger Drache war ihr noch niemals begegnet, und ein Lindwurm von diesen Ausmaßen hatte sie bislang nur in Lehrbüchern gesehen. Die Draconis-Experten des Officiums sollten sich darum kümmern; schlechtestenfalls freuten sie sich über ein paar nette Zeichnungen, die sie zu den Akten nehmen konnten.

Sie schritt durch das schwarz gefärbte Tor in die Eingangshalle, in der das Gotische des ursprünglichen Gebäudes voll zum Tragen kam und durch nachträglich eingezogene Stahlrundbögen und matt schimmernde Eisenarkaden verstärkt wurde.

Silena verlangsamte ihre Schritte.

Das steinerne Standbild in der Mitte der Halle nahm sie gefangen. Sie war immer wieder darüber erstaunt, wie genau die Bildhauer des Mittelalters gearbeitet hatten: Ein Gargoyle, eine Kreuzung aus Mensch und einem Albtraumwesen von mehr als zwei Metern Größe und ausgebreiteten Schwingen, hielt das auseinander gebrochene Skelett eines kleinen Drachen zwischen den Fingern; das Maul des Gargoyle war in einem Triumphschrei weit geöffnet, Stolz und Freude standen im hässlichen Antlitz.

Sie musste nicht auf das kleine Bronzeschild am Sockel schauen, auf dem MELCHIOR DER ÄLTERE (1375–1451): *BELLUM BESTIAE* (1432) zu lesen stand. Das Standbild kannte sie seit ihrer Kindheit, und früher hatte sie sogar geglaubt, es handele sich bei dem Gargoyle um den heiligen Georg, der Drachen tötete, bis ihr Vater sie deswegen ausgeschimpft hatte. Von dem Tag an hieß die Statue wegen der langen, krummen Nase für sie Cyrano, wie der Mann aus ihrem Bilderbuch.

Lustigerweise war Silena die Einzige, die an der Statue Gefallen fand. Es gab Angestellte, die es vermieden, in Cyranos Gesicht zu blicken, weil sie sich tatsächlich unwohl dabei fühlten. Melchior der Ältere hatte ganze Arbeit geleistet und den steinernen Zügen etwas Düsteres, Gefährliches gegeben.

Silena berührte die kalte, glatte Schulter wie die eines alten Freundes und lief weiter. Sie sparte sich den Weg zum Erzbischof, sondern besuchte gleich die *Abteilung für Unbestätigte Drachengeschichten/ -exemplare und Kuriositäten*.

Schwungvoll öffnete sie die Tür und blieb auf der Schwelle stehen. »Hier, etwas zum Abheften«, rief sie und warf die Bilder mit Effet auf den ersten Schreibtisch, an dem eine Frau erschrocken zusammenzuckte, während Silena den Eingang bereits wieder schloss und durch den Korridor ging. Es wurde Zeit, dass sie aufstieg und die Saint flog, um sich noch vertrauter mit ihr zu machen.

Sie eilte an Cyrano vorbei hinaus durch den leichten Nieselregen, setzte sich in den wartenden Phänomen und wollte Sepp eben den Befehl zum Losfahren geben – da kam die Frau aus der *Abteilung für Unbestätigte Drachengeschichten/-exemplare und Kuriositäten* durchs Tor gerannt, wedelte mit den Armen und hielt ein Blatt in der Linken.

»Warten Sie«, bat Silena den Fahrer und stieg aus. »Was gibt es?«

»Großmeisterin, schauen Sie!« Die Frau reichte ihr eine Fotografie.

Silena nahm sie und betrachtete die stark verwischte Aufnahme. Mit viel Vorstellungskraft war ein schwarzer Flugdrache zu erkennen, der über eine Reihe von Häusern flog; die fünf Köpfe reckten sich schnurgerade nach vorn, sodass er wie ein übergroßer Pfeil aussah. Die Drachentöterin schluckte, wischte den Regenfilm von dem Foto. »Wann wurde sie gemacht?«

»Gestern, Großmeisterin. Gegen 15.30 Uhr über den Dächern von Heathrow.«

»Gestern? In Heathrow? Wieso haben *Sie* das Foto?«

»Ich soll untersuchen, ob es eine Fälschung ist oder nicht. Weil die Umrisse extrem verschwommen sind, habe ich anfangs angenommen, dass der Fotograf mit einer Doppelbelichtung und einem kleinen Drachenmodell gearbeitet hat. Wie damals bei den Bildern von den fliegenden Scheiben am Himmel, die sich als bloße Untertassen herausstellten. Solche Aufnahmen würden ihm die Zeitungen aus der Hand reißen ... Aber als Sie mir eben die Zeichnungen brachten, musste ich Ihnen dieses Foto sofort zeigen, Großmeisterin.« Sie harrte tapfer in dem kalten Regen aus, auch wenn ihre leichte grüne Bluse rasch Wasser zog und die kunstvoll gedrehten blonden Locken bereits schlaff auf die Schultern hingen.

»Weiß der Erzbischof schon Bescheid?«

»Nein. Sie sind die Erste, die ...«

»Danke.« Silena stieg in das Automobil und klappte die Scheibe nach unten. »Ich sage es ihm selbst und rufe von London aus an«, rief sie und gab dem Fahrer das Zeichen, loszufahren. »Mal schauen, ob der Drache eine gute Fälschung ist oder nicht.«

So schnell es ging, pflügte der Phänomen durch den Schneematsch und den Münchner Verkehr, einem Gewirr von Wagen, Droschken und Straßenbahnen, bis Silena den Fahrer anwies, die Sirene einzusetzen. Es handelte sich wirklich um einen Notfall. Plötzlich war aus den Zeichnungen eines Verwirrten Realität geworden. Wie viel von dem, was Zadornov ihr gesagt hatte, würde sich noch als wahr erweisen?

Sie spürte, dass ihr Herz schneller schlug, und ärgerte sich jetzt schon, dass die Cadmos gestohlen war. Die Verlegung des Fliegenden Zirkus nach England würde lange dauern – die Fahrt mit der Eisenbahn, die Fähre über den Kanal, das zeitraubende Umladen ...

Silena massierte nervös ihre Finger, dann klopfte sie gegen die Scheibe. »Schneller, Sepp«, sagte sie ungeduldig. »Wir brauchen dieses andere Luftschiff, auch wenn es kleiner ist.«

Gehorsam folgte der Phänomen den neuen Anweisungen des Fahrers. In Höchstgeschwindigkeit ging es von München raus zum Flugfeld des Officiums. Die einhundert Stundenkilometer, die das Automobil auf gerader Strecke erreichte, wirkten im Vergleich zu den Geschwindigkeiten der Macchi oder der Saint geradezu behäbig.

Silena war wie elektrisiert, erlaubte sich keine Ruhe und sprang bei der Ankunft aus dem noch rollenden Wagen. Sie eilte ins Hauptgebäude, den kleinen Turm, der normalerweise zur Himmelsbeobachtung diente, wenn die Staffel ihn nicht als Luftleitstand nutzte, und telefonierte von dort aus mit Litzow. »Ich brauche das kleine Luftschiff. Wie schnell kann es hier sein, Hauptmann?«

»Nun, sobald es startklar ist, in nicht mehr als zwei Stunden«, hörte sie die Stimme des besorgten Ingenieurs verzerrt und rauschend durch den Hörer. »Die Winde stehen gut.«

»Dann los. Ich muss mit meiner Staffel nach London.«

»Ein Spaziergang. Die Theben ist kleiner, dafür schneller als die Cadmos. Aber Sie wissen, Großmeisterin, dass sie nicht bewaffnet ist und über keine Landebahn verfügt. Weder für die Saint noch für eine herkömmliche Maschine.«

»Hält sie Drachenfeuer ebenso stand wie die Cadmos?«

»Ja. Aber nicht so lange.«

»Das ist mir gleich. Her damit, Hauptmann. Vielen Dank.«

Danach scheuchte sie ihre Staffel auf, ließ alles zusammenpacken und die Zelte abbauen. Als das Luftschiff heranschwebte, stand sämtliche Ausrüstung zum Einpacken in die Transportgondel bereit.

Wenige Stunden später befand sich die Theben über Londons westlicher Vorstadt.

Das dumpfe Pochen der Motoren zog sich durch die Gondel und war auch auf der Erde zu vernehmen. Viele Briten würden sich an die Schrecken des Weltkrieges erinnern, als die deutschen Luftschiffe tonnenweise Bomben abgeworfen hatten. Bis 1918 waren sie einundfünfzigmal über der Insel aufgetaucht und hatten aus über fünftausend Metern Höhe ihre tödliche Fracht abgeladen.

Die breiten Strahlen von zwei Flakscheinwerfern flammten auf, schnitten helle Schneisen in den dunklen Nachthimmel und irrten suchend umher, bis sie die Außenhülle der Theben erfassten und beleuchteten; so wurde sie für Millionen von Augen sichtbar.

»Verdammt!« Silena stand neben Litzow, der das Luftschiff selbst steuerte, und nahm das Funkgerät, um den Flughafen zu sprechen. »Hier ist die LS Theben mit der Staffel Saint George an Bord, Bodenkontrolle«, meldete sie sich auf Englisch. »Löschen Sie unverzüglich die Flakscheinwerfer. Wir haben nicht vor, der Belustigung der Londoner zu dienen.«

»Sie hätten sich anmelden sollen, LS Theben«, erhielt sie Antwort mit wunderbar distinguierter englischer Betonung. »Wir hatten schon angenommen, der deutsche Kaiser sende uns einen Spion.«

»Wir hatten uns angemeldet. Es ist nicht meine Schuld, wenn

Ihnen die Mitteilung nicht weitergeleitet wurde. Sie haben unser Wappen auf der Hülle gesehen. Wir haben so wenig etwas mit dem deutschen Kaiser wie mit der Queen zu tun, Bodenkontrolle. Wir dienen der Menschheit, und auch die Queen hat die Vollmacht für das Officium Draconis unterzeichnet. Jetzt machen Sie unverzüglich die Lampen aus!«

Zehn Sekunden später erloschen die Scheinwerfer, die Theben fiel zurück in die Dunkelheit und war von unten nichts weiter als ein zigarrenförmiger Umriss, der wie ein fetter Wal zwischen den Wolken und den Sternen schwebte.

Silena schaute auf die vielen Lichter der Großstadt, während Litzow mit dem Fernglas in der Gondel auf und ab schritt. Ein Steuermann hielt das Luftschiff auf Kurs, ein zweiter Mann überwachte Höhe und Gasdruck. In den Motorgondeln saßen Techniker, um sich bei Problemen sofort um deren Lösung kümmern zu können; nicht zuletzt gab es Segelmacher, die bei Schäden der Außenhaut zum Einsatz kamen. Bislang war es jedoch eine ruhige Fahrt geblieben.

Silena nahm das Fernglas zur Hand und suchte die Umgebung ab. »Ein Drache von diesen geschätzten Ausmaßen kann sich nicht einfach in einer Stadt verbergen, er benötigt ein geräumiges Versteck, beispielsweise eine leer stehende Halle oder einen alten, eingestürzten Bergbauschacht«, erklärte sie und legte das Fernglas wieder beiseite.

Litzow räusperte sich. »Sie denken, dass der Drache in London geblieben ist? Weswegen sollte er das tun?«

Silena horchte in sich hinein. »Es ist mehr ein Gefühl denn Wissen. Ich glaube, er sucht hier etwas.« Sie verspürte wenig Lust, ihre eigene Unsicherheit einzugestehen. »Es ergibt keinen Sinn, in die Nacht zu schauen. Wir werden morgen bei Sonnenaufgang aufsteigen und suchen, Hauptmann. Sie mit der Theben, ich mit der Saint, dazu noch die zwei leichten Aufklärer, die wir an Bord haben«, befahl sie.

»Sicher, Großmeisterin.« Litzow ließ die Theben langsam über dem Flughafen schweben. Die schwenkbaren Motoren drückten sie nach unten; das Luftschiff senkte sich dem Boden entgegen, und die Landecrew machte sich im hinteren Teil der Gondel zum Einsatz bereit.

Ihre Aufgabe war es, sich an langen Seilen zehn Meter über dem Boden abzulassen und die dicken, schweren Taue an den vier im Boden eingelassenen Stahlösen einzuhaken. Die Ösen waren mit Ketten verbunden, die wiederum mit der Kraft von hausgroßen Dampfmaschinen aufgewickelt wurden. Sie zogen das Luftschiff unwiderstehlich nach unten und hielten es dicht über dem Boden; danach konnte es zusammen mit den fahrbaren Lafetten in eine Halle geschleppt werden. Es war auch durchaus üblich, dass große Masten auf Flughäfen oder auf Hausdächern standen, an denen die Spitze eines Luftschiffs festgemacht wurde. Diese Befestigungsvorrichtungen bargen jedoch das Risiko einer nicht ungefährlichen Kollision, und da diese Luftschiffe mit Wasserstoff fuhren, bedeutete ein kleiner Funken das Ende der fliegenden Zigarren.

Die Theben wurde »angeleint«, auch wenn Litzow wegen des guten Wetters darauf verzichtete, sie die Nacht in der »Hundehütte« verbringen zu lassen, wie er die Hallen zu nennen pflegte.

Nachdem die Gangway ausgeklappt war, ging Silena von Bord. »Wir sehen uns morgen früh, Hauptmann. Geben Sie gut auf die Theben Acht.«

»Das werde ich, Großmeisterin.« Er salutierte vom Eingang aus.

Sie stieg in den Phänomen, der über eine Rampe aus dem Laderaum gefahren wurde, und ließ sich von Sepp in die Stadt bringen, um sich eine Unterkunft für die Nacht zu suchen. Es hätte ihr zu lange gedauert, die Zelte aufzubauen, zumal sie in den nächsten Stunden vielleicht wieder weiter mussten. Silena war sich allerdings noch immer sicher, den Drachen in London anzutreffen.

Die Hauptstadt des Britischen Empire präsentierte sich ihrem Empfinden nach majestätischer, erhabener als München und hatte sich viel von seinem viktorianischen Erbe bewahrt, als wolle sie sich mit allen Mitteln gegen die Moderne stemmen. Nur an den Stellen, wo die deutschen Bomben Lücken ins Stadtbild gerissen hatten, erhoben sich Gebäude im Stahlgotik-Stil.

Die Londoner benutzten das Automobil ebenso wie Droschken. Die Pferdegespanne wurden sogar eingesetzt, um Busse und Straßenbahnen zu ziehen. Die Briten hegten eine offenkundige Abscheu gegen den Fortschritt, oder aber sie gönnten sich den Luxus der

Nostalgie, was sie angesichts ihrer Macht in der restlichen Welt durchaus so halten durften.

Vor dem *British Empire*, einem Hotel in unmittelbarer Nähe zum Tower, ließ sie den Phänomen anhalten, stieg aus und betrat die Lobby.

Das ganze Hotel war im Kolonialstil gehalten: dunkle schwere Ledermöbel und Mahagonitische, dazu Marmorvertäfelungen und dicke Teppiche. Zwischen den Lampen hingen Souvenirs aus Afrika und Indien, von der Tigermaske bis zum Zulu-Schild, aber auch viele exotische Sakralgegenstände und Schmuck hinter Glasvitrinen. Jedes kleine Detail sagte: Seht, was wir alles unterworfen haben.

Leise Pianomusik schwebte durch die Halle, die nach einer Improvisation auf *Rule Britannia* klang. Damen mit vornehmen großen Hüten saßen in Sesseln und tranken Tee; vor ihnen standen Tellerchen mit Gurkensandwiches und mit Butter und Marmelade bestrichenen Scones. Es wurde leise geplaudert, »my dear« und »indeed« erklangen leise in regelmäßigen Abständen, an einem anderen Tisch lief eine Kartenrunde: Bridge, dazu gab es Gin on the rocks.

In diese abendliche Idylle platzte Silena in ihrem schwarzen Ledermantel und dem so gar nicht ladyhaften Erscheinen wie eine afrikanische Nackttänzerin in einen Kindergeburtstag.

Der Concierge sah alarmiert in ihre Richtung, dann erkannte er das Abzeichen auf ihrem Hemd, und er verzog den Mund. Nicht überall waren die Drachentöterinnen und Drachentöter gern gesehene Gäste.

Sie ging auf die Rezeption zu. »Guten Abend, Sir. Ich hätte gern ein Zimmer mit fließend Warmwasser und Bad«, verlangte sie höflich, aber bestimmt.

»Bedaure, Großmeisterin, aber wir sind belegt«, lächelte der Mann, auf dessen Namensschild Archibald Smithers stand.

Es wurde offenkundig Zeit für die raue Schale. Silena langte über den Tresen nach dem Buch, in dem die Zimmerverteilung stand, warf einen raschen Blick darauf. »Ich nehme das Zimmer einundzwanzig, Mister Smithers, und vergesse, dass Sie mich eben angelogen haben.«

Der Concierge seufzte. »Verzeihung, Großmeisterin, aber der

Eigentümer hat verfügt, dass wir Drachentötern erst wieder Quartier geben dürfen, wenn die ausstehenden Rechnungen von Ihrer Majestät beglichen wurden. Ich darf Ihnen die Unterkunft nicht geben.«

Silena verzog den Mund. »Das sehe ich gar nicht gern. Zuerst lobt man uns, weil wir den Himmel und die Erde vom Gewürm befreien, aber dann weigert sich die Queen, für unsere Auslagen aufzukommen.«

»Ich verstehe Ihren Unmut, Großmeisterin«, nickte Smithers und täuschte Bedauern vor, »aber uns sind die Hände gebunden.« Er legte eine Hand auf den Telefonhörer. »Soll ich mich nach einer anderen Unterkunft umhören?«

»Nein«, lehnte sie missgelaunt ab. »Ich schlafe auf dem Flughafen.« Sie wandte sich um und marschierte zum Ausgang.

Eine muskulös gebaute Frau kam ihr entgegen, die sie nur allzu genau kannte: Leída Havock. Ihre linke Gesichtshälfte war von Drachenfeuer verbrannt worden, weswegen sie die kinnlangen blonden Haare immer über die entstellten Züge fallen ließ; die unversehrte Gesichtshälfte dagegen war hübsch anzuschauen.

Leída war genauso groß wie Silena, besaß aber männlich wirkende Muskeln und breite Metzgerhände. Sie trug einen Mantel aus braunem Leder mit einem weichen Lammfellfutter, darunter ein längs gestreiftes weißes Männerhemd, schwarze Dreiviertelhosen und hohe Lederstiefel; wortlos schritt sie an der Großmeisterin vorbei und grinste boshaft, als ob sie die Unterredung mit dem Concierge verfolgt hätte, und tippte sich gegen ihre Gürtelschnalle. Jede einzelne der fünf Kerben daran stand für einen erlegten Drachen, und der Fingerzeig bedeutete eine Kampfansage an die Drachentöterin.

Silena zwang sich dazu, durch die Halle hinaus zum Phänomen zu gehen, anstatt sich auf ein Wortgefecht einzulassen, das unter Umständen in eine Prügelei ausarten würde. Wut traf die Gefühle nicht, die in ihr brodelten. Sie wusste genau, was im Empire vor sich ging: Viktoria die Zweite setzte mehr oder weniger offensichtlich auf die Drachenjäger.

»Verdammtes Pack«, fluchte sie, stieg in das Automobil und knallte die Tür zu, bevor ein Hotelangestellter sie schließen konnte.

»Dann haben Sie die Havock auch gesehen, Großmeisterin?«, meinte Sepp.

»Fragen Sie nicht«, knurrte Silena. »Bringen Sie mich zurück zur Theben, bevor ich wieder aussteige und dieser Dame auch noch die andere Hälfte ihres Gesichts so zurichte, als hätte sie ein Drache angehaucht.«

Sepp fuhr los. »Ich gestehe, ich war überrascht, die Havock hier zu sehen.«

»Mir ging es genauso. Wo sie ist, sind ihr Bruder und sein Haufen von Nichtskönnern nicht weit entfernt.« Sie trat gegen die Innenwand. »Woher haben sie nur so schnell von dem schwarzen Drachen gehört?«

»Ist es sicher, dass sie deswegen hier sind, Großmeisterin?«

»Aus welchem Grund sonst?« Sie verschränkte die Arme und sah aus dem Fenster, an dem die Regentropfen hinabrannen und die Sicht buchstäblich verwässerten. »Sie können nur auf Einladung des Kanzlers oder der Queen selbst hier sein.«

Sepp nickte. »Da haben Sie Recht, Großmeisterin. Das steinreiche Empire möchte anscheinend Kosten sparen.«

Silena erwiderte nichts. Es gab ein Abkommen des Officiums mit den europäischen Herrschaftshäusern und Regierungen, das sämtlichen Drachenheiligen freie Kost und Logis zusicherte und die lokalen Adligen und Verwaltungen zur Zusammenarbeit verpflichtete.

Das schmeckte vielen nicht, wohingegen die freischaffenden Drachenjäger alles auf eigene Gefahr unternahmen. Sie tauchten in großen Gruppen auf und jagten die kleineren Exemplare, zerlegten sie und verkauften die Einzelteile als Glücksbringer, als Medizin, an die Universitäten oder reiche Sammler und verdienten dabei sehr, sehr viel Geld. Dass jeder Drache von Rechts wegen dem Officium gehörte, störte sie nicht im Geringsten.

»Vielleicht haben wir Glück, und der Drache frisst sie«, murmelte Silena. Die Ausfallrate bei den Jägern war hoch; sie wagten es nicht, die einzigartigen Methoden der Officium-Streiter anzuwenden, sondern gingen mit rabiater Gewalt vor, die nicht immer fruchtete. Jede dieser Einheiten besaß ein Arsenal von merkwürdig anzuschauenden Fallen und Vorrichtungen. Aber Drachenschuppen waren beständig gegen die meisten Waffen, und es bedurfte viel List, eines der Ungeheuer zu besiegen.

»Ich drücke dem Drachen die Daumen«, lachte Sepp und steuerte den Phänomen durch Londons Straßen zurück zum Flugfeld.

Ein helles Schimmern unter ihrem Hemd ließ sie nach dem Amulett greifen und es hervorziehen. Der Splitter der Georgslanze glühte.

»Ach du ...«

Plötzlich sah Sepp nach links oben gen Himmel. »Großmeisterin!«, rief er aufgeregt und zeigte in die Luft. »Sehen Sie, der Drache!«

Silena rutschte auf die linke Seite und starrte nach oben. Sie sah eben noch die pfeilförmige Schwanzspitze hinter den Dächern verschwinden, er musste ganz knapp über die Schindeln geflogen sein. *Wollte er landen?* »Hinterher, Sepp!«, befahl sie aufgeregt. »Er wird uns vielleicht zu seinem Versteck führen.«

Der Mann trat das Gaspedal durch, der Phänomen röhrte auf und schoss die Straße entlang.

Silena kümmerte sich nicht um das schlechte Wetter, sondern öffnete das Verdeck und stellte sich hin, damit sie den Himmel besser überblickte. Der Regen prasselte auf sie nieder, eisig stachen die Tropfen in ihr Gesicht, aber sie ignorierte es. Ihr Blick schweifte über die Dächer. »Komm schon, Scheusal«, raunte sie lockend. »Zeig dich, damit ich dich jagen kann.«

Sie erspähte eine fünfköpfige Silhouette, die einen Teil der Sterne verdunkelte, während die Automobile um sie herum hupten und einige Fahrer Sepp beschimpften, der sich rücksichtslos durch den Verkehr wühlte und eine Kurve nach der anderen schnitt. Der Phänomen war schnell.

»Rechts abbiegen!«, rief Silena und hielt sich an dem Vordersitz fest, um nicht aus dem Wagen geschleudert zu werden.

Sepp lenkte den Phänomen um die Ecke, drosch den nächsten Gang mit einem Knarren rein und beschleunigte weiter.

Jetzt sahen sie den Drachen genau vor sich. Er flog dicht über die Häuser hinweg, dann klappte er die Schwingen zusammen und stürzte sich wie ein Raubvogel in die Häuserschluchten.

»Los, los, los!«, schrie sie.

»Ich habe es gesehen, Großmeisterin!« Sepp wechselte rücksichtslos auf die andere Spur und lenkte den Phänomen in eine Gasse, die kaum breiter war als das Automobil. Als sie die Parallelstraße erreicht hatten, brachte er es zum Stehen, schaltete das Licht und den Motor aus. Es wurde schlagartig totenstill.

Silena schaute sich um. »Wo ist er wohl abgeblieben?«

Es war ein heruntergekommenes Viertel, dieser Teil Londons lag wie ausgestorben vor ihnen. Kein Mensch ließ sich blicken, nur zuckendes Kerzenlicht leuchtete hier und da hinter blinden Fensterscheiben auf. Die Elektrizität hatte diesen Straßenzug noch nicht erreicht.

»Ich sehe ihn auch nicht, Großmeisterin.« Sepp setzte den Phänomen mit Schrittgeschwindigkeit in Bewegung, ließ ihn langsam rollen; sie folgten tuckernd dem Verlauf der Straße.

Nachdem sie um eine Kurve gebogen waren, musste Sepp abrupt bremsen, sonst wäre er gegen die zerschmetterten Reste eines Schornsteins gefahren, die mitten auf der Straße lagen.

Silena befahl ihm, hier zu warten, und sprang aus dem Wagen. »Der Drache ist hier irgendwo runtergegangen«, sagte sie und wischte sich das Wasser aus den Augen. »Ich halte nach seinem Versteck Ausschau und kehre gleich zurück.« Sie blickte nach oben und suchte das Dach, auf dem der Schornstein fehlte, dann betrat sie das Haus, vor dem sie gehalten hatten, und stieg die Stufen des Treppenhauses hinauf.

Sie überlegte, während sie Stockwerk um Stockwerk erklomm. Flugdrachen waren recht leicht, auch wenn sie oft monströs wirkten, sobald sie ihre Schwingen ausbreiteten. Ein Trick, eine Drohgebärde, um die Menschen zu beeindrucken, in Furcht zu versetzen und in die Flucht zu schlagen. Dabei wogen die kleinen Exemplare nicht mehr als vierhundert Kilogramm. Aber dieser kapitale Fünfender, wie man ihn gemeinhin nannte, brachte garantiert mehr auf die Waage und konnte es nicht wagen, auf einem Dach zu landen.

Silena öffnete die Dachluke und schwang sich hinaus, kroch zum First hinauf und hielt sich dabei an den Schornsteinen fest, die wie kleine Berge aufragten, aus deren Gipfel Rauchfahnen stiegen. Die Schindeln waren gefährlich glatt; der Wind zerrte an ihr und brachte den Ledermantel fahnengleich zum Wehen. Es wurde zunehmend schwierig, das Gleichgewicht zu halten.

Der Regen kam in Schleiern aus den Wolken gestürzt, es gab keine trockene Stelle mehr an Silena, die sich auf dem Sims hin und her drehte und nach weiteren Anhaltspunkten Ausschau hielt. Einer der Schornsteine wies einen langen, tiefen Kratzer auf, und anhand des Verlaufs der Spur schätzte sie, dass der Drache ihn mit einer Klaue gestreift hatte.

Ob er in den Innenhof gestürzt ist? Vorsichtig rutschte sie auf der anderen Schräge herab, nutzte die Kamine als Bremse und kam der Dachrinne dabei immer näher. Sie musste vermeiden, dass der Drache auf sie aufmerksam wurde, da sie nicht die beste Bodenkämpferin war und außer ihrem Schwert nichts dabei hatte, um sich zur Wehr zu setzen. Ihr war nur zu bewusst, dass sie lediglich in einem Flugzeug für die Scheusale wirklich gefährlich war.

Die Augen richteten sich zufällig auf das Fenster gegenüber, und sie erkannte im warmen Gegenlicht zweier Kerzen die Umrisse eines Mannes mit einem großen Zylinder und einem Mantel, dessen Kragen mit Pelz besetzt war. Etwas Metallisches glänzte in seinem Gesicht auf, und er beobachtete sie ganz eindeutig.

Bevor sie sich weitere Gedanken über den merkwürdigen Zuschauer machen konnte, schoss der Drache vor der Dachkante in die Höhe. Der Windstoß, den seine Flügel entfachten, warf sie nach hinten, und im nächsten Augenblick öffneten sich drei der fünf Mäuler, denen zischend gelber Dampf entwich.

Silena kannte die Bedeutung dieses Zischens, die Ankündigung und Drohung zugleich war. Sie warf sich zur Seite und presste sich hinter einen breiteren Schornstein, da schossen auch schon drei schwarze Feuerlanzen aus verschiedenen Richtungen heran.

Keine der Lohen traf sie, aber sie sprengten die Schindeln mit ihrer Hitze. Das Feuer besaß eine eigene Stimme, es fauchte und tönte dunkel wie eine tiefe Orgelpfeife.

Geistesgegenwärtig zog sie den Ledermantel hoch und über dem Kopf zusammen, damit das Gesicht geschützt war. Sie spürte, wie er sich erwärmte, hörte die Feuchtigkeit zischend verdampfen, dann stank es nach verbranntem Leder, und Qualm stieg auf. Sie fühlte sich, als hätte sie in einem Vulkan Zuflucht gesucht; noch einen Flammenstoß würde sie nicht überleben. Schwarzes Feuer war äußerst gefährlich – es handelte sich um einen mächtigen Teufel.

Silena streckte den Kopf und sah kurz zum Rand des Dachs, was der Drache unternahm. Er war verschwunden – aber die Silhouette des Zylindermannes erkannte sie noch immer. Er betrachtete gelassen, was sich ihm darbot, ohne sich zu regen. Sie fand sein Verhalten äußerst unerklärlich. Er hätte sie vor dem Angriff des Drachen warnen können, wenn nicht sogar müssen, hatte es aber unterlassen. Die Umrisse kamen ihr bekannt vor ...

Ein neuerlicher Windstoß lenkte ihre Aufmerksamkeit nach oben, und sie schluckte. Der schwarze Flugdrache hielt sich mit Flügelschlägen sieben Meter über ihr in der Luft und betrachtete sie hasserfüllt.

Ihre Finger wurden eiskalt, ihr Innerstes zog sich zusammen, und ihre Atmung beschleunigte sich derart, dass die Lungen schmerzten. Die zehn gelben Augen in den schwarzen Höhlen glichen geschmolzenem, glühendem Gold. Gern wäre sie vor ihnen zurückgewichen – aber wohin?

Abgelenkt von dem einschüchternden Anblick, sah sie den heranzuckenden Schweif erst in allerletzter Sekunde.

Silena ließ sich fallen, ein Luftzug schoss über sie hinweg, und der Schornstein hinter ihr platzte auseinander, als sei er von einer Bombe getroffen worden. Einige Trümmer trafen sie, ritzten die Haut.

Silena ließ das Ungeheuer nicht mehr aus den Augen und sah, wie sich die Kiefer zweier Mäuler auseinander schoben und wieder schwefelgelber Dampf hervorquoll.

Um dieser tödlichen Attacke zu entkommen, blieb ihr nur ein einziger Ausweg.

Sie wälzte sich kopfüber in den Kaminschacht und stürzte in die rauchige Dunkelheit. Zu ihrem Glück brannte kein Feuer, die Bewohner hatten den Ofen vor dem Zubettgehen verlöschen lassen.

Damit sie nicht ungebremst auf dem Boden aufschlug, packte sie ihre Schwertscheide samt Schwert und verkeilte sie rechts und links in den Schachtwänden. Ruß wirbelte auf und brachte sie zum Husten, Bröckchen flogen ihr ins Gesicht und rieselten ihr in den Nacken, während sich der Sturz nach und nach verlangsamte.

Dennoch fiel der Aufprall hart aus: Sie schlug mit den Beinen voraus auf, und ein heißes Stechen zuckte durch ihr linkes Knie. Leise schrie sie auf und sah sofort nach oben. Lichtschein stieß auf sie nieder, brüllend zwängte sich eine Flammenwolke durch den Schacht auf sie herab.

Silena sprang aus dem Kamin und rollte sofort nach links, warf sich hinter ein Möbelstück in Deckung. Unmittelbar darauf schoss der schwarze Feuersturm pfeifend aus der Kaminöffnung, leckte über die Einrichtung und steckte die leichteren Stoffe in Brand, bis er versiegte.

Sie robbte auf allen vieren zur Tür hinaus, hustete und keuchte, spuckte Rußpartikel aus und entkam dem sich ausbreitenden Brand.

»Feuer«, schrie sie warnend und klopfte gegen alle Türen, an denen sie vorbeikam, bis sie endlich das Treppenhaus erreicht hatte.

Sie hatte Glück gehabt. Außer dem gestauchten Knie, einigen Abschürfungen und leichten Verbrennungen war sie gut davongekommen. Es würde ausreichen, um in die Saint zu steigen und dem verdammten Monstrum eine Lanze in den Hintern zu bohren.

Silena öffnete die Tür – und starrte auf die kokelnden Überreste dessen, was einst der Phänomen gewesen war. Hinter dem Steuer saß ein verbranntes Skelett, das in Teilen erhalten geblieben war. Der Kopf und die Verdeckaufbauten des Wagens fehlten.

»Nein, verflucht.« Sie betrachtete vorsichtig den Himmel, ob sich der Drache nochmals zeigte, aber sie entdeckte nichts.

Dichter Rauch zog an ihr vorbei, Menschen schoben sie einfach zur Seite und rannten auf die Straße, um sich vor dem ausbreitenden Feuer in Sicherheit zu bringen. Das Weinen von erschrockenen Kindern mischte sich unter Fußgetrappel, das Rufen von Erwachsenen und dem leisen Knistern der Flammen.

Silena wandte sich um, stemmte sich dem Strom der Flüchtenden entgegen und eilte durch den Gang zur Rückseite des Gebäudes. Sie musste herausfinden, was der Drache im Hinterhof gewollt hatte. Zufälle gab es bei diesen Monstern nicht.

V.

»Es liegt auf der Hand: Das Officium arbeitet in ganz Europa und besteht auf seinem Monopol. Es sind Ausbeuter, Unterdrücker im falschen Glorienschein, nichts Besseres als ärgste Kapitalisten. Bei diesem Potenzial an Kämpferinnen und Kämpfern sollten sie die Drachen schon längst ausgerottet haben – aber nein: Immer wieder tauchen neue auf. Ich werde den Beweis erbringen, dass sie die Biester selbst züchten.«
Alexander Lenin

aus dem Bericht »Das Officium – Die heimliche Macht«
in »Kommunistische Wahrheit« vom 6. September 1924

16. Januar 1925, Hauptstadt London, Königreich Großbritannien
Silena öffnete das Fenster und stieg hindurch auf den Hinterhof. Auch hier galt ihr erster Blick dem Himmel und den Dächern, aber der Drache blieb unsichtbar. Ebenso war der geheimnisvolle Mann am Fenster verschwunden.

Rein von den Umrissen her hätte es der russische Spiritist sein können, Zadornov, der sie gebeten hatte, ihn zu töten. Aber sie verwarf diesen Einfall rasch. Es wäre ihm niemals möglich gewesen, so schnell nach London zu gelangen und sich an ihre Fersen zu heften. Weit mehr beunruhigte sie, dass das fünfköpfige Scheusal Zadornovs Beschreibungen bis in die letzte Schuppe glich.

Silena untersuchte den Hinterhof und erkannte am Haus gegenüber im ersten Stockwerk die Spuren von Drachenwirken: Die armdicken Gitterstäbe vor einem Fenster waren auseinander gerissen und zur Seite gebogen, die Scheibe dahinter eingeschlagen.

»Seit wann sind Drachen gewöhnliche Einbrecher?«, murmelte sie und überquerte den Hof.

Als sie die Strecke zur Hälfte zurückgelegt hatte, öffnete sich eine Tür, und ein kleiner, dicker Mann in einem karierten Morgenmantel und braunen, abgewetzten Puschen trat hinaus. Das dünne, schwarzgraue Haar stand nach allen Richtungen ab. In der Hand hielt er eine Taschenlampe; er schaltete sie ein und richtete den blendenden Strahl gegen Silena.

»Weg von meinem Laden, Gesindel!«, brüllte er sie an. »Mögen eure Wohnungen brennen, so gibt es euch dennoch nicht die Erlaubnis, einfach so …« Er verstummte, der Strahl wanderte auf ihr hin und her. »Verzeihung«, sagte er kleinlaut und schaltete die Lampe aus. »Ich habe nicht gesehen, dass Sie eine Drachentöterin sind … Großmeisterin. Sind Sie verletzt?«

»Nichts Schlimmes. Sie wissen, was Ihnen diesen Schaden verursacht hat?«, erkundigte sie sich und ging über die Unhöflichkeit weg.

Er kratzte sich am Kopf. »Einer von diesen Schweinen, die sonst auch versuchen, in mein Geschäft einzusteigen. Aber dieses Mal«, er schaltete die Lampe ein und beleuchtete den Schaden. »Good heavens! Das erklärt den Lärm, der mich geweckt hat.«

Silena sah über die Schulter zum Haus, in dem die Feuerwehr gerade mit den Löscharbeiten anfing und die letzten Bewohner der oberen Stockwerke die Treppe nach unten und auf die Straße scheuchte. Sie konnte genau durch die Scheiben verfolgen, wie die Brandlöscher vorgingen und die Flammen mit Wasser erstickten.

»Nein, Sir. Dieser Versuch geht auf einen fünfköpfigen, schwarzen Drachen zurück. Die Spuren sind eindeutig, dafür braucht man keinen Sherlock Holmes und kein Scotland Yard.«

»Jetzt verstehe ich! Sie hatten ihn verfolgt und in die Flucht geschlagen, Großmeisterin, Sir.« Endlich erinnerte er sich, dass er sich nicht vorgestellt hatte, und streckte eine dickliche Hand hin, die voller protziger Ringe war. »Scottings. James Scottings.«

Silena nickte ihm zu und ignorierte die dargebotene Hand. »Mister Scottings, weswegen sollte ein Drache bei Ihnen im Hinterhof landen und versuchen, durch dieses Gitter zu gelangen?«

»Keine Ahnung.« Nicht wirklich beleidigt, senkte er die Hand.

»Was für eine Art Laden führen Sie, Mister Scottings?«

»Pfandleiher, Großmeisterin.« Er lachte falsch. »Ich wüsste nicht, warum sich ein Wurm bei mir Zutritt verschaffen wollte. Eine Taschenuhr wird er ja wohl nicht gebrauchen können.« Scottings lachte laut und anhaltend über seinen eigenen Witz. »Sie vielleicht?«

»Nein danke.«

»Na, mein bestes Modell habe ich ohnehin gerade verkauft. Ein schönes goldenes Stück, das mal Peter dem Großen gehört haben soll. Hat mir der Russe mit dem Zylinder doch glatt ...«

»Ein Russe mit Zylinder?« Silena starrte ihn entgeistert an. »Hieß er Zadornov?«

»Einen Namen hat er mir nicht genannt, aber die Art, wie die Russen Englisch sprechen, ist ziemlich einzigartig, Großmeisterin, Sir.«

Silena schwieg und schob ein leeres Fass unter das zerstörte Fenster, erklomm es unter Schmerzen und betrachtete die Stelle genauer. Sie war sich sicher, dass es Zadornov gewesen war. Aber wie, zum Teufel, war es dem Verrückten gelungen, gleichzeitig mit ihr London zu erreichen? Sie erinnerte sich an die Abmessungen des Drachen und überschlug, wie weit er mit den Armen in das Lager des Pfandleihers geragt haben könnte, um etwas an sich zu nehmen. »Darf ich mir den Raum ansehen, Mister Scottings?«

»Weswegen?«, knurrte er überrascht.

»Weil ich überprüfen möchte, ob einer dieser Gegenstände, die Sie in Kommission von einem Kunden übernommen haben, gegen das Drachenkörperteilhandelsverbot verstößt«, gab sie ungerührt zurück und wartete seine Antwort erst gar nicht ab. Scottings verbarg etwas. Als sie ansetzte, ins Innere zu steigen, packte er sie am Hosenbein.

»Sie werden meinen Laden nicht betreten, Großmeisterin!«, erklärte er barsch. »Nicht bevor Leute von der Versicherung und von der Polizei hier waren und den Tatort gesichert haben. Ich möchte den Schaden erstattet haben.«

»Ich werde aufpassen«, versprach sie, aber seine Hand blieb, wo sie war. Sie entdeckte eine Skizze am Boden, auf der eine Kugel abgebildet war. Wenn sie es in diesem Licht richtig erkannte, besaß sie einen dunkelgelben, honigfarbenen Ton und war mit etlichen Linien versehen. Mit ein wenig Fantasie konnte sie Europa sowie Teile Afrikas erkennen. Kontinente?

»Steigen Sie vom Fass, Großmeisterin. Ich gebe Ihnen nicht die Erlaubnis dazu, meinen Laden zu betreten.« Scottings klang nun drohend, die Rechte hielt die Taschenlampe schlagbereit umklammert.

Jetzt *musste* sie nahezu in den Laden, die unerklärliche Reaktion des Pfandleihers erforderte es, dass sie die einzelnen Gegenstände gründlich erforschte und ihre Herkunft klärte.

Silena überlegte, ob sie den Mann mit einem Tritt außer Gefecht setzen und den Laden auf den Kopf stellen sollte, da erschienen zwei Polizisten, die wie Silena durch das Fenster des Nachbarhauses gestiegen waren. Zum Schutz gegen den Rauch im Treppenhaus hatten sie feuchte Tücher vor Nase und Mund gelegt.

»Gut, dass Sie kommen, Constables.« Scottings senkte den Arm mit der Lampe und ließ auch Silenas Bein los. »Ich wurde Opfer eines Verbrechens. Diese Drachentöterin hier meinte, sie habe beobachtet, wie sich ein schwarzes Scheusal an den Gitterstäben zu schaffen gemacht hatte. Würden Sie bitte den Tatort sperren und untersuchen, damit ich etwas habe, was ich der Versicherung melden kann?«

Der kleinere der Bobbies nickte, nahm das Tuch ab. »Selbstverständlich, Sir.« Er blickte Silena an. »Großmeisterin, würden Sie bitte vom Fass steigen? Solange die Untersuchung durch unsere Spezialisten nicht abgeschlossen ist, muss ich Sie bitten, nichts anzufassen.«

»Es geht hier immerhin um ein Delikt, in das ein Drache involviert ist, Constable«, antwortete sie in gewohnt rauer Manier. »Ich denke schon, dass ...«

»Im Augenblick, Großmeisterin, sieht es für mich aus wie ein Einbruch, und dabei spielt es zunächst keine Rolle, ob er von einem Drachen, einem Hund oder einem Menschen begangen wurde«, fiel er ihr ins Wort. »Unsere Leute werden die Spuren untersuchen und Sie wissen lassen, zu welchen Erkenntnissen sie gelangt sind.« Er trat näher an das Fass heran, pochte mit dem Schlagstock dagegen und zeigte mit dem Knüppel auf den Boden. »Wären Sie so freundlich, Großmeisterin?«

Silena sprang auf den Boden und knickte dabei ein, das angeschlagene Knie versagte den Dienst. Wenn sie der andere Polizist nicht aufgefangen hätte, wäre sie auf die Pflastersteine des Hofs gestürzt. »Danke.« Sie sah noch einmal zum Fenster, doch der Mann mit dem Zylinder war verschwunden. Er hatte wohl genug gesehen.

»Großmeisterin, der Phänomen vor dem Haus, gehört er Ihnen?«, fragte der Bobby, der sie vom Fass gezwungen hatte.

»Ja. Mein Fahrer wurde Opfer des Drachen, und was er mit mir angerichtet hat, sehen Sie ja.«

»Ich lasse Sie in Ihr Hotel fahren, Großmeisterin«, bot er ihr an, und sie willigte ein.

Als sie durch den Hof auf die Straße trat, war diese voller Schaulustiger. Menschen drängten sich an der Absperrung, die von den Bobbies errichtet worden war, um die Löscharbeiten am Haus zu verfolgen oder den zerstörten Phänomen zu begaffen. Unter ihnen befanden sich etliche spärlich bekleidete Leute, ehemalige Bewohner des Hauses, die aus dem Schlaf gerissen und nur mit den Sachen am Leib ins Freie geflüchtet waren. Es wurde gerufen und gesprochen, die vielen Stimmen verschmolzen zu einem Lärmen, das anschwoll, als Silena erschien. Jemand zeigte auf sie, zwei Reporter wollten sich zu ihr durchdrängeln, wurden aber von den Polizisten aufgehalten.

Silena sah zum kokelnden Automobil, Wut und Trauer durchfuhren sie. Sepp hatte einen solchen Tod nicht verdient, zumal er vollkommen sinnlos war. Es sprach einmal mehr dafür, Drachen rigoros auszulöschen. Sie spürte den Verlust ihres Fahrers, den sie beinahe als guten Freund betrachtet hatte, und konnte sich nur zu gut vorstellen, was seine Familie empfinden würde, wenn sie von dem Tod erfuhr. Silena würde wenigstens dafür sorgen, dass das Officium eine stattliche Witwenpension bezahlte.

Mit einer Mietdroschke ging es quer durchs nächtliche, verregnete London hinaus auf den Flughafen, wo ihre Mannschaft wartete und nicht ahnte, was ihrer Anführerin, Sepp und dem Phänomen zugestoßen war.

16. Januar 1925, Hauptstadt London, Königreich Grossbritannien
Silena hielt nichts auf dem Flughafen.

Sobald sie von der Staffelärztin behandelt und verbunden worden war sowie sich umgezogen hatte, kehrte sie mit einem geliehenen Fahrzeug, einem alten deutschen Wagen der Marke Heim, nach London zurück, um sich das Geschäft des Pfandleihers Scottings vorzunehmen. Die Männer von Scotland Yard hatten die Beweisaufnahme sicherlich abgeschlossen, jetzt wurde es zu ihrem Fall. Einem Drachenfall.

Der Regen hatte nachgelassen und war von dichtem Nebel abgelöst worden. Wer schneller als mit Schrittgeschwindigkeit durch die Straßen fuhr, riskierte schwere Unfälle, vom Steuern und Landen eines Flugzeugs ganz zu schweigen. Andererseits galten diese schlechten Wetterbedingungen auch für den Drachen.

Es war drei Uhr in der Früh, als Silenas Fahrer das Automobil in der Straße anhielt, die sie wenige Stunden zuvor verlassen hatte.

Ein Fuhrunternehmen war eben damit beschäftigt, die verkohlten Reste des Phänomen über Rampen auf die Ladefläche eines Lastwagens zu ziehen. Daneben und halb auf der Straße stand ein schmuckloser Sarg, in dem Sepps verbrannter Leichnam lag.

Silena stieg aus dem Wagen und humpelte auf den Sarg zu, legte kurz die Hand auf das Holz und sandte Sepp ein stummes Gebet. Er hatte sie drei Jahre lang gefahren, auf den verschiedensten Straßen der Welt, und immer war es gut gegangen. *Es tut mir leid. Ich kriege das Monstrum, das schwöre ich.* Sie seufzte und verbot sich die Tränen, die aufzusteigen drohten. Damit konnte sie Scottings nicht beeindrucken.

Sie näherte sich der Eingangstür des Ladens und klopfte hart dagegen. Als sich nichts tat, bediente sie den Seilzug der Klingel so lange, bis sich Lichtschein durch das gläserne Treppenhaus nach unten bewegte. Scottings öffnete ihr. »Sie schon wieder, Großmeisterin?!«

»Wie ich gesehen habe, ist Scotland Yard abgezogen. Demnach haben Sie keinen Grund mehr, mich von dem Ort des Verbrechens fernzuhalten.« Rasch stellte sie einen Stiefel in die Tür. »Wenn Sie mich jedoch vertrösten wollen, komme ich in wenigen Minuten mit einer Einheit Bobbies zurück, die mir notfalls die Tür aufbrechen. Im Namen der Queen, Sir.«

»Ja, ja, schon gut.« Er machte einen Schritt zurück und ließ sie eintreten. »Gehen Sie durch, bis zum Ende, dann sehen Sie das Loch und spüren den Wind.«

»Sie wollen mich nicht begleiten? Dabei haben Sie einen so besorgten Eindruck auf mich gemacht.« Sie betrat den Gang und nahm Scottings die Petroleumlampe aus der Hand.

»Ich lasse Ihnen den Vortritt, da Sie so unglaublich darauf erpicht sind, alles zu inspizieren.« Scottings lächelte voller Falschheit.

Silena schritt die Regale ab, die voller beschrifteter Kisten standen. Scottings konnte mit dem, was er an Dekorartikeln, Geschirr, Möbeln und Besteck hier eingelagert hatte, ein ganzes Schloss einrichten. Das aufgebrochene Fenster befand sich in einer mit einer eigenen Gittertür gesicherten Sektion, in der Schmuck aufbewahrt wurde. Silenas grüne Augen richteten sich auf einen Tresor, dessen Tür aus den Scharnieren gerissen war und auf dem Boden lag. Die Skizze, die sie zuvor gesehen hatte, war verschwunden.

»Das hat den Lärm verursacht, von dem ich erwachte«, erklärte er ihr geflissentlich und lehnte sich an die Gittertür. »Verdammte Drachen, Großmeisterin! Sie stehlen alles, was glänzt, habe ich Recht?«

»Demnach befand sich Schmuck in dem Panzerschrank, Sir?« Sie beugte sich nach unten und wäre viel lieber in die Hocke gegangen, was ihr schmerzendes Knie nicht erlaubte. Das Innere war leer wie ein hohler Zahn, der Drache hatte alles, was sich darin befunden hatte, an sich gerissen. Silena unterstellte Scottings, dass er die Zeit ihrer Abwesenheit genutzt hatte, um Dinge in Sicherheit zu bringen, deren Anblick eine Drachentöterin gegen ihn aufbringen würde.

»Ausschließlich, Großmeisterin: zwei Diademe, vier Broschen und drei Paar Manschettenknöpfe, alles von herrschaftlichen Kunden, die sich genötigt sahen, sie wegen ihrer Schulden gegen Geld einzutauschen.«

Silena erkannte am Tonfall, dass es Scottings Spaß bereitete, sie anzulügen.

»Vielleicht noch eine gravierte Kugel?«

Sie fuhr mit dem Finger prüfend über die leeren Fachböden, roch daran und leckte die Fingerspitze vorsichtig ab. »Sir, kann es sein, dass Sie versuchen, eine Drachentöterin an der Nase herumzuführen?«, sagte sie kalt und drohend, dabei wandte sie sich zu ihm um und wies ihm ihren Finger.

»Nein, das versuche ich nicht, Großmeisterin!«, beteuerte Scottings und wirkte plötzlich nicht mehr so sicher. »Da war niemals eine Kugel. Wie kommen Sie bloß darauf?«

»Weil ich, Mister Scottings, Spuren von Drachenüberresten erkenne, wenn ich welche sehe, und mögen sie dabei noch so klein und staubig erscheinen«, erklärte sie. »Also, was haben Sie mir zu sagen? Warum hat der Fünfender bei Ihnen eingebrochen? Und dieses Mal keine Ausflüchte, Sir!«

»Es waren versteinerte Dracheneier!«, brach es aus ihm heraus. »Ich wusste nicht, dass sie für Drachen noch von Bedeutung sind. Ein Kunde gab sie mir gegen zehntausend Pfund. Er ist letzte Woche verstorben, und ich wollte sie gerade zu Geld machen, als dieses Monstrum auftauchte und mich ausraubte.«

»Versteinerte Dracheneier? Woher stammen sie, Sir?«

»Da hätten Sie meinen Kunden fragen müssen, Großmeisterin. Ich weiß es nicht und will es auch gar nicht wissen.« Er zwängte seinen Hintern ins dritte Regal und setzte sich, stützte das bleiche Gesicht in die Hände. »Oh, am Ende waren diese Dinger gar nicht versteinert, und ich hatte die Mutter am Hals, die ihr Gelege suchte!«

»Wenn es so ist, können Sie sich glücklich schätzen, dass sie wieder fort ist.« Silena grinste. Sie hatte natürlich nichts außer Staub geschmeckt, aber ihr Trick hatte genügt, um Scottings zum Geständnis zu bewegen. Dracheneier also. Oder war dies doch nur eine neue Lüge des Mannes? Um sie von der eigentümlichen Kugel abzulenken? »Gut, Sir, gehen Sie wieder ins Bett, nachdem Sie mir die Adresse Ihres Kunden genannt haben.«

»Er ist tot, Großmeisterin, das sagte ich Ihnen bereits.«

»Aber sein Haus wird noch stehen, nehme ich an, oder wurde es zusammen mit ihm beerdigt? Es wäre mir neu, dass London so große Friedhöfe besitzt.« Sie humpelte zur Tür. »Wissen Sie, ich denke in der Tat, dass es sich dabei um intakte Eier handelte«, erklärte sie ihm auf dem Weg zum Ausgang und tat so, als glaube sie ihm dieses Mal vorbehaltlos. »Der Kunde wusste, dass ein Gelege so anziehend auf die Mutter wirkt wie Honig auf einen Bären, und aus diesem Grund wird er die Eier bei Ihnen eingelagert haben.« Vor der Tür blieb sie stehen. »Er nahm gewiss an, dass die Gitter und der Tresor genügen würden, um sie vor dem Drachenweibchen zu schützen, Sir.«

Scottings fuhr sich wieder über die hohe Stirn. »Bloody Bastard«, fluchte er. »Wie gut, dass er schon gestorben ist, sonst würde ich Sie begleiten und ihn eigenhändig erschlagen. Der Mann hieß Frederic

Gisborn.« Er nannte ihr die Straße. »Das Anwesen wird von seinem Diener verwaltet, bis die Anverwandten und Erben aus Schottland angereist sind. Der Name des Dieners ist Benson.«

»Danke, Sir.«

Der Pfandleiher schluckte. »Muss ich mit einer Strafe rechnen, Großmeisterin?«

»Weil Sie mit verbotenen Gegenständen Handel betrieben haben, Sir? Weil Sie mich angelogen haben?« Silena zog die Brauen zusammen. »Ich werde darüber nachdenken. Sollte Ihnen in Zukunft wieder verdächtiges Material angeboten werden, zögern Sie nicht und erstatten Sie sofort Meldung bei einer unserer Niederlassungen.« Sie nickte in Richtung Tresor. »Dass Ihnen nichts geschehen ist, dürfte reiner Zufall gewesen sein. Begehen Sie den Fehler nicht ein zweites Mal.«

»Sicher nicht, Großmeisterin«, stimmte Scottings erleichtert zu. »Das schwöre ich bei allen Drachenheiligen!«

Sie humpelte hinaus und stieg in den Heim, nannte dem Fahrer die Adresse und legte das Knie hoch, damit es entlastet wurde. Es klopfte und pochte und beschwerte sich gegen die Anstrengung, doch Silena konnte es ihm nicht ersparen.

»Dracheneier«, schnaubte sie, schüttelte den Kopf und sah aus dem Fenster. Es konnte möglich sein – aber wie wahrscheinlich war es, dass es sich um solche handelte?

Das Gelege eines großen Drachen zu stehlen, wagten nur Wahnsinnige. Drachentöter vernichteten die Brut, geschlüpft oder nicht, an Ort und Stelle. Manche Spezies brachten ihre Nachfahren lebend zur Welt, aber die meisten legten Eier. Und niemand hielt eine wütende Mutter auf, weder unter den Menschen noch unter den Drachen.

Stimmte die Geschichte mit den Eiern, so hatte London großes Glück gehabt, dass der schwarze Drache nicht über die Stadt hergefallen war und einen Großteil in Brand gesteckt hatte, ehe Drachentöter oder Jäger zur Abwehr eingetroffen wären.

»Ist Havock deswegen hier? Wusste sie von den Eiern?«, murmelte Silena. Sie entwarf ein Dutzend Theorien, doch erst die Unterhaltung mit Benson würde ihr neue Erkenntnisse bringen. Sollte tatsächlich jemand ein Gelege gestohlen haben, musste er gefasst und eingesperrt werden. Zur Abschreckung. Sonst würde er bald Nachahmer finden.

Scheppernd verbog sich das Metalldach des Heim, es rumpelte dumpf. Ein schwerer Gegenstand war auf das Automobil geworfen worden, die Fenster barsten splitternd.

Der Fahrer verriss vor Schreck das Steuer, ihre Fahrt verlief einige Meter über den Bürgersteig und endete knapp vor einem Laternenpfahl.

Silena war vor die Sitzbank auf den Boden gerutscht, hielt die Luger in der Hand und die Mündung nach oben auf den durchgebogenen Wagenhimmel gerichtet. »Wissen Sie, was das war?«, fragte sie und sah, dass rote Flüssigkeit über die gesprungene Heckscheibe rann und vor ihr durch das zerstörte Seitenfenster lief. Blut.

»Großmeisterin, hier hängt ein Arm runter«, stammelte der Fahrer, der nun die Beifahrertür mit Gewalt öffnete und ausstieg. »Mein Gott … Da liegt eine Frau auf dem Dach!«, rief er entsetzt.

Silena stieg ebenfalls aus und spähte suchend in den Nebel, der alles verschluckte, was weiter als fünf Armlängen von ihnen entfernt war. Doch sie sah nichts Verdächtiges. Erst dann betrachtete sie die Frau, die rücklings auf den Heim geprallt war.

Der Sturz hatte sie nicht umgebracht, sie war vorher schon tot gewesen. Lange Schnitte, die von spitzen, scharfen Krallen herrührten, führten durch den schwarzen Morgenmantel sowie das dünne Nachthemd darunter; sie reichten vom Unterleib aufwärts bis zum Hals. Unter den Achseln hatte sich die Kleidung ebenfalls rot gefärbt, die Löcher im Stoff verrieten Silena, dass die Frau dort von Klauen gepackt worden war.

»Denken Sie auch an den Drachen, der Sie anfiel?«, meinte ihr Fahrer und wich bis zur Hauswand zurück, um das sichere Mauerwerk im Rücken zu spüren.

»Keine Frage. Aber er hat eine seltsame Art, uns zu zeigen, dass er weiß, wo wir sind«, meinte sie nachdenklich und schaute in das Gesicht der Toten. Sie war Mitte sechzig, und ihrem Gesicht hatte der Schrecken des Erlebten eine Maske angelegt. »Ich verstehe die Tat nicht. Im Grunde hätte er uns ebenso leicht angreifen und vernichten können. Weswegen verzichtete er darauf?«

»Um uns die Tote anzulasten?«

Silena verzog die Mundwinkel. »Ein törichter Gedanke, nicht wahr? Sie liegt auf unserem Dach, nicht auf unserem Kühler, demnach wird man leicht erkennen, dass wir sie unmöglich überfahren haben.« Sie überprüfte die beringten Finger der Frau, suchte nach Hinweisen, weswegen sie den Tod verdient haben könnte, und fand nichts.

Absonderlich waren die Kleider, welche die Tote trug. Der Drache musste sie unmittelbar aus dem Bett gezerrt haben – oder hatte sie am Fenster gestanden und frische Luft in ihr Zimmer gelassen? Jedenfalls ging man nicht in Morgenmantel und Nachthemd auf die Straße, um sich von einem Fünfender rauben und aufschlitzen zu lassen. Silena vermutete, dass mehr hinter dem Mord steckte.

»Auf alle Fälle müssen wir die Polizei holen. Sie bleiben beim Wagen, ich gehe zum Haus von Gisborn. Es ist ja nicht mehr weit, sagten Sie vorhin.«

Der Fahrer rührte sich nicht von der Stelle, nickte und rief laut nach den Bobbies, während sich die Drachentöterin durch den Nebel auf den Weg begab. Sie fürchtete seltsamerweise nicht, angegriffen zu werden, der Lanzensplitter ihres Amuletts glühte nicht. Das Monstrum betrieb irgendein Spiel, dessen Sinn sich ihr nicht erschloss. Es hatte sein Gelege zurück, also was, bei allen Heiligen, wollte es noch in London?

Das Anwesen von Gisborn schälte sich aus dem Nebel, ein Herrenhaus, eingekeilt zwischen anderen Häusern in der Mince Lane, mit verschnörkelter Eingangstür und einer roten Backsteinfassade, Fensterbänken aus solidem schwarzem Marmor und weißen Fensterläden.

Silena humpelte die Stufen hinauf, betätigte den Türklopfer und wartete. Auf dem polierten Silberschild neben der Tür stand *Frederic Gisborn, Séancier und Schüler des berühmten Daniel Dunglas Home.*

Sie atmete tief ein. Jetzt glaubte sie nicht mehr an die Verstrickung von Zufällen. Zuerst dieser Zadornov, dann der Selbstmord eines Spiritisten in München, jetzt die Spur der Dracheneier zum nächsten Medium. Es klang allmählich nach einer Verschwörung.

»Wir hätten Jagd auf sie statt auf die Drachen machen sollen«, brummte Silena vor sich hin und betätigte den Klopfer erneut. Das

Officium würde ihren Bericht mit großem Interesse lesen und vielleicht wirklich eine Unterabteilung bilden, um diese Personen im Auge zu behalten. Oder der Inquisition einen Wink geben, schärfer gegen die modernen Hexen und Hexer vorzugehen.

Unvermittelt öffnete sich die Tür, ein unrasiertes Männergesicht mit einem buschigen braunen Backenbart lugte verschlafen aus dem Spalt hervor. »Sind Sie verrückt?«

»Mister Benson?«

»Wer will das wissen?« Er rieb sich die Augen, kniff sie zusammen und schob sich eine Brille auf die Nase. »Sie sind eine Drachentöterin?«

»Ich bin Großmeisterin Silena und wegen Ihres verstorbenen Arbeitgebers hier, Sir. Kann ich drinnen mit Ihnen sprechen?«

»Um diese Uhrzeit?«, entrüstete er sich.

»Es ging nicht anders. Ich musste zuerst noch den Angriff eines Drachen über mich ergehen lassen«, erwiderte sie spitz. »Ich möchte herausfinden, ob Mister Gisborn ein Drachengelege bezogen hatte und was er damit bezweckte.« Sie legte eine Hand gegen die Tür und schob sie mit sanfter Gewalt auf. »Ich kann die Bobbies rufen, wenn Sie sich weigern, mir bei meinen Ermittlungen zu helfen, Sir. Wir können unsere Unterhaltung auf der nächsten Wache fortführen, doch ich denke, dass es nicht nötig sein wird, oder?«

Benson seufzte und gewährte ihr Eintritt. »Folgen Sie mir in den Salon, Großmeisterin. Ich werde berichten, was ich weiß, auch wenn ich an der Geschichte mit den Dracheneiern zweifle.« Er führte sie durch ein stockdunkles Haus, und während Silena an Möbelstücken und Türrahmen hängen blieb, bewegte er sich mit traumwandlerischer Sicherheit vorwärts. Er hatte die Anstellung bei Gisborn sicherlich schon lange inne.

Im Salon entzündete er Gaslichter, bot ihr einen großen Ohrensessel und einen Sherry an. Den Alkohol lehnte sie ab und setzte sich, während er sich ein Glas einschenkte.

»Man könnte meinen, dass Sie der neue Herr sind, Mister Benson«, merkte sie an und betrachtete ihr Gegenüber. Er hatte dunkle Haare und trug einen grün-braun karierten Morgenmantel, die Füße waren barfuß.

»Weil ich die Bar plündere?« Er setzte sich aufs Sofa, nahm eine

Pfeife zur Hand und stopfte sie mit großer Routine. »Nein, Großmeisterin. Ich bin nicht der neue Herr, er wird für übermorgen erwartet. Aber ich gebe dem Haus das Gefühl, nicht gänzlich verlassen zu sein. Es fühlt sich so wohler, und so hat es sich Sir Gisborn gewünscht.«

»Ein Haus besitzt keine Seele, Sir.«

»Warum nicht? Es wurde von Menschen erbaut, sie gaben ein Teil ihrer Kraft, um die Mauern zu errichten. Nach meiner Ansicht ruht diese Kraft und damit ein Stückchen Seele in dem Gebäude.« Er steckte den Tabak mit einem Streichholz in Brand, paffte und stieß die Rauchwolken rasch aus dem Mundwinkel aus, ehe er ins langsame, genussvolle Rauchen überwechselte. »Lassen wir das. Es ist vergebliche Mühe, sich mit einer Angehörigen der Kirche auf eine Diskussion dieser Art einzulassen«, sagte er mit einem Schmunzeln, schlug die Beine übereinander und wirkte wie ein Lord und Gentleman, nicht wie ein Butler. »Wie kommen Sie darauf, dass Sir Gisborn Dracheneier besaß?«

Silena erzählte im Groben, was in der Nacht bislang vorgefallen war, sparte den Tod der älteren Frau aus und fragte: »Was wissen Sie über die Gegenstände in Mister Scottings Tresor?« Sie stockte. »Und über eine gravierte dunkelgelbe Kugel?«

Dichter Tabakqualm zog durch den Salon und schien dem Nebel vor dem Fenster Konkurrenz machen zu wollen, es roch nach Vanille und Rum. »Nichts.«

»Das klang eben noch anders, Sir.«

»Damit meinte ich, dass Sir Gisborn keine Dracheneier besaß. Somit kann ich nichts darüber wissen.«

»Ich hatte nicht den Eindruck, dass es Mister Scottings wagte, mich anzulügen«, bluffte Silena und versuchte, den ominösen, sehr selbstsicheren Butler besser einzuschätzen. Er musste das Herrendasein sehr lange geübt haben. Sie nahm die Silbermünze hervor, und schon wanderte sie über die Knöchel hin und her. »Dann stelle ich Ihnen eine andere Frage, Sir. Wie kam Mister Gisborn ums Leben?«

»Sein Körper starb während einer Séance, Großmeisterin, aber seine Seele lebt fort.«

»Schildern Sie mir die Umstände, Mister Benson.«

»Es hat wohl nichts mit diesen Dracheneiern zu tun, also sehe ich keinerlei Bedarf, das Schicksal …«

Ihre Augen richteten sich auf Bensons Gesicht. »Sir, ich habe Ihnen eine Frage gestellt, und das gewiss nicht zu meinem Vergnügen.«

»Es war eine Séance inter pares, unter Gleichen und ohne Außenstehende. Sir Gisborn und vier andere Medien verfolgten eigene Interessen, Großmeisterin. Eine private Angelegenheit.«

»Wer war noch daran beteiligt?«

Benson nutzte die Pfeife, um sich einzunebeln und den bohrenden Blicken zu entgehen. »Ich weiß es nicht. Ich hatte an jenem Abend frei.«

Ohne zu erklären, was sie beabsichtigte, erhob sich Silena, steckte die Münze ein und humpelte zum Ausgang.

»Was tun Sie da, Großmeisterin?« Neugierig blickte er ihr hinterher, schwenkte das Sherryglas und nippte daran. »Sie verlassen mich früh.«

»Ganz im Gegenteil. Ich suche das Arbeitszimmer Ihres Herrn, Sir. Da Sie nicht gewillt sind, mir bei dem Fall zu helfen, muss ich mich auf meine eigenen Augen und Erkenntnisse verlassen.«

Benson sprang wie von einer Ratte gebissen in die Höhe und eilte ihr hinterher. »Großmeisterin, das darf ich keinesfalls erlauben! Die neuen Herrschaften werden sehr, sehr zornig auf mich sein, wenn ich von Ihrem Verhalten berichte, und sicherlich eine Eingabe an Ihre britische Niederlassung machen.« Er überholte sie und stellte sich mit ausgebreiteten Armen vor eine zweiflügelige Tür.

Sie hinkte heran und blieb eine Fingerlänge entfernt vor ihm stehen. »Sie werden unverzüglich zur Seite treten, Sir. Sie mögen den Morgenmantel eines Herrn tragen, aber Sie sind nichts weiter als ein Lakai, der die Gunst der Stunde nutzt«, sagte sie mit bedrohlich gesenkter Stimme. »Wenn Ihre Seele nicht auf immer in diesem Gemäuer bleiben soll, Mister Benson, rate ich Ihnen, mir den Weg freizugeben. Sie wissen, was eine Drachentöterin im Rahmen einer Untersuchung darf und was nicht.«

Der Blick reichte aus, um den Diener zu vertreiben. Silena öffnete die Tür und trat in den Raum, der über und über mit Büchern gefüllt war. Sie standen in Regalen bis zur Decke, sie lagen auf Tischen und am Boden, aufeinander und nebeneinander, aufgeschlagen und geschlossen. Zwei Stapel ruhten auf dem Schreibtisch am Fenster, geöffnet und übereinander geschichtet.

»Sir Gisborn hat an einem Projekt gearbeitet, wie es aussieht?« Sie ging auf den Tisch zu und nahm daran Platz, überflog die ausgebreiteten Seiten. Es waren mittelalterliche Schriften und moderne Landkarten, Aufzeichnungen aus dem 14. Jahrhundert und Berichte über Drachensichtungen in der Gegenwart. »Gab es einen Tresor, Mister Benson?«

»Nein.«

Sie sah kurz von ihrer Lektüre auf – ein nahezu tödlicher Blick.

»Es gab einen«, räumte er ein, schritt zu einem Bord und öffnete es. Hinter einer Reihe aus falschen Buchrücken lag die Tür eines kleinen Panzerschrankes, gesichert mit einem Zahlenschloss.

»Öffnen Sie es, bitte.«

»Ich weiß die Kombination nicht, Großmeisterin«, gestand er. »Sonst hätte ich darin längst nach meinem Lohn für die letzten beiden Wochen gesucht.«

Silena schenkte ihm keine Beachtung; ihre ganze Aufmerksamkeit galt einem Auszug des Werkes der heiligen Hildegard von Bingen, in dem sie über Basilisken und Drachen schrieb. Darunter entdeckte sie die Abschrift eines Textes, der dem Vermerk nach im Original wohl aus einer Handschrift des 15. Jahrhunderts stammte.

Der Drac tut nicht nur schauen und fressen, fliegen und plündern, verwüsten und Feuer speien.

Manch alt Gewürm hat sich dem Bösen angetragen, Schlimmstes den Menschenkindern anzutun und um die Macht der Hexerei gebeten. Sie tragen das Verderben im Kopf.

Daher vermögen sie Unwetter und Gewitter heraufzubeschwören, blasen Wetterwolken in die blauen Himmel, schleudern Blitze und schnauben dicken Nebel, alsweil lassen sie die Masten der Schiffe glühen und reißen Sterne vom Himmel, die in einem Funkenschweif nachts zur Erde fallen.

Und siechen die Leut in einem Dorf arg schnell, hat sie der Fluch des Gewürms getroffen, und sie seien alle verloren, sofern nicht Hilfe naht.

An die Zauberkunst der Drachen entsann sich Silena nicht. Weder die Schriften von Ambrosius, Herodot, Isidor, Cassiodor, Solinus noch die von Plinius erwähnten solche Hexerei; in den Bestiarien des Mittelalters, wie im Physiologus oder in Conrad von Megenbergs Buch der Natur, das auch Rezepturen zur Drachenabwehr gab, stand ihrer Meinung nach nichts darüber ... oder? Sie musste noch einmal ihre Unterlagen durchsehen, sie war im theoretischen Teil nie besonders gut gewesen. Ihr Vater hatte sie von Kindesbeinen an »eine Frau der Tat« genannt. Wie an der Essensausgabe des Internats.

»Hat Sir Gisborn darüber geforscht?«, fragte sie Benson und nahm das nächste Buch.

Dabei fiel ein Foto heraus, auf der eine Ansammlung von Menschen zu sehen war, die um einen Tisch saßen und sich mit kühlen Blicken der Kamera zuwandten. Darunter waren mit schwungvoller Hand Namen geschrieben worden.

Silena sog Luft ein. Sie erkannte darauf die Tote auf dem Automobildach wieder, und der Name des zweiten Mannes von rechts, Irmser, passte zu dem selbstmörderischen Spiritisten aus München. Außer Gisborn befand sich eine hübsche, noch recht junge Frau auf der Aufnahme, die heute wesentlich älter war: Madame Arsènie Sofie Sàtra, Frankreichs bekanntestes Medium und eine Selbstdarstellerin, wie es nicht einmal Zadornov an den Tag legen konnte. Das Wort Diva hätte allein für sie erfunden sein können.

Sie hielt das Bild in die Höhe. »Sir, was sehe ich da?«

»Ein Andenken, Großmeisterin, an die Tage, die mein Herr in Vertrautheit mit anderen Discipuli des großen Daniel Dunglas Home verbrachte. Mit Madame Sàtra verband ihn darüber hinaus eine Liaison«, erklärte er.

»Aber es kam zum Bruch?«

»Ja. Wegen der Fortführung und Verfeinerung der Methoden des Meisters Home. Sie alle hatten unterschiedliche Auffassungen von seiner Lehre, und nach dessen Tod im Jahre 1866 kam es zum Zwist. Jeder von den Herrschaften verfolgte seine eigene Methode.« Benson schaute auf die Handschrift. »Und was Ihre erste Frage anbelangt: Er hat mich darüber nicht in Kenntnis gesetzt, Großmeisterin. Er wollte nicht, dass ich dadurch in Gefahr geriete.«

»Kann es sein, dass diese Herrschaften«, sie wedelte mit der Aufnahme, »diese Séance begingen, bei der Sir Gisborn zu Tode kam?«

»Wie ich bereits sagte: Ich befand mich außer Haus«, beharrte Benson. »Ich wusste nur, dass eine Séance beabsichtigt war, mehr nicht.«

Silenas Augen betrachteten die Gesichter, sie wandte das Bild und sah die Jahreszahl mit Graphitstift notiert: 1901. »Sie sagten, dass es Schüler von Homes waren, Sir?«, fragte sie versunken.

»Ja, Großmeisterin. Sir Gisborn beherrschte einige Fähigkeiten von ihm, wie die Levitation, das Rufen von Phantomen oder das Hervorrufen von Lumineszenzen und Luftströmungen. Aber die Beste von ihnen war sicherlich Madame Sàtra, wie mein Herr mir gegenüber immer wieder voller Anerkennung betonte.« Der Butler setzte sich vor den Arbeitstisch.

Silena dachte an die letzte Zeitungsaufnahme der Französin und wunderte sich. Sie hatte angenommen, dass diese höchstens vierzig Jahre alt sei. »Wie kann es sein, dass der Alterungsprozess bei Madame Sàtra im Vergleich zu der anderen Dame, Irmser und Mister Gisborn um so viel langsamer verlaufen ist? Wissen Sie etwas darüber, Sir?«

»Sie ist ein Medium, Großmeisterin. Fragen Sie Madame selbst, welchen Geistern und Pakten sie ihr Äußeres verdankt.« Benson gelang es, teilnahmslos dreinzublicken.

Silena wurde immer unruhiger. Sie hasste es, Dingen auf die Spur zu kommen, ohne dabei genau zu wissen, worum es sich drehte und welche Ausmaße die Folgen ihrer Entdeckung annahmen. An einen Zufall glaubte sie längst nicht mehr. Die Drachen hatten ihre Klauen im Spiel.

Sie erhob sich und beugte sich über den Tresor. »Dein Geheimnis erkunden wir«, versprach sie ihm und wandte sich an Benson. »Haben Sie ein Telefon, Sir?«

»In der Eingangshalle, Großmeisterin. Ich zeige es Ihnen.« Er stand auf und schritt voran, Silena humpelte hinterher. Sie würde Litzow mitteilen, dass er ein paar Mann mit schwerem Gerät in die Mince Lane schicken sollte, die sich mit dem Tresor vergnügen konnten. Sie war sich sicher, dass ein Teil der Lösung hinter dem dicken Stahl wartete. Außerdem sandte sie drei Männer zu Scottings Laden, um den Pfandleiher nicht aus den Augen zu lassen.

VI.

*»Die Linie Juliana
Ausgehend von Juliana, haben sich die Nachfahren
auf das Legen von Fallen und kleinere Drachen
spezialisiert. Ketten dienen dazu, die Drachen zu
fesseln, danach werden sie daran zum nächsten Gewässer geschleift und ersäuft. Gibt es kein Gewässer, wird auch gerne eine Jauchegrube benutzt.«*

aus der Serie »Drachentöterinnen und Drachentöter
im Verlauf der Jahrhunderte«
Im »Münchner Tagesherold«, Königlich-
Bayrisches Hofblatt vom 5. Juni 1924

16. Januar 1925, Hauptstadt London, Königreich Großbritannien

»Großmeisterin, wachen Sie auf. Wir wären so weit.«

Silena schob den Hutrand mit dem Zeigefinger der linken Hand in die Höhe. »Ich habe nicht geschlafen«, behauptete sie müde und blinzelte. Sie hatte von Harry Piel und dem Film *Triumph des Todes* geträumt, und zum ersten Mal kam sie darin selbst vor. Als seine Gemahlin.

Gisborns Arbeitszimmer lag in trübem Tageslicht, dessen Zauber durch den Nebel gefiltert und verunreinigt wurde. Vor dem Tresor knieten vier verschwitzte Männer in den Uniformen der Staffelbodentruppe und hielten einen großen Bohrer in der Hand, rund um das Schloss wies der Panzerschrank mehrere Löcher auf. Die herausgedrehten, dem Metall entrissenen Eisenspanlocken und die Blasen an den Handflächen der Männer sprachen Bände über die Beständigkeit des Materials. Es war ihr selbst ein Rätsel, wie sie bei dem Lärm hatte schlafen können.

»Schön, Großmeisterin.« Der Arbeiter, der sie geweckt hatte, hielt einen schweren Vorschlaghammer in den Händen. »Wenn wir jetzt auf das Zahlenschloss schlagen, sollte es herausbrechen, danach können wir die Riegel von Hand beseitigen.«

Silena erinnerte sich, wie einfach der Einbruch des Drachen ausgesehen hatte. »Dann los«, nickte sie und richtete sich in dem Sessel auf, in dem sie seit Eintreffen der Männer gesessen und gedöst hatte. Ein Blick auf die Uhr zeigte, dass es schon kurz nach zehn Uhr morgens war.

Es klopfte, und Benson brachte Tee und Sandwiches. Er hatte den Morgenmantel gegen seine Butler-Uniform getauscht und sah gar nicht mehr nach Herr aus. »Großmeisterin, an der Tür steht ein Mister Onslow Skelton von Hamsbridge & Coopers Insurance. Er sei hier, um nach dem Tod Sir Gisborns nach den versicherten Wertgegenständen zu sehen und den Erben eine Vertragsverlängerung zu unterbreiten.«

»Dann ist er wohl zu früh hier, Sir. Weder Sie noch ich sind die Erben, oder?« Silena nickte dem Mann mit dem Vorschlaghammer zu. Im gleichen Moment tauchte Skelton auf der Schwelle des Arbeitszimmers auf. Fast alles an ihm war kariert, bis auf das weiße Hemd und die braunen Schuhe.

»Halt!«, rief er aufgeregt und streckte einen Arm aus, als könne er den Vorschlaghammer erreichen. »Nicht! Niemand rührt den Tresor an!«

»Da sind Sie ein paar Stunden zu spät aufgestanden, Mister Skelton«, meinte Silena unfreundlich.

»Der Panzerschrank ist Eigentum von Hamsbridge & Coopers Insurance. Eine Beschädigung …« Skelton rückte die runde Brille zurecht und stierte auf die Metallspäne. »Sie haben das Schloss zerstört?«

»Jawohl, Mister Skelton. Denn ich habe berechtigte Gründe anzunehmen, dass sich darin etwas befindet, was das Officium Draconis in einem Mysterium gehörig voranbringt.« Sie musterte den Versicherungsmenschen. »Keine Sorge, wir kaufen einen neuen Tresor, wenn es Sie beruhigt. Und …« In diesem Augenblick fiel ihr das Leuchten ihres Amuletts auf. »Oh, verflucht«, zischte sie und eilte zum Fenster. Die Augen suchten den Himmel ab, doch sie entdeckte keinen schwarzen Drachen. Er verbarg sich.

»Ich mache mir Sorgen um den Inhalt, Großmeisterin.« Skelton stellte seinen Koffer auf dem Schreibtisch ab, öffnete ihn und wühlte in unübersehbar vielen Listen umher, bis er eine hervornahm und blätterte. »Laut meinen Unterlagen befinden sich wertvolle Porzellaneier mit Diamantbesatz darin, die nach den Plänen von Fabergé angefertigt wurden. Es ist nicht auszuschließen, dass Sie ...«

»Wir haben keine Zeit. Der Drache ist in der Nähe.« Silena schickte zwei Männer zur Beobachtung aufs Dach des Hauses, einen weiteren in die Halle zum Telefon, der Litzow informieren sollte. Mehr konnte sie vorerst nicht tun. Dann nickte sie dem wartenden Mann mit dem Vorschlaghammer ein weiteres Mal zu, und er zerschmetterte das Drehrädchen an der Tür mit einem gewaltigen Hieb. Die Wucht trieb das Schloss in den Innenraum des Schranks, es klirrte metallen.

»Ausgezeichnete Arbeit, Männer«, lobte sie und schritt ungerührt an Skelton vorbei, dessen Mund vor Entrüstung weit offen stand. »Brecht ihn ganz auf.«

Lange Stemmeisen wurden angesetzt, die Männer setzten die gesamte Muskelkraft ein und hebelten die Tür auf.

»Das ist eine Frechheit, Großmeisterin!«, rief Skelton und machte sich sofort Notizen. »Ich werde einen unserer Fotografen holen lassen, der den Schaden mit einem Bild festhält.«

»Mister Benson, bringen Sie Mister Skelton bitte nach draußen. Falls ein Drache dort sitzen sollte, überlassen Sie ihn dem Vieh mit meinen besten Empfehlungen«, befahl sie ungerührt. »Ich habe meine Leica dabei, Mister Skelton. Ich schieße ein paar nette Aufnahmen und lasse sie Ihnen zukommen, wenn Sie das beruhigt.« Sie kümmerte sich nicht weiter um den zeternden Briten, der von dem Butler nach draußen geführt wurde, sondern wartete darauf, dass die Männer den Schrank öffneten.

Widerwillig schwang die Tür auf; dahinter lagen die Trümmer des Schlosses und ein Eisenkästchen, das einer der Arbeiter ihr reichte. Sie erbat sich ein Stemmeisen und knackte die Schatulle, und darin befanden sich – uringelbe Schmutzbrocken.

»Was ist das denn?« Silena fuhr mit dem Zeigefinger in der Ansammlung unterschiedlich großer Brösel umher, suchte nach mehr unter der gelblichen Substanz, die streng nach faulen Eiern roch und an eine Mischung aus Gummi Arabicum, Weihrauch und getrockneten Gallensteinen erinnerte; viele der Stückchen zerfielen bei der leichten Berührung in kleinere Teile wie feuchter Sand. Was konnte ein Drache damit wollen?

»Sie haben es zerstört, Großmeisterin!« Benson hatte das Arbeitszimmer wieder betreten, trat zu ihr und schaute in das Kistchen.

»Ich sehe keine Schalen, Mister Benson, daher gehe ich davon aus, dass sich niemals so etwas wie ein Ei darin befand«, schnarrte sie und hob den Finger, an dessen Spitze etwas von der Substanz haftete.

»Was ist das, Sir? Sie wissen es!«

»Ich weiß nicht, *was* es ist, aber *dass* es unglaublich kostbar für meinen Herrn war. Er hat es über einen Mittelsmann von Drachenjägern gekauft. Für eine halbe Million Pfund. Das hier war ein Teil von einem größeren ... Stein oder etwas in der Art.« Benson wich einen Schritt vor ihr zurück. »Sie haben es kaputtgemacht!«, wiederholte er. »Das letzte Mal, als ich es sah, bestand es aus einem Stück, klein wie ein Taubenei.«

»Wie dem auch sei.« Silena klappte den Deckel zu, der Gestank wurde ihr zu intensiv. »Ich beschlagnahme dieses Zeug im Namen des Officium Draconis wegen illegalen Handels mit Drachenteilen. Sie werden als Zeuge vor einem Tribunal in unserer Niederlassung aussagen, Sir, und gehen dafür straffrei aus. Falls Sie uns den Namen der Einheit nennen können, die Mister Gisborn beliefert hat.« Zu ihrer Erleichterung sah sie, dass das Glühen des Speersplitters nachließ. Der Drache entfernte sich von ihnen.

»Ich ... weiß es nicht.« Benson schluckte, wurde weiß wie eine Wand und setzte sich auf das Sofa neben dem Fenster. »Ich habe nichts Unrechtes getan, Großmeisterin. Mein Herr hat den Kauf getätigt, nicht ich.«

»Sie haben vor Zeugen zugegeben, von diesem Handel gewusst zu haben, Sir. Damit haben Sie sich der Teilnahme schuldig gemacht und Sir Gisborn gedeckt. Das bringt Ihnen eine ordentliche Geldstrafe oder einige Zeit im Gefängnis ein, falls Ihnen das lieber ist, Sir.« Sie wies ihre Leute an, die Ausrüstung zusammenzupacken und zurück zum Wagen zu gehen. »Ich lasse einen Constable kommen, der Sie vorübergehend in eine Zelle verfrachtet, bis das Tribunal bereit für eine Verhandlung ist oder Ihnen womöglich doch einfällt, welche Jäger sich strafbar gemacht haben.« Sie klemmte sich die Schatulle unter den Arm und tippte mit dem Zeigefinger an ihren Hutrand. »Schönen Tag, Sir.« Dann wandte sie sich ihren Leuten zu. »Wir treffen uns in einer Stunde in der Shank Street vor dem

Laden von Mister Scottings«, ordnete sie an. »Umstellen Sie das Gebäude und verhindern Sie, dass er es verlässt.« Die Männer salutierten.

Sie verließ das Haus und winkte eine Droschke herbei. Ihre linke Hand schloss sich um die Münze in ihrer Manteltasche. Der Kontakt zu dem Andenken an ihren Bruder brachte ihr etwas Ruhe und half ihr beim Überlegen.

»Extrablatt!«, schrie ein Junge und lief den Bürgersteig entlang. Er zog einen Handkarren mit einem Stapel der *Times* hinter sich her. Seine Kleidung sah abgewetzt aus; die Kappe auf den kurzen blonden Haaren hatte einmal einem Erwachsenen gehört und war ihm viel zu groß. Er schwenkte eine Ausgabe, die Seiten raschelten. »Bestialische Morde in Whitechapel! Kehrt der Ripper zurück? Extrablatt!«

Normalerweise hätte Silena diesen Schlagzeilen keine Aufmerksamkeit geschenkt, doch nach dem vergangenen Tag war sie geneigt, alles Ungewöhnliche einer näheren Untersuchung zu unterziehen. »Hierher, Junge«, rief sie und fischte ein paar Pennies aus ihrer Tasche, die sie in der hohlen Hand verbarg. »Wo habe ich nur ...?« Sie tat so, als suche sie nach Geld, dann ließ sie die Pennies mit schnellen Bewegungen aus der dreckigen Nase, den Ohren und unter der Mütze des Zeitungsjungen hervorklimpern. »Na, so was. Du hattest die Münzen ja schon.« Sie lächelte ihn an. »Gib mir eine Zeitung, bitte.«

Ganz Geschäftsmann, prüfte der Junge erst die Münzen. »Wie haben Sie das gemacht, Lady?«

»Ich kann Pennies aus der Luft ziehen. Aber verrate es niemandem.«

»Dann haben Sie aber ein paar zu viel gezogen.« Er wollte ihr zwei zurückgeben.

Silena nahm sie und die Zeitung entgegen, dann sah sie ihn erstaunt an. »Nanu? Da ist was in deinem anderen Ohr.« Wieder zog sie mit flinken Bewegungen Pennies hervor. »Die wollen unbedingt bei dir bleiben. Kauf dir was davon.«

Er grinste. »Danke, Lady. Solche Pennies sollte es öfter geben.« Er rollte mit dem Wagen die Straße entlang, immer noch das Extrablatt anpreisend. Kurz vor der Straßenbiegung wandte er sich zu ihr um und winkte ihr noch einmal zu. Sie hob den Arm zum Gruß, dann fing sie an zu lesen.

Auf der ersten Seite hatte die *Times* ihren Lesern die schrecklichen Bilder nicht erspart. Aus weiterer Entfernung hatte ein Fotograf elf verschiedene Tatorte aufgenommen, wo Polizisten und halb zugedeckte Leichname zu sehen waren. Im Bericht zwei Seiten weiter hieß es, dass die siebzehn Opfer regelrecht ausgeweidet worden seien, etliche Körperteile würden fehlen. Die Brutalität übertreffe sogar die des Mörders, der unter dem Namen Jack the Ripper bekannt geworden war.

Silena hatte sofort den Verdacht, dass der schwarze Drache dahintersteckte. Zu allem Überfluss schien er ein Menschenfresser zu sein, die übelste aller Sorten, und die Nacht damit verbracht zu haben, seinen Hunger zu stillen.

Sie stieg in die Droschke, stellte das Kästchen neben sich und nannte dem Kutscher die Adresse der Drachentöter-Niederlassung. Auf der Fahrt machte sie sich Gedanken darüber, was ihr Fund zu bedeuten hatte und welche Verbindung es zu dem Fünfender geben könnte, wenn es sich nicht um ein Gelege handelte. Ihr fiel nichts ein, sie war noch zu müde. Das Dösen im Sessel hatte ihr keine wirkliche Erholung beschert, aber sie durfte sich vorerst keinen Schlaf erlauben.

Sie blätterte in der *Times* und überflog auch den Artikel, der sich in der Nachberichterstattung um den spektakulären Raub im britischen kunsthistorischen Museum sowie im Imperial War Museum drehte. Keiner der geraubten Gegenstände war aufgetaucht, und die Zeitung veröffentlichte Skizzen und Fotos einiger verschwundener Gegenstände. Aufmerksam wanderte Silenas Blick über die Abbildungen.

Neben dem ganzen Schmuck und der Kunstgegenstände hatten die brutalen Räuber ein Artefakt gestohlen, das mehr als nur materiellen Wert besaß: das Zepter des Marduk.

»Leide ich allmählich unter Verfolgungswahn?«, murmelte sie. »Was wollen sie damit?« Das keulengleiche Zepter, der Kopf aus massivem Gold und mit vier Klingen aus gehärtetem Silber besetzt, war eines der mächtigsten heidnischen Artefakte gegen Drachen, das die Menschheit kannte. Marduk vernichtete Tiamat und spaltete ihren

Leib – so besagte es das Gilgamesch-Epos – in zwei Teile. Je nach der Fassung des Textes zerteilte er den Urdrachen mit dem Zepter.

Was in den Ohren einer Drachentöterin zunächst gut klang, bekam aus christlicher Sicht rasch einen schalen Beigeschmack. Marduk wurde unter anderem als Verkörperung des Belzebub angesehen, und somit war sein Zepter ein Werkzeug des Teufels, egal ob es Gutes oder Schlechtes angerichtet hatte. Silena erinnerte sich an die Anmerkung von Erzbischof Kattla, der von Anfang an verlangt hatte, solche Artefakte unter Verschluss zu halten und sie nicht zur Schau zu stellen, weil sie das Ansehen der christlichen Drachenhelden schmälerten. Universitäten, Freidenker und vor allem die Öffentlichkeit sahen es anders.

Silena blätterte um – und starrte auf die Fotografie eines Gegenstandes, den sie mit etwas Vorstellungsvermögen als Skizze bei Scottings gesehen hatte. Also war der Mann in Wirklichkeit ein Hehler, der mit den geraubten Gegenständen aus den Museen handelte! Das würde auch die Polizei interessieren. Und dieser Mister Skelton ...

Die Droschke hielt vor der Niederlassung des Officiums.

Silena stieg aus und ließ den Kutscher auf sie warten, eilte durch das Gebäude und gab das Kästchen ab. Danach verlangte sie ein Telefon, um dem Erzbischof einen kurzen Bericht abzuliefern. »Ich habe keine Ahnung, Exzellenz, wo die Zusammenhänge bestehen oder ob es welche gibt«, schloss sie nach mehr als einer Viertelstunde. »Aber Zufälle sind es schon lange nicht mehr.«

»Nein, wirklich nicht«, erwiderte er abwesend. »Großmeisterin, Sie werden den Fall weiterverfolgen. Vorerst kein Wort zur Polizei. Stellen Sie diesen Scottings zur Rede, danach rufen Sie mich an. Es scheint mir angebracht, das Augenmerk auf die Geisterbeschwörer zu legen. Wenn sich alles um die einstigen Schüler dieses Homes dreht, sollten wir mit Sàtra sprechen, bevor sie uns auch aus dem Fenster springt oder bei einer Séance ums Leben kommt. Ich werde sie ausfindig machen lassen und Ihnen ihren Aufenthaltsort mitteilen.«

»Sehr gut, Exzellenz. Bis dahin habe ich von Scottings mehr erfahren.« Sie hörte an seiner Stimme, dass ihn etwas bedrückte. »Ist etwas geschehen?«

»Wir haben einen weiteren unserer Streiter verloren, Großmeisterin. Wieder ein heimtückischer Mord, der Beate traf, die jüngste

Tochter von Großmeisterin Martha. Niemand hat den Hergang der Tat verfolgt. Wir fanden sie morgens tot und mit eingeschlagenem Schädel in ihrem Zimmer. Die Fenster und Türen waren verschlossen, es muss mit dem Teufel zugegangen sein. Es scheint, als hätten die Drachen einen Dämon als Verbündeten beschworen.«

»Exzellenz, wissen Sie etwas über die Zauberkunst der Drachen?« Kattla überlegte. »Es gibt Aufzeichnungen darüber, gerade was das Historische und das Volkskundliche angeht. Da Sie das Zepter erwähnten: Hatte Tiamat nicht Zauberkräfte, die sie gegen Marduk einsetzte? Aber da ist auch sehr viel Unwissenheit der Menschen im Spiel.«

Silena erinnerte sich in dem Augenblick daran, als der Erzbischof es erwähnte. »Nein, ich meinte in der Gegenwart«, fügte sie hinzu, um sich die Blöße des Nichtwissens zu ersparen. »Mir kam kein derartiges Exemplar vor die Lanze.«

»Nein, nichts. Es gab jedenfalls im Lauf meiner gesamten Amtszeit keinen einzigen Bericht über einen hexenden Drachen, insofern halte ich es generell für unwahrscheinlich, dass sie zaubern können.« Jetzt klang die Stimme ein wenig vorwurfsvoll. »Sie sollten sich in Erinnerung rufen, dass es keine derartigen Kräfte gibt, Großmeisterin. Auch wenn Sie viel mit den Spiritisten zu tun haben, behalten Sie im Kopf, dass sie nur mit Tricks und Gaukeleien arbeiten. Wie Sie mit Ihren Münzen.«

»Das weiß ich, Exzellenz«, bekräftigte sie rasch und sah auf die Uhr. »Ich muss gehen, Exzellenz. Die Männer warten sicher schon auf mich. Ich sage Ihnen Bescheid, was sich ergeben hat.« Sie reichte den Apparat zurück und eilte auf die Straße, stieg in die Droschke und kehrte in die Shankstreet zurück.

Der Lastwagen stand auf der Straßenseite gegenüber von Scottings' Laden, zwei ihrer Leute hielten vor dem Eingang Wache. »Es tut mir leid, Großmeisterin, aber ich fürchte, er ist verschwunden«, wurde sie von einem der beiden begrüßt. »Ich weiß nicht, wie es ihm gelungen ist, wir haben die Vorder- und Rückseite beobachtet, aber er ...«

Silena sprang aus der Droschke – und unterdrückte den Schmerz, der in ihr Knie schoss. Sie hatte ihre Verletzung beinahe vergessen. An der Tür hing das Schild GESCHLOSSEN.

»Aufbrechen«, befahl sie kurzerhand.

Etwas später schritt sie durch die Räume der pfandleiherischen Antikhandlung.

Sie sah auf den ersten Blick, dass einige Gegenstände in den Regalen fehlten. Scottings hatte Dinge mitgenommen, die er zu Geld machen konnte, um seine Flucht zu finanzieren. Silena ärgerte sich, dass die Wachen ihn hatten entkommen lassen. Andererseits traf sie eine gewisse Mitschuld. Den nächsten Verdächtigen würde sie auf der Stelle festsetzen lassen.

Auch der Besuch in Scottings' Wohnung erbrachte nichts, bis auf die endgültig sichere Erkenntnis, dass er London verlassen hatte: Im Kleiderschrank herrschte eine gewisse Leere, die Männer fanden Prospekte von Schiffspassagen nach Frankreich und Amerika. Silena traute Scottings durchaus zu, sie zur Ablenkung ausgelegt zu haben.

»Verdammt!« Silena packte eine chinesische Vase und warf sie mit Kraft gegen die Wand, die Splitter flogen durch den Raum. »Gehen wir«, befahl sie und wandte sich auf den Absätzen um.

Auf das Telefonat mit der Exzellenz freute sie sich wahrhaftig nicht.

16. Januar 1925, Hauptstadt London, Königreich Großbritannien
Silena saß in der Kanzel des Luftschiffs, hatte die Beine hochgelegt und die Arme hinter dem Kopf verschränkt, und verfolgte, wie eine De Havilland D.H.34, eine Passagiermaschine der neuen Generation, in der Abenddämmerung zur Landung auf dem Rollfeld ansetzte.

An Bord waren Fluggäste aus Paris, die eine lange Reise über Land oder gar übers Meer durch den Kanal nicht auf sich nehmen wollten. Die Fluggesellschaft Imperial Airways verkehrte regelmäßig zwischen den Metropolen. Die Fliegerei hatte die Menschheit unzweifelhaft enger miteinander verbunden als jedes Transportmittel zuvor, sogar mehr als die Eisenbahn. Distanzen schwanden, Berge bedeuteten fast kein Hindernis mehr.

Das Dröhnen der Motoren war wie Musik in Silenas Ohren. Sie liebte die Fliegerei in all ihren Facetten, auch wenn ihr die Luftschiffe bei aller Eleganz und Erhabenheit zu langsam flogen. Aber ansonsten wagte sie sich an den Steuerknüppel von allem, was Tragflächen hatte, ganz egal, wo sie sich befanden. Nur nicht bei Automobilen.

Die D.H.34 setzte auf, hopste noch einmal und rollte über die Piste, die Propeller verringerten ihre Leistung und klangen tiefer, es vibrierte in ihrem Bauch.

Hauptmann Litzow erschien an ihrer Seite. »Großmeisterin, es tut mir leid, Sie bei Ihren Gedanken zu stören, aber Sie haben Besuch.«

Sie seufzte. »Wenn es dieser Skelton ist …«

»Nein. Ein Mann namens Eris Mandrake.« Er rollte mit den Augen und zwirbelte die aufrecht stehenden, gewachsten Enden seines Schnauzbarts. »Mich würde interessieren, wie seine Familie zu diesem Namen kam.«

»Sie wird sich entsprechend benommen haben, Hauptmann.« Silena rührte sich nicht und verfolgte, wie die D.H.34 langsamer wurde und die Bodenmannschaft heraneilte, um den neun Passagieren beim Verlassen der engen Kabine behilflich zu sein. Diese Maschine war im Vergleich zu den alten Passagierflugzeugen, die meist umgebaute Bomber waren, geradezu komfortabel. Die Konstrukteure hatten versucht, die Vibrationen und den Schall der Motoren zu dämpfen, die Menschen saßen auf Korbstühlen und erhielten sogar Verpflegung während des Fluges durch einen eigenen Steward an Bord. Die Deutsche Aero Lloyd führte in ihren Fokkern angeblich sogar Stummfilme vor. »Was will dieser Mandrake?«

»Mit Ihnen sprechen. Über zwei Männer, Zadornov und Skelton.«

Jetzt richtete sie den Blick auf Litzow. »Hat er den Grund genannt?«

»Nein. Er will nur mit Ihnen darüber sprechen. Ich soll Ihnen ausrichten, dass es wichtig sei und Sie in Gefahr schwebten.«

»Wo ist er?«

»Er wartet draußen neben dem Hangar auf Sie, Großmeisterin.« Hauptmann Litzow trat zurück, damit sie die Füße auf den Boden der Gondel stellen konnte. »Ich habe eine Wache abgestellt, damit er sich nicht herumtreiben kann.«

Silena erhob sich und biss die Zähne zusammen. Das Knie pochte, der Eisbeutel hatte nichts gebracht. »Schauen wir ihn uns einmal an.« Sie warf sich den schwarzen Mantel über und knöpfte ihn zu.

Gemeinsam verließen sie den Führerstand des Luftschiffs und

marschierten durch den Nieselregen zum Hangar, unter dessen seitlichem Vorbau ein Staffelsoldat und der Besucher standen. Silena schaute noch einmal zur D.H.34, wo das Gepäck aus einem separaten Abteil ausgeladen wurde. Während die Passagiere elegant gekleidet waren, wirkten die Piloten in den dicken Ledersachen ungeschlacht. Sie waren jedoch auf den Schutz angewiesen, da es keine geschützte Kanzel für sie gab. Während des Fluges waren sie der Witterung regelrecht ausgeliefert.

Silena wusste, dass die Navigation bei schlechter Sicht problematisch war. Bei tief hängenden Wolken mussten die Piloten noch weiter nach unten, um sich an Schienen oder Straßen zu orientieren. Dabei war es schon mehrfach zu verheerenden Zusammenstößen gekommen, als Maschinen bei regnerischem Wetter die gleiche Route genommen hatten und sich dabei entgegengekommen waren.

Silena richtete den Blick nach vorn. Mandrake war recht groß und kräftig gebaut, wie ein Sportler. Er bevorzugte offenbar ein schlichtes, elegantes Äußeres mit langen, hellen Stoffhosen und einem weißen Hochkragenhemd, darüber trug er ein dickes Tweedsakko und einen schwarzen Hut gegen den Regen auf den nackenlangen dunkelblonden Haaren; die Füße steckten in schicken schwarzen Lederschuhen, die unter dem Schlamm des Geländes gelitten hatten. In der linken Hand hielt er einen Regenschirm, in der rechten ein schwarzledernes Aktenköfferchen.

Die dunkelbraunen Augen in dem glatt rasierten, männlichen Gesicht musterten die Drachentöterin voller Neugier. »Einen schönen Tag wünsche ich, Großmeisterin«, grüßte er sie mit angenehmer Stimme und einem angedeuteten Lächeln.

Er gefiel ihr auf Anhieb. Und sie kannte diesen Gesichtsausdruck, eine Mischung aus Förmlichkeit und Höflichkeit. Etliche Mitarbeiter des Officiums beherrschten ihn ebenso. »Guten Tag, Mister Mandrake. Ich bin Großmeisterin Silena. Was kann ich für Sie tun?«

»Wie wäre es zunächst mit einem Ort, an dem wir weniger den Launen des Empire-Wetters ausgesetzt sind?«, schlug er vor und lächelte dieses Mal offener. Er sah wirklich gut aus, und der schwache Duft seines angenehmen Rasierwassers stieg ihr in die Nase.

Silena zwang sich zu Zurückhaltung, und es fiel ihr wirklich schwer. So etwas hatte sie schon lange nicht mehr gefühlt. Der Mann brachte die ihr so wichtige Trennung von Frau und Uniform durcheinander, Samt und schwerer Stoff schienen eins zu werden. »Sicher, Sir. Sobald ich weiß, was Sie möchten und mir die Sache weniger ominös erscheint, denn mein Bedarf ist gedeckt.«

Langsam griff er unter sein Sakko und nahm einen Ausweis hervor, hielt ihn so, dass nur sie ihn lesen konnte.

Secret Intelligence Service?, wunderte sie sich still. »Es wird immer besser.«

»Ja, Großmeisterin. Würden wir nun bitte an einem Ort weitersprechen, der trockener und weniger öffentlich ist?«, erbat er und steckte seinen Ausweis wieder ein. »Und natürlich wird es unter uns bleiben, zu welcher Organisation Ihrer Majestät ich gehöre.«

»Die Männer der Staffel Saint George sind absolut vertrauenswürdig, Mister Mandrake. Weder der Hauptmann noch der Soldat werden ein Wort über Sie verlieren.« Sie deutete auf die Theben. »Kommen Sie. Ich zeige Ihnen unsere fliegende Teeküche.«

Sie betraten die große Gondel, und Silena lotste ihn in ein kleines Kabuff, das offiziell als Offiziersmesse diente.

»Ein ungewöhnliches Schiff«, befand Mandrake, während er sich setzte und seinen Hut abnahm; dabei kam eine lange, schwarze Strähne auf der linken Seite zum Vorschein. Er streifte das Wasser vom Koffer und stellte ihn auf den Tisch, danach zog er seine schwarzen Handschuhe aus.

»Das braucht man, wenn man einen ungewöhnlichen Auftrag zu erfüllen hat«, gab sie zurück und schenkte von dem Tee aus, der auf der Warmhalteplatte gestanden hatte. »Milch und Zucker, nehme ich an?«

»Sehr gern, Großmeisterin.« Wieder dieses unglaubliche Eroberlächeln, mit dem er gewiss Stein sprengen und Stahl erweichen konnte. Er zog die Tasse zu sich, sie sah lange, gepflegte Fingernägel. »Lassen Sie mich erklären, warum mich mein Weg zu Ihnen führte.« Er rührte um und betrachtete, wie sich die Schwärze des Assamtees nicht länger gegen die Milch durchsetzte und zu einer hellbraunen Flüssigkeit wurde. »Die beiden Herrschaften stehen schon lange auf der Liste des Geheimdienstes Ihrer Majestät. Wir beobachten sie, ohne bislang etwas Konkretes gegen sie in der Hand zu haben.« Er blickte Silena an, die inzwischen ihm gegenüber Platz genommen hatte und auf den Klang seiner Stimme lauschte, jede Silbe in sich aufsog. »Mit Ihrer Hilfe möchten wir das ändern, Großmeisterin.« Er nahm eine Mappe aus dem Koffer.

»Der Grund, weswegen sie in Ihr Fadenkreuz gerieten, würde mich schon interessieren.« Sie grinste, weil sie Skelton vor ihrem inneren Auge sah. »Wissen Sie, ein Versicherungsmensch erscheint mir nicht so gefährlich, dass sich der SIS darum kümmern müsste.« Sie fröstelte, ließ ihren Mantel an.

Er öffnete die Mappe und breitete mehrere Fotografien vor ihr aus. Sie zeigten Skelton und Zadornov abwechselnd auf der Straße, den einen in einer Hotellobby, den anderen an einer Bar. »Dann werden Sie überrascht sein zu hören, dass wir beide Herrschaften einem extremistischen Lager zurechnen. Dieses ist unseren Beobachtungen zufolge an einem gesamteuropäischen Umsturz beteiligt, dessen Verhinderung auch im Sinne des Officiums ist. Deshalb habe ich diesen Schritt unternommen.« Er legte ein Schreiben auf den Tisch, das Silena vor nicht allzu langer Zeit in einer Zeitung abgedruckt gesehen hatte.

»Die Drachenfreunde?«, lachte sie auf. »Skelton ein Teufelsanbeter?« Sie prustete, winkte ab und sah rasch zu Mandrake. »Verzeihen Sie, Sir, aber die Vorstellung ist zu komisch.«

»Skelton kommt als Versicherungsmensch an sehr viele Orte, an denen wichtige Artefakte aufbewahrt werden.« Mandrake sah keineswegs amüsiert aus. »Er ist derjenige, der mit der Wiederbeschaffung von Marduks Zepter beauftragt wurde. Muss ich anmerken, dass er im Vorfeld im Museum war und die Örtlichkeiten in- und auswendig kannte? Skelton ist der perfekte Mittelsmann.« Er schob ihr ein Bild von Zadornov zu. »Dieser russische Fürst ist ein einflussreicher Hellseher, der so manchen Reichen und Mächtigen an osteuropäischen Höfen beraten hat. Er ist der aufgehende Stern, Großmeisterin. Wenn er durch gezielte Manipulationen die Stimmung an den Höfen ändert, wird die Front gegen die Drachenanbeter bröckeln.«

Mandrake lächelte und trank von seinem Tee. Er gönnte sich eine Pause und erlaubte der Stille in dem kleinen Kabuff, die Tragweite seiner Worte zu unterstreichen.

Silena nahm die Münze aus der Tasche, ließ sie abwesend über die Knöchel wandern und dachte über seine Ausführungen nach. »Da Sie diese Leute verfolgen, wissen Sie, dass ich mit beiden Kontakt hatte«, sagte sie langsam und forderte ihn dadurch zu weiteren Erklärungen auf.

Er nickte. »Ich muss wissen, mit welchen Anliegen diese Extremisten auf Sie zukamen, Großmeisterin. Sie planen etwas Großes.«

Silena schilderte Mandrake, was sie mit Zadornov und Skelton erlebt hatte. »Aber jetzt müssen Sie mir erklären, was deren Absicht ist und wie ich Ihrer Meinung nach das nächste Mal handeln soll, wenn sie mir wieder begegnen.«

Er zeigte ihr ein Bild, das die zwei Männer auf einer Parkbank zeigte, beide schauten in den Koffer, den Skelton beim Zusammentreffen in der Mince Lane bei sich getragen hatte. »Wir, also der Geheimdienst Ihrer Majestät, vermuten, dass sie absichtlich auf getrennten Pfaden wandeln, um ihr Vorhaben von unterschiedlichen Ebenen aus anzugehen. Es gibt eine Entwicklung, die uns sehr, sehr nachdenklich macht. Mister Skelton reist sehr viel, auch ohne auf der Suche nach Wertgegenständen zu sein. Er befand sich unseren Informationen nach zu dem Zeitpunkt in München, als der Mord an Großmeisterin Martha geschah. Und er besuchte das Medium Irmser kurz vor dessen Tod.« Seine dunkelbraunen Augen richteten sich auf ihr Gesicht. »Es mag nichts zu bedeuten haben. Doch wir denken, dass es einen Zusammenhang gibt. Ich traue diesen Extremisten zu, dass sie einen Feldzug gegen das Officium eröffnen werden oder es vielleicht sogar schon getan haben. Wir wissen, dass dabei das Zepter des Marduk eine zentrale Rolle spielen soll.«

Silena hörte zu, und mit jedem Wort stieg ihre Verwunderung. »Aber wie kann er dann verlangen, dass ich ihn umbringen soll?« Sie hielt die Münze in der Faust.

Mandrake deutete mit dem Zeigefinger auf ihre Luger unter der Achsel. »Stellen Sie sich vor, dass Sie seinem Wunsch nachgekommen wären, mit welcher Waffe auch immer – er aber in letzter Sekunde ausgewichen wäre! Er hätte Sie entweder im Gegenzug getötet und behaupten können, es sei Notwehr gewesen, oder aber er hätte Zeter und Mordio geschrien. Welches Bild hätte dieser Vorfall in der Öffentlichkeit abgegeben?« Er beschrieb einen Halbbogen in der Luft.

»*Drachentöterin greift Spiritisten an – russischer Graf verletzt.* Und glauben Sie mir, dass Zadornov gewitzt genug ist, einen solchen Vorfall zu seinen Gunsten auszunutzen. Es ist durchaus bekannt, dass Sie hin und wieder recht ... hart sein können. So oder so wäre er der Gewinner gewesen, Großmeisterin. Ein kleiner Sieg mehr für die Drachenfreunde.«

»Verstehe.« Silena fand die Worte einleuchtend. Je schlechter das Officium dastand, umso besser für die Wahnsinnigen. »Diese Krümel in der Box aus Gisborns Wohnung ... Sie wissen nicht zufällig, was es ist?«, fragte sie Mandrake.

»Nein, bedauere. Wir wissen nur, dass Gisborn Kontakt zu mehreren Drachenjägereinheiten hatte, von denen er regelmäßig verbotene Dinge bezog, und nur Gott weiß, wozu er sie benötigte.« Er lächelte sie an. »Großmeisterin, Onslow und Zadornov werden nicht lockerlassen. Sie sind die letzte fliegende Drachentöterin und extrem gefährlich. Ihre Abschussrate ist beeindruckend.«

»Die Ungeheuer haben sich noch nicht damit abgefunden, dass sie sowohl am Boden als auch in der Luft bekämpft werden. Das erleichtert mir die Arbeit derzeit noch«, milderte sie das Lob und freute sich, wie seine Mundwinkel nach oben wanderten und sich kleine Falten bildeten. Wenn er jetzt noch so nett war, wie er schien ...

Sie riss sich zusammen, um die Gedanken nicht abschweifen zu lassen. »Schon bald wird es nicht mehr so einfach sein, einen von ihnen im Luftkampf zu besiegen, auch wenn wir erstklassiges Material besitzen.«

»Hals- und Beinbruch sagt man bei Ihnen?«

»Klare Himmel und Gottes Segen sind mir entschieden lieber, Mister Mandrake«, erwiderte sie und trank ebenfalls von ihrem Tee. »Darf ich Sie etwas Persönliches fragen?«

Er lachte. »Oh, ich hätte es mir denken können.«

Silena mochte es sehr, wenn er lachte. »Was glauben Sie, was ich von Ihnen wissen möchte?«

»Ich wünschte, Sie würden mich danach fragen, ob ich schon vergeben bin, aber ich denke, dass es um meinen Nachnamen geht«, sagte er mit einem Zwinkern und dem Lächeln, dem sie mehr und mehr verfiel.

»Sie liegen mit Ihrer Vermutung richtig: Sie tragen einen Nachnamen, der mich und meinen Hauptmann stutzig gemacht hat«, meinte sie und senkte den Blick. Ihre Finger spielten mit dem Teelöffelstiel, ihr Gesicht erwärmte sich, und plötzlich fühlte sie sich wie das kleine Schulmädchen Silena, das sich nicht getraut hatte, Harry Simpson zu ihrer Geburtstagsfeier einzuladen.

Er hob die Arme. »Tun Sie mir nichts, Großmeisterin, ich kann nichts dafür. In meinem Stammbaum gab es einst einen Lord, der sich reichlich daneben benahm und wie ein lüsterner Erpel hauste, der den Damen förmlich nachflog. Das hat mir und meiner Familie diesen wenig schmeichelhaften Namen eingebracht.«

»Erpel?«, hakte Silena nach und runzelte die Stirn.

Der Mann grinste. »Sie haben gedacht, dass *drake* so viel wie Drache bedeutet? Eine Berufskrankheit, nehme ich an. Aber ich bin nicht mehr als ein Mann-Erpel und damit kein Kandidat für Sie und Ihre Lanze.«

»Das habe ich auch nicht angenommen, Sir.« Sie erwiderte das Lächeln scheu und ärgerte sich über ihre eigene Reaktion. Sie hatte große Drachen getötet und fürchtete wenig auf der Welt, aber kaum wurde sie von einem Mann angesprochen, schwand ihre Souveränität. Gut, es war ein außergewöhnlich attraktiver Mann mit Charme, gepflegten Händen, wundervollen Augen, einer hinreißenden Stimme und geschätzten dreißig Jahren – also genau im richtigen Alter, um sie zu heiraten –, aber er blieb nun einmal ein Mann. Weil sie sich vollkommen verunsichert fühlte, tat sie unbeteiligt. »Wie verbleiben wir also, Mister Mandrake?«

Mandrake goss sich Tee nach. »Ich wollte Sie bitten, dass Sie diese Nummer anrufen, sobald Sie herausfinden, wo sich Zadornov und Skelton aufhalten. Der SIS würde sich glücklich schätzen, von Ihnen Nachricht zu erhalten und gemeinsam gegen die Umstürzler vorzugehen. Sollten Sie sie treffen und mit ihnen reden, glauben Sie ihnen kein Wort. Dieser Russe ist zwar höllisch gescheit, doch leider verwirrt und brandgefährlich. Es gibt Geschichten aus seiner Heimatstadt Sankt Petersburg, die ich Ihnen nicht erzählen kann, da Sie trotz Ihres Amtes immer noch eine Frau sind.« Er lächelte. »Eine aparte Frau, wenn ich mir ein Kompliment erlauben darf.«

Jetzt spürte Silena, wie ihr die Röte in die Wangen stieg. »Demnach tat er was, Mister Mandrake? Ich ertrage einiges.«

»Nein, Großmeisterin. Das ist nichts für Ihre Ohren. Frauengeschichten, Ehrenduelle mit grausamem Verlauf und noch grausamerem Ausgang. Nur einer der vielen Gründe, weswegen Zadornov nicht mehr nach Russland zurückkehren kann und sich im restlichen Europa wie ein Vagabund herumtreibt. Reiche Bojaren haben ihm Attentäter auf den Hals gehetzt.« Mandrake trank seine Tasse leer und packte die Bilder ein. »Skeltons Tarnung dagegen ist perfekt: eine graue, unauffällige Versicherungsmaus, aber hinter der Fassade lauern Abgründe, Großmeisterin. Auch er ist gewaltbereit und zu allem fähig.« Er notierte eine Nummer auf ein Blatt, riss es vom Block und reichte es ihr. »Vergessen Sie nicht, mich anzurufen«, erinnerte er sie ernst, dann schauten seine Augen freundlicher. »Auch wenn sich die beiden nicht mehr bei Ihnen zeigen, freue ich mich, von Ihnen zu hören. Ich würde gern mehr von Ihnen erfahren, Großmeisterin.« Er schloss den Koffer und erhob sich. »Unsere Leben sind ähnlich außergewöhnlich, wir hätten sicherlich einiges an Geschichten zu erzählen. Sofern das Empire nicht durch Indiskretionen in Misskredit gerät, versteht sich.«

Und bevor sie ihre Zunge zurückhalten konnte, sagte sie: »Vielen Dank. Ich werde mich bestimmt melden, sobald es etwas ruhiger in unser beider Leben geworden ist.« Sie streckte entgegen ihrer Gewohnheit ihre Hand aus, um sich zu verabschieden. Um die Hand und die Haut des Mannes zu berühren.

Er tat ihr den Gefallen und schlug ein: sanft und fest, geschmeidig und warm, weder rau noch schwitzig. »Es war mir ein Vergnügen, Großmeisterin«, sagte er lächelnd, ließ sie los und setzte den Hut auf. »Es wäre doch großartig, wenn wir beide zusammenkämen, oder?«

»Wie bitte?«, stotterte sie überrumpelt.

»Ich meinte im Kampf gegen die Drachenfreunde«, präzisierte er rasch, da er sah, dass er sie in Verlegenheit gebracht hatte. Dann wandte er sich zum Ausgang. »Ich wollte Ihnen nicht zu nahe treten, Großmeisterin. Verzeihen Sie mir die Unüberlegtheit.«

»Schon vergessen, Mister Mandrake«, antwortete sie und wünschte sich dennoch, dass genau das bei Gelegenheit geschah. Ein Geheimagent und eine Drachentöterin ergaben ein schlagkräftiges und außergewöhnliches Gespann, das stand fest. »Sie hören von mir.« Sie blieb auf der Schwelle stehen, während er die Gangway hinab kletterte und den Regenschirm aufspannte, sobald er unter der Theben hervor in den Regen trat; zwei Soldaten flankierten ihn und begleiteten ihn zurück zu seinem Automobil.

Silena sah ihm hinterher, und als er einstieg, sich zum Luftschiff drehte und winkte, hob sie den Arm und erwiderte unbewusst den Gruß. Die Soldaten am Wagen starrten sie verwundert an.

Sie ahnte, dass diese harmlose Geste Gerede nach sich ziehen würde, weil es sich bei ihr um eine erstmalige, unglaubliche Gunstbezeigung handelte.

Dann grinste sie. *Warum auch nicht?* Der Erzbischof selbst hatte sie gedrängt, Männerbekanntschaften zu machen.

17. Januar 1925, Hauptstadt London, Königreich Großbritannien
Silena eilte die schmale Gasse entlang, die vor ihr aus dem Nebel erschien und hinter ihr in den grauen Schwaden versank, als gäbe es weder sie noch den Rest von London.

Vor ihr rannte ein Constable, der sie auf Anweisung seines Vorgesetzten zum Tatort führte, welcher entgegen ihrer Vermutung nicht in Whitechapel lag, sondern in East End, dem Einwanderer- und Arbeiterviertel der Hauptstadt.

Die Gerüche, die ihr unterwegs in die Nase stiegen, beinhalteten alles, von Abfallgestank über Essensdüfte und Gewürze, gleich darauf wurde der Nebel warm und roch nach Seife, plötzlich wehte ihr der Hauch von Exkrementen entgegen. Sie wagte es nicht, nach unten zu schauen und nach dem zu sehen, in das die Stiefel traten.

»Gleich hier, Großmeisterin«, rief ihr der Constable zu und bog um die Ecke. »Aber erschrecken Sie nicht. Es ist ein grausamer Anblick.«

»Falls ich überhaupt etwas erkennen kann«, murmelte sie und folgte dem Mann. Beinahe wäre sie gegen seinen Rücken gelaufen; er hatte vor einem kleinen Berg angehalten, salutierte und erstattete seinem wartenden Vorgesetzten Bericht.

Was Silena zunächst für einen sich auftürmenden Abfallhaufen gehalten hatte, erwies sich beim zweiten Blick als die aufgedunsenen Innereien eines Drachen. Sie waren aus der aufgeschlitzten Seite hervorgequollen und hatten sich aufgebläht, der Gestank war widerlich und Silena zugleich vertraut.

Ohne sich um die Polizisten zu kümmern, trat sie näher und betrachtete das fünf Schritt lange, dunkelbraune Tier, das mit dem Rücken zu ihr lag; die Schwingen hatte es eng an den Leib gepresst, beide waren durch schwere Schläge mit einer scharfkantigen Waffe gebrochen worden.

»Ein mittelgroßes Exemplar, nicht wahr, Großmeisterin?«, meinte der Mann in der schwarzen Polizeiuniform und heftete sich an ihre Fersen. Er wollte hören, was eine Drachentöterin zu diesem Fund sagte.

Noch ließ sie ihn im Dunkeln. Sie beugte sich nach vorne, fuhr über die Schuppen am Hals und zückte ihren Dolch aus Drachenzahn, stach zu. Die Klinge fuhr mühelos zwischen den Hornplatten hindurch ins Fleisch. »Ein Einender, nicht sehr alt, keine geschätzte fünfundzwanzig Jahre«, sagte sie, zog einen Block und einen Stift aus ihrem Mantel und machte sich Notizen. »Die Panzerung ist leicht zu durchdringen.« Sie wanderte den Hals entlang und stand vor dem, was einmal ein Kopf gewesen war. »Ach du Schande«, entfuhr es ihr.

Wie auch immer der Drache ausgesehen hatte, der Zustand des Schädels machte es unmöglich, die ursprüngliche Form zu rekonstruieren. Der Sieger in diesem Kampf hatte dem offenkundigen Verlierer den Kopf zermalmt, ihn mit einem spitzen und schweren Gegenstand zerschmettert.

Silena betrachtete die Wunden und dachte augenblicklich an das Zepter des Marduk. »Die Schädelknochen wurden auseinander gebogen«, erklärte sie dem Polizisten und bohrte mit dem Dolch zwischen den Hautfetzen, zerbrochenen Hornschuppen und Knochen herum. »Das Gehirn ist zerschnitten worden.« Sie hob die Augenbrauen. Sie hatte noch nie gesehen, dass sich jemand die Mühe gemacht hatte, auch den Sitz des Verstandes zu zerstören.

»Da ist der Drache nicht der Einzige. Kommen Sie, Großmeisterin.« Der Polizist deutete in den Nebel. »Da liegt noch mehr, was Sie betrachten können, auch wenn es eher in mein Ressort fällt als in

Ihres.« Er lotste sie durch die Waschküche, sie traten drei Schritte vom Drachen weg und platschten durch eine Pfütze.

»Vorsicht, das ist Blut, Großmeisterin«, warnte er sie.

Gleich darauf standen sie vor vier Leichen, drei Männer und eine Frau, die allesamt unauffällige, keinesfalls teure Kleidung trugen. Sie lagen in der Seitengasse, achtlos übereinander gestapelt. Silena machte Schussverletzungen aus, sah aber auch Schnittverletzungen und gebrochene Gliedmaßen.

»Den hier kenne ich«, sagte sie und betrachtete den Toten, dessen Gesicht zur Hälfte unter einem Bein hervorstarrte und eine klaffende Wunde in der linken Wange aufwies. »Das ist Scottings, der Pfandleiher aus der Shankstreet.«

Der Polizist nickte zustimmend. »Ganz recht, Großmeisterin. Auch die anderen drei sind uns bekannt. Es ist eine Bande von Zwischenhändlern, die sich auf den Verkauf von Drachenteilen spezialisiert haben. Scotland Yard beobachtete sie schon seit langem, aber wir konnten ihnen bislang nur kleinere Verstöße nachweisen. Nach ein paar Tagen und dem Zahlen einer Geldstrafe waren sie immer wieder auf freiem Fuß.«

Silena versuchte, eine eigene Theorie zu entwerfen, was sich in dem vernebelten Hinterhof in East End abgespielt hatte. Scottings hatte versucht, den Tresorinhalt an die anderen Menschen zu verkaufen, doch dann war der Drache aufgetaucht und hatte die Transaktion gestört. »Haben Sie irgendetwas gefunden, Sir?«

»Nein, Großmeisterin. Den Toten hat man, soweit wir das beurteilen können, die Taschen umgedreht. Sie trugen nichts von Wert bei sich.«

»Irgendeine krümelige, stinkende Substanz?«

Jetzt sah der Constable sie verwundert an. »Opium, Großmeisterin?«

»Fanden Sie welches oder nicht?«

»Nein, Großmeisterin. Ich bedaure.«

Silena ordnete die Wundmale, die die menschlichen Leichen davontrugen, ebenfalls dem Zepter zu. Die unbekannte dritte Partei, die sich zugleich mit einem Drachen und den Leuten angelegt hatte, blieb geheimnisvoll. Sie kehrte zu dem Drachen zurück, um die Vorderseite näher zu begutachten. Den Hinter- und Vorderläufen waren die Klauen abgetrennt worden, in der Schnauze fehlten etliche Zähne, und als sie die Ränder der tödlichen Wunde auseinander zog und einen Blick ins Innere warf, entdeckte sie, dass dem Wesen das Herz herausgeschnitten worden war.

»Ich denke, dass das Verbrechen auf Drachenjäger zurückgeht«, erläuterte sie dem Polizisten anhand ihrer Entdeckungen. »Alles deutet darauf hin, Sir, dass eine Übergabe von ihnen vereitelt wurde. Nur sie haben das Wissen und die Möglichkeit, einen kleinen Drachen zu erlegen.« Sie zeigte auf die Verletzungen des Drachen. »An Ihrer Stelle, Sir, würde ich alle Einheiten in der näheren Umgebung dingfest machen und ihre Lager durchsuchen lassen. Ich wette mit Ihnen, dass Sie sowohl die Zähne, Klauen und das Herz sowie das Zepter des Marduk finden«, empfahl sie ihm. »Ich jedenfalls werde das tun.«

Wieder fing der Splitter in ihrem Amulett zu glühen an. Der schwarze Drache musste sich unbemerkt von ihnen im Nebel eingefunden haben. Sie bemühte sich, ihre Anspannung nicht zu zeigen und ignorierte die Blicke des Constables auf ihre Kette.

»Es klingt plausibel, Großmeisterin, auch wenn ich nicht weiß, was der Drache in diesem Hinterhof zu suchen hat«, gestand er und rieb sich das Kinn. »Was wollte er hier?« Er schaute zu Silena, als erwartete er von ihr eine Antwort und eine Erklärung für das Leuchten.

»Das darf ich Ihnen nicht sagen, Sir, aber verlassen Sie sich darauf, dass ich die zuständigen Stellen des Officiums und des Geheimdienstes in Kenntnis setze. Es sei Ihnen angedeutet, dass es sich um mehr handelt, als es den Anschein hat. Daher bitte ich Sie um absolutes Stillschweigen, Sir. Halten Sie die Presse fern, egal, wie viel Ihnen für ein Foto geboten wird.«

»Das tue ich, Großmeisterin.«

»Niemand ...« Sie sah an ihm vorbei in den Nebel, in dem sie die Umrisse eines Mannes erspäht hatte. »Einen Augenblick!«, rief sie und machte zwei Schritte vorwärts. Sie erkannte Onslow Skelton, der in der Gasse stand und von einem Constable am Weiterkommen gehindert wurde. Als er die Drachentöterin sah, zuckte er zusammen. »Constable, verhaften Sie diesen Mann!«, ordnete sie an und zog ihre Luger. Seine Gefangennahme kam wie gerufen, endlich ein Erfolg nach den vielen Rückschlägen.

Skelton schlug dem Polizisten den Koffer über und rannte davon, tauchte in den Dunst ein.

»Das wird dir nichts bringen.« Silena wollte den Drachenfreund unter allen Umständen in die Finger bekommen und nahm die Verfolgung auf; hinter ihr erklangen die Pfeifen der Bobbies, die Alarm schlugen und die Ordnungshüter der Umgebung herbeiriefen.

Sie hetzte hinter dem Versicherungsdetektiv her, sah seine Umrisse vor sich, sprang über Bretter, kaputte Fässer und Kisten hinweg und fluchte dabei unchristlich. Ihr Knie rebellierte bereits nach wenigen Metern gegen die arge Belastung, sandte ihr Schmerzen und ein heißes Pochen. »Bleiben Sie stehen, Skelton, oder ich schieße!«, rief sie und hob die Luger.

»Lassen Sie mich in Ruhe!«, brüllte er zurück.

Silena feuerte, zielte auf die Beine.

»Sind Sie wahnsinnig?«, schrie Skelton und bog abrupt nach links in eine Seitengasse.

»Nein. Nur wütend.« Sie gab in rascher Folge vier weitere Schüsse ab und hörte einen Schrei. »Habe ich Sie, Drachenfreund!« In ihrer Verbissenheit konzentrierte sie sich auf nichts anderes als Skelton, die Umgebung wurde von ihr vernachlässigt.

Ein Fehler. Neben ihr tauchte überraschend ein zweiter Umriss auf, ein Mann mit Zylinder stieß sie aus vollem Lauf gegen die Schulter, und sie taumelte gegen die Wand.

Silena geriet ins Straucheln und fiel auf die Knie, ohne dabei die Luger loszulassen. Die zwei Sekunden hatten ihr genügt, um Zadornov zu erkennen.

»Lassen Sie den Mann in Ruhe, Großmeisterin!«, hörte sie seine tiefe Stimme; die Spitze des Gehstocks drückte die Luger fest auf den Boden. »Sie erinnern sich an meine Worte?«

»Wollten Sie nicht sterben, Zadornov?«, keuchte sie und zog ihr Schwert mit der anderen Hand.

»Sie lehnten es ab, mir zu helfen, dachte ich?«

»Ich habe es mir überlegt.« Sie schlug zu und kappte den Stock in zwei Hälften, dafür bekam sie einen Tritt gegen den Kopf. Stöhnend fiel sie auf die Seite, hob die Luger und schoss nach den schwarzen Umrissen, die sich ihr näherten.

»Wie schön, Großmeisterin.« Der Mann duckte sich, die Kugeln gingen fehl, und sie hörte, wie er die Gasse entlang rannte. »Ich mir auch.«

Silena stemmte sich in die Höhe und rannte dem Fürsten hinterher, verstaute die Luger und ignorierte die Schmerzen im Knie. Ihre Verbissenheit hatte ein neues Ziel: Sie durfte wenigstens Zadornov nicht verlieren. Jetzt hatte sie den Beweis, dass er und Skelton zusammenarbeiteten. Vielleicht gab es auch eine Verbindung zum schwarzen Drachen? Sie wünschte sich, dass Mandrake auftauchte.

Die Backsteinwände wichen rechts und links zurück, sie gelangten in den nächsten Hinterhof, in dem aus einem unerfindlichen Grund weniger Nebel umherwaberte. Sie sah Zadornov mit einem Grinsen über die Schulter blicken und winken, dann lachte er und wollte in eine Gasse abbiegen. Er wusste, dass sie ihn nicht mehr einholen konnte.

Da löste sich ein Schatten vom Gebäude über ihm, und mit einem lauten Brüllen warf sich ein kleiner Drache vom Dach auf den Fürsten. Beide gingen zu Boden, die Schwingen legten sich um Zadornov und hüllten ihn ein, seine Schreie wurden gedämpft.

»Was, zum Teufel, geht hier vor?« Silena stürmte voran. Sie wunderte sich über das Äußere des Exemplars, das einen kurzen kräftigen Leib besaß, nicht mehr als drei Meter lang war und einen viel zu dicken Schwanz für einen Flugdrachen besaß. Auf der dunkelgrauen Haut saßen kleine, kurze Schuppen, die silbrig glänzten. Was sie bislang vom Kopf des Wesens gesehen hatte, erinnerte sie an ein Krokodil.

Sie hatte sich den Kämpfenden genähert, hob das Schwert und stach in den Rücken des Drachen. Mit einem lauten Geräusch prallte die Spitze von den Schuppen ab, zog eine tiefe Rille über die Panzerung und glitt ab.

Silena starrte auf ihre wirkungslos gewordene Waffe – und schon traf sie ein Schlag des kurzen Schwanzes gegen die Hüfte, der sie von den Beinen hob und vier Meter weit durch die Luft schleuderte.

Sie stürzte wie ein Stein auf das Pflaster, überschlug sich mehrmals und brauchte einige Lidschläge, um die Benommenheit abzuschütteln. »So wirst du mich nicht los, Mistvieh!« Silena erhob sich, lud die Luger nach und kehrte an die Stelle zurück, an der sie Zadornov und den Drachen gelassen hatte.

Sie waren verschwunden. Dafür fand sie am Boden Menschenblut. Viel Blut.

Über ihr erklang das Geräusch von schlagenden Schwingen.

Sie hob die Luger und schoss blindlings nach oben. »Verdammte Teufel!« Laut dröhnten die Detonationen über den Hof und durch die Gassen.

Silena lehnte sich an die regennasse Wand und erneuerte das Magazin zum zweiten Mal für diesen Abend. So oft hatte sie noch nie mit ihrer Waffe an einem Tag geschossen: auf zwei Menschen und einen Drachen. Das Leuchten des Splitters verebbte, der Gegner war verschwunden.

Sie verfluchte ihre ungestüme Art und gestand sich ein, dass sie als Bodenkämpferin nicht viel taugte. Jedenfalls nicht bei Nebel, mit einem angeschlagenen Knie und zu viel Unvorsichtigkeit. Etwas mehr Überlegtheit hätte gutgetan.

Sie hinkte zurück und lief den Constables in die Arme. »Zu spät, meine Herren«, meinte sie und ließ sich von einem von ihnen stützen, als ihr Knie nachzugeben drohte. »Sie sind mir beide entkommen.« Rasch fasste sie zusammen, was sich zugetragen hatte.

»Aber Sie haben einen von ihnen verletzt, Großmeisterin«, erstattete einer der Constables ihr Meldung. »Wir fanden Blut an der Stelle, wo Sie zum ersten Mal geschossen haben.«

Silena grinste. Damit waren Skelton *und* Zadornov verletzt. Ein kleiner Trost für die Schmerzen im Knie und in der Hüfte, die Prellungen und Schürfwunden, die sie davongetragen hatte.

Doch es half nicht zu erklären, weswegen der Russe von seinen eigenen Verbündeten angefallen worden war.

Sie müsste einige Stunden in den Archiven des Officiums verbringen, um ein passendes Bild herauszufinden. Auch diesem Zepter musste sie auf die Spur kommen. Viel zu tun für eine einzelne Drachentöterin. Ihre Hand glitt in die Manteltasche und suchte nach der Silbermünze.

Für eine schreckliche Sekunde lang glaubte sie, das Andenken an Demetrius verloren zu haben, doch dann fand es sich in einer Falte. Sie klammerte sich daran.

VII.

»*Ohne das Officium gäbe es Europa in seiner heutigen Form nicht. Wir verdanken der Organisation sehr viel, die ihren Dienst selbst dann nicht aufgegeben hat, als der Weltkrieg die Alte Welt erschütterte. Und wir bedauern die Toten unter den Drachentötern, die irrtümlich für Feinde gehalten wurden und durch das Feuer unserer Truppen starben.*«

Kaiser Wilhelm II.
aus der Rede »Vivat das Deutsche Reich!«
vom 6. September 1921

18. Januar 1925, Spessart, Königreich Bayern,
Deutsches Kaiserreich

Iffnar streifte unter den schneebeladenen Ästen entlang.

Er mochte den Spessart und den Geiersberg, auch wenn er im Grunde keine guten Voraussetzungen für ihn bot. Zum Abheben benötigte er einen erhöhten Punkt, er war mehr ein Gleiter als eine elegante Fliegerin wie Ddraig, und der knapp sechshundert Meter hohe Geiersberg erfüllte die Anforderungen nur gerade so.

Aber die dichten Wälder rührten ihn, hier fand er Ruhe und genügend Nahrung, ohne dass Menschen ihn aufstöberten.

Früher hatten sich die Räuberbanden im Spessart getummelt, als gehörte ihnen das Gebiet, bis er ihnen den Garaus gemacht hatte. Er hatte es nicht leiden können, dass die Gesetzlosen unzählige Soldaten nach sich gezogen hatten, die zwischen den Stämmen umhergestapft waren und seine Ruhe gestört hatten. Nachdem die meisten Räuberbanden gefasst und eliminiert worden waren, hatte er die Überlebenden schlicht und einfach zur Strecke gebracht und sie getötet. Seitdem gehörte der Spessart wieder ganz ihm; den Waldarbeitern ging er aus dem Weg.

Iffnar wollte über Grendelsons Vorschlag nachdenken, an frischer

Luft und mit einem schönen Blick auf die Wintersonne, die strahlend über dem Spessart stand. Seinem Spessart, den er sich von niemandem streitig machen ließ.

Genau das aber versuchte ein kleineres Exemplar, ein Neuling von höchstens elf Jahren, wenn er die Spuren richtig gedeutet hatte. Er würde es heute aufstöbern und töten, bevor es durch ungestüme Taten an Menschen und Tieren die Drachenjäger und anderes Gesindel anlockte.

Iffnar überlegte, wer von den vier Altvorderen die meisten Siege errungen hatte. Den bislang größten Erfolg in den frühen Jahrhunderten verzeichnete Grendelson, als er seine Wikinger ausgesandt und sich etliche europäische Reiche unterworfen hatte; die gefürchteten Drachenboote waren immerhin bis nach Paris und nach Sizilien vorgedrungen.

Auch wenn Grendelson und er sich mehr als einmal ins Gehege gekommen waren, betrachtete er den Franzosen nach wie vor als seinen größten Gegenspieler. Die Französische Revolution hätte niemals stattfinden dürfen, Vouivre hatte sie nicht rechtzeitig niedergeschlagen. Aufklärung, Freiheitsgedanken, das hatten sie nun davon. Selbst der rasch aufgebaute Napoleon hatte das nicht mehr rückgängig machen können. Ganz im Gegenteil, der kleine Korse hatte sich Europa einverleibt und Vouivre unglaubliche Macht verliehen. Bis Russland ins Spiel gekommen war und Grozny sie vor dem gierigen Vouivre rettete.

»Der Wurm muss sterben«, hatte Grendelson gesagt.

Iffnar blinzelte in die warme Sonne und gab ihm Recht. Er hatte Vouivre 1871 eine herbe Niederlage mit seinen Deutschen zugefügt, was er ihm ebenso übel nahm wie die Siege im Weltkrieg. Aber so lief das Spiel, es war Schach mit vier Gegenspielern und unzähligen Figuren.

Einen Gegenspieler werden wir von der Platte fegen, dachte er bei sich. Grendelson und er würden sich das Französische Reich teilen und Ddraig vor die Wahl stellen, ein Friedensbündnis einzugehen oder ihr nächstes Opfer zu werden. Er hielt die Drachin für klug genug, sich auf Ersteres einzulassen.

Iffnar witterte den kleinen Drachen. Er schob sich durch eine Stelle, an der das Unterholz besonders dicht wuchs, und schlängelte sich zwischen den Bäumen hindurch, ohne dass sein grauer, großer Leib oder seine Füße mit den Stämmen in Berührung kamen. Auch wenn gerade die großen Drachen, die am Boden lebten, nicht danach aussahen, besaßen sie eine Körperbeherrschung und eine Wendigkeit, die vielen Häschern zum Verhängnis wurde.

Der Wind drehte, es roch unvermittelt nach Pferden und Menschen.

»Jetzt!«, zerriss eine Männerstimme die Stille.

Das Knallen von Peitschen erklang, Pferde wieherten, und an verschiedenen Stellen spritzte der Schnee in die Höhe, während gleichzeitig das Klirren und Rasseln von sich spannenden Ketten erklang. Iffnar befand sich exakt im Mittelpunkt, an dem die Ketten ineinander liefen.

Der Drache wusste sofort, was um ihn herum geschah. Er war in eine Falle geraten, eine Falle von Drachentötern, die sich auf der Jagd nach seinem kleineren Artgenossen befanden. Er vermutete, dass die Linie Juliana dahinter steckte; sie arbeiteten gerne mit den robusten Ketten, durch die sich die Kleinen durchaus lange genug bewegungsunfähig machen ließen, bevor man sie umbrachte.

Doch bei einem Altvorderen würde die Falle versagen.

Unter dem Weiß schnellten ein Dutzend Bügel nach oben, einer Mausefalle nicht unähnlich, die Ketten über seinen Leib schleuderten, an deren Enden Haken saßen. Iffnar kannte die Vorrichtungen. Gleich mussten die Mannschaften auftauchen, welche die Haken fassten und die Ketten strafften, um den Drachen auf die Erde zu pressen.

Amüsiert verfolgte er, wie die Ketten an manchen Stellen erst gar nicht bis über seinen Leib flogen; ein Haken prallte gegen seinen Hals und plumpste in den Schnee. Gleichzeitig stapften die ersten Drachenjäger hinter ihren Deckungen hervor – und blieben beim Anblick des Altvorderen entsetzt stehen.

»Ein Großer!«, schrie der Vorderste warnend über die Schulter. »Zurück, zurück!«

Iffnar lachte dunkel, raffte die Ketten mit den Vordertatzen, der Schnauze und dem Schwanz an sich und zog daran. Der Stahl hielt seiner Kraft stand, dafür wurden die Pferde, die auf der anderen Seite im Zuggeschirr hingen, von den Beinen gerissen und über den verschneiten Waldboden geschleift. Sie rissen die Umstehenden um, begruben sie unter sich oder zerrten sie einfach mit sich. Iffnar liebte Pferdefleisch, es hatte diesen leckeren, süßlichen Beigeschmack wie bei keinem anderen Tier. Jedenfalls hatte er noch kein anderes Fleisch dieser Art gekostet.

Aus verschiedenen Winkeln rutschten die massigen Kaltblüter auf ihn zu, sie wieherten und bäumten sich auf, doch ein paar schnelle Schläge in die Nacken töteten die Tiere; danach sandte er einen roten Flammenstrahl meterweit aus seinem Maul und schwenkte den Kopf nach rechts und links, um so viele Drachenjäger wie nur möglich zu erwischen.

Es sah aus, als speie Iffnar heißes Blut. Rings um die Lohe schmolz der Schnee am Boden und auf den Bäumen, als käme der Frühling mit brachialer Gewalt über den Spessart. Dabei dosierte er die Angriffe so, dass er dem Wald keinen Schaden zufügte, sondern haargenau in die Zwischenräume zwischen den Stämmen traf.

Begeistert vernahm er die Schreie der Unglücklichen, die durch sein Feuer nicht zu Asche zerfallen, sondern verbrannt worden waren. Dann eilte er über den matschigen Boden und nahm die Suche nach den Überlebenden auf. Sie verrieten sich durch alles: die Temperatur ihrer Körper, die Gerüche, die Erschütterungen, die ihre Stiefel verursachten, das Atmen. Niemand würde ihm entkommen. Niemand *durfte* ihm entkommen, sonst begänne die unruhige Zeit im Spessart von neuem.

Iffnar donnerte durch den Wald, trampelte die eingeholten Menschen nieder und hielt sich nicht lange mit ihnen auf. Er wollte sie nicht fressen, er hatte eine bessere Mahlzeit in den Pferden gefunden.

Die letzten Überlebenden führten ihn schnurstracks zu ihrem Lager, in dem bereits hektische Betriebsamkeit ausgebrochen war. Die Rufe und das dunkle Brausen der Feuerlohen waren vernommen worden.

Als Iffnar die Ansammlung von Lastwagen erreichte, hatte den Menschen die Zeit gerade gereicht, um Katapulte mit langen Spießen zu laden, an deren Enden Ketten angebracht waren. Sie wollten die Haken in ihn schießen.

Doch der Altvordere wich den Geschossen behände aus, ein Spieß nagelte einen Drachentöter an einen Baum. »Was Siegfried nicht schaffte, wird euch erst recht nicht gelingen«, schnaubte er und zerschmetterte den ersten Lastwagen mit einem wuchtigen Schwanzschlag.

Die Aufbauten des Automobils flogen in Trümmern davon, die Karosserie wurde vom Rahmen gehoben und weggeschleudert. Der zweite Lastwagen verging in einer breit gefächerten roten Feuerwolke. Der Schwanz drosch von oben auf ein kleines Automobil, das eben angelassen wurde und mit den Menschen die Flucht ergreifen wollte. Das Dach wurde nach unten gepresst, als bestünde es aus leichtem Dosenblech, die Fenster barsten und sandten die Scherben weit durch die Luft; Blut spritzte aus dem Inneren, lief an den Türen, über die Motorhaube und das Heck herab. Keiner der Insassen hatte die Attacke überstanden.

Danach war es still, nur das Feuer, das sich über die Automobile, Ausrüstungsgegenstände und Leichname hermachte, knisterte und prasselte.

Bevor der Brand sich ausdehnte, fegte Iffnar mit dem Schwanzende Schnee auf die Flammen und löschte sie. Ausgiebig züngelte er, sondierte die Gegend, ohne auf ein weiteres Lebenszeichen zu stoßen. Er war zufrieden mit dem, was er angerichtet hatte.

Dann spürte er eine Bewegung von einem schweren Lebewesen, das sich auf das Lager zubewegte. Der kleine Drache näherte sich dem Schauplatz, angelockt durch das Schreien und den Geruch des Blutes, der in der Luft schwebte. Selbst in der feinsten Dosierung vermochten die Nasen und die gespaltenen Zungen der Drachen diesen Duft wahrzunehmen.

Iffnar wartete, bis sein Artgenosse erschien.

Es war ein kleines, dunkelblaues Exemplar, nicht älter als zehn Jahre und länger als vier Meter, und somit die perfekte Beute für die Drachenjäger gewesen. Ein Männchen, ein reiner Laufdrache. Auf dem breiten Kopf saßen zwei Hörner, die roten Augen schauten alarmiert zu Iffnar, und er verharrte regungslos; gelegentlich schnellte die Zunge hervor. Hätte ein Mensch ausgedrückt, in welchem Alter und Entwicklungsstand sich der blaue Drache befand, wäre der Begriff Volksschüler gefallen.

Iffnar dagegen – nun ja, mehrere Professorengrade. *Verstehst du mich?*, fragte er.

Der blaue Drache zwinkerte mit den Augendeckeln, senkte den Kopf, schnaufte und duckte sich.

Du willst mich nicht wirklich angreifen?, lachte Iffnar ihn aus.

Doch der Blaue litt eindeutig an Selbstüberschätzung und sprang vorwärts – um die Zähne in einen Leichnam zu schlagen und ihn wegzuzerren.

Der Altvordere schnappte sich einen der fehlgegangenen Spieße und schleuderte ihn gegen den kleinen Drachen. Der Stahl durchbrach die Hornschuppen an der Flanke und trat auf der anderen Seite wieder aus. *Ich brauche dich, um meine Spuren zu verwischen.* Er hob den nächsten Spieß auf, während er sich mit dem rechten Vorderlauf auf die Kette stellte und eine Flucht des Artgenossen verhinderte, der wie toll daran riss und zerrte. Nach dem nächsten Treffer durch den Hals aber stürzte er zuckend zu Boden, ohne den Leichnam loszulassen, und zerfetzte ihn mit seinen spitzen, scharfen Zähnen; Gliedmaßen fielen ab, verteilten sich rings um ihn.

Iffnar wartete, bis die Pupillen des Blauen brachen, dann verteilte er noch mehr tote Drachentöter und Helfer um das kleine Exemplar und drapierte sie so, als habe ein grausamer, harter Kampf stattgefunden.

Schließlich verließ er das Lager und kehrte zu seinen Pferden zurück. Genussvoll öffnete er die Bauchdecke eines Fuchswallachs und machte sich daran, die Innereien zu verzehren, während sich der Himmel verfinsterte und sich graue Wolken versammelten. Wie von Iffnar bestellt, schütteten sie eine halbe Stunde später Schneeflocken auf die Erde herab und bedeckten seine verräterischen Spuren.

Niemand würde auf den ersten Blick auf die Idee kommen, dass ein Altvorderer hinter dem Massaker steckte. Bei einem zweiten Blick befände er sich längst an einem anderen Ort und würde mit Grendelson gemütlich Vouivres Auslöschung planen.

18. Januar 1925, Reichshauptstadt Berlin, Königreich Preußen, Deutsches Kaiserreich

Arsènie stand am Fenster und schaute hinaus, in den Händen hielt sie einen Telefonapparat.

Rund um das Brandenburger Tor pulsierte das Leben, rollten Automobile und Fahrräder, Fuhrwerke und Busse. Menschen liefen auf dem Pariser Platz umher, dick gegen die Kälte eingepackt, die Köpfe eingezogen und Schals, Mützen und Hüte tragend.

Arsènie erlaubte sich in den beheizten Räumen den Luxus, ihr dünnes, weißes Seidennachthemd zu tragen, das tiefe Ausschnitte vorne und hinten besaß. Kein Mann hatte bislang dieser Versuchung widerstehen können.

»Irmser, Gisborn und die gute Padasamam sind tot«, sprach sie bedächtig in das Mikrofon, während sie die separate Hörmuschel ans Ohr hielt. »Es scheint, jemand hat es auf uns abgesehen. Die Lehre von Dunglas Home soll ausgelöscht werden.«

»Denken Sie nicht ein wenig zu egozentrisch, Madame Sàtra?« Der Mann am anderen Ende der Leitung klang genervt. Genervt von ihr.

»Die Zeitungen schrieben nicht darüber, aber auch wir haben Verluste erlitten. In den vergangenen zwei Tagen sind drei meiner Schüler verschwunden. Spurlos!«

Sie beobachtete, wie Berittene in prächtigen Militäruniformen und langen Reitermänteln durch das Brandenburger Tor kamen und die Autos zum Stehenbleiben zwangen; gleich darauf wurde ein herrlich anzuschauender Sechsspänner sichtbar, auf dem der preußische Adler aufgemalt war. Der Kaiser kam mal wieder zu Besuch ins *Adlon*, und wie immer verursachte der verschwenderisch in Szene gesetzte Auftritt einen Stau in den Straßen. Wie gerne hätte sie diesen Protz und Prunk auch einmal für sich: Kaiserin Arsènie. Ein schöner Titel.

»Vielleicht haben sie die nächste Stufe des transzendentalen Zustandes erreicht?«, schlug sie nicht ganz ernsthaft vor. »Die nach der Selbstlevitation.«

»Wir haben nichts mit der indischen Lehre am Hut, Madame«, wurde sie verschnupft zurechtgewiesen.

»Es war ja nur ein Vorschlag, seien Sie nicht gleich beleidigt, Mister Valentine.«

»Mein Humor hat mich verlassen, Madame. Wie können Sie nur so gelassen bleiben, angesichts der Umstände?«

»Wer sagt, dass ich gelassen bin?« Sie kehrte auf den Diwan zurück, legte sich darauf und zog mit dem rechten Fuß zweimal die Klingelschnur. Gleich darauf erschien ein Butler, der ihr Champagner brachte. »Welche Theorie verfolgen Sie, Mister Valentine?«

»Ich denke, dass die Kirche dahintersteckt«, antwortete der Spiritist ohne zu zögern. »Unsere Bewegung hat immer mehr Zulauf zu verzeichnen, wir sind Berater von vielen Persönlichkeiten, von der Wirtschaft über Prominente bis hin zu Politikern und Fürsten. Niemand kommt auf die Idee, einen Bischof oder einen Abt nach der Meinung Gottes zu fragen.«

»Ich stimme Ihnen nur bedingt zu«, erwiderte sie. Sie richtete sich halb auf, stellte das schwere Mikrofon auf den Tisch und trank von dem Champagner. »Mir ist da vor einigen Tagen eine seltsame Sache passiert. Die Materialisation eines schwarzen, fünfköpfigen Drachens mit gelben Augen ist während einer Séance aufgetaucht und hat mich angegriffen. Kennen Sie einen ähnlichen Fall?«

Valentine zögerte. »Nein, Madame. Hat er versucht, Kontakt zu Ihnen aufzunehmen?« Jetzt klang er erregt. »Das wäre eine Sensation!«

»Kontakt kann man so nicht sagen. Er hat versucht«, sie leerte das Glas und schickte den Butler mit einem Wink davon, um ein weiteres zu holen, »mich umzubringen. Seine verdammten Köpfe schnappten nach mir. Daher hatte ich angenommen, dass die Drachen hinter den Morden an unseren Freunden und Rivalen stecken.«

»Madame, ich gestehe, dass mir das alles zu rätselhaft ist.«

»Befragen Sie doch Ihre Geister, Mister Valentine«, merkte sie spitz an. »Sie können doch gut mit ihnen, wie man hört. Oder sollte es am Ende stimmen, dass Sie auch zu den Scharlatanen gehören?« Arsènie sandte ein fröhliches Lachen hinterher, um den Mann sofort zu beschwichtigen. »Nein, ich weiß. Vieles ist im Dunkeln. Wir brauchen stärkere Kräfte als automatisches Schreiben, Levitation, Geisterkräfte und die Welt des Jenseits.«

»Einen Seher, Madame. Da stimme ich Ihnen zu. Nur dumm, dass mit Irmser und Padasamam die fähigsten verschieden sind.« Valentine schwieg. »Was ist mit dem Russen?«

»Er ist schon lange abgereist. Nach dieser gewaltigen Ruhestörung, die er sich geleistet hat, verließ er das Hotel mit unbekanntem Ziel. Seine Sachen wurden im Lauf der Woche abgeholt.« Sie bedauerte sehr, dass sie so spät von Grigorij Wadim Basilius Zadornovs Aufenthalt erfahren hatte, sonst hätte sie ihm viel früher ihre Aufwartung gemacht. Man erzählte sich bei aller Jugendlichkeit wahre Legenden über seine Manneskraft und seine Liebeskunst. Nicht zuletzt galt er als ein Medium, dessen Weissagungen stets eingetroffen waren. Früher oder später.

»Was halten Sie davon, wenn Sie ihn ausfindig machen und ihn bitten, dass er sich schon im eigenen Interesse mit dem Verschwinden und den Morden an unseren Kolleginnen und Kollegen beschäftigt?«, unterbreitete Valentine.

»Wieso ich, mein Lieber?«

»Kennen Sie noch eine Frau, die attraktiver ist als Sie, Madame?«

Arsènie lachte wieder. »Sie Charmeur. Und zudem haben Sie noch Recht.« Ungeduldig zog sie mit dem Fuß wieder an der Klingel, es dauerte einfach zu lange, bis der Champagner serviert wurde. »Was tun wir, wenn er herausfindet, wer hinter dem Ganzen steckt?«

»Wir nehmen die Herausforderung an, schlage ich vor.« Valentine klang kampfbereit. »Es wird unglaublich viele erstaunte Gesichter geben, wenn sich herausstellt, dass nicht alle von uns bloße Betrüger sind, sondern mit Mächten im Bund sind, welche die Vorstellungskraft der Menschen übersteigen.«

»Meine Güte, Sie klingen bedrohlich«, sagte Arsènie gespielt eingeschüchtert. »Ich empfehle, dass wir die Besonnenheit nicht verlieren. Unser Gegenschlag darf nicht öffentlich werden, sonst dient er der Kirche dazu, einen Kreuzzug gegen uns auszurufen. Ich sage nur: Hexenverfolgungen.«

Valentine schwieg wieder. Sie konnte sich vorstellen, wie er sich zur Ruhe zwang und mit sich rang. »Finden wir erst heraus, was hinter dem Verschwinden steckt, dann sehen wir weiter«, meinte er. »Au revoir, Madame.«

»Au revoir, Mister Valentine. Und achten Sie auf sich und Ihre Umgebung.« Sie hängte ein. Im nächsten Augenblick öffneten sich die Türen, und der Butler kehrte mit dem Champagner in einem neuen, mit Eis gefüllten Kühler zurück.

»Verzeihen Sie, Madame Sàtra. Die Flasche war nicht kalt genug. Ich musste in den Keller, eine neue holen«, erklärte er die Verspätung und befreite den Flaschenhals vom Korken, ohne ihn knallen zu lassen. Gekonnt schenkte er ein. »Wohl bekomm's, Madame.« Er stellte die Flasche auf Eis und verschwand wieder.

Sie schlürfte, schloss die Augen und lehnte sich auf den Diwan. Sie dachte an Valentine.

Er stammte aus Italien und hieß eigentlich Valentino, bis er nach einem Aufenthalt in England seinen Namen geändert hatte und als Claudio Valentine ins Königreich Baden gezogen war. Bald hatte er eine eigene Schule gegründet, um Menschen gegen viel Geld in die Geheimnisse des Spiritismus einzuweihen.

Natürlich griff er bei diesen Séancen nicht auf seine echten Kräfte zurück, sondern arbeitete mit allen möglichen Tricks. Die Leute, die zu ihm kamen, merkten den Unterschied nicht. Aber er entließ sie in dem Glauben, dass jeder in der Lage war, kleine Wunder zu vollbringen, wie beispielsweise Wattebäusche mit bloßer Gedankenkraft zu bewegen.

»Wattebäusche!«, lachte sie. »Wieso sollte jemand solche Nichtskönner entführen?«, fragte sie sich und wandte sich dem Fenster zu, sah das endlose Heer der Schneeflocken vor dem Glas vorüberstürzen. Andererseits wusste ja auch keiner, dass die Verschwundenen keine echten Medien waren.

Arsènie hätte die Meinung geteilt, dass die Kirche die Medien jagte – wenn sie nicht dieses eigene Erlebnis gehabt hätte. Sie hatte die Drachenmaterialisation als eine Warnung verstanden, ihre eigenen Ziele nicht weiter zu verfolgen.

Da kannte sie das Scheusal schlecht.

Sie nahm das Telefon wieder zur Hand. »Vermittlung, verbinden Sie mich mit folgender Nummer.« Nachdem sie die Zahlen genannt hatte, knackte es ein paar Mal. Es dauerte eine Weile, dann erfolgte das Klingelzeichen. »Ja?«, meldete sich eine unbekannte Männerstimme.

»Mister Scottings?«

»Nein, Madame. Mit wem spreche ich, bitte?«

Arsènie unterbrach das Gespräch, überlegte fieberhaft. Es war kein gutes Zeichen, wenn ein Fremder ans Telefon ging und seinen Namen nicht nannte: entweder ein Verbrecher oder die Polizei.

»Verflucht, gelingt mir denn gar nichts mehr?!«, ärgerte sie sich, stand auf und ging ins Ankleidezimmer, um sich ein paar schöne, funktionale Kleider auszusuchen.

Sie streifte das Nachthemd ab, legte das Mieder und ein Spitzenhöschen an, darüber kam das lange, schwarze Satinkleid mit den kurzen Armen, zu dem die schwarzen, langen Handschuhe so gut passten. Dann drehte sie sich mit einem Brennstab Locken in die langen weißblonden Haare und setzte eine kleine, schwarze Kappe auf, an der vorne ein Spitzenschleier angebracht war. Mithilfe von etwas Schminke hatte sich Arsènie in die Frau verwandelt, die angehimmelt und gehasst wurde.

Sie warf sich den weißen Pelzmantel über und trat aus ihrer Suite, fuhr mit dem Lift nach unten und ließ sich vom Concierge ihren Maybach vorfahren. Sie bevorzugte es, selbst das Steuer in die Hand zu nehmen, und das im wahrsten Sinne des Wortes.

Sie lenkte das Automobil durch den Verkehr, hupte oft und beschimpfte dabei alle, die es wagten, ihre Fahrt zu verlangsamen. Schließlich hielt sie vor der Kaiserlich-Preußischen Bank an und eilte hinein.

»Guten Tag, Madame Sàtra«, wurde sie an der Tür von einem Bediensteten begrüßt. »Es geht Ihnen gut, hoffe ich?«

»Danke, ja, Hubert«, erwiderte sie mit einem Lächeln, wandte ihm den Rücken zu und ließ den Mantel von den Schultern gleiten, den er auffing und sich über den Arm legte. Dutzende Männer warfen ihr mehr oder weniger offen begehrende Blicke zu. »Was denn?«, rief sie in die Runde. »Noch keine schöne Frau gesehen?« Die Köpfe schnellten herum. »Ich sage es ja: Wir Frauen stehen noch am Anfang unserer Gleichberechtigung«, meinte sie zu Hubert, nahm die lange Spitze aus ihrer Handtasche und zündete sich eine Zigarette an. »Ihr Männer habt Angst vor uns. Das ist die Wahrheit. Ihr hattet schon immer Angst vor uns.«

»Wie Sie meinen, Madame Sàtra«, entgegnete der Angestellte höflich und verneigte sich.

»Lassen wir das. Bringen Sie mich zu meinem Schließfach, bitte.«

»Sehr wohl.« Hubert wandte sich um und schritt voran quer durch die Halle in den hinteren Bereich, wo Stufen nach unten führten. Vor einer großen Eisentür, an der zwei Männer Wache hielten, blieb er stehen, holte einen Schlüssel hervor und öffnete sie. Sie standen in einer Schleuse, die nächste Tür ließ sich nur mit zwei Schlüsseln öffnen: einem der Bank und einem des Kunden.

Endlich stand sie in dem gepanzerten, von dicken Wänden umschlossenen Raum mit den Schließfächern und ging bis nach hinten zum letzten Fach mit der Nummer 42. Ihrem Fach.

Hubert war diskret am Eingang stehen geblieben und wartete.

Arsènie öffnete es, nahm die Schatulle heraus und warf einen Blick hinein.

Darin lag noch immer ein in ein Öltuch geschlagener, hühnereigroßer Gegenstand, den sie vorsichtig auswickelte. Sofort stieg ein intensiver Geruch auf, würzig und faulig, wohltuend und abstoßend zugleich.

»Sehr gut«, murmelte sie, rollte den mit schwarzen Punkten übersäten, gelben Stein ein und verschloss die Box, die gleich darauf wieder in die Schatulle und das Schließfach wanderte.

Sie hatte sich mit eigenen Augen davon überzeugen müssen, dass sie das Artefakt immer noch besaß.

Sie schritt an Hubert vorbei. »Danke sehr, das war es schon«, sagte sie zu ihm. »Ist Ihnen in letzter Zeit irgendetwas aufgefallen?«, fragte sie, als sie gemeinsam die Stufen in die Halle hinaufstiegen. »Merkwürdige Kunden oder Anfragen?«

»Nein, Madame Sàtra«, gab er Antwort. »Alles ist wie immer … oder gibt es da etwas, was die Geschäftsleitung wissen sollte?«

»Nein, keine Sorge. Ich bin nur ein wenig … Vergessen Sie, was ich Sie fragte, Hubert.« Arsènie tätschelte seinen Oberarm. »Oh, Sie sind stärker geworden, merke ich. Muskeln finden wir Frauen immer gut.«

Er strahlte, und sie grinste. Damit hatte er ihre Frage schon wieder vergessen. Draußen stieg sie in ihren Maybach, ließ den Motor an und steuerte das Automobil zurück zum *Adlon*. Da Scottings aus unbestimmbaren Gründen nicht liefern konnte, würde sie ihre Anstrengungen auf den Russen verlagern. Sie war sehr gespannt auf ihn.

18. Januar 1925, Hauptstadt London, Königreich Großbritannien
Silena saß tief unten in den Kellern des britischen kunsthistorischen Museums im Schein einer elektrischen Birne und zweier Öllampen. Der kleine Tisch bog sich unter der Last der Bücher, die sie darauf abgestellt hatte.

Der Tee neben ihr war schon lange kalt, aber sie hatte keine Zeit gefunden, sich mit dem köstlichen Getränk zu stärken. Unaufhörlich folgte sie den Verweisen aus den Nachschlagewerken und suchte nach mehr Informationen über das Zepter des Marduk. Ihr Amulett hatte sie einfach nach hinten auf den Rücken gehängt, da es ansonsten ständig in den Seiten herumbaumelte. Im Keller gab es keine Drachengefahr.

Allmählich verzweifelte sie.

Das Gilgamesch-Epos sprach in der Tat von Tiamats Zaubermacht, und es erwähnte auch das Zepter. Allerdings war es gleich darauf eine Keule, dann wieder ein gewaltiges Schwert, wieder andere Quellen nannten Pfeil und Bogen und Speere, mit denen Tiamat gefällt worden war. Bislang hatte sie vergebens einen Hinweis gesucht, womit genau nun Marduk den Drachen Tiamat in zwei Hälften geschnitten hatte, um daraus Himmel und Erde zu erschaffen.

Silena stützte den Kopf in die Hände, schloss die Augen und atmete tief aus. Keine Spur vom Zepter, von Skelton oder Zadornov, weder tot noch lebendig. Die Nachricht von der Resistenz des Drachen gegen ihr Schwert hatte Erzbischof Kattla in helle Aufregung versetzt, und die Gelehrten in den Archiven des Officiums suchten mit aller gebotenen Eile nach einem Bild, das den Beschreibungen der Drachenheiligen entsprach. Überall hakte es.

Die Tür schwang auf, und nach ihren letzten Erfahrungen handelte Silena rigoros: Sie zog die Luger, die andere Hand fuhr an den Schwertgriff – und schaute auf Mandrake, der ein Tablett mit Keksen und frischem Tee balancierte.

»Das nenne ich mal eine Begrüßung, Großmeisterin«, zwinkerte er. »Habe ich Ihren Zorn durch irgendetwas verdient?«

»Mister Mandrake ...«

»Sagen Sie Eris zu mir, Großmeisterin. Mein Vorname dürfte für Sie weniger irritierend sein als mein Familienname.« Er stellte das

Tablett auf einen Bücherstapel, schenkte Tee aus und reichte ihr eine Tasse.

»Danke. Das tue ich gern.« Sie nahm die Tasse entgegen und auch den Keks, den er ihr hinhielt.

»Mir ist gesagt worden, dass Sie sich schon über Stunden hier unten verkrochen haben, und da wollte ich Ihnen eine Freude bereiten.« Er nahm ihr gegenüber Platz. »Sie hatten großes Glück, dass Sie den beiden Wahnsinnigen entkamen, Großmeisterin.«

»Sie wissen …?«

»Ich arbeite für den SIS, schon vergessen?«, lächelte er. »Ich habe mir den Polizeibericht senden lassen und nachgelesen, was Sie erlebt haben. Nun bin ich hier, um zu fragen, ob es sich so zugetragen hat oder ob es eine Kleinigkeit gibt, die nicht im Bericht stand.«

Silena biss in den Keks, um den Mund zu füllen. Sie hatte Scotland Yard verschwiegen, dass Zadornov von einem Drachen angefallen worden war. Dummerweise hatte sie vergessen, das Officium nach der Zusammenarbeit mit dem Geheimdienst Ihrer Majestät zu fragen. Ging es Eris etwas an oder nicht? Rasch schob sie sich den Rest in den Mund, kaute angestrengt.

»Dann sage ich Ihnen, was ich inzwischen erfahren habe.« Eris richtete die dunkelbraunen Augen auf sie. »Einer unserer Spione an den Bahnhöfen hat mir mitgeteilt, dass ein Mann in Paddington Station aufgetaucht sei, der eine Fahrkarte nach Schottland mit dem Ziel Edinburgh löste. Die Beschreibung passte hervorragend zu unserem gesuchten Mister Skelton.«

»Sollte er nicht eher versuchen, von der Insel zu fliehen, als sich in den Norden zu begeben und sich selbst kaum einen Ausweg offen zu halten?«

»Das dachte ich zunächst auch.« Eris langte unter sein Sakko und breitete eine ausgeschnittene Zeitungsmeldung aus. »Die *Times* hat Werbung für eine Ausstellung im Schloss Edinburgh gemacht. Und jetzt raten Sie, was dort zu sehen ist?« Er grinste, nahm sich einen Keks, betrachtete ihn und schob ihn sich ganz in den Mund.

Silena musste lachen und fühlte Glück, das sehr gut zu dem Kribbeln in ihrem Bauch passte. »Sie sind ein seltsamer Geheimagent, Eris.«

»Das liegt an Ihnen, Großmeisterin«, sprach er undeutlich und hielt sich eine Hand vor den Mund, damit keine Krümel herausfielen. »Sie haben mich bezaubert. Vom ersten Augenblick an.«

Sie sahen sich in die Augen, und obwohl er seine Bemerkung lustig gemeint hatte, glaubte sie zu erkennen, dass mehr Wahrheit darin lag, als er hatte zugeben wollen – und schon errötete sie wieder. »Verflucht«, sagte sie halblaut.

Er trank Tee, schluckte laut. »Verzeihen Sie meine Worte, Großmeisterin«, entschuldigte er sich sofort und war selbst verblüfft. »Ich … es war ein …«

»Schon gut.« Sie lächelte ihn an. »Sagen Sie Silena zu mir und vergessen Sie den Titel.«

Eris erwiderte die Freundlichkeit mit dem Lachen, auf das sie sich schon gefreut hatte. Wenn das nicht absolut unmöglich war, würde sie annehmen, dass sie dabei war, sich zu verlieben. »Das freut mich. Ich fürchtete schon, ich hätte es mir bei Ihnen verdorben.« Sie stießen mit den Tassen an. »Auf unseren Erfolg.«

Silena fühlte sich überglücklich und vergaß, dass sie sich in einem muffigen Archivkeller befand. Jetzt würde sie gern mit ihm im Luftschiff sein, hoch über den Wolken, jenseits von Drachen und Morden, und die Zweisamkeit genießen.

»Edinburgh?«, erinnerte er sie und pochte auf den Zeitungsausschnitt.

»Ah ja.« Sie beugte sich nach vorn, überflog die Zeilen. »Eine Ausstellung über aufgegebene Drachenhorte in den Highlands?«

»Meiner Ansicht nach passt das doch alles perfekt ins Muster. Die Hamsbridge & Coopers Insurance ist mit der Überwachung der Räume beauftragt worden, ich habe es überprüfen lassen. Mister Skelton gelangt ohne weiteres in die Burg und kann sich umschauen. Ich bin sicher, dass es dort einen ähnlichen Überfall geben wird wie auf dieses Haus.« Er sah sie erwartungsvoll an. »Was halten Sie davon, wenn wir gemeinsam nach Schottland reisen?«

Bevor ihr ein »liebend gern« über die Lippen kam, wiegte sie lieber den Kopf und tat so, als sei sie davon nicht ganz überzeugt. »Ich weiß nicht. Wie soll ich den neuen Mann in der Staffel erklären? Es ist doch ein wenig sehr auffällig.«

Eris machte ein bedauerndes Gesicht. »Ja, Sie haben Recht«, stimmte er zu.

»Aber ich lasse mir etwas einfallen«, sagte sie rasch und etwas zu hastig. Sie hatte sich schon wieder verraten.

Eris strahlte sie an, und mit dem Lächeln stiegen Schmetterlinge in ihrem Bauch auf und flatterten umher. »Wie schön.« Er räusperte sich und schaute auf das Buch vor ihr. »Das Zepter des Marduk?«

»Ein heidnisches Artefakt. Der Drache und die Menschen im East End wurden damit getötet. Ich denke, dass Drachenjäger dahinterstecken.«

»Vielleicht arbeiten sie mit Skelton zusammen«, mutmaßte Eris und schob sich den nächsten Keks in den Mund. »Er besorgt ihnen die Informationen, wo es was zu greifen gibt, und sie kümmern sich um den Rest.«

»Finden Sie heraus, wo Leída Havock und ihre Leute sind. Organisieren Sie sich einen Durchsuchungsbefehl. Das ist mein Vorschlag.«

»Aus welchem Grund?«

Sie zuckte mit den Achseln. »Eine Ahnung.«

Eris nickte bedächtig. »Ich werde sehen, was ich in die Wege leiten kann.« Er stand auf. »Dann besorge ich uns erst einmal die Fahrkarten nach Edinburgh.«

»Lassen Sie, Eris. Wir fliegen nach Schottland. Die Theben schafft die Strecke schneller als jede Bahn.« Silena klopfte auf das Buch vor sich. »Ich habe noch zu tun. Abflug ist morgen früh, Punkt sechs Uhr.«

»Ich werde da sein.« Er betrachtete sie, sammelte seinen Mut. »Darf ich Sie auf ein Bier oder einen Drink einladen, wenn Sie mit der Recherche fertig sind?«

»Sehr gern«, erwiderte sie. »Treffen wir uns kurz nach neun vor dem Museum? Bis dahin habe ich entweder etwas über das Zepter herausgefunden, oder ich habe keine Lust mehr, in den Büchern zu suchen.«

»Sehr schön! Freut mich, dass Sie meine Einladung annehmen, Silena.« Eris schenkte ihr ein Abschiedslächeln und verließ das Archiv, während sie sich wieder ihrer Lektüre widmete.

Ihre Augen huschten über die Zeilen, aber sie nahm nur die Hälfte dessen wahr, was sie las. Der Mann verwirrte sie, machte sie vollkommen durcheinander. Und es gefiel ihr.

Ihre letzte Beziehung hatte sie vor einem Jahr beendet. Es war ein junger Fliegerkadett gewesen, ein Schüler Richthofens, der sie wahrscheinlich weniger wegen ihrer Art, sondern mehr wegen ihrer Herkunft und ihrem Äußeren anziehend gefunden hatte. Damals hatte sie das Haar noch lang getragen, danach hatte sie es sich auf den mittelalterlich anmutenden Schnitt kürzen lassen. Alle nachfolgenden Angebote der Männerwelt hatte sie ausgeschlagen, niemand entsprach ihren Ansprüchen.

Niemand.

Außer Eris Mandrake.

Silena beschloss, ihn bei einem alkoholfreien Drink näher kennenzulernen und abzuklopfen. Bislang wusste sie gar nichts über ihn, was bei Geheimagenten vermutlich so sein musste. Sie nahm sich vor, sich dabei nicht von seinem bestechenden Charme beeinflussen zu lassen. Sie fühlte sich wie ein kleines Mädchen, das mit ihrem Schwarm ausgehen durfte. So ähnlich verhielt es sich auch. Wenig Männer, zu viel Arbeit – dadurch hatte sich bei ihr eine gewisse Unerfahrenheit in Liebesdingen gehalten. Es würde sich herausstellen, ob es schön oder nachteilig war.

Sie schlug das nächste Buch auf, blätterte darin herum und hatte doch nur Eris' Gesicht vor sich, ganz gleich, was sie ansonsten betrachtete oder las. Es gab keinen Zweifel, dass sie sich in ihn verliebt hatte.

Ihre Augen blieben an handschriftlich eingefügten Worten in einem Buch hängen.

12. 5. 1901
Anmerkung: Das Zepter des Marduk trägt meines Erachtens Tiamats Fluch in sich.

In einem altbabylonischen Text auf der linken Innensäule eines Arkadenganges nahe dem Ishtartor lässt sich Folgendes finden, behauptet Armin Randler:

DENN VOR IHREM TOD SPRACH DIE TIAMAT: NICHT MEHR ALS ELF SOLL DAS ZEPTER TÖTEN, DANACH WIRD ES VERGEHEN UND MIT SICH REISSEN ALLES, WAS UM ES HERUM LEBT. DAS IST MEINE RACHE, DIE HIMMEL

UND ERDE GLEICHERMASSEN TREFFE, AUS DENEN MEIN
LEIB GEFORMT WERDE.
Habe eine Prüfung veranlasst, Reise nach Ninive ist vom Kuratorium genehmigt.

Silenas Gedanken lösten sich von Eris, die Entdeckung hatte ihren Forscherdrang geweckt. Sie versuchte herauszufinden, wer diese Zeilen in das Buch geschrieben hatte, fragte auch bei der Ausleihe nach, die in ihren Unterlagen nichts finden konnte.

Auch die Suche nach einer Reise nach Ninive erwies sich als Fehlschlag. Es gab weder Aufzeichnungen noch Abrechnungen darüber. Entweder hatte die Überprüfung vor Ort niemals stattgefunden, oder sämtliche Aufzeichnungen waren verschwunden.

Müde wartete Silena um kurz vor neun Uhr vor dem Museum auf den Geheimagenten. Ihre Augen brannten vom vielen Lesen, und ihre Kehle war wie ausgetrocknet. Sie sehnte sich nach etwas zu trinken und hätte einen See leeren können.

Ein wuchtiges schwarzes Automobil hielt vor ihr an, der Motor tuckerte leise. Eris' Kopf erschien am Seitenfenster. »Was ist? Wollen Sie Wurzeln schlagen, Silena?«

»Ein schönes Automobil«, lobte sie und öffnete die Tür, stieg ein. Es roch neu und gepflegt. Kein Wunder, dieser Marmon-Typus war das neueste Modell. »Als Agent verdient man kein schlechtes Geld, ist das möglich?«, neckte sie ihn mit einem Lächeln.

»Ich riskiere tagtäglich mein Leben für Ihre Majestät, da kann man sich in den anderen Momenten auch etwas leisten«, gab er zurück und fuhr los.

Die Beschleunigung des Marmon presste Silena in den Sitz, und sie grinste. Die Vorliebe für hohe Geschwindigkeit teilten sie zumindest. »Sind Sie schon mal mit vierhundert Sachen durch die Gegend gefahren?«, fragte sie und wusste, dass die Antwort nur »nein« sein konnte.

»Mein Rekord steht bei siebenhundert Sachen.« Er zog den Motor weit nach oben, der Zeiger des Drehzahlmessers landete beim Schalten von Gang zu Gang fast immer am Anschlag. »Eine umgebaute Macchi. In Lakehurst war letztes Jahr ein Flugzeugrennen, und da durfte ich bei einem Piloten einsteigen. So eine Angst hatte ich bei keinem Auftrag gespürt.«

Silena schwieg. Es würde schwierig werden, Eris nach einem solchen Erlebnis mit etwas beeindrucken zu können.

»Zuerst dachte ich an ein wenig argentinischen Tango oder einen Foxtrott mit Ihnen.« Der Marmon bog ab und rauschte in eine Seitenstraße. »Aber dann sagte ich mir, dass Sie sicher gern etwas erleben würden.«

»Glauben Sie mir, ich erlebe beinahe täglich etwas«, lachte sie.

»Außerhalb der Drachenjagd. Sie sind mehr der zurückhaltende Typ Frau, habe ich gehört.«

Silena ärgerte sich. »Wer behauptet denn so etwas?«

Eris zwinkerte. »Ich bin Geheimagent und habe meine Quellen. Ich habe uns einen Tisch im Coco Club reserviert. Ich hoffe, Sie mögen Charleston und Jazz?«

»Sehr sogar!« Silena freute sich, noch eine Übereinstimmung gefunden zu haben. Schon wieder fühlte sie sich wie ein kleines Mädchen.

»Dann habe ich genau das Richtige für uns gefunden.« Er bog wieder ab und hielt nach ein paar hundert Metern vor einem Haus mit einer bunten Lichterreklame, die ihr taghelles Licht gegen die Wände der umstehenden Gebäude und die Straße warf; die Pfützen auf dem Kopfsteinpflaster reflektierten die grelle Reklame: *The Coco Club*.

Eris hielt vor dem Eingang an, stieg aus und warf einem der wartenden Pagen den Schlüssel zu. Dann bot er Silena seinen Arm. »Kommen Sie und staunen Sie, was man in London unter Vergnügen versteht.«

Sie nahm sein Angebot an.

Arm in Arm gingen sie durch die Tür, die ihnen von einem breit gebauten Afrikaner geöffnet wurde. Er trug eine ein wenig zu klein geratene Melone und einen schwarzen Anzug; die weißen Gamaschen, Manschetten und der weiße Schlips stachen dadurch besonders hervor. Ein dicker Vorhang, durch den die Klänge einer Big Band tönten, schirmte den Raum hinter der Tür vor Blicken ab.

Der Afrikaner tippte sich an den Hutrand. »Guten Abend, Mister Mandrake. Schön, Sie wieder bei uns zu haben.«

»Danke, Joe.« Er nahm mit seiner freien Hand fünf Pfundnoten aus der Tasche und drückte sie dem Türsteher diskret in die Hand. »Wer spielt heute Abend?«

»Oh, das wird Ihnen gefallen, Sir. Wir haben die Creole Jazz Band engagiert, und Misses Josephine Baker ist auch da. Ein Tanz, wild wie im Dschungel«, blinzelte er. »Viel Spaß, meine Herrschaften.« Er verneigte sich, und sie schritten an ihm vorbei durch den Vorhang.

Die mitreißenden Jazzklänge stürzten sich auf Eris und Silena, schwappten in die Ohren und verbreiteten sofort gute Laune. Die Stunden in dem kleinen abgeschirmten Keller des Museums waren längst vergessen.

Der Club bestand aus zwei Etagen, die untere beherbergte Tanzfläche, Bühne und Orchesterbereich, eine Bar und viele Tische, die zweite diente als Galerie, von der aus man die Tänzerinnen und Tänzer noch besser beobachten konnte.

Die Frauen trugen schicke Kleidchen und lagen im Wettstreit, wie wenig Stoff man an den Leib ziehen konnte, ohne vollkommen nackt zu sein. Perlenkäppchen, mehrschlaufige Ketten, Federboas, Federschmuck im Haar – sie zeigten sich sehr abwechslungsreich, was die Accessoires anging.

Natürlich gab es auch elegantere Abendkleider an denen zu bewundern, die nicht ganz so mutig waren. Die Herren trugen legere Anzüge in den verschiedensten Farben, andere hatten ihre Sakkos schon lange abgelegt und die Hosenträger von den Schultern geschoben, um mehr Bewegungsfreiheit bei den Tänzen zu haben. Silena strahlte über das ganze Gesicht, es gefiel ihr einfach zu gut.

»Kommen Sie, wir gehen nach oben«, rief er ihr ins Ohr, um die Mischung aus lauter Musik und unzähligen Unterhaltungen zu übertönen, und ehe sie sich versah, nahm er ihre Hand und zog sie hinter sich her zur Treppe. Sie wehrte sich nicht.

In der ersten Etage angekommen, ließ er sie neben einem Tisch los, von dem aus man einen idealen Blick auf das Geschehen hatte. Dort winkte er einen Kellner zu sich, wechselte ein paar Worte mit ihm, die Silena nicht verstand, und kurz darauf wurden zwei Drinks serviert.

»Ist da Alkohol drin?«, wollte sie wissen.

»Ja ...«

Sie lächelte entschuldigend und schob das Glas zu ihm hinüber.
»Dann müssen Sie es trinken. Bestellen Sie mir ein Glas Milch, bitte?«

Eris tat es, dann deutete er auf die Bühne, wo eine kleine Afrikanerin in einem Bananenröckchen erschien. Die Creole Jazz Band spielte einen verjazzten Tusch, und dann sprang ein Conferencier in einem weißen Anzug und mit einem Strohhut auf dem Kopf auf die Bühne.

»Willkommen im Coco Club, Ladies and Gentlemen. Es ist mir eine besondere Freude, Ihnen die einmalige Josephine Baker anzukündigen! Wir haben sie für diese Nacht aus Frankreich entführen lassen, damit sie uns einen ihrer berühmten Tänze zeigt, und danach sorgt die Creole Jazz Band dafür, dass Ihre Schuhsohlen den heutigen Abend nicht überstehen werden.« Er steppte los und moderierte dabei weiter, als wäre das, was er mit seinen Füßen anstellte, so alltäglich wie Laufen. »Ich möchte jeden heute Abend mindestens einmal auf der Tanzfläche gesehen habe, Ladies and Gentlemen. Dabei muss man nicht unbedingt ein solches Genie sein wie ich oder meine Freunde...« Er zeigte nach rechts und links, und plötzlich marschierten weitere Männer und Frauen im Steppgleichschritt auf die Bühne. Ein Afrikaner sprang nach vorne und legte ein Solo auf die Bretter, dass Silena über so viel Bewegungsgeschick nur staunen konnte. Der Mann steppte und sprang, ließ sich fallen und stand im gleichen Moment wieder da, als sei nichts gewesen.

Die Besucher applaudierten frenetisch, johlten und pfiffen, als sich der Tänzer schweißgebadet bei den Übrigen einreihte, die ihren Formationssteppschritt nicht unterbrochen hatten.

»Einen donnernden Applaus für Mister Hakimbe, Ladies and Gentlemen!«, verlangte der Conferencier und beendete seinen Tanz, hob den Arm, und die Musik setzte mit einem wilden Trompetensolo wieder ein. »Und jetzt genießen Sie den wilden Dschungel Afrikas, die Ursprünglichkeit des Schwarzen Kontinents!« Er zeigte auf die Tänzerin und winkte ihr zu. »Misses Josephine Baker!«

Der Applaus schwoll an, hier und da standen Männer und Frauen auf, klatschten begeistert und anfeuernd zugleich.

Silena hatte eine solche Stimmung noch niemals erleben dürfen. Der Club war ein Gesamterlebnis, die Mischung aus antreibendem Jazz, die Lichter, das Funkeln der Perlen, der Schweißgeruch und das Parfüm, Tabakqualm und eine allgegenwärtige ausgelassene Stimmung, in der nicht einmal die schlechteste Laune bestehen konnte.

Etwas Derartiges gab es in München nicht.

»Gefällt es Ihnen?«, hörte sie Eris' Stimme an ihrem Ohr, und sie nickte, ohne die Augen von der Baker wenden zu können. Halbnackt sprang und hüpfte sie, vollführte unglaubliche Bewegungen, streckte die Zunge raus, schwenkte die Hüfte und wackelte mit den Armen. Was Silena zuerst für lächerlich gehalten hatte, verströmte eine Kraft und Weiblichkeit, die ihr als Westeuropäerin in der Form unbekannt war und sie in den Bann schlug.

Die kleine Afrikanerin hielt lange durch, der Applaus sperrte sie regelrecht ein, bis sie von der Bühne tanzte und noch einmal eine unglaublich lange Zunge zeigte. Der Trommler schlug dreimal auf das Becken, und sofort schwenkte die Band auf ein Charleston-Lied um, zu dem die Gäste augenblicklich auf die Tanzfläche stürmten. Die Ausgelassenheit riss nicht ab.

Silena trank von ihrer Milch und sog den Coco Club geradezu in sich auf.

»Wie wäre es mit einem Tanz?«, schrie ihr Eris zu und zeigte nach unten.

Abwehrend hob sie die Hand, auch wenn ihre Füße die ganze Zeit über im Takt wippten und es überall in ihr kribbelte.

Eris ahnte es. »Kommen Sie. Es weiß hier ja keiner, dass Sie eine Drachentöterin sind.« Wieder nahm er ihre Hand und zog sie einfach mit sich, die Treppe hinab und schnurstracks auf die Fläche der Tanzenden, wo kaum noch ein freies Plätzchen war.

Silena gab sich dem Rhythmus hin, ihre Arme und Beine bewegten sich von selbst, sie lachte dabei und betrachtete Eris, der sich nicht weniger geschickt als sie anstellte. Er hatte sicherlich schon hundertmal getanzt. Der Schweiß rann überall an ihr herab, nach dem vierten Lied verlangte sie eine Pause.

»Gehen wir wieder nach oben«, schlug er vor, hakte sich bei ihr ein und lief voraus. Als sie die Treppe erreichten, wurde er von einem besonders feisten Mann zur Seite gedrängt. Eris rutschte von der Stufe, die er eben betreten hatte, und prallte gegen Silena. Sie fing ihn geistesgegenwärtig auf.

Er drehte sich zu ihr – und küsste sie nach kurzem Zögern auf den Mund.

Sie stand wie erstarrt. Seine Lippen waren weich und warm,

schmeckten nach Salz und dem Drink, den er sich gegönnt hatte, und sein Duft betörte sie.

Dennoch stieß sie ihn zurück, obwohl alles in ihr nach mehr verlangte. Er hätte sie zumindest fragen können, ehe er sich den Vorstoß erlaubte.

Sie blitzte ihn aus den grünen Augen an, wandte sich um, stürmte zum Ausgang. Sie hörte nicht auf sein Rufen, sondern schlüpfte durch die Lücken in der Menschenmenge.

Sie entkam auf die Straße und rannte sofort los, bog in die nächste Gasse und winkte sich eine Droschke herbei. Silena sprang hinein, das Gefährt fuhr los. Sie meinte, Eris noch an der Ecke gesehen zu haben, dann verschwand er in der Dunkelheit.

Sie fuhr sich mit dem Zeigefinger über die Lippen. Ihr Herz schlug langsamer, das normale Denken setzte wieder ein.

»Ich Idiotin!« Der Schreck hatte sie aus dem Coco Club getrieben, die Erfüllung ihrer Träume war zu schnell Wirklichkeit geworden. Morgen würde sie sehen, ob Eris Mandrake pünktlich zum Abflug der Theben erschien oder ob er ihre Flucht vollkommen falsch verstanden hatte.

Sie zog den Anhänger nach vorn, der beim Laufen verrutscht war, und schloss die Augen.

VIII.

»Es war dringend notwendig, dass die Drachentöter im späten Mittelalter unter einem Dach versammelt wurden. Nur so ließ sich der Krieg gegen die Teufel in all ihren Formen besser koordinieren. Wir sind eine Gruppe aus Kämpfern aus aller Herren Länder, aber uns eint das Ziel: die Auslöschung der Drachen, bevor sie uns auslöschen. Was ohne Frage geschehen würde, wenn es die Drachentöter nicht gäbe. Ich habe noch keinen Panzer gesehen, der einen Drachen bezwang.«

Erzbischof Kattla

aus der Serie »Drachentöterinnen und Drachentöter im Verlauf der Jahrhunderte«
Im »Münchner Tagesherold«, Königlich-Bayerisches Hofblatt
vom 21. Juni 1924

19. Januar 1925, Edinburgh, Provinz Schottland, Königreich Großbritannien

Die Theben schwebte über dem in der Dämmerung liegenden Edinburgh. Silena genoss die Aussicht über die schottische Provinzhauptstadt nur mit halbem Herzen, weil sie ohne Eris in der Gondel stand.

Der Geheimagent war nicht zum Abflug erschienen, und eine Verzögerung hatten sie sich nicht erlauben dürfen. Hauptmann Litzow hatte sie auf die Wetterlage aufmerksam gemacht. Eine Stunde später, und das Luftschiff hätte wegen eines schweren Unwetters über London nicht starten können.

Sie musste an den Hinweis denken, dass Drachen angeblich auch Gewitter heraufbeschwören vermochten. Hatte der Fünfender sie am Boden halten wollen?

»Wir landen, Großmeisterin«, verkündete Litzow. »Es sieht gut für uns aus.«

»Aye, Hauptmann.« Die Theben neigte sich nach unten und schob sich der Erde entgegen. Einmal mehr bereiteten sich die Landemannschaften im Frachtteil der Gondel auf ihren Einsatz vor.

Silena zwang sich dazu, an das Kommende zu denken und nicht an Eris. Bei nächster Gelegenheit würde sie die Nummer wählen, die sie von ihm bekommen hatte, und sich für ihre Reaktion auf seinen Kuss entschuldigen. Hoffentlich gab es ein Wiedersehen mit ihm.

Während die Theben an die Kette gelegt und in den Hangar für Luftschiffe geschleppt wurde, stand sie bereits am Ausgang und konnte es nicht erwarten, die Ausstellung zu besuchen.

Sie nahm zwei Soldaten der Bodenmannschaft mit und ließ sich mit dem neuen Wagen der Marke Phänomen zur Burg fahren. Dank ihres Ausweises bereitete es ihr keinerlei Schwierigkeiten, mit dem Kurator der Ausstellung zu sprechen.

Sir Allan MacMoore, ein waschechter Schotte mit einem Akzent, der ihren Englischkenntnissen alles abverlangte, saß ihr in einem schwarzrot karierten Kilt gegenüber; dazu trug er ein weinrotes Rüschenhemd mit Kehlbrosche und einen weißen Gehrock. Der Mann machte Eindruck.

»Ein Überfall, Großmeisterin?«, vergewisserte er sich. »Auf die Ausstellung? Und Mister Skelton soll eine Rolle dabei spielen?« Er schaute kurz zu den beiden Soldaten, die hinter Silena standen und die Gewehre bereithielten.

»Das nehme ich stark an, Sir.« Sie legte die Hände zusammen. »Ist Mister Skelton schon hier gewesen?«

MacMoore schüttelte den Kopf. »Er hat sich für heute angekündigt, um die Sicherheitsmaßnahmen zu überprüfen. Aber unter diesen Umständen wäre es wohl besser, wenn wir ihn gar nicht in die Nähe ließen.«

Silena nickte. »Sie haben die Adresse seiner Unterkunft, Sir?«

»Die habe ich. Wir haben sie ihm ja vermittelt. Es ist das *Scottish Pride*.« Er nahm ein Blatt Papier und schrieb ihr die Adresse auf. Dann langte er nach dem Telefon, ließ sich mit dem Hotel verbinden und führte ein kurzes Gespräch auf Schottisch-Gälisch. »Mister Skelton ist bereits eingetroffen.«

»Fragen Sie nach einem Zadornov, bitte, Sir«, sagte Silena rasch, bevor er die Leitung unterbrach.

MacMoore erkundigte sich, dann nickte er. »Ja, auch einen solchen Herrn gibt es. Hat er auch etwas mit dem Überfall zu tun?«

Silena räusperte sich. »Das darf ich Ihnen nicht sagen.«

»Wie sieht es mit der Polizei aus, Großmeisterin? Soll ich …«

»Nein, danke für das Angebot, Sir, aber das Officium regelt diese Angelegenheit. Darauf gebe ich Ihnen mein Wort.«

»Sehr liebenswürdig, Großmeisterin.« Er lächelte. »Ich habe das Luftschiff gesehen. Ein sehr imposantes Objekt, das muss man dem Officium lassen. Die Gondel ist gewaltig.«

Silena wurde bei seinen Worten daran erinnert, dass die Cadmos noch immer spurlos verschwunden war. »Danke, Sir. Ich gebe Ihr Lob an unsere Ingenieure weiter.« Sie erhob sich und deutete eine Verbeugung an. »Gehen Sie davon aus, dass es Spione in der Burg gibt, die für die Diebe ihre Arbeit verrichten. Verdoppeln Sie die Wachen, Sir, aber lassen Sie sich ansonsten nichts anmerken. Wenn der Eindruck entsteht, dass die Absicht der Diebe durchschaut worden ist, werden sie vermutlich flüchten, und wir können nicht alle festnehmen. Einen schönen Tag, Sir.«

»Ihnen auch, Großmeisterin.« MacMoore stand ebenfalls auf und deutete eine Verbeugung an.

Silenas Blick fiel auf das Telefon. »Eine Bitte hätte ich doch noch: Dürfte ich es benutzen, Sir?«

»Sicher. Tun Sie sich keinen Zwang an.« Er verließ sein eigenes Büro, damit sie ungestört sprechen konnte; auch die Soldaten verschwanden hinaus.

Sie nannte der Vermittlung die Nummer, die sie von Eris bekommen hatte, und wurde verbunden.

Nach einigem Warten meldete sich eine Frauenstimme. »Wessex Im- und Exporte, was kann ich für Sie tun?«

Silena entschuldigte sich, hängte auf und ließ sich erneut verbinden, nur um wieder bei der Firma zu landen. »Verzeihen Sie, ich suche einen Mister Mandrake?«, versuchte sie es einfach.

»Mit wem spreche ich bitte, Ma'am?«

»Großmeisterin Silena vom Officium Draconis.«

»In diesem Fall darf ich Ihnen sagen, Großmeisterin, dass Mister Mandrake Ihnen die herzlichsten Grüße ausrichten lässt. Er habe die Verabredung genossen und heute Morgen leider verschlafen, aber er habe den nächsten Zug nach Edinburgh genommen. Er wird sich bei Ihnen melden.«

»Sehr schön. Falls er sich vorher bei Ihnen noch einmal melden sollte, sagen Sie ihm bitte Folgendes.« Rasch fasste sie die Erkenntnisse zusammen.

»Ich leite die Antwort gern weiter. Vielen Dank, Großmeisterin.« Die Frau unterbrach das Gespräch.

Silena verließ das Büro von Sir Allan und kehrte mit den Soldaten auf den Flugplatz zurück. Rasch organisierte sie einen Lastwagen und lud zehn weitere Männer ein, alle bis an die Zähne bewaffnet. Noch einmal würde es Skelton und Zadornov nicht gelingen, sie abzuhängen.

Als der Laster vor dem *Scottish Pride* anhielt und die Soldaten in den ungewöhnlichen Uniformen von der Ladefläche sprangen, die Gewehre halb im Anschlag, schauten die beiden Angestellten vor dem Eingang des Hotels verwundert.

Silena zeigte ihren Ausweis. »Officium Draconis. Sie werden die laufende Operation unterstützen und nicht behindern, oder Sie machen sich nach Paragraph drei des Europäischen Gesetzes zur Allgemeinen Abwehr von Drachentieren strafbar.« Sie ging an ihnen vorbei durch die Drehtür in die Lobby, schritt auf die Rezeption zu und wiederholte die Prozedur, die den Concierge sichtlich einschüchterte. »In welchen Zimmern befinden sich die Herren Skelton und Zadornov, Sir?«

»Ich verstehe das nicht«, sagte der Mann verwirrt und schickte einen Pagen, den Manager zu suchen. »Keiner von den beiden Herrschaften hatte einen Drachen bei sich und …«

»Keine Scherze, Sir.« Silena verzog den Mund. »Die Zimmernummern, aber schnell!«

Er wandte sich zum Schlüsselbord, nahm 213 und 214 vom Haken. »Nur unter Protest, Großmeisterin, denn ich erachte die Gäste als tadellose Gentlemen, die …«

Sie riss ihm die Schlüssel aus der Hand und eilte zum Aufzug, fünf Mann schickte sie die Treppen hinauf. Im Laufschritt ging es den Korridor entlang bis vor die Zimmer. Silena ließ sie gleichzeitig von den Truppen stürmen.

Ihr Amulett glomm auf und warnte sie vor einem Drachen, der sich in ihrer Nähe befand. Das hatte ihr gerade noch gefehlt. Skelton und Zadornov zogen die Bestien geradezu an ... Oder besaßen sie etwas, was ein Drache suchte?

Die Türen flogen nach ein paar Schlägen der Gewehrkolben aus dem Rahmen, die Soldaten stürmten mit gesenkten Läufen und aufgepflanzten Bajonetten in die Räume. Aus dem einen Zimmer drangen spitze Frauenschreie und dichter Tabakqualm, in den sich ein würzig-harziger Geruch mischte. Es handelte sich unzweifelhaft um Zadornovs Unterkunft.

Da Silena keine Lust verspürte, den Frauen und dem Russen beim Ankleiden zuzuschauen, betrat sie zuerst Skeltons Zimmer, die Luger in der Linken und die Rechte am Schwertgriff.

Der Versicherungsdetektiv saß auf der Couch neben dem Fenster und hatte im Schein der elektrischen Lampen ein Buch über Drachenformen und -erscheinungen gelesen. Ein Glas Rotwein stand vor ihm auf dem kleinen Tisch, und er sah sich ängstlich um. Die runde Brille machte aus ihm wieder den Jungen und weckte ein leises Gefühl von Mitleid.

»Mister Skelton«, nickte ihm Silena zu. »Schön, dass ich Sie schnappen konnte, bevor Sie das Museum ausrauben oder zumindest die Informationen an Ihre Leute liefern konnten.«

»Was ist denn das für ein absurdes Possenspiel, Großmeisterin?« Er war entrüstet. »Zuerst versuchen Sie, mich zu erschießen, und jetzt *das!* Ich bin Versicherungsdetektiv und für die Sicherheit der Wertgegenstände verantwortlich, nicht für deren Raub!«

»Ich weiß alles über Sie, Ihren Komplizen Zadornov und die Drachenfreunde«, sagte sie harsch. »Der Geheimdienst Ihrer Majestät hat Sie lange beobachtet und mir Fakten gezeigt, die Sie nicht verleugnen können.«

Skelton starrte sie fünf Sekunden lang an, dann brach er in lautes Gelächter aus.

»Sie werden es nicht mehr ganz so lustig finden, wenn Sie vor unserem Tribunal stehen.« Silena ließ ihn ergreifen und auf die Beine stellen. »Mister Skelton, Sie sind verhaftet. Nennen Sie mir auf der Stelle den Treffpunkt der Räuber, und es wird bei der Verhandlung positiv für Sie gewertet werden.«

Er wehrte sich nicht einmal, lachte immer noch und schaute sich um. »Was wird das, Großmeisterin? Ist das ein Witz?«

»Der Einzige, der momentan lacht, sind Sie, Sir.«

»Was bleibt mir auch anderes übrig?« Er wurde ernster. »Großmeisterin, ich verlange eine Erklärung!«

»*Sie* verlangen gar nichts!«

»Sehen Sie, Mister Skelton! Ich hatte Recht mit meiner Vision«, erklang eine erfreute sonore Stimme vom Eingang her. »Sie kommt her und nimmt uns fest. Wenn auch nur kurz.«

Silena wandte sich zur Tür und erblickte Zadornov, der feixend in einer schwarzen Stoffhose und freiem Oberkörper barfuß zwischen zwei Soldaten stand. Die langen schwarzen Haare hingen in Strähnen in sein Gesicht, sie erkannte einige Narben auf der behaarten Brust, die von Schnitten und Schusswunden herrührten. »Mal wieder nicht angezogen, Fürst?«, grüßte Silena.

»Weder ich noch die beiden Damen, die mich dank Ihrer Leute viel zu früh verlassen haben. Sie waren sehr enttäuscht, was aber nicht an mir lag«, hielt er dagegen. »Kann ich Sie deswegen verklagen?«

Sie fand es unverschämt von den Männern, angesichts der Niederlage so zu tun, als wären sie die Opfer von Willkür geworden. »Ich weiß, was Sie bezwecken, Fürst! Sie wollen die Drachentöter mit dem Zepter des Marduk ausrotten!«

»Ich weiß nichts von einem Zepter«, erwiderte er. »Wie kommen Sie denn auf diesen Unsinn?«

»Sie wollten doch, dass ich Sie töte, Fürst.« Wütend machte sie einen Schritt auf ihn zu, das Schwert halb erhoben. »Wenn Sie mich weiter anlügen, Sir, kann ich Ihnen den Wunsch erfüllen!«

»Wie lustig, zumal ich in diesem Augenblick daran dachte, dass es nicht mehr nötig ist, mich umzubringen. Ganz im Gegenteil.« Er fuhr mit dem Daumen über die Schneide. »Das ist sehr scharf, aber nicht aus Metall. Drachenzahn, vermute ich?«

»Sie sind ein ...«

Zadornov schaute sie intensiv an. »Hören Sie mir zu, Großmeisterin«, sagte er mit seiner Kellerstimme, die ihr Innerstes zum Vibrieren brachte. Der Raum um sie herum schien zu schrumpfen, alles wurde von den ozeangleichen Augen eingesogen und verschlungen, sogar das Licht schwächte sich ab. »Wir drei haben denselben Feind.

Mister Skelton hat mich engagiert, um einen bedeutenden Schatz ausfindig zu machen, nicht mehr und nicht weniger. Weder er noch ich sind Drachenfreunde, und da Sie sich geweigert hatten, mich zu töten, muss ich von Ihnen nun verlangen, uns auf der Suche beizustehen.«

Silena vernahm die Worte, und je länger sie dem Russen zuhörte, desto ruhiger wurde sie. Es war, als ob sie mit offenen Augen schlafe und den Alltag, den Ärger rund um sich herum vergesse.

»Wir werden uns gleich über diese Angelegenheit unterhalten, Großmeisterin. Sie werden Ihre Männer hinausschicken, weil es nur Sie und uns etwas angeht«, verlangte er weiter, und seine Stimme sickerte tief in ihren Verstand.

»Warum sollte ich das tun?«, fragte sie lahm und wunderte sich selbst, wie wenig Gegenwehr sie gegenüber dem Mann leistete. Sie war vollkommen zufrieden damit, in dieses Blau zu schauen.

»Weil das Schicksal der Welt davon abhängt, wie ich es Ihnen bei unserem ersten Treffen erklärte.« Er lehnte sich zurück, und die Wirkung seiner Augen ließ nach, bis sie sich davon losreißen konnte. »Aber wenn Sie sich entscheiden, uns abführen zu lassen, machen Sie es schlimmer. Es wird sich herausstellen, dass nichts von dem, was Sie uns unterstellen, der Wahrheit entspricht, aber in der Zwischenzeit werden unsere Feinde einen Vorsprung erlangen.«

Silena schüttelte den Kopf, um sich von der Wirkung der Stimme zu befreien. »Ein netter Versuch, aber Ihre Tricks, mit denen Sie Abergläubische und schwache Menschen beeinflussen mögen, greifen bei mir nicht.«

Skelton wollte einen Schritt nach vorn tun, aber die Soldaten hielten ihn sofort an der Schulter fest. »Großmeisterin, bitte! Hören Sie mir zu, und ich bin sicher, dass ich Sie überzeugen kann, an unserer Seite zu kämpfen.«

Silena zögerte. Sie traute sich zu, Wahrheit und Lüge voneinander unterscheiden zu können, und daher forderte sie ihn mit einer knappen Handbewegung auf, fortzufahren. Sie setzte sich, die Waffen behielt sie in der Hand. »Bringt Zadornov hierher und setzt ihn neben seinen Kumpanen«, befahl sie. »Wartet draußen.«

Die Soldaten warfen sich Blicke zu, folgten aber dem Befehl. Zadornov lehnte sich zurück und legte die Haarsträhnen nach hinten. Dann warf er ihr einen tiefen Blick zu und kreuzte die Arme vor der Brust. Ihr fiel auf, dass er eine ganz andere Männlichkeit verströmte als Eris, animalischer und zu ihrem eigenen Erstaunen auch eine Spur anziehend für sie. Sie nahm die Münze zur Hand und ließ sie über die Knöchel wandern. Je aufgeregter sie war, desto schneller drehte und wirbelte sie hin und her.

»Danke, dass Sie uns anhören.« Skelton überlegte, wie er am besten begann. »Sie erinnern sich an die Vision, von der Ihnen Zadornov ...«

»*Fürst* Zadornov«, warf der Russe ein.

»... Fürst Zadornov berichtete?«

»Sehr gut.« Und wie sie sich an die Bilder erinnerte, die in ihrem Verstand entstanden waren, als er sie ihr geschildert hatte. »Sie klang sehr merkwürdig. Lindwürmer, eine zerschellende Erde und ähnliche Dinge.«

»Sie scheint in vielen Punkten zuzutreffen, oder wollen Sie leugnen, dass es einen schwarzen fünfköpfigen Drachen mit gelben Augen gibt?«, warf Skelton aufgeregt ein. »Und mir ist eine Deutung zur Weltkugel eingefallen, um die sich die Parteien in der Vision streiten.« Er schob das Buch zur Seite, darunter lag der Ordner mit den Aufnahmen der gestohlenen Gegenstände. Er suchte, ließ eine Seite offen und schob sie Silena hin. »Lapis terrae«, sagte er feierlich. »Der Weltenstein.«

Sie beugte sich nach vorne, um das Foto zu betrachten – und erkannte einen alten Bekannten: eine etwa kinderfaustgroße Kugel, dunkel und mit Einschlüssen versehen. Ein geschickter Graveur hatte die Umrisse aller Kontinente aufgetragen und eine kleine, gelbliche Welt erschaffen. Wie die Skizze aus Scottings' Laden.

Im Bildtext stand:

Lapis terrae, auch: Weltenstein.
Unbekannte Herkunft, gefunden im Jahr 1863 am Strand von Binz auf Rügen.
Erste Vermutungen, es handele sich um ein unbekanntes, vor langer Zeit gestohlenes Teil des Bernsteinzimmers, erwiesen sich als falsch.
Expertenmeinungen variieren, reichen von Ambra, einem versteinerten Oktopusauge bis zum so genannten Drachenstein.

Silena erinnerte sich, von Drachensteinen gehört zu haben, wusste aber nicht mehr recht, etwas damit anzufangen. Sie sollte unbedingt einen Auffrischungskursus in Theorie belegen. Und sie ärgerte sich, dass sie sich ausschließlich auf das Zepter konzentriert hatte.

»Was man auf dem Foto nicht erkennen kann, ist die goldgelbe Farbe des Weltensteins, die sowohl an Bernstein als auch an flüssiges Gold erinnert«, erklärte Skelton. »Sie wissen, dass Drachensteine als begehrte Sammlerobjekte angesehen werden?«

»Es gibt keine mehr, denke ich«, meinte Silena unsicher.

»*Weil* sie gesammelt werden«, schaltete sich Zadornov ein. »Ich vermute, dass dieser fünfköpfige schwarze Drache, der auch in London auftauchte, den Weltenstein haben will. Aus welchem Grund auch immer.«

Silena sah den zerschmetterten Schädel des Drachen und das zerschnittene Gehirn des Monstrums vor sich. »Jemand sucht nach frischen Drachensteinen. Und dazu benötigte der- oder diejenige das Zepter des Marduk. Damit sind Drachen auch für normale Menschen durchaus besiegbar.«

»Auf diese Erklärung sind wir ebenfalls gekommen, Großmeisterin. Ich wollte mich in jener Nacht«, erklärte Skelton, »am Tatort umsehen, ob ich einen Hinweis auf den Weltenstein entdecken kann. Dabei bin ich Ihnen begegnet, und Sie haben die Jagd eröffnet. Auf mich.«

»Ich musste eingreifen, Großmeisterin«, lächelte Zadornov. »Dabei sah ich davon ab, Sie zu töten. Wir verfolgen das gleiche Ziel.«

»Scottings!« Mit Sicherheit hatte er diese Kugel besessen und sich nach Silenas Besuch aus dem Staub machen wollen. »Er hat versucht, den Weltenstein zu verkaufen, und dabei geriet er an diejenigen, die das Zepter des Marduk besitzen.«

»Jetzt wird es kompliziert, nicht wahr?« Zadornov schaute sich um. »Gibt es nichts zu trinken oder zu rauchen?«

»Der springende Punkt ist: Es müssen *zwei* Räubergruppen gewesen sein, die das britische Museum und das Imperial War Museum überfallen haben.« Skelton schaute zwischen Silena und dem Russen hin und her. »Die einen haben sich das Zepter genommen, die anderen den Weltenstein, der irgendwie in Scottings Besitz gelangte.

Sie, Großmeisterin, sind bei ihm aufgetaucht, er wurde nervös und wollte verschwinden, aber die andere Gruppe hat ihn gefunden und getötet.«

»Das ist natürlich nur eine Theorie von Ihnen, Mister Skelton«, sagte Silena.

»Die mir jedoch sehr gut gefällt«, hakte er ein. »Was mich durchaus beschäftigt, ist die Frage, was denn so Besonderes an dem Weltenstein ist. Immerhin trachten gleich mehrere Parteien danach, und das werden sie wohl nicht wegen des hübschen Anblicks tun. Sollten Sie nicht mehr darüber wissen, Großmeisterin? Über einen Drachenstein?«

Damit traf er bei Silena den wunden Punkt, und sie überspielte die Lücke mit Barschheit. »Das werde ich Ihnen zu diesem Zeitpunkt sicherlich nicht sagen. Nach wie vor könnten Sie und Fürst Zadornov an dem Geschehen beteiligt sein. Vielleicht waren Sie einer der Drahtzieher?«

»Wie kommen Sie darauf? Und was habe ich denn mit dem Geheimdienst zu schaffen, den Sie vorhin erwähnten?«

Silena zögerte. »Das Officium arbeitet mit dem SIS zusammen, und der hat eindeutige Beweise gegen Sie vorgelegt. Sie *beide*.«

»Na, auf die bin ich gespannt«, meinte Zadornov lauernd. »Los, Großmeisterin. Ich bin mir keiner Schuld bewusst und verlange, diese Beweise zu sehen.«

»Ich habe sie nicht. Ein Agent zeigte sie mir.«

»Wie sahen die aus?«

»Ich ...« Sie wusste nicht, was sie sagen sollte. Im Grunde hatte sie nur die Bilder gesehen und Eris' Erzählungen gelauscht.

Skelton deutete an sich herab. »Schauen Sie mich an, Großmeisterin. Sieht so ein Mitglied der Drachenfreunde aus?«

»Das ist die beste Tarnung, die es gibt«, knurrte sie und wurde unruhig; sie fühlte sich immer mehr in die Enge getrieben.

»Ich arbeite für Hamsbridge & Coopers Insurance, die ihre Mitarbeiter durchleuchten und nur diejenigen nehmen, die eine hervorragende Ausbildung und einen einwandfreien Leumund besitzen«, zählte er stolz und verletzt zugleich auf. »Denken Sie, die hätten nichts gemerkt?«

Damit nährte er die stillen Zweifel, die Silena schon vorher gehegt hatte. Nein, Onslow Skelton konnte kein gefährlicher Extremist sein. Sie schaute zum Russen. Er schon eher.

»Ich weiß, was Sie eben dachten«, grinste der Fürst und fuhr sich durch die langen Haare. »Ich muss Sie enttäuschen, Großmeisterin. Wenn Sie den Geheimdienst Seiner Majestät des Zaren fragen, so wird er Ihnen sagen, dass ich, Knjaz Grigorij Wadim Basilius Zadornov, vieles bin. Dass ich viele Frauen und deren Betten kenne, dass ich Männer in Duellen getötet habe …«

»Danke, ich kenne Ihre Vita, Fürst, und verzichte auf diese Angeberei«, bremste sie ihn.

»Nun, wenn dem so ist, wissen Sie, dass ich *kein* Drachenfreund bin.« Zufrieden lehnte er sich wieder zurück. Seiner Ansicht nach hatten Skelton und er das Wortduell eindeutig gewonnen. Er rieb sich über die behaarte Brust. »Aber ich bin gespannt, diesen Herrn vom Geheimdienst kennen zu lernen, der Ihnen so viele falsche Dinge über mich und den verehrten Mister Skelton berichtet hat. Aus einem mir nicht nachvollziehbaren Grund hat er gelogen.«

»Es sei denn, er wäre nicht vom SIS«, fügte Skelton hinzu.

Silena weigerte sich, das auch nur ansatzweise anzunehmen.

**19. Januar 1925, Edinburgh, Provinz Schottland,
Königreich Großbritannien**

Silena überlegte fieberhaft. Sie war dazu geboren, um in einem Flugzeug die Teufel am Himmel zu verfolgen, aber nicht, um schwierige Spekulationen anzustellen. Sie wusste nicht, was sie tun sollte, während Zadornov und Skelton sie anschauten und warteten.

Der Blick des Russen wanderte an ihr herab, richtete sich auf ihre Brüste.

»Lassen Sie das!«, sagte sie drohend.

»Weswegen? Ich finde Gefallen daran.«

»Sie sind ziemlich vulgär für einen Fürsten.« Silena zog den Mantel enger.

Zadornov verstand die Geste und lachte laut los. »Ach, Sie dachten doch wohl nicht, ich begehrte Sie?« Er winkte ab. »Seien Sie unbesorgt. Es geht um Ihren Schmuck. Ich wundere mich schon die ganze Zeit über den Anhänger, Großmeisterin«, erklärte er und zeigte darauf. »Er leuchtet wie eine Glühbirne. Wie geht das vor sich?«

Silena war erleichtert und seltsamerweise beleidigt. Er hatte es so selbstverständlich abgelehnt, sie als Frau attraktiv zu finden, dass es sie verunsicherte. Sie war beileibe nicht über die Maßen hübsch, aber gewiss auch nicht hässlich, sodass sie seine Reaktion als Frechheit betrachtete. »Ich ... er leuchtet, wenn ein Drache in der Nähe ist«, erklärte sie abgelenkt und warf Zadornov böse Blicke zu, die er gar nicht zu deuten wusste. »Es ist ein Splitter von Sankt Georgs Lanze.«

»Ein Drache?« Skelton sah über die Schulter aus dem Fenster. »Dieses fünfköpfige Scheusal aus London?«

»Um welchen es sich handelt, sagt mir mein Splitter nicht.« Wie gern hätte Silena nachgefragt, warum der Russe sie nicht anziehend fand. Aus reiner Neugier, natürlich. Doch diese Blöße wollte sie sich nicht geben, weil sie damit erstens ihre Verunsicherung eingestanden und zweitens den Verdacht geschürt hätte, dass sie den anmaßenden Kerl interessant fand.

Zadornov sah sie mit den durchdringenden blauen Augen an und grinste, als könne er ihre Gedanken lesen. »Was unternehmen wir demnach, Großmeisterin?«, erkundigte er sich. »Sie werden sicher einen Plan haben, um das Scheusal zur Strecke zu bringen.«

»Wie war *Ihr* Plan?«, konterte sie und sah zu Skelton, der immer noch über Edinburghs Dächer schaute. Er wirkte ängstlich. »Mister Skelton?«

»Was?« Irritiert wandte er sich ihr zu. »Verzeihung, aber für einen Versicherungsdetektiv ist das Ganze sehr nervenaufreibend. Abwechslung ist gut und schön, aber seit dem Tag im *Adlon* ...« Er atmete tief ein. »Wir, der Fürst und ich, wollten uns die Sicherheitsvorkehrungen anschauen, denn ich halte es für wahrscheinlich, dass die mordenden Räuber auch hier zuschlagen werden. Ich wollte dem Kurator empfehlen, die Queen um zusätzliche Soldaten zum Schutz zu bitten.«

»Und dann?«

»Würden wir einige der Bandenmitglieder lebend in die Finger bekommen.« Zadornov lächelte plötzlich diabolisch. »Meinen Kräften würden sie beim Verhör nicht standhalten können.«

Skelton nickte. »Und damit könnten wir den Aufenthaltsort der Schätze erfahren.«

Um Silenas Mund entstand ein spöttisches, verächtliches Lächeln. »Hokuspokus anstelle von handfester kriminalistischer Untersuchung? Passt das denn zu einem renommierten, seriösen Versicherungshaus?«

Zadornovs gute Laune verschwand von einer Sekunde auf die nächste. »Es ist kein Hokuspokus, Drachentöterin!«, grollte er tief und zog ihren Blick auf sich. »Ich bin ein Hellseher und keiner dieser Scharlatane. Ich habe schon einige Männer wegen einer solchen Behauptung zum Duell gefordert, und bislang gaben mir die Ausgänge der Zweikämpfe stets Recht.«

»Das heißt, Sie würden mich fordern, wenn ich ein Mann wäre«, stellte sie fest. »Nur zu, Fürst.« Sie tippte sich an die Stelle unter der Achsel, an der die Luger saß. »Ich bin ziemlich zielsicher. Und mein Titel lautet Großmeisterin.«

»Aber, aber, Herrschaften!«, schaltete sich Skelton rasch ein und stand auf, um sich zwischen die Streithähne zu begeben. »Wir wollen im Grunde doch das Gleiche: dem Guten zum Sieg verhelfen.« Er drehte sich zu Silena. »Wie wäre es, wenn Sie uns begleiten würden? Damit hätten Sie die Gelegenheit, sich von unseren untadeligen Absichten zu überzeugen. Sobald der geheimnisvolle Agent Seiner Majestät erscheint, soll er sagen, wie er zu seinen Beweisen gekommen ist, und wir wiederum zeigen ihm, dass er sich mächtig im Fürsten und auch mir getäuscht hat.«

»Sollten Sie sich vor uns fürchten, Großmeisterin«, sagte Zadornov, »so nehmen Sie Ihre Soldaten mit. Gegen den schwarzen Drachen werden Sie sie vielleicht benötigen.«

»Seien Sie bloß still, Fürst«, riet sie ihm.

Skelton betrachtete indessen den Anhänger genauer. »Dieser Talisman ... reagiert er nur auf Drachen? Oder auch auf Drachengegenstände?«

Silena runzelte die Stirn. »Ich verstehe nicht ...«

»Wenn nun der Drachenstein unter uns wäre, würde der Splitter dann auch leuchten?«

Sie dachte nach. »Nein. Nur bei lebenden Drachen. Wieso fragen Sie?«

»Es könnte sein, dass ich Ihren Talisman sozusagen an der Nase herumführe«, gestand er, zog sein kariertes Sakko aus, krempelte den Ärmel hoch und deutete auf eine lange, alte Narbe, die vom Handgelenk bis fast zur Armbeuge reichte. »Ich trage einen Drachenknochen in mir«, gestand er nervös.

»Was?«

Zadornov trat neben Skelton und betrachtete die Spuren des Eingriffs. »Gut verheilt. Das muss sehr lange her sein.«

Skelton schaute Silena bittend an. »Ich flehe Sie an, Großmeisterin, meine Eltern nicht dem Officium zu verraten. Sie taten es aus Liebe.«

»Ich nehme an, Sie hatten einen Unfall, als Sie ein Kind waren?« Sie hielt das Amulett näher an den Arm, und der Splitter leuchtete heller. Also hatte er sie jedes Mal warnen wollen, sobald sich Skelton ihr genähert hatte.

Er schüttelte den Kopf. »Irgendeine Krankheit, die meinen Knochen zerfraß, sagte der Arzt. Sie stellten es fest, nachdem ich mir im Alter von sieben Jahren den Arm gebrochen hatte. Ein offener Bruch. Meine Eltern standen vor der Wahl, mir den Arm amputieren zu lassen oder aber das Angebot des Arztes anzunehmen.«

Silena nickte. Sie kannte solche Ärzte, die mit Drachenjägern gemeinsame Sache machten und Knochenfragmente oder Organteile von frisch getöteten Teufeln gegen Unsummen Todkranken implantierten. Einige Patienten überstanden diese Operationen, die meisten jedoch verstarben an den Nebenwirkungen.

»Davon habe ich noch niemals gehört«, staunte Zadornov, sah auf den Arm und dann in Skeltons Gesicht. »Habe ich das richtig verstanden: Sie bestehen zu einem Teil aus einem Drachen?«

»Es ist nicht erlaubt«, warf Silena ein. »Können Sie mir den Namen des Arztes nennen, Mister Skelton?«

»Er ist schon lange gestorben, Großmeisterin«, antwortete er ihr, rollte den Stoff nach unten und schloss den Knopf. »Können Sie meine Eltern verschonen?«

Bevor Silena antworten konnte, meldete sich Zadornov zu Wort. Seine Augen leuchteten, er war begeistert. »Das kann doch nicht sein, oder? Sie bekamen den Knochen mit sieben Jahren eingesetzt, folgerichtig müsste er viel zu klein sein.«

»Fragen Sie mich nicht, warum, aber wenn das Drachengewebe sich entschieden hat, mit dem menschlichen zu verwachsen, verhält es sich wie gesundes.« Skelton rieb sich über den Arm. »Der Knochen wuchs mit mir und wurde zu einem Teil von mir.«

»Die Meinung des Officiums ist klar: Der Drache ist der Teufel, und nur durch die schwarzen Kräfte, die in ihm leben, ist es möglich, dass solche Eingriffe überhaupt gelingen.« Silenas grüne Augen richteten sich auf den Versicherungsdetektiv. Sie fand es ganz erstaunlich, dass Skelton nicht zu einem Verbrecher geworden war. So lauteten die Erfahrungen mit anderen Personen, die etwas von einem Drachen in sich trugen. Die Schlechtigkeit ging auf sie über. Schreckliche Verbrecher – und keine angeblich harmlosen Versicherungsdetektive.

»Meine Eltern wussten um diese Ansicht und achteten sehr genau auf meine Erziehung, Großmeisterin. Sie wären die Ersten gewesen, denen aufgefallen wäre, wenn ich mich zu meinem Nachteil entwickelt hätte.« Skelton hielt ihrem Blick stand. »Wie Sie sehen, gehöre ich zu denen, die Kriminelle jagen.«

»Dieser Umstand allein verhindert, dass ich Sie melde, Mister Skelton, und Sie unter Beobachtung gestellt werden. Dennoch empfehle ich Ihnen: Beten Sie für Ihre Seele, Sir. Ich denke, dass sie nach wie vor in großer Gefahr schwebt.« Silena wandte sich zur Tür. »Gehen wir zum Schloss. Wir haben mit dem Kurator zu sprechen.«

»Darf ich mich vorher anziehen, Großmeisterin?«, traf sie Zadornovs sonore Stimme im Rücken. »Oder haben Sie ein gewisses Verlangen danach, mich derart unbekleidet in Ihrer Nähe zu wissen?«

»Ihr Unterton missfällt mir, Fürst«, erwiderte sie hart und ohne sich umzudrehen. »Wir treffen uns in fünf Minuten in der Lobby. Mir ist es egal, was Sie dann am Leib tragen, aber es sollte so gewählt sein, dass Sie nicht von Bobbies verhaftet werden.« Sie riss die Tür auf und schaute in die Gesichter der wartenden Staffelsoldaten. »Abmarsch«, befahl sie und lief sehr rasch davon.

»Wie kann ein Mann nur so eingebildet sein?«, murmelte sie kopfschüttelnd, stieg in den Fahrstuhl und betrachtete den Anhänger, dessen Leuchten zusehends verblasste, je weiter sie sich von Onslow Skelton entfernte. Das was schlecht. Auf diese Weise verlor ihr Warnsystem an Effizienz. Entweder bewegte sie sich mit übermäßiger

Wachsamkeit umher, oder sie verlor im entscheidenden Augenblick die Aufmerksamkeit und wurde Opfer des Drachen.

Kaum stand sie in der Lobby, leuchtete ihr Talisman wieder stärker. Sie vermutete, dass es sich bei dem Drachenknochen um lebendiges Gewebe handelte, das wohl von menschlichem Fleisch umhüllt war, aber immer noch das Stück eines Teufels blieb. Skeltons Art widerlegte die Theorie, dass eingesetzte Stücke den Träger negativ beeinflussten – oder aber er konnte sich ganz hervorragend verstellen.

Silena setzte sich auf die Couch in der Mitte. »Verdammt«, ärgerte sie sich. Skelton stieg aus dem Fahrstuhl, sah sich kurz um und kam auf sie zu.

»Fürst Zadornov lässt ausrichten, dass es ein wenig länger dauern könnte«, rief er und nahm sich im Vorbeigehen eine Tageszeitung. »Wir könnten die Zeit nutzen, um darüber nachzudenken, wer sich für einen Drachenstein interessiert, oder, Großmeisterin? Sie werden mir gegenüber sicherlich im Vorteil sein, da Sie und das Officium mehr über dieses Artefakt wissen.«

Sie nickte. »Lassen Sie mich mit dem Officium telefonieren.« Sie ging zur Rezeption, ließ sich ein Gespräch nach Deutschland geben und schilderte die Lage. »Ich benötige mehr Informationen über die Drachensteine«, beendete sie ihren Kurzbericht.

»Wenn Sie mich in einer Stunde ...«, bekam sie zur Antwort.

»Nein, jetzt. Aus dem Stand, und wenn es noch so wenig ist«, fiel sie dem Mann ins Wort. »Ach, und hat sich ein Eris Mandrake gemeldet?«, fügte sie hinzu.

»Nein, Großmeisterin.« Papier raschelte, im Hintergrund wurde laut geredet. »Hier haben wir etwas. Im Jahr 1304 ...«

»Vergessen Sie das Geschichtliche. Ich benötige Hinweise, wer sie jetzt sammelt. Die Gründe sind mir vorläufig noch gleichgültig, das klären wir, sobald ich nach München zurückgekehrt bin.«

»Also schön. Einen Augenblick ...« Die Sprechmuschel wurde zugehalten, und dennoch hörte Silena, dass ihr Telefonpartner durch den Raum schrie. Dieses Mal dauerte es länger, bis sie die Stimme wieder vernahm. »Sind Sie noch da?«

»Reden Sie.«

»Ich habe rasch alle Personen raussuchen lassen, die in den letzten Jahren durch Verstöße gegen das Drachenkörperteilhandelsverbot aufgefallen oder zumindest damit in Verbindung gebracht worden sind: Irmser, Gisborn, Padasamam und ...« Der Mann machte eine Pause, weil er vermutlich in den Unterlagen wühlte.

»... Sàtra«, ergänzte Silena an seiner Stelle.

»Richtig, Großmeisterin!«, kam es überrascht.

»Was haben wir über sie im Archiv?«

Das Seufzen am anderen Ende der Leitung fiel lauter aus als gewollt. »Bleiben Sie dran, Großmeisterin.«

Silena schaute sich in der Lobby um, die eben von Zadornov betreten wurde. Er trug einen weißen Zylinder, der einen starken Kontrast zu den langen schwarzen Haaren bildete, und dazu wieder seinen Zobelkragenmantel. Auch auf den Gehstock und eine grün gefärbte Brille hatte er nicht verzichten wollen.

Sie beobachtete seine Wirkung auf Frauen und bemerkte, wie sich eine Gruppe von Damen in ihrem Alter zu dem Russen wandte und wie sie gleich darauf die Köpfe zusammensteckten und tuschelten. Er blickte über die Gläserränder, lächelte und tippte mit dem Stockgriff gegen den Zylinderrand, ehe er sich Skelton zuwandte. Die Damen kicherten und wurden von ihrer älteren Begleiterin wie eine Gruppe junger Gänse zum Fahrstuhl gescheucht. Sie warf dem Russen sehr abweisende Blicke zu, was er mit einem weiteren Lächeln quittierte.

»Nichts, Großmeisterin.«

Silena schrak auf, als sie die Stimme des Mannes hörte. »Wir haben keine sonstigen Einträge über sie?«

»Nein, tut mir leid. Es wurden Ladungen mit Drachenteilen abgefangen, die angeblich für sie bestimmt waren. Leider ohne einen Beweis.«

»Steht in den Berichten eine Anmerkung über Dracheneier oder uringelbe Steine oder etwas in dieser Art?«

Sekunden verstrichen. »Ja. Hier ist vermerkt, dass sich in einer Ladung ein wachteleigroßer, stinkender Gegenstand befunden habe, der aber im Verlauf der Untersuchung stark in Mitleidenschaft gezogen und durch die Proben zerstört wurde.«

»Danke. Ich rufe später noch einmal an.« Sie legte auf, wählte die Nummer des schottischen Kurators und bereitete ihn auf den Besuch vor, ehe sie zu den Männern ging.

»Und? Was haben Sie in der kurzen Zeit herausgefunden, Großmeisterin?«, wollte Skelton wissen.

»Es gibt durchaus Menschen, die sich für den Erwerb und den Besitz von Drachensteinen erwärmen, und zwar so sehr, dass sie dem Officium aufgefallen sind«, meinte sie und setzte sich. »Allerdings sind drei von ihnen schon tot. Verstorben unter mysteriösen Umständen.« Sie nannte die Namen, blickte Zadornov an. »Diese Menschen fallen eindeutig in Ihr Ressort, Fürst. Kannten Sie die Leute?«

Er blickte sehr ernst. »Irmser und Padasamam waren zwei mäßige Hellseher mit durchaus akzeptablen Erfolgen, jedoch ohne die Treffsicherheit in ihren Vorhersagen, wie sie mir vergönnt ist«, antwortete er langsam. Man sah ihm an, dass ihn das Gehörte beschäftigte. »Wir trafen uns ein- oder zweimal, das ist noch gar nicht so lange her.«

Silena fixierte ihn und hatte zum ersten Mal das Gefühl, dass er ihrem Blick auswich. »Haben Sie eine Vorstellung, wie der Name Arsènie Sàtra da hineinpasst, Fürst?«

»Nein, habe ich nicht.« Er hob den Kopf, schaute an ihr vorbei. »Aber wir können sie fragen. Sie kommt eben zur Tür herein.«

IX.

»*Die Linie Ignatius*
Ausgehend von Ignatius von Loyola und dem Zeichen des flammenden Herzens, haben sich die Nachfahren dem Nahkampf verschrieben, indem sie Drachen mit Feuer bekämpfen. Dazu besitzen sie ein großes Arsenal geheimer Substanzen, die schnell und heiß brennen. Allerdings wirkt diese Vorgehensweise nur bei jüngeren Drachen, deren Hornschuppen noch nicht die volle Härte erlangt haben.
Dabei kam es einmal zu einem schrecklichen Zwischenfall, als ein brennender Drache noch drei Kilometer weit lief, ehe er verging. Der Brand vernichtete siebzehn Hektar Wald und das Dorf Kleinheim. Seitdem wird diese Linie kaum mehr eingesetzt.«

aus der Serie »Drachentöterinnen und Drachentöter
im Verlauf der Jahrhunderte«
Im »Münchner Tagesherold«, Königlich-Bayerisches Hofblatt
vom 1. Juni 1924

19. Januar 1925, Edinburgh, Provinz Schottland, Königreich Großbritannien

Arsènie Sofie Sàtra fegte wie ein weißer Wirbelwind in die Lobby.

Über dem hochgeschlossenen, weißen und sehr eleganten Kleid trug sie ein offenstehendes helles Cape gegen die Kälte. Die hellen Haare waren unter einer weißen Pelzkappe verborgen, die Hände steckten in einem Muff. Ihre Miene wirkte entschlossen, die Stirn lag in Falten. Ihr folgten zwei Diener in langen schwarzen Wollmänteln.

Natürlich schaute sich jedermann, der sich im Eingangsbereich des Hotels aufhielt, nach ihr um. Nicht unbedingt, weil sie sofort als Madame Sàtra erkannt wurde, sondern weil sie eine derart starke Aura besaß, die sich Aufmerksamkeit schlicht erzwang.

Sie stürmte an den Empfang und wechselte einige Worte mit dem Concierge, der gleich darauf zur Sitzgruppe deutete. Betont langsam wandte sie sich um.

Wie von Zauberhand lag ein gewinnendes Lächeln auf ihrem Gesicht, kein Vergleich zu dem beinahe grimmigen Ausdruck, den sie beim Betreten des Hotels gezeigt hatte. Dann setzte sie sich in Bewegung und schritt anmutig auf die kleine Versammlung zu.

»Man sagte mir, dass Sie«, sie schaute an Skelton und Silena vorbei, und ihre fast roten Augen bannten den Russen, »Fürst Zadornov sind, Sir?« Sie sprach Englisch, legte aber jene Melodik in die Sprache, die nur Franzosen beherrschen, ohne dass es lächerlich wirkte. Und sie gab ihren Worten etwas Verführerisches auf den Weg, während sie ihm den Arm entgegenstreckte.

»So ist es, Madame Sàtra«, entgegnete Zadornov und deutete einen Kuss auf den Handrücken an, während er sie über die Ränder der Brille hinweg betrachtete. Meisterin und Meister des Charmes trafen aufeinander.

»Und ich bin Großmeisterin Silena, Madame. Ich hätte einige Fragen an Sie.«

»Das kann ich mir denken. Aber kommen Sie später zu mir, ich habe keine Zeit für eine Séance«, sagte sie herablassend. Skelton bedachte sie mit einem freundlichen Blick, um sich gleich wieder dem Russen zuzuwenden. »Ich benötige zuvor dringend Ihre Hilfe, Fürst.«

»Egal auf welchem Gebiet: Ich stehe Ihnen mit Freuden zur Verfügung, Madame.« Seine Bassstimme vibrierte vor Lüsternheit, und es machte ihm gar nichts aus, dies durchscheinen zu lassen.

»Aber leider befinden wir uns im Aufbruch«, unterbrach ihn Silena und schob sich kurzerhand zwischen die beiden. »Macht es Ihnen etwas aus, uns bei unserer Fahrt zu begleiten, Madame Sàtra?« Sie beobachtete die sich verengenden Pupillen in den rötlichen Augen der Französin. »Eine Weigerung kann ich im Namen des Officium Draconis nicht akzeptieren, da Ihr Name im Zusammenhang mit schweren Verbrechen genannt wurde.« Sie nahm sie am Ellbogen und wollte sie auf den Ausgang zuführen.

Sàtra, die über Silena hinwegschauen konnte, wenn sie sich auf die Zehenspitzen stellte, blieb stehen und senkte den Blick. »Großmeisterin, nehmen Sie die Hände von mir. Sie haben nicht das Recht, Hand an mich zu legen. Ich bin kein Drache, wie Sie unschwer sehen.«

»Aber es geht um die Teufel. Wir wissen, dass Sie versucht haben, Drachensteine zu erwerben, Madame«, hielt Silena energisch dagegen. Auf sie wirkte das gute Aussehen des Mediums weder mildernd noch betörend. »Sollte sich herausstellen, dass Sie für die Überfälle auf die Museen verantwortlich sind oder auch nur im Entferntesten etwas damit zu tun haben, wandern Sie schneller in den Hochsicherheitstrakt des Towers, als Sie es vorhersagen können.«

»Ich bin keine Hellseherin, Großmeisterin, sondern medial begabt. Als eine Spiritistin verstehe ich mich auf die Geisterwelt«, gab sie kühl zurück. »Aber ich füge mich Ihren Anweisungen, um weiteres Aufsehen zu vermeiden. Ich erwarte jedoch eine weitreichende Entschuldigung für Ihr schier flegelhaftes Vorgehen, und sollte ich die nicht bekommen, werde ich persönlich beim Officium vorsprechen und mich beschweren.« Sie senkte die Stimme. »Von einem Brief an verschiedene Zeitungen ganz zu schweigen, Großmeistern, in dem ich von der Anmaßung berichte, wie Sie mit einer angesehenen und bewunderten Persönlichkeit umgesprungen sind.«

»Tun Sie das. Ich werde alles bestätigen«, gab Silena ungerührt zurück und führte sie hinaus. Dabei achtete sie genau darauf, dass sowohl Skelton als auch Zadornov folgten.

Sie stiegen nacheinander in ein herbeigerufenes Taxi, ein umgebautes Oldsmobile, in dem alle Platz fanden. In höchster Geschwindigkeit ging es durch Edinburghs Straßen und Gassen zum Schloss. Der Lastwagen mit den Soldaten des Officiums folgte ihnen.

Silena nutzte die Zeit, um ein kleines Verhör zu beginnen. »Was wollten Sie von Mister Za...«

Zadornov hob die Hand. »Fürst ...«

»... von Fürst Zadornov, Madame? Ging es um den Weltenstein?« Sie ließ das von Natur aus bleiche Gesicht der Spiritistin keine Sekunde aus den Augen, doch Sàtra verriet sich nicht einmal mit einem Wimpernzucken.

»Nein, Großmeisterin. Wie Sie gewiss bemerkt haben, sind viele meiner Freunde Opfer von Entführungen und Mordanschlägen geworden«, eröffnete sie. »Da ich zwei gute Freunde, die eine gewisse Begabung in Hellseherei besaßen, verloren habe ...«

»... die Padasamam und Irmser hießen, nehme ich an?«, fiel Silena ihr ins Wort.

Jetzt konnte Sàtra ihre Überraschung nicht verbergen. »Ja, in der Tat! Woher ...«

»Man benötigt einen klaren Verstand und keine Geister, Drogen oder andere Dinge, um die Spuren zu entdecken und zusammenzufügen«, lächelte Silena und freute sich insgeheim wie ein Kind, dass sie eine Bresche in die Unnahbarkeit ihres Gegenübers geschlagen hatte; jetzt musste sie nachsetzen. »Ich war im Haus von Mister Gisborn, den ich zusammen mit Ihnen und den beiden anderen auf einer Fotografie entdeckte. Die Spur führte von einem Mister Scottings dorthin, und bei beiden fanden wir Hinweise darauf, dass es sich um Drachensteine dreht: sowohl bei den Morden als auch bei den Überfällen auf die Museen.«

Sàtra schaute aus dem Fenster. »Gut kombiniert, Großmeisterin. Ich weiß aber nicht, ob es stimmt, was Sie sich zusammenreimen. Denn wie passen die Morde an den Drachentöterinnen und an Ihren Brüdern in das Bild?«

»Gar nicht. Das war das Werk von Fanatikern«, erwiderte Silena etwas zu rasch.

»Sie sprechen von den *Drachenfreunden*?« Sàtra lachte hell auf und wandte den Kopf. »Verblendete arme Trottel! Sie wären niemals in der Lage, solche Taten zu vollbringen.«

»Wie Recht Sie haben«, nickte Zadornov und lächelte. »Dazu benötigten sie übermenschliche Kräfte, wenn man den Schilderungen in den Zeitungen Glauben schenken darf. Ich meine, wie hätten sie sonst Ihre Brüder töten können, Großmeisterin? Oder die arme Großmeisterin ... Wie war noch gleich ihr Name?«

»Martha«, half Skelton leise.

Salz in ihre Wunden – Silena presste die Zähne zusammen. »Es geht nicht um meine Brüder oder die übrigen Verluste des Officiums. Wir sind einer anderen Sache auf der Spur«, beendete sie die Spekulationen, die Sàtra bestimmt absichtlich ins Spiel gebracht hatte. »Den Drachensteinen – und allen voran dem Weltenstein. Was wissen Sie darüber, Madame?«

Sàtra warf ihr einen vieldeutigen Blick zu, der zwischen Spott und Amüsement schwankte, ehe sie die Augen auf Skelton richtete. »Wir sind uns noch nicht vorgestellt worden, Sir.« Nonchalant ging sie über die Frage hinweg und hielt ihm die Hand hin.

»Onslow Skelton, Madame«, antwortete er beflissen und errötete ein wenig. Die Aktentasche hielt er wie einen Schild vor sich, als lasse sich der becircende Charme und die überwältigende Ausstrahlung von Arsènie Sofie Sàtra auf diese Weise abwehren. Er stierte auf die Hand und wusste nicht, ob er sie schütteln oder küssen sollte; schließlich entschied er sich zu einem Schütteln, was sie zum Grinsen brachte.

»Und warum hat man Sie verhaftet, da Sie mit uns in diesem Automobil sitzen, Mister Skelton?«

»Nicht verhaftet, Madame. Ich bin Versicherungsdetektiv von Hamsbridge & Coopers Insurance und beauftragt worden, mich um die Wiederbeschaffung gestohlener Kunstschätze zu kümmern«, erklärte er.

»Und wieso...?« Sàtra beschrieb einen Kreis mit ihrem Zeigefinger.

»Er hat mich engagiert, Madame«, warf Zadornov ein. »Ich habe ihm bei der Suche geholfen.«

»Allerdings ohne Erfolg«, meinte Silena genießerisch, um die Niederlage des Hellsehers offenzulegen.

Zadornov stieß mit dem Ende seines Spazierstocks gegen das Bodenblech. »Ich habe sehr wohl etwas gefunden: eine Vision vom Ende der Welt!«, widersprach er. »Ich schilderte sie Ihnen, Großmeisterin, und der Drache mit den fünf Köpfen und den gelben Augen wurde bereits Realität, wie Sie zugeben müssen.«

»Oh, ihr Geister«, flüsterte Sàtra und hielt sich erschrocken die Hand vor den Mund.

»Haben Sie ihn auch gesehen?«, erkundigte sich Skelton sofort.

Sie nickte. »Er hat mich ... angefallen.«

»Wohl kaum«, schnaubte Silena und sah an ihr herab. »Oder Sie sind ein Geist.«

»Nicht körperlich, sondern im Verlauf einer Séance«, erklärte sie. »Im *Adlon*. Zur gleichen Zeit, als auch Sie dort residierten, wie ich nachträglich erfahren habe, Fürst. Ich habe gehört, wie Sie geschrien haben.«

Er nahm seine Sonnenbrille ab. »Das ist ... unglaublich! Vielleicht haben Sie einen Teil meiner Vision empfangen, Madame!«

Sie verneinte. »Es war anders, Fürst. Ich fühlte, dass sich ein Gast in der Séance befand, der dort nichts zu suchen hatte. Es mag sein, dass Sie ihn durch die Vision aufmerksam machten und er letztlich bei mir landete.« Sie wurde heiser und zog einen Flachmann aus dem Muff, gönnte sich einen Schluck und verstaute ihn sofort wieder. Ihr Diener reichte ihr auf eine knappe Geste hin ein Spitze mit einer langen, braun gefärbten Zigarette daran.

Silena hatte aufmerksam zugehört. In ihrem Eifer hatten das Medium und der Hellseher ihre Umgebung vollkommen vergessen und beschäftigten sich mit dem Austausch der Eindrücke. Zadornov schilderte gerade seine Vision, als der Wagen anhielt. Sie waren im Schlosshof angekommen; quietschend hielt der Lastwagen hinter ihnen, die Soldaten saßen ab.

»Aussteigen, bitte.« Silena schwang sich ins Freie und eilte durch den heftigen Regen über das Pflaster zum Hauptgebäude. Skelton hielt die Tasche wie einen Schirm über sich und folgte, während Zadornov sich den Zylinder auf den Kopf stülpte und sich gemächlich auf den Weg machte. Madame Sàtras Diener hielten gleich zwei Schirme parat, um ihrer Herrin eine trockene Passage bis ins Innere des Schlosses zu gewährleisten. »Leutnant, Sie sichern den Eingang. Schicken Sie zwei Männer auf den Turm nebenan zum Ausschauhalten«, befahl Silena und ging zusammen mit den anderen durch die Flure zum Arbeitszimmer des Kurators. Wenig später standen sie vor seinem Schreibtisch.

»Da wären wir wieder, Sir«, begrüßte die Drachentöterin MacMoore und stellte ihre Begleitung der Reihe nach vor. »Haben Sie neue Sicherheitsvorkehrungen getroffen, wie ich es Ihnen empfohlen habe, Sir?«

MacMoore nickte und schenkte Whiskey aus. Da sowohl Skelton und Silena ablehnten, bekam der Fürst die dreifache Ration. »Das Schloss beheimatet, das nur nebenbei, auch die schottischen Kronjuwelen, und von daher ist es meine Pflicht, alles zu unternehmen, um die Sicherheit zu gewährleisten. Die Soldaten sind bereits auf dem Weg hierher, und die Geschütze auf den Wehrgängen sind geladen.«

Silena hielt sich mit Bemerkungen zurück. Herkömmliche Kanonen, dazu noch antike, waren kaum die rechte Wahl, um es mit einem Fünfender aufzunehmen. »Sehr gut, Sir. Wie schnell können sie hier sein?«

»Morgen früh werden sie erwartet.«

»Lassen Sie die Ausstellung außerdem in die Stadt verlegen, um sie weniger exponiert zu präsentieren«, verkündete Silena.

»Großmeisterin, diese Mauern sind für herkömmliche Diebe kaum zu überwinden, und zusammen mit Ihren Soldaten und meiner Wachmannschaft ist es ihnen unmöglich ...«

»Sir, glauben Sie mir«, unterbrach sie ihn. »Wir haben es mit einem Gegner zu tun, für den eine freistehende Burg leichte Beute ist.« Sie überlegte, ob sie zum Flughafen zurückkehren und in die Saint steigen sollte. Andererseits wollte sie das Trio aus Skelton, Zadornov und Sàtra nicht allein im Schloss lassen. Bislang gab es viele Geschichten und wenig Beweise für das Gehörte. Sie entschied sich, bei den Fußtruppen der Staffel zu bleiben. »Zeigen Sie mir die Ausstellung, Sir Allan«, bat sie. »Ich bin vor allem an den Dingen interessiert, die nichts mit Waffen zu tun haben, sondern sich um Gelege und dergleichen drehen.«

»Oh, da haben wir einiges zu bieten.« MacMoore stand auf und ging voran. »Folgen Sie mir, Herrschaften.«

Der Weg führte durch verhältnismäßig komfortabel eingerichtete Räume, vorbei an Vitrinen mit Fragmenten von Drachenüberresten bis hin zu uraltem Drachenkot. Beschilderungen erklärten den Besuchern, was sie betrachteten. Endlich gelangten sie in einen größeren Raum, in dem ein Gebilde aufgebaut stand, das einem überdimensionalen Nest ähnelte.

Die Macher hatten dabei ihre Fantasie gehörig spielen lassen, um es so gruselig wie möglich zu gestalten. So bestand die Einfassung aus ineinander gesteckten Menschenknochen, das Nest ruhte auf einem nachmodellierten Hügel vor dem Eingang einer künstlich geschaffenen Höhle.

»Das ist unser Prachtstück«, erklärte MacMoore und näherte sich ihm. »Unsere Archäologen haben sich bei der Rekonstruktion an den Funden in den Northern Highlands orientiert, fünfzig Meilen westlich von Inverness.« Er winkte sie näher zu sich. »Und in der Mitte haben wir die versteinerten Überreste von Fiern platziert, damit es noch echter aussieht.«

Silena und Sàtra gingen gleichzeitig nach vorne und schauten auf das Gelege. »Sie haben sicherlich für alles, was Sie ausstellen, eine

Genehmigung des Officium Draconis Britannica, Sir?«, fragte die Drachentöterin wie beiläufig und streckte die Hand nach einem der ochsenkopfgroßen Eier aus. Es konnte sich von der Größe her nicht um einen Drachenstein handeln, aber dennoch wollte sie die Objekte aus der Nähe betrachten.

Im Dunkel der Höhle leuchteten unvermittelt faustgroße, glutrote Augen auf, Dampf quoll in einer Wolke hervor, und ein Drachenkopf schoss brüllend und mit geöffnetem Maul auf Silena zu; Sàtra schrie auf, und Zadornov sprang nach vorn, um ihr beizustehen.

Silena handelte instinktiv. Sie wich zur Seite aus, zog dabei ihr Schwert und führte es mit beiden Händen kraftvoll gegen das linke Auge. Waagrecht stieß sie zu und bohrte die Klinge bis zum Heft hinein.

Funken sprühten aus dem Auge, die Stimme des Scheusals klang unvermittelt blechern, und das Leuchten im Auge erstarb; es stank verschmort, und beißender Qualm drang aus der Höhle.

»Nein!« MacMoore schrie nach Angestellten und Sandeimern, um den Schwelbrand zu löschen. »Das war unser künstlicher Drache, Father Nessie, Großmeisterin!«

Silena zog das Schwert aus dem Auge, ein paar Drähte folgten der Schneide und baumelten aus dem Kopf heraus. »Oh«, erwiderte sie. »Das ist mir wirklich unangenehm. Sehen Sie es als Kompliment, dass Father Nessie sehr echt ausgesehen hat.«

Zadornov lachte und tippte mit dem Stock gegen die Schnauze. »Respekt, Sir Allan. Woraus ist der gemacht?«

»Geformtes und gefärbtes Zelluloid. Wenn wir Pech haben, brennt er uns ab.« MacMoore spornte die herbeieilenden Bediensteten mit schottischen Flüchen an. Sie sprangen in das Nest und die Höhle, schütteten den Sand hinein, während ein anderer an eine verdeckte elektrische Schalttafel trat und einige Knöpfe drehte. Ohne Strom tat Father Nessie gar nichts mehr.

»Ohne Ihnen Vorwürfe machen zu wollen, Sir, aber Sie hätten ihn abstellen können«, warf Skelton ein und trat hinter der Vitrine vor, hinter der er sich versteckt hatte. Er öffnete seine Aktentasche und nahm eine Mappe hervor, schlug sie auf und blätterte. »Im Übrigen ist mir diese Maschine nicht gemeldet worden, wie ich meinen Unterlagen entnehme. Der Schaden ist demnach nicht versichert.«

Mit Schwung klappte er sie zu. »Jedenfalls nicht bei Hamsbridge & Coopers.«

Da erklang eine Sirene aus weiter Entfernung.

»Fliegeralarm?« MacMoore eilte ans Fenster. »Das kommt vom Wachturm auf Calton Hill. Sie haben die Scheinwerfer ...« Er wich zurück. »Ein Drache! Ein großer Flugdrache mit fünf Köpfen zieht über die Stadt!«

Immer mehr Sirenen fielen in die Warnung ein. Das Heulen wurde allgegenwärtig und schreckte die Menschen Edinburghs aus dem Schlaf.

Silena rannte ans Fenster und erkannte, dass Suchscheinwerfer auf den Hügeln um die Stadt herum erwachten und ihren gebündelten Strahl über den Himmel wandern ließen. Gelegentlich streiften sie den Körper eines schwarzen Drachen, der sich für die Bedienmannschaften aber viel zu schnell bewegte. Er entkam immer wieder in die Dunkelheit und wurde zu einem bedrohlichen Schatten, der sich dem Schloss rasend näherte. Silena meinte, das gelbe Glühen seiner Augen zu erkennen.

»Was will er hier?«, fragte sie sich halblaut. »Gibt es in der Ausstellung einen Drachenstein zu holen?« Sie warf einen Blick über die Schulter, um nach ihren Begleitern zu sehen.

Skelton suchte bereits nach einem Versteck, Sàtra und Zadornov redeten leise miteinander. Sie vernahm lediglich einige Worte der Französin, wie »Séance«, »mein Leben ... will mich ...«, bis die Spiritistin die Hände vors Gesicht schlug und ohnmächtig zu werden drohte. Der Russe stützte sie, und auch die Diener sprangen ihr bei.

Hatte es der Drache doch auf den Hellseher und die Spiritistin abgesehen? Als sie sich nach vorn wandte, befand sich der schwarze Drache in einem rasanten Sturzflug. Er schoss über einen Friedhof am Fuß des Schlosses hinweg und zog abrupt nach oben. Jetzt öffneten sich zwei der Mäuler, und ein zweifacher, lauter Schrei erklang. Im gleichen Augenblick schossen die Kanonen auf der Festung und entluden sich donnernd. Selbst wenn der Fünfender getroffen worden wäre, hätte es ihm so gar nichts ausgemacht.

»In Deckung!«, schrie Silena warnend. Sie warf sich auf den Boden und presste sich unter dem Fenster dicht an die Wand.

Ein Geräusch wie von einem wütenden, kräftigen Sturm erklang, und alle Scheiben zerbarsten, während eine schwarze Wolke in den Ausstellungsraum hineinrollte und die Vernichtung brachte. Sie verdeckte Silenas Sicht auf den Raum, doch die Großmeisterin meinte so etwas wie ein tiefrotes Glühen im schwarzen Feuer zu sehen. Sie vernahm den erschütternden Schrei von Sir Allan ganz schwach durch das dunkle Fauchen, das mit der Flammenwalze einherging. Das Glas der Vitrinen zersprang laut klirrend, knisternd fingen Holzbalken in der Decke Feuer. Das Zelluloid von Father Nessies Kopf brannte auf der Stelle lichterloh.

Silena hatte Glück, die Hitze hatte sie kaum getroffen, und so rappelte sie sich unmittelbar nach dem Angriff auf und rannte durch den grauen Qualm zu der Stelle, an der sie Zadornov, Sàtra und Skelton zum letzten Mal gesehen hatte.

»Fürst? Wo sind Sie?«, rief sie hustend. Ihre Stiefel traten auf verkohlte Gegenstände, wirbelten heiße Asche auf. Dutzende kleiner Brände flackerten um sie herum.

»Hier drüben, Großmeisterin«, vernahm sie die tiefe Stimme des Russen vom Ausgang. »Kommen Sie.«

Sie folgte dem Klang und stand gleich darauf vor ihm. Sàtra war bei ihm. »Wo ist Mister Skelton?«

»Ich fürchte, er ist das Opfer des Drachen geworden«, ächzte die Französin, deren weiße Garderobe angesengt und von Ruß und Feuer schwarz geworden war.

»Fürchten Sie, dass Mister Skelton tot ist, oder wissen Sie es?« Silena zögerte, den Rückzug ohne Gewissheit über das Schicksal des Detektivs anzutreten. »Vielleicht ist er nur verletzt?«

»Mir fehlte die Muße, die Asche zu durchwühlen und nach Rückständen zu fahnden, die auf Mister Skelton schließen ließen«, gab Madame Sàtra beißend zurück. »Da drinnen, in diesem Zimmer, lebt nichts mehr.«

Silena warf einen Blick in den Raum und konnte außer umhertreibenden Ascheflocken und knisternden Flammen nichts erkennen. Die Französin hatte Recht: Hier gab es nichts Lebendiges mehr. »Wenn der Drache wirklich hier ist, um einen von Ihnen zu töten, steht uns eine schwere Aufgabe bevor.« Sie eilte den Gang entlang, der beruhigenderweise keine Fenster besaß. »Los. Ich wette, dass das Schloss einen Geheimgang hat.«

»Was ist mit Luftunterstützung?«, schlug Zadornov vor.

Sie schüttelte den Kopf. »Keiner von den Piloten ist in der Lage, die Maschine so zu fliegen, wie es gegen einen Fünfender angebracht ist«, lehnte sie ab. Sie verschwieg, dass dies selbst für sie eine Herausforderung bedeutete.

»Was denn? Das Officium hat nur eine Pilotin?«, lachte er ungläubig – und erinnerte sich im nächsten Moment an den Grund dafür. »Verzeihung, Großmeisterin. Ich …«

Eine Seitentür wurde zehn Meter vor ihnen aus den Angeln geschleudert und gegen die gegenüberliegende Wand katapultiert. Aus der Öffnung schoss eine breite, schwarze Flammenlohe. Die Steinwand hielt der Hitze stand und wirkte wie ein Schild, spaltete sie nach rechts und links auf. Der glühende Hauch flog den Korridor hinauf und schnellte auf die Menschen zu. Das dunkle Feuer zischte und entzündete auf seinem Weg alles, was nicht aus Stein war.

»Da hinein!«, rief Silena und rammte eine Tür mit der Schulter auf, zog Sàtra und Zadornov mit sich und drückte das Holz ins Schloss. Doch die Flammen schossen pfeifend durch das Schlüsselloch und die Ritzen und erwischten die Drachentöterin an der Hand.

Es war ein grausamer, schrecklicher Schmerz, wie sie ihn noch nie zuvor empfunden hatte. Als wäre sie von Säure getroffen worden. Silena schrie laut auf und taumelte vom Eingang weg – und das elektrische Licht erlosch.

Sie standen in einem stockdunklen Raum, dessen Fenster von Vorhängen verdeckt waren. Durch kleine Spalten fiel das Licht der Gestirne herein, gelegentlich sah man auch den dicken Lichtfinger eines Scheinwerfers vorbeihuschen.

»Sind Sie schwer verletzt, Großmeisterin?«, erkundigte sich Zadornov besorgt.

»Es geht«, presste Silena mühsam hervor und fuhr vorsichtig über den Handrücken. Verbrannte Haut knisterte, und sie stöhnte laut, weil selbst die sanfte Berührung enorme Qualen verursachte.

»Wir müssen hier weg«, flüsterte Sàtra ängstlich, die plötzlich an einer Spalte in den Vorhängen stand und hinausschaute. »Da ist er!«, schrie sie. »Da sitzt das Monstrum, genau gegenüber vom Ausgang auf der Spitze des Turmes, und schaut … zu uns herüber.«

Silena trat nach vorn und suchte sich einen Schlitz, um den Fünfender zu betrachten.

Der Drache saß majestätisch auf der Plattform und hielt die blutigen Überreste eines ihrer Soldaten in der rechten Klaue. Den Oberkörper und den Kopf des Mannes hatte er schon abgebissen. Zwei Köpfe behielten den Hof unter Aufsicht, einer sicherte nach hinten ab, der vierte fraß weiter, und die gelben Augen des fünften betrachteten die Front des Gebäudes, in dem sich die Menschen verbargen. Ihm würde nichts entgehen.

Feuerschein flackerte an verschiedenen Stellen der Burg und beleuchtete den schwarz geschuppten, samten schimmernden Leib. Silena schätzte die Länge des Exemplars inklusive Schwanz, der halb um den Turm geschlungen war, auf zehn Meter und die ausgebreiteten Schwingen auf nicht weniger als jeweils acht Meter Spannweite. Kein junges Exemplar, schon gar nicht bei schwarzem Feuer, das nur die mächtigsten Kreaturen zu speien vermochten.

»Das ist er«, sprach Sàtra erstickt. »Das ist das Ding aus meiner Vision. Er ist hinter mir her, noch bevor ich Ihre Hilfe bekommen konnte, Fürst.«

»Sie müssen sich keine Sorgen machen, Madame. In meiner Vision vom Ende der Welt kamen Sie nicht vor, und von daher ...«

Zwei Soldaten erschienen am Fuß des Turms, legten die Gewehre auf den Drachen an und schossen.

Silena glaubte das helle Klirren zu hören, mit dem die Kugeln an den Schuppen abprallten oder zersprangen. »Rennt weg!«, flüsterte sie, die Hände ballten sich zu Fäusten. »Ihr Idioten, lauft ...«

Der Drache machte sich wenig Mühe mit ihnen. Sein Schwanz zischte peitschengleich heran, und die klingenartigen Schuppen an der Spitze zerteilten die Männer und schleuderten sie in Hälften über den Hof. Einer der Köpfe drehte sich abrupt, der Rachen öffnete sich und spie ansatzlos schwarzes Feuer auf die Einfahrt nieder; gleich darauf ertönten vielstimmiges Rufen und grelle Todesschreie, die sich in einer gewaltigen Detonation verloren. Brennende Trümmer und kokelnde Reifen landeten auf dem Hof, darunter befand sich auch eine verbeulte Motorhaube. Der Drache hatte den Lastwagen vernichtet.

»Großmeisterin, was können wir tun?«, rief Zadornov, die Gefahr auf der anderen Seite des Glases unterschätzend.

»Seien Sie still!«, zischte Silena. »Er kann ...« Sie stockte, weil sich zwei der Reptilienköpfe der Fensterfront zuwandten. Die gelben Augen leuchteten vor Boshaftigkeit.

Die rechte Klaue brach ein Stück der Mauer ab und schleuderte sie gegen das Haus. Steinbrocken durchschlugen die Fenster, rissen die Vorhänge zu Boden und begruben Silena unter sich. Sie wurde von harten, schweren Gegenständen getroffen, es rumpelte und knirschte über ihr, weil durch die weggerissenen Längsstreben Teile des Fenstersturzes nachgaben.

In ihren Ohren dröhnte das triumphierende Brüllen des Drachen, sie hörte das Rauschen der Schwingen, als er mit kräftigen Schlägen abhob. Er gedachte sich in eine bessere Position für eine neuerliche Flammenattacke zu bringen. Und wenn er dieses Mal alle fünf Schlünde nutzte, um sein schwarzes Feuer zu speien, würde sogar Stein schmelzen, da war Silena sicher.

Sie kämpfte sich unter dem Schutt hervor. »Los!«, rief sie. »Wir haben keine Zeit, denn ...«

Vor dem Fenster erschienen nacheinander die Köpfe des schwarzen Teufels, neugierig musterten sie den Raum. Die nüsterngleichen Nasen vibrierten, sogen die Witterung auf.

Silena hob ihr Schwert, doch mit dem festen Boden unter den Füßen fühlte sie sich vollkommen nutzlos, verunsichert und nicht im Stande, dem Drachen effektive Gegenwehr zu leisten. »Verschwinde, oder ich muss dich töten, Drache!«, rief sie ihm mit fester Stimme entgegen. Angst durfte man den Teufeln nicht zeigen, oder sie schnappten sofort zu.

»Kommen Sie, Madame!«, rief Zadornov, dann bemerkte er den Schatten vor dem Fenster und wich zurück. »Oh, verflucht!«

»Was haben Sie?« Madame Sàtra schaute in die gleiche Richtung und schrie voller Furcht auf.

Sofort öffnete das Scheusal alle Mäuler. Zuerst strömte trockene Wärme in den zerstörten Raum und kündigte das finstere Feuer an. Gelber Rauch waberte, bis die Lohen mit einem Gurgeln aus dem Rachen schossen – und gegen ein unsichtbares Hindernis prallten.

Sie trafen auf etwas Durchsichtiges, das sich schützend und halbkreisförmig durch den Raum zog und alle drei Menschen einschloss. Das schwarze Inferno tobte mit glühendem Herzen um sie herum, leckte an der Sphäre, an der Decke über ihnen entlang und brannte den Holzboden im gesamten Zimmer weg.

Es war, als schabten die Lohen die Dielen ab und verschonten auch das Gebälk darunter nicht; Asche und Qualm raubten schließlich die Sicht.

Ächzend gaben die restlichen Balken nach, und der Boden brach ein. Die drei Menschen stürzten mit ihrer kleinen intakten Insel senkrecht in das Stockwerk darunter. Silena gelang es sogar, das Gleichgewicht zu bewahren und sich im Gegensatz zu dem Russen und der Französin auf den Beinen zu halten.

Vor den Fenstern sahen sie den riesigen Leib des Drachen, und der erste Kopf beugte sich mit gleißend gelben Augen zu ihnen hinab.

»Ein Wunder!«, freute sich Silena und küsste ihren intensiv leuchtenden Anhänger. »Hab Dank, Heiliger Georg.« Sie packte Sàtra grob am Arm und zerrte sie in die Höhe. »Raus hier. In den Keller«, befahl sie. »Auf ein zweites Wunder möchte ich nicht hoffen.«

»Wunder?«, erwiderte Sàtra irritiert. »Das waren *meine* Geister, Großmeisterin. *Sie* haben uns vor dem Angriff bewahrt, nicht Ihre Heiligen.«

»Vielleicht war ich es auch, die Damen?«, warf Zadornov ein und rannte auf die Treppe zu, die nach unten führte, während der Drache vor dem Eingang tobte. Schwere Schläge liefen durch das Haus, an verschiedenen Stellen stürzte die Vertäfelung herab.

Sie rannten die Stufen nach unten.

»Sie sind ein Hellseher, Fürst, oder? Kein Medium«, sagte Sàtra beinahe abwertend. »Wir können das gerne wiederholen, wenn Sie …«

Über ihnen erklang ein lautes Krachen. Die Treppen über ihnen zerbrachen, die Mittelstrebe erhielt zu viele Risse, als dass sie den Druck aushalten konnte. Bis nach unten waren es aber noch einige Meter, die sie unter diesen Umständen nicht bewältigen würden.

»Ihr Geister!«, rief Sàtra laut und legte die Arme gegen den berstenden Stein. »Helft mir! Gebt mir eure Kraft und kittet den Stein, damit ich fliehen kann!«

Silena traute ihren Augen kaum, als sie fingerdicke, schwarze und weiße Fäden aus den Augen und den Händen der Frau schießen sah, die in den Stein flossen und die auftuenden Lücken schlossen. »Das ist … Hexerei!«, stammelte sie und wäre beim Rückwärtsgehen um ein Haar gestrauchelt und gestürzt.

»Unsinn.« Sàtra löste die Hände und hastete an ihr vorüber. »Es sind die Mächte der Geister, die ihrer Freundin einen Gefallen tun. Mehr nicht.«

Zadornov folgte ihr und fragte, als er und Silena sich auf gleicher Höhe befanden: »Kommen Sie, oder wollen Sie warten, bis die Kräfte nachlassen, Großmeisterin?«

Sie wartete nicht.

19. Januar 1925, Edinburgh, Provinz Schottland, Königreich Großbritannien

Onslow Skelton richtete den Oberkörper auf. Asche und Trümmer fielen zu Boden, und er verstand nicht, warum er noch lebte.

Um ihn herum brannte es; der Rauch ließ seine Augen tränen, und von der Aktentasche war nichts weiter als der Griff geblieben, den er noch immer umklammerte. Das Letzte, an das er sich erinnern konnte, war ein auf ihn zufliegender Schrank, der ihn getroffen und mit sich gerissen hatte.

Blut lief aus seiner Nase, der Kopf schmerzte, und er fühlte sich, als sei er von einem Stier auf die Hörner genommen worden. Ein vergleichsweise geringer Preis für sein Leben.

»Fürst?«, rief er krächzend. »Madame Sàtra?«

Keine Antwort.

Die Hitze und die beißenden Schwaden nahmen zu, eine Suche kam nicht in Frage. Stöhnend erhob er sich und kroch auf allen vieren durch den Rauch auf den Ausgang zu. Zwei Türen weiter gelangte er auf einen Wehrgang, wo ihn erfrischend klare, kühle Luft erwartete. Gierig sog er den Sauerstoff ein, zog sich an einer Zinne nach oben und musste schrecklich husten. Die Lunge wollte das Gift loswerden, und sein Verstand arbeitete mit jedem Atemzug besser.

Er hörte die Sirenen, die Warnungen über die Dächer schrien, und hob den Kopf.

Neben ihm schlugen dichte Rauchwolken aus sämtlichen Stockwerken des Schlosses, und als er sich umwandte und in den Hof schaute, sah er, dass der Drache vor seinem Abschied sämtliche Gebäude mit seinem Feuer bedacht hatte. Die Flammen schlugen aus Dächern, Luken und Fenstern, vereinzelt torkelten Menschen über den Hof. Leichen, verstümmelte und nicht verstümmelte, lagen umher.

»Welch eine Tragödie«, murmelte er und drehte sich zur Stadt um.

Der Anblick erschütterte ihn umso mehr: Edinburgh brannte!

Der schwarze Drache zog im Tiefflug über die Häuser der Altstadt, die fünf Mäuler spien Schatten aus und ließen das, was sie trafen, in Flammen aufgehen. Kein Scheinwerferstrahl bekam das Ungeheuer zu fassen – wozu auch? Nichts würde es bezwingen können, die Kugeln richteten gegen die Schuppen nichts aus. Die Einzige, die mit ihrem Flugzeug in den Krieg hätte ziehen können, lag sehr wahrscheinlich zu einem Häufchen Asche verbrannt im Schloss.

Onslow verfolgte den Feldzug des Drachen mit Abscheu, Schock und Faszination. Ein Raubtier, ein unbestrittener Herrscher zeigte den Menschen, dass ihre Steinhäuser sie nicht retteten und ihr Fortschritt ihnen nichts gegen die martialische Macht eines Drachen half.

Nacheinander verloschen die Lichtlanzen, und immer stießen neue Flammen dort in die Nacht, wo sich zuvor die Scheinwerfer befunden hatten. Der Drache zeigte seine Überlegenheit an allem, was er zu fassen bekam.

In das Heulen der Sirenen mischten sich die panischen Schreie der Menschen, die Onslow als kleine Punkte in den von den Feuern beleuchteten Gassen erkannte. Mit einem solchen Angriff hatte niemand gerechnet, nicht so weit im Norden des Empires, nicht von einem derart Furcht erregenden Exemplar, das von den meisten als ausgerottet angesehen worden war.

Der Drache glitt mit unglaublicher Geschwindigkeit von Calton Hill aus über Edinburgh hinweg. Die kräftigen Hinterbeine hingen lang herab, damit die Krallen Dächer zerfetzen konnten. In die entstandenen Lücken schleuderte er sein schwarzes Feuer. Es war gespenstisch anzusehen, wie es auf einen Schlag taghell hinter den Fenstern wurde, weil die schwarzen Lohen einen Brand nach dem anderen entfachten. Der Anblick blieb zugleich bizarr, denn von den Zinnen herab hatte es eher den Anschein, als tobe sich das Monstrum in einer Puppenstadt aus, so klein wirkte die schottische Hauptstadt vom Schloss aus.

Onslow runzelte die Stirn. Das Verhalten, die Inbrunst des Drachen machten ihn stutzig. *Lässt er seine Wut aus, weil er die anderen drei nicht bekommen hat?* Da er ohnmächtig gewesen war, fehlte ihm der Überblick über die Ereignisse nach dem ersten Angriff dieser Bestie.

Hoffnung keimte in ihm auf, dass wenigstens die Großmeisterin oder Zadornov überlebt hatten. Auch wenn die Katastrophe grausam, furchtbar und nach menschlichem Ermessen unbegreiflich war, hatte er selbst immer noch eine Aufgabe zu erfüllen: das Auffinden des Weltensteins mit allem, was dazugehörte.

Skelton eilte den Wehrgang hinab auf den Hof und rannte die lange, steile Straße vom Schloss nach unten, mitten hinein in das brennende Inferno, das einmal eine wunderschön anzusehende Stadt gewesen war.

Als er in die Princess Street einbog, kam er sich vor, als sei der Weltkrieg erneut ausgebrochen und die Stadt von den Deutschen bombardiert worden. Überall lagen Trümmer von Häusern, und Flammen züngelten fauchend und prasselnd in den zerstörten Gebäuden. Immer wieder huschten die Umrisse des schwarzen Drachen über ihn hinweg; sein Flug verwirbelte die Luft und fachte die Brände weiter an.

Onslow eilte weiter.

Menschen rannten durch die Stadt, suchten Schutz vor dem Brand. Automobile und Lastkraftwagen, Kutschen, Gespanne und Reiter jagten die Straßen entlang, manches Pferd hetzte ohne einen Menschen im Sattel durch den Verkehr. Längst hatten sich schreckliche Unfälle zugetragen. Die wenigsten machten Halt, um zu helfen; die Angst vor dem Teufel am Himmel trieb sie vorwärts.

»Mister Skelton, Herrgott, Sie leben ja!«, hörte er auf einmal die Stimme einer Frau hinter sich.

Er drehte sich um und sah, dass Madame Sàtra am Steuer eines Wagens saß. Neben ihr befand sich der Fürst, während die Großmeisterin auf der Rückbank Platz genommen hatte. »Ich bin äußerst froh, Sie alle drei zu sehen«, rief er aufatmend.

Silena öffnete ihm die Tür. »Steigen Sie ein, Mister Skelton. Wir fahren zurück ins Hotel, um wenn möglich noch einige wichtige persönliche Gegenstände zu bergen, bevor alles ein Raub der Flammen wird.«

Onslow kletterte in den Fond, sank in die Polster und spürte plötzlich, wie sehr sein Körper schmerzte.

Silena sah den Versicherungsdetektiv prüfend an, deutete auf die versengte, arg in Mitleidenschaft gezogene Kleidung. »Wie sind Sie entkommen, Sir?«

»Ich weiß es nicht, Großmeisterin«, gestand er ehrlich. »Ich halte es für ein Wunder.« Er bemerkte, dass sie auf seinen Arm schaute – dahin, wo sich der eingesetzte Drachenknochen befand, und er verstand die Blicke. »Denken Sie, es hat etwas damit zu tun?« Vorsichtig strich er über die Narbe, die rot leuchtete.

Sie sah ihm in die Augen. »Es gibt nur diese Erklärung. Der Drache speit schwarzes Feuer, Mister Onslow. Nach Erkenntnissen des Officiums gibt es keine heißeren Flammen als diese, einmal abgesehen von den blauen. Mit ein wenig Anstrengung kann der Teufel damit Stein schmelzen.« Sie zupfte an einem vollkommen verkohlten Stofffetzen, der einmal zu Skeltons Sakko gehört hatte. »Aber Ihre Haut, Sir, ist nicht einmal verbrannt.«

»Ich kann nichts dafür, Großmeisterin«, wiederholte er inständig.

Sàtra hupte, fluchte und lenkte den Wagen durch eine besonders enge Stelle, vorbei an vier ineinander verkeilten Fahrzeugen. »Das hier ist der reine Albtraum«, rief sie und beschleunigte.

Zadornov hielt sich mit einer Hand am Rahmen fest. »Und daher fahren wir so schnell?«

»Ja«, nickte sie. »Je eher wir Edinburgh entkommen sind, desto besser fühle ich mich.«

Silena nickte. »Wissen Sie, was Ihre offensichtliche Unverwundbarkeit gegenüber Drachenfeuer bedeutet, Sir?«

»Nein«, erwiderte Skelton vorsichtig.

»Dass der Knochen, der Ihnen als Kind eingesetzt wurde, von einem sehr, sehr mächtigen Drachen stammt.« Silena zeigte nach oben. »Vielleicht spürt er das, und Sie wirken auf ihn wie ein Magnet, Sir.«

»Alles, nur das nicht«, stöhnte Sàtra und bog ab.

X.

»*Die Linie Ferdinand (ausgestorben)*
Fälschlicherweise davon ausgehend, dass es sich bei Ferdinand III. von Léon und Kastilien um einen echten Drachentöter gehandelt hatte, versuchten sich einige Nachfahren im 19. Jahrhundert als Drachentöter mit dem Schwert. Allerdings wurde zu spät bemerkt, dass Ferdinand seine Auszeichnung wegen des Kampfes gegen die Mauren und nicht gegen die Drachen erhalten hatte.
Alle drei Nachfahren starben bei ihrem ersten Einsatz gegen ein kleines Exemplar.«

aus der Serie »Drachentöterinnen und Drachentöter
im Verlauf der Jahrhunderte«
Im »Münchner Tagesherold«, Königlich-Bayerisches Hofblatt
vom 25. Juni 1924

**20. Januar 1925, Edinburgh, Provinz Schottland,
Königreich Großbritannien**
Mit kreischenden Bremsen hielt der Zug vor der brennenden Stadt. Der Lokführer hatte den Feuerschein gesehen und die Einfahrt in das sterbende Edinburgh verweigert.

Leída schwang sich auf das Dach des vordersten Wagons und stellte sich neben ihren Bruder Ramachander Shirovay Havock, der den Himmel mit dem Fernglas absuchte. »Wir sind eindeutig zu spät«, stellte sie angesichts des Infernos fest.

»Aber der Fünfender ist noch da«, antwortete er und verfluchte den Dampf und den Rauch, der aus den Schornsteinen der Lok aufstieg und ihm immer wieder die Sicht raubte. Zur Hälfte war er indischer Abstammung, wie seine dunklere Hautfarbe und die schwarzen Haare verrieten, aber die blauen Augen und sein Englisch konnten kaum britischer sein. Wie seine Schwester trug er dicke Lederkleidung, die aus der Haut eines Drachen gefertigt worden war. »Eben habe ich ihn gesehen.« Er senkte das Glas und wandte die Augen nicht von der Stadt, über der eine Qualmwolke einen zweiten Himmel ohne Gestirne bildete. Die Feuer beleuchteten die Schwaden und den gelegentlich auftauchenden Drachen, leise erklangen Sirenen.

»Wo ist dieser Agent?«

»Mandrake ist in seiner Kabine und schläft. Ich bekomme ihn durch Klopfen und Rufen nicht wach«, entschuldigte sie sich. »Er muss sich betrunken haben.«

»Dann trete die Tür ein. Ich brauche die Informationen, die er uns versprochen hat.« Ramachander schaute zu ihr, sein Blick war ernst und voller Tatendrang. »Die Männer sollen sich fertig machen. Die Jagd geht los. Ich möchte mir diesen Burschen nicht entgehen lassen, Schwesterherz. Sobald bekannt wird, was hier geschieht, sendet das Officium alle Drachentöter, die es entbehren kann. Vorerst aber haben wir so gut wie keine Konkurrenz.«

»Bis auf Little Georgina«, warf sie spöttisch ein.

Ramachander setzte das Fernglas an die Augen. »Sie befände sich längst in der Luft, wenn sie in der Nähe wäre.«

Leída schickte sich an, vom Dach zu klettern. »Mit etwas Glück ist sie schon abgestürzt. Oder vom Fünfender verspeist worden.« Sie sprang auf die kleine Plattform, öffnete die Tür und eilte hindurch, um Eris Mandrake aus seinen Träumen zu reißen.

Es war nicht das erste Mal, dass sie im Auftrag einer Monarchin oder eines Monarchen gegen einen Drachen vorgingen, aber dass sich ein Agent des SIS unter ihnen befand, der sie bislang immer nur telefonisch mit Wissen versorgt hatte, bedeutete eine Neuheit. Eine aufregende Neuheit.

Leída wertete es als Zeichen, dass das allgemeine Vertrauen in das Officium und die Schlagkraft der Heiligennachfahren nachließ. Gute Zeiten für Drachenjäger wie sie und *Havock's Hundred*, wie sich die Einheit unter der Führung ihres Bruders nannte.

In jedes Abteil, das sie passierte, schrie sie: »Fertig machen!« Und die Drachenjäger legten die Rüstungen aus Drachenschuppen an, hängten die Helme an den Gürtel und kümmerten sich um die Ausrüstung in den beiden Wagons im Mittelteil des Zuges. Noch hatte Ramachander nicht entschieden, welche Taktik gegen den Fünfender zum Einsatz kommen sollte.

Die Drachenjäger lachten und riefen durcheinander, jeder bewegte sich auf den zugewiesenen Posten. Spannung lag in der Luft, denn sie alle setzten bei diesem Unternehmen ihr Leben aufs Spiel.

Leída hatte mittlerweile den letzten der acht Wagons erreicht, wo die Hand voll Zivilisten reisten, die nichts mit den Drachenjägern zu tun hatten.

Die vierte Tür auf dem Gang gehörte zu Mandrakes Kabine. Einen Meter weiter stand ein kleiner rothaariger Junge und hielt seinen Teddy an sich gepresst. Er zitterte am ganzen Körper, anscheinend war er durch den Lärm geweckt worden und hatte nachschauen wollen, was vor sich ging.

Leída hielt an und ging in die Hocke. »Na, mein Kleiner? Los, zurück in dein Bett, bevor deine Mama und dein Papa dich vermissen«, sagte sie ruhig.

Der Junge starrte sie ängstlich an, wich vor ihr zurück und hielt den Stoffbären umklammert.

Sie verzog den Mund und strich die blonden Haarsträhnen, die durch das Laufen zur Seite geweht worden waren, über ihre entstellte linke Gesichtshälfte. Sie liebte Kinder, aber das Andenken des Drachen auf ihren Zügen sorgte dafür, dass Mädchen und Jungen gleichermaßen vor ihr flüchteten. Noch ein Grund, die Geschuppten zu vernichten.

Eine Tür im hinteren Teil des Wagons öffnete sich. »Andrew?« Eine Frau im Nachthemd erschien und rief verschlafen nach ihrem Sohn. »Komm zurück ins Bett. Wir fahren sicher gleich weiter ...« Sie bemerkte den Feuerschein und erschrak, dann sah sie zu Leída.

»Gehen Sie in Ihre Kabine, Lady«, ordnete die Drachenjägerin mit der Schroffheit an, die man von ihr anhand ihres Äußeren erwartete, hob die Hand und deutete auf die Tür. »Bewahren Sie Ruhe. Sie können sowieso nichts ausrichten.«

Die Frau nickte, nahm ihren Sohn und schob ihn in das Abteil zurück. Andrew drehte sich, kurz bevor sich die Tür hinter ihm schloss, noch einmal zu ihr um, und sie salutierte mit einem Lächeln vor ihm. Aus dieser Bewegung heraus hämmerte sie gegen Mandrakes Tür. »Sir? Kommen Sie aus den Federn! Der Fünfender hat Edinburgh abgefackelt.«

Das Schloss wurde gedreht, der Agent zeigte sich. »*Abgefackelt?*«

Eris trug eine beige Stoffhose, schwarze Schuhe, ein weißes Hemd und einen beigefarbenen Mantel darüber. »Was meinen Sie damit?«

»Abgefackelt eben. Die Stadt brennt.«

Auf den Gang tretend, zog er die Tür hinter sich zu und setzte einen schwarzen Hut auf. »Dann muss ihn etwas aus der Reserve gelockt haben. Meine Quellen sagten mir, dass er sich vorerst damit begnüge, die Stadt zu beobachten.«

»Kann sein, dass die Großmeisterin ihn provoziert hat«, meinte Leída mit einer gewissen Schadenfreude. Wenn sich ihre Vermutung erst mal bewahrheitete, so trug einer der allseits angehimmelten und bewunderten Drachentöter die Schuld am Untergang Edinburghs. Und am Tod Tausender Unschuldiger. Sie setzte sich in Bewegung. »Folgen Sie mir. Mein Bruder möchte mit Ihnen beratschlagen, was wir jetzt unternehmen sollen.«

Eris knöpfte den Mantel zu und zog die Handschuhe über. »Welche Großmeisterin meinen Sie?«

»Großmeisterin Silena. Wir haben das Luftschiff gesehen, mit dem sie reist«, erklärte sie und öffnete die Tür. Ein kalter Wind empfing sie.

Sie liefen über die Stege der beiden offenen Wagons, auf denen die Ausrüstung lagerte. Die Männer waren damit beschäftigt, die Planen im Schein von Lampen abzuräumen und das einsatzbereit zu machen, was bis eben geschlummert hatte.

Eris sah jede Menge Ketten in verschiedenen Stärken, gebogene Eisen, die übergroßen Fleischerhaken ähnelten, zwei Geschütze, wie man sie im Weltkrieg in den Stellungskämpfen eingesetzt hatte, enorme Harpunen mit Widerhaken. Es sah aus wie ein einziges Durcheinander. Dazu gesellten sich zahlreiche Transportboxen aus Stahl und Holz, und eine verströmte aus einem Spalt einen bestialischen Gestank nach verwesendem Fleisch. Er schielte durch die Öffnung und erkannte in der Dunkelheit Gliedmaßen. Menschliche Arme und ganze Beine, die verfaulend und madenüberzogen darin lagen. Eris würgte laut.

»Köder«, sagte Leída und schob den Deckel auf die Kiste.

Er starrte sie an. »Waren das …?«

»Ja. Wir haben sie aus Krankenhäusern, die Amputationen durchführen. Die kleinen Drachenbiester stehen darauf, aber bei dem Fünfender funktioniert das nicht. Der wird Frischfleisch bevorzugen.«

Eris traute Leída zu, dass sie sich diese besonderen Köder auch auf andere Weise beschaffte. Er sah auf die Kanonen. »Wollen Sie ihn nicht abschießen?«

Sie lachte auf. »Schon mal auf einen Drachen dieser Größe geschossen, Agent Mandrake? Versuchen Sie mal mit einem Gewehr auf eine Schwalbe zu zielen, die Mücken jagt. Falls Sie treffen, war das eindeutig Zufall. Darauf will ich mich lieber nicht verlassen müssen.« Ein lautes Pfeifen erklang von der Lok, gleich danach zischte es, und ein Ruck lief durch den Wagon. Das laute metallische Klirren der Kupplungen erklang. Stampfend nahm der Zug wieder Fahrt auf.

Leída verfiel in schnellen Trab. »Mein Bruder hat etwas entdeckt, sonst würden wir nicht weiterfahren.«

Eris folgte ihr. »Sagen Sie, stimmt es, dass *Havock's Hundred* mehr als zwei Dutzend Drachen beseitigt haben?«

»Sie sind doch der Agent, der beim SIS beschäftigt ist. Sollten Sie nicht wissen, was stimmt und was nicht?«, gab sie zurück.

»Einige aus meiner Abteilung werden das können, aber leider gibt es im Zug kein Telefon. Es ist nicht mein primäres Aufgabengebiet, mich mit Söldnern zu beschäftigen, sondern mit Verschwörern. Seien Sie froh, dass Ihre Einheit nicht in meinen Akten aufgetaucht ist«, konterte er.

»Schon gut. Sind Sie immer so unfreundlich, wenn man Sie aus dem Schlaf reißt?«

»Ja.«

Sie erreichten den ersten Wagen, der wie leergefegt vor ihnen lag. Die Mannschaft befand sich ausnahmslos bei der Einsatzvorbereitung.

»Wir haben schon einige Kleine vernichtet. Und bisher fünf halbgroße, Ein- und Zweiender«, zählte sie auf. »Der Fünfender wird sie alle übertreffen.«

»Denken Sie, Sie bekommen das wirklich ohne die Hilfe der Drachentöter des Officium ...« Er schwieg, weil Leída abrupt stehen geblieben war und sich zu ihm umgewandt hatte. Sie wirkte bereits durch ihre breite Statur und die aggressive Körperhaltung sehr einschüchternd; die Narben, die andeutungsweise unter den Haaren zu sehen waren, verstärkten den Eindruck.

»Wir schaffen es! Sonst hätten wir kaum zugesagt, als Sie uns ansprachen, nicht wahr? Ganz bestimmt benötigen wir keinen Beistand dieser hochnäsigen, eingebildeten Kreuzritter, die sich aufgrund ihrer Abstammung für etwas Besseres halten. Wir sind die wahren Krieger, und unsere Toten sind die eigentlichen Helden.«

»Es war nicht despektierlich gemeint, Misses Havock«, schwächte Eris sofort ab.

»Kann sein, aber ich habe es so verstanden.« Sie wandte ihm den muskulösen Rücken zu. »Das Officium und wir sind Rivalen, so war es und so wird es immer sein. Wir lassen uns unsere Arbeit nicht verbieten, so wenig, wie es sich die Helden aus den Epen der Antike oder anderen Zeiten verbieten ließen, nur weil es andere Helden gab. Die Welt braucht keine heiligen Großmäuler und Angeber, sondern Krieger. Menschen wie uns.« Sie stieß die Tür mit einem Fußtritt auf, und Eris war sich sicher, dass sie ihren Stiefel sehr gern in seinen Hintern gesenkt hätte. »Meine Ausbildung habe ich von meinen Eltern auf dem Schlachtfeld erhalten, nicht in feinen Internaten oder teuren Schulen.«

»Sicher«, murmelte er und verfolgte, wie sie sich mit spielerischer Leichtigkeit aufs Dach des Wagons zog. Dann schwang er sich ebenfalls hinauf.

»Hallo, Mister Mandrake.« Eine kräftige Hand reckte sich ihm entgegen, Ramachander half ihm beim Erklimmen. »Sie scheinen einen guten Schlaf zu haben.«

»Man muss die Gelegenheiten zum Ausruhen ergreifen, wenn sie sich einem bieten«, lächelte er, und allmählich wurde es ihm peinlich. Als einem Agenten Ihrer Majestät stand ihm Müdigkeit nicht gut zu Gesicht.

»Das hier wird Ihnen im Traum nicht eingefallen sein, schätze ich.« Ramachander zeigte an ihm vorbei. »Das hat der Fünfender aus Edinburgh gemacht.«

Eris drehte sich vorsichtig um, weil der Fahrtwind an ihm zerrte, und sah, dass der Zug geradewegs in eine Gluthölle einbog. Die Hauptstadt der schottischen Provinz brannte lichterloh, als bestünde jedes Haus aus trockenem Holz. »Das Werk von Drachenfeuer, ohne Zweifel«, raunte er.

»Da wir den Fünfender nicht mehr in seinem Versteck stellen können, wie Sie uns vorgeschlagen haben, brauchen wir ein paar mehr Informationen von Ihnen. Wohin will er als Nächstes?«

Eris hielt den Hut fest und zog das vordere Ende tiefer in die Stirn, damit ihn die Luft nicht wegriss. »Sehen Sie Calton Hill?« Er zeigte auf den brennenden Turm, der einst Nelsons Tower gewesen war. »Daneben liegen die Salisbury Crags und Arthur's Seat, eine Felsformation vulkanischen Ursprungs. Da muss es einen kleinen Wasserfall geben. Wenn der Fünfender das Feuer gelegt hat, werden seine Schlünde heiß sein, und er wird seinen Durst stillen wollen.«

»Das kann er ebenso gut am Fluss tun«, gab Leída zu bedenken.

Eris wackelte mit dem Kopf. »Schon. Aber auf dem Hügel hat er mehr Ruhe. Da wird ihn niemand stören.«

Ramachander hob das Fernglas und betrachtete die Gesteinsformation, die einem kauernden Löwen ähnelte. »Mister Mandrake hat Recht, Leída. Die Chancen, dass er da oben steckt, stehen sehr gut. Zudem hat er von dort aus einen hervorragenden Überblick und kann besser zum Flug ansetzen.« Er wandte sich nach rechts und links. »Was mir gar nicht passt, ist, dass wir nur zu Fuß hinaufkommen.« Unzufrieden schnalzte er mit der Zunge. »Kaum schwere Ausrüstung. Nicht gut.«

»Wir können natürlich warten, bis er sich wieder zeigt, und ihm folgen. Oder auf neue Sichtungsberichte in den Zeitungen warten, falls er uns entkommt«, merkte Eris an. »Ich verstehe voll und ganz, wenn es Ihnen zu gefährlich ist.« Dabei blickte er Leída mit einem Lächeln an. Er hätte sie ebensogut ohrfeigen können.

»Wir lassen uns den Fang nicht entgehen«, sagte sie sofort.

Ihr Bruder betrachtete noch immer die Hügel. »Ich weiß nicht«, erwiderte er gedehnt. »Er ist sicherlich aufgeregt und unglaublich wachsam.«

»Nein, er ist ausgelaugt. Schau dir an, was er mit Edinburgh angerichtet hat«, sagte sie, als wolle sie ihn anflehen, die Crags zu erstürmen. »Er wird neue Kraft tanken wollen, weil er weiß, dass Drachentöter kommen. Aber dass wir so schnell bei ihm sind, überrascht ihn gewiss.« Sie packte ihn an der Schulter. »Ein Fünfender, Ramachander! Denk an das Geld, das wir mit ihm machen werden.«

Er sah sie an, dann wandte er die Augen zu Eris. »Dass wir alles behalten dürfen, was mit dem Drachen zu tun hat, vom Hort bis zum Mageninhalt, ist gesichert?«

»Ich habe Ihnen bereits das Schreiben der Queen übergeben, Mister Havock. Wie viele Zusagen, die mehr wert sind, kennen Sie noch?« Eris lächelte und wirkte dennoch ernst. »Ich bin mir sicher, wir werden ihn am Wasserfall finden. Ihre Schwester hat sicherlich Recht, was die Einschätzung angeht. Er wird es sich gemütlich gemacht haben und dösen.«

Der Zug fuhr nach Edinburgh ein. Rechts und links von ihm züngelten die Flammen in die Höhe, und die Hitze, die ihnen entgegenwallte, glich der eines Backofens.

»Also schön«, stimmte der Drachenjäger mit viel Zweifel in der Stimme zu. »Wir gehen es an. Schicke drei nach oben, sie sollen sich umschauen. Sag den übrigen Männern, dass sie ausladen sollen und dass es schnell gehen muss«, befahl er Leída, die nickte und über die Wagendächer bis zu den offenen Wagons lief. Ramachander schluckte, wischte sich den Schweiß von der Stirn und sog die glühende Luft ein.

»Für mich, Mister Mandrake«, sagte er leise, »geht es um mehr als nur um das Geld. Jemand muss den Fünfender aufhalten, bevor er das Gleiche mit allen Städten der schottischen Provinz tut.«

Eris war erstaunt. »Verzeihen Sie meine Verwunderung, aber mit Prinzipien habe ich bei einem Drachenjäger am wenigsten gerechnet«, meinte er dann, während er den brennenden Bahnhof sah. Der Zug wurde langsamer, er konnte nicht in das Gebäude einfahren, sondern würde auf freier Strecke anhalten. Die ersten Überlebenden hatten die Ankunft bemerkt und stürmten auf sie zu.

»Ich habe durchaus Moral und einen Kodex, Mister Mandrake. Ich diene den Menschen, aber ich will auch davon leben, das ist alles«, erwiderte Ramachander. »Es bringt mir auch nichts, die Leute der Umgebung, in der ich Drachen jage, durch schlechtes Benehmen gegen mich aufzubringen.«

»Sehr weise.«

»Sehr normal.« Ramachander ging auf dem Dach nach hinten, in Richtung seiner Einheit, die eben die ersten Ladeplanken für die Lastwagen verlegte. »Sie haben von Cask's Cannons und dem Dorf gehört, das sie zusammengeschossen hatten?«

Eris dachte nach. »Ja.« Mit einem eleganten Sprung überbrückte Ramachander die Distanz zum nächsten Wagendach, Eris hüpfte hinterher. »Ich verstehe, dass manche Drachenjäger in Misskredit geraten sind.«

»So kann man es auch ausdrücken. Und zu denen möchte ich nicht gehören.« Ramachander setzte auf den nächsten Wagon über.

Eris sprang und landete ebenfalls sicher. Er sah, dass aus dem scheinbaren Durcheinander der Wagons eine eindrucksvolle Ordnung erwachsen war. Die Männer und Frauen saßen einsatzbereit auf den Lkw-Pritschen, die Ausrüstung lag im Mittelgang zwischen ihnen. Dabei handelte es sich um unzählige Ketten, an denen die Haken angebracht waren, sowie einen mannlangen Pflock. *Havock's Hundred* waren einsatzbereit.

Eris und Ramachander stiegen vom Dach und eilten zum ersten Lastwagen, auf dem sich auch Leída befand.

»Wollen Sie den Drachen pfählen, Mister Havock?«, staunte Eris.

»Stellen Sie sich einfach vor, Sie seien der Drache: Lassen Sie sich überraschen«, gab er vieldeutig zurück und befahl die Abfahrt, während immer mehr verzweifelte Menschen in Richtung des Zuges liefen, um Edinburgh zu entkommen.

Eris las das Entsetzen auf ihren Gesichtern. Der Schock ließ sie ihre mitunter grausamen Verletzungen nicht einmal spüren. Verbrennungen, verkohlte Kleider, gebrochene Glieder, zerfetzte Haut und offenes Fleisch – doch der Wille zum Überleben peitschte sie an, trieb sie zum Zug, der für sie Rettung aus der Flammenhölle bedeutete.

Eine Wand aus stinkendem Qualm schob sich vor die Flüchtlinge. Er versuchte sich auszumalen, welch ein neuer Schock es sein müsste, wenn sie im Zug erfuhren, dass die Fahrt nicht weiterging. Nicht bevor die Drachenjäger zurückgekehrt waren.

20. Januar 1925, Edinburgh, Provinz Schottland, Königreich Großbritannien

Es war ein schweißtreibender Aufstieg. Der Calton Hill schien sich für die Drachenjäger und deren schwere Last noch steiler in die Höhe zu recken.

Die Vorhut hatte ihnen gemeldet, dass sie Spuren des Drachen gefunden, das Scheusal selbst aber nicht gesehen hatten.

Nach einer kurzen Diskussion entschied Ramachander, den Aufstieg fortzusetzen. Leída hatte ihn überzeugt, dass der Drache sicherlich noch einmal zurückkehren würde. Sie wollte ihn unbedingt abschießen.

Eris bewunderte, wie es die Männer und Frauen schafften, beinahe keine Geräusche zu verursachen, um den Drachen nicht durch Kettenklirren oder ein lautes Wort aufmerksam zu machen. Das anhaltende Prasseln des in Flammen stehenden Edinburghs erleichterte ihnen ihr Unterfangen; die Rauchschwaden, die sie immer wieder einhüllten, und die Nacht gaben ihnen zusätzliche Deckung.

Bald erreichten sie die Spitze des Calton Hill, und Ramachander nahm erneut sein Fernglas zur Hand. Es war nicht leicht, in der Dunkelheit und dem Qualm einen Wasserfall in den Salisbury Crags auszumachen.

Er bemerkte ein Glitzern, das man für die spiegelnde Oberfläche eines Gewässers halten konnte. Ein kleiner Weiher. »Ich habe es«, bestätigte er. »Und ich sehe nichts von einem Drachen. Wir können vorrücken und Vorbereitungen treffen.«

Leída hob ebenfalls ihr Fernglas. »Kann er sich nicht in einer Höhle hinter dem Wasserfall verbergen?«

Eris fand, dass ihre Stimme ziemlich erotisch klang, wenn sie flüsterte.

»Das ist durchaus im Bereich des Möglichen«, antwortete einer der Männer aus der Vorhut. »Wir haben zwar keine Spuren gefunden, aber es ist dort sehr steinig.«

»Gehen wir näher ran und finden es heraus.« Ramachander gab ein Handzeichen an den nächsten Mann, der gab es weiter und so fort, bis auch der hinterste wusste, dass es weiterging.

Das Gelände war äußerst unwegsam, mehr als einmal hörten sie Geräusche aus der vorrückenden Einheit, die auf ein Ausrutschen mit nachfolgendem Sturz hinwiesen; dennoch blieben *Havock's Hundred* diszipliniert still.

Ramachander ließ sie anhalten, wies drei Mann mit Gesten an, vorzurücken und erneut zu spähen. Nach einigen Minuten bangen Wartens kehrten sie zurück.

»Drachenspuren, Sir, ohne Zweifel«, übernahm einer den Bericht. »Wir haben Abdrücke und Blutspuren am Boden neben einem Steinblock gefunden, und Higgins«, er zeigte auf seinen Nebenmann, »hat die Überreste einiger Menschenleichen entdeckt, Sir.«

»Abgebissen, Sir«, nickte der Mann. »Und noch warm und frisch.«

»Wo ist der Drache, Männer?«

»Wenn er noch da ist, denke ich, dass er hinter dem Wasserfall liegt«, meinte Higgins. »Sonst gibt es hier keine Möglichkeit, um sich zu verbergen. Ich denke eher, dass er sich wieder was zu fressen suchen wird.«

Eris überlegte. »Und *im* Teich?«

Ramachander verneinte. »Es handelt sich um einen Flugdrachen. Sie mögen Wasser nicht besonders, und sie sind durch ihren Knochenbau zu leicht, um tauchen zu können. Der Auftrieb verhindert es.« Er betrachtete die vorbeiziehenden Rauchwolken. »Der Wind steht gut für uns. Rücken wir vor, zehn Harpuniere auf jede Seite des Wasserfalls, falls er dahinter liegt. Und sie sollen auf die Köpfe oder die Brust zielen. Die Bohrer sollen sich bereithalten. Es wird schnell gehen müssen. Wenn der Fünfender entkommt und uns angreift, ist der Weiher die einzige Möglichkeit, sich vor seinem ersten Angriff zu schützen.« Er gab Zeichen, und die Hundred rückten vor.

Eris hielt Leída an der Schulter fest. »Misses Havock, was geschieht nun? Ich bin nicht bewandert in solchen Missionen.«

»Zwei Gruppen, jeweils zehn Harpuniere, und die Lanzen sind aus Drachenbein gemacht. Es ist in der Lage, die Panzerung zu durchschlagen. Daran sind Ketten befestigt, die zu dem langen Eisenpflock führen, den Sie gesehen haben. Er wird gleichzeitig in den Boden gerammt.« Sie erhob sich. »Wir spicken ihn mit Harpunen, und steigt er auf, reißt er sich selbst in Stücke.« Leída folgte den anderen geduckt. Noch immer gab es keine verräterischen Geräusche zu hören.

Eris dachte an eine alte Form der Waljagd, wie sie noch immer von einigen ganz mutigen Männern praktiziert wurde. »Müssen Sie so nahe heran?«, fragte er und hängte sich an ihre Fersen. »Wird er uns nicht hören?«

»Es ist nicht gesagt, dass er überhaupt hier ist. Der Kampf gegen einen Drachen wird am besten gewonnen, wenn man ihm im Zweikampf gegenübertritt. Nur dass wir eben ein paar Mann mehr sind«, antwortete sie mit einem Grinsen und verharrte. »Mister Agent, ich denke, dass die Queen böse auf uns wäre, wenn wir Sie bei diesem Einsatz verlören. Ich rate Ihnen, sich eine gute Position zu suchen und zu beobachten, wie wir den Fünfender stellen und besiegen. Sie können ohnehin nichts tun, sind nicht trainiert und stehen uns im Weg.« Leída wies auf einen Felsvorsprung. »Das ist eine schöne Stelle. Zu schade, dass Sie keine Kamera dabei haben. Was Sie sehen werden, würde einen tollen Film abgeben.«

Zuerst hatte sie den Eindruck, dass Eris ablehnen wollte, sich dann aber besann. Es war für einen erprobten Agenten des SIS sicherlich nicht einfach, sich zurückzulehnen und als Zuschauer zu fungieren, aber er sah wohl ein, dass sie mit ihrem Ratschlag Recht hatte.

»Gut. Ich warte da drüben. Aber vergessen Sie nicht, mich später wieder abzuholen«, verabschiedete er sich.

»Einen so gut aussehenden Mann wie dich? Schätzchen, wie könnte ich?«, murmelte sie und blickte seinem Hintern nach, der in der Dunkelheit verschwand. Dann folgte sie den Männern, nahm sich eine der drei Meter langen Harpunen und stieß an die Spitze der rechten Gruppe vor.

Leída stieg über die am Boden verlaufenden Ketten hinweg, deren Enden bereits am Eisenpflock festgemacht waren. Die Bohrcrew stand bereit, ihn mit einer speziellen Vorrichtung in den Boden zu jagen. Treibladungen im hinteren Teil versetzten die Spitze in Rotation und trieben den Bolzen wie eine Schraube in den Felsboden. Die insgeheimen Zweifel, ob der Pflock gegen die Kraft des Drachen halten würde, verdrängte sie.

Sie dachte immer noch an das unglaubliche Glück, das sie gehabt hatten. In London waren sie zu spät gekommen und hatten lediglich den Händler und den Drachen vorgefunden, mit denen sie sich auf die Schnelle hatten herumschlagen müssen. Ihre Auftraggeberin hatte getobt, weil sie das Artefakt nicht hatten beschaffen können –

und da war der Fünfender erschienen, den sie nun in ihrem und Mandrakes Auftrag jagten.

Es störte Leída nicht, dass sie zwei Herren diente. Beide würden eine gute Summe zahlen, und sie konnten alle Teile des Drachen zu Geld machen.

Lass das Biest einen Stein im Kopf haben, bat sie lautlos, auch wenn sie nicht daran glaubte. Seit Jahrhunderten war kein Drachenstein mehr aufgetaucht.

Das Rauschen des kleinen Wasserfalls wuchs überlaut an, Gischt stob auf und befeuchtete die Rüstungen der Drachenjäger. Wenn der Drache dahinter lag, würde er sie weder hören noch riechen noch sehen. Die Augen von Flugdrachen waren auf Licht angewiesen, anders als die der Wurmdrachen. Und die Gischt dämpfte die Fähigkeit, Menschen zu wittern.

Neben den Harpunieren standen die Schildträger, die bei einer möglichen Feuerattacke sofort ein Karree nach römischem Vorbild bildeten und die ersten Lohen abwehrten. Bei einem Einender funktionierte diese Taktik, die Bespannung aus Drachenhaut und Schuppen hatte bislang immer gehalten.

Leída pirschte vorwärts, die Harpune in der Linken haltend, und näherte sich dem Loch, das hinter dem Vorhang aus Wasser zu sehen war. Die Steine wurden rutschig, sie rang bei jedem Schritt um einen sicheren Stand, der wichtig für einen guten Wurf war.

Als sie vor dem Eingang zur Höhle angelangt war, senkte sie die Waffe und schaute nach links, wo die Harpuniere der zweiten Gruppe erschienen. »Da ist nichts«, rief sie gegen das Tosen des Wasserfalls an. »Das ist nur eine Einbuchtung, kein Gang. Hier ist kein Drache.«

»Scheiße«, fluchte einer der Harpuniere. Die Neuigkeit verbreitete sich rasch durch die Reihen bis nach hinten.

»Zurück«, ordnete sie an, und ein ungutes Gefühl breitete sich in ihren Eingeweiden aus. Jetzt musste Ramachander entscheiden, was zu tun war. Sie hoffte sehr, dass er sich fürs Warten entschied.

Sie rutschten über die scharfkantigen Steine zurück und entfernten sich von der Kaskade, als ein lauter Schrei erklang, der schlagartig endete.

»Das war der Agent!«, rief Leída und packte die Harpune, sah zu dem Felsbrocken, hinter den sie den Mann geschickt hatte.

Ramachander erschien an ihrer Seite und befahl die Harpuniere sowie die Schildträger zu sich. Es machte nichts, dass die Ketten diesmal laut und vernehmlich klirrten und über den Boden schleiften.

Ein warmer Wind strich über die Hügel, der Rauch und Edinburghs Asche mit sich trug, und erinnerte Leída an den Hauch eines Drachen.

Sie schluckte und spürte – Angst. Es war mehr als die übliche Anspannung vor einem Kampf. »Wo ist er?«, flüsterte sie mit belegter Stimme.

»Er wird sich früh genug vorstellen.« Ramachander wies die Männer an, die Umgebung nicht aus den Augen zu lassen. »Wir ziehen uns sofort zurück«, teilte er ihr mit. »Ich denke, dass er uns beobachtet und eine Falle gestellt hat. Auf ein Gefecht werde ich mich unter diesen Bedingungen nicht einlassen.«

Leída hätte normalerweise sofort dagegen rebelliert, sie liebte es, die Teufel zu jagen. Normalerweise. »Was ist mit dem Agenten?«

Ramachander zuckte mit den Achseln. »Unsere eigenen Leute haben Vorrang.«

»Ich übernehme die Vorhut«, sagte sie, löste die Kette am Ende der Waffe und nahm zwei Harpuniere sowie Schildträger mit sich, um den Weg zu erkunden.

Sie bewegte sich langsam und geduckt, die Augen schweiften ständig umher und achteten auf alles, auf jede noch so kleine Regung im Gelände. Die vorbeitreibenden Qualmwolken waren nun nicht mehr ihre Verbündeten, sondern die des Drachen.

Ohne Schwierigkeiten erreichte sie den Weg, der von Calton Hill zurück in die Stadt führte; das Feuer des brennenden Nelson Towers leuchtete das Gelände hier gut aus. »Ihr wartet hier«, befahl sie den Männern. »Ich hole die anderen.«

Leída hastete so schnell es ihr die Crags erlaubten zu ihrem Bruder zurück.

Sie hatte die Hälfte des Weges geschafft, als ihr Blick von einem Schatten unterhalb von Arthur's Seat abgelenkt wurde. Etwas pirschte sich an die Männer heran.

Sie öffnete den Mund zu einem warnenden Ruf – da wurde der Drache von der Einheit bemerkt.

Jetzt gab es für die Drachenjäger kein Zurück mehr.

Leída sah mit an, wie Ramachander an der Spitze der Harpuniere auf den Fünfender zulief und zum Wurf ausholte, während die Bohrmannschaft die Treibladungen zündete und den Bolzen in den Stein trieb; Funken sprühend kreiselte er um die eigene Achse und wurde von der Mannschaft durch lange Stangen in senkrechter Position gehalten, fraß sich nach unten.

Die erste Harpune wurde vom Drachen mit einem Schwanzschlag abgewehrt, die zweite dagegen traf ihn in die Brust.

Die fünf Köpfe stießen gemeinsam einen alles Lebendige lähmenden Schrei aus, schrill und packend, mehrstimmig drang er in die Ohren und jagte in den Verstand, schüttelte und rüttelte daran. Es war unmöglich, etwas zu denken oder gar zu tun. Sogar Leída blieb stehen, weil sie der Ton selbst auf diese Distanz durch und durch erschütterte.

Der Drache nutzte den Schrecken aus. Die fünf Mäuler öffneten sich, zwei Häupter richteten sich auf den Wasserfall, die anderen duckten sich und schienen aus dem Tümpel saufen zu wollen. Im nächsten Augenblick schossen schwarze, lange Schatten aus den Schlünden und trafen mitten ins Wasser und auf die Kaskade.

Heiße Dampfwolken stoben in die Höhe und wurden von der Wucht des Drachenatems genau gegen Havock's Hundred getrieben.

Gegen diese Art von Angriff halfen weder die Schilde noch die Rüstungen. Der wallende Dampf dünstete die Männer innerhalb von Sekunden. Er tötete oder verletzte sie schrecklich, sodass an Gegenwehr nicht mehr zu denken war.

»Ramachander«, stöhnte Leída. Wegen des weißen Brodems konnte sie nicht erkennen, was um den Teich herum vor sich ging. Der Wasserfall war verstummt. Dafür erklangen die Schreie der Verwundeten, und es roch widerlich nach gebrühter Haut und versengten Haaren. Sie würde den Geruch niemals vergessen können.

Sie packte die Harpune und rannte wie von Sinnen in den warmen Nebel, unentwegt den Namen ihres Bruders rufend.

Nach einigen Schritten stolperte sie über die ersten Toten, die mit geplatzter Haut und aufgedunsenen Körpern im Gras oder übereinander lagen. Sie fiel und langte in feuchtheiße Erde, stemmte sich in die Höhe und irrte weiter umher. »Ramachander?«

Ein gewaltiger Schemen schritt knapp an ihr vorüber, sie spürte den Windhauch, hörte Fressgeräusche und das Brechen von Knochen. Der Fünfender stillte seinen Hunger, ohne sich um sie zu kümmern.

»Gut gemacht«, vernahm sie die Stimme einer Frau, die sanft und beschwichtigend sprach. »Das Officium wird gern von der Vernichtung der *Hundred* hören. Das hast du gut gemacht.«

Der Drache gab ein merkwürdiges Geräusch von sich, das Schnurren und Fauchen in sich vereinte.

Leída hob die Harpune und starrte in den Dunst. Sie begriff, dass sie in eine gut vorbereitete Falle gegangen waren, die mehr als nur der einfache Hinterhalt eines heimtückischen Drachen gewesen war. Sie wusste, was sich hinter dem Kürzel Officium verbarg.

»Wir werden gehen«, sagte die Frau, die durch den Nebel hindurch sichtbar wurde. Sie stand keine zwanzig Meter von der Drachenjägerin entfernt, und hinter ihr wurden die Umrisse des Fünfenders sichtbar, der lammfromm vor ihr saß und sie mit gereckten Hälsen aufmerksam betrachtete.

Die Szene wirkte auf Leída wie ein Scherenschnitt. Sie kauerte sich an den Boden und robbte näher.

Die Frau hob den Arm. »Also, ich …«

Eines der Häupter schnellte nach unten und verschlang den Oberkörper mit einem kräftigen Biss. Der Unterleib blieb mehrere Sekunden stehen, bis ein zweiter Drachenkopf herabstieß und sich den frischen Happen nicht entgehen ließ. Dann breitete der Drache seine Schwingen aus und beförderte sich mit kräftigen Schlägen in die Luft. Es war seine Art, sich für einen gelungenen Verrat zu bedanken.

Der Wind, den seine Flügelschläge verursachten, wehte den stinkenden, feuchten Dampf davon und zeigte Leída das Schlachtfeld.

Der Teich existierte bis auf einen schlammigen Grund nicht mehr. Wo einst der Wasserfall herabgesprudelt war, bestand der Fels aus einer glasigen, noch glühenden Wand, die den Auslauf versiegelt hatte. Rund um das Loch lagen große Brandflecken, in denen sich Überreste von Schildern und Harpunen befanden. Menschliche Gebeine hatten dem schwarzen Feuer nicht standgehalten und waren zu Asche vergangen. Etwas weiter weg war der Boden übersät mit den Toten und Verletzten von *Havock's Hundred*, die Opfer des heißen Brodems geworden waren.

»Ramachander!«, schrie Leída. Ihre Augen füllten sich mit Tränen, und sie rannte dorthin, wo die Erde lediglich aus schwarzer und grauer, loser Schlacke bestand.

Weinend kniete sie nieder und wühlte im Erdreich, bis sie das Armband von Ramachander in die Finger bekam. Es bestand aus geschnitztem Drachenbein und hatte das Feuer – von einigen Brandspuren abgesehen – unbeschadet überstanden.

Leída nahm es in beide Hände und krümmte sich vor Trauer. Tränen fielen auf ihre Finger und in die Schlacke. Sie küsste es mehrmals, ehe sie sich erhob und zurück zu Calton Hill torkelte. Ihre Bewegungen glichen der einer Schlafwandlerin, die Augen blickten starr geradeaus.

Sie nahm nichts mehr richtig wahr, sah nur das brennende Edinburgh unter sich und spürte den Armreif in ihren Händen. Mehr war ihr nicht von Ramachander geblieben.

Sie bemerkte weder, dass die Harpuniere ihr entgegenliefen, noch dass sich ein blutüberströmter Agent Mandrake an ihre Seite begeben hatte, der sie sicher durch die Crags geleitete.

20. Januar 1925, Edinburgh, Provinz Schottland, Königreich Großbritannien
Onslow Skelton starrte auf das Dutzend Koffer, das in der Lobby des *Royal Mile* auf sie wartete. »Madame Sàtra, sind das alles Ihre?«

Sie lächelte ihn hinreißend an. »Ja, sicherlich. Denken Sie, eine Frau wie ich reist mit kleinem Gepäck?«

»Beschwören Sie doch ein paar Geister, die Ihnen beim Tragen helfen«, sagte Silena und las die Nachricht, die Hauptmann Litzow ihr im *Scottish Pride* – der ersten Station ihrer Flucht aus der Stadt – hinterlassen hatte. Er war ihren Anordnungen gefolgt und hatte die Theben sowie die Saint nach dem ersten Auftauchen des Drachen in Sicherheit gebracht. Jetzt wartete er einige Meilen von Edinburgh entfernt darauf, dass sie zu ihm stieß. Der Treffpunkt lag in der Nähe der Bahnlinie. »Suchen Sie sich einen Koffer aus, der Rest bleibt hier«, befahl sie unwirsch und steckte die Nachricht ein. »Die Flammen werden sich vom Dach bald nach unten gefressen haben.« Sie sah durch die geborstenen Scheiben der Drehtür nach draußen, wo Zadornov Wache am Wagen hielt.

Aber Madame Sàtra ließ sich nicht einschüchtern. »Alle – oder ich bleibe.«

»Und das ist mir wiederum vollkommen gleichgültig, Madame.« Silena zeigte auf den Versicherungsdetektiv. »Gehen wir, Mister Skelton. Ich habe gesehen, dass ein Zug eingefahren ist. Den werden wir nehmen. Die meisten Straßen werden durch die eingestürzten Häuser unpassierbar geworden sein.« Sie eilte hinaus.

»Madame Sàtra, ich bitte Sie«, sagte Skelton beschwörend. »Begleiten Sie uns. Ich werde das Gefühl nicht los, dass wir vier auserkoren sind, das Rätsel um den schwarzen Drachen und den Weltenstein zu lüften. Was mir Fürst Zadornov über Ihre Tat im Schloss berichtet hat, lässt keinen Zweifel zu.« Er nahm den kleinsten Koffer. »Bitte, Madame! Ich heuere Sie an, im Namen von Hamsbridge & Coopers Insurance.«

Sie lächelte ihn an. »Wie hoch ist mein Entgelt, Mister Skelton?«

»Eintausend Pfund die Woche plus einem Erfolgsbonus von zehntausend.«

Sie kniff die Augen zusammen. »Wir reden von britischen Pfund?«

»Ja, Madame.«

»Dann bin ich von dieser Minute an Ihre Verbindung in die Welt des Jenseits, Mister Skelton«, strahlte sie und zeigte auf den größten Koffer. »Den hätte ich gerne. Darin befindet sich mein Neccessaire.«

Als er den Koffer anhob, war er sich sicher, dass nicht nur das Neccessaire darin steckte. Ächzend schleppte er ihn zum Wagen und verstaute ihn am Heck, während sich Sàtra ans Steuer setzte und sofort losfuhr, sobald Skelton Platz genommen hatte.

»Damit es alle wissen: Ich stehe in den Diensten von Hamsbridge & Coopers«, verkündete sie und jagte nach Silenas Anweisungen durch die Straßen.

»Willkommen an Bord«, sagte Zadornov mit dröhnender Bassstimme. »Damit hat die Versicherung die größten Experten in Sachen Séance und Hellseherei engagiert, die es derzeit auf der Welt gibt.«

»Zurückhaltung war noch nie eine Stärke der Russen«, kommentierte Silena.

»Und gute Laune nicht die der Deutschen«, konterte er vergnügt.

»Welch eine Zusammenstellung! Neben mir und Madame verzeichnen wir eine Großmeisterin und einen Menschen mit einem leibhaftigen Drachenknochen im Arm, dem nicht minder rätselhafte Kräfte zuteil geworden sind.« Er schlug begeistert mit dem Stock auf den Boden. »Das nenne ich eine Kombination, die es mit einem Drachen aufnehmen kann.«

Vor ihnen erschien der Zug. Die Lok stand mit rauchenden Schornsteinen auf den Gleisen, die Wagen waren vollkommen überfüllt, was die Menschen aber nicht daran hinderte, auf den Dächern und auf dem Tender Platz zu nehmen.

»Wir sind da.« Sàtra hielt das Automobil neben dem Salonwagen an.

Silena teilte die Zuversicht des Russen nicht, was den Sieg über den Drachen anging – nicht solange sie dazu verurteilt war, am Boden zu bleiben. Doch sie widersprach schon allein deswegen nicht, weil es mit Blick auf die Drachensteine und den Weltenstein nach wie vor viele Dinge zu klären gab und ihre drei Begleiter auf irgendeine Weise in das Rätsel verwickelt waren. »Suchen Sie sich Plätze, ich spreche mit dem Zugführer. Er soll uns aus Edinburgh fahren.«

Sie marschierte an den Wagons vorbei zur Spitze des Zuges, erklomm den Stand und zeigte den Männern ihren Ausweis. »Officium Draconis. Bringen Sie den Zug sofort aus der Stadt.«

Sie wechselten rasche Blicke. »Großmeisterin, wir haben die Anweisung zu warten«, sagte einer von ihnen herumdrucksend.

»Sie wissen, dass ich Ihnen Befehle erteilen darf, Sir? Sie haben den schwarzen Drachen gesehen, der das angerichtet hat, und meine Mannschaft wartet auf mich, damit ich ihn jagen und stellen kann.«

Wieder sahen sie sich an, in den von Ruß und Asche verdreckten Gesichtern stand Ratlosigkeit. »Ich weiß nicht …«

»Sie sind mit Sicherheit tot«, warf ein Heizer ein und stützte sich auf die Schaufel. »Wir haben doch gesehen, was sich bei den Crags abgespielt hat. Von denen lebt keiner mehr.« Er trat nach einem Kohlestückchen und beförderte es in die offene Klappe. »Wir sollten zusehen, dass wir von hier verschwinden, ehe die Gleise verschüttet oder durch die Hitze zu stark verzogen sind.«

»Wovon redet der Mann? Von wem haben Sie die Anweisung erhalten, Sir?«, fragte Silena barsch.

»Von einem Geheimagenten Ihrer Majestät, Queen Viktoria der Zweiten«, kam es wie aus der Pistole geschossen aus dem Mund des Lokführers. »Sein Name ist Eris Mandrake, Großmeisterin, und er ist mit einer Einheit von Drachenjägern eingetroffen, um … nun ja, den Drachen zu töten.« Er deutete zu Arthur's Seat, auf dem dichter Rauch aufstieg. »Sieht aber nicht gut aus.«

Silena schaute zu den Hügeln und musste schwer schlucken. Er hatte sie nicht allein gelassen, sondern Verstärkung geholt. Zweifel an ihren Fähigkeiten oder Auftrag der Queen? Auf die Schnelle konnte er nur *Havock's Hundred* engagiert haben. Oder hatte er die Gruppe aus einem anderen Grund auf den Hügel geführt? Die Zweifel an der Echtheit des Agenten konnte sie schwer leugnen. Wie auch? Je eher sie in der Saint saß, desto schneller konnte sie in den Kampf auf dem Hügel eingreifen. Danach würde sie Eris zur Rede stellen. »Volle Kraft zurück, Sir«, sagte sie mit fester Stimme. »Bringen Sie mich und die Flüchtlinge aus Edinburgh. Ich übernehme die Verantwortung dafür.«

»Jawohl, Großmeisterin«, salutierte der Zugführer und gab Anweisungen an Mechaniker und Heizer, löste die Bremsen und ließ die Zugmaschine rückwärts anrollen.

Silena begab sich auf den schmalen Steg, der rund um die Lok führte, und blickte auf das brennende Edinburgh. Laut erschallte die Signalpfeife des Zugs, und die letzten Unentschlossenen rannten herbei, um irgendwo einen Platz zu ergattern, und war er noch so klein.

»Achtung!«, schrie eine Frau, die auf dem Tender saß, und deutete auf die Gebäude längs der Gleise.

Eine Hauswand bekam Risse, erste Steine fielen aus der Mauer, dann kippte die gesamte Front nach vorn. Sie fiel rumpelnd auf einen der Wagen und riss die Passagiere, die sich auf dem Dach niedergelassen hatten, gleich einer steinernen Woge mit sich.

Aber der Zug ließ sich nicht aufhalten, die Maschine legte an Kraft zu und schob sich unerbittlich die Schienen entlang.

Mit dem Einsturz des brennenden Hauses ging eine gewaltige Wolke aus Staub und glühender Asche einher. Sie verdeckte gnädigerweise die traurige und zugleich wütend machende Sicht auf die untergehende Stadt.

Silena glaubte kurz, ihren Namen vernommen zu haben und ein paar Gestalten zu sehen, die der Lok nachliefen; aber als sie angestrengt in den Rauch schaute, war nichts mehr zu erkennen.

XI.

*»Ich benötige das Officium nicht.
Warum?
Weil ich keine Drachen gesehen habe. Noch niemals in meinem Leben. Das ist alles nur Propaganda, um uns Angst zu machen. Die Zeitungen stecken mit ihnen unter einer Decke, und Bilder kann inzwischen jeder fälschen. Und das Kino verdummt uns alle.«*

Wilhelmina von Staut, Freifrau von Haspenweiler

aus dem Bericht »Das Officium – Die heimliche Macht«
in »Kommunistische Wahrheit« vom 6. September 1924

21. Januar 1925, Hauptstadt London, Königreich Großbritannien
Silena sah in die Gesichter der drei Menschen, die sie in die Niederlassung des Officium Draconis Britannica begleitet hatten und nun zusammen mit ihr im Besprechungszimmer saßen – einem kargen Raum mit einem großen Kreuz an der Wand, Unmengen von Regalen voller Ordner, einem Telegrafen und einem Telefon auf dem Tisch. Abgesehen von den Bildern des Papstes und des Erzbischofs Kattla fehlte jede Art von Schmuck. Was die einen trist nannten, war für die anderen effizient.

Silena ließ den Blick über die Anwesenden schweifen. Onslow Skelton, der schmale Versicherungsdetektiv, Madame Arsènie Sofie Sàtra, das französische Medium, Fürst Grigorij Wadim Basilius Zadornov, der russische Hellseher – alle ratlos und doch durch die Vorkommnisse der letzten Wochen miteinander verbunden. Nicht zu vergessen sie selbst, die letzte Nachfahrin des heiligen Georg.

Silena seufzte und hob ihre Teetasse. Zaudern, Überheblichkeit und Wollust saßen um sie herum, und sie fragte sich, welche Eigenschaften sie selbst wohl am besten beschrieb. Gehorsam schied aus, ebenso Tugend – Überzeugung vielleicht? Sie betrachtete den Verband an ihrer Hand, die Brandwunde war mit Salbe behandelt worden und tat kaum mehr weh. Aber er verhinderte, dass sie mit der Münze spielen konnte.

Bis auf Skelton trugen sie noch immer ihre angesengte Kleidung, was dazu führte, dass sie den Brandgeruch in das intakte Gebäude getragen hatten. Arsènie bemühte sich um Haltung und sah trotz des derangierten Zustandes noch immer sehr mondän aus. Zadornov trug nur noch Hemd, Hose und Stiefel, den Rest hatte er einem Bettler geschenkt, den sie auf dem Weg zum Officium passiert hatten. Skelton dagegen hatte die Gelegenheit genutzt, um kurz nach Hause zu verschwinden und sich umzuziehen. Er sah wieder kariert aus.

»Ich weiß, dass ein britisches Sprichwort sagt: Abwarten und Tee trinken«, hob Zadornov als Erster die Stimme. »Aber mir ist das zu wenig. Wir haben eine Mission, Großmeisterin.«

»Das wollte ich auch eben einwerfen«, meinte Skelton unerwartet schnell, wo er doch sonst immer gern abwartete, was die anderen zu sagen hatten. »Versuchen wir einmal, eine Systematik in die Angelegenheit zu bringen.« Er schaute zu Silena. »Was wissen wir denn überhaupt über die Drachensteine, Großmeisterin? Weswegen sind sie derart wertvoll?«

»Ein Experte des Officiums stößt gleich zu uns.« Silena nickte zu Madame Sàtra. »Sie zuerst, Madame. Sagen Sie Ihrem neuen Auftraggeber, warum Sie an den Artefakten interessiert sind. Dabei möchte ich nicht ausschließen, dass Sie sogar an den Überfällen auf die Museen beteiligt sind.« Sie sah über den Rand der Tasse zu Skelton. »Das nenne ich paradox, oder? Sie haben eine Frau angeheuert, die unter Umständen Ihren Arbeitgeber bestohlen hat.«

»Wenn ich den Weltenstein besäße, würde ich mich weder im Herzen des Empires noch im Officium befinden«, merkte Madame Sàtra an und steckte sich eine Zigarette an. Sehr elegant deutete sie auf die Bücher, die vor Silena lagen. »Ich sehe doch, dass Sie den Megenberg und den Gessner vor sich liegen haben. Warum lesen Sie nicht einfach vor?«

»Ich bin neugierig zu hören, was Sie erfahren haben.«

»Nennen Sie mich doch Arsènie, Großmeisterin. Auch der Fürst und ich nennen uns bereits beim Vornamen...«

Sie hob ablehnend die Hand. »Nein danke. Ich gehöre nicht zur Theosophenpartei oder der Spiritistenvereinigung.«

Die Französin lächelte süffisant. »Nun, auch die Kirche beruht auf Glauben, nicht auf Wissen. Demnach sind unsere Wege nicht so verschieden. Dass meine Geister Kräfte besitzen, habe ich bereits bewiesen.«

»Ein netter Versuch, von der eigentlichen Materie abzulenken, Madame, aber zurück zur Sache: Drachensteine«, parierte Silena ohne Regung.

Sie blies einen Rauchkringel in die Luft. »Ich weiß nicht viel darüber. Sie wurden früher, als es noch ganz alte Ungeheuer gab, gelegentlich in deren Schädel gefunden, mal waren sie faustgroß, mal so klein wie eine Murmel. Anscheinend bildeten sie sich erst mit fortgeschrittenem Alter der Drachen, und dann wiederum auch nicht bei jedem Exemplar.« Sie schaute zu Skelton. »Allerdings sind sie sehr schlecht zu konservieren, wie man herausfand. Sie zerfallen und stinken furchtbar.«

Silena erinnerte sich sehr genau an den beißenden Geruch.

»Und warum sollte man an diesen Artefakten interessiert sein?« Zadornov verfolgte die Unterhaltung zwischen den beiden Frauen aufmerksam.

»Sie sind selten und damit kostbar«, schätzte Skelton.

»Und der Besitz verstößt gegen das Gesetz«, fügte Silena hinzu. Sie zog die Uniformjacke aus und hing sie über den Stuhl.

Der Russe lachte auf. »Es war mir klar, dass Sie das sagen mussten, Großmeisterin. Das mag alles sein, was die Seltenheit anbelangt, aber die Drachen werden diese Last im Kopf nicht zum Spaß spazieren getragen haben. Der Sinn, meine Damen?«

»Der Sinn«, meinte Arsènie, »hat sich bislang noch keinem Gelehrten erschlossen. Manche vermuteten eine krankhafte Ausbildung einer Drüse, andere eine ins Gewebe eingeschlossene Geschwulst.« Sie zeigte mit der glühenden Zigarette auf das Buch; die Glut beschrieb eine leuchtende Bahn. »Dabei gab es früher schon Hinweise.« Sie legte den Kopf in den Nacken und nahm einen theatralischen Zug. »Sie sind dran, Großmeisterin.«

Es klopfte, und ein Mann trat ein, den man auf den ersten Blick für einen Buchhalter hielt. Eine schwarze Hose, ein weißes Hemd mit schwarzen Ellbogenschonern und die sehr präsente schwarze Brille in seinem Gesicht gaben ihm etwas Unscheinbares; nichts an ihm war in irgendeiner Weise auffällig. Unter seinem Arm hielt er einige Bücher und einen Ordner mit verschiedenen Akten.

»Entschuldigen Sie, Großmeisterin«, verneigte er sich, »ich habe noch rasch einige Dinge überprüft.« Er sprach reinstes Oxfordenglisch, und bei jedem Wort erwartete man ein »my dear«, eine Tasse Tee oder einen Schirm in seiner Hand.

»Darf ich Ihnen allen Mister Withworth vorstellen? Er ist der Archivar des hiesigen Officiums. Er wird uns etwas mehr über das Mysterium berichten«, sagte Silena und forderte ihn auf, sich zu ihnen zu setzen. »Wären Sie so freundlich, Mister Withworth?« Sie bemerkte, dass Zadornov auf ihr Dekolleté schaute. Unauffällig tastete sie nach ihrer Bluse, und die Finger trafen auf Seide! Ein Brandloch gab den Blick auf ihr geheimes Inneres frei, die raue Schale war beschädigt worden. Hastig zog sie die Jacke wieder an, errötete.

»Aber sicher, Großmeisterin.« Withworth sah freundlich in die Runde und wich den Blicken von Madame Sàtra aus. Er fand sie unschicklich attraktiv. »Es gab in der Vergangenheit immer wieder Hinweise auf Drachensteine«, begann er und schlug das oberste Buch auf. »Damals gingen die mittelalterlichen Forscher fälschlicherweise davon aus, dass solche Steine nur von Bergdrachen stammen könnten. Berühmt wurde der Luzerner Drachenstein, der schon vor einhundertelf Jahren verschwunden ist.« Er blätterte, bis er einen Holzschnitt gefunden hatte.

»Es ist demnach wahrscheinlich, dass man damals schon nach ihnen gesucht hat?«, meinte Zadornov und betrachtete die Abbildung. Darauf war ein Mann in einer Bergregion zu sehen; über ihm flog ein Drache und ließ eine Kugel fallen.

»Sie galten als Heilmittel. Von daher ist es anzunehmen, dass jeder Mensch danach trachtete.« Arsènie nahm wieder einen Zug, lächelte hintergründig. »Und die Kirche hat sich per Gesetz alle Drachenteile gesichert. Wozu, frage ich mich?«

Silena überhörte den Einwurf. »Der Drache flog von der Rigi zum Pilatus bei Rothenburg, angeblich um das Jahr 1420, also zu der Zeit, als die letzten Großen noch zu finden waren«, fasste sie zusammen, was geschrieben stand.

Withworth übersprang einige Seiten. »Johann Leopold Cysat hat in einer Beschreibung um 1661 notiert:

> ›*Er ist trefflich gut contra pestem, den Schaden*
> *mit dem Stein bestrichen oder umbfahren*
> *und dann vierundzwanzig Stund darüber gebunden*
> *oder also*
> *ist der Schaden under der Achsel*
> *so bind den Stein*
> *mit einem Tüchlein in die rechte Hand*
> *so ziechts von Stund an das Gifft auss*
> *dass der Schaden ausgehet*
> *ist er am Schenckel*
> *so thu gleichfals und bindts auff die Füss.*
> *Item den Weibern*
> *so ihr Monat zu streng haben; wer den Bauchfluss*
> *die rothe Ruhr und rothen Schaden hat*
> *der soll disen Stein gleicher gstalt*
> *in die Hand binden vierundzwanzig Stund*
> *item der sonsten bös Kranckheiten mit Flüssen hat.*‹«

»Klingt für mich nach einem sehr mächtigen Drachenstein.« Skelton schielte auf das Buch. »Ich wusste gar nicht, dass es so etwas gab.«

»Ich gestehe, dass ich es bis vor kurzem auch nicht wusste«, sagte Silena. »Um dem Rätsel der Überfälle auf die Spur zu kommen, habe ich mir die entsprechenden Abschriften der Bücher von Mister Withworth besorgen lassen.«

»Schön, dass Sie uns an dem Wissen teilhaben lassen.« Zadornov deutete eine Verbeugung an. »Allmählich bekomme ich einen Eindruck davon, warum man auf der Suche nach ihnen ist. Wenn sie wirklich so heilsam sind, kann man viel Geld damit verdienen.«

»Und *ich* weiß, warum die Kirche Anspruch auf jedes Drachenteil erhebt.« Arsènie nahm ohne zu fragen das Buch aus Withworths Fingern, wälzte die Seiten, bis sie die Stelle gefunden hatte. »Reiskius schrieb 1688:

›*Man hält insgemein davor*
dass dieser Drachenstein sonderbahre Krafft bey Hexerey habe
sonderlich wann die Kühe ihre Milch nicht geben
oder von Hexen durch Satans Betrug ausgemolken werden:
Alsdann wird in den Melkpot dieser Stein gelegt
und darauf die vorige Milch bey der Kuh verhofft
wie sie dann sich wieder einfindet.‹«

Sie schob das Buch mit einem wissenden Lächeln von sich. »Die Kirche fürchtet sich noch immer davor. Hexerei, Großmeisterin.«

»Aberglaube«, korrigierte Silena ruhig. »Wir alle wissen, dass es keine Hexerei, keine Magie oder sonstige übernatürlichen Kräfte gibt, einmal abgesehen von Gottes Wundern.«

»Ich stimme sofort zu, weil die Geisterkräfte, die mir beistehen, nichts anderes als die Seelen der Verstorbenen sind. Und Seelen wollen Sie mir wohl nicht verbieten, Großmeisterin«, erwiderte Arsènie spitz. »Das dürften Sie als Frau der Kirche auch überhaupt nicht.« Sie blies den Rauch an die Decke. »So ein Ärger, nicht wahr?«

Silena wäre zu gern über den Tisch gehechtet und hätte die Französin verprügelt. Gelegentlich spürte sie, dass sie zwei ältere Brüder gehabt hatte und in einer Einheit diente, in der sich hauptsächlich Männer befanden. »Ich diskutiere mit Ihnen nicht darüber, Madame.«

»Sie erwähnten, man habe früher angenommen, dass nur Bergdrachen diesen Stein in sich tragen, Mister Withworth«, schaltete sich Skelton ein, weil er eine Katastrophe befürchtete, während Zadornov grinsend die Unterredung verfolgte. »Wie konnte der Drache den Stein fallen lassen, wenn man sie in den Köpfen fand?«

»Wohl ein Irrtum des Zeugen?«, ging Silena dankbar auf die Ablenkung ein und sah zum Experten, der das Buch wieder an sich nahm, ohne Arsènie anzuschauen.

»Sehr wahrscheinlich ein Irrtum. Man hat einmal gedacht, dass man sie in den Mägen findet, wie das Ambra der Wale.« Withworth öffnete das Buch der Natur des Conrad von Megenberg. »Die beste Anleitung findet sich bei ihm, Megenberg, aus dem Jahr 1350:

›*Den nimpt mann auss eines trachenhirn*
unnd zeucht mann in nit auss eins lebendigen trachenhirn
so ist er nit edel.
Die künen mann schleichent über die trachen da sie liegen
und schlatzen in das hirn entzwey
und dieweil sie zabeln so ziehen sie im das hirn herauss.
Man spricht der stein sei gut wider die vergifftent thier
und widersteh dem vergifft trefftliglich.‹«

»Mon dieu«, gab Arsènie von sich und verzog angewidert das Gesicht. »Das klingt gefährlich und eklig.«

»Das ist wohl der Grund, warum man sie so selten gefunden oder besser gesagt erlangt hat. Die wenigsten weltlichen Krieger haben eine Konfrontation mit einem Großen überstanden. Diejenigen Drachensteine, die in die Hände von Drachentötern des Officiums fielen, wurden vernichtet.« Withworth deutete auf den Ordner. »Ich habe die entsprechenden Akten überflogen.«

Skelton blinzelte verwirrt. »Drachensteine können demnach … hexen?«, brach es aus ihm heraus, und er blickte zuerst zu Zadornov, dann zu Sàtra. »Könnte mir einer von Ihnen weiterhelfen?«

»Keine Hexerei«, antwortete Arsènie nach einem kurzen Augenaufschlag zum Fürsten. »Meiner Ansicht nach handelt es sich um eine Art Katalysator. Aus diesem Grund bin ich daran interessiert: Ich möchte herausfinden, was es mit den Legenden über sie auf sich hat.« Sie verlor ihre Freundlichkeit. »Dass etwas Besonderes daran ist, sieht man an den Morden an meinen Freunden, die ebenfalls nach Drachensteinen suchten.«

»Ich sage nur: Vision.« Der Russe nickte. »An dem Drachenstein, nein, vielmehr an dem Weltenstein ist etwas Besonderes, sonst wäre ich nicht vor dem Artefakt gewarnt worden. Es muss gefunden und verwahrt werden.« Er grinste Silena an und fuhr sich an der Stelle über sein Hemd, an der er bei ihr den seidenen Büstenhalter erspäht hatte.

Sie funkelte ihn warnend an. Würde er eine Bemerkung darüber fallen lassen, bekäme er wirklich eine Tracht Prügel. Silena fand den jungen Mann unglaublich anstrengend. Mal war er nett, dann schaffte er es, mit einer einzigen Geste jeglichen Bonus bei ihr zu vernichten. Es war wirklich schwer, ihn zu mögen – und schon wunderte sie sich über sich selbst: ihn mögen?

»Gehen wir den Weg doch einmal anders herum.« Skelton nahm ein Blatt Papier und schrieb nacheinander Namen darauf. »Wir haben die verschiedenen Spiritisten, die nach ihm suchten und ums Leben gekommen sind. Wir haben die Morde an den Drachentötern, die bislang ohne einen Hinweis auf den oder die Täter geschehen sind. Und wenn ich die Art der Wunden richtig in Erinnerung habe, scheinen die kleinen Drachen ebenfalls an der Jagd beteiligt zu sein.« Er hob den Kopf und zeigte mit dem Stift auf den Fürsten. »Beschreiben Sie doch noch einmal für die Großmeisterin, welcher Art der Drache war, der Sie in London während der Flucht vor ihr angegriffen hat.«

»Ich habe ihn selbst gesehen, danke.« Silena erinnerte sich an das merkwürdige Äußere. »Was mir wichtiger ist, Fürst, wären andere Auffälligkeiten. Er hatte Sie doch regelrecht in seine Schwingen eingewickelt, oder? Das heißt, Sie waren ihm sehr nahe.«

»Sehr nahe ist völlig untertrieben. Ich war so nah an ihm, wie Ihre Unterwäsche auf Ihrer Haut liegt«, grinste er sie an und tänzelte damit einmal mehr am Abgrund entlang. Ihre Augen verengten sich drohend. »In der Tat. Ich schwöre, dass mein Messer nicht durch die glatten, grauen Schuppen drang«, sagte er mit seiner tiefen Stimme.

»Welchen Geruch verströmte er?«, hakte sie nach.

Zadornov grübelte, rieb sich über den Dreitagebart. »Wenn Sie mich so fragen: keinen. Weder nach Schwefel noch nach Schweiß oder Exkrementen, wie ich es bei einem solchen Monstrum erwartet hätte. Es roch sauber und trocken wie eine warme Wand in der Nachmittagssonne, und dabei fühlte sich seine Haut eiszapfengleich kalt an.«

»Merkwürdig«, murmelte Withworth.

»Was ist daran merkwürdig, mein Freund?«, wollte Zadornov wissen.

»Im Allgemeinen haben Drachen und Dracoforme wechselwarme, trockene Haut, wie es sich bei Reptilien eben gehört. Aber dass sie derart kalt ist, habe ich noch nie gehört. Nicht bei einem lebenden Exemplar.« Withworth öffnete den Ordner und suchte die Beschreibung des Kampfes heraus, wie Silena ihn zu Protokoll gegeben hatte.

»Dass sie immun gegen Ihre Waffen sind, Großmeisterin, hat für beträchtlichen Wirbel und für Verunsicherung beim Officium gesorgt. Einige haben sogar geäußert, dass Sie sich getäuscht haben könnten, aber nach der Schilderung des Fürsten«, er deutete eine Verbeugung an, »komme ich fast zu dem Entschluss, dass es sich um eine neue Evolutionsstufe der Dracoform handelt.«

»Neue Evolutionsstufe?«, echote Skelton beunruhigt.

»Wie die Erfindung des Büstenhalters, der das Mieder ablöst«, erklärte Zadornov süffisant. »Oder vielleicht wie«, die blauen Augen legten sich durchdringend auf Silenas Hosenbeine, »Strapse anstelle von Strumpfbändern?«

Silena senkte angriffslustig den Kopf, die verletzte Hand ballte sie langsam zur Faust.

»Äh, nun, ein wenig ungewöhnlich, Ihre Erklärung. Aber es trifft ungefähr. Jede Spezies durchläuft eine Entwicklung während ihres Bestehens, die eine rascher, die andere langsamer. Anscheinend haben sich die Dracoformen erneut angepasst und seit dem Mittelalter neue Ausprägungen erhalten«, erklärte der Experte und sah zu Silena. »Das sollte nicht länger unausgesprochen bleiben, Großmeisterin. Die übrigen Drachentöterinnen und -töter müssen gewarnt werden. Wir haben erst gestern wieder einen verloren ...«

»Was?« Sie sprang auf. »Mister Withworth, wieso weiß ich nichts davon? Wer ist getötet worden?«

Der Mann wurde rot. »Das Versäumnis tut mir leid. Ich schätze, es war noch keine Zeit, Ihnen die traurige Nachricht zu überbringen, Großmeisterin. Goara ist in der Nacht, als der Fünfender Edinburgh angriff, in München im Officium erschlagen worden, wieder unter rätselhaften Umständen. Keiner hat einen Schrei vernommen oder etwas gesehen. Weder haben wir die Tatwaffe gefunden noch einen Verdächtigen.«

»Mitten im Officium!« Silena sank auf den Stuhl zurück. »Dann können nur die Drachenfreunde in Betracht kommen«, flüsterte sie abwesend, und ohne, dass sie es wollte, wanderte ihr Blick zu Zadornov.

Er schaute sie verwundert an. »Ist Ihr Blick der unausgesprochene Wunsch, meine Kräfte zur Findung des Mörders einzusetzen?«, vergewisserte er sich.

»Nein, nein«, wehrte sie überrumpelt ab und stellte fest, dass alles in ihr genau das Gegenteil verlangte. Auch so schon gab es viel zu wenig Greifbares. Ihr Blick huschte zu Arsènie, der Frau, die angeblich mit Geistern in Verbindung treten konnte. Mit Seelen... »Nein«, wiederholte sie, wie um sich selbst diese andere Möglichkeit auszureden.

Zadornov hatte die Augen nicht von ihr genommen. »Ich verstehe, Großmeisterin. Es darf nichts Übersinnliches zur Lösung der Mordserie und der Vorgänge eingesetzt werden. Jedenfalls nicht von Ihnen, sehe ich das korrekt?«, fragte er leise und schien ihre Gedanken lesen zu können.

Silena schwieg beunruhigt. Dieses verfluchte Blau wühlte in ihrem Verstand und drang in alle Bereiche vor.

»Wird diese Evolutionstheorie des Herrn Darwin nicht von der Kirche abgelehnt, Mister Withworth?«, warf Arsènie ein.

»Ich bin in erster Linie Wissenschaftler des Officiums, Madame«, gab Withworth zurück. »Es gibt unwiderlegbare Beweise für eine Fortentwicklung der Dracoformen im Mittelalter. Folglich ist es nicht von der Hand zu weisen, dass sich solche Sprünge jederzeit wiederholen können.« Er raffte seine Unterlagen zusammen, nahm sowohl den Megenberg als auch den Gessner an sich. »Ich darf mich zurückziehen? Das Officium in München muss von der Entwicklung unterrichtet werden.« Er eilte zur Tür.

»Richten Sie dem Erzbischof aus, dass ich ihn später anrufen werde, Mister Withworth«, trug ihm Silena auf, ehe er aus dem Raum verschwunden war und die Tür hinter sich zuzog. Sie erhob sich ebenfalls. »Ich muss noch einige Besorgungen machen«, entschuldigte sie sich bei den drei. »Wir sehen uns in zwei Stunden wieder hier. Sie sind natürlich auf Kosten des Officiums eingeladen. Es steht Ihnen frei, etwas in einem der umliegenden Restaurants zu essen, aber ich empfehle Ihnen, sich angesichts der Lage nicht zu weit zu entfernen.« Sie nickte ihnen zu und verließ den Raum.

Skelton schaute auf seine Uhr. »Dann werde ich mal die Gelegenheit nutzen, Hamsbrigde & Coopers von den Geschehnissen zu berichten.« Er stand auf. »Wir sehen uns, Herrschaften. Ich bin sehr gespannt, wie wir das Rätsel lösen.« Er verbeugte sich vor der Französin und dem Russen, dann ging er.

Arsènie sah Zadornov an. »Mein lieber Grigorij, was meinen Sie? Haben wir Hunger?«

»Und wie«, grinste er und stand auf, stülpte den Zylinder, der wie durch ein Wunder ebenfalls unversehrt geblieben war, auf den schwarzen Schopf und bot ihr den Arm an. »Ich schlage vor, Sie und ich ziehen uns in einer kleinen Kammer um, um den Londonern zu zeigen, was echter Chic ist.«

»Gemeinsam, mein lieber Grigorij?« Sie schlug andeutungsweise nach ihm. »Sie Lüstling.«

»Ich richte mich ganz nach Ihren Wünschen, Arsènie«, erwiderte er mit einem Lächeln. »Wir treffen uns vor der Tür, und ich zeige Ihnen einen hervorragenden kleinen Salon, nicht weit von hier, wo man ausgezeichnete Sandwiches bekommt.«

»Ziehen wir uns zunächst einmal um.« Sie hakte sich ein, gemeinsam verließen sie den Besprechungsraum.

21. Januar 1925, Hauptstadt London, Königreich Großbritannien

»Wir arbeiten zwar für den gleichen Mann, aber geben Sie ruhig zu, dass Sie im eigenen Interesse unterwegs sind.«

Grigorij sagte es hinreißend beiläufig und verständnisvoll, sodass Arsènie gar nicht anders konnte, als zu nicken. Zumal sie nach dem gemeinsamen »Umziehen« in einem kleinen Zimmer des Officiums mit ihren Gedanken noch nicht bei der Sache war. Alles, was man hinter vorgehaltener Hand über seine männliche Anatomie und die Liebeskünste berichtete, stimmte. Selten hatte sie sich derart über die Wahrheit gefreut.

Es war ein sehr gediegener Salon, in dem sie die Pause verbrachten, mehr ein Tea Room für die High Society, zu der sich der Fürst zählte. Man kannte ihn, und da er auch das Äußere eines Gentleman besaß, jedenfalls was die Kleidung anbelangte, und dazu noch Arsènie an seiner Seite hatte, gab es keinen Grund, ihm den Zutritt zu verweigern.

Um sie herum saßen Aristokraten, entweder durch Geblüt oder durch Geld, samt ihrer Frauen oder Geliebten und lauschten den

Klängen der drei Mann starken Band: Piano, Klarinette und Violine. Dargeboten wurden eher beschaulichere Töne, die zum Tee passten und niemanden durch aufdringliche, wilde Tonfolgen verschreckten.

Arsènie hatte ein Club-Sandwich und ein Kännchen Kaffee vor sich, während der Russe tatsächlich ein fast rohes Steak zerteilte und es genüsslich aß. Es passte sehr zu ihm. »Genau wie Sie, mein Lieber«, zwinkerte sie. »Ich habe mich die ganze Zeit schon darauf gefreut, endlich mit Ihnen allein zu sein.«

Er schluckte, sah nach rechts und links zu den voll besetzten Tischen. »Allein, Arsènie? Das waren wir vorhin in der Kammer.«

»Ohne unsere Großmeisterin und das Versicherungsmännlein«, präzisierte sie und schenkte ihm ein verführerisches Lächeln. »Stimmt es denn, dass Sie der Sohn von Zarin Alexandra und dem Mönch Rasputin sind?« Sie blickte ihm in die Augen. »Dieses betörende Blau und die Wirkung auf Frauen, die man Ihnen zu Recht nachsagt, sprechen jedenfalls für Rasputin.«

Er lächelte sie an. »Liebe Arsènie, fragen Sie doch die Seele des toten Rasputin. Bei Ihren Verbindungen und Ihrem Können ist die Suche doch ein Leichtes für Sie, oder?«

»Ich verstehe, dass Sie mir nicht antworten möchten. Ich nehme an, dass Sie unentwegt um Ihr Leben fürchten müssen. Das Ende Ihres Vaters war schrecklich, und die Feinde werden Sie ebenso fürchten wie ihn damals.«

Grigorij aß das nächste Stück Fleisch. »Auch Sie, liebe Arsènie, besitzen einen gewissen Ruf, was die Männerwelt angeht«, kehrte er den Spieß um. »Es heißt, dass sämtliche Männer Frankreichs danach lechzen, eine Seánce mit Ihnen erleben zu dürfen.« Er schaute über den Rand der grüngetönten Brille hinweg, der Blick war sehr anzüglich. »Was bekommt man bei Ihnen geboten, meine Liebe?«

»Mehr als in einer Kammer. Sie sollten es auch einmal versuchen. Danach können Sie es besser beurteilen.« Sie biss sehr vornehm vom Sandwich ab.

»Das Angebot würde ich gern annehmen. Lustigerweise hat noch kein Mann ernsthaft behauptet, mit Ihnen das Bett geteilt zu haben.« Er legte das Besteck an den Tellerrand und streckte die Rechte nach dem Rotweinglas aus. »Da stelle ich mir natürlich sofort die Frage:

warum?« Er nahm einen Schluck. »Ein Mann, der ein solches Vergnügen hätte, könnte wohl schwerlich den Mund halten.« Er schaute an ihr herab. »Nein, das würde er sicherlich nicht«, bekräftigte er und leerte seinen Wein.

»Sie haben eine merkwürdige Art, Komplimente zu verteilen, lieber Grigorij«, lachte Arsènie leise und hielt sich die Hand vor den Mund. »Bei Ihnen ist es genau umgekehrt, und ich habe nur Gutes von den Damen gehört, die mit Ihnen eine Nacht verbracht haben. Auch wenn es vorhin keine Nacht war, kann ich es nur bestätigen.«

»Meinen Dank. Wie Sie gespürt haben, waren weder die Aussagen über den Umfang meiner Mannhaftigkeit noch über meine Kunstfertigkeit übertrieben«, grinste er und war dabei trotz des schlüpfrigen Themas seltsamerweise nicht ordinär, sondern herausfordernd und anziehend. Er hatte seine Stimme gesenkt, Arsènie konzentrierte sich unwillkürlich mehr auf sie. »Es wäre mir eine Ehre, Ihnen einen erneuten Beweis erbringen zu dürfen. Dieses Mal stilvoller in meinem Separee, bei Kerzenschein, Wein, einer Wasserpfeife und viel, viel Wärme um uns herum.«

»Das glaube ich ...«

»Ich würde Ihnen die Augen verbinden, Sie langsam entkleiden und Sie dabei doch nicht berühren, obwohl Sie sich nach meinen Fingern sehnten.« Arsènie konnte sich nicht mehr von dem anziehenden Blau abwenden. »Wenn der Wunsch so stark ist, werde ich Sie sanft in den Nacken küssen, nicht mehr als ein flüchtiges Streifen durch einen Schmetterling, aber die Lust schießt durch Sie hindurch, dass Sie stöhnen werden, Arsènie«, wisperte er. »Schließen Sie die Augen.«

Und sie *tat* es!

»Meine Finger legen sich auf Ihre Schultern, streichen die Arme hinab bis zu den Handgelenken, und meine Lippen küssen Ihren Hals, und ich spüre deutlich, wie Sie erschaudern, Arsènie. Ich trete von hinten an Sie heran, meine warme Haut auf der Ihren.«

Arsènies Kehle war ausgetrocknet, und ihr Herz schlug schneller. Sie war erregt; und sie fühlte wirklich, dass er sich an sie schmiegte!

»Jetzt liegen meine Hände auf Ihrem Bauch«, hörte sie seine verführerische Stimme, »und streichen vorsichtig nach oben, aber bevor ich die Brüste berühre, halte ich inne.«

»Wieso?«, wollte sie heiser wissen, sie spürte die Berührungen noch immer und wollte mehr.

»Weil mein Glas leer ist.«

»Was?« Ruckartig hob sie die Lider, und die Illusion verschwand. Sie saß im Salon, und vor ihr orderte ein grinsender Grigorij eine weitere Flasche Rotwein.

»Oh, haben Sie ein bisschen geträumt, liebe Arsènie?«, meinte er freundlich.

Sie lehnte sich zurück, legte eine Hand auf die Brust. Ihr Atem ging immer noch rasch. »Sie sind ein Verführer, der Frauen allein schon mit Worten um den Verstand bringt«, meinte sie lächelnd und spielte verlegen mit dem Anhänger. »Hypnose, Grigorij?«

»Die einen nennen es Mesmerismus, die anderen sagen Hypnose«, gestand er strahlend wie ein Schuljunge. »Ich würde sagen, ich verschaffe dem Verstand eine kleine Reise ins Land der Träume, wo alles möglich ist. Solange ich es befehle.« Er ließ sich das Weinetikett zeigen und stimmte der Auswahl zu. »Sie sind eine von vielen zufriedenen Kundinnen, Arsènie, auch wenn es erst der Anfang war. Meine spiritistischen Sitzungen dauern länger und gehen tiefer.« Er prostete ihr zu. »Geht es wieder, meine Liebe?«

»Sie sind ein ganz Schlimmer, Grigorij.« Ihr Herz hatte sich beruhigt, aber dennoch gönnte sie sich eine ihrer speziellen Zigaretten, um sich weiter zu entspannen. Vor ihm würde sie sich hüten müssen. Wem es derart leicht gelang, andere Menschen in seinen Bann zu schlagen und zu kontrollieren, der war gefährlich. »Erwarten Sie umgekehrt von mir eine Demonstration meiner Geisterkräfte?«

»Hier? Nein, liebe Arsènie. Das würde ich niemals verlangen. Zudem bekam ich sie in Edinburgh eindringlich vor Augen geführt. Ich wollte Ihnen nur zeigen, dass auch ich einiges zu tun vermag.« Er führte den letzten Bissen Steak in den Mund. »Wie genau funktionieren Ihre Kräfte?«

Sie zuckte mit den Achseln. »Es ist etwas Intuitives. Und es funktioniert ausschließlich über Konzentration, deshalb muss ich stets lachen, wenn ganz einfache Hirne mir Hexerei vorwerfen. Damit hat es beim besten Willen nichts zu tun.«

»Welche Rolle spielt der Weltenstein für Sie? Sie nannten ihn Katalysator?«

Wieder erhielt sie einen Blick aus den bezaubernden blauen Augen, denen man einfach nichts abschlagen konnte. »Ich hätte ihn gern als Verstärker für meine Anrufungen«, erklärte sie ihm wohlwollend. »Es gibt kleine Geister … sagen wir Menschenseelen, die ich ohne weiteres rufen kann, auch wenn es nicht immer auf Anhieb funktioniert.«

»Aber im Jenseits treiben sich noch andere Gestalten herum?«

»Das kann man so ausdrücken«, plauderte sie. »Mein sehnlichster Wunsch ist es, eine Drachenseele zu beschwören und sie in meine Gewalt zu bekommen. Ihr meinen Willen aufzuzwingen.«

»Hatten Sie nicht eine solche Begegnung bei Ihrer Séance?«

Arsènie nickte und nahm einen langen Zug. Das Haschischöl verdampfte und setzte seine entspannende Wirkung frei. »Das meinte ich. Drachenseelen wie auch das Unterbewusstsein von lebendigen Drachen sind zu mächtig, um sich von mir Befehle erteilen zu lassen. Fühlen sich die Drachen zu sehr gestört, kann es geschehen, dass sie den Anrufer einfach töten.«

»Aha, *jetzt* verstehe ich die Tode Ihrer Freunde.« Grigorij hielt ihre Augen mit den seinen gefangen. »Sie haben mit den Bruchstücken der Drachensteine in ihrem Besitz experimentiert.«

»Vermutlich war es so«, räumte sie ein.

»Ich habe noch nicht verstanden, was Sie von einer Drachenseele möchten.« Er lehnte sich nach vorn. »Können Sie mir das sagen?«

»Macht«, brachte Arsènie es auf den Punkt. »Ich kann mir Horte der Alten Drachen voller unermesslicher Reichtümer zeigen lassen, von denen nur Legenden künden. Ich werde solche alten, mächtigen Seelen an mich binden und zu meinen persönlichen Begleitern machen, die mir rund um die Uhr zur Verfügung stehen, mich beschützen und mir Dinge bringen. Der Ruhm bei den Menschen wird so groß sein, dass ich jedes Amt auf der Welt bekleiden könnte, das ich mir auserwähle. Ist das keine erstrebenswerte Vorstellung, Grigorij? Und das alles nur durch diesen Drachenstein. Er ist vermutlich der letzte intakte und der potenteste.« Ihre Stimme hatte sich verändert, klang nach Trance und einer Spur Größenwahn. »Ich muss ihn unbedingt besitzen, bevor ich so ende wie Gisborn und die anderen.«

»Ich verstehe, Arsènie.« Er stieß mit einem seiner Ringe gegen das

Glas, und der helle Ton brachte sie zum Zusammenschrecken. »Dann verfolgen wir nicht ganz die gleichen Ziele. Was mir erklärt, weswegen Sie nicht in der Vision um den Weltenstein vorkamen.«

Sie atmete tief ein und starrte ihn böse an. »Sie haben es schon wieder getan, mein Lieber. Reizen Sie mich nicht dazu, Ihnen eine Kostprobe meiner Kräfte vor aller Augen zu geben.«

»Vor den Toten fürchte ich mich nicht. Sie können den Lebenden nichts anhaben, das sagte mein Vater immer.«

Unvermittelt erhob sich das blutige Steakmesser vom Tisch, wirbelte um die eigene Achse und legte sich mit der Spitze voraus auf seine Brust.

»Die Toten, Grigorij, vielleicht nicht. Aber sie erfüllen die Wünsche der Lebenden, und die könnten Ihnen durchaus nach dem Leben trachten«, grollte Arsènie, deren Augen mit einem Schlag hellrot geworden waren; die Pupillen erinnerten ihn an die einer Blinden. »Sollten Sie noch einmal versuchen, Ihre unglaublichen Fähigkeiten bei mir zum Einsatz zu bringen, ist es das Letzte, was Sie getan haben«, fauchte sie. Allein durch eine Bewegung ihres Zeigefingers bohrte sich das Messer durch das Hemd und schmerzhaft in sein Fleisch. »Haben wir uns verstanden, *mein Lieber*?«

Grigorij war überrascht. »Sicher, Arsènie«, versicherte er und schaute absichtlich auf den Tisch, damit sie nicht den Eindruck bekam, er unternehme den nächsten Versuch. Als das Messer in seinen Schoß fiel, wagte er es, den Kopf zu heben und sie anzulächeln. »Aber Sie meinten mit unglaublichen Fähigkeiten nicht meine Liebeskunst?« Er legte es zurück auf den Tisch.

Arsènies Augen färbten sich wieder in das unbestimmbare helle Rotbraun. Der Kontakt ins Jenseits existierte nicht mehr, aber den Beweis für ihre Verbindung hatte sie unwiderruflich gebracht. »Wissen Sie, lieber Fürst, es gibt auf dieser Welt genau zwei Frauen, die niemals mehr mit Ihnen in einem Bett landen werden«, eröffnete sie mit einem verführerischen Lächeln und richtete sich kerzengerade auf, damit ihre perfekte Figur betont wurde. »Die eine bin ich.« Sie winkte den Kellner zu sich und bestellte ein Zimtparfait mit heißen Pflaumen in Madeirasoße.

»So, was Sie nicht sagen? Hatten Sie es mir vorhin nicht angeboten?«

»Das war vor Ihrem Betrug an mir und dem unschicklichen Verhör.«

»Sie sind nachtragend.«

Sie nahm einen Zug, legte den Kopf in den Nacken und blies den Rauch senkrecht in die Luft. »Durchaus.«

»Und wer ist die andere Unglückliche?«

»Die Großmeisterin.« Sie drehte sich zu ihm und beugte sich nach vorne. »Das Lustige daran ist, Grigorij, dass Sie sich wünschen, uns beide zu haben. Das erkenne ich recht einfach, ohne Sie hypnotisieren zu müssen. Vermutlich ist es das Erbe Ihres Vaters. Aber nach Ihrer kleinen Spionage bei mir werde ich Ihnen den Wunsch auf eine lange Nacht mit mir auf absehbare Zeit nicht erfüllen. Und was Sie vorhin bekommen haben, war lediglich der Hauch einer Kostprobe. Strafe muss sein.« Der Kellner trat an den Tisch und brachte das Dessert, über das sie sich gleich hermachte. »Köstlich«, lobte sie und schloss die Augen.

»Sie sind sich sicher, dass die Großmeisterin mir widersteht?« Grigorij fühlte sich in seiner Ehre verletzt.

Arsènie lutschte das Parfait verführerisch vom Löffel, ließ ihn über die Unterlippe gleiten. »Ja, das glaube ich. So sehr, dass ich bereit bin, eine Wette einzugehen, Grigorij. Was halten Sie davon?«

Er schnaubte und trank sein Glas leer, schenkte sich nach, noch bevor der Kellner herbeigeeilt war, um diese Aufgabe zu übernehmen. »Sie sind kindisch, Arsènie.«

»Ich höre Angst. Ist es eine Herausforderung, der Sie nicht gewachsen sind?«, spöttelte sie.

»Ihr Einsatz, liebe Arsènie?«

Sie deutete an sich herab. »Das bin ich, Grigorij. Wenn Sie das Herz der Großmeisterin erobern, oder wenigstens eine Nacht mit ihr verbringen, empfange ich Sie. Wo immer Sie möchten. Solange Sie möchten und wie Sie möchten. Oder Sie werden ein Leben lang von meinem Körper träumen, wie Sie mich eben von Ihnen träumen ließen. Ich schwöre Ihnen, dass Ihre Träume dem Original nicht annähernd entsprechen werden.« Sie stocherte im Parfait. »Wie steht's, Grigorij? Verfügen Sie über genügend Sportsgeist? Und wenn Sie gewinnen, bekommen Sie eine doppelte Belohnung.«

»Aber wenn ich verliere, Arsènie?«

»Werden Sie mir zehn Gefallen tun müssen.«

»Also zehn Gefallen gegen zehn Nächte mit Ihnen?«, verlangte er sofort.

Da wusste sie, dass Grigorij auf den Köder angesprungen war. Er mochte sich noch so sehr wie ein Mann kleiden und sich geben, aber er war nicht mehr als ein Junge, den man zu Taten überreden konnte. Und ein Schürzenjäger noch dazu. »Das klingt fair«, willigte sie ein und hielt ihm die Hand hin. »Die Wette gilt?«

»Die Wette gilt.« Er schlug grinsend ein, und sie schüttelten die Hände dreimal.

»Oh, ich sehe schon«, meinte sie neckisch. »Sie freuen sich darauf, die heilige Burg zu stürmen. Aber die Großmeisterin wird nicht leicht zu überzeugen sein.«

»Überlassen Sie das ruhig mir und meinen blauen Augen, Arsènie«, wehrte er lächelnd ab und leerte sein Glas. Obwohl er mehr als eine Flasche und zwei Gläser Alkohol intus hatte, wirkte er kein bisschen betrunken; lediglich das Funkeln in den Pupillen verriet, dass er sich nicht vollkommen der berauschenden Wirkung entziehen konnte. Wahrscheinlich war er auch deswegen so schnell auf den Vorschlag mit der Wette eingegangen.

Arsènie war es egal. Sie hatte ihren Willen bekommen und widmete sich wieder dem Parfait. »Sagen Sie, Grigorij, geht es Ihnen wirklich einzig um die Rettung der Welt?«

Er blieb ernst, als er ihr antwortete: »Wenn Sie gesehen hätten, was ich sah, würden Sie das Gleiche tun. Es war zu bedrohlich, zu erschreckend.« Er schluckte, die Bilder seiner Vision erstanden wieder auf und schimmerten vor seinen Augen, überlagerten die vor ihm sitzende Arsènie, den Salon, die Menschen an den Tischen und die Musikanten. »Der Weltenstein darf nicht in die falschen Hände gelangen.«

Sie hob die Finger, die in weißen Handschuhen steckten. »Sehen diese Hände für Sie aus wie die falschen, Grigorij?«, neckte sie ihn. »Denken Sie, dass ich Ihre Feindin bin?«

»Nein. Sonst hätte ich längst etwas gegen Sie unternommen, liebe Arsènie«, antwortete er ehrlich und ließ die Frau spüren, wie viel Ernsthaftigkeit in seinen Worten steckte. »Wie ich bereits sagte: Sie kamen in den Bildern nicht vor. So leid es mir tut: Sie spielen im Wettstreit um den Drachenstein keine Rolle.«

Arsènie gab sich entrüstet. »Monsieur! Sie verurteilen mich zur Bedeutungslosigkeit! Das kann ich nicht hinnehmen.« Beleidigt kratzte sie die Reste des Parfaits zusammen. »Wollen Sie nicht vielleicht einen zweiten Blick in die Zukunft werfen?«

»Nein. Nicht in diese Zukunft«, sprach er leise. »Ich vermag Ihnen nur einen Ratschlag zu geben: Sie sollten sich Gedanken machen, warum Sie nicht erscheinen.« Er schenkte sich erneut ein und trank den letzten Rest direkt aus der Flasche, die er dann mit dem Hals voraus in den Sektkühler des Nachbartisches rammte; auf die Proteste achtete er nicht.

»Keine Ahnung … Ich wurde aufgehalten? Oder ich bin …« Sie sah in Grigorijs Augen und erschrak. »… tot?«

Er erwiderte nichts.

XII.

»*Die Linie Barlaam*
Ausgehend von Barlaam, der beim Anblick eines Drachen die Ruhe bewahrte und Honig genoss, setzen die Nachfahren ebenso auf Fallen. Zur Anwendung kommt ein Köder mit stark klebenden Substanzen, die den Drachen die Kiefer, die Zunge und den Schlund versiegeln und sie elend verhungern und verdursten lassen. Allerdings besteht dabei die Gefahr, dass sie in Raserei verfallen und vor ihrem Tod Verwüstung anrichten.«

aus der Serie »Drachentöterinnen und Drachentöter
im Verlauf der Jahrhunderte«
Im »Münchner Tagesherold«, Königlich-Bayerisches Hofblatt
vom 1. Juli 1924

21. Januar 1925, Hauptstadt London, Königreich Großbritannien
Silena hatte Schwierigkeiten, sich auf die telefonische Unterredung mit dem Erzbischof zu konzentrieren. Ihr gingen zu viele Gedanken durch den Kopf, von Eris bis zum Tod von Goara. »Ich glaube, die Verbindung nach München ist schlecht, Exzellenz. Ich habe Sie nicht richtig vernommen«, unterbrach sie den missionarischen Redeschwall. »Ich werde Sie später noch einmal …«

»Großmeisterin, Sie werden nicht die Unverfrorenheit besitzen und jetzt auflegen!«, wetterte Kattla, und sie sah ihn in seinem Büro in München aus dem Sessel springen. »Edinburgh ist nichts mehr als ein rauchendes Trümmerfeld, und um ein Haar wären Sie in den Flammen des Fünfenders umgekommen.« Er schnaufte mehrmals, bevor er weitersprach. »Sie unterbrechen Ihre Mission augenblicklich. Es sind weitere Drachentöter auf dem Weg nach Großbritannien, sie werden sich um den Teufel kümmern. Ich brauche Sie in München.«

»Um was zu tun, Exzellenz?«
»Eine Sonderaufgabe.«

»Die wäre, Exzellenz?« Das Schweigen am anderen Ende bestätigte ihre Vermutung. »Bei allem Respekt, aber Sie wollen mich hinter Mauern sperren, mir Männer vorstellen und mich in weniger als einem Jahr schwanger sehen, ist es das, Exzellenz?« Sie hängte auf und trat gegen den massiven Schreibtisch, dass der Mann dahinter zusammenfuhr. Sie hatte sich seinen Namen nicht merken können, er war ein austauschbarer Sekretär. »Was gibt es Neues von der Cadmos?«, blaffte sie ihn an.

»Nichts, Großmeisterin«, stammelte er und schaute noch immer auf das Telefon. »Sie haben Exzellenz ...?« Er konnte die Anmaßung nicht aussprechen. »Einfach so?«

»Sind die Berichte über den Mord im Münchner Officium schon da?« Sie hielt ihm die geöffnete Rechte hin und bekam zwei Seiten Papier in die Hand gedrückt. »Danke. Und jetzt verlassen Sie bitte den Raum.«

Der Sekretär hustete in die hohle Hand. »Ich weiß nicht, ob ich das ...«

»Raus! Bitte!« Silena machte zwei Schritte bis zur Tür und öffnete sie. Als der Mann gegangen und sie allein war, ließ sie sich die Verbindung zu Eris' Sekretärin geben. »Ich suche Mister Mandrake. Hier ist Großmeisterin Silena.«

»Ich höre, Großmeisterin«, sagte die Frau und klang nervös. »Es tut mir leid, aber seit dem Einsatz in Edinburgh hat er sich nicht mehr gemeldet.«

»Nennen Sie mir Ihre Adresse, ich komme vorbei«, verlangte sie.

»Das geht nicht. Niemand darf uns besuchen, Großmeisterin. Sie müssen verstehen, dass die verschiedenen SIS-Abteilungen geheim bleiben sollen. Rufen Sie morgen wieder bei mir an, vielleicht kann ich Ihnen dann etwas Neues sagen. Guten Tag.« Die Leitung wurde unterbrochen, bevor die Drachentöterin nach dem Zusammenhang zwischen Eris und Leída Havock fragen konnte. Als sie es erneut versuchte, wurde die Gesprächsteilnehmerin nicht erreicht.

»Himmel und Hölle!«, fluchte sie und trat mehrmals gegen den Tisch, dann setzte sie sich darauf und versuchte, ihre Wut in den Griff zu bekommen, die aus absoluter Hilflosigkeit entsprang.

Eris war verschollen, der schwarze Fünfender wie vom Erdboden verschluckt, die Drachenjägereinheit *Havock's Hundred* war ausradiert, und ein weiterer Drachentöter war umgebracht worden – im heiligsten aller Officien und vor aller Augen, ohne dass man den Mörder gesehen hatte. Ganz zu schweigen von ihren ermordeten Brüdern. Kein einziger verdammter Anhaltspunkt.

Silena zog das linke Bein in die Höhe und legte den Kopf auf das Knie. So verharrte sie. Sekunden, Minuten, eine halbe Stunde. Zwei, drei kleine Tränen rannen über ihre Wangen. In ganz wenigen Augenblicken ließ sich das Weibliche nicht von der Uniform trennen, und in denen war sie lieber alleine. Schwäche durfte sie sich nicht vor Männern erlauben, das war ihr von ihren Eltern beigebracht worden. Vor allem ihr Vater hatte Wert darauf gelegt. Nicht, weil er sie hatte strafen wollen. Weil er ihren Status und den aller Großmeisterinnen hatte bewahren wollen.

Großmeisterinnen bedeuteten eine Ausnahme in der militärischen Welt, sie waren Offiziere und Kämpfer, wo Frauen in anderen Armeen höchstens Dienst im Lazarett verrichteten. Daher wurden sie mit besonderer Aufmerksamkeit betrachtet, und immer wieder gab es Stimmen, welche die Frauen aus dem aktiven Dienst an der Front verbannen wollten. Wegen zu viel Weichheit.

Diese Blöße würde Silena sich nicht geben.

Gedankenverloren nahm sie die Münze hervor und ließ sie über die Knöchel der anderen Hand wandern. Sie betrachtete den Lauf der Münze, er verschaffte ihr innere Ruhe. Plötzlich rutschte das Geldstück weg, schlug klingend mehrmals auf den Boden und rollte gegen die Wand. Das war ihr schon lange nicht mehr passiert.

»Zadornov muss beweisen, was an der Hellseherei dran ist«, murmelte sie. Wenn die Logik nicht mehr half, war sie bereit, ungewöhnliche Wege zu beschreiten, vorausgesetzt das Böse selbst hatte nichts damit zu tun.

Sie stellte die Füße auf den Boden und wollte eben aufstehen, als es klopfte und der Sekretär eintrat. »Großmeisterin, ein Wunder!«, rief er aufgeregt. »Sie haben einen Überlebenden gefunden.«

»Helfen Sie mir. Ich verstehe nicht, wovon Sie sprechen«, bat sie.

»Der Überfall, bei dem ein toter Drache und die ermordeten Menschen gefunden wurden, in East End«, sagte er. »Es ist noch einer von Scottings' Begleitern aufgetaucht. Er hat sich nach dem Überfall mit schweren Verletzungen in eine Seitengasse schleppen können. Die

Bobbies haben ihn ins Hospital gebracht.« Er reichte ihr einen Zettel. »Das ist die Adresse, soll ich Ihnen von Inspektor Lestrade ausrichten lassen.«

Silena griff erleichtert danach. Jetzt würde sie Zadornovs Visionen vielleicht doch nicht benötigen. »Danke sehr. Und entschuldigen Sie, dass ich vorhin unfreundlich gewesen bin.«

Der Sekretär deutete eine Verbeugung an. »Ein Wagen ist für Sie und Ihre Begleiter vorgefahren, Großmeisterin. Ich nahm an, dass Sie schnell ins Hospital wollen, da es schlecht um den Patienten steht, wie mir gesagt wurde.«

Sie nickte und klopfte ihm auf die Schulter. »Danke nochmals.« Silena hob die Münze auf, verließ das kleine Büro und eilte in den Raum zurück, wo sich Skelton, Arsènie und Grigorij eingefunden hatten. Es fiel ihr sofort auf, dass der Russe sie anlächelte. Ein Erobererlächeln, wie sie es bei Eris gesehen hatte. Männer waren sich in einigen Punkten anscheinend doch alle gleich. »Wir haben eine Spur. Es gibt einen Zeugen, der uns mehr zum Überfall auf den Drachen und Scottings sagen kann.«

»Endlich ein Ansatz«, sagte Skelton voller Tatendrang. Forsch sprang er auf und stürmte auf den Eingang zu. »Sonst noch was? Über den Drachen, den … Fünfender?« Er schaute sie fragend an, um sich zu versichern, ob er sich den richtigen Ausdruck gemerkt hatte.

»Nein, leider, Mister Skelton.« Silena schritt voraus, Skelton blieb auf ihrer Höhe. Es war ihm anzumerken, dass er über die Nachricht erfreut war. Grigorij und Arsènie folgten ihnen mit einigen Schritten Abstand. »Unterstützung ist auf dem Weg. Das Officium sandte mehrere Drachentöter, die sich um ihn kümmern sollen.«

Sie verließen das Gebäude. Silena stieg vorn in den Wagen und überließ den drei Begleitern den Fond. Der Ford setzte sich in Bewegung und brauste durch die Straßen Londons. Um diese nächtliche Zeit herrschte weniger Betrieb auf den Straßen, vor allem die Gespanne und Droschken fehlten, und so gelangten sie sehr zügig vor die Pforte des Hospitals.

Es war ein altehrwürdiges Gebäude, das Tausende von Kranken gesehen hatte. Die Fassade entsprach einer Mischung aus Herrenhaus und Adelssitz; Bauhausstil und Mittelalterliches verbanden sich zu einer Düsternis, die von den Wasserspeiern auf den spitzen Dächern gekrönt wurde. Silena überlief bei dem Anblick ein Frösteln. Läge sie krank in diesem Gebäude, würde sie sicherlich nicht genesen.

Im Innern herrschte der Geruch von Putzmitteln, altem Holzboden und Medikamenten. Ab und zu hallten leise Rufe der Pfleger oder Patienten durch die hohen Gänge.

»Es ist unheimlicher als das Jenseits«, hörte Silena Arsènie leise zu Zadornov sagen. Auch wenn sie nicht wusste, wie es im Jenseits aussah, pflichtete sie ihr im Stillen bei.

Sie eilten durch die Halle die Gänge entlang und wurden von einer Nachtschwester in der grauen Uniform der Pflegerinnen empfangen, die sie führte.

Bald darauf standen sie in einem Saal mit vierzig Betten, die durch dünne Vorhänge voneinander abgetrennt waren; schemenhaft erkannten sie Menschen dahinter.

In den herrschenden Geruch aus Seife, Holz und Medizin mischte sich der widerliche Gestank von schwärenden Wunden und sterbendem Fleisch. Ab und zu hustete jemand tief, danach wurde ausgespuckt.

Am Lager von Nicolas Hodge saß ein Bobby und hielt Wache. Er stand auf und salutierte, als sich die Gruppe näherte. »Keine besonderen Vorkommnisse, Großmeisterin.«

Silena schaute auf ein zerkratztes Gesicht des Patienten. Die entzündeten Wunden machten es unmöglich, das exakte Alter des Mannes zu schätzen; es musste irgendwo zwischen zwanzig und vierzig liegen. In den braunen Haaren hingen verkrustetes Blut und feuchter Eiter, auch sein Kissen wies rote Spritzer und gelbliche Flecken auf. Sie beugte sich über ihn. »Sir?«

»Vergebliche Mühe, Großmeisterin.« Der Bobby nahm eine bequemere Haltung ein. »Er liegt im Scheintod oder so ähnlich. Die Ärzte haben ihn untersucht, aber nichts gefunden. Die Verletzungen wird er mit etwas Glück überstehen, sagten sie bei der letzten Visite, aber über seinen Verstand wollten sie nichts sagen.« Er räusperte sich. »Wäre sein Verstand ein Pferd, würde ich keine Wetten darauf abschließen, Großmeisterin.«

»Danke für Ihre Einschätzung, Constable.« Silena schaute zur

Schwester, die zustimmend nickte. »Er ist durch nichts aufzuwecken?«

»Nein, Großmeisterin«, bestätigte sie. »Es gibt gelegentlich solche Fälle.«

Skelton seufzte und nahm sich einen Stuhl, legte das Köfferchen über die Knie. »Zum Verzweifeln«, meinte er resignierend. »Unsere Spur ist ins Leere gelaufen. So nützt er uns ebenso viel wie ein Toter.«

Arsènie trat an Silena heran. »Ein Toter würde uns mehr nützen, Großmeisterin«, stellte sie wispernd richtig. »Denn Seelen kann man befragen.«

»Was?« Silena riss die Augen auf und starrte die Französin an.

»Schickt den Bobby und die Pflegerin weg, und ich besorge uns alle Informationen, die Mister Hodge in sich trägt. Nachdem er an seinen Leiden verstorben ist.«

Silena wich einen Schritt vor ihr zurück. »Was sind Sie für ein Mensch, Madame Sàtra?«, brach es fassungslos aus ihr hervor.

»Wollen Sie eine Spur haben oder warten, bis der schwarze Drache erneut auftaucht?«, fragte sie kalt, nahm die Spitze aus ihrer Handtasche und setzte eine Zigarette darauf. »Er hat bewiesen, dass er sich nicht leicht aufhalten lässt. Wir, Grigorij und ich, haben von einer bedauernswerten Einheit gehört, die von ihm geröstet wurde. Dieses Biest ist schlau, und es hat etwas mit dem Weltenstein zu tun.« Sie steckte sich die Zigarette an.

»Madame!«, rief die Pflegerin empört und kam auf sie zu. »Ich muss Sie bitten, auf der Stelle damit aufzuhören! Nehmen Sie Rücksicht auf die Kranken …«

»Aber sie verpesten die Luft, die ich atme. Ich zahle es ihnen nur heim«, lächelte sie die Frau herablassend an und hüllte sie in eine blaue Wolke.

Hustend wich die Pflegerin zurück. »Constable!«, röchelte sie. »Zwingen Sie diese Person dazu, die Zigarette zu löschen!«

Grigorij erschien neben Arsènie, auch der Bobby verließ seinen Platz, um schlichtend einzugreifen, und versperrte Silena damit die Sicht auf Hodge.

»Er ist tot!«, hörten sie Skeltons aufgeregte Stimme im Durcheinander, und sie wandten sich zu dem Bett. Der Detektiv hatte eine

Hand an der Halsschlagader des Patienten und prüfte den Puls. »Nichts mehr.« Bleich schaute er zu der Gruppe.

»Lassen Sie mich durch.« Die Pflegerin nahm einen kleinen Spiegel aus der Tasche und hielt ihn unter Hodges Nasenlöcher. Nach einer Minute beschlugen sie noch immer nicht. »Er ist wirklich tot.« Sie warf Arsènie einen bösen Blick zu. »Die Aufregung im Raum wird ihn das Leben gekostet haben.«

Die Französin lächelte sie an. »Geben Sie nicht mir die Schuld. Sie haben am lautesten von uns allen gezetert.« Die Zigarettenspitze deutete auf den Toten. »Sein Ableben ist Ihr Verdienst.« Sie klemmte das Mundstück zwischen die Zähne und schlüpfte aus ihrem Mantel, den der Bobby geschickt auffing. Dann bedeutete sie Skelton, den Platz freizugeben. »Ich bin an der Reihe.«

»Ich hole den Doktor!«, versprach die Pflegerin und eilte davon. »Er wird wissen wollen, was hier vor sich gegangen ist, und sich die Leiche ansehen.«

Silena musterte den fahrigen Detektiv. Sollte er es über sich gebracht haben, die Gunst der Stunde zu nutzen und Hodge zu töten? Dann hätte sie sich gehörig in dem Mann getäuscht.

Arsènie setzte sich hin, hielt beide Hände ausgestreckt über den Kopf und den Solarplexus, schloss die Augen. »Ihr Verstorbenen, ich bitte euch: Sendet mir den eben erst zu euch gestoßenen Nicolas Hodge, damit ich ihn in einer wichtigen Angelegenheit befragen kann«, sprach sie übertrieben betont. »Schickt mir seine Seele, wo auch immer sie sich befindet oder hin möchte, ob Himmel oder Hölle. Ich verlange von euch, dass er erscheint!«

Die Lichter im Raum verloschen, die Hälfte der Birnen brannte durch, zwei platzten sogar und ließen Scherben klingelnd auf den Boden regnen; dann materialisierte ein fußballgroßer, grauer Fleck über dem Kopf des Toten, in dem Silena die verzerrten Züge eines Gesichts erkennen konnte. Es glich dem des Leichnams.

»Mörder!«, schrie die Erscheinung, und die Glasgefäße rund um das Bett zersprangen, sogar Grigorijs Brille. Fluchend warf er die leere Fassung zu Boden, ein Splitter hatte ihn oberhalb der Augenbraue verletzt.

»Nicolas Hodge, mäßige dich, wütende Seele«, sagte Arsènie und klang sehr gebieterisch. »Du bist ein Verbrecher, ein Lump und hast die Strafe empfangen, die Gott für dich vorgesehen hat. Nun bereue und hilf uns, damit deine unsterbliche Seele Gnade vor dem Herrn und am Tag des Jüngsten Gerichts erfahren wird.«

»Ich scheiß drauf!«, heulte der graue Fleck und schwebte der Decke entgegen.

»Du wirst bleiben, Nicolas Hodge!« Aus Arsènies Handflächen zogen sich weiße Energiebahnen, die wie dicke Schnüre aussahen und blitzschnell in die Höhe schnellten, wo sie in den grauen Fleck eindrangen und ihn regelrecht einfingen. »Ich besitze dich, und es wird mir ein Leichtes sein, dich in den tiefsten Hades zu stoßen, wenn du mir nicht die Fragen beantwortest, die ich an dich habe.«

Der graue Fleck schwebte über den Leichnam zurück. »Was wollen Sie wissen?«, stöhnte er.

»Was hat sich auf dem Platz zugetragen, als Scottings den Weltenstein verkaufen wollte?« Arsènie wunderte sich, wie leicht es ging. Andererseits hatte die Seele noch keine Gelegenheit gehabt, viel vom Jenseits zu erkunden und mehr über ihre eigenen Kräfte im Diesseits herauszufinden.

Unvermittelt rann ihr ein Schauder über den Körper. Es war wieder da, dieses Gefühl, nicht allein zwischen den beiden Welten zu sein. Sie kannte die Aura, die sich heranpirschte, schwarz und gewaltig, abgrundtief böse. Wieder wurde sie so belauert wie damals im *Adlon*.

»Wir waren pünktlich da, um den Stein zu übergeben. Dann stand plötzlich dieses Monstrum vor uns, dieses Drachenvieh, und warnte uns davor, flüchten zu wollen. Es ließ sich den Weltenstein zeigen, den Scottings aus dem Rucksack nahm, und daraufhin kam ein Mann durch den Nebel, dem Scottings den Weltenstein reichen musste.«

»Beschreibe ihn«, befahl Arsènie.

»Kann ich nicht. Er trug einen Kutschermantel mit einem Schal vor dem Gesicht und einen Hut«, sprach die Seele. »Kaum hatte er ihn in seinen Rucksack gesteckt, wurden wir heimtückisch überfallen. Von allen Seiten sprangen Männer mit langen Lanzen und Schilden herbei und stürzten sich sofort auf den Drachen. Ein paar kümmerten sich auch um Scottings und meine Jungs. Ich bekam einen Schlag gegen den Kopf, es wurde mehrmals auf mich eingestochen, und ...«

»Wohin floh der Mann mit dem Weltenstein?«, fiel sie ihm hart in die Erzählung. »Wenn er nicht für den Drachen gearbeitet hat, für wen dann?«

»Ich weiß es nicht!«, schrie die Seele und leuchtete auf. »Hier ist doch was!«, wimmerte sie ängstlich. »Ich … ein Raubtier?«

»Was meint er?«, wunderte sich Grigorij und schaute sich im dunklen Zimmer um. »Ich erkenne nichts.«

Silenas Nackenhaare stellten sich auf, und als sie auf den Lanzensplitter blickte, leuchtete er intensiv, und zwar so hell, dass es nicht allein von Skeltons Drachenbein herrühren konnte. Ein Teufel befand sich in ihrer unmittelbaren Nähe. »Seien Sie wachsam, Fürst«, raunte sie.

»Denke nach, Nicolas Hodge, oder du wirst erfahren, was Fegefeuer wirklich bedeutet. Denn ich weiß, wie ich dich dorthin senden kann«, grollte Arsènie sehr überzeugend.

»Ich … da! Da war es!«, heulte die Seele auf und zappelte an den Fäden aus Ektoplasma. »Ich will verschwinden! Lassen Sie mich gehen!«

Arsènie spürte, dass sie umkreist wurde. In der Finsternis lauerte kein anderer als der Drache, dieser Fünfender. »Nicolas Hodge, beantworte meine Fragen! Vorher wirst du von mir nicht entlassen.«

»Aber … er ist da!«

Ungläubig verfolgten der Bobby und die übrigen drei, wie dunkle Gespinste aus dem Oberkörper der Französin gleich elektrischen Ladungen schlugen und daraus eine schützende Halbkugel um sie alle formten. Es war unmöglich, nach draußen zu schauen. Ihre Welt bestand aus der Sphäre, abgeschnitten vom Rest Londons.

»Du bist sicher, Nicolas Hodge«, beschwichtigte sie ihn. »Siehst du den Käfig, den ich errichtet habe?«

Es dauerte, bis sie eine Antwort erhielt. »Er wird ihm nicht standhalten, sagen die anderen«, flüsterte die Seele ängstlich und schrumpfte zusammen.

»Rede endlich!«, befahl sie ihm. »Wohin ist der Mann mit dem Weltenstein gegangen?«

Ein dumpfes Krachen ertönte, als habe sich etwas Gewaltiges gegen das filigran aussehende Gitter geworfen.

Nicht nur Arsènie, auch alle anderen vernahmen es.

Grigorij zog seine Pistole, Silena ihr Schwert, und der Bobby hob den Knüppel. Jeder schaute sich um, ohne etwas entdecken zu können. Das Schutzgitter aus Ektoplasma ließ es nicht zu.

Die Patienten erwachten in ihren Betten, einige riefen sofort nach der Schwester. Da erklang der erste Schrei, gefolgt von einem lauten, widerlichen Knirschen und Reißen; Flüssigkeit plätscherte zu Boden. Im nächsten Augenblick brandete ein Chor des Entsetzens auf, und zwischendrin ertönten unentwegte Schnappgeräusche.

Unwillkürlich rückten Silena und die anderen, die sich bei ihr befanden, näher an das Bett, das Zentrum ihrer sicheren Zuflucht vor dem Monstrum, das seine Wut an den Wehrlosesten ausließ.

»Goldenes Dach!«, rief die Seele. »Ich habe etwas vom Goldenen Dach gehört. Und einer Herrengasse. Und einem riesigen Keller in einem großen Gebäude.«

Wieder erbebte der Schutzkäfig unter der Wucht eines Einschlags, und ein lautes Brüllen erklang. Die Patienten kreischten; den schwachen Stimmen nach konnten es nicht mehr viele sein.

»In welcher Stadt?« Arsènie schwitzte, während heiße und kalte Wellen durch sie rollten. Sie hatte sich in ihrer Karriere als Medium in vielen gefährlichen Situationen befunden, bei denen Geister ausgebrochen waren und Unheil angerichtet hatten, ähnlich wie im *Adlon*. Aber dass etwas von außen mit solcher Gewalt tobte, dass sie Angst um ihr eigenes Leben bekam, war noch niemals geschehen.

Mit dem nächsten Angriff entstand ein langer, handbreiter Riss, durch den gelbliches Licht schimmerte. Silena benötigte einige Zeit, um zu verstehen, dass es ein Auge war, das zu ihnen ins Innere schaute wie ein Kind in eine Schneekugel. »Was geht da draußen vor sich?« Sie hob das Schwert und trat auf den Riss zu.

»In welcher verdammten Stadt?«, donnerte Arsènie die Seele an.

»Ich weiß es ni…«

Es krachte, und die Gespinste verbogen sich wie ein dünner Zaun, ehe sie rissen und sich fünf schwarze Schädel mit hässlichen gelben Augen durch das Loch schoben und um sich schnappten. Sie waren nicht real, mehr ein Schatten denn alles andere. Doch als sich die Zähne in den Bobby schlugen, wurde sein Leib zerteilt und fiel in zwei Hälften auf den Kachelboden.

Einer der Köpfe bekam die schimmernde Seele von Nicolas

Hodge zu fassen. Sie wand sich und verformte sich zwischen den Zähnen, brüllte wie ein Tier, zwischendurch schrie er nach Arsènie. Der Drache zerrte die Seele aus der zerstörten Halbkugel heraus, und sie verstummte mit einem letzten gellenden Aufheulen.

Silena wich einem Kopf aus und stach mit dem Schwert danach. Es war, als träfe sie Luft. Wirkungslos fuhr das Drachenbein durch die Schnauze. Geistesgegenwärtig warf sie sich zur Seite und entging den Kiefern um Haaresbreite. »Sàtra! Tun Sie etwas!«, rief sie.

Grigorij feuerte seine Pistole nach der Erscheinung, aber die Kugeln brachten ebenso wenig etwas wie die Schneide der Drachentöterin. Er rettete sich mit einem beherzten Sprung vor den Zähnen und rutschte neben Silena. »Was ist das? Ein Geisterdrache?«

»Keine Ahnung«, knurrte sie zurück. Das hatte ihr noch gefehlt: ein Fünfender, den man mit ihren Waffen nicht bezwingen konnte.

Arsènie dachte unwillkürlich an Grigorijs Andeutung, die er beim Essen gemacht hatte. *Der Tod!* Sie spürte das Verderben nach ihr greifen – und mobilisierte all ihre Konzentration, um dem Drachen eine Wolke aus Ektoplasma-Lanzen entgegenzuschleudern. Sie hob die Hände und formte die Energie zu Geschossen.

Weiße Strahlen trafen die Köpfe nacheinander, durchbohrten sie und ließen die Häupter schwarz bluten; die gelben Augen verloren an Leuchtkraft. Aufbrüllend verging die Erscheinung und wandelte sich zu wabernden, weißen Schlieren, die wie Qualm in der Luft hingen.

»Ich …« Arsènie sackte erschöpft auf dem Stuhl zusammen, und Grigorij war gerade noch rechzeitig zur Stelle, um sie vor dem Sturz auf den Boden zu bewahren.

Im gleichen Moment verschwanden die Reste der Barriere um sie herum und gaben den Blick auf das Krankenzimmer frei.

Die dünnen Vorhänge hingen in Fetzen herab und hatten dunkle Flecken erhalten; der Boden hatte sich in einen Bluttümpel verwandelt, aus dem Leichen und abgetrennte Gliedmaßen wie abgestorbene Pflanzenreste herausragten. Der metallische Geruch von Blut hing intensiv in der Luft, die umgeworfenen Betten, die Wände hatten sich rot gefärbt, die Spritzer reichten sogar bis an die Decke.

Silena senkte das Schwert. Sie tat einen Schritt zurück, fiel über den Kadaver des Bobbies und stürzte rücklings in dessen Blut.

»Ist … ist er weg?«, hörte sie die Frage neben ihrem Ohr, wandte sich um und sah den aschfahlen Skelton unter dem Bett von Nicolas Hodges Leiche kauern.

22. Januar 1925, Calais, Königreich Frankreich
Die Theben schwebte majestätisch über die Kanalküste hinweg.

Silena erkannte die glitzernden Wellen, die einen knappen Kilometer unter ihnen wogten. Es war ein schöner Tag, mit Sonne und klarem Himmel bis zum Horizont. Das Wetter und ihre Stimmung standen im Widerspruch zueinander.

Hauptmann Litzow gab dem Steuermann neue Anweisung. Gehorsam reagierte das Luftschiff auf die Lenkbewegungen, und die Motoren dröhnten unter Volllast lauter als sonst. »Verfluchter Gegenwind«, meinte er. »Gehen Sie auf dreitausend Meter, Gefreiter«, befahl er und sah auf den Windmesser. »Da sollten die Strömungsverhältnisse besser sein. Ich möchte so schnell wie möglich in München sein.« Er schaute zum Techniker. »Behalten Sie den Druck der Hülle im Auge, Obergefreiter. Wir haben ein bisschen zu wenig Helium dabei, ich will keine Überraschungen erleben.« Er stellte sich neben die Großmeisterin. »Wir kommen gut voran.«

»Sehr gut«, seufzte sie und verschränkte die Arme auf dem Rücken. »Wie viele Orte kennen Sie mit einem Goldenen Dach, einer Herrengasse und einem riesigen Keller, Hauptmann?«

»Keinen einzigen«, musste er zugeben. »Warum fragen Sie?«

»Eine Spur.« Sie kreuzte die Arme vor der Brust. »Unsere einzige Spur nach dem Massaker im Hospital. Und ich weiß nicht, ob der Fünfender das Gleiche weiß wie wir.«

Litzow zwirbelte die Bartenden in die Höhe. »Sie haben einen Hellseher und ein Medium an Bord. Sind diese Leute nicht in der Lage, etwas herauszufinden?«

»Sie glauben an so etwas?«

»Es wird keinen Schaden anrichten, sich an die Strohhalme zu klammern, oder?«

»Sie haben Recht, und ich hatte bereits gefragt. Aber unsere Französin fühlt sich seit der Séance unpässlich und erschöpft, und der Russe schüttet alles an Alkohol und Absinth in sich hinein, was er finden kann, ohne auch nur ein wenig in die Zukunft schauen zu können«, schnaubte sie und stieß die Hände in die Manteltaschen. Beruhigenderweise fand sie in der linken die Münze vor, die Finger schlossen sich darum. »Mister Skelton, der Mann ohne Eigenschaften, ist mir die größte Hilfe. Er hat sich umgehend über Nachschlagewerke hergemacht und stöbert nach Hinweisen.« Sie trat gegen den festgeschraubten Tisch. »Eine Nadel ist dagegen einfach in einem Heuhaufen zu finden, Hauptmann.«

»Das scheint mir auch so, Großmeisterin.« Er hob das Fernglas und betrachtete den Himmel. »Obwohl ein Goldenes Dach leicht zu finden sein müsste.«

»Das schon. Aber die Unterhaltung, bei der diese Beschreibungen fielen, wurde auf Englisch geführt. Wir wissen daher nicht einmal, in welchem Land sich dieser Ort befindet.« Sie schaute zu den Instrumenten, ohne den Stand der Anzeigen richtig zu erfassen. »Europa, Russland, Amerika, Asien, von mir aus auch Afrika.«

»Ich dachte seltsamerweise sofort an Nepal oder Indien. Kennen Sie diese Stupas, die Heiligtümer der Buddhisten? Die Mönche kleistern jedenfalls alles mit Gold zu«, meinte Litzow. »Ich habe sie gesehen, als ich mit dem Expeditionskorps unterwegs war. Wenn so etwas gemeint ist, was die Vorsehung verhindern möge, haben wir bei der Suche unendliche Möglichkeiten.«

»Indien?« Silena wackelte mit dem Kopf. »Ich weiß nicht. Es passt nicht in das, was wir bislang herausgefunden haben.«

Er betrachtete die kleinen Wolken und stufte sie als harmlos für das Luftschiff ein. »Nun, ich denke auch an die goldenen Kirchenkuppeln in Moskau und Sankt Petersburg. Dort fallen die Verzierungen überall auf.« Litzow senkte das Glas. »Das wäre die beste Empfehlung, die ich aussprechen kann.«

»Danke sehr, Hauptmann.« Sie lächelte ihn an und klopfte ihm auf die Schulter. »Sie sind wie immer eine Hilfe. Funken Sie es gleich zum nächsten Officium, sie sollen Ihre Hinweise weiterverbreiten und ihnen nachgehen.«

»Aye, Großmeisterin.« Er ging zum Tisch des Funkers und unterhielt sich leise mit ihm.

Silena starrte in die Wolken, um nicht die Bilder des Hospitals vor Augen zu haben. Allein schon der flüchtige Gedanke daran brachte ihr den widerlichen Geruch und die Eindrücke wieder. Es machte ihr schwer zu schaffen, und auch ihre raue Schale, die Uniform, half da nichts. Ihr weicher Kern war furchtbar betroffen von den Ereignissen, von dem bestialischen Massaker. Sie hatte die Schrecken des Weltkrieges nicht am eigenen Leib erfahren, doch sie glaubte nicht, dass es ein Schlachtfeld gegeben hatte, nicht einmal in Verdun, auf dem es so ausgesehen hatte. Silena wandte sich um und sah die Umrisse des Russen in der Tür. »Wollen Sie zu mir, Fürst?«

Er deutete eine Verbeugung an. »Sehr gern, Großmeisterin.« Er trat über die Schwelle, ging an den beiden Wachsoldaten vorbei und gesellte sich zu ihr. Er trug einen Hausmantel, der einen Blick auf seine Kleidung verhinderte; nur am Saum schauten schwarze Hosen und Lackschuhe hervor. »Welch eine Aussicht!«, rief er überwältigt. »Kein Vergleich zu den kleinen Bullaugen im Laderaum.«

»Wir sind kein Passagierschiff, Fürst. Von daher müssen Sie die Unannehmlichkeiten in Kauf nehmen, bis wir München erreicht haben.« Es passte ihr gut, dass sie ihn ohne Sàtra antraf, weil es noch einige Dinge zu klären gab. »Wie hatten Sie es eigentlich geschafft, vor mir in London zu sein?«

Er lächelte sie freundlich an und versuchte, ihren Blick einzufangen. »Sie sind nicht die Einzige, die sich auf die Schnelligkeit der modernen Flugzeuge verlässt.«

»Sie haben einen Pilotenschein und ein eigenes Flugzeug?«

»Nein, sicherlich nicht. Aber ich vertraue mich gerne den Künsten von Piloten an. Die Passagiermaschinen werden immer komfortabler, wenn sie auch kein Vergleich zu einem Luftschiff sind.« Er breitete die Arme aus und schwenkte den Stock. »Aber dafür ist man eben länger unterwegs.« Verschwörerisch senkte er den Kopf. »Im Vertrauen: Madame Sàtra besitzt einen Pilotenschein.«

Silena lachte freudlos auf. »Das hätte ich mir denken können. Sie fährt gern selbst Auto, sie fliegt, raucht wie eine ganze Kompanie. Was kann sie denn noch alles?«

»Seelen herbeirufen und die Kräfte der Geister nutzen«, fügte er hinzu.

»Na, ich bin mir nicht sicher, ob alles stimmt, was sie uns weismachen möchte«, gab Silena sich misstrauisch.

Grigorij lachte dunkel. »Sie haben die Leichen im Hospital gesehen, Großmeisterin. Was wollen Sie bezweifeln?«

»Dieses Blutbad wurde von dem Fünfender angerichtet, auch wenn ich nicht verstehe, wie es ihm gelungen ist und über welche Macht er verfügt«, räumte sie ein. »Er war nicht ... greifbar und doch sehr real.«

»Kann es sein, dass Sie sich weigern, die Fertigkeiten der Französin anzuerkennen, weil sie Ihren Ansichten zuwiderlaufen?« Er stützte sich mit beiden Händen auf den Gehstock. »Ignoranz, Großmeisterin, überlassen wir doch bitte den Priestern und Engstirnigen. Sie sollten sich hingegen öffnen und akzeptieren. Wie Sie gesehen haben, ist uns Madame Sàtra von Nutzen.«

»Ich dachte, Sie würden sie beim Vornamen nennen?«, sagte Silena spitz. »Was hat denn die Freundschaft getrübt?«

»Nichts, Großmeisterin. Arsènie und ich stehen uns immer noch nahe.« Er rückte näher an sie heran, die Stockspitze hob sich und zeigte auf die Wolken. »Sind sie nicht wunderschön? Man möchte aussteigen und einen Spaziergang unternehmen.«

»Fragen Sie vorher lieber die Madame nach ein paar Geistern, die Sie stützen. Sie würden sonst abstürzen und wie ein Stein auf den Boden aufschlagen, Fürst.« Silena stand nicht der Sinn nach romantischen Gesprächen. Erstens war die Lage unpassend, außerdem hegte sie noch immer zarte Gefühle für einen anderen. Wie es aussah, konnte sie leider weder Eris noch dem Fürsten trauen.

»Oh, das nenne ich einen Korb«, grinste er. »Verraten Sie mir doch: Wie kommt es, dass Sie mir gegenüber unentwegt unfreundlich sind, Großmeisterin?«

»Das fragen Sie allen Ernstes?« Sie schaute auf seine Nasenspitze, um nicht in seine Augen sehen zu müssen. »Sie haben in aller Ruhe zugesehen, wie sich der Fünfender auf mich gestürzt hat.«

Er presste die Rechte an seine Hüfte. »Sie haben die Schüsse meiner Pistole nicht gehört? Ich habe ...«

»Ich meinte nicht den Vorfall im Hospital. Sondern in jener Nacht, als Sie die Uhr bei Scottings gekauft haben. Denn Sie waren vor mir bei ihm und haben ihn wohl ausspioniert. Deswegen nahm ich sogar zuerst an, dass Sie mit dem Drachen zusammenarbeiten.« Jetzt sah sie ihn doch an, und ihre Wut verhinderte, dass sie sich in seinen Augen verlor. »Höre ich eine Erklärung, Fürst?«

Jetzt wich *er* ihr aus. Er richtete den Blick auf die Wolken. »Es stimmt. Ich stand in jener Nacht hinter dem Fenster auf der anderen Seite des Hofes und sah Sie gegen den Drachen kämpfen.« Er schluckte. »Halten Sie mich nicht für feige. Ich wusste nicht, was ich tun sollte ...«

»Eine Warnung wäre freundlich gewesen.«

»Das ging nicht.« Er presste die Lippen zusammen.

Sie stellte sich dicht vor ihn. »Fürst, wieso?«

»Ich wollte sehen ... was geschieht«, antwortete er zögernd. »Ich kannte Sie und das Monstrum aus meiner Vision. Der Weltenstein war nicht aufgetaucht, weder bei mir noch bei Ihnen, noch bei dem Drachen. Ich war mir daher sicher, dass Ihnen nichts geschehen würde.«

»Gegen einen solchen Teufel? Diese Gewissheit müssen Sie mir genauer erklären.«

»Ihre Zeit war noch nicht ... reif zum Sterben, Großmeisterin.« Er sah sie an, die Augen baten um Verzeihung. »Weder sah ich den asiatischen Drachen noch den Weltenstein. Ich war mir sicher, dass Sie lebend aus dem Kampf hervorgehen würden. Außerdem habe ich gesehen, wie wendig Sie sind ...«

»Um ein Haar hätte mich das schwarze Feuer verbrannt, Fürst!«, rief sie ihm ins Gesicht. »Er hat meinen Fahrer gefressen, Edinburgh in Schutt und Asche gelegt, ein Massaker im Hospital angerichtet, und Sie denken noch immer, es kann mir ... uns nichts geschehen, weil dieser andere Drache noch nicht ... erschienen ist? Weil der Weltenstein fehlt?« Mit einem Mal spürte sie wieder dieses Verlangen, einen Menschen zu schlagen. Den Russen zu schlagen.

»Nein. Inzwischen nicht mehr, Großmeisterin«, gestand er leise und senkte den Kopf; die langen schwarzen Haare fielen ihm strähnenweise in die Stirn. »Das ist der Grund, warum ich Ihnen beistehe, wo ich es nur vermag. Die Visionen gaben mir eine trügerische Sicherheit.«

Sie trat so dicht an ihn heran, dass nicht einmal mehr eine flache Säbelklinge zwischen sie gepasst hätte. »Dann machen Sie sich Gedanken darüber, wo es in Sankt Petersburg ein Goldenes Dach, eine Herrengasse und einen großen Keller gibt, Fürst«, befahl sie tonlos und merkte, dass ihre Hände sich zu Fäusten geballt hatten. Hauptmann Litzow betrachtete sie mit besorgtem Gesicht und hielt sich bereit, notfalls dazwischen zu gehen.

»Das tue ich«, gab er zerknirscht zurück, dann streckte er die Hand aus. »Verzeihen Sie mir mein Zaudern, Großmeisterin? Ich bitte darum!«

Sie schaute auf die Hand. »Es wird eine Gelegenheit geben, bei der Sie Ihren Fehler wettmachen können, Fürst. Bis dahin werde ich Ihnen gar nichts verzeihen. Sie werden mit dem schlechten Gewissen leben müssen.«

Er zog die Hand zurück, verneigte sich und schritt zum Ausgang.

Silena betrachtete ihn, sie wurde einfach nicht schlau aus seinem Verhalten. Er schien sprunghaft zu sein. Eben noch Dandy und Eroberer, sehnte er sich im nächsten Augenblick nach einer Geste des Verzeihens, obwohl es ihm herzlich gleichgültig sein konnte. Ihre Wege würden sich früher oder später sowieso trennen. Eine Sache fiel ihr noch ein. »Fürst, kam in Ihrer Vision eigentlich das Zepter vor?«

Er blieb stehen, schwieg einige Sekunden, bevor er sich auf den Absätzen umwandte. »Nein, Großmeisterin«, erwiderte er erstaunt.

»Dann spielt es keine Rolle in dem, was geschieht? Wie Madame Sàtra?« Diesen Seitenhieb hatte sie sich nicht verkneifen können.

»Das ist anzunehmen«, sagte Grigorij nachdenklich. »Eine Garantie werde ich nicht geben. Es war eine sehr bildgewaltige Vision. Es kann durchaus sein, dass ich vor lauter Staunen etwas übersehen habe.« Er drehte sich zum Ausgang. »Ich bin zu verunsichert, Großmeisterin. Ich benötige noch eine weitere Vision, ehe ich Ihnen eine Hilfe bin.« Mit diesen Worten eilte er hinaus.

Silena widmete sich Litzow, der sich mit dem Verschwinden des Russen von der Brücke sichtlich entspannte. »Es wird Zeit, dass ich den Erzbischof von Angesicht zu Angesicht sprechen kann«, sagte sie langsam und klang müde.

Sie beschränkte sich darauf, wieder die Wolken zu betrachten und den Tee entgegenzunehmen, den ein Adjutant ihr brachte. Gegen das, was sie unternahm, war das Kinderkriegen und das Zuhausebleiben vermutlich reiner Luxus, und dennoch wollte sie ihr Leben jetzt nicht ändern. Auch wenn sie schon einen Mann gefunden hatte, der ihr gefiel. Doch was war mit Eris geschehen? Und warum musste sie dem sehr von sich überzeugten Fürsten immer in die Augen schauen? Seufzend nippte sie an ihrem Tee. Anfang des Jahres war ihr Leben noch so einfach gewesen.

Als das Luftschiff über Frankreich schwebte und Kurs auf Lille nahm, kam sie zu dem Entschluss, dass sie sich dringend unterhalten musste. Einmal mit Sàtra über Ektoplasma und Spiritismus – und dann mit dem Erzbischof über die Theosophen. Leider gab es niemanden mehr, mit dem sie sich über Männer unterhalten konnte.

XIII.

»*Die Linie Servatius (ausgestorben)*
Ausgehend von der Legende, dass ein Adler dem heiligen Servatius Schatten gespendet und ihn vor den Hunnen bewahrt habe, fühlte sich die Linie berufen, den Kampf gegen die Drachen ebenfalls in der Luft zu führen.
Die Staffel Servatius führte jedoch nur drei Angriffe, der letzte Nachfahre überlebte den Kampf gegen den Drachen zwar, kam allerdings bei der Notlandung ums Leben.«

aus der Serie »Drachentöterinnen und Drachentöter
im Verlauf der Jahrhunderte«
Im »Münchner Tagesherold«, Königlich-Bayerisches Hofblatt
vom 3. Juli 1924

22. Januar 1925, München, Königreich Bayern, Deutsches Kaiserreich

Sie betraten zu viert das kleine Café am Marienplatz neben dem Rathaus. Silena ging vorneweg und wählte einen Tisch im hinteren Bereich am Fenster. Die Bedienung – es war wieder Marie – machte einen Knicks und lächelte, sie freute sich über den Besuch. »Grüß Gott, Großmeisterin. Ein herzliches Willkommen.«

»Sie haben Bewunderer«, grinste Grigorij. »Das tut Ihnen sicherlich gut. Ich kenne das Gefühl.«

»Da sitzt man gut«, sagte Arsènie und blieb plötzlich an einem Tisch stehen, der in der Mitte des Raumes stand, glitt aus dem Pelzmantel aus schwarzem Zobel und ließ sich nieder. Grigorij reichte den Mantel an die herbeieilende Kellnerin weiter und packte seinen Mantel dazu. Schnee taute und rann als Wasser auf den Boden des Cafés.

Silena wusste, dass die Französin den Platz ausgesucht hatte, um gegen sie aufzubegehren. Sie ging nicht weiter auf das Verhalten ein, entledigte sich ebenfalls ihres Mantels und nahm auch

Skeltons entgegen, um beide der Kellnerin zu reichen. »Grüß Gott, Marie.«

Die junge Frau deutete eine Verneigung an. »Darf ich Ihnen versichern, dass ich mit Ihnen fühle und den Verlust Ihrer Brüder bedauere, Großmeisterin«, sagte sie sichtlich betrübt. »Hätte ich von deren Tod bei Ihrem letzten Besuch gewusst, hätte ich meine Anteilnahme zum Ausdruck gebacht.«

Erstaunt sah Silena sie an. »Danke sehr.«

Sie schluckte und senkte den Blick. »Verzeihen Sie, wenn es ungebührlich war, Sie einfach darauf anzusprechen, doch ich bewundere Drachentöter von Kindesbeinen an, und vor allem die Flieger. Sie sind ein Idol für mich, Großmeisterin.«

Silena lächelte, sie hörte die Ehrlichkeit in den Worten der jungen Frau. So nahm sie die Hand der Kellnerin und schüttelte sie. »Nehmen Sie meinen Dank, Marie. Er bedeutet mir etwas – im Gegensatz zu manchen anderen Beteuerungen.«

Marie hob den Blick. »Sie wissen nicht, welche Freude Sie mir soeben gemacht haben, Großmeisterin.« Sie verneigte sich wieder. »Ich komme sofort zu Ihnen und Ihren Freunden.«

Silena kehrte an den Tisch zurück und setzte sich neben Skelton, schräg gegenüber von Arsènie. »Ich habe einige Fragen an Sie, Madame«, begann sie und schaute kurz aus dem Fenster. Die Schneeflocken vor dem Glas weckten die grausigen Erinnerungen an den Tag, an dem sie Großmeisterin Martha gefunden hatte. »Was den Spiritismus angeht.«

»Nur zu«, forderte die Französin und montierte wieder eine Zigarette auf die Spitze. Grigorij winkte ungeduldig nach Marie, und Skelton wühlte in seiner Aktentasche nach den Büchern, immer noch auf der Suche nach dem Goldenen Dach.

»Es lässt sich nicht verleugnen, dass Sie Kräfte beherrschen, über die ein normaler Mensch nicht verfügt. Diese Fäden ... Gespinste ... was auch immer aus Ihrem Körper schnellt – was ist es?«, wollte Silena wissen.

»Dazu gibt es verschiedene Theorien, und ich möchte nochmals betonen, dass es nichts mit Taschenspielertricks oder billigen Jahrmarktgaukeleien zu tun hat. Marc Thury, Professor der Physik an der Genfer Universität, war einer der Vorreiter, was die Erforschung des

Ektoplasmas angeht«, sagte Arsènie und verzichtete dabei auf den herablassenden Ton. »Er war Zeuge, wie ein elfjähriger Junge zwei Klaviere gleichzeitig levitierte. Professor Thury war der Überzeugung, dass der menschliche Körper eine Substanz ausscheiden kann, mit dessen Hilfe er unsichtbare Kräfte dahingehend zu manipulieren vermag, dass sie solche Phänomene hevorrufen. Daraus wurde später die Ektoplasma-Theorie abgeleitet.«

»Drüsen?«, meinte Silena erstaunt.

Arsènie bleckte die Zähne. »So einfach ist es nicht, Großmeisterin.« Sie drehte den Kopf zu Marie, die am Tisch erschien und die Bestellungen entgegennahm: zweimal Tee, einmal einen Kaffee mit Absinth und Wodka, einen Kaffee mit Cognac und einen Gin.

»Es ist ja nicht so, dass jeder Mensch es ausscheidet, von der Beherrschung gar nicht zu reden«, fuhr Arsènie fort. »Die arme Herzogin Castelwich verursachte in ihrem Schloss große Schäden, weil sie die Kräfte unwillkürlich freisetzte. Umherfliegende Bücher und Möbel, geborstene Gläser und mehr dergleichen. Wohlgemerkt: in Anwesenheit von Gelehrten und Professoren.« Sie sog an ihrer Zigarettenspitze. »Einige der Medien werden professionell, so wie ich. Andere verstecken sich ein Leben lang und treten in der Öffentlichkeit niemals in Erscheinung. Kennen Sie den Fall von Stella Cranshaw? Der Krankenschwester aus England, Großmeisterin?«

»Nein.«

»Sie nimmt seit zwei Jahren am National Laboratory of Physical Research in London an Experimenten teil und vollbringt in Trance die unglaublichsten Levitationen und Materialisationen. Im Labor ist absolut kein Betrug möglich. Ich hatte das Vergnügen, mit ihr zu sprechen.« Arsènie lehnte sich nach vorn. »Das Lustige daran ist: Sie mag die Parapsychologie nicht einmal besonders. Früher hätte man mich und sie wohl als Hexen verbrannt. Dabei hat es nichts mit dem Teufel oder Dämonen zu tun.« Sie legte den Kopf schief. »Obwohl ich deren Existenz nicht abstreiten möchte.«

Silena seufzte. Die Bösartigkeit gegen die Kirche hatte kommen müssen. »Wann bemerkten Sie Ihre Fertigkeiten?«

»Mit zwölf. Es begann mit Kleinigkeiten. Ich konnte die Zeiger von Uhren anhalten, leichte Dinge zum Schweben bringen, Pendel schwingen lassen und anderes. Ich habe unsichtbare Instrumente spielen lassen.« Sie lachte. »Sie können sich vorstellen, dass mein Freundeskreis rapide abnahm. Ich galt von da an als Monstrum.« Arsènie fuhr sich durch die weißblonden Haare. »Mein albinohaftes Äußeres trug zu meinem Ruf bei, und da entschied ich mich, meine Fähigkeiten anzunehmen und mit ihnen Geld zu verdienen. Ähnlich wie Sie, Großmeisterin.«

Marie erschien mit den Getränken, stellte ein Silbertablett mit Keksen dazu auf den Tisch und zog sich zurück.

»Die Geisterwelt habe ich durch Zufall erschlossen. Ich behaupte nicht, ins Paradies oder in die Hölle vordringen zu können, aber ich schaffe eine Art Zwischenraum, einen neutralen Ort, wo mich die Seelen hören können. Sie entscheiden selbst, ob sie den Raum betreten und für alle sichtbar werden oder sich sonst irgendwie bemerkbar machen«, erklärte Arsènie weiter, nahm den Cognac und kippte ihn in den Kaffee, danach trank sie ihren Gin. »Vorsichtig wäre ich bei Geisterfotografien, die man bewundern kann. Da ist viel Manipulation im Spiel.« Ihre rötlichen Augen fixierten Silena. »Ich garantiere Ihnen, Großmeisterin, dass meine Kräfte echt sind, auch wenn ich nicht genau weiß, wie ich sie auslöse. Aber weder benötige ich abstruse Formeln oder das Blut von Kindern, noch tanze ich nackt im Mondenschein um ein Feuer und reite auf Besen.«

Grigorij gab vier Löffel Zucker in seinen Kaffee, rührte um. »Das klingt sehr spannend, liebe Arsènie«, sagte er bedächtig. »Bei mir setzten die Visionen mit drei Jahren ein. Jedenfalls kann ich mich ab diesem Zeitpunkt an alle erinnern, aber es unterscheidet sich von Ihrer Kunst beträchtlich, Arsènie. Kein Ektoplasma, keine Geisterwelt und keine schwebenden Klaviere. Leider«, grinste er. »Ich konzentriere mich, berühre Bilder, Fotografien, Gegenstände oder Menschen, und bald darauf sendet mir …« Er dachte nach. »Nun, wer oder was auch immer sendet mir meine Visionen. Manche Wissenschaftler nennen sie auch präkognitive Träume.«

Silena nippte an ihrem Tee. »Was haben Sie denn alles vorhergeträumt, Fürst?«

»Vieles. Von Hochwasser in meinem Heimatdorf über den Unfalltod des Popen, einem Erdrutsch, der ein Eisenbahnunglück auslöste, bis zu dem Erdbeben 1923 in China …«

»Gab es auch etwas Schönes?«, fiel sie ihm ins Wort.

»Sicherlich. Mir gelang es, einige Verschwundene wiederzufinden und einige Mörder zu überführen. Bekannt gemacht hat mich die Vorhersage des Scheiterns der Revolution gegen den Zaren und des Todes des Rädelsführers. Lenin. Und seiner Freunde.«

»Was Ihnen nicht nur Bewunderer gebracht hat«, erinnerte sich Silena an die Todesdrohungen der Revolutionäre, die den zaristischen Truppen entkommen waren. »Sie werden für das Scheitern verantwortlich gemacht, weil Sie den Zaren warnten.«

»Das tat ich nicht, Großmeisterin. Eine Zeitung wollte meine Meinung zu den Unruhen im Land wissen und legte mir ein Bild von Lenin hin. Was ich sagte, druckten sie. Ich bin nicht selbst zum Zar gelaufen und habe es ihm ins Ohr geflüstert.« Grigorij leerte seinen Wodka und bedeutete Marie, ihm eine ganze Flasche zu bringen. »Es gab keine Belohnung«, fügte er versonnen hinzu und starrte auf den Salzstreuer.

»Ich bin dann wohl der Langweiligste von Ihnen in der Runde«, bemerkte Skelton und richtete sich von seiner Lektüre auf. »Schule, Lehrjahre – und seitdem bin ich Versicherungsdetektiv. Nicht mehr und nicht weniger.«

»Einmal abgesehen von Ihrem Unterarm, Mister Skelton«, warf Arsènie ein. »Machen Sie sich nicht uninteressant. Das kommt bei den Frauen nicht an.« Sie zwinkerte. »Außerdem reisen Sie gewiss viel und erleben einiges. Spätestens jetzt.«

»Was sagt eigentlich Misses Skelton zu Ihren Abenteuern?«, wollte Grigorij wissen. »Sie wird vor Angst umkommen, schätze ich?«

Skelton schüttelte den Kopf. »Es gibt keine Ehefrau. Überhaupt keine Frau in meinem Leben. Es war nie Zeit, die Richtige zu finden.«

»Hat das Suchen wenigstens Spaß gemacht?«, lachte Grigorij und bedankte sich bei Marie, die ihm seine Bestellung brachte. »Mir macht es das jedenfalls.«

»Ich suche nicht wie Sie, Fürst«, antwortete Skelton und errötete.

»Grigorij, bitte! Wir haben es hier mit einem britischen Gentleman zu tun«, wies ihn Arsènie zurecht.

»Sie könnten sich ein Beispiel nehmen«, fügte Silena halblaut hinzu und erhob sich. »Ich gehe ins Officium, um dem Erzbischof Rede und Antwort zu stehen.«

Grigorij beugte sich rasch nach vorn. »Nicht so schnell, Großmeisterin. Nachdem Sie von unserer Vergangenheit gehört haben, würde es mich sehr interessieren, wie das Leben als Drachentöterin verlaufen ist. Wie wird man ausgebildet?«

»Später, Fürst«, vertröstete sie ihn. Sie hatte nicht vor, den ihr immer noch fremden Menschen ihre Lebensgeschichte zu berichten, zumal es Außenstehende ohnehin nichts anging, wie Mitglieder des Officiums auf ihre Aufgaben vorbereitet wurden.

Er aber lehnte sich zurück und lächelte wissend. »Das dachte ich mir.«

Silena schritt durch das Schneetreiben auf den Eingang des Officiums zu und wusste Sàtra, Zadornov und Skelton im kleinen Café am Marienplatz gut untergebracht. Sie wollte nicht, dass einer von ihnen den Fuß in das Hauptquartier setzte.

Das Erste, was ihr auffiel, waren die schwarzen Tücher, die über dem Torbogen hingen. Ein Tuch für jeden ermordeten Drachentöter, und Silena zählte inzwischen sieben. Unwiederbringliche Verluste im Kampf gegen die Drachen, von denen es immer noch genügend gab. Zu Lande, zu Wasser und in der Luft. In der siebenhundertjährigen Geschichte waren noch niemals so viele Drachentöter hintereinander durch Mord zu Tode gekommen. Als die Kirche sich zur Gründung des Officiums entschlossen hatte, um die Kräfte gegen die Drachen zu bündeln, hätte man so etwas niemals für möglich gehalten.

Das Nächste, was ihr beim Eintreten ins Auge sprang, war der leere Platz in der Eingangshalle. Dort, wo die Steinstatue des urwüchsigen Wesens gestanden hatte, lag nur noch das in zwei Teile gebrochene Drachenskelett. Silena nahm an, dass man die Statue zur Restaurierung zum Steinmetz gebracht hatte, und setzte ihren Weg zum Erzbischof fort.

Sie traf ihn im Zimmer seines persönlichen Sekretärs Kleinhuber. Beide standen mit dem Rücken zu ihr vor einer Europakarte und betrachteten ein Fähnchen, das mitten in der Ostsee eingepflanzt worden war.

Silena klopfte gegen den Türrahmen, um auf sich aufmerksam zu machen. »Exzellenz?«

Kattla und Kleinhuber wandten sich um. »Ah, Großmeisterin Silena. Treten Sie näher«, bat der Erzbischof. »Wir haben Gutes und Schlechtes zu berichten. Falls Sie es noch nicht vernommen haben.«

Sie spürte, dass ihr Blut aus dem Gesicht wich. »Schlechter als Edinburgh, Exzellenz?«

»Dann weiß sie es noch nicht«, raunte Kleinhuber und verstärkte das ungute Gefühl.

»Fangen wir mit dem Guten an.« Er deutete auf das Fähnchen. »Die Cadmos ist gesichtet worden. Nach einem schweren Unwetter über der Ostsee haben mehrere Schiffsbesatzungen sie gesehen. Wir vermuten, dass der Regen die Außenhülle derart beschwert hat, dass sie sank. Oder sie hat ein Leck durch einen Blitzschlag bekommen und Helium verloren.«

Silena kannte die Nachteile der Luftschiffe. Drachenhaut sog sich nicht so schnell mit Niederschlag voll wie herkömmliche Bespannung, doch auch sie nahm Wasser auf. Das machte die Gefährte schwerer und langsamer. »Was unternehmen wir, Exzellenz?«

»Die Theben eignet sich hervorragend für ein Entermanöver. Sie ist wendiger und schneller als die Cadmos. Ich habe Litzow bereits instruiert. Er brennt darauf, die Scharte auszuwetzen.« Kattla sah Silena an, dass sie den Hauptmann begleiten wollte. »Nein, Großmeisterin, Sie werden in München bleiben und an dem anderen Fall arbeiten. Litzow bringt das Kunststück allein fertig. Er ist schließlich einer der Konstrukteure der fliegenden Festung.«

Silena war sich sicher, dass ihr väterlicher Freund es schaffte. Luftpiraterie war nicht unbedingt einfach, aber auch dafür gab es spezielle Einheiten, die sich auf die Eroberung von Zeppelinen verstanden. Wer sonst hätte solche Einheiten besser ausbilden können als er? Sie hätte dennoch ein besseres Gefühl bei der Sache gehabt, wenn sie ihn mit der Saint unterstützt hätte. »Sie haben Recht, Exzellenz. Die Teufel haben Vorrang. Leider kann ich nichts Neues vermelden. Wir beschäftigen uns mit der Suche nach dem Goldenen Dach und richten unser Augenmerk auf Sankt Petersburg.« Sie konnte ihre Unruhe nicht verbergen. »Was ist die schlechte Nachricht, Exzellenz?«

Kleinhuber nahm eine Zeitung vom Tisch und hielt sie so vor sich, dass Silena die Überschrift lesen konnte: DRACHENJÄGERIN LEÍDA HAVOCK SPRICHT VON MORD UND HEIMTÜCKE.

Darunter war ein Bild der Havock zu sehen; sie hielt Kleidungsstücke in die Höhe, auf denen die Abzeichen des Officiums zu erkennen waren.

»Lesen Sie den Artikel, Großmeisterin«, empfahl Kleinhuber. »Es betrifft auch Sie.«

Silena tat es; ihre Finger zitterten, als sie die Zeilen überflog.

EDINBURGH/MÜNCHEN (HE). Nach der Verwüstung der Provinzhauptstadt Schottlands erhebt Drachenjägerin Leída Havock, Schwester des umgekommenen Ramachander Havock und Begründer der gleichnamigen Einheit, schwere Vorwürfe gegen das Officium Draconis.

Sie, eine der wenigen Überlebenden von etwa einhundert Männern und Frauen, schwört, dass sie einen schwarzen Drachen gesehen hat, der sich unmittelbar nach der Zerstörung auf dem Calton Hill mit einem Mitglied des Officiums getroffen habe.

Havock sagt, dass es eine Absprache zwischen Drache und Drachentöterin gegeben haben soll, um die Einheit auszulöschen.

Sie warnte Drachenjäger davor, dem Officium in irgendeiner Weise Vertrauen zu schenken. »Die Zeit der harmlosen Reibereien ist zu Ende«, erklärte sie gegenüber unserer Zeitung.

Die Behörden fanden in der Tat einen halb gefressenen Leichnam einer Frau an Arthur's Seat, die der Kleidung nach dem Officium angehörte. Noch ist unklar, um wen es sich dabei handelte. Die britische Niederlassung des Officiums verweigerte eine Aussage, und auch in München schweigt man zu den Vorwürfen.

Tatsächlich wurde vor und während des Angriffs eine weitere Drachentöterin in Edinburgh gesehen. Dabei handelte es sich um die junge, unerfahrene Großmeisterin Silena, deren Brüder erst vor kurzem bei einem mysteriösen Flugunfall starben. Anstatt sich dem Scheusal zu stellen, flüchtete sie. Dabei entkam sie dem Edinburgh-Inferno mithilfe eines Zuges, der ursprünglich von Havocks Einheit angemietet worden war. Leída Havock sieht darin die Absicht, sie in den Flammen der Stadt zurückzulassen.

Silena starrte auf den Artikel. Die Buchstaben fingen an zu tanzen, und der Raum drehte sich um sie herum; rasch setzte sie sich. »Welch ein Unsinn«, sagte sie und schloss die Augen, um den Schwindel zu bekämpfen. »Das ist alles ausgedacht ...«

»Wir wissen, wer die Tote ist, die man auf dem Hügel gefunden hat, Großmeisterin«, unterbrach Kleinhuber sie. »Es ist Großmeisterin Lea, die Überreste lassen keinen Zweifel daran zu.«

»Was?« Sie riss die Augen auf.

»Bevor Sie nur einen falschen Schluss ziehen«, warf Kattla ein, »lassen Sie mich sagen, dass ich Lea für eine anständige Drachentöterin halte, die niemals gemeinsame Sache mit unserem ärgsten Feind gemacht hätte.«

»Ich denke viel eher, dass die Havock sich mit den Drachen verbündet hat, um unser Officium in Verruf zu bringen«, regte sich Silena auf. Ihr Blutdruck stieg, der Schwindel legte sich. Sie fühlte sich plötzlich hellwach. »Exzellenz, ich denke, dass sich die restlichen Drachenjäger von *Havock's Hundred* irgendwo verbergen und putzmunter sind.«

»Nein, da täuschen Sie sich. Es gab wirklich fast keine Überlebenden mehr. Dennoch trifft Lea keine Schuld. Ich frage mich, wer sie dann in den Hinterhalt gelockt hat. Denn einen solchen gab es ohne Zweifel, sonst wären die Hundreds nicht derart rasch ausgelöscht worden.« Der Erzbischof nahm ihr die Zeitung aus der Hand. »Wir gehen in mein Arbeitszimmer, Großmeisterin. Da sind die Stühle bequemer.«

Sie folgte ihm abwesend. Dummerweise wusste sie eine Erklärung, wer für diesen Komplott noch in Frage käme: »Eris«, wisperte sie geschockt.

»Bitte, Großmeisterin?« Kattla nahm hinter seinem Schreibtisch Platz, auf dem eine mit Sand gefüllte Schale stand, in der Weihrauch auf glühenden Kohlestückchen verbrannte und den Raum mit Wohlgeruch flutete.

Sie hatte ihm nicht zugehört, sondern sah das Gesicht des Mannes vor sich, dem sie vertraut hatte. Für den sie etwas empfand, zu allem Überfluss auch immer noch. Er war kein Agent des Secret Intelligence Service, sondern höchstwahrscheinlich einer dieser verblendeten Menschen, die sich den Drachenfreunden angeschlossen hatten. Gab es einen besseren Grund, eine Drachenjägereinheit ins Verderben zu führen, um die Teufel zu beschützen?

»Großmeisterin, was ist mit Ihnen?«, vernahm sie die besorgte Stimme ihres Vorgesetzten. »Machen Sie sich Sorgen um Hauptmann Litzow?«

»Ja«, erwiderte sie hastig, um Erklärungen zu vermeiden. Eris Mandrake war ihre private Angelegenheit – oder? Woher hatte er die Fotos von Zadornov und Skelton gehabt? Warum wollte er Misstrauen gegen sie säen? Wie viel wusste er tatsächlich über sie?

Sie erinnerte sich an den Zettel, auf dem er ihr die Nummer eines angeblichen Büros notiert hatte. Würde der kurze Kontakt zum Papier genügen, damit der Fürst die Spur aufnehmen konnte? Silena wollte es herausfinden. Unverzüglich.

»Verzeihung, Exzellenz, aber ich muss wieder weg«, entschuldigte sie sich und bemerkte jetzt erst, dass der Erzbischof die ganze Zeit über gesprochen hatte.

»Nicht eher, bis wir uns darüber einig geworden sind«, gab er zurück und zwang sie mit einer Geste auf den Stuhl zurück.

»Worüber, Exzellenz?«

Ein tadelnder Blick traf sie. »Kann es sein, dass ich zu einer Wand gesprochen habe?«

»Verzeihung, Exzellenz. Ich war nicht bei der Sache.« Sie verneigte sich.

»Dann werden Sie jetzt besser zuhören. Ich sagte: Keine Stellungnahmen gegenüber der Presse. Wenn Sie Drachenjäger sehen, gehen Sie ihnen aus dem Weg. Es darf keine Auseinandersetzungen mehr geben, bis die Vorwürfe gegen uns entkräftet wurden. Wir haben bereits Leute nach Edinburgh gesandt, die sich darum kümmern. Konzentrieren Sie sich auf den Weltenstein, Großmeisterin. Um den schwarzen Drachen kümmern wir uns.«

»Ja, Exzellenz.« Sie stand auf. »Darf ich gehen?«

Kattla atmete langsam ein. »Das Officium hat schon einige Krisen überstanden, doch niemals war es bedroht wie in diesen Tagen. Selbst die Vernichtung unseres ersten Hauptquartiers 1581 in Avignon durch die Rotte der braunen Flugteufel war weniger gravierend als das, was derzeit geschieht.« Er betrachtete die Wände, seine Stimme senkte sich. »München ist seitdem eine unbezwungene Festung – dennoch sind die Mauern nicht sicher. Nicht mehr. Das müssen wir schleunigst ändern.«

Er winkte huldvoll. »Ja, gehen Sie, überschwängliche Jugend, aber vergessen Sie mir dabei die Disziplin nicht.«

Sie verneigte sich und eilte hinaus. Als sie durch das Zimmer des Akten sortierenden Sekretärs eilte, fiel ihr etwas ein, und sie blieb auf der Schwelle stehen. »Kleinhuber, wo ist eigentlich die Statue im Eingang hingekommen?«, fragte sie hastig.

»Gestohlen, Großmeisterin. Von denselben Leuten, die auch Großmeisterin Goara getötet haben«, antwortete er ihr und schaute über die Schulter. »Unfassbar, nicht wahr?«

»Aber ...« Silena stützte sich gegen den Türrahmen. »Aber die Statue hat bestimmt zwei Tonnen gewogen! Wie ist das vonstatten gegangen?«

»Das finden wir wohl nur heraus, wenn wir die Mörder finden und befragen«, entgegnete er bedauernd. »Fast könnte man meinen, es gehe mit Hexerei zu, Großmeisterin.«

»Danke.« Sie begab sich auf den Weg ins Café. Ohne dass sie es wollte, dachte Silena an einen elfjährigen Jungen und zwei schwebende Klaviere um sich herum. Hexerei wurde heutzutage Levitation genannt.

21. Januar 1925, München, Königreich Bayern,
Deutsches Kaiserreich

Onslow Skelton hatte davon abgesehen, eine weitere Tasse Tee zu bestellen, und orderte stattdessen eine ganze Kanne.

Zadornov ließ sich sein Essen schmecken, eine Schweinshaxe mit Knödel und eine Maß Starkbier aus den Kellern des Klosters Andechs, während Arsènie die Flocken betrachtete, die sich auf dem

Marienplatz sammelten. Da der Fürst sein Mahl schweigend einnahm und der Detektiv sich in die Bücher vergraben hatte, gab es keinen Gesprächspartner für sie. Was dazu führte, dass sie sich Gedanken machte. Über die verstorbenen Medien.

Die Suche nach dem Weltenstein war zu einer lebensgefährlichen Angelegenheit geworden. Das hatte sie so niemals vermutet. Sicher bewegte sie sich mit dem Sammeln von Drachensteinen in der Zone der Gesetzlosen, was sie jedoch sehr aufregend fand. Besser gesagt: aufregend gefunden hatte.

Arsènie würde es gegenüber der Großmeisterin niemals zugeben, doch sie fürchtete um ihr Leben. Der Fünfender beherrschte Kräfte, die sie überraschten. Wenn alle Drachen derart starke Geistesmacht besaßen, war es ein Wunder, dass nicht viel mehr Spiritisten ums Leben gekommen waren. Sie war nicht die Einzige, die danach trachtete, eine Drachenseele zu rufen und zu beherrschen.

Sie fröstelte. Die gelben Augen, der Angriff im *Adlon*, die wesentlich aggressivere Attacke im Hospital – zuerst eine Warnung, dann der Versuch, sie aus dem Weg zu räumen. Der Tod ...

»Das bedeutet, dass der schwarze Drache den Weltenstein auch nicht besitzt, Arsènie. Für uns ist das ein gutes Zeichen, denn er sieht in uns starke Konkurrenz.«

Sie drehte den Kopf zu Grigorij, der sie unvermittelt, aber so passend zu ihren Überlegungen angesprochen hatte, dass sie beinahe vermutete, er verstehe sich auf Gedankenleserei. »Das hat dummerweise für uns zur Folge, dass er uns umbringen möchte, lieber Grigorij.« Sie bestellte sich einen weiteren Kaffee und einen Cognac. »Was ist mit unserer Wette? Sie machen keine großen Fortschritte, wie ich gesehen habe. Kein Zeichen von Annäherung?«

Er sah zu Skelton, der sich dem Gesichtsausdruck nach zu schließen nicht um die Unterredung kümmerte, sondern soeben umblätterte und sich auf einem Extrablatt Notizen machte. »Ich habe Zeit, Arsènie. Und bislang habe ich stets mein Ziel erreicht und meine Pistole abfeuern dürfen.«

Arsènie lächelte und nahm ihre Getränke entgegen. Den Cognac trank sie dieses Mal sofort und spülte mit dem heißen Kaffee nach. »Wir können unseren Einsatz erhöhen, wenn Sie möchten.«

»Ist er denn überhaupt noch zu erhöhen? Hätten Sie überhaupt etwas als Dreingabe, vielleicht die Adresse einer guten Freundin, die Ihnen in nichts nachsteht?« Grigorij nickte Marie zu, die den Teller abräumte.

Jetzt hob Skelton den Kopf. »Ich habe es!«, flüsterte er freudig und schob dem Fürsten das Buch hin. »Litzow hatte Recht: Nepal!« Er zeigte auf das gemalte Bild eines weißen Stupa, der mit Gebetsfahnen behängt war und dessen aufgesetztes Spitzdach golden leuchtete. »Der große Stupa liegt in der Nähe Katmandus.«

»Was genau, geschätzter Onslow, macht Sie so sicher?«, sagte Arsènie, die dazu übergegangen war, den Mann mit Vornamen anzureden.

»Und vergessen wir Sankt Petersburg nicht«, warf der Fürst ein und winkte schon wieder nach Marie, die immer noch ein Lächeln auf den Lippen trug. Sie eilte sofort heran.

»Ich weiß, dass es viele goldene Dächer in der Welt gibt, doch das hier dürfte eines der bekanntesten sein.« Onslow wies auf seine Notizen. »In allen Büchern, die sich mit den Kulturen der Welt befassen und die ich durchgearbeitet habe, kommt rein statistisch gesehen der Stupa am häufigsten vor.«

Der Russe blickte skeptisch. »Hätten Sie vielleicht ein paar Rosinen zum Wodka, schönes Kind?«, fragte er Marie und sah ihr in die Augen.

»Sehr wohl, Fürst Zadornov«, sagte sie und machte einen Knicks. »Verzeihen Sie mir, dass ich das Gespräch eben mitbekommen habe, aber haben Sie schon mal das Goldene Dach von Innsbruck gesehen?«

Ein breites Grinsen erschien auf dem Gesicht des Fürsten. »Nein, mein schönes Kind. Hat es da so etwas?«

»Ein ziemlich bekanntes sogar, Fürst. Das Goldene Dachl, wie wir sagen, ist eine Sehenswürdigkeit aus dem Jahr 1500, ein Prunkerker für den einstigen Sitz der Landesfürsten Tirols. Er ist mit goldenen Schindeln gedeckt und diente als Loge für die Herrscher.« Marie schluckte, sie war aufgeregt. »Der Kaiser … also der von Österreich-Ungarn, nutzt ihn, wenn er in Innsbruck ist und sich dem Volk zeigen möchte.«

»Sie hätten mal lieber Reiseliteratur studieren sollen, lieber Onslow«, neckte Arsènie und schenkte ihm einen Blick, der den Flachs gleich vergessen machte. »Mir scheint, dass Sie sich gut auskennen«, sagte sie mit Blick auf Marie.

»Ich komme aus Innsbruck, Madame Sàtra.« Sie knickste wieder.
»Formidabel. Hat es dort unter Umständen auch eine Herrengasse?«
»Ja, die hat es, Madame.«
»Und auch einen riesigen Keller?«
»Sicherlich. Wenn, dann gehört er zur kaiserlichen Hofburg, Madame. Er wird auch gotischer Keller genannt, soweit ich weiß.«
Arsènie suchte die nächste Zigarette und nickte ihr zu. »Meinen Dank, Marie. Sie können gehen.«
»Aber vergessen Sie meine Rosinen nicht, schönes Kind!«, rief ihr Grigorij lachend hinterher und schaute zu Onslow, der seine Bücher geschlossen hatte und sich den Tee eingießen wollte. Die Kanne war leer. »Mister Skelton, da haben Sie ein kleines Wunder vollbracht. Schneller hätte es niemand finden können.«
»Ich?« Er schüttelte den Kopf und seufzte. »Nein, der Sieg gebührt nicht mir. Leider.«
»In gewissem Sinne schon. Hätten Sie mir das Bild aus Katmandu nicht gezeigt und das Goldene Dach erwähnt, wäre die gute Marie niemals darauf gekommen, uns den Hinweis zu geben.« Er klopfte ihm aufmunternd auf den Rücken. »Wir sagen einfach gegenüber der Großmeisterin, dass Sie es waren, der das Mysterium gelüftet hat.«
»Nein, das ist nicht rechtens«, meinte Skelton niedergeschlagen. »Dabei habe ich mir so viel Mühe gegeben und Bücher gewälzt.«
Arsènie tröstete ihn ebenfalls, indem sie ihre Hand auf seine legte. »Es ist durch Sie erst möglich geworden, Onslow. Akzeptieren Sie, dass es Vorsehung war, in diesem schönen Café dem Weltenstein etwas näher zu kommen.«
Er lächelte schwach, aber sehr dankbar.
»Und vielleicht geben Ihre Bücher uns noch mehr Hinweise auf die Hofburg«, munterte ihn Grigorij weiter auf.
»Das ist wohl ziemlich leicht. Ich nehme an, dass ein solches Gebäude bewacht wird. Richtig bewacht. Wie sollen wir in den Keller gelangen?« Er sah zwischen ihm und Arsènie hin und her.
»Ihr Eifer in allen Ehren, doch noch sind wir nicht zu einhundert Prozent sicher, dass wir im schönen Innsbruck an der richtigen Adresse sind.« Grigorij zeigte auf die Tasche. »Bücher, lieber Mister Skelton. Finden Sie mehr für uns alle heraus.«

»Ich stelle mir eine ganz andere Frage: Was hat der österreichische Kaiser mit dem Weltenstein zu schaffen?«, meinte Arsènie und packte die Zigarette wieder ein. Ihr war nicht nach Entspannung, sie musste hellwach sein.

»Das letzte Mal, als ich Kaiser Franz Joseph sah, residierte er in Wien.« Grigorij bekam die Rosinen gebracht und schob sich eine Hand voll in den Mund, kaute sie und trank den Wodka. Anbietend hielt er das Schälchen mit den getrockneten Früchten in die Runde. »Die Hofburg in Innsbruck wird kaum mehr von der Herrscherfamilie genutzt.«

Onslow nahm sich von den Rosinen. »Der Kaiser ist doch uralt, oder?«

»Fünfundneunzig Jahre, Onslow. Und nach wie vor äußerst rege, wenn man seine fortgeschrittene Lebenszeit und die Tragödien bedenkt, die er durchlitten hat. Sein einziger Sohn und Thronerbe Rudolf tötete sich selbst, Kaiserin Elisabeth wurde ermordet, dann sein Neffe Franz Ferdinand und nicht zu vergessen der Krieg.« Arsènie prostete in die Luft. »Ein Mann von Größe.«

»Nun, das sehe ich nicht ganz so. Er hat den Krieg schließlich ausgelöst. Oder besser gesagt, seine Haltung gegenüber Serbien«, warf Grigorij ein. »Europa hätte sich das Ausbluten sparen können.«

»Aber lassen wir doch das Politische: Was will der österreichische Kaiser mit dem Weltenstein?«, stellte sie die Frage in den Raum.

Grigorij schaute überlegend an die holzvertäfelte Decke. »Wenn Drachensteine so viel vermögen, vielleicht verlängern sie auch das Leben eines Menschen?«

»Guter Ansatz«, stimmte sie ihm zu. »Sehr guter Ansatz, lieber Grigorij!«

»Wir sollten uns Pläne der Hofburg besorgen«, empfahl Onslow und schaute sich dabei um. Niemand saß nahe genug bei ihnen, um ihre Unterredung belauschen zu können. »Mich interessiert weniger, warum er ihn gestohlen hat, sondern ob der Stein dort wirklich zu finden ist.«

Arsènie trank von ihrem Kaffee. »Können Sie sich nicht im Namen Ihrer Versicherung Zugang verschaffen, Onslow? Immerhin handelt es sich dabei um Diebesgut von beträchtlichem Wert.«

Er lachte auf. »Verzeihen Sie, Madame Sàtra, aber das geht wirklich nicht. Nicht ohne Beweise. Außerdem habe ich keine Ahnung, ob es ein Gericht der Welt gibt, das mir das Recht zugestehen würde, die kaiserliche Hofburg auf den Kopf zu stellen.« Er senkte die Stimme. »Leider müssen wir uns benehmen wie Diebe, um das Recht wiederherzustellen.«

»Es ist beruhigend, endlich ein Ziel zu wissen.« Arsènie konnte dem Verlangen nach Nikotin und dem Haschischöl nicht länger widerstehen. Sie griff nach ihrer Handtasche. »Ich freue mich auf das Gesicht der Großmeisterin, wenn wir ihr sagen, dass wir ...«

Onslow sah an ihr vorbei durch das Fenster, vor dem sich der Umriss einer gewaltigen Männergestalt aus dem Schneegestöber schob. Sie maß sicherlich mehr als zwei Meter, und die Schultern waren sehr breit. Sie *rannte*.

»Mister Skelton, Sie wirken plötzlich so abwesend?« Grigorij beugte sich nach vorn. »Steckt Ihnen eine Rosine im Hals?«

Onslow gelang es nicht, den Blick abzuwenden oder etwas zu sagen. Die Gestalt raste genau auf das Medium zu, und nichts wies darauf hin, dass sie anhalten wollte.

»Vorsicht, Madame!«, warnte Onslow und sprang auf, packte sie an der Schulter und zerrte Arsènie mit solcher Gewalt vom Stuhl, dass sie der Bewegung seines Arms folgen musste, als wäre sie nichts weiter als eine Puppe.

Grigorij stand ebenfalls auf, die Hand wanderte an den Griff seiner Pistole. »Was, bei allen Dämonen, ist *das*?«

Jetzt, da die Gestalt unter das Vordach des Cafés gelangte und nicht mehr durch die Schneeflocken verborgen wurde, war sie deutlich zu erkennen: eine bizarre Mischung aus Mensch und Drache mit grün leuchtenden Augen, die sich just vom Boden abdrückte und gegen die Scheibe hechtete, während sich gleichzeitig ein Paar Schwingen auf ihrem Rücken entfaltete.

Vor dem Fenster wurde es abrupt tiefste Nacht. Sie saugte alles Licht der Außenlaternen auf und brachte Finsternis.

Und diese Schwärze durchbrach mit brachialer Wucht Glas und Gestein.

21. Januar 1925, München, Königreich Bayern,
Deutsches Kaiserreich

Silena zog den Mantel enger um sich und wollte eben durch das Tor treten, als sie von Kleinhuber zurückgerufen wurde.

»Großmeisterin, warten Sie!« Er eilte die Treppe hinab. »Ich habe einen Anrufer für Sie am Telefon. Die Zentrale hat ihn zu mir durchgestellt, weil sie annahm, Sie befänden sich noch beim Erzbischof.«

»Und wer ist es?«

»Er nennt sich Eris Mandrake.« So, wie Kleinhuber es sagte, hörte sie deutlich heraus, dass der Name sein abgrundtiefes Misstrauen weckte. »Es sei von großer Wichtigkeit, dass Sie mit ihm sprechen. Es gebe einiges zu bereden.«

Das glaubte sie aufs Wort. Der Blick ihrer grünen Augen wanderte hinaus ins Schneetreiben. Silena spürte ein merkwürdiges Gefühl in der Magengegend, doch da ihr Talisman nicht warnend leuchtete, gab es wohl keinen ersichtlichen Grund dafür. Aber war es klug, mit Eris zu reden?

»Weswegen zögern Sie, Großmeisterin?« Kleinhuber schaute besorgt.

»Ich komme.« Sie folgte dem Privatsekretär die Treppen hinauf. Jede Stufe brachte ihr einen neuen Gedanken zu Eris, sie überlegte, wie sie am Telefon vorgehen sollte, wie sie ihn prüfen konnte.

Sie erreichten das Büro. Silena bat Kleinhuber, das Zimmer zu verlassen, bevor sie Hörer und Sprechvorrichtung zur Hand nahm. Ein letztes, langes Durchatmen ... »Ja?«

»Silena?«

Ihr wurde gleichzeitig heiß und kalt. »Eris, *wer* bist du?«, fragte sie entgegen ihrer sorgsam zurechtgelegten Taktiken, die sie fast alle vergessen hatte. Sie sprach, wie es ihr in den Sinn kam. »Du bist kein Agent. Du warst mit Havock in Edinburgh ...«

»Silena, hör mir zu. Wir müssen uns treffen, und ich ...«

»Damit du mich in die Falle locken kannst wie die Drachenjäger auf Calton Hill?«, unterbrach sie ihn bitter.

»Ich wusste nicht, dass es eine Falle war. Ich hatte die Informationen von einer Frau, der meine Organisation vertraut«, erklärte er inständig. »Du kennst sie auch. Es war Großmeisterin Lea.«

»Nein!«

»Lea arbeitete seit elf Jahren mit uns zusammen. Wir wenden uns immer wieder an verschiedene Drachenjägereinheiten, denen wir zuspielen, was wir über Drachensichtungen wissen. Ihr würdet es ansonsten gar nicht allein bewältigen, das Officium ist zu schwach.«

Silena schwieg. »Du lügst, Eris«, würgte sie mit Mühe hervor. »Keiner aus den Reihen des Officiums würde eine solche Tat begehen.« Für einen Augenblick hatte er sie ins Wanken gebracht, weil ihr der Zeitungsartikel zu gut im Gedächtnis geblieben war. »Du bist kein Agent des SIS. So wenig, wie Mister Skelton und Fürst Zadornov Drachenfreunde sind.«

»Ja, es stimmt, ich bin kein Agent des SIS. Aber ich gehöre einem Geheimdienst an, der ...«

»Der bestimmt so geheim ist, dass ihn keiner kennt und niemand deine Aussage bestätigen kann. Nicht einmal die Queen, schätze ich«, sagte sie mit ätzender Stimme. »Es ist dir klar, dass ich dir nicht mehr trauen werde.«

»Ich darf dir die Wahrheit nicht sagen, Silena.« Eris klang verzweifelt. »Ich *darf* es nicht.«

»Auf diese Weise kommen wir nicht weiter. Sollte ich dich im Verlauf meiner Reise noch einmal sehen, oder kommst du mir in die Quere bei dem, was ich tue, werde ich Gegenmaßnahmen zu treffen wissen«, warnte sie ihn.

»Silena ... ich hege Gefühle für dich ...«

Sie schloss die Augen, versuchte, die Empfindungen in ihr zu beherrschen und sich zu einem ruhigen Ton zu zwingen. Sie benötigte einen kühlen Kopf. »Was sollen diese Worte bei mir bewirken, Eris? Dass ich weich werde und einem Treffen zustimme?«, entgegnete sie kühl. »Du bist sehr von dir eingenommen, wenn du annimmst, dass ich zerfließe und mich deinetwegen in Gefahr begebe. Es war nur ein Kuss, den du dir herausgenommen hast, Eris. Ich bin danach gegangen, wenn du dich erinnerst.«

Sie hörte ein langes Seufzen. »Ja, ich erinnere mich. Ich sehe ein, dass es im Augenblick zwecklos ist, dich von der Wichtigkeit eines Treffens zu überzeugen. Aber eines sei dir gesagt: Hüte dich vor Onslow Skelton.«

»Weil er einen Drachenknochen im Unterarm hat?«

Er lachte. »Das hat Skelton dir erzählt? Nein, es geht um etwas ganz anderes ...«

»Eris, ich höre dir nicht zu«, fiel sie ihm in die Rede. »Was immer du sagst, es wird mir nichts bringen. Halte dich von mir fern, was immer du beabsichtigst, für wen du arbeitest oder wer du auch immer bist.« Sie hängte ein und setzte sich auf den Schreibtisch. Diesen Verlauf hätte das Gespräch nicht nehmen sollen.

Mit der Stimme war auch sein Gesicht deutlicher als vorher in ihre Erinnerung zurückgekehrt. Ein schönes Gesicht, direkt zum Verlieben. Leider würde es für sie keine Zukunft mit Eris geben.

Sie rief Kleinhuber herein. »Wenn dieser Mann noch einmal anruft, hängen Sie ein. Glauben Sie ihm kein Wort«, schärfte sie ihm ein und erhob sich vom Tisch. »Kennen Sie jemanden beim Secret Intelligence Service?«

»Sie meinen den britischen Geheimdienst?« Kleinhuber staunte Bauklötze. »Nein, Großmeisterin.«

»Rufen Sie trotzdem dort an und sagen Sie denen Bescheid, dass ein Mann durch die Gegend reist, der sich Eris Mandrake nennt und behauptet, er gehöre zu ihnen.« Sie setzte den Hut auf und öffnete den Mund – als ein schwarzer Schatten am Fenster vorbeihuschte.

Kleinhuber zuckte zusammen und schaute nach draußen. »Haben Sie das auch gesehen, Großmeisterin?«

»Geben Sie Alarm! Schicken Sie mir alle verfügbaren Drachentöter sofort ins Café am Marienplatz«, rief sie und rannte hinaus. »Es gibt Arbeit!«

XIV.

»*Die Linie Satyrus*
Da ihr Ahne bei einer Überfahrt in Seenot geriet, haben sich die Nachfahren dem Kampf gegen die Wasserdrachen verschrieben. Was Saint George in der Luft, ist die Linie Satyrus in den Gewässern. Sie begeben sich mit speziellen Taucheranzügen auf Jagd und bringen sich zusammen mit Säure in den Drachen ein, um ihn von innen heraus zu zersetzen. Aus irgendeinem Grund ist diese Linie noch nicht ausgestorben – so unglaublich es klingt ...«

aus der Serie »Drachentöterinnen und Drachentöter
im Verlauf der Jahrhunderte«
Im »Münchner Tagesherold«, Königlich-Bayerisches Hofblatt
vom 1. Juni 1924

21. Januar 1925, München, Königreich Bayern, Deutsches Kaiserreich

Wäre eine Lokomotive in das Café gerast, hätte es wohl den gleichen Effekt gehabt: Die Scheiben wurden nach innen gedrückt und barsten, die Mauern erhielten Risse, einzelne Steine wurden zerschmettert. Die Splitter flogen als scharfkantige Geschosse im Café umher und verletzten etliche Besucher.

Auf einer Länge von fünf Metern wurde die Wand mit der Wucht einer Dampframme eingerissen, Winterkälte strömte durch das Loch und drückte Staub in den Raum. In den Schwaden aus feinstem Schmutz und verirrten Schneeflocken leuchteten zwei Smaragde, dann erklang ein dumpfes, warnendes Grollen.

Die Menschen im Café befanden sich in Panik, überall erklang Schreien und Weinen. Die Flucht vor dem unbekannten Angreifer hatte begonnen.

»Arsènie?« Grigorij zielte zwischen die grünen Augen und schoss zwei Mal mit der Pistole. Die Kugeln trafen auf einen harten Widerstand und sirrten als Querschläger davon, eine weitere Scheibe ging zu Bruch.

Um ihn herum riefen Männer durcheinander, hasteten hinter seinem Rücken hustend vorüber und zerrten ihre Frauen zum Ausgang. Er hörte, wie Stühle verschoben wurden oder umfielen, mehrfach klirrten Besteck und Porzellan.

»Mister Skelton, wo ist Madame Sàtra?«, rief Grigorij und hob den Stock, um ihn wie einen Degen zu führen. Mit einer raschen Bewegung entfernte er die Schutzkappe am Ende, unter der eine lange, robuste Klinge zum Vorschein kam.

Onslow erschien neben ihm, in der Hand hielt er einen Teil von Arsènies Ärmel. »Ich hatte sie eben noch zur Seite gezogen«, hustete er. »Sie liegt bestimmt unter einem Tisch …«

»Suchen Sie sie und verschwinden Sie. Beide«, befahl Grigorij und trat dem Monstrum entgegen, das über die Trümmer schritt und sich dabei unentwegt umsah. Es schien, als suche es etwas oder jemanden. »Danach holen Sie die Großmeisterin!«

Plötzlich trat das grauhäutige Monstrum aus der Wolke heraus; es ragte mit dem Kopf bis fast an die Decke. Die Schwingen hatte es ausgebreitet und wirkte dadurch noch imposanter. Spitze Frauenschreie erklangen, das Wesen war auch von den Flüchtenden gesehen worden. Hastig versuchten die Menschen zu entkommen.

Knurrend kam es auf den Fürsten zu und streckte die rechte Hand aus, als wolle es ihn wie einen hinderlichen Einrichtungsgegenstand zur Seite schieben.

Grigorij hatte schon beim ersten Anblick des Schemens vermutet, dass es sich nicht um einen Drachen handelte, dennoch konnte er nicht sagen, was sich ihm da als Gegner entgegenstellte. Von der Hässlichkeit her erinnerte es ihn an die Wasserspeier, die man an und auf den Bauwerken fand.

Trotz der immensen Bedrohung verharrte er und betrachtete wie gebannt das Gesicht. In dem chimärenhaften Antlitz lag etwas Unseliges und zugleich Menschliches. Es war mehr als ein lebendig gewordener Gargoyle … Der Fürst löste sich von dem Anblick.

»He, du … Ding!«, schrie er und setzte die Klingenspitze auf die Brust des Wesens. »Zurück mit dir!«

Es lief einfach weiter – und das geschliffene Eisen brach ab. Ein sehniger, kräftiger Arm fegte herbei. Grigorij duckte sich und tauchte darunter hinweg.

»Ich kann sie nicht finden, Fürst«, rief Skelton.

»Suchen Sie schneller, Mister Skelton. Ich weiß nämlich nicht ...«, er ließ den Stock fallen, nahm einen Stuhl und warf damit nach dem Wesen, doch das Möbelstück zerschellte, »... wie ich diese Kreatur dazu überreden könnte zu verschwinden.« Er packte den nächstbesten Tisch und warf ihn gegen den Angreifer. Der aber parierte die Attacke mit einem beidhändigen Schlag und zerschmetterte die dicke Holzplatte mühelos. Unaufhaltsam wie ein Panzer walzte er weiter ins Café. Bis er plötzlich innehielt.

»Mister Skelton, rasch! Mir gehen die Tische aus«, rief Grigorij nach hinten.

Abrupt bückte sich das Wesen, die Finger wühlten im Schutt und bekamen einen Arm zu fassen, an dem es seinen Fund hervorzog. Zum Vorschein kam Arsènie, deren Kleid an verschiedenen Stellen zerrissen war; sie blutete aus vielen kleinen Schrammen. Die weißblonden Haare hingen zerzaust herab, die Augen waren geschlossen.

»O nein«, entfuhr es Grigorij, und er suchte nach etwas, mit dem er dem Wesen wehtun konnte. »Lass sie in Frieden, hörst du? Nimm mich stattdessen.«

Die grünen Augen richteten sich auf ihn. »Du bist keiner von ihnen.« Unvermittelt klappte eine Schwinge nach vorn, gleich darauf knallte es mehrmals hinter Grigorij, und Kugeln schlugen gegen die dünne Haut, die enorm widerstandsfähig war.

Am Eingang standen zwei Polizisten, wie Grigorij mit einem kurzen Blick über die Schulter feststellte; sie hatten ihre Pistolen gezückt und schossen auf das Wesen, ohne sich um die Ohnmächtige zu kümmern.

»Aufhören!«, schrie der Fürst sie auf Deutsch an und wandte sich wieder dem Wesen zu. »Was meinst du damit?«

Doch die Kreatur hatte sich bereits dem Ausgang zugewandt – und verharrte.

Arsènie verdrängte die Dunkelheit, in der ihr Bewusstsein schwamm, war aber zu schwach, um die Lider zu heben.

Sie roch Staub und fühlte gleichzeitig, dass sie jemand am Arm gepackt hielt und wie ein Spielzeug durch die Gegend trug; weit entfernt vernahm sie die Stimme von Grigorij, dann hörte sie lautes Knallen. Jemand hatte geschossen.

Sie konzentrierte sich und rief Geister aus dem Jenseits. »Kommt zu mir!«, bat sie. »Steht mir bei und rettet mich.«

Zu ihrem Erstaunen tat sich nichts.

Gar nichts.

»Was tust du da?«, wurde sie von einer Stimme gefragt, die sandig und uralt klang.

»Wer bist du?«

»Cyrano. Du bist die weißhaarige Frau, richtig?«

»Ja, ich bin Arsènie ...«

»Du sprichst zu mir wie die einstigen Herren«, redete die Stimme weiter. »Das ist ein gutes Zeichen, Arsènie. Es scheint, als hätte ich endlich Glück. Du bist der erste gute Fang, den ich mache.«

»Wer bist du?«, wiederholte sie und versuchte, befehlshaberisch zu klingen und sich die Furcht nicht anmerken zu lassen. »Sag es mir auf der Stelle!«

»Du weißt es doch schon.«

»Aber warum kann ich dich nicht sehen, wenn du eine Seele bist?«

»Ich bin keine Seele.« Wieder krachte es. »Wir müssen unsere Unterredung später fortsetzen. Ich bringe dich von hier weg, und wir unterhalten uns. Ich zähle auf dich und deine Kräfte, Arsènie. Du wirst gebraucht, und wenn du dich nicht widersetzt, wird dir nicht das gleiche Leid geschehen wie den anderen.«

»Den anderen? Welchen ...«

»Den anderen deiner Art.« Die Stimme schwieg abrupt, und Arsènie trieb allein in dem Zwielicht umher.

Sie zog ihre Energien zusammen und verwendete sie darauf, die Augen zu öffnen. Nur wenn sie sah, was mit ihr geschah, konnte sie eingreifen. Allerdings zweifelte sie daran, dass sie sich selbst zu retten im Stande war.

Das Wesen stand still wie eine Statue, ließ seine Beute nicht los, während der Körper der Frau sachte hin und her pendelte. Die grün leuchtenden Augen waren weit geöffnet, und es machte den Anschein, als lausche das Wesen einer für Menschen unhörbaren Melodie.

Silena erschien im Mauerdurchbruch, hatte ihr Schwert gezückt. »Das ... kann doch nicht mehr mit rechten Dingen zugehen«, sagte sie entgeistert und tat einen Schritt zurück.

»Sie kennen das Wesen, Großmeisterin?« Grigorij sah, dass Arsènies Lider flatterten. Die Französin erlangte das Bewusstsein zurück.

»Das ist Cyrano, die Statue aus dem Officium!« Silena überlegte kurz, ehe sie das Schwert wegsteckte und sich nach einem Holzbalken bückte, der im Schutt lag. »Kommen Sie her, Fürst. Wir schlagen ihm den steinernen Kopf in Stücke. Dann wollen wir sehen, ob er sich noch bewegen kann.«

Zadornov sprang an ihre Seite, und sogar Onslow eilte zu ihnen. Er bildete das Schlusslicht und packte den rissigen Balken. Sie führten ihn mit gemeinsamem Schwung wie eine schwere Lanze, das stumpfe Ende zielte genau auf das breite Gesicht.

Und traf.

Die Wucht reichte aus, um die Statue nach hinten auf die Flügel zu werfen. Der Sturz wirbelte eine neue Wolke aus dichtem Staub auf, in dem sie und Arsènie verschwanden.

»Skelton, suchen Sie Sàtra!«, befahl Silena. »Fürst, wir rücken vor. Balken bereithalten.«

Um sie herum hatte das Rufen und Schreien nachgelassen. Die Gäste des Cafés hatten sich überwiegend in Sicherheit gebracht. Am Boden wurden die schemenhaften Umrisse von Menschen sichtbar, die durch umherfliegende Trümmer getroffen worden waren und das Bewusstsein verloren hatten. Über den Marienplatz huschten die Strahlen von Suchscheinwerfern, die auf dem Dach des Officiums installiert waren, und erleuchteten die große Fläche bis in den letzten Winkel.

Durch den sich setzenden Staub des Cafés näherten sich zwei Polizisten; den Uniformen nach gehörten sie zu den Münchner Ordnungshütern und nicht zur überörtlichen Gendarmerie. Der vorderste von ihnen erkannte in Silena eine Drachentöterin. »Was geht hier vor, Großmeisterin?«

»Das weiß ich auch noch nicht, Wachtmeister. Bleiben Sie ...«

Ein Schatten schnellte vor ihnen in die Höhe, Schwingen schlugen nach vorn und trafen die Polizisten. Sie wurden von den Beinen gefegt, fielen in die Trümmer.

Als die steinerne Bestie nachsetzen wollte, schlug Grigorij mit dem Balken nach ihr und versetzte ihr einen Treffer gegen den Unterleib; aufbrüllend taumelte sie rückwärts. »Weg mit dir, Gargoyle!« Ein kurzer Blick hatte ihm beruhigenderweise gezeigt, dass Arsènie nicht mehr in dessen Klauen hing. Und dass die Attacke mit dem Balken sehr wohl Spuren am Kopf hinterlassen hatte. Die Nase war weggeplatzt und nur noch als Ansatz zwischen den Augen zu erkennen, Stücke waren aus der rechten Wange und aus dem Auge herausgebrochen. Aus den beschädigten Stellen trat kein Blut, stattdessen war grauer, schwarz geäderter Stein zum Vorschein gekommen. Grigorij versuchte, sich seine Abscheu nicht anmerken zu lassen. »Mister Skelton? Wie steht es?«

»Ich habe Madame«, kam es aus dem umherflirrenden Staub.

Durch das Loch in der Wand rannten ein halbes Dutzend Männer und Frauen, alle in den Uniformen des Officiums und mit den verschiedensten, mitunter merkwürdigsten Waffen ausgestattet. Sie fächerten auseinander und bildeten einen Halbkreis um den Gegner, schnitten ihm den Fluchtweg ab, während Silena sich erhob und einen schweren, massiven Kerzenleuchter in der Hand hielt. Noch immer konnte sie einfach nicht fassen, wie es Cyrano gelungen war, zum Leben zu erwachen. »Mal sehen, ob wir dich damit beschädigen können.«

Die Statue schnaubte sie mit funkelnden Augen an, stieß sich vom Boden ab und brach mit angelegten Schwingen durch die Decke in den ersten Stock; gleich darauf erklang das Bersten von Glas, und draußen zischte eine Gestalt im Tiefflug über den Marienplatz, verfolgt von drei gleißenden Lichtkegeln. Die lebendig gewordene Statue war geflüchtet.

Silena rannte durch die Reihe der Drachentöter, schaute in den grauen Himmel zu der Gestalt, die sich in den Strahlen sich überkreuzender Scheinwerfer mit mächtigen Flügelschlägen entfernte.

Sie sah zum Dach des Officiums, wo die Geschütze und Katapulte ausgerichtet und feuerbereit waren. Doch der Angreifer sank im Zickzackflug nach unten und verschwand vor den Dächern, um den Abwehrbatterien, die gegen einen Drachenangriff gedacht waren, zu entkommen.

»Verdammt!«, fluchte sie und schleuderte den Kerzenleuchter voller Zorn von sich. Dann kehrte sie in das Café zurück, wo sie Arsènie an einem Tisch in einer unbeschädigten Ecke sitzen sah. Die Kellnerin brachte ihr soeben einen Cognac, und auch Grigorij hielt ein Glas in der Hand, in dem sich gewiss Alkohol befand. Silena näherte sich ihnen, ihre Gedanken rasten.

»Gute Arbeit von uns Nichtdrachentötern, wenn Sie mich fragen, Großmeisterin«, sagte der Russe und prostete ihr zu. »War das ein Gargoyle, der das Laufen erlernt hat? Ich bin mir ziemlich sicher, dass es eine ganz ähnliche Kreatur war, die mich in London angriff.« Seine lauten Worte sollten Gelassenheit vortäuschen, doch sein eher blasses Gesicht verriet, dass er den Angriff nicht einfach so weggesteckt hatte.

Silena verfolgte, wie er sich den nächsten Schnaps einschenkte; seine Finger zitterten leicht. Auch ihr Magen fühlte sich flau an. Cyrano, ihre vertraute Kindheitserinnerung, war zum lebensbedrohlichen Schrecken geworden. Wie oft hatte sie die steinernen Schultern berührt! Silena zwang sich, nüchtern über den Vorfall nachzudenken. »Es würde mir erklären, warum meine Waffen gegen sie nichts ausrichten«, befand sie, und ihre Stimme klang leiser als sonst. »Da es keine Drachen oder irgendwelche Mutationen dieser Teufel sind, wirken die Waffen auch nicht im besonderen Maß.« Sie schaute zu Arsènie, die den Kopf mit einer Hand stützte, die andere hielt den Cognacschwenker umklammert. Sie machte einen apathischen Eindruck. »Was wollte die Kreatur von Ihnen, Madame? Hat sie gesagt, was sie ist?«

Arsènies rötliche Augen wanderten an ihrem Kleid hinab. »Ich bin vollkommen derangiert«, flüsterte sie und wischte Schmutz ab, was angesichts des Maßes an Dreck eine vergebliche Mühe war.

»Arsènie, was war das?«, versuchte es Grigorij; er trocknete den Schweiß auf seiner Stirn mit einem bestickten Taschentuch.

»Eine Stimme in meinem Kopf, so klar und doch so vollkommen anders als meine Geister«, erklärte sie. »Sie suchen mich ... Medien ... glaube ich.«

Silena kombinierte intuitiv und blitzartig. Es gab mindestens zwei dieser Gargoyles, Cyrano in München, der andere in London, der Zadornov angegriffen hatte ... Was, wenn sie die Museen überfallen hatten? Wenn sie das Flugzeug ihrer Brüder angegriffen hatten? Sie sah die Krallen der Statue genau vor sich und verglich sie im Geiste mit den Spuren an der Fokker D-I. In ihrer Vorstellungskraft passten sie perfekt. Doch wie konnte eine Statue laufen lernen?

Sie wandte sich zu den Drachentötern um. »Hat einer von Ihnen eine Vorstellung, was wir eben gesehen haben? Wie kann eine Statue oder ein Wasserspeier zum Leben erweckt werden?«

Die Männer und Frauen sahen sich ratlos an, bis ein Wort fiel: »Hexerei!«

Grigorij lachte laut los, und alle zuckten zusammen. »Ist das ernst gemeint? Wir leben in einer modernen Welt, und Sie nehmen tatsächlich an, dass derartige Zauberkräfte im Spiel sind?«

»Sind sie es?«, gab Silena die Frage an Arsènie weiter. »Vermögen es Ihre Geister, in tote Gegenstände zu fahren und sie zu beleben, wie wir es soeben gesehen haben? Oder vermag es das Ektoplasma zu tun?«

»Sie meinen einen Spuk, Großmeisterin. Wenn Geister oder verlorene Seelen das tun, gaukeln sie dem Verstand etwas vor. Sie erschaffen Trugbilder, um die Menschen zu narren und zu ängstigen, sie zeigen sich und bewegen Dinge.« Sie verlangte noch einen Cognac und steckte sich eine Beruhigungszigarette in den Mund; dabei verzichtete sie sogar auf die mondäne Spitze. Plötzlich sah sie richtig ordinär aus. »Was wir eben erlebt haben, war etwas ganz anderes: lebendiger Stein, eine Seele in einer beweglichen und doch steifen Hülle, tot und voller Kraft.« Dankbar nickte sie Marie zu, die ihr den Cognac brachte. »Ich habe eine unglaubliche Wut gespürt, die sich jedoch nicht gegen mich gerichtet hat. Und dieses Wesen war ein ... Sklave. Es diente einst jemandem vor vielen, vielen Jahren ... Jahrhunderten.«

Die Wachtmeister standen hilflos umher. Sie wussten nicht, was sie tun sollten, und einer von ihnen kritzelte auf seinem Block herum.

Der Wirt des Cafés kam zu ihnen und sprach leise mit den Ordnungshütern, bis er an die Großmeisterin trat. »Wird das Officium den Schaden begleichen, Großmeisterin?«, verlangte er barsch zu wissen.

»Ich bin mir sicher, dass wir eine Lösung finden«, gab sie diplomatisch zurück. Ihr stand der Sinn überhaupt nicht danach, Verhandlungen über Entschädigungen zu führen. Sie fühlte, dass der Fall eine unglaubliche Wendung genommen und ein weiterer Gegenspieler das Feld betreten hatte. Jagte auch er den Weltenstein? Was wollte er mit dem Zepter, und warum überfielen und töteten sie Medien wie Sàtra und ihre Spiritistenfreunde?

Plötzlich kam ihr die ermordete Martha in den Sinn, neben der ein zerbrochener Wasserspeier gelegen hatte. Wenn dieser Wasserspeier nicht die Waffe, sondern der Angreifer gewesen war, den die Großmeisterin kurz vor ihrem Tod noch besiegt hatte?

Die eigenen Überlegungen kamen ihr im Grunde zu fantastisch vor, um auch nur im Entferntesten zuzutreffen. Andererseits ließen sich das Loch in der Wand des Cafés und das Chaos um sie herum nicht leugnen.

»Das Officium *wird* dafür aufkommen, oder ich lege eine offizielle Beschwerde gegen Sie beim bayerischen König ein«, drohte der Wirt erbost. »Sie haben mein Café und meinen Ruf ruiniert! Ich werde einen Monat benötigen, bis ich wieder Gäste ...«

Silena ging an ihm vorbei. »Kommen die Herrschaften bitte mit mir ins Officium?«, bat sie Onslow, Arsènie und Grigorij. »Wir haben dem Erzbischof Bericht zu erstatten.«

Die Französin erhob sich, gestützt von Zadornov, und folgte der Drachentöterin.

Kaum hatten sie das Café durch das Loch in der Wand verlassen und befanden sich auf dem Marienplatz, beeilte sich Skelton, der von oben bis unten voller Staub war, an Silenas Seite zu gelangen. Auch er wirkte angeschlagen. Nicht so sehr körperlich, dafür glänzten seine Augen merkwürdig.

»Großmeisterin, auch wenn die Gelegenheit nicht ganz passend erscheint, muss ich es Ihnen dennoch sagen: Wir haben einen Hinweis auf das Goldene Dach«, warf der Detektiv ein. »Wir müssen nach Innsbruck.«

Silena wandte sich ihm zu. »Ist das sicher, Mister Skelton?«

»Anscheinend, Großmeisterin. Es gibt dort vermutlich einen riesigen Keller und eine Herrengasse«, bestätigte er und blickte sich dann furchtsam um.

»Hervorragend.« Sie sah die Theben bereits aufsteigen und über der Tiroler Hauptstadt schweben. Ein Katzensprung von München aus – in Anbetracht der Vielzahl und Unübersichtlichkeit ihrer Widersacher war der Wissensvorsprung, den sie durch die Befragung der Seele in London erlangt hatten, wertvoller als jedes Edelmetall der Welt.

Silena betrachtete ihn. Etwas ging in ihm vor, vielleicht rang sein Verstand darum, nicht verloren zu gehen. Eine solche Attacke erlebte ein normaler Mensch nicht alle Tage. Er musste dringend abgelenkt werden, indem sie ihn auf bekanntes, sicheres Territorium führte. »Erzählen Sie mir, wie Sie darauf gekommen sind?«

»Wie gern würde ich sagen, dass es ausgedehnter Recherche zu verdanken ist. Meiner Recherche. Leider aber war es ein Zufall.« Onslow verzog den Mund und klopfte den Hut ab, er entspannte sich sichtlich. »Die nette Kellnerin, eine Österreicherin, wusste mit der Beschreibung sofort etwas anzufangen. Ohne sie hätte ich die Expedition nach Katmandu geschickt.«

»Innsbruck ist mir lieber, Mister Skelton«, grinste Silena bemüht und schenkte ihm einen aufmunternden Blick. »Ich bin mir aber sicher, dass Sie ebenfalls auf diese Lösung gekommen wären. Nach dem Abstecher nach Nepal.«

»Zu freundlich, Großmeisterin.« Er lächelte schwach, wirkte jedoch ruhiger.

Sie betraten das Officium, in dessen Gängen es zuging wie in einem Ameisenstaat. Überall eilten Männer und Frauen mit Ordnern unter den Armen umher, andere trugen Rüstungen aus dickem Leder mit lamellenartig übereinander gelegten Drachenschuppenstücken und waren mit verschiedenen Waffen ausgerüstet. Das Hauptquartier befand sich im Alarmzustand.

Silena ließ sich zum Erzbischof bringen, der sein Arbeitszimmer verlassen und es gegen eine sichere Unterkunft im Keller mit dicken Bunkerwänden eingetauscht hatte. Er saß hinter einem Schreibtisch, die Hände auf die Platte gelegt, und betrachtete die Gäste eingehend.

Der Reihe nach stellte Silena ihre Begleiter vor, ehe sie die Ereignisse im Café und ihre Eindrücke schilderte. »Wir haben einen neuen Feind, Exzellenz«, beendete sie ihre Rede. »Er kann sich als Wasserspeier tarnen, würde nirgendwo auffallen und vermag doch alle Geheimnisse zu erkunden.«

»Wie die Statue.« Kattla stand auf, stellte sich hinter den Stuhl und legte die Hand auf die hohe Rückenlehne. »Ungewöhnliche Zeiten erfordern ungewöhnliche Maßnahmen.« Seine harten Augen wanderten über die Züge der Anwesenden. »Ich erlaube mir, ganz offen mit Ihnen zu sprechen, und erwarte das Gleiche von Ihnen.« Er hielt inne, bis er von jedem ein Zeichen der Zustimmung gesehen hatte. »Es gab in der Vergangenheit bereits Hinweise auf Flugwesen, die nicht unbedingt der Familie der Drachen angehörten. Sie waren zu klein und sahen zu andersartig aus.« Er zeigte auf einen Ordner, der auf dem Tisch lag. »Einmal gesehen und vermerkt im Jahr 1549 in der Stadt Essen. Dann 1639 und ein weiteres Mal 1811, beide Male hier in München, in der Nähe des Rathauses. Das damalige Officium stufte die Sichtungsmeldungen als nicht echt ein, weil sie einer Überprüfung nicht standgehalten hatten. Jedes Mal fügte aber der untersuchende Großmeister zu seinem Bericht hinzu, dass es in der Nähe der Sichtung einen Wasserspeier gebe, der zu den Beschreibungen der Zeugen passte. Wir schoben die Meldungen auf die Trinkfreudigkeit der Menschen, auf eine Einbildung oder einen vorübergehenden Anfall von Wahn. Niemals wären wir auf die Idee gekommen, dass sich hinter den steinernen Gesichtern etwas Lebendes verbirgt. Aufgrund Ihrer Schilderung, Großmeisterin, und der Tatsache, dass unsere Statue aus dem Eingang vor aller Augen durch die Wand des Cafés gebrochen ist, kann es keinen Zweifel daran geben, dass einige Wasserspeier vom Teufel zum Leben erweckt worden sind.«

Arsènie zog die hellen Augenbrauen zusammen. »Was genau hat das denn mit dem Teufel zu tun, Exzellenz?«

»Wer sonst hätte dem Stein Leben geben sollen, um solche Taten zu vollbringen? Der Satan schickt neue Vasallen, um den Drachen beizustehen. Er spürt, dass seine ältesten Knechte im Kampf gegen uns Menschen unterliegen, und möchte ihnen Beistand angedeihen lassen.« Der Erzbischof klang keineswegs belehrend oder predigend, sondern mehr wie ein rationaler Feldherr, der auf dem Hügel stand und zusehen musste, dass die zurückgeschlagenen Feinde frische Truppen erhielten. »Ich habe bereits unsere Taktiker ins Officium beordert, mit denen ich mich gleich im Anschluss treffe und Maßnahmen bespreche, die wir gegen die Gargoyles ergreifen können.«

»Ihre Zahl wird wohl nicht allzu hoch sein, Exzellenz. Wichtig ist herauszufinden, warum sie so handeln, wie sie handeln«, gab Silena zu bedenken. »Und wie sie das alles schaffen. Wir reden über Figuren von mehreren hundert Kilogramm Gewicht, die sich rasend schnell durch die Luft bewegen.«

Er schaute zum Standbild des heiligen Georg, das in der Nische auf einem Podest stand und den Ritter beim Lanzenstoß gegen den Drachen zeigte. »Warum? Um Verwirrung zu stiften. Um alle gegeneinander aufzuhetzen.«

»Aber sahen nicht viele Morde an unseren Leuten aus wie Angriffe von Drachen?«, warf Silena ein. »Ich fürchte, Ihre Annahme ist falsch, Exzellenz.«

»Denken Sie das wirklich, Großmeisterin?«

»Verzeihung, dass ich unterbreche. Der Weltenstein ist meiner Ansicht nach der Schlüssel. Finden wir ihn und kommen wir seinem Geheimnis auf die Spur, werden sich einige Rätsel von selbst lüften, das erachte ich als sicher.« Grigorij hatte es nicht länger ausgehalten zu schweigen.

»Ich habe Hauptmann Litzow Bescheid geben lassen. Die Theben erwartet uns im Anschluss an diese Unterredung und bringt uns rasch nach Innsbruck, bevor sie die Cadmos jagt.« Silena sah den Erzbischof an. »Exzellenz, seit wann stand Cyrano … die Statue in der Eingangshalle? Ich erinnere mich an sie, seit ich denken kann.«

Kattla dachte nach. »Es werden vorneweg zweihundert Jahre sein, seitdem sie im Besitz des Officiums ist«, antwortete er.

»Eine lange Zeit, um Geheimnisse des Officiums Nacht für Nacht zu ergründen und das Wissen gegen die Einrichtung zu verwenden.« Arsènie betrachtete bedauernd ihr ruiniertes Kleid, das unter dem Mantel hervorschaute. »Es könnten harte Zeiten auf Sie zukommen.«

»Wenn Sie wüssten, was wir alles über Medien gesammelt haben«, gab Kattla mit einem bösen Lächeln zurück, »unter denen Sie sich ebenfalls befinden, wären Sie nicht mehr ganz so schadenfroh.«

»Der Gargoyle hat versucht, mich zu entführen. Was könnte da noch schlimmer werden?« Sie blieb gelassen, was Silena nicht sonderlich wunderte. Um eine Frau wie Madame Sàtra nachhaltig zu erschüttern musste mehr erklingen als eine vage Andeutung.

»Da wir nun wissen, dass die Sichtungen nicht erfunden waren, haben wir irgendwo in den Archiven einen Hinweis, wie wir gegen Gargoyles vorgehen können und wie wir die harmlosen Steinstatuen an den Häusern und auf den Dächern von denjenigen unterscheiden, die unser Leben wollen?« Silena fürchtete, dass die Antwort unbefriedigend ausfiel.

Und sie behielt Recht. »Nein, Großmeisterin. Aber da es sich trotz allem um Stein handelt, versuchen Sie es mit einem schweren Gegenstand anstatt mit einem Schwert aus Drachenzahn.« Kattla hob entschuldigend die Schultern. »Ich kann Ihnen keine Anleitung gegen die Diener des Satans geben. Sie sind für mich ebenso neu und unvermutet wie für Sie.«

»Verteilen Sie doch Hammer und Meißel an die Großmeisterinnen und -meister«, schlug Arsènie mit Spott in der Stimme vor. Sie erholte sich ohne Frage mehr und mehr von ihrem Schock. »Vielleicht lassen sie sich dadurch in die Flucht schlagen. Und stellen Sie Steinmetzen ein. Sie kennen gewiss die Schwachpunkte der steinernen Kreaturen.« Sie lachte auf. »Man könnte meinen, diese Wesen wären aus Bimsstein, so leicht segeln sie durch die Luft. Versuchen Sie es doch einmal mit Netzen, wie bei der Vogeljagd. Oder mit Leimruten. Das wäre doch ein hübscher Anblick: Gargoyles, die wie Hühner auf der Stange sitzen und für das Officium ein paar nette Eier legen.«

»Sparen Sie sich den Hohn, Madame Sàtra. Er steht einer Frau wie Ihnen nicht gut«, empfahl Kattla tadelnd.

»Mit Ihrer Erlaubnis, Exzellenz, brechen wir nach Innsbruck auf.« Silena verneigte sich. »Wir müssen den Vorsprung nutzen.«

Kattla deutete das Kreuzzeichen an. »Viel Erfolg und den Beistand der Heiligen«, verabschiedete er sie. »Der Rest des Officiums wird alles unternehmen, um Ihnen den Rücken freizuhalten. Sobald der schwarze Drache auftaucht, setze ich alles in Bewegung, um ihn zu vernichten.«

»Das bedeutet, er ist verschwunden, Exzellenz?«, fragte Skelton verwundert. »Ich meine, so ein gewaltiges Exemplar sollte doch leicht aufzuspüren sein?«

»Er hat einen Weg gefunden, unsere Spähposten in Großbritannien zu umgehen, Mister Skelton, und keiner bedauert es so sehr wie ich.« Kattla legte die Hände zusammen.

Skelton schluckte. »Das heißt, er kann uns jederzeit anfallen?«

»Wir haben doch sie dabei, mein lieber Onslow«, meinte Arsènie zuckersüß und ätzend wie Königswasser, während sie auf Silena deutete. »Wir sind sicher in ihrer Nähe.« Sie erhob sich und ging ohne sich umzudrehen zum Ausgang. Grigorij und Onslow verbeugten sich ebenso wie die Drachentöterin vor dem Erzbischof, ehe sie den Raum verließen.

»Großmeisterin!« Kattla rief sie noch einmal zurück. Er beugte sich an ihr Ohr. »Lassen Sie nicht zu, dass dieses Medium den Weltenstein erlangt, ganz egal, was sie Ihnen verspricht oder versichert«, befahl er ihr. »Weder sie noch Zadornov dürfen ihn in die Finger bekommen, nicht einmal für wenige Sekunden. Es ist zu gefährlich, solange wir nichts über die Kräfte des Artefakts wissen. Verstehen Sie mich, Großmeisterin?« Seine rechte Hand legte sich auf den Pistolengriff. »Zweckgemeinschaften haben ein Ende, wenn der Zweck erfüllt ist.« Er hob den Finger. »Keiner außer uns darf den Weltenstein besitzen.« Sie nickte. »Es war mir wichtig, dass Sie das wissen, Großmeisterin.« Er geleitete sie zur Tür. »Gott sei mit Ihnen.«

Als sie die Tür hinter sich zuzog, dachte sie darüber nach, was der Erzbischof mit seinen Worten wohl genau gemeint hatte. Was sie für sie selbst bedeuteten. Und dass die spitzen Bemerkungen wohl Sàtras Art waren, nach den vielen Ereignissen nun doch Nerven zu zeigen.

22. Januar 1925, Innsbruck (Zisleithanien),
Kaiserreich Österreich-Ungarn

»Da müssen wir durch?« Onslow betrachtete das Meer aus Menschen, die sich rund um die Hofburg und in den umliegenden Straßen versammelt hatten, mit gemischten Gefühlen.

Tausende Demonstranten hatten sich eingefunden, skandierten

Sprüche in einer unverständlichen Sprache und schwenkten Schilder, auf denen teils serbische, teils deutsche Parolen aufgemalt waren.

»Es geht um mehr Selbstständigkeit für die serbische Bevölkerung Österreich-Ungarns«, übersetzte Zadornov für den Detektiv. »Sie verlangen von Kaiser Joseph Autonomie, die er ihnen nach Beendigung des Weltkriegs zugesichert hatte.«

»Zum Verrücktwerden, dass der Monarch ausgerechnet dann, wenn wir nach Innsbruck kommen, in seiner Hofburg residiert und der Mob die umliegenden Gassen bevölkert«, beschwerte sich Arsènie mit Leiden und Entnervtheit in der Stimme. Sie rückte ihren Glockenmantel zurecht. »Verfluchter Pöbel. Man sollte Kaviar auf die Straße werfen, damit er darauf ausrutscht und sich das Genick bricht.«

Silena sah die Schwierigkeit, die ihnen bevorstand. Dabei hatte es in den letzten Stunden ausnahmsweise keinerlei Zwischenfälle gegeben. Die Zugreise über das Gebirge nach Innsbruck hatte zu ihrem Glück nicht lange gedauert, und das Luftschiff befand sich bereits auf dem Weg nach Norden, um die Cadmos zu jagen und zurückzuerobern.

Sie hatten die Schönheit der Stadt bei der Einfahrt bewundern dürfen und das Goldene Dachl am Marktplatz sofort entdeckt. Es funkelte und glänzte in der Wintersonne. Der Kaiser hatte anscheinend angeordnet, dass es selbst mitten in der tiefsten Winterzeit stets vom Schnee befreit sein musste.

Nach der Einfahrt in den Bahnhof waren ihnen schon die ersten serbischen Demonstranten begegnet, die sich sogar angeschickt hatten, den Zug zu kapern, weil sie gedacht hatten, der Kaiser wolle sich damit absetzen. Die Mehrheit hatte sie überzeugen können und den kleinen hartnäckigen Rest mithilfe der Soldaten des Officiums und der kaiserlichen Polizei vertrieben. Jetzt wusste Silena, wohin sie stattdessen gegangen waren.

»Ich gebe zu, dass ich mich nicht um Politik schere.« Arsènie klang gelangweilt. »Warum gibt man den Serben nicht einfach, was sie haben wollen?«

»Weil es für den Kaiser unweigerlich bedeuten würde, dass er auch anderen Volksgruppen mehr Zugeständnisse machen muss, liebe

Arsènie«, erklärte Grigorij und setzte sich die grün getönte Brille auf die Nase. »Und das wäre das Ende des Vielvölkerstaates und damit das Ende des letzten Restes von Österreichs Status. Vom einstigen Glanz Austrias ist ohnehin nicht mehr viel geblieben, seit die Preußen den deutschen Kaiser stellen.«

Die Französin schüttelte den Kopf. »Und warum erschießt man sie nicht einfach, wenn sie so viel Unruhe verursachen?«

»Dafür sind es ein paar zu viele, Arsènie.« Er betrachtete sie, und zum ersten Mal las Silena Unverständnis in den Augen des Russen. »Es wundert mich, dass Sie so hart über ein Volk entscheiden, das doch nichts anderes will als etwas mehr Freiheit. Immerhin hat Frankreich in der Vergangenheit bewiesen, dass das Volk Macht besitzt. Und gerade Sie …«

»Frankreich hat derzeit einen König, lieber Grigorij«, machte sie ihn sachlich und überflüssigerweise aufmerksam. »Charles der Unerreichte würde sich so etwas vor einer seiner Residenzen niemals gefallen lassen.«

»Bis zur nächsten Revolution zumindest.« Grigorij presste die Lippen zusammen. »Ich weiß, was es bedeutet, unterdrückt und in seinen Rechten beschnitten zu werden. Der Zar ist nicht für seine weiche Haltung bekannt. Sibirien ist Europas größtes Gefängnis, Arsènie.«

Sie horchte auf. »Habe ich da eine empfindliche Stelle getroffen, mon cher?«

Er öffnete den Mund, wurde aber unterbrochen.

»Das ist nicht die rechte Zeit für eine Politikstunde, Fürst.« Silena spähte über die Köpfe und Schilder hinweg und suchte, ob sich eine Lücke für sie auftat. »Erst schlagen wir uns von der Herrengasse in den gotischen Keller der Hofburg. Ich hoffe, es gibt diesen Zugang noch. Der Plan, den uns das Officium-Archiv zur Verfügung gestellt hat, ist alt, mindestens aus der Zeit Maria Theresias.«

»Gab es da die Herrengasse überhaupt schon, Großmeisterin?« Onslow war sehr beunruhigt. Leise klangen die Reden der Agitatoren zu ihnen herüber, immer wieder wurden sie vom Jubel und der Zustimmung der Masse unterbrochen. Applaus brandete auf und rollte durch die Straßen am Marktplatz.

»Ich verstehe Ihre Unruhe. Es riecht wie vor einigen Jahren in

Sankt Petersburg: nach Revolution.« Grigorij rieb sich über den Stoppelbart. »Bei uns wurde sie in Blut ertränkt.«

Arsènie hatte eine Bewegung am anderen Ende des Platzes ausgemacht, hob den Kopf und sah die ersten Gardisten in der Uniform des Kaisers aufmarschieren. Sie trugen Gewehre bei sich und machten einen äußerst entschlossenen Eindruck. »Messieurs, wir sollten uns beeilen, die Herrengasse und den Keller zu erreichen, bevor der Sturm beginnt.«

»By Jove«, rief Onslow aus und verlor das bisschen Farbe, das er sich bewahrt hatte, als er die Truppen sah.

Leises Hufeklappern erklang, hinter der Infanterie zog eine Abteilung Kavalleristen in den prächtigen Uniformen der Husaren auf, die lange Speere in der Rechten hielten und die Spitzen senkrecht nach oben richteten.

Der Aufmarsch war nicht unbemerkt geblieben, die ersten Demonstranten drohten den Männern, die sich allerdings von den geballten Fäusten nicht einschüchtern ließen. Ein solcher Einsatz besaß im Kaiserreich Normalität.

Erste Mutige erklommen unter den Rufen und Gesängen des Mobs die Balkone des Erkers, um das Goldene Dach zu erreichen; in ihren Gürteln steckten kurze, schwere Hämmer. Gäbe es ein besseres Zeichen gegen die Obrigkeit als ein Akt gegen eines ihrer Symbole?

»Ich gehe voran«, verkündete Grigorij.

»Nein, Fürst«, hielt Silena ihn zurück. »Mit Verlaub, Sie und Madame Sàtra tragen Kleider, die Sie als Angehörige des gehobenen Standes ausweisen. Damit gehören Sie in den Augen des Mobs eher zum Feind als zum Freund.« Sie schob sich an ihm vorbei. »Lassen Sie mir den Vortritt.« Sie setzte sich in Bewegung und schob sich mitten in die Menge, schlüpfte in sie hinein und schlängelte sich geschickt vorwärts. Alle zwei Meter blieb sie stehen und sah sich nach den Übrigen um, ob sie ihr folgten. Es war, wie durch zähen, schweren Teer zu schwimmen.

Als sie sich ungefähr in der Mitte des Platzes befanden, vernahm Silena einen spitzen Schrei. Natürlich stammte er von der Französin. »Donne-moi mon portemonnaie, crétin!«, keifte sie einen Mann an. »Tout de suite!«

Die Umstehenden lachten, einer machte eine Bemerkung über

ihre weißen Haare und die Kleidung, ein zweiter entdeckte den gut angezogenen Fürsten hinter ihr. Zwei Fremdköper inmitten der Rebellen und ein willkommenes Ventil für den angestauten Hass; die Gebärden wurden drohender.

»He, nein! Weg da!«, rief Silena und drängelte sich zurück – oder versuchte es zumindest. »Lassen Sie die Finger von der Frau. Sie gehört zu mir.«

Niemand kümmerte sich um ihre Erklärungsversuche. Grigorij musste einem ersten Faustschlag ausweichen und stieß den Angreifer mit seinem Spazierstock zurück, doch sofort sprang ein neuer Gegner herbei, um den Fürsten zu attackieren.

In diesem Durcheinander hatten die Kletterer die unterste Kante des Goldenen Dachls erreicht, zückten die Hämmer und schlugen damit auf die blattgoldverkleideten Ziegel ein. Klirrend barsten sie, die Trümmer fielen auf den Platz, wo sie auf dem Kopfsteinpflaster zu noch kleineren Stücken zerschellten.

Jetzt war der Jubel unbeschreiblich, es wurde auf Serbisch gerufen und gesungen, und irgendwo in der Mitte des Pulks spielte eine Kapelle einen Marsch.

Das war zu viel für den Befehlshaber der Gardisten. Ein Befehl wurde gebrüllt, daraufhin erschallte eine einzelne Trompete, und die Husaren rückten in einer breiten Front vorwärts. Sie drängten die Menschen einfach ab, alles Sträuben und Lärmen brachte nichts.

Da flog ein aus der Straße gerissener Stein und traf einen der Berittenen unterhalb der Helmkante gegen das Auge; sofort sank er aus dem Sattel und verschwand aus Silenas Blickfeld.

»Sàtra, Zadornov!«, schrie sie und versuchte, die Hand der Französin zu ergreifen, um sie mit sich zu ziehen. Es ging nicht mehr darum, die Herrengasse zu erreichen, sondern so rasch wie möglich den Platz zu verlassen. Gleich würde es zu einer blutigen Auseinandersetzung kommen. »Hier rüber, nach rechts!«

Ein zweites Signal ertönte, und die ersten Schüsse erklangen. Die Salve war zur Warnung in die Luft gefeuert worden, während die Kavallerie mit den Lanzenstielen nach den Demonstranten schlug und erste Wunden an Köpfen und in Gesichtern klafften. Die Kapelle hatte aufgehört zu spielen, noch mehr Steine wurden gegen die Soldaten geschleudert.

Zadornov verpasste einem Mann einen Kinnhaken und nickte. »Wir schlagen uns zur Herrengasse durch, Großmeisterin«, brüllte er. »Das hier hat keinen Sinn.« Er zog Arsènie mit sich.

Dann wurde der Druck der Masse einfach unwiderstehlich groß. Silena trieb es davon, aus dem zähen Teer war ein rasch strömender Fluss geworden, gegen den es keinen Widerstand gab.

Als sich die Menge an einer Hausecke brach und aufteilte, wählte Silena die engere Gasse, in die weniger Demonstranten flüchteten. Hinter ihr erklangen schnelle Schussfolgen, die Soldaten hatten das Feuer eröffnet.

»Mister Skelton?« Silena reckte den Kopf, sie sah den Detektiv nirgends. Eine Suche ergab keinen Sinn, und so hoffte sie einfach, dass er es bis zur Herrengasse schaffte, ohne ein Opfer des Mobs oder einer Kugel zu werden.

Männer und Frauen hetzten an ihr vorbei, die Schilder unter den Armen. Plötzlich wurden sie langsamer: Vor ihnen, an der Einmündung zu einer breiteren Straße, hatte sich ein weiterer Trupp Husaren aufgestellt und blockierte mit den Pferdeleibern ein Durchkommen. Schon senkten sie die Speere und trabten locker an. Die Demonstranten kehrten um.

Silena verharrte wie der Fels in der Brandung, überlegte fieberhaft, wie sie entkommen konnte. »Ich dachte, der Erzbischof hat mich gesegnet«, murmelte sie. Sie hatte eine Reihe breiter Fenstersimse ausgemacht, die sich hervorragend dazu eigneten, nach oben zu klettern und über die Dächer in die Herrengasse zu entkommen. »Aber anscheinend hat er mich aus Versehen verflucht.«

Sie begann den Aufstieg, und auch wenn es ihr an der notwendigen Technik mangelte, machte sie es durch Kraft wett. Einer der Kavalleristen scherte aus dem Verband aus, hob den Kopf und blieb unter ihr stehen. »He, du kleiner Floh! Steig nunter, hörst? Und i wörd da a nix duan.«

Silena kletterte weiter.

»Hörst nett, Floh? I wörd di glei spicken mit meim Spiaß.«

Sie schwang sich auf den nächsten Sims, beförderte sich mit einem Sprung an den Dachfirst und zog sich an ihm nach oben. Silena schwang sich auf die Schindeln und rutschte auf den Giebel, da traf sie ein Schlag in den Rücken, und im nächsten Moment spürte sie einen heißen Schmerz in ihrer rechten Seite. Der Kavallerist hatte seine Drohung wahr gemacht.

Aufkeuchend krümmte sie sich. Dabei rutschte ihr Fuß ab, und sie glitt das Dach hinab, bis es plötzlich unter ihr nachgab und sie in Schwärze stürzte.

XV.

»*Er hat sich vollkommen daneben benommen. Ich weiß, Drachentöter verdienen Respekt, und ich habe sie lange mit solchem behandelt. Aber dieser Großmeister hat weder sein Essen bezahlt noch die Getränke. Ich bin gewiss nicht kleinlich, doch es handelt sich um drei Lokalrunden für seine ganzen Bewunderer, die unentwegt nach Autogrammen verlangt haben. Das sind schon einige Goldmark, die mir fehlen. Und das Officium meinte, es ginge sie nichts an.*«

Karl Hansen, Hotelier und Gastwirt

aus dem Bericht »Das Officium – Die heimliche Macht«
in »Kommunistische Wahrheit« vom 6. September 1924

**22. Januar 1925, Innsbruck (Zisleithanien),
Kaiserreich Österreich-Ungarn**
Silena spürte, dass sie auf etwas Weichem lag.

In ihrer Seite brannte Feuer, und eine kleine Trommel wurde unaufhörlich in ihrem Kopf geschlagen. Stöhnend hob sie die Lider und sah, dass sie durch das Dach in einen Heuspeicher gefallen war; der Speer war durch ihren Sturz aus der Wunde gerutscht und hing über ihr quer an einem Balken.

Sie fühlte sich müde und schwach, tastete behutsam an ihre Seite. Es war feucht dort, warm und klebrig, und in dem wenigen Licht, das von oben durch das Loch fiel, schimmerte es schwarzrot an ihren Fingern. Sie rollte sich vom Rücken auf die unverletzte Seite und kämpfte sich zähneknirschend auf die Beine. Kaum stand sie, wurde ihr schwummerig, und kleine Sternchen tanzten ihr vor den Augen.

Ich muss in die Herrengasse. Sie schwankte durch die Dunkelheit, tastete sich vorwärts, bis sie eine Tür entdeckt hatte.

Weil sie keinen Schlüssel für das Schloss besaß, zückte sie die Luger, zerstörte die Mechanik mit zwei schnellen Schüssen und stieß den Ausgang auf.

Sie fand sich in einer kleinen Gasse wieder. Dem Sonnenstand nach zu urteilen war nicht allzu viel Zeit seit ihrem Sturz vergangen.

Silena schleppte sich vorwärts, stützte sich mit einer Hand an den Hauswänden ab, bis sie das Schild *Herrengasse* entdeckte. In der richtigen Gegend war sie nun zumindest; jetzt galt es, den Eingang zu finden.

Ein dunkler Vorhang schob sich vor ihre Augen, eine Ohnmacht kündigte sich an. Trotz der schlechten Sicht erkannte sie zwei Gestalten, die quer über die Gasse huschten und durch ein Tor verschwanden.

Silena folgte ihnen, nicht wissend, wohin es sie verschlagen würde.

Sie stieg drei Stufen hinab und stand vor einem Tor, das leicht angelehnt war. Langsam hob sie den Arm und ächzte auf, denn die Wunde in ihrer Seite folterte sie mit neuerlichen Schmerzen. Sie hielt inne, brauchte eine halbe Minute, bis sie sich bereit fühlte einzutreten und sich dem zu stellen, was sie dahinter erwartete.

Im Inneren stieg sie die Treppe hinab und gelangte in einen Raum, der laut dem uralten Lageplan zu Maria Theresias Zeiten als Hauptküche genutzt worden war.

Er war beeindruckend. An der Decke des weitläufigen und unterschiedlich hohen Kreuzgratgewölbes hingen handgeschmiedete, in die Decke eingelassene Ringe. Der Geruch von erloschenem Feuer hing noch immer in der Luft, und mit etwas Einbildungskraft konnte man die Köche und Küchenbediensteten zwischen den Kesseln und Öfen hin und her laufen sehen, bei der Zubereitung der Speisen betrachten und den Duft von frisch gebackenem Brot riechen. Pfeiler stützten die Decke und schufen verborgene Winkel, in deren Schatten alles Mögliche lauern konnte. Erhellt wurde der Teil des Raumes, in dem sich Silena befand, vom Schein zweier Lampen, die auf dem Boden abgestellt worden waren.

Silena lehnte sich gegen einen Pfeiler, schluckte schwer und zog das Schwert. Dieser Keller war wie geschaffen für einen Hinterhalt. Da das Eindringen so einfach möglich gewesen war, konnte es sich nur um einen solchen handeln. So oder so war ihr Kommen erwartet worden.

Bedächtig ging sie vorwärts, lauschte auf jedes Geräusch und achtete vor allem auf die dunklen Ecken, an denen sie vorüberschritt.

Sie verließ den imposanten Raum und gelangte in einen Gang, in dem das Salz und die Feuchtigkeit dem Putz an der Wand schwer zugesetzt hatten. Dann vernahm sie die tiefe Stimme des Fürsten und blieb stehen.

»Wir sind anscheinend die Ersten, Madame. Es gibt hier unten niemanden außer uns.«

»Eben. Finden Sie es nicht verdächtig, lieber Grigorij?«, sagte Arsènie, und ihre Stimme hallte ebenso nach wie die des Russen. »Wo sind Mister Skelton und unsere Heilige?«

»Ich hoffe sehr, dass ihnen nichts geschehen ist.«

»Ach? Warum?« Sie legte eine kurze Pause ein, dann erklang ein heiteres Lachen. »Ich verstehe. Sie haben Angst, dass Sie Ihre Wette verlieren.«

»Darum geht es mir nicht. Und die Wette ist aufgehoben. Es war dumm, dass ich mich darauf einließ. Und ich glaube, dass es besser ist, wenn wir beiden die Vertraulichkeiten lassen. Ich hatte Sie schon einmal darum gebeten, und es wäre mir sehr recht, wenn Sie mich ab sofort entweder mit meinem Nachnamen oder mit meinem Titel anredeten«, sagte er und klang ungehalten.

»Nanu? Was habe ich getan?«

»Mir ist klar geworden, dass Sie und ich nichts gemein haben, Madame Sàtra.«

»Den Eindruck hatte ich vor nicht allzu langer Zeit ganz und gar nicht.«

»Ich erlaube mir, Ihnen zu sagen, was mich an Ihnen stört: Sie sind so herzlos wie ein Stein, wie ein Gargoyle, Madame. Auf solche Wesen kann ich verzichten.«

Es trat eine unangenehme Stille ein. »Und Sie sind ein ... Russe!« Dieses eine Wort aus Arsènies Mund beinhaltete alles, was sie jemals an Abscheu hatte ausdrücken wollen. »Es wird mir ein Vergnügen sein, nichts mehr mit Ihnen zu schaffen zu haben.«

»Oh, ich sehe schon. Es hat noch keiner gewagt, Ihnen die Wahrheit zu sagen. Sollten Sie den Wunsch verspüren, noch mehr über sich zu erfahren, lassen Sie es mich ...«

Plötzlich erklang eine Abfolge von merkwürdigen Geräuschen, die sich durch den Hall der hohen Decke vermengten. Silena glaubte, das Mahlen von Stein auf Stein ausgemacht zu haben, ein Krachen, als sei eine Platte zu Boden gefallen, und ein kurzes, ängstliches Aufschreien der Französin.

Danach war es wieder still.

Silena kehrte so rasch es ihr Zustand erlaubte in das Gewölbe zurück. Auf dem Boden standen noch immer die beiden Lampen; nasse, unterschiedlich große Fußspuren zeugten davon, dass Grigorij und Arsènie sich wirklich hier befunden hatten.

»Wo sind sie abgeblieben?« Sie drehte sich auf der Stelle, pochte gegen die Pfeiler und kehrte schließlich wieder zu den Leuchten zurück.

In dem Augenblick schwang der Boden unter ihr zur Seite. Silena fiel – und wurde nach wenigen Metern aufgefangen. Aber der Schmerz, den ihre Wunde verursachte, ließ sie aufschreien. Die Kraft wich aus ihr, und sie hing wehrlos in den Armen eines Mannes.

»Sie ist verletzt.« Grigorij hatte sie davor bewahrt, auf den Boden zu stürzen, und dabei ihre Verletzung bemerkt. »Großmeisterin, sind Sie bei Bewusstsein?«

»Wecken Sie sie«, flüsterte Arsènie aus dem Hintergrund. »Wir brauchen sie dringend.«

Silena vernahm die Worte und riss sich zusammen, öffnete die Augen und richtete sich auf. »Was ist?«

Grigorij, der sie noch immer trug, drehte sie, damit sie sehen konnte.

Sie standen in einer Röhre von vielleicht sieben Metern Durchmesser, deren Wände vor allem im unteren Drittel glatt poliert waren, als bestünden sie aus Glas. Das schummrige Licht rührte von Glühbirnen her, die oberhalb der Decke angebracht waren und genügend Helligkeit verbreiteten. Sie zogen sich nach links wie an einer Schnur aufgereiht, bis sie zu weit entfernt waren, dass man sie noch erkennen konnte.

Grigorij wandte sich mit Silena in die andere Richtung. »Jetzt erschrecken Sie bitte nicht und bleiben Sie ruhig.«

Sie erkannte Arsènie, und vor ihr befand sich – ein leibhaftiger Wurmdrache!

Er maß geschätzte vierzehn Meter und hatte einen weißen, von kleinen Schuppen bedeckten Körper, der von der Form her an ein Krokodil erinnerte, nur die Füße fehlten. Das vordere Drittel hatte er wie eine Schlange aufgerichtet; der Kopf ähnelte der einer Muräne, und ein Paar kalter, blauer Augen starrte sie an.

»Lassen Sie mich auf den Boden, Fürst«, wisperte sie.

Ich hoffe, dass mein friedliches Verhalten gezeigt hat, dass ich keinerlei böse Absicht euch gegenüber hege, sprach eine zischelnde Stimme in ihrem Kopf. *Obwohl ich dich, Drachentöterin, für deine begangenen Taten auf der Stelle verschlingen müsste.*

»Sie wird sich zusammenreißen«, versprach Arsènie. Offenbar hatten sie und Grigorij die Stimme ebenfalls vernommen. Sie drehte sich zu Silena. »Großmeisterin, darf ich Ihnen Gessler vorstellen? Er ist sehr erfreut, dass wir zu ihm gekommen sind, und wäre noch erfreuter, wenn Sie ihn anhören würden.«

Silena stellte sich hin und war dankbar, dass ihr der Fürst den Arm als Stütze anbot. »Wo ist mein Schwert?«, verlangte sie leise.

Es gibt keinen Grund, mich anzugreifen, Großmeisterin. Ich bin der friedlichste Drache der Welt. Der hässliche Kopf neigte sich nach unten, der lippenlose Mund befand sich eine Armlänge von Arsènies Haupt entfernt. *Wir haben einen gemeinsamen Gegner. Aber das sollten wir nicht hier besprechen. Ich zeige euch meine Unterkunft, wenn ihr möchtet.*

»Warum sollten wir einem Teufel glauben?«

»Weil er weiß, wo der Weltenstein ist«, sagte Grigorij leise zu Silena.

»Was ist, wenn Mister Skelton ...«

Über ihnen knirschte es, und ein sichtlich verwunderter Onslow Skelton kam durch das Loch gefallen, landete hinter Silena und fluchte laut, was gar nicht zu seiner sonst so britisch-beherrschten Art passte. »Oh, was ...« Er entdeckte die Gefährten und den Drachen. »Bei den himmlischen Heerscharen!«

»Respekt, Mister Skelton. Das war ein sehr eindrucksvolles Schimpfwort und mit viel Bravour vorgetragen.« Grigorij lächelte. »Der große weiße Gentledragon hier ist Gessler, und wir haben uns eben Sorgen gemacht, wo Sie wohl abgeblieben sein könnten, als Sie erfreulicherweise zu uns stießen.«

Onslow wich vor dem Drachen zurück. »So etwas habe ich noch niemals gesehen. Ich meine ...« Er schaute zu Silena. »Können wir ihm vertrauen?«

»Nein. Aber wir haben keine andere Wahl, als uns anzuhören, was er zu sagen hat.« Sie wankte und klammerte sich fester an Grigorij.

»Lassen Sie mich nach Ihrer Wunde sehen, Großmeisterin«, bat er.

»Was ist Ihnen eigentlich zugestoßen?«

»Einer der Husaren hat seinen Spieß nach mir geworfen.« Sie ließ zu, dass er den Mantel zur Seite schob und die Verletzung betrachtete. »Wissen Sie, wie man Verbände anlegt?«

Er lachte. »Sicher, Großmeisterin. Ich durfte es oft genug bei mir selbst ausprobieren.«

Der Drache hatte bislang abgewartet. *Da es keine weiteren Besucher mehr gibt, gehen wir.* Er schob sich durch die Röhre, vorbei an den vier Menschen. Silena sah deutlich, wie sich die Muskeln unter der gepanzerten Haut bewegten, sich zusammenzogen und entspannten und den Drachen langsam und sehr majestätisch vorwärts brachten. Der Leib strahlte eine spürbare Wärme aus, er roch jedoch nicht.

Sie folgten dem Wesen durch den Tunnel, der unter Innsbruck entlanglief. Wohin sie sich genau bewegten, vermochte keiner von ihnen zu sagen, doch in dem Stollen war es kühl, und die Luft war keinesfalls abgestanden oder muffig.

Sie passierten weitere Tunnelabzweigungen, mal plätscherte Wasser von dort, mal vernahmen sie ein leises Knistern, das von Elektrizität stammen mochte.

Meinen Namen habt ihr bereits erfahren. Ich war ein Freund des schwarzen Drachen, den ihr jagt, und ich teilte seine Vision über die Zukunft. Leider ahnte ich nicht, dass er mich mit seinen Ansichten betrog und belog, erklärte er.

»Wie viele von euch leben unter Innsbruck?«, fragte Silena.

Ich bin der Einzige meiner Art. Und dass ich dich durch den Tunnel führe, heißt noch lange nicht, dass ich dich in alle meine Geheimnisse einweihen werde. Mir ist klar, dass du dem Officium Meldung erstatten wirst, aber wenn die anderen Drachentöter auftauchen, werde ich schon lange woanders sein. Der Drache lachte. *Das Kaiserreich ist groß und hat viele Täler und Gebirge, in denen ich mich sehr wohl fühle. Auch wenn ich Innsbruck vermissen werde.*

Silena versuchte zu verstehen, weswegen Gessler ihr den Tunnel wies.

Du kannst es nicht verstehen, hörte sie seine Stimme in ihrem Verstand. *Und musst es auch nicht.* Er kroch durch einen Torbogen, über dem für Menschen unlesbare Zeichen eingemeißelt waren. Etwa in Höhe seines Kopfes befand sich eine Leiste handtellergroßer Schalter. Er betätigte zwei mit der Nase, und die Glühbirnen im Tunnel erloschen; dafür erstrahlten unzählige Lampen im Raum vor ihnen.

Edison und seine Erfindungen sind etwas Wunderbares. Der Drache schlängelte sich in den Raum und rutschte bis ganz an die Wand. *Kommt herein, Menschlein. Das ist nur eines meiner Refugien.*

Sie betraten nacheinander eine Kammer, die an das Schlafzimmer eines Kaisers erinnerte.

Die Steinwände waren hinter Gobelins verschwunden, auf dem Boden lagen Teppiche höchster Qualität, und nicht weniger als sieben Kristalllüster erstrahlten an der Decke und sorgten für beinahe gleißende Helligkeit. Vasen, große und kleine Statuen im orientalischen und ägyptischen Stil standen in der Kammer verteilt und wurden von Spiegelstrahlern angeleuchtet, um die Schönheit hervorzuheben; in einer Glasvitrine neben dem Bett befand sich die goldene Totenmaske eines Pharaos. Nicht weniger als drei massive Sarkophage, mit Edelmetallen und Malereien verziert, waren dekorativ platziert. Niemand von den vieren zweifelte daran, dass alles, was sie sahen, echt und unermesslich wertvoll war.

Das Bett war quadratisch und maß fünf mal fünf Meter. Gessler rutschte mit angemessener Würde hinauf und machte es sich bequem. Er nickte zu den Stühlen, die davorstanden. *Nehmt Platz. Meine Diener werden euch gleich etwas bringen.* Das Schwanzende drückte einen der zahlreichen Knöpfe, die neben dem Bett in der Wand eingelassen waren. *Nennt ihnen einfach eure Wünsche.*

Silena war verwirrt über den Empfang. Der Drache hatte sie erwartet und verhielt sich wie ein Verbündeter, nicht wie ein Gegner.

Du vermutest noch immer einen Hinterhalt, Drachentöterin. Ich nehme es dir nicht übel, und wenn du gehört hast, was mich dazu bringt, einen von uns und seine Pläne an dich zu verraten, wirst du einsehen, dass ich es ehrlich meine. Er schaute sich um. *Ich lasse meinen Palast räumen, um dem Officium und seiner Rache zu entgehen, denn er wird unweigerlich versuchen, mich für meine Tat zu bestrafen.*

Das Tor öffnete sich, und zwei Männer und drei Frauen eilten herein. Sie trugen alle weiße Hemden, die Männer schwarze Hosen, die Frauen schwarze Röcke. Während vier von ihnen die ersten Schmuckgegenstände abräumten und sie aus dem Raum trugen, näherte sich eine Frau und verneigte sich tief vor Gessler. »Meister, wie kann ich Euch dienen?«

Frage meine Gäste nach ihren Getränkewünschen und erfülle sie ihnen. Und bringe Verbandsmaterial für die Drachentöterin. Das knöcherne Haupt schaute zu den Männern. *Gebt mit den Vasen Acht! Sie sind unersetzbar, und ich werde mir für jeden Kratzer einen von euch zum Mahl nehmen.*

Silena versuchte, ihre Gedanken auf irgendeine Weise zu verbergen.

Es bringt nichts, Drachentöterin. Du kannst dich nicht vor mir verbergen. Die blauen, grausamen Augen richteten sich auf sie, dann schwenkte der Schädel auf Arsènie. *Ich sehe alle eure Gedanken, und es kostet mich nicht mehr als ein Blinzeln. Es gibt keine Geheimnisse vor mir.* Er schaute über Grigorij hinweg zu Onslow, die Lider senkten sich herab. *Du bist anders als die anderen. Du besitzt eine ... Merkwürdigkeit.* Er senkte das vordere Drittel seines Leibes so weit herab, dass sich der Kopf auf gleicher Höhe mit dem Detektiv befand. Das Maul öffnete sich, eine dunkelviolette, gespaltene Zunge schnellte hervor und züngelte. *Was ist mit dir?*

Onslow schob seinen Stuhl zurück, sonst hätten ihn die Zungenenden berührt. »Ich trage einen Drachenknochen in mir ...«

Ah, das erklärt es. Du bist einer von denen, die von unserem Tod profitieren. Gessler richtete sich auf. *Ich kenne euch alle, und ich weiß, dass ihr den Drachenstein sucht. Doch ihr seid zu spät. Der schwarze Drache hat ihn bereits. Das ist der Grund, weswegen ihr euch beeilen müsst, um ihn aufzuhalten. Ich kann es nicht mehr.*

Grigorij vernahm Angst in der Stimme. »Dann seid so gütig, uns zu erklären, was vor sich geht, werter Gessler.«

Er will einen Krieg. Einen Krieg des Westens gegen den Osten, um sich aus den Wirren als der alleinige Herrscher zu erheben und Europa zu unterjochen.

Arsènie hob die Augenbrauen. »Einen Krieg? Zwischen wem? Will er in Russland anfangen oder ...«

Ich rede nicht von euch Menschen. Ich rede von den Mächten des Feuers. Von uns Drachen, welche die Flammen beherrschen, wie es die

Menschen niemals können werden. Ihr vermögt ein Feuer zu entzünden, aber wir sind Feuer. Er züngelte, und es wirkte sehr aufgeregt. *Mit dem Weltenstein besitzt er unendliche Macht – sofern er weiß, wie er sie dem Stein entlocken kann. Die Kraft, die in ihm ruht, ist legendär.*

Silena verdrängte die Schmerzen in ihrer Seite. »Wie soll das vonstatten gehen? Wie ist sein Plan?«

Ich weiß es nicht.

»Aber ... wieso weißt du davon?«

Alles kann ich euch nicht sagen, weil es euch nichts angeht. Doch es sei euch gesagt, dass die Drachen der Alten Welt in zwei Lager gespalten sind: die jungen Erstürmer und die alten Bewahrer. Die jungen Erstürmer folgen dem schwarzen Drachen und streben nach Veränderung, nach mehr Macht und den technischen Errungenschaften. Die Bewahrer möchten alles beim Alten wissen. Der Schwarze hat sich als einer von ihnen ausgegeben und sie getäuscht, während er Gefolgsleute sammelte.

»Zu denen Ihr gehörtet, richtig?«, sagte Grigorij.

In diesem Augenblick kehrte die Dienerin zurück und schob einen Teewagen vor sich her, auf dem sich eine breite Auswahl an Spirituosen befand; auf der Ablage darunter lagen Binden und Mull. Sie schenkte die verlangten Getränke aus und überreichte die Gläser; danach bat sie um Erlaubnis, die Wunde verbinden zu dürfen.

Silena willigte ein. Sie begriff mit einem Mal, dass das Officium den harmlosen Drachen nachstellte und sie tötete. Dass Drachen schlau waren, hatte sie schon immer gewusst, niemand im Officium widersprach dem. Doch dass es Bünde unter ihnen gab, dass sie Pläne wie Heerführer und Verschwörer schmiedeten, kam für sie doch sehr überraschend. Sie versuchte sich vorzustellen, wie solche Absprachen verliefen, worüber gesprochen wurde – und hatte plötzlich die Ahnung, dass die Menschen dabei ebenso Bestandteil der Abmachungen waren wie Landstriche oder Tiere.

Du wärst noch überraschter, wenn du die ganze Wahrheit kennen würdest, sagte der Drache und lachte zufrieden. *Ich bin dem Schwarzen gefolgt, weil ich Veränderung mag. Ihr seht, dass ich mit Vergnügen die Annehmlichkeiten des Fortschritts nutze. Die Macht lag viel zu lange in den Klauen der Altvorderen. Es gibt genügend von uns Jungen, die ihn dabei unterstützen. Aber einen Krieg, den darf es niemals geben. Nicht gegen den Osten und seine Drachen.*

»Jetzt verstehe ich meine Vision«, murmelte Grigorij. »Der Ostdrache, den ich gesehen habe. Das war das Zeichen auf den bevorstehenden Krieg. Alles fügt sich.«

»Wisst Ihr, wie ein solcher Krieg vonstatten gehen soll?«, fragte Arsènie.

Er wird den Weltenstein benutzen und die Alte Welt ins Verderben führen. Das sagte er zu mir, als er mich verließ. Ich sollte mich bereithalten und seinem Ruf folgen, sobald ich ihn vernähme. Und er wäre unüberhörbar.

»Ihr handelt nicht aus reiner Freundlichkeit oder Mitleid gegenüber den anderen Drachen. Was sind Eure Beweggründe?« Onslow trank von seinem Tee.

Gessler schnaubte, weiße Wölkchen schossen aus den Nasenlöchern. *Ein Krieg unseres Volkes gegen die Asiaten würde Europa vernichten. Ich weiß, dass die Menschen keinerlei Vorstellung davon haben, wie es ist, wenn Drachenarmeen in den Krieg ziehen. Der schwarze Drache plant einen Anschlag, eine Tat von solcher Grausamkeit, dass die asiatischen Drachen in Schwärmen über Europa hereinfallen und alles in Schutt und Asche legen werden, um sich zu rächen.*

»Du vergisst das Officium, Teufel. Unsere Streiter …«

Du armes, unwissendes Ding. Er blickte Silena in die Augen. *Gegen solche Gegner besteht keiner eurer Krieger. Nicht einmal, wenn sie sich zu einer Armee zusammenschlössen. Ihr kennt nur die harmloseren Exemplare meines Volkes, doch die Altvorderen verspeisen ein Heer aus Drachenheiligen, ohne sich dabei anstrengen zu müssen. Das Feuer, das sie speien, reicht weit und schmilzt Stahl innerhalb von Sekunden, die Flügelschläge erschaffen Stürme, die alles Menschliche davonwirbeln.*

Silena dachte, dass es im Grunde das Beste wäre, wenn sich die Drachen gegenseitig ausrotteten.

Du täuschst dich, Drachentöterin. Europa gehört den Altvorderen, und das wissen die Asiaten. Somit betrachten sie euch als deren Vasallen, die sie rücksichtslos angreifen und vernichten werden.

»Ich verstehe nicht.« Arsènie leerte das Glas mit Absinth. »Was bedeutet das, ›Europa gehört den Altvorderen‹?«

Ihr Menschen denkt, dass ihr eure Geschicke selbst lenkt und leitet, aber dem ist nicht so. Die Ältesten und Mächtigsten von uns sitzen im Hintergrund, ziehen bei vielen Ereignissen die Fäden und lassen euch im Glauben, die Herrscher zu sein. Er ließ ein leises Grollen erklingen. *Die Mächte des Feuers haben schon immer die Welt aufgeteilt und regiert. Zunächst taten wir es offen, dann im Verborgenen. Uns sind viele Möglichkeiten gegeben, Einfluss zu nehmen.*

»Jetzt wird es uns zum Verhängnis.« Grigorij erbleichte. »Meine Vision hatte Recht. Der Weltenstein …« Er sah Gessler an. »Was hat es mit ihm auf sich? Wohin ist der Drache mit ihm geflogen?«

Ich weiß, dass es ein mächtiges Artefakt ist, dessen Macht allerdings erst erweckt werden muss. Dafür ist es notwendig, sich damit auf einen bestimmten …

»… Berg zu begeben«, sprach Grigorij weiter, er schloss die Augen und entsann sich an die Bilder. »Ich kenne ihn aus meiner Vision. Er ist groß und karg, und an seinen Hängen steht … Es sieht aus … wie eine gewaltige Burg, und die Sonne spiegelt sich daran.«

Leider weiß ich nicht, wo genau sich der Ort befindet. Er erwähnte Frankreich.

Silena drehte sich zu Arsènie. »Jetzt sind Sie an der Reihe, Madame.«

Sie lachte auf. »Sie machen mir Spaß! Ein Berg und eine Burg oder ein Schloss – haben Sie eine ungefähre Vorstellung, wie viele Schlösser und Burgen es allein entlang der Loire gibt?«

»Wenn Sie mich so fragen, schätze ich, dass es ziemlich viele sind.« Silena atmete lange aus. »Andererseits ist der Fünfender nicht zu übersehen. Sollte er auftauchen, wird er sofort bemerkt werden.«

»Und wieso hat dann niemand in Innsbruck Alarm geschlagen?«, warf Arsènie ein. »Ich meine, die Stadt liegt mitten zwischen den Bergen. So oder so hätte man ihn beim Anflug sehen müssen, aber hat einer von Ihnen in der Stadt auch nur einen Hinweis auf eine Drachensichtung vernommen? Keine einzige Warnsirene erklang. Nach dem Vorfall in Edinburgh hätten die Zeitungen sofort über sein Kommen berichtet.«

»Es gibt vermutlich einen geheimen Zugang in den Bergen in diesen Tunnel«, meinte Silena.

Keinen, der für einen Flugdrachen geeignet wäre, lehnte Gessler ab. *Ich habe mir keine Gedanken darüber gemacht, wie er unbemerkt zu mir gelangt ist. Ich hatte eher angenommen, dass er sich den Menschen offen gezeigt hat, weil es ihm ziemlich egal ist, welche Reaktion sein Erscheinen auslöst. Wie rücksichtslos er ist, hat sich spätestens mit Edinburghs Vernichtung erwiesen.* Er hob den Schädel. *Ich kehre bald wieder zu euch zurück. Bis dahin rührt euch nicht von der Stelle und wagt es nicht, irgendetwas von meinen Schätzen anzufassen. Ich trenne euch das Glied ab, mit dem ihr es berührt habt.* Er kroch vom Bett und glitt auf einen anderen Ausgang zu, der sich vor ihm von selbst öffnete. Silena erkannte eine Kontaktleiste im Boden, über die der Drache gerutscht war. Noch eine von den elektrischen Spielereien.

Grigorij stand sofort auf, legte die Hände auf den Rücken und wanderte durch den Raum. »Das ist unglaublich«, rief er aufgeregt. »Nein, das ist ... unvorstellbar!«

»Was genau meinen Sie, lieber Fürst?«, erkundigte sich Arsènie und erhob sich ebenfalls, schlenderte zu den goldenen Sarkophagen. »Welch einen Reichtum dieser Drache besitzt«, sagte sie ehrfürchtig und begehrend zugleich, hob die Hand und schreckte davor zurück, über das Gold zu streichen. »Woher hat er das?«

»Sollten Sie sich nicht lieber Gedanken über das machen, was uns Gessler erzählt hat?« Grigorij blieb stehen und schaute sie verwundert an. »Madame, Sie bleiben ein Rätsel für mich.«

Sie blickte über die Schulter und lächelte ihm zu. »Das ist gut so, mein Lieber.«

Onslow goss sich Tee nach. »Was denken Sie, Großmeisterin: Wie viel von dem, was wir eben gehört haben, können wir überhaupt glauben? Sie kennen Drachen besser als wir.«

Silena seufzte. »Für mich ist das alles so neu wie für Sie, Mister Skelton«, räumte sie ein. »Die Sache mit dem Krieg wird stimmen, was die Furcht des Drachen erklärt. Alles andere«, sie wiegte den Kopf hin und her, »klingt – wie der Fürst bereits sagte – unvorstellbar.« Sie deutete auf seine Tasche. »Haben Sie darin noch die Bilder von den gestohlenen Gegenständen?«

»Ja.« Er bückte sich, um den Ordner herauszuholen. »Denken Sie, ich sollte mich hier näher umschauen, ob ich etwas finde, was einem britischen Museum gehört?«

»Das ist ein ungewöhnlicher Hort. Ich denke, dass sich der Drache die Kostbarkeiten direkt in Ägypten hat ausgraben und hierher schaffen lassen.« Arsènie rang mit sich. Man sah ihr an, dass sie den Sarkophag nur zu gern berühren würde. »Ich kenne kein Museum, das sich jemals brüsten konnte, derartige Ausstellungsstücke sein Eigen nennen zu dürfen.«

»Achten Sie auf Ihre Finger, Madame«, warnte Onslow sie und reichte Silena die Unterlagen.

»Danke für Ihre Sorge, lieber Onslow«, rief sie – und berührte das Gold mit sanfter Leidenschaft. »Aber Gessler ist nicht hier, also kann er mich nicht überführen.«

»Drachen riechen sehr gut, Madame Sàtra. Er ist in der Lage, Ihren Geruch auf dem Sarkophag zu entdecken«, merkte Silena beiläufig an. »Verabschieden Sie sich von Ihrer Hand.«

Die Französin fluchte und zog den Arm hastig zurück. Dann setzte sie an, die Stelle, an der sie das Gold angefasst hatte, mit dem Ärmel zu polieren.

»Keine gute Idee, Madame. Es wird den Geruch nur besser verteilen.« Silena blätterte weiter, bis sie die Abbildungen des Weltensteins gefunden hatte.

Wütend warf Arsènie ihr durchdringende Blicke zu. »Sie hätten mich vorher warnen können«, zischte sie.

»Hatte das nicht schon der Drache getan?«, retournierte sie süffisant und grinste. Sie freute sich über die Bredouille des Mediums. Eingehend betrachtete sie die Fotografien des Artefakts, die es aus verschiedenen Perspektiven zeigten. Die Aufnahme, auf der Europa abgebildet war, interessierte sie am meisten. Vielleicht fand sich dort ein Hinweis, wo genau der Ort lag, an dem der Weltenstein seine gesamte Macht entfaltete.

Und tatsächlich dachte sie, vor der Kanalküste Frankreichs einen Strich entdeckt zu haben. »Madame Sàtra, kommen Sie bitte zu mir.«

»Was gibt es denn?«

»Ich brauche Ihre Hilfe. Ich denke, dass ich etwas gefunden habe.«

Arsènie und Grigorij stellten sich hinter sie, und auch Onslow verdrehte den Kopf, um etwas erkennen zu können.

Silena tippte auf den Strich. »Es kann sein, dass es nichts weiter als eine Unaufmerksamkeit des Erschaffers des Weltensteins oder eine Beschädigung anstelle eines Hinweises ist, aber kennen Sie zufällig eine Burg, die im Meer liegt? An diesem Ort?«

Sie betrachtete die Stelle eingehend. »Schwierig. Die Aufnahme ist nicht gut, und die Gravuren sind verschwommen … Mont-Saint-Michel.«

»Saint Michael's Mount«, sagte Onslow gleichzeitig.

»Was?« Grigorij schaute zwischen ihr und dem Briten hin und her. »Meinen Sie beide das Gleiche?«

Arsènie rückte noch näher an das Bild heran. »Nein, wir meinen verschiedene Dinge. Es gibt auf der französischen Seite ein burgähnliches Kloster, den Mont-Saint-Michel. Er stammt aus dem zehnten Jahrhundert und ist wunderschön. Es ist nur über einen schmalen Damm zu erreichen, ansonsten liegt der Berg mitten im Meer.« Sie schaute zu Grigorij. »Man kann ihn durchaus mit einer Burg verwechseln, mein Lieber.«

»Allerdings gibt es auch auf der englischen Seite ein ähnliches Bauwerk, den Saint Michael's Mount«, ergänzte Onslow. »Ich glaube, er ist als Gegenstück von irgendeinem englischen König erbaut worden. Und auch diese Anlage gleicht einer Burg.«

»Verdammt!« Silena starrte auf den Strich. Über etwas mehr Eindeutigkeit hätte sie sich sehr gefreut. »Jetzt haben wir zwei Möglichkeiten.«

»Dann schlage ich vor, dass wir beide Orte untersuchen.« Onslow sah in die Runde. »Ich examiniere zusammen mit Fürst Zadornov das englische Bauwerk, und unsere beiden Damen reisen nach Frankreich.«

»Gut. Wir geben dem Officium in München telefonisch Bescheid, welche Erkenntnisse wir vor Ort gesammelt haben«, legte Silena das weitere Vorgehen fest.

»Wenn es Ihnen nichts ausmacht, Großmeisterin, ziehe ich die Begleitung von Mister Skelton vor. Außerdem wollte ich schon immer nach England. Und zufälligerweise weiß ich, dass der liebe Grigorij hervorragend Französisch spricht.«

»Einverstanden«, stimmte Silena sofort zu. Ihr stand nicht der Sinn danach, eine längere Zeit alleine mit Madame Sàtra zu verbringen; da bedeutete der Russe das wesentlich kleinere Übel. Insgeheim freute sie sich sogar aus einem unerfindlichen Grund, dass es einen Bruch zwischen dem Medium und dem Hellseher gab. Skelton würde sich nicht von Arsènie aus der Ruhe bringen und sie keinesfalls mit dem Stein entkommen lassen.« »Ich werde die Niederlassung des Officiums in Innsbruck aufsuchen, einen Bericht abliefern und meine Verletzung versorgen lassen.«

»Zu schade, dass sich die Theben auf der Jagd nach der Cadmos befindet. Mit ihr wären wir rasch an unsere Einsatzorte gelangt.« Onslow kniff die Mundwinkel zusammen. »Mit dem Zug wird es lange dauern.«

»Keine Sorge, lieber Onslow. Ich kenne einen schnelleren Weg. Unsere Drachentöterin ist nicht die Einzige, die sich aufs Fliegen versteht.« Arsènie zwinkerte ihm zu.

»Dann hoffe ich sehr, dass Sie einhändig fliegen können«, konnte sich Silena die Bemerkung nicht verkneifen. »Kommen Sie, Fürst. Ich habe keine Lust zu warten, bis uns der Drache erlaubt zu gehen.« Sie gab Onslow den Ordner zurück und erhob sich, marschierte auf den Ausgang zu.

Grigorij folgte ihr, drehte sich auf der Schwelle um und zog den Hut vor den beiden, die sie zurückließen. »Wir sehen uns wieder, Madame, Sir«, verabschiedete er sich. »Halten Sie sich für das große Finale bereit.« Er setzte den Zylinder wieder auf und eilte hinaus; leise surrend schloss sich der Eingang.

Onslow verstaute den Ordner in seiner Tasche, nahm Tasse und Unterteller zur Hand und nippte daran.

»Dann sind wir ein Team, lieber Onslow«, meinte Arsènie und legte einen Schmelz in die Worte, der den Briten aufhorchen ließ. »Haben Sie wirklich vor, den Stein Ihrer Versicherung zurückzubringen?« Sie schenkte ihm einen tiefen Blick aus ihren rötlichen Augen und kam näher.

»Ich weiß, was Sie versuchen werden, Madame«, entgegnete er überlegen. »Sie werden bei mir kein Glück haben. Ich bin sehr loyal meinem Arbeitgeber gegenüber. Darf ich Sie daran erinnern, dass ich Sie bezahle?«

»Was bringt Ihnen Ihre Loyalität, Onslow, wenn Sie durch Ihren Arbeitgeber in solch große Schwierigkeiten geraten?« Sie setzte sich neben ihn, stützte den Kopf auf die Hand und sah ihn an wie eine Katze die Maus. »Sie wissen doch, über welche Kräfte ich verfüge, mein Lieber. Aber es wäre doch viel schöner, wenn wir uns im Vorfeld unseres Abenteuers einigen können. Stellen Sie sich vor, wie viel Geld und Macht man mit dem Weltenstein erlangen kann.«

»Er gehört dem Museum, Madame Sàtra!«, empörte sich Skelton. »Jeder weitere Vorschlag ist nicht akzeptabel, und es wird mir sehr schwer fallen, Ihre Worte zu vergessen. Ich hätte Ihnen zu gerne vertraut.«

»Vertrauen ist eine schöne Sache. Ich habe davon gehört. Aber nicht jeder bekommt es geschenkt.« Sie starrte ihn an und dachte dabei an Zadornov. Es war ihre Bemerkung über die Demonstranten gewesen, die ihr seine Ablehnung eingebracht hatte. Arsènie verstand einfach nicht, wie man so empfindlich sein konnte. »Onslow, überlegen Sie, auf welcher Seite Sie sein möchten: mit mir bei den Gewinnern – oder bei den anderen.«

Er stellte die Tasse ab. »Madame Sàtra! Ihr unmoralisches Angebot enttäuscht mich schwer. Ich dachte, ich ...«

Das Tor öffnete sich sirrend, und beide wirbelten herum.

Arsènie hatte bei allen Überzeugungsversuchen vollkommen vergessen, was der Drache denjenigen angedroht hatte, die seine Schätze berührten. »Lieber Onslow, Sie werden mir doch beistehen?«, säuselte sie flehend und wich einen Schritt zurück, sodass er schützend vor ihr stand.

»Ach, auf einmal brauchen Sie mich doch wieder, Madame?« Er trat herausfordernd zur Seite. »Ich sage Ihnen eines: Retten Sie sich selbst. Sie haben doch eben so sehr darauf hingewiesen, welch einzigartigen Kräfte Sie besitzen. Ich werde sehr genau beobachten, wie sie gegen Gessler zum Einsatz kommen.«

»Ich dachte, wir sind ein Team, Onslow?«

Er schaute zum Eingang – und stutzte. »Nanu? Ein neuer Gast?«

Sie folgte seinem Blick und sah auf einen äußerst attraktiven, glattrasierten Mann in ihrem Alter, der einen eleganten Anzug trug und durch den Eingang in den Raum schlenderte, als befände er sich auf einer Besichtigungstour.

In der Linken trug er einen großen Koffer, den er gleich neben der Tür abstellte. Er erinnerte sie an einen Athleten, die dunkelbraunen Augen erfassten scheinbar jede Kleinigkeit. Ein Homburger saß auf den nackenlangen dunkelblonden Haaren, und sie glaubte, eine schwarze Strähne auf der linken Seite zu erkennen.

Er tippte sich an den Hutrand. »Guten Tag, Mylady und Gentleman. Habe ich endlich die Ehre mit Madame Sàtra und Mister Onslow Skelton?«

»In der Tat, Sir. Mit wem haben wir das Vergnügen?«, erwiderte der Detektiv überrascht.

Der Mann verneigte sich, trat näher und gab Arsènie einen formvollendeten Handkuss auf die Rechte. Sie sah lange, gepflegte Fingernägel. »Mein Name ist Mandrake.« Er lächelte sie an, und sie erwiderte das Lächeln. Es ging einfach nicht anders. »Eris Mandrake.«

Sie war gebannt von den dunklen Augen des Mannes. Daher traf sie der brutale Schlag, den er ihr ins Gesicht versetzte, völlig überraschend.

XVI.

»Man hört so einiges von den Großmeistern, vom Luxus, mit dem sie sich umgeben, von unbezahlten Rechnungen. Doch ich habe sie nur als Gentlemen und Ladies kennen gelernt, die zum einen höflich und zum anderen korrekt gegenüber anderen gewesen sind. Es sind mir meine liebsten Gäste, und ich hoffe, ich darf noch sehr viele von ihnen begrüßen.«

Sir Gerald Middway, Hotelier

22. Januar 1925, Innsbruck (Zisleithanien),
Kaiserreich Österreich-Ungarn

Grigorij und Silena marschierten durch den Tunnel und nahmen den gleichen Weg wie beim Hereinkommen. Schweigend gingen sie nebeneinanderher, bis Silena erneut wankte und strauchelte.

Grigorij stützte sie. »Das rührt vom Blutverlust her, Großmeisterin. Ich kenne das. Sie werden sich aber nicht in diesem Zustand in die Kanzel eines Flugzeugs setzen?«

»Doch. Dort muss ich wenigstens nicht laufen«, meinte sie und war froh über den Beistand. »Verlassen wir diesen Tunnel erst einmal.«

Sie erreichten die Stelle, an der sie nach unten gefallen waren.

Silena setzte sich ächzend auf den Boden, während Grigorij den Ausstieg erklomm. Er stellte sich recht geschickt an und fand bald ein Kabel. »Mal schauen, was passiert, wenn ich damit ein wenig herumspiele«, rief er zu ihr hinab.

»Seien Sie vorsichtig.«

»Sie haben Angst um mich, Großmeisterin? Das schmeichelt mir direkt.« Er nahm ein Messer aus der Tasche und versuchte, das Kabel zu durchtrennen. Plötzlich gab es einen hellen Blitz, es knisterte, und er fiel schreiend neben ihr auf den Stein. »Verflucht, das tat weh«, beschwerte er sich und massierte seine rechte Hand. »Es kribbelt, als wäre sie voller Ameisen.«

Silena blickte hinauf. »Aber Sie haben immerhin die Falltür geöffnet, Fürst.« Sie stand auf. »Gehen wir, bevor sie wieder zuschnappt.«

Mit seiner Hilfe gelang es ihr, die vielen Meter nach oben zu klettern und sich aus dem Loch zu schieben. Grigorij schwang sich gleich darauf ebenfalls in die Freiheit. Sie hatten den Keller der Hofburg erreicht.

»Halten Sie es wirklich für einen guten Einfall, Arsènie mit unserem Gentleman auf die Reise zu schicken?«, gab er zu bedenken und half ihr beim Aufstehen. Sie schlichen durch das Gewölbe, betraten die Herrengasse und eilten sogleich zum Officium.

»Ich hätte mir bei Ihnen mehr Gedanken gemacht, Fürst.«

»Bei mir?«

Sie überquerten den Platz, der einsam und verlassen vor ihnen lag. Arbeiter waren damit beschäftigt, die letzten Toten oder Verwundeten einzusammeln und auf einen Wagen zu werfen. Außerdem hatte man einen improvisierten Scheiterhaufen errichtet, auf dem die Plakate der Demonstranten verbrannt wurden. Der Kaiser hatte auch diese Kundgebung auflösen lassen wie so viele vorher. Es brachte wohl wieder Ruhe nach Innsbruck, aber keinen Frieden. Die Ausbesserungsarbeiten am Goldenen Dachl liefen bereits.

»Sie sind empfänglich für die Reize einer Frau, und vor allem einer Frau wie Madame Sàtra könnten Sie nicht widerstehen.«

Grigorij lachte. »Wer sagt Ihnen, dass das nicht schon längst geschehen ist?«

»Und wenn es so wäre: Wer versichert mir, dass es nicht noch einmal geschieht?«, gab sie zurück. »Es ist nicht böse gemeint, Fürst. Aber Mister Skelton ist ein Gentleman, ein Versicherungsdetektiv. Und ein Brite.«

»Ja, ja, ich verstehe, Großmeisterin.« Er wurde etwas ernster. »Es ist mir ganz recht, dass ich nicht mit ihr reisen muss. Ich habe mich doch einigermaßen in ihr getäuscht. Sie ist ziemlich berechnend und … nun, grausam wäre der falsche Ausdruck.«

»Herzlos.« Silena sah Grigorij an. Er wurde ihr noch sympathischer, was sie wiederum gar nicht gut fand. Nach der Enttäuschung mit Eris wollte sie nicht gleich an die nächste geraten. Dazu war er alles andere als erwachsen, wie sie fand, und mindestens sechs Jahre jünger als sie. »Ja, es ist mir nicht entgangen, dass Ihre Begeisterung für die Französin abkühlte.« Sie erinnerte sich an die kurzen belauschten Worte zwischen ihm und Sàtra. »Was ist das eigentlich für eine Wette zwischen Ihnen und der Madame?«

»Ich weiß nicht, wovon Sie sprechen.«

»Seien Sie ehrlich zu mir, Fürst. Ich habe deutlich vernommen, dass Sie sich mit ihr darüber unterhielten. Es geht dabei um mich – aber was genau hat es zu bedeuten?«

»Ach ja, es fällt mir wieder ein.« Er drückte sich unvermittelt in einen Hauseingang und zog sie am Ärmel mit sich. Zuerst dachte sie, es sei ein tollpatschiger Versuch, sie zu küssen. Silena hielt sich bereit, ihm eine Ohrfeige zu verpassen.

Aber eine berittene Patrouille erschien, das Klappern der Hufe war durch den frisch gefallenen Schnee gedämpft worden; die Husaren ritten an ihnen vorbei, ohne dass sie bemerkt wurden.

Silena musterte den Russen. »Woher wussten Sie das?«

Er grinste und ließ sie los. »Nennen Sie es Vorahnung. Gelegentlich habe ich so etwas. Es wird mit meiner Gabe der Hellseherei in Verbindung stehen.«

»Von wem haben Sie diese Gabe erhalten?«

»Von Gott, Großmeisterin.« Er lugte um die Ecke und sah keine Gefahren mehr. »Wie Sie.« Er trat zurück auf die Straße und bedeutete ihr nachzukommen.

»Gott?« Sie humpelte los. »Rasputin war zwar ein Mönch, aber benommen hat er sich nicht so, wenn es stimmt, was man über ihn hört. Er hatte wohl eher etwas Dämonisches.«

»Aha, Sie kennen die Gerüchte über mich und meine Herkunft.« Er grinste. »Und ich werde den Teufel tun, zu widersprechen. Ein solcher Ruf ist gelegentlich von Vorteil.« Sie näherten sich dem Officium. »Aber da wir gerade bei unserer Herkunft sind: Bekomme ich jetzt eine Antwort?«

»Auf welche Frage?«

»Wie Ihre Kindheit oder zumindest die Ausbildung verlaufen ist. Ich bin sehr neugierig.«

Sie seufzte. »Ich kam als jüngstes Kind zur Welt und hatte zwei Brüder, wie Sie wissen. Das Erbe des heiligen Georg ist von meinem Vater an uns weitergegeben worden. Meinen Unterricht erhielt ich sowohl von meinen Eltern als auch vom Officium, und meine Lehrer entdeckten sehr früh, dass ich mich fürs Fliegen interessierte. Nach den ersten Flugstunden entschied das Officium, den Kampf gegen die Drachen fortan auch in der Luft fortzusetzen. Allerdings erwiesen sich nur die Nachfahren des heiligen Georg als lufttauglich. Zwei andere Heiligenlinien erlitten enorme Verluste und zogen sich zurück, um erst wieder für Nachwuchs zu sorgen.«

Sie bemerkte, dass er sie anschaute. »Wäre es nicht an Ihnen, ebenfalls Kinder zu bekommen, Großmeisterin?«

Silena blieb stehen. »Sie klingen wie der Erzbischof, Fürst. Und zudem finde ich die Frage alles andere als schicklich.«

»Verzeihen Sie mir. Ich sollte meine Gedanken besser für mich behalten. Fahren Sie fort, wenn Sie möchten.«

»Es gibt nichts mehr fortzufahren.« Sie hinkte weiter und biss die Zähne zusammen. Die Wunde pochte und brannte, es wurde Zeit für eine richtige Behandlung.

»Aber ich dachte, ich höre ein paar Besonderheiten über das Leben einer Drachentöterin.« Er bot ihr wieder den Arm an, aber dieses Mal lehnte sie ab. Bis zum Officium war es nicht mehr weit. »Ich meine, wie ist es, gegen einen Drachen ins Feld zu ziehen? Beginnen Sie dann zu leuchten, wenn das Heilige Sie durchfährt? Wie äußert sich das?«

Sie lachte. »Ah, Sie denken, dass himmlische Chöre erschallen, wenn ich meine Maschine im Sturzflug nach unten jage und auf einen der Teufel einschwenke?« Sie kicherte immer noch. »Eine lustige Vorstellung. Nein, das geschieht nicht. Etwas durchströmt mich, das mag sein. Es ist aber vielmehr das Jagdfieber, schätze ich.«

»Na, es muss schon etwas an Ihnen sein. Sonst könnte Ihre Aufgabe jeder einigermaßen exzellente Jagdpilot im Kaiserreich übernehmen. Nur an der Maschine kann es nicht liegen.« Sie hatten den Eingang des Officiums erreicht, und Grigorij ging voraus, um ihr die Tür aufzuhalten.

»Sie werden es bald selbst einschätzen können. Wir nehmen eines unserer Flugzeuge, um zum Mont-Saint-Michel zu kommen. Einen schnelleren Weg wird es kaum geben.« Sie nickte und schritt an ihm vorbei, um die Amtsstube zu betreten.

Ein Sekretär saß hinter einem zu niedrigen Schreibtisch, um ihn herum lagen drei Verletzte, zwei Männer und eine Frau, die ver-

schiedene Wunden am Kopf, im Gesicht und am Oberkörper trugen. Er selbst fädelte einen Faden in eine Nadel und sah erschrocken auf.
»Großmeisterin! Ich ...«

Silena erfasste die Lage mit einem Blick. Einige Demonstranten hatten sich hierher geflüchtet und sich vor den Husaren des Kaisers verborgen. »Wenn Sie mit ihnen fertig sind, kommen Sie rüber ins Nebenzimmer«, befahl sie ihm ohne einen Vorwurf in der Stimme und ging voraus. »Bei mir gibt es auch etwas zu tun.«

**22. Januar 1925, Innsbruck (Zisleithanien),
Kaiserreich Österreich-Ungarn**
Arsènie war zum ersten Mal in ihrem Leben als erwachsene Frau geschlagen worden. Und dazu noch von einem Mann, und genau das waren seltsamerweise ihre Gedanken, während sie rücklings fiel und glücklicherweise auf dem weichen Drachenbett landete.

Erst dann kam der Schmerz mit voller Wucht. Sterne tanzten vor ihren Augen, sie schmeckte Blut im Mund und spürte es über die aufgesprungene Unterlippe das Kinn entlangrinnen; empört richtete sie sich auf und stützte sich auf die Ellbogen. Die Benommenheit lähmte sie.

»Hilfe!«, schrie Arsènie und sah durch den Schleier der Halbohnmacht, wie der Mann den perplexen Onslow Skelton einhändig am Kragen packte, ihn auf die Teppiche schleuderte und ihm mit einem Tritt in den Nacken das Genick brach; das Knirschen bescherte ihr Übelkeit.

Dann wandte er sich ihr zu, auf dem männlich-markanten Gesicht stand ein gleichgültiges Lächeln. Er leckte das Blut, das an seinen Knöcheln haftete, genießerisch ab. »Madame Sàtra, Sie schmecken ausgezeichnet, wenn ich mir diese Bemerkung erlauben darf.«

Sie rutschte nach hinten über das Bett, weg von dem Mann. »Bleiben Sie mir vom Leib, Sie Irrer!«

»Mein Name ist Mandrake, Madame Sàtra. So schwer ist es nicht, ihn zu behalten, also haben Sie die Güte und merken Sie sich ihn«, sagte er tadelnd in reinstem Oxfordenglisch. Im Vorbeigehen nahm er die Teekanne auf, wog sie abschätzend in der Hand. »Schreien Sie bitte nicht, oder ich sehe mich gezwungen, Sie zum Schweigen zu bringen.«

Arsènie hatte das andere Ende der Schlafstätte erreicht und fünf Meter zwischen sich und den Mann gebracht. Sie sah wieder klarer. Es musste genügen, um ihre Kräfte zu mobilisieren. »Ich weiß nicht, wer Sie sind …«

»Oh, hat Großmeisterin Silena nichts über mich erzählt? Wie bedauerlich. Wir standen in losem Kontakt.« Eris betrachtete sie aufmerksam. »Wo ist sie, und wo ist der Russe?«

»Nicht hier.« Arsènie hob die Arme, um Mandrake mit Ektoplasmastößen zu versehen.

»Lassen Sie das, Madame.« Eris machte einen Schritt zur Seite und schleuderte die Teekanne nach ihr.

Das Geschoss flog zu schnell, es gab keine Gelegenheit für eine Abwehr. Die weißen Energiebahnen verfehlten sowohl den Mann als auch das Behältnis. Die Kanne traf sie gegen den Kopf und zerbarst, und der heiße Tee überschüttete ihr Gesicht, ihre Arme und ihr Dekolleté.

Aufschreiend stürzte Arsènie mit dem Oberkörper vom Bett und kam halb auf dem Boden zum Liegen.

Jemand griff ihr ins Haar und zerrte sie auf die Beine. Sie folgte den kräftigen Bewegungen willenlos, war nicht in der Lage, sich dagegen zu erwehren.

»Madame, wohin ist Silena unterwegs?«, sagte Eris' Stimme neben ihr. »Was haben Sie und die anderen über den Weltenstein herausgefunden?«

»Von mir erfahren Sie nichts.« Sie hatte noch etwas hinzufügen wollen, aber schon flog sie durch die Luft und stürzte auf den Tisch, auf dem noch immer die Getränke standen. Sie schlitterte über die Platte und fiel auf der anderen Seite herab; um sie herum kullerten die Gläser und Flaschen. Durch die Schmerzen, die ihr die Verbrühungen bescherten, spürte sie die Schnittverletzungen an den Händen kaum mehr; sie wurden zu Nadelstichen. Arsènie hatte Wein in die Augen bekommen und sah nichts mehr, hörte aber, dass sich ihr Schritte näherten. »Nein, Gnade. Ich …«

»Gnade. Dieses Wort höre ich in letzter Zeit sehr oft, Madame.« Eris griff in die Ösen des Mieders und zog sie nach oben, legte ihren Oberköper über den Tisch. »Und es ist immer das letzte Wort derer, die es in den Mund nehmen.« Er drehte ihren Kopf auf die linke Seite, schüttete ihr die Reste des Wassers ins Gesicht. »Bei Ihnen mache ich eine Ausnahme.«

Arsènie blinzelte; sie hatte furchtbare Angst, die schrecklichste in ihrem Leben. Sie sah in die dunkelbraunen Augen und erkannte, dass dahinter etwas lauerte, das nichts mit einem Menschen gemein hatte. Sie wollte sprechen, doch ihre geschwollenen Lippen waren taub, sie stammelte lediglich.

»Denken Sie, dass Sie es auf diese Weise vermeiden, mir meine Antworten zu geben?« Er lächelte sie an. *Wir können uns auch auf diese Weise unterhalten, wenn Ihnen das lieber ist, Madame. Mit der Kraft der Gedanken.*

Sie erschrak, als sie die Stimme im Kopf vernahm. Eine Macht drang in ihren Verstand, glitt hinein und ergründete ihr Innerstes. So sehr sie sich auch konzentrierte, es gelang ihr nicht, das Forschen zu unterbinden.

Sie wollte sich aufbäumen, aber er presste ihr Gesicht auf den Tisch, hielt den Blickkontakt aufrecht. Unsichtbare Finger schoben sich langsam durch ihre Augäpfel, durch die Höhlen, mitten in das Gehirn. Es waren unglaubliche Schmerzen. Sie stöhnte und ächzte und rechnete damit, das Krachen zu vernehmen, mit dem ihre Schädeldecke zerplatzte.

Nein, Madame. Wir sind noch nicht fertig. Halten Sie still.

In ihrer Verzweiflung tat Arsènie das einzig Mögliche: Sie ging selbst zum Angriff über und tauchte in den Geist des Mannes ein.

Was sie dort an Bildern sah, ließ sie aufschreien. Drachen sammelten sich in Scharen über den Bergen und den Städten zu dichten Schwärmen; gleich darauf erkannte sie das Gesicht des Gargoyles, der sie aus dem Café hatte entführen wollen, und er trug ein Zepter in der Hand. Das Zepter des Marduk. Im nächsten Augenblick erschien eine Burg vor ihr …

Ein guter Schachzug. Wenn auch ein törichter. Eris schlug ihren Kopf einmal auf den Tisch, und Arsènie glitt in eine halbe Ohnmacht. Sie musste den Verstand des Mannes verlassen. *Damit ist*

Ihr Schicksal besiegelt, Madame. Ich weiß, was ich erfahren wollte, und ...

Hinter ihm öffnete sich das Tor, und der Drache schob sich in den Raum. Er züngelte aufgeregt, starrte auf das Durcheinander und anschließend auf den Unbekannten.

»Ich denke, wir kennen uns noch nicht.« Eris versetzte Arsènie einen Tritt; sie flog mit Schwung auf den Boden und blieb regungslos, aber schluchzend liegen; die roten Augen waren auf ihn gerichtet. »Mein Name ist Eris Mandrake.«

Ein Mahl, das sich selbst vorstellt. Wie höflich. Gessler wand sich vorwärts, und zwar mit einem ungeheuren Tempo, das Arsènie von einem Kriechdrachen niemals erwartet hätte. *Das kann nur ein Engländer sein.* Der Schwanz zuckte nach vorne und hielt genau auf Eris zu.

Sie hatte damit gerechnet, dass er auswich – doch Eris fing den schuppigen Schweif mit beiden Händen ab, als besäße das Wesen weder Gewicht noch Kraft. Die langen, spitzen Fingernägel bohrten sich durch die Schuppen, und heißes, schwarzes Drachenblut spritzte umher.

Aufkreischend rutschte Arsènie unter den Tisch, um sich vor der kochenden Flüssigkeit zu schützen.

Brüllend zog Gessler den Schwanz zurück, wobei ihm große Fleischbrocken herausgerissen wurden. Eris schleuderte sie achtlos von sich und kümmerte sich nicht um das Blut, das zischend und brodelnd an seinen Händen und Armen entlangrann. Es tat ihm nichts.

Dann verwandelte er sich unter den Augen des Drachen und des Mediums.

Der Hals dehnte sich und platzte auseinander, er wuchs in die Länge und erhielt schwarze Schuppen; weitere schwarzgeschuppte Hälse entstanden, an deren Enden Drachenschädel saßen. Der Kopf von Eris Mandrake verformte und wandelte sich ebenfalls. Die Kleidung riss wegen des anschwellenden Körpers aus den Nähten, Schwingen brachen auf dem Rücken durch die Haut. Innerhalb weniger Sekunden war aus dem Mann der gewaltige schwarze Drache geworden.

»Nein«, jammerte Arsènie und sah zur rettenden Tür, die sich hinter den beiden Ungeheuern befand.

Gorynytsch, du?! Gessler, das vordere Drittel des Leibs erhoben, wich zurück.

Ganz recht. Der schwarze Drache schüttelte die letzten menschlichen Hautreste von sich. *Ich bin zurückgekommen, weil ich mir dachte, dass du mich verraten würdest, sobald sich die Gelegenheit ergibt. Du warst schwach, und ich habe dir das durchgehen lassen.*

Ohne mich besäßest du den Weltenstein nicht, Gorynytsch! Es klang nach einem Flehen.

Das habe ich dir hoch angerechnet. Aber dein Verrat an mir, den anderen und unserer Sache wiegt schwerer. Jetzt wirst du deinen Lohn empfangen. Gelber Dampf stieg aus den Nüstern der Schädel. *Du hast zu viel über mich und meine Pläne verraten, und außerdem wäre es ein schlechtes Signal an alle Zauderer und Altvorderen, wenn ich Milde zeigte.* Er duckte sich, drei der fünf Mäuler öffneten sich, knurrten; Geifer troff auf die Teppiche. *Ich muss meinem Ruf gerecht werden.* Er sprang nach vorn, dabei spien zwei der Mäuler schwarzes Feuer.

Gessler glitt ebenso vorwärts. Er tauchte unter den finsteren Flammen hinweg, die das Bett in Brand steckten und die umstehenden Glasvitrinen zum Bersten brachten. Papyrusrollen vergingen zu nichts, und der Goldsarkophag verlor im vorderen Bereich seine Form; das Edelmetall war derart erhitzt worden, dass es wachsweich zerfloss.

Noch hast du nicht gegen mich gewonnen! Der Kriechdrache wand sich blitzschnell um Gorynytschs Leib und drückte nach der Art der Würgeschlangen zu, wrang den Atem aus ihm heraus.

Arsènie vernahm das Knistern der Schuppen und Krachen der dünneren Knochen des Flugdrachen.

Die fünf Häupter stießen ein gemeinsames Gebrüll aus, sodass sie sich die Finger in die Ohren stecken musste, um nicht das Gehör zu verlieren.

Der schwarze Drache ließ sich fallen und wälzte sich, die Mäuler schnappten nach Gesslers Kopf, der geschickt und rasch auswich, aber auch gleichzeitig in die Hälse biss. Wieder schwappte Blut auf den Boden, Dampfwölkchen stiegen auf, als die heiße Flüssigkeit den Teppich verbrannte.

Die Halle erbebte unter der Wucht, mit der sich die einstigen Verbündeten bekämpften, und die ersten Steine fielen aus der Gewölbedecke. Die Innsbrucker dachten sicherlich, ihre Stadt werde von einem Erdbeben erschüttert.

Arsènie kroch schwer atmend auf den Ausgang zu, der nun frei war. Sie ließ dabei die Drachen nicht aus den Augen, die mit titanischen Kräften rangen. Gessler stieß weiße Lohen aus seinem Schlund gegen Gorynytsch, die Flammen leckten über die Flügel und den Leib. Es stank nach verbranntem Horn, und Qualm kräuselte, der sich in den Rauch des brennenden Bettes mischte.

Die Tür öffnete sich, und sie rollte sich zur Seite hinter einen Sarkophag, damit die hereinstürmenden bewaffneten Bediensteten sie nicht sahen. Ausgestattet mit langen Spießen und hautbespannten Schilden, rannten sie herein, schrien und johlten, um den schwarzen Drachen von ihrem Herrn abzulenken.

Sie hatten die Drachen fast erreicht und hoben die Waffen, als sich zwei schwarze Köpfe zu ihnen wandten und sie mit den Flammen der Finsternis überschütteten. Die Männer vergingen in dem Feuer ebenso wie ihre Spieße und Schilde; klirrend fielen winzige Metallklümpchen auf den Boden. Mehr als Asche war von den mutigen Kriegern nicht geblieben.

Arsènie hatte den Ausgang erreicht. Sie zog sich am Türrahmen in die Höhe und wandte sich dem Kampfgeschehen zu.

Der weiße Drache war von zahlreichen Wunden übersät, die Hälfte seines Kopfes verbrannt. Seine Zähne hatten den Hälsen und der Brust des Gegners schwer zugesetzt, und Gorynytschs Angriffe hatten deutlich an Stärke verloren. Aber es zeichnete sich ab, dass Gessler verlor.

Mit einem lauten Grollen schnappten zwei Mäuler nach dem Kriechdrachen und bekamen die Kehle zu fassen. Ruckartig zogen sie in verschiedene Richtungen, und die Schuppen zersplitterten, während ein dritter Kopf in die ungeschützte Hautfalte fuhr. Die schwertlangen Reißzähne zerfetzten das Gewebe, und der weiße Drache brüllte ein letztes Mal laut auf.

Sein schlangenhafter, dicker Leib erschlaffte und fiel von Gorynytsch ab, der Kopf kippte nach hinten. Damit lag die Kehle vollkommen bloß, und diese Schwäche nutzte sein Feind aus. Dem gleichzeitigen Biss von fünf Drachenhäuptern hatte Gessler nichts entgegenzusetzen. Die vordere Partie seines Halses wurde mitsamt dem Kopf abgetrennt und zappelte madengleich auf den Teppichen herum; die toten Augen starrten dabei Arsènie an. Dann machte sich der schwarze Drache über ihn her und begann mit den ersten Bissen seines Siegermahls.

Arsènie schauderte und hinkte hinaus. Sie musste weg, bevor sich der Drache, der einst Eris Mandrake gewesen war, ihrer entsann und sie ihm als Nachspeise diente.

Gorynytsch kämpfte im Blutrausch. Er nahm nichts mehr richtig wahr, er schnappte nach allem, was nach Lebendigem roch, zerfleischte und schlang Gesslers Überreste gierig hinab, bis er sich überfressen hatte und eigentlich nichts mehr in seinen Magen passte.

Er kaute und schluckte, zermalmte und würgte, soff das heiße Blut und spülte damit Knochensplitter, die sich verfangen hatten, die Hälse hinab. Ihm wurde heißer und heißer, er glaubte zu platzen.

Das war der Augenblick, in dem er sich konzentrierte und den äußersten rechten der Hälse mit den Klauen umfing. Gorynytsch wusste, was ihn erwartete, und dass es jedes Mal schlimmer wurde. Nicht selten starb einer bei diesem Ritual, doch der Lohn machte die Gefahr wett.

Er schob die harten Deckschuppen nach oben und ritzte die Haut darunter ein. Ruckartig drehte er den Hals, die Wirbel brachen, und er riss sich ihn aus dem Leib. Sein kostbares Blut sprudelte aus dem klaffenden Loch.

Die Qualen, die durch seinen Verstand schossen, brachten ihn zu einem lauten Kreischen. Er warf sich auf den Boden und schlug mit dem Schweif um sich, zerstörte die gehorteten Kunstschätze und alles, was den Kampf zwischen ihm und Gessler überstanden hatte.

Noch mehr Hitze breitete sich in seinem Körper aus, sammelte sich in seiner Brust und wurde sengend wie Säure. Gorynytsch spürte, dass sich sein Brustkorb verschob, die Knochen sich dehnten und sein Rücken sich verbreiterte. Gleich darauf machte der Schmerz ihn auf sämtlichen Augen blind, er sah nichts mehr als Helligkeit, flatterte schwach mit den Schwingen – und lag still.

Es dauerte eine Weile, bis er das Bewusstsein wiedererlangt hatte. Er stand auf, faltete die Flügel und bewunderte sich trotz der

Schwäche, die in ihm steckte. Auf den zertrümmerten Resten eines auf Hochglanz polierten Sarkophags sah er sich und seine sechs Köpfe. Wenn er nicht genau wüsste, welchen Hals er herausgerissen hatte, damit zwei neue nachwuchsen, hätte er nicht einmal sagen können, welcher von dem halben Dutzend der frisch geborene war. Sie glichen sich bis ins Detail, und darauf war er sehr stolz. Er hatte auch schon andere Exemplare gesehen, die mit ihren vielen Köpfen wie willkürlich zusammengestellt wirkten. Kein Vergleich zu ihm. Nun trennte ihn nur noch ein zusätzliches Haupt von seinem Ziel.

Gorynytsch sah sich in dem zerstörten Saal um, die Blicke schweiften über die Leichname und Reste der Einrichtung. Hier stellten sich ihm keine weiteren Gegner mehr entgegen. Mit viel Beherrschung zwang er seinen Körper zu schrumpfen und ein menschliches Äußeres anzunehmen. Aus dem Drachen wurde der gut aussehende Eris Mandrake, der nackt im Chaos stand.

Leise pfeifend ging er zu seinem Koffer, der noch immer neben dem Eingang stand, öffnete ihn und zog nacheinander Unterwäsche, Socken, schwarze Hose, weißes Hemd und ein sportliches Sakko an; braune Stiefel und ein dicker Pelzwintermantel folgten, den Abschluss bildeten schwarze Handschuhe und ein modischer Hut.

Eris suchte in einem Nebenfach und zog einen Uniformknopf hervor, der einmal an Silenas Uniform gehört hatte. Sie hatte nicht gemerkt, wie er ihn am Abend im Coco Club vom Mantel gestohlen hatte. Außerdem nahm er einen Dolch aus Drachenbein, wie ihn die Drachentöter des Officiums gebrauchten, und schlenderte hinüber zum Leichnam des Versicherungsdetektivs.

»Jetzt kommen Sie ins Spiel, Mister Skelton«, sagte er leise lachend, bückte sich und rammte ihm das Messer bis zum Heft in den Rücken; danach drückte er den Knopf in dessen Finger. »Sie hätten der Großmeisterin nicht vertrauen dürfen.«

Im Gang erschallten laute Stimmen. Offenbar war man in der Hofburg auf einen Eingang in das Tunnelsystem gestoßen und erkundete es.

»Machen wir es noch ein bisschen theatralischer, Mister Skelton. Was meinen Sie?« Eris malte vor dem Toten mit Blut das Wort *Silena* auf den hellen Teppich. »Sehr schön gemacht, Sir. Im Todeskampf Ihre Mörderin denunziert.« Er erhob sich und sah zum zweiten Ausgang der Halle. »Mister Skelton, ich verlasse mich auf Sie. Sorgen Sie dafür, dass man die Großmeisterin wegen Mordes verhaftet. Ich hätte gern einen Vorsprung.« Dann schritt er hinaus.

Auf dem Weg nach draußen musste er aufstoßen, und der Geruch, der aus seiner Kehle nach oben drängte, war widerlich. Es schmeckte nach Horn. Menschen mundeten wesentlich besser und lagen nicht so schwer im Magen.

22. Januar 1925, Innsbruck (Zisleithanien), Kaiserreich Österreich-Ungarn

Armin Wagner, der Erste Sekretär der Niederlassung des Officium Draconis Austria, hatte die Wunde gesäubert, vernäht und legte Silena einen Verband über der Einstichstelle an. Er öffnete den Mund.

»Es ist unnötig zu sagen, dass ich mich schonen soll«, kam sie ihm zuvor und zog das Hemd wieder an. Es war ihr unangenehm, vor einem fremden Mann im seidenen Büstenhalter zu sitzen. »Leider nicht machbar.« Silena wandte sich ab, während sie die Knöpfe schloss. Sie mochte es nicht, ihre empfindliche weiche Haut zu zeigen, und beeilte sich, die raue Schale anzulegen.

Er wich ihrem Blick aus. »Großmeisterin, ich weiß, dass ich mich eines Vergehens schuldig gemacht habe. Wir haben die Neutralität zu wahren, ganz gleich, was sich in dem Land abspielt, in dem sich die Niederlassung des Officiums befindet.«

»Ich habe davon gehört, Herr Wagner«, sagte sie. »Aber mir ist nicht entgangen, mit welcher Härte die Husaren des Kaisers vorgingen.« Sie spürte ein Ziehen in der Seite und hielt die Luft an, wartete, bis der Schmerz vergangen war. Die Nähte zogen an den Wundrändern und zurrten sie wie ein Mieder zusammen. »Schon allein aus Rache an ihnen haben Sie meine Erlaubnis, die armen Schweine auch in Zukunft zusammenzuflicken.«

Er strahlte und verneigte sich. »Danke, Großmeisterin!«

»Aber«, sie friemelte den letzten Knopf ins Loch, »sollten Sie dabei erwischt werden, habe ich Ihnen diese Erlaubnis niemals erteilt.« Sie reichte ihm das Blatt, auf dem sie die Meldung an das Hauptquartier niedergeschrieben hatte. »Und Sie werden zu niemandem ein Wort über meine Unterwäsche verlieren, haben wir uns verstanden?«

»Sicher. Laut und deutlich, Großmeisterin.« Er legte ihr eine frische Uniform raus, damit sie nicht in ihre blutige, durchlöcherte schlüpfen musste, und half ihr beim Anziehen. Sie ließ die Hilfe zu. »Ich bin Ihnen zu Dank verpflichtet.«

»Nein, sind Sie nicht. Ich finde es eine Sauerei, was der Kaiser unternimmt, nur damit die Doppelmonarchie bestehen bleibt. Sehen Sie es als meinen Beitrag zur Revolution, die früher oder später losbrechen wird.« Sie biss die Zähne zusammen, zog den Ledermantel enger und behielt das Schwert in der Hand. »Sobald ich weg bin, setzen Sie den Erzbischof in Kenntnis, dass Innsbruck ein Drachennest ist. Meiden Sie die Herrengasse, bis die Drachentöter hier waren und die Tunnel unter der Stadt gesäubert haben.«

»Unter der Stadt?«

»Ganz recht. Ein Gangsystem für einen Wurmdrachen, der wohl schon etliche Dekaden hier haust.«

»Erstaunlich. Darüber wurde niemals etwas bekannt. Nicht einmal bei Bau- oder Ausschachtungsarbeiten ...«

»Der Kriechteufel wird gewusst haben, wie er sich und seine Bauten tarnt.« Silena nahm den Zettel und notierte *Drachenfreunde in Innsbruck?* darauf. Man wusste nie. »Halten Sie die Augen offen, Herr Wagner.«

»Das tue ich. Und was die Revolution im Kaiserreich angeht: Sie haben vermutlich Recht. Der Weltkrieg hat Kaiser Franz Joseph nur einen Aufschub gewährt.« Wagner seufzte. »Wir brauchten wieder eine Kaiserin Sissi. Oder zumindest müsste Erzherzogin Marie Valerie auf den Thron, dann gäben die Ungarn Ruhe. Aber Gott nimmt unseren Kaiser einfach nicht zu sich.«

Silena lächelte. »Sie sind ein echter Revoluzzer, Herr Wagner. Kein Wunder, dass Sie Demonstranten verarzten.« Sie ging langsam zur Tür und kehrte in das Büro des Sekretärs zurück, das mehr einem Lazarett glich.

Zu ihrem Erstaunen hatte Zadornov den Gehrock abgelegt, die Ärmel seines Hemdes nach oben gekrempelt und besserte die Verbände nach. Er machte es sehr geschickt.

»Das sind die Erfahrungen aus meinen Duellen, wissen Sie noch, Großmeisterin?«, sagte er und ließ die Wunde dabei nicht aus den Augen. »Ich erzählte Ihnen davon.« Er legte den Verband darüber, dann säuberte er sich die Hände am Waschbecken. »Wie kommen wir schleunigst nach ...«

»... an unser Ziel«, fiel sie ihm ins Wort. Niemand musste wissen, wohin sie reisten. Sie bemerkte, dass er schon wieder ihre Frage beantwortet hatte, obwohl sie kein Wort gesagt hatte.

»Genau. Die Theben ist auf dem Weg an die Nordsee.«

»Bleibt uns der Zug, um zurück nach München zu fahren.« Sie marschierte an ihm vorbei. »Nehmen Sie Ihre Sachen, wir müssen los. Ich ...«

Eine Erschütterung lief durch das Haus, die Gläser auf dem Tisch tanzten. Silena verlor das Gleichgewicht und wurde von Grigorij aufgefangen. Sie schaute nach oben, sah in die blauen Augen und dachte unerklärlicherweise an Eris. Die Szene erinnerte sie zu sehr an den Abend im Coco Club. Und den gestohlenen Kuss.

Der Russe lächelte sie an und stellte sie gerade hin, wie man es mit kleinen Kindern tat, die Laufen übten. »Hoppla, Großmeisterin. So stürmisch? Finden Sie mich doch anziehend?«, neckte er sie.

Entdeckte sie dieses Mal Unsicherheit in den Augen? »Wenn wir beide Magneten wären, Fürst«, sagte sie und öffnete die Tür, »würden wir uns abstoßen und uns nur über eine gewisse Distanz hin verstehen.« Silena sah auf die Straße. Vereinzelt lagen herabgefallene Schindeln auf dem Pflaster, leere Blumenkübel waren von den Simsen in die Tiefe gestürzt, doch ansonsten war nichts geschehen. »Ein Erdbeben?«

»Kann sein, Großmeisterin. Es wäre allerdings mehr als ungewöhnlich.« Wagner kam zu ihnen und warf ebenfalls einen sondierenden Blick ins Freie. »Oder eine große Lawine, die es bis nach unten geschafft hat.«

»Ist ja nichts geschehen.« Sie hob die Hand zum Gruß, der Fürst winkte eine Droschke herbei und öffnete ihr den Verschlag. »Geben Sie Acht auf sich und die *Akteneinlagen*«, sie betonte das Wort absichtlich, damit er merkte, dass sie die Verletzten meinte. »Nicht, dass sie zu Schaden kommen.«

»Nein, Großmeisterin. Vielen Dank für Ihre Hilfe.« Er warf dem

Fürsten einen Blick zu. »Und auch Ihnen, für das Sortieren, was ich nicht mehr geschafft habe. Was darf ich dem Officium von Ihnen ausrichten?«

Silena stieg mit Grigorijs Hilfe etwas ungelenk in die Droschke und fragte sich insgeheim, wie sie mit ihrer Beeinträchtigung schnelle, körperlich anstrengende Manöver fliegen sollte. »Dass wir in wenigen Stunden auf dem Flugfeld sind und eine Maschine für zwei Personen benötigen. Mehr muss man nicht wissen.« Sie ließ sich vorsichtig auf den Sitz sinken, und die Droschke fuhr an.

»Gottes Beistand!« Wagner winkte und verschwand im Officium.

Sie fuhren durch das wie leer gefegte Innsbruck. Die Husaren hatten ganze Arbeit geleistet und nicht nur die Demonstranten, sondern auch gleich die Einheimischen vertrieben. Gelegentlich sahen sie Menschen, die Ziegelscherben aufklaubten und vor ihrem Haus Ordnung schufen. Die Pferde wieherten und blieben weiterhin unruhig; anscheinend hatte das Beben noch nicht nachgelassen, und die Tiere spürten es besser.

»Ist es nicht sehr leichtsinnig von uns, Madame und Mister Skelton allein dem Drachen zu überlassen, Großmeisterin?«, meinte Grigorij nach zwei Querstraßen und wandte sich ihr zu.

»Haben Sie Angst, dass sie gefressen werden?« Sie drückte den Hut fester auf das Haar und schüttelte den Kopf. »Ich vertraue Gessler zwar nicht, doch er machte nicht den Eindruck, uns angreifen zu wollen. Das hätte er schon bei der ersten Begegnung mit Ihnen und Madame Sàtra tun können. Bevor ich durch die Falltür stürzte.«

»Stimmt.« Grigorij stieß mit dem Gehstock auf. »Darauf hätte ich selbst kommen können.« Er lachte leise, und es klang zweifelnd. »Wer hätte gedacht, dass ich einmal einen Drachen so nahe zu Gesicht bekomme, ohne dass ich gefressen werde oder in seinem Feuer vergehe? Nein, viel mehr noch. Er betrachtet uns als seine Verbündeten.«

»Nein, keine Verbündeten. Wir dienen aus seiner Sicht seinem Erhalt, denn der Krieg der Drachen würde auch ihn in Gefahr bringen.«

Der Fürst überlegte und tippte dabei mit dem Griff des Gehstocks gegen das Kinn.

Silena betrachtete ihn heimlich. Wenn er nicht gerade Drogen konsumierte und sich für den unwiderstehlichsten Mann der Erde hielt, konnte er wirklich nett sein. Sie fand es großartig, dass er der Französin die Meinung gesagt hatte, und dass er sich ohne zu zögern die Finger schmutzig machte und den Verwundeten half, rechnete sie ihm hoch an. Vielleicht sollte er sich öfter rasieren? Oder rührte die Sympathie daher, weil er sie ein wenig an Demetrius erinnerte?

»Wissen Sie«, sagte er unvermittelt, »dass es mir nach wie vor unglaublich vorkommt, was wir von Gessler gehört haben?« Er schaute sie an. »Was wissen Sie darüber, Großmeisterin? Was weiß das Officium über die Einflussnahme der Drachen?«

»Glauben Sie nicht alles, was Sie gehört haben. Ich denke, er macht sich wichtig«, wiegelte sie ab. Sie konnte schlecht zugeben, dass sie ebenso überrascht war wie er.

»Aber was ist, wenn es stimmt, Großmeisterin?«

»Dass die Teufel unsere Geschicke lenken?« Silena lachte auf und versuchte, sehr sicher zu klingen. »Fürst, das halte ich für Übertreibung.«

»Um ehrlich zu sein, hielt ich die Ansicht von Martin Gasparow, dass es durchaus intelligente Dracoformen gibt, die mit ihrem Intellekt dem unseren nicht nachstehen, ebenso für eine Übertreibung.« Grigorij schnalzte mit der Zunge. »Das alles missfällt mir sehr. Wir müssen die Menschen mit unserem Wissen …«

»… verschonen, Fürst.« Es war das zweite Mal, dass sie den Satz für ihn beendete. »Sie haben nichts weiter als die Worte eines Drachen. Verlassen Sie sich auf das Officium, Fürst. Der Erzbischof weiß, wie man mit den Teufeln umgeht.«

Grigorij blickte ihr in die Augen. »Wissen Sie was, Großmeisterin?«

»Nein?«

»Ich vertraue lieber *Ihnen* anstatt dem Officium.« Dabei beließ er es und schaute nach vorn auf die Straße.

Beim Wort Vertrauen dachte sie wieder an Eris Mandrake, der das ihre so sehr missbraucht hatte. »Fürst, darf ich Sie um einen Gefallen bitten?«

»Sicher. Was ist es, Großmeisterin? Soll die Droschke langsamer fahren, damit sie nicht so wackelt und Ihre Wunde …«

Sie winkte ab. »Nein, das könnte ich schon selbst. Mir wurde ein

Loch in der Seite und nicht der Mund vernäht.« Silena reichte ihm das Papier. »Dieses Blatt wurde von einem Mann berührt, der unser Gegenspieler ist oder zumindest nicht auf unserer Seite steht.«

Grigorij nahm es entgegen. »Ja?«

»Ich hoffte, dass Sie es anfassen würden, ohne Ihre Handschuhe, um mit Ihren hellseherischen Möglichkeiten herauszufinden, wo er sich befindet und was er gerade unternimmt?« Sie lächelte verlegen.

»Wieso höre ich von diesem Mann zum ersten Mal?« Dann verstand er. »Ach, Mister Geheimdienst hatte seine Finger darauf?«

»Sie kombinieren schnell, Fürst.«

»Täte ich es nicht, wäre ich schon mehrmals getötet worden, Großmeisterin.« Er betrachtete das Blatt von beiden Seiten. »Schwierig. Ich weiß nicht, durch wie viele Hände es bereits gegangen ist. Mit Pech verfolge ich einen unschuldigen Fabrikarbeiter bei seinem«, er sah hinaus, »Abendessen. Oder seinen ehelichen Pflichten im Bett mit seiner Frau. Oder seiner Nachbarin. Oder mit ihr und …«

»Versuchen Sie es einfach, Fürst, ja?«, kürzte Silena die Aufzählung ab. »Ich habe die Befürchtung, dass er uns voraus ist.«

Bedächtig zog Grigorij den linken Handschuh aus. »Ich möchte es versuchen.« Er grinste sie an. »Die Verlockung ist zudem zu groß. Da Sie das Blatt ebenfalls angefasst haben, stehen die Chancen gut, dass ich ein wenig mehr über Sie herausfinde. Abseits von dem, was Sie berichtet haben.«

Daran hatte Silena zu spät gedacht. So blieb ihr die Hoffnung, dass der Fürst nichts allzu Persönliches herausfand.

Die Droschke hielt vor dem Innsbrucker Bahnhof.

»Bis gleich, Großmeisterin.« Grigorij legte das Blatt auf die Sitzbank und legte die ungeschützte Hand flach darauf.

XVII.

»Unbeschreiblich! Einfach unbeschreiblich!
Ich dachte zuerst, es sei ein Scherz, als nur dieser eine Großmeister auftauchte. Ich hatte den kalbgroßen blauen Drachen im Stall eingesperrt, wo er sich mit Fauchen und Grollen gegen die Wände warf.
Der Großmeister bat mich, einen Schritt zur Seite zu treten, dann zog er sein Schwert, öffnete die Tür und ging hinein. Es dauerte keine fünf Minuten, und er kehrte zurück. Er hat dem Drachen – das stellen Sie sich mal vor – den Bauch aufgeschlitzt. Einfach so, als wäre es eine Haussau und kein Monstrum, das mir alle Schweine aufgefressen hat.«

Hubert Huberti, Bauer

aus der Serie »Drachentöterinnen und Drachentöter
im Verlauf der Jahrhunderte«
Im »Münchner Tagesherold«, Königlich-Bayerisches Hofblatt
vom 1. Juni 1924

22. Januar 1925, Innsbruck (Zisleithanien),
Kaiserreich Österreich-Ungarn
Zuerst geschah gar nichts.

Es gab zu viele Eindrücke, Grigorij musste seine Gedanken fokussieren, um überhaupt eine Spur zu finden. Das Papier barg zu viele Erkenntnisse.

Plötzlich sah er die fast nackte Silena in einem einfachen Raum, in dem sich ein Bett und ein Schrank befanden. Die Kläppläden vor den Fenstern waren fast ganz geschlossen, Licht fiel durch den Spalt und die Lamellen herein. Dem Anschein nach saß er ihr gegenüber auf einem Stuhl.

Umspielt von gebrochenem, weichem Licht stellte sie erst das rechte, dann das linke Bein auf die Kante und legte Strümpfe an, die sie liebevoll mit einem Band an den Oberschenkeln fixierte. Unter dem offenen weißen Hemd trug sie nichts. Ihre Brüste zeichneten sich genau ab, sodass nichts verborgen blieb. Durchs Silenas Bewegungen schwangen sie leicht.

Sie wandte ihm den Rücken zu und beugte sich nach vorn, um etwas vom Bett aufzuheben. Dabei rutschte das Hemd nach oben und zeigte mehr von ihrem Po. Noch trug sie kein Höschen.

Dann richtete sie sich auf, blickte ihn über die Schulter an und lächelte ihm zu. In den Händen hielt sie ein weißes Seidenhöschen. Es war das Lächeln, das eine Frau einem Mann gewährte, wenn sie eine Nacht zusammen verbracht hatten. Grigorij kannte es genau. Dann stieg sie in die Unterwäsche.

Ein dunkelblonder, gut aussehender Mann betrat den Raum.

Er bewegte sich geschmeidig wie ein Raubtier und näherte sich Silena unbemerkt von hinten. Sodann hob er die Arme; die langen, gefeilten Fingernägel leuchteten im Schein der einzelnen Strahlen, die durch die Läden drangen. Grigorij sah zum ersten Mal in seinem Leben braune Augen, die kalt und grausam waren. Es gab nicht einen Hauch von Gefühl darin. Haifischaugen.

Im Gehen wuchs sein Hals, und aus dem Menschenkopf wurde der Schädel eines schwarzen Drachen mit gelben Augen. Der Hals weitete sich, fünf weitere erwuchsen daraus, die mit nicht weniger hässlichen Köpfen geziert wurden. Grigorij erkannte den Drachen aus seiner ersten Vision – doch er besaß einen Schädel mehr als beim letzten Mal!

Er schrie Silena eine Warnung zu, aber sie hörte ihn nicht. Sie fuhr sich durch die Haare, drehte das Gesicht in die Sonnenstrahlen und lächelte glücklich.

Der Manndrache blieb stehen und sah Grigorij an. *Sie sind der Russe, dieser Hellseher*, vernahm er die Stimme im Kopf. *Mein Kompliment. Sie sind gut, aber es wird Ihnen nichts nützen.* Er setzte seinen Weg fort und kam hinter Silena zum Stehen. *Versuchen Sie, mich aufzuhalten, Fürst.* Eine Hand, die sich ebenfalls schwarz gefärbt hatte und Klauen anstelle von Fingern aufwies, zuckte nach vorn und hielt einen Millimeter von ihrem Nacken entfernt inne. *Ich zerstöre sie, Zadornov. Wie alle Drachentöter. Sie vergehen zu Asche wie die Alte Welt. Wie die Altvorderen, die sie regieren.*

Grigorij tastete unter die Achsel, wo er eine Waffe versteckt trug, und berührte Haut. Erschrocken sah er an sich hinab und bemerkte, dass er nackt war.

Als er den Kopf wieder hob, sah er einen Felsen mit Befestigungen und einer Kathedrale oben auf der Spitze, der vom Meer umspült war, und zu dem ein einsamer Damm führte. Die Wolken zogen doppelt so schnell über ihn hinweg, und die See warf sich mit aller Macht gegen die Steine; Gischt sprühte die Mauern hinauf, bis zum Kirchengebäude, um deren Turm ein Schwarm Vögel kreiste.

Vögel? Grigorij sah genauer hin und erkannte – Drachen! Kleine Drachen zogen ihre Bahnen darum.

Dann bemerkte er das Wesen, das sie im Münchner Café überfallen hatte, und auch die Kreatur, die ihn in London angefallen hatte. *Gargoyles!*

Die Sicht auf die Kathedrale im Meer verschwand, und die Kabine der Droschke sickerte durch die letzten Eindrücke seiner Vision. Er sah Silenas besorgtes Gesicht vor sich.

»Fürst?«, erkundigte sie sich. »Was … haben Sie gesehen?«

»Erschreckendes.« Rasch beschrieb er den Mann, ohne näher auf die sonstigen Umstände einzugehen, um die Drachentöterin nicht zu kompromittieren. »Dann wuchsen ihm sechs Drachenköpfe, und er hat versucht, Sie zu töten, Großmeisterin.«

»Sie haben Eris Mandrake exakt beschrieben. Doch der schwarze Drache – hatte er nicht fünf Köpfe?«, meinte Silena und stieg aus.

»Ich weiß nicht, wie ich meine Vision verstehen soll«, gab der Fürst zu und folgte ihr. Er hielt sich immer in ihrer Nähe, um sie gegebenenfalls stützen zu können. »Heißt es, dass Mandrake so gefährlich wie ein Drache ist oder dass er ein Drache ist, der seine Gestalt verändern kann und als Mensch erscheint?«

»Ich weiß es nicht. Aber die Insel, die darin vorkam, kann der Mont-Saint-Michel gewesen sein.«

Sie betraten die Halle, in der sich sehr viele Menschen versammelt hatten. Sie stießen in ein Sprachengewirr, Deutsch und Österreichisch mischten sich mit anderen Zungenschlägen, die dem Klang nach aus dem Osten stammten. Sie nahm an, dass der Teil der Demonstranten, der nicht zusammengeknüppelt und verhaftet worden war, so schnell wie möglich aus Innsbruck fliehen wollte. »Ich hoffe sehr, wir bekommen überhaupt einen Platz?«

»Das wird schon«, machte Grigorij Mut und schob sich neben sie, um einen Mann abzuwehren, der in ihre Richtung stolperte. Er bewahrte ihn vor dem Sturz und dem Zusammenprall mit Silena.

»Danke sehr, Fürst.« Silena nutzte einen vor ihr stehenden Gepäckträger wie einen Rammbock und schob ihn durch die Menge in Richtung der Gleise.

Pfeifend und Wasserdampf ablassend stand die Lok bereit, weitere Wagons wurden für die Fahrt in die bayerische Landeshauptstadt angehängt.

»Nichts zu danken.« Er eilte hinterher, half ihr beim Einsteigen und musterte dabei ihre Oberschenkel. Er hoffte, dass sich die Strumpfbänder unter dem Hosenstoff abzeichneten. Dass sie einen seidenen Büstenhalter trug, hatte er vorher schon gewusst. Er fand es sehr reizvoll, dass sich die Großmeisterin trotz allem ihre Weiblichkeit bewahrt hatte, wenn auch im Verborgenen. »Ist denn bekannt, ob Drachen die Form von Menschen annehmen können?«

»Nicht dass ich wüsste. Aber wie ich schon einmal erwähnte: In der Theorie war ich selten gut.« Sie humpelte den Gang entlang und fand in einem Abteil der ersten Klasse tatsächlich zwei freie Plätze.

Silena ließ sich behutsam nieder, atmete langsam aus und schloss die Augen.

Grigorij betrachtete sie und ärgerte sich, dass im Abteil weitere Menschen saßen. Auf diese Weise war eine Unterredung über den Weltenstein, seine Drachenvision und das, was ihnen bevorstand, unmöglich.

Er nahm sein Taschentuch hervor und wischte sich den Schweiß von der Stirn, lächelte in die Runde der Mitreisenden und blickte aus dem Fenster in die Bahnhofshalle.

Auf dem Bahnsteig gellten Trillerpfeifen, die Lok antwortete doppelt so laut, und gleich darauf erklang das Stampfen der Antriebswellen, welche die Räder in Bewegung setzten. Mit einem sanften Ruck begann ihre Fahrt.

Gesichter trieben am Glas vorbei, Grigorij sah wütende Menschen, die versuchten, über die Absperrung zu klettern und auf den Zug zu springen; andere dagegen lieferten sich eine Rangelei mit den Polizisten.

Zwischen den fremden Gesichtern der Männer und Frauen

tauchte unvermittelt ein bekanntes auf. Grigorij richtete sich stocksteif im Sitz auf, er glaubte, Eris Mandrake in der Menge ausgemacht zu haben. Ihre Blicke trafen sich, doch Mandrake erkannte den Russen nicht. Woher auch?

Dann veränderten sich die Augen, leuchteten gelb auf, und im nächsten Moment bekam die Scheibe unzählige Risse; der Bahnhof verschwand dahinter.

»Huch!«, rief eine der Damen erschrocken.

»So was«, grummelte ein Gentleman und schüttelte den Kopf. »Jetzt wirft das Pack tatsächlich schon mit Steinen nach der Bahn.«

Silena hatte die Augen beim ersten Knistern des Glases geöffnet und sah zu Grigorij.

Er zuckte langsam mit den Achseln. »Keine Ahnung, Großmeisterin«, sagte er dann. »Vielleicht hat der Rahmen zu viel Spannung aufgebaut, und das Material ist durch die Erschütterung geborsten.« Er wollte sie durch seine Beobachtung nicht verunsichern, zumal er sich nicht sicher war, dass Mandrake wirklich am Bahnhof gewesen war. Es hätte ebenso gut eine Nachwirkung seiner Vision sein können. Er legte ihr eine Hand auf den Arm. »Schlafen Sie ein wenig. Bis München haben Sie noch Zeit dazu.«

Sie nickte müde. »Das wird mir guttun, Fürst.« Ihre Lider senkten sich, und sofort döste sie ein. Das monotone Rattern der Wagonräder und die gleich bleibenden Geräusche der Lok entführten sie ins Reich der Träume.

**24. Januar 1925, Avranches (Normandie),
Königreich Frankreich**
Silena wischte die Regentropfen vom linken Glas ihrer Fliegerbrille und beobachtete den düsteren Abendhimmel, der sich über dem Meer zusammenzog. Er hatte das Land fast erreicht.

Sie lehnte sich nach hinten, um Grigorij auf sich aufmerksam zu machen. »Da vorn ist der Mont-Saint-Michel«, rief sie, um die Fluggeräusche zu übertönen. Das Motorenknattern der Macchi und das Rauschen des Windes mischten sich zu einem Dröhnen, und die

Fliegerkappen über den Ohren machten die Verständigung nicht besser.

Sie drückte die Maschine nach unten und hielt im Tiefflug auf das Ziel ihrer Reise zu. Unter den schwarzen Wolken zuckten Blitze nieder und küssten die Wellen, graue Schleier hingen bis auf die Erde. Als besäße die See nicht genügend Wasser, schütteten die Wolken unaufhörlich ihre feuchte Fracht aus.

Das Unwetter hielt geradewegs auf den Berg zu, der sich vor der Küste erhob. Befestigungsanlagen stemmten sich gegen die aufgewühlten Wogen und ließen sie daran explodieren, ohne dass sie Schaden an den Mauern anrichteten. Ein kleines Dorf schmiegte sich Schutz suchend hinter den Wällen an den Fels, und über den Dächern thronte eine gewaltige Kathedrale, deren Fenster von innen hell erstrahlten. Ein Leuchtfeuer des Glaubens.

Sie umrundeten es einmal und bestaunten die Anlage von oben.

»Ein Wunder«, brüllte Grigorij und wandte die Augen nicht ab. Auch er spürte erste Regentropfen. »Ein echtes Wunder der Baukunst.«

Eine Böe erfasste die Maschine und brachte die Macchi ins Schlingern. Die auf Geschwindigkeit ausgelegte Maschine war nicht für schlechte Wetterbedingungen konstruiert worden. Silena fing sie geschickt ab und setzte das Flugzeug gekonnt in den Luftstrom, ließ sich von ihm tragen, anstatt dagegen aufzubegehren. Als sie das Festland erreichte, sah sie nach rechts und links unter sich und suchte eine Landemöglichkeit. Es gab Felder, Salzwiesen und nicht weit von ihnen eine kleine Stadt mit einer Zitadelle sowie einer mittelalterlich anmutenden Mauer drum herum. Vermutlich Avranches. »Sehen Sie eine ebene Weide oder eine gute Straße, Fürst?«, rief sie.

»Machen wir denn keinen zweiten Überflug über den Mont?«

»Es wird zu gefährlich. Der Sturm ist zu nahe. Wir werden landen und den Rest zu Fuß oder mit einem Automobil zurücklegen müssen«, gab sie laut zurück. Sie hatte eine Wiese entdeckt, die ihr geeignet erschien. »Wir gehen runter, Fürst. Halten Sie sich fest, es wird sicherlich ruckeln.« Silena drosselte das Gas und schob die Nase der Macchi nach unten.

Es ging recht rasant abwärts. Zehn Meter über dem Boden fing sie die Maschine ab und legte sie waagrecht, verringerte den Schub und ließ die Räder den Boden berühren. Das Flugzeug schüttelte sich, hopste und bockte wie ein wildes Pferd.

Da tauchte der Entwässerungsgraben quer vor ihnen auf.

»Achtung, Großmeisterin!«, schrie Grigorij und biss sich durch das Hüpfen auf die Zunge.

Zum Durchstarten war es zu spät, die Geschwindigkeit würde fürs Abheben nicht mehr reichen, also drosch sie die Macchi hart in die Kurve und folgte dem Graben, anstelle sich das Fahrgestell abzureißen.

»Eine Brücke, eine Brücke!«, rief der Fürst aufgeregt und zog den Kopf ein.

»Nur die Ruhe. Ich weiß, was ich tue.« Bevor der Graben unter einer Brücke verschwand, zog Silena nach rechts und vermied eine Kollision. Dadurch gelangte sie auf die Straße, die nach Avranches führte – und ausgerechnet in diesem Augenblick kamen ihnen zwei helle Lichter entgegen, und ein lautes, hektisches Hupen ertönte.

»Verflucht!«, schrie sie und lenkte rechts an den Lampen vorbei. Ein schwarzer Schatten, ein Laster, huschte haarscharf an der Tragfläche vorüber, geriet ins Schleudern und touchierte das herumschwenkende Leitwerk der Macchi.

Es gab einen Schlag, knallend riss ein Ruderseil; dann stand das Flugzeug, der Motor erstarb, und der Propeller blieb nach ein paar Umdrehungen stehen.

Silena stöhnte und hielt sich die Seite. Das Korsett, das sie trug, um die Verletzung zu entlasten, hatte nicht verhindern können, dass die empfindliche Wunde durch die ruppige Landung litt.

»Geht es Ihnen gut, Großmeisterin?« Grigorij stand auf und sah nach ihr.

»Alles in Ordnung«, wiegelte sie ab und stemmte sich aus der Kanzel, um nach dem Lastwagen zu sehen. Er war mit der einen Seite in den Graben gerutscht und würde aus eigener Kraft nicht mehr entkommen.

»Landen Sie immer so?«, grinste er sie an und sprang auf die Erde, mitten in tiefen Schlamm. Die Spritzer flogen ihm bis in den Schritt.

»Schauen Sie nach, wie es den Insassen des Lasters geht, Fürst«, bat sie und kletterte behutsam aus der Macchi. Wie gut, dass sie eine ältere Maschine genommen hatte. Die Beschädigung eines Kampfflugzeugs wäre wesentlich schlimmer gewesen. Im Vorbeigehen sah sie auf den Schaden und seufzte. Sie benötigte Ersatzteile, um das Flugzeug zu reparieren, und in einem Nest wie Avranches Passendes zu finden, war ein Ding der Unmöglichkeit.

Ein Mann um die vierzig sprang aus dem Führerhaus. Er trug eine Mütze und einen langen, offenen olivgrünen Mantel aus Segeltuch, Stiefel und Knickerbocker, darüber ein braunes Hemd. Sein Gesicht zierte ein dunkelbrauner Schnurr- und Kinnbart; fuchtelnd kam er auf den Russen zu. Dass es sich bei ihm den Kleidern nach eindeutig um einen Menschen von Rang handelte, störte den Franzosen nicht. »Sie werden mir alle Schäden bezahlen, Monsieur, haben wir uns verstanden?« Er schaute an Grigorij vorbei. »Aha, Madame. Guten Abend, schön, dass Sie unsere Straße als Landebahn benutzen.« Er deutete auf Avranches. »Vielleicht wollen Sie noch bis zu Ihrem Hotel rollen, was?« Er schob den Fürsten zur Seite und stapfte auf Silena zu. »Haben Sie eine Ahnung, wie teuer so ein Lastwagen ist?« Er blieb stehen, schaute auf ihre Uniform. »Auch das noch«, schimpfte er. »Haben wir irgendwo einen von den Teufeln in unserer Gegend?«

»Das Officium wird Sie entschädigen, Monsieur …?«

»Mein Name ist Farou, Großmeisterin.« Er beruhigte sich etwas und kratzte sich an der Stirn. »Verzeihen Sie mir meinen Ausbruch, aber es ist eben schon ärgerlich. Außerdem müssen wir jetzt alle drei zu Fuß nach Avranches. Bei diesem Wetter!« Aus dem Nieseln war ein Gewitterregen geworden. Er rannte zurück, kletterte in den Wagen und kehrte mit einem Schirm zurück. »Wenigstens habe ich den.«

»Sehr aufmerksam von Ihnen, Monsieur.« Grigorij streckte die Hand danach aus.

Aber Farou dachte nicht daran, den Schirm zu teilen. »Nein, ich habe es lieber, wenn ich derjenige bin, der nicht zu nass wird.« Er sah auf Silena. »Nehmen Sie es als Strafe, Großmeisterin.«

Grigorij hob die Augenbrauen und holte tief Luft, um zu einer Erwiderung anzusetzen.

Silena musste lachen, während ihr der Regen über die Fliegerkappe lief und ihre Lippen benetzte. »Sie sind herrlich, Monsieur Farou. Französisch unautoritär«, meinte sie heiter und ging die

Straße entlang auf die Stadt zu.«Ich lade Sie herzlich zu einem guten Wein ein.«

Er stutzte. »Womit habe ich das denn verdient?«

»Das frage ich mich allerdings auch«, murmelte Grigorij und schaute missgelaunt in die Wolken.

»Sie sind einer der wenigen Menschen, die mich als eine ganz normale Person betrachten. Ich mag das sehr.« Silena grinste.

»Ja, als was denn sonst? Der König sind Sie nicht, von daher ...«, gab Farou zurück und grinste ebenfalls. »Also, was ist nun? Ist ein Drache bei uns gesichtet worden?«

»Nein, noch nicht«, entschlüpfte es Grigorij.

»Das würde mich auch sehr wundern. Es gab niemals Drachen bei uns.« Farou ging neben ihnen her und hielt den Schirm so, dass Silenas Kopf geschützt war; sie bedankte sich mit einem Lächeln.

»Oh, Monsieur, in Frankreich gibt es ...«, setzte sie zur Verbesserung an.

»Ah, ah, Großmeisterin. Ich meinte damit Avranches und die Umgebung.« Er zwinkerte. »Aber verraten Sie es nicht weiter, sonst bekommen wir zu viele Ausländer ins Land, die in Ruhe bei uns leben wollen. Das mögen wir hier überhaupt nicht.«

Grigorij beugte sich an ihr Ohr. »Ein unmöglicher Bauer, oder? Keine Manieren. Und das in Frankreich, wo König Charles der Unerreichte einen Hofstaat ...«

»Sie wissen, dass es unhöflich ist zu flüstern, Fürst?«, unterbrach sie ihn neckend.

»Ich vergelte Gleiches mit Gleichem«, gab er zurück und richtete sich auf.

Das Unwetter war an Land gegangen und rumorte über ihnen. Die Blitze zuckten unaufhörlich auf Avranches und den Mont-Saint-Michel nieder, als wollten sie die Orte auslöschen. Aus dem eiskalten Regen wurde Hagel; Körner von der Größe eines Augapfels prasselten auf den Boden und zerstörten bald sogar den Schirm.

»Da hinüber«, meinte Farou und zeigte auf eine Feldkapelle am Wegesrand. »Ich möchte nicht erschlagen werden, nachdem ich die Attacke Ihres Flugzeugs überlebt habe.«

Sie erreichten den rettenden Unterstand und beobachteten das ungewöhnlich heftige Gewitter.

»Keinen einzigen Drachen, Monsieur?«, nahm Silena das Gespräch wieder auf. »Nicht einmal einen kleinen?«

»Nein, Großmeisterin. Es gab keine Sichtungen mehr seit Errichtung der Abtei auf dem Mont-Saint-Michel.« Farou fing etwas von dem Wasser, das vom Dach herunterlief, mit der hohlen Hand auf und trank davon. »Es ist eine heilige Stätte, und diese gesegnete Aura können die Teufel auf den Tod nicht ausstehen.«

»Oh, mein lieber Monsieur Farou! Ist Ihnen nicht zu Ohren gekommen, dass Drachen durchaus schon einmal Kirchendächer abgedeckt haben, weil ihnen das Blattgold so gut gefiel?«, meinte Grigorij und schüttelte sich. Niemals käme es ihm in den Sinn, Regenwasser zu trinken. Vor allem nicht, wenn es von einem dreckigen Dach rann. »Sie schlagen ihre Klauen in alles.«

»Außer bei uns. Es gibt kein vergleichbares Bauwerk wie unseren Mont-Saint-Michel, Monsieur. Diese Einzigartigkeit macht es aus, glauben Sie mir. Ich wette, dass es niemals Drachen bei uns geben wird«, er deutete hinaus in die Bucht, »solange die Kathedrale steht und wir die herrlichen Glocken hören dürfen.«

Der Hagel ließ nach, aus dem Regen wurde wieder ein leichtes Nieseln, und die drei brachen zur letzten Etappe nach Avranches auf.

Sie schritten durch ein Stadttor, das sehr alt aussah, und Silena war endgültig davon überzeugt, es hier mit einem mittelalterlichen Ursprung zu tun zu haben. Die Bewohner hatten sich in ihre Häuser verkrochen; die Kamine rauchten und verbreiteten den allgegenwärtigen Geruch von Feuer, der Wärme und ein Essen versprach. Sie gingen eine ganze Weile.

»Haben Sie eine Unterkunft?« Farou war vor einer Herberge stehen geblieben, die sich *Nu-pieds* nannte. »Falls nicht, wäre diese hier gut. Kostet nicht viel, aber sie machen ein gutes Essen und haben saubere Betten. Und sie haben süffigen Wein.«

Silena musste schon wieder lachen. Die letzte Bemerkung war ganz sicher auf sie gemünzt gewesen. »Dann, Monsieur Farou, gehen Sie doch ...«

Ein lauter Hilfeschrei ließ sie zusammenzucken.

»Das kommt aus Saint Gervais!« Farou rannte sofort los, und Silena eilte ihm nach, so gut es ihr die Verwundung erlaubte.

Sie hielten auf eine Basilika mit einem beeindruckend hohen

Turm zu; das Hauptportal stand sperrangelweit offen, und davor lag eine Frau mit dem Gesicht nach unten.

»Beim heiligen Aubert!« Farou erreichte sie vor Silena und Grigorij, kniete sich neben sie und drehte sie auf den Rücken. Sie hatte vier lange, blutige Schnitte im Gesicht, die Spur aus dunkelroten Tropfen führte ins Innere.

Grigorij zog seine Pistole. »Denken Sie, was ich denke, Großmeisterin?«

»Ein Gargoyle?«

»Eine was?« Farou hob den Blick. »Eine Gargouille?«

»Kümmern Sie sich um die Frau«, befahl Silena harsch und betrat die Kirche, die ihrer Einschätzung nach noch nicht so alt wie Avranches selbst war, allenfalls entstammte sie der Mitte des letzten Jahrhunderts. Dennoch war sie imposant.

So sehr sie in die Dunkelheit spähte, sie erkannte nichts. Die Kerzen vor den Heiligenbildern flackerten im Wind, der durch das offene Portal wehte, und schufen Hunderte von zuckenden Schatten, die man leicht für einen Feind halten konnte.

»Die Statue aus dem Officium?«, raunte Grigorij, steckte die Pistole weg und nahm einen großen, schweren Kerzenleuchter, um ihn wie eine Keule zu benutzen.

»Ich wüsste nicht, was es für Cyrano in der Kirche zu holen gäbe.« Silena tat es ihm nach, und gemeinsam gingen sie den Mittelgang entlang, die Kerzenleuchter zum Schlag bereit.

Das Heulen des tobenden Sturmes und das Rumpeln des Donners überlagerten jegliches Geräusch, die Blitze ließen die bunten Fenster grell aufleuchten, ehe sie in die Dunkelheit zurückfielen.

Dann sah Silena den Gargoyle.

Cyrano hatte die regennassen Flügel halb ausgebreitet, als wolle er sie trocknen. Er stand mit dem Rücken zu ihnen vor einem Schrein und riss ihn auseinander. Er schleuderte das Gitter weg, zerschlug das Glas und packte einen weißlichen, kopfgroßen Gegenstand, der dort auf einem Kissen gelegen hatte; dann drehte und wendete er ihn zwischen den krallenbewehrten Fingern.

»Das ist doch ein skelettierter Schädel, Großmeisterin«, flüsterte Grigorij erstaunt. »Verstehen Sie, weswegen die Viecher plötzlich daran Interesse haben?«

Der Gargoyle hatte die Stimme vernommen und schaute über die Schulter, die Augen leuchteten grün auf, und sie hörten das warnende Grollen. *Verschwindet, Menschen. Das geht euch nichts an.*

»Haben Sie das auch gehört? In Ihrem Verstand?«, erkundigte sich der Fürst verunsichert bei Silena.

Sie nickte. »Es geht mich etwas an, seit einer von euch meine Brüder getötet hat und ihr raubend durch Museen zieht«, erwiderte sie laut.

Wir tun, was wir müssen, um unser Ziel zu erreichen und den Krieg zu gewinnen. Der Gargoyle wandte sich um, er hielt tatsächlich einen Totenkopf in der Linken. *Das Unrecht muss rückgängig gemacht werden, Silena.*

»Also wart ihr es!«, rief sie wütend.

Ich versichere dir, dass es dem Wohle der Menschheit dient, wenn unser Plan gelingt. Das vom Balkenhieb zerstörte Gesicht richtete sich auf sie. *Du bist groß geworden. Eine echte Frau. Ich erinnere mich, wie du vor mir standest und dachtest, ich sei der heilige Georg.* Ein leises, dunkles Lachen ertönte. *Ich habe leider keine Zeit, um mich mit dir zu unterhalten, Silena.* Cyrano nahm den Unterkiefer des Schädels in den Mund, schlug die Klauen in den nächsten Pfeiler, erklomm ihn mehrere Meter hoch und stieß sich ab, um durch den dunklen Innenraum zu segeln.

»Tür zu, Monsieur Farou!«, schrie Grigorij. Er schleuderte den Kerzenständer nach dem Wesen und traf es sogar gegen das Becken.

Der Franzose sah den Gargoyle durch die Basilika geflogen kommen, bekreuzigte sich und war dennoch so geistesgegenwärtig, das Portal zu schließen.

Das Wesen drehte ab, ehe es mit dem dicken Holz zusammenstieß, schraubte sich mit zwei Flügelschlägen in die Basilika empor und durchstieß mit voller Wucht eines der Fenster. Klirrend regneten die Splitter nieder; sowohl Silena als auch Grigorij suchten zwischen den Bänken Schutz, um von den scharfen Fragmenten nicht getroffen zu werden.

»Verdammt noch eins!«, rief er und hob den Kopf, um nach dem Gargoyle zu sehen. »Er ist uns entwischt!«

»Alles andere hätte mich in einem Gebäude mit derart vielen

Fenstern auch sehr erstaunt.« Silena stand auf und hielt sich die schmerzende Seite. Es fühlte sich an, als sei die Wundnaht gerissen.

»Ich dachte, Cyrano wäre ein Kunstfreund und würde sich daher etwas zurückhalten.« Grigorij klopfte den Schmutz von Mantel und Hose. »Sind Sie in Ordnung, Großmeisterin?«

»Ja«, log sie und hinkte zu dem demolierten Schrein; Grigorij folgte ihr.

Die Pforte wurde erneut geöffnet, Farou und einige Männer betraten den Innenraum, brachten Lampen und Gewehre mit. Die trüben Strahlen leuchteten in der Basilika umher, einige blieben am zerstörten Fenster hängen, andere zeigten die Verwüstung am Heiligtum in aller Deutlichkeit.

»Mon dieu! Das Ding hat unseren Aubert geklaut!«, rief einer der Männer aufgebracht. Sie drängten sich um den Schrein.

»Aubert?« Silena betrachtete das Kissen. »Ist das nicht zu klein für einen Menschen?«

»Nein, nicht den ganzen Aubert. Seinen Schädel«, erklärte Farou und musterte sie. »Großmeisterin, was halten Sie davon, wenn wir uns wirklich ins *Nu-pieds* setzen und uns in aller Ruhe unterhalten? Ich habe nämlich den Eindruck, dass Ihr Auftauchen mit den Vorgängen in unserem bis eben beschaulichen Avranches zusammenhängt. Jedenfalls gab es vorher keine lebendige Gargouille in unserer Stadt.« Er deutete mit dem Daumen auf den Ausgang. Die entschlossenen Gesichter der Männer um sie herum machten klar, dass sie eine Ablehnung nicht hinnähmen.

Grigorij legte eine Hand an die Manteltasche und sah zu Silena – die stumme Frage, ob er seine Pistole ziehen sollte. Zusammen mit der Luger in ihrem Achselholster besaßen sie genügend Munition, um sich den Weg aus Saint Gervais zu schießen.

Silena legte die Rechte auf seinen Unterarm, drückte zu. Sie war froh, ihn bei sich zu haben. Widerstand machte im Augenblick keinen Sinn. »Gut, Monsieur. Gehen Sie vor, wir folgen Ihnen.«

Die sehr weltliche Prozession verließ das Gotteshaus und kehrte in den Gasthof ein.

24. Januar 1925, Marazion (Cornwall), Königreich England

»Ein Strand, wie schön.« Arsènie setzte zur Landung an und scherte sich ebenso wenig um die Fischer, die ihre Boote an Land holten und Netze ausluden, wie um die Spaziergänger, die nach dem Sturm an der Küste entlangschlenderten, um Muscheln und Treibholz zu suchen.

Sie ließ die Curtiss R3C-1 sinken, und spätestens jetzt gab es für die Männer und Frauen keinen Zweifel mehr, dass die Maschine allen Ernstes aufsetzen wollte.

Es hatte Arsènie nicht viel gekostet, sich ein Flugzeug zu beschaffen. Ein Augenaufschlag und natürlich Geld, von dem sie wahrlich ausreichend besaß, hatten genügt, um in Wiener Neustadt eine ausrangierte Rennmaschine aufzutreiben. Wie gut, dass just in diesen Tagen dort zahlreiche Flugrennen ausgetragen wurden.

Sie war das Risiko nicht eingegangen, dem infantilen Fürsten und der sauertöpfischen Großmeisterin in Innsbruck über den Weg zu laufen und erklären zu müssen, was mit Skelton geschehen war. Ihre verbrühten Hautstellen hatte sie mit einer speziellen Salbe behandeln lassen, und die noch nicht ganz verheilten Stellen verbarg sie geschickt mit Schminke.

Die doppelflüglige Curtiss schoss mit dreihundert Stundenkilometern knapp über die Köpfe von Wanderern hinweg, die in sehr eleganten Kleidern unterwegs waren. Kreischend zogen die Damen die Köpfe ein, und die Männer schüttelten drohend Gehstöcke und Schirme hinter ihr her.

»Aus dem Weg, ihr britischen Dünnbiertrinker!« Arsènies Taktik war klar. Sie hatte niemals vorgehabt, den Weltenstein mit jemandem zu teilen, und für sich inzwischen eine Interpretation von Zadornovs Vision gefunden: Sie war deshalb nicht zu sehen, weil sie sich vor dem Kampf, den er sah, längst abgesetzt hatte. Der Weltenstein in der Hand des Russen war eine Imitation gewesen. *Ihre* Imitation, die sie ihm unterjubeln würde. Sie hatte die Nachbildung umgehend in Auftrag gegeben und die Nachricht erhalten, dass diese für sie bereitstand. In Paris.

Arsènie warf einen Blick nach links, wo sich eine Insel mit einer Festung darauf erhob; eine schmale Brücke führte hinüber, die eben von der Flut verschlungen wurde. Das war ihr Ziel: der Saint Michael's Mount. Allerdings gab es nicht viel zu sehen. Gerüste standen sowohl um die Mauer als auch um die Gebäude, und ausgebreitete Planen verhinderten, dass man etwas sehen konnte.

Sie verringerte die Geschwindigkeit; dann setzte die Curtiss im Sand auf, der nach dem Regen hart und fest war. Sie lenkte das Rennflugzeug über den Abschnitt des Strandes, auf dem die Wellen rollten und sich die Räder drehen konnten, ohne zu blockieren; das Meerwasser sprühte hoch und machte die Luft noch salziger.

Arsènie lenkte die Maschine mit gedrosseltem Motor auf den Holzsteg, der sich über den Strand zog, und fuhr darauf bis hinauf zu der schmalen Straße, die zum Städtchen führte und etwas entfernt von der befestigten Insel lag; ein letztes Aufheulen des mehr als 500 PS starken Motors und sie brachte den Propeller zum Stillstand.

Sie schwang sich aus der Kanzel, rutschte über die untere Tragfläche auf den Boden und zog die Fliegerkappe ab. Offen fiel ihr weißblondes Haar herab und wurde vom Wind zerzaust, was sie als sehr angenehm empfand. Danach nahm sie den kleinen Koffer aus der Maschine und legte die restlichen Meter bis nach Marazion zu Fuß zurück.

So schrecklich die Ereignisse in Innsbruck gewesen waren, so sehr sie den Tod von Onslow Skelton bedauerte – all das hatte ihr unschätzbare Vorteile gebracht. Die Einblicke in den Verstand des unvorsichtigen Drachen, Gorynytsch oder Eris Mandrake oder wie auch immer, hatten ihr das Versteck des Weltensteins offenbart.

Solange der schwarze Drache nach Silena und Zadornov suchte, war das Artefakt unbewacht. Oder zumindest leichter zugänglich. Mithilfe ihrer Geisterverbündeten und ihrem Ektoplasma würde sie es schon finden.

Zwei Bobbies kamen ihr entgegen, gekleidet in die schwarzen Uniformen und mit schwarzen Helmen auf dem Kopf. »Guten Tag, Madame. Ist das Ihr Flugzeug, da oben auf dem Hügel?«, fragte der Ältere und vermutlich Ranghöhere.

»Ja, Constable«, antwortete sie auf Englisch und schaltete ihren französischen Akzent nahezu perfekt aus. »Eine Curtiss R3C-1, zwölf Zylinder, 565 Pferdestärken, zirka 380 Stundenkilometer schnell. Schön, nicht wahr?«

»Nun, Madame, es ist nicht erlaubt, so tief über den Strand zu fliegen. Sie hätten jemanden gefährden können.«

»Das tut mir sehr leid.« Sie mimte die Erschrockene. »Aber ich hatte einen Motorschaden und konnte gerade noch rechzeitig landen, ehe ich auf das beschauliche Örtchen gestürzt wäre. Jetzt suche ich jemanden, der mir aus der Bredouille hilft.«

»Wir haben einen ausgezeichneten Automobilmechaniker in Marazion. Ich stelle ihn Ihnen gerne vor.« Er streckte die Hand aus. »Darf ich Ihnen das Gepäck abnehmen, Madame?«

Sie schenkte ihm ein freundliches Lächeln. Trotz der unvorteilhaften Fliegermontur mit der so gar nicht figurbetonenden gefütterten Jacke machte sie immer noch genügend Eindruck. Was würden die Tommies erst machen, wenn sie eines ihrer Kleider trüge? »Das ist sehr freundlich von Ihnen, Constable.«

Der jüngere Polizist sah hinauf zur Curtiss. »Wollen Sie die Maschine nicht lieber nach Marazion schaffen lassen, Madame?«

»Wer könnte so etwas stehlen, mein Lieber? Haben Sie so viele Fliegerasse in dem kleinen Städtchen versteckt?«

»Nein, Madame. Aber ein Flugzeug ist eine Besonderheit.« Er legte die Hände auf den Rücken. »Es wird nicht lange dauern, und die Lausbuben kommen, um wenigstens so zu tun, als seien sie Piloten.«

»Guter Hinweis, Farnsworth. Gehen Sie hinauf und sichern Sie das wertvolle Gerät der Lady, bis ich Ihnen eine Ablösung schicke.« Der jüngere Mann salutierte und lief den Weg zurück zur Curtiss. »Ich bin Constable Paddy, Madame, und Ihr Name ist?«

»Susan Cranston. Ich komme aus Kanada und wollte eigentlich nach London, als meine Maschine nach dem langen Flug beschlossen hat, mich im Stich zu lassen.«

Paddy machte große Augen. »Aus Kanada? Mit *der* Maschine?«

»Glauben Sie mir nicht, Sir?« Arsènie zog die Handschuhe aus. »Ist doch ein Katzensprung über das bisschen Wasser.«

»Wenn Sie es sagen, Madame. Ich habe keinen Grund, an Ihren Worten zu zweifeln, aber es wäre schade, wenn wir die Sensation nicht in Marazion verkünden würden. Ich meine, es hat meines Wissens noch keine Frau ...«

»... die Strecke von New York nach Paris geschafft, das ist korrekt. Aber diese Route, na, sie ist eben nicht schwierig«, spielte Arsènie herunter. Beinahe hätte ihre rasche Lüge ihr noch mehr Aufmerksamkeit verschafft. Sie hoffte ohnehin, dass es niemanden in dem Städtchen gab, der ihr Gesicht aus der Zeitung kannte. »Sagen Sie, Sir, wer wohnt auf dem Schloss? Es ist doch ein Schloss unter all den Tüchern?«

»Oh, der Saint Michael's Mount? Ein schönes Fleckchen Erde, mit einem außerordentlich prächtigen Garten. Er ist eines der Wahrzeichen von Cornwall, wenn Sie mich fragen, Madame.« Er führte sie durch die Straßen, auf denen Menschen in teurer Garderobe flanierten. Paddy bemerkte ihre fragenden Blicke, die wissen wollten, mit welcher unbekannten Schönheit er sich schmückte. »Wir haben in Marazion einen ausgezeichneten Ruf als Erholungsort, Madame. Das milde Klima, das Licht und die Landschaft locken viele Auswärtige an.«

»Und auf dem Schloss wohnt jetzt wer noch gleich?«

»Die Familie Saint Aubyn, und das schon seit dem 17. Jahrhundert, Madame. Sie lassen das Anwesen komplett renovieren.« Er hielt vor einem Hotel an, das passenderweise den Namen *Michael's Mount* hatte, trat ein und wechselte einige Worte mit dem Wirt, bevor er zu ihr zurückkehrte. »Hier sind Sie in guten Händen, Madame. Ich sende Ihnen Mister Knight. Er ist unser Mechaniker für alles, was an Automobilen kaputtgehen kann. Er wird Ihr Flugzeug sicher flott bekommen.« Mit diesen Worten tippte er sich an den Helm. »Gute Nacht, Madame.« Dann nickte er dem Wirt zu und verließ das Hotel.

»Sagen Sie«, Arsènie kam auf den Tresen zu, hinter dem ein blasshäutiger Mann wartete, der eine große weiße Schürze über dem dunklen Chile und dem hellen Hemd trug, »gibt es wohl eine Möglichkeit, dieses bezaubernde Schloss zu besuchen?«

»Leider nein. Wegen der Renovierung geht das nicht, Madame.« Er rief einen Jungennamen, und kurz darauf erschien ein Knabe, der trotz des Wetters kniekurze Hosen trug. Die strubbeligen schwarzen Haare machten ihn zu einem rechten Lausbuben, die Sommersprossen auf der Nase und die Grübchen an den Wangen unterstrichen Arsènies Eindruck; lautstark zog er die Nase hoch. »Sean, trag das Gepäck auf Zimmer elf.«

»Diese Lordschaften, die Saint Aubyns, sind sie auch mal in Marazion zugegen?«

»Ab und zu. Um ein Guinness und einen Whiskey zu trinken, Madame. Sir Jasper findet man im *Dartmoor*, einem Pub am Ende der Straße«, sagte der Junge sofort. »Geben Sie mir einen Penny, Mylady, und ich führe Sie hin.«

Sie beugte sich zu ihm. »So klein und schon so geschäftstüchtig, was?« Arsènie scheuchte ihn die Treppe hinauf und ging ihm hinterher. »Aber weißt du was? Ich nehme das Angebot an, mein lieber Freund.«

»Gerne, Mylady.« Er stellte den Koffer vor einer Tür ab, sperrte sie auf und schleppte das Gepäck in das Zimmer. »Hier hinein, Mylady.«

Arsènie betrat den rustikal eingerichteten Raum, nahm ihre Börse aus der Hosentasche und drückte ihm ein Goldstück in die Hand. Die Augen des Knaben weiteten sich vor Freude und Unglaube. »Du wirst niemandem davon erzählen, Sean. Berichte mir, was du alles über den Michael's Mount weißt.«

»Sehr gern, Mylady.« Er verstaute die Münze, nachdem er sicher war, dass die Fremde sie nicht zurückhaben wollte. »Aber es ist kein Geheimnis. Ich meine, Sie bezahlen sehr viel für das, was jeder bei uns in Marazion weiß.«

»Du bist ein ehrlicher junger Mann.« Sie setzte sich aufs Bett und winkte ihn zu sich. »Dann erzähle mir doch einfach die Dinge, von denen kaum jemand weiß? Beispielsweise ... hast du jemals einen Drachen dort fliegen sehen?«

Sean sah sie misstrauisch an. »Nein, bei uns gibt es die fliegenden Teufel nicht.«

»Überhaupt gar keinen? Wo sie doch sonst überall zu finden sind?«

»Nein, nicht bei uns. Nicht, seit die Aubyns den Michael's Mount gekauft haben.« Er schniefte und wischte den Rotz, der ihm aus dem linken Nasenloch lief, mit dem Ärmel weg. »Aber ich glaube, dass James Middleways großer Bruder behauptet, dass er ein Seeungeheuer gesehen hat. Er war mit seinem Liebchen letzten Sommer am Strand nachts spazieren, und da ist es ihm erschienen.«

»Ein Seeungeheuer, Sean?«

Er nickte. »James Middleways großer Bruder hat gesagt, dass es aussah wie eine Mischung aus einem Wal und einem Vogel, und es sei auf den Felsen geklettert und habe die Mauern einmal umwandert. Dann verschwand der Mond hinter die Wolken, und als sie wieder was gesehen haben, war das Ungeheuer weg. Constable Paddy meinte, er hätte sich alles nur ausgedacht, um sich wichtig zu machen und in die Zeitung zu kommen.«

Arsènie strahlte. »Siehst du, Sean? Das hätte mir bestimmt nicht jeder sagen können.« Sie schob ihn zur Tür. »Warte draußen. Ich ziehe mich um und rufe dich, damit du mich ins Pub bringst.«

»Ja, Mylady.« Er war schon halb aus dem Raum, da streckte er den strubbeligen Kopf noch einmal herein. »Für einen Penny?«

Sie hatte die Jacke bereits ausgezogen und die ersten Knöpfe ihres Hemdes geöffnet. Sie wusste, dass es zwei Gründe gab, warum er sie noch einmal störte. Arsènie warf die Jacke nach ihm. »Ja, für einen Penny, du Geschäftemacher. Jetzt raus mit dir.«

Sean verschwand mit leuchtenden Ohren auf den Gang. Er hatte ihr rotes Mieder gesehen! Das würde er den anderen erzählen, und sie wären neidisch.

Schnell riskierte er einen Blick durch das Schlüsselloch – aber etwas hing davor. Mylady kannte die Tricks.

XVIII.

»*Die Linie Gereon (ausgestorben)*
Ausgehend vom Soldaten Gereon, dem vor Köln wegen seines christlichen Glaubens der Kopf abgeschlagen wurde, hatten sich die Nachfahren dem Nahkampf verschrieben und sich gezielt die großen, mehrköpfigen Drachen auserkoren. Anfängliche und wohl mehr zufällige Erfolge führten zu einer Selbstüberschätzung der Linie, die sich tatsächlich allein gegen einen Vierender wagte. Das war der letzte Einsatz der Truppe.«

aus der Serie »Drachentöterinnen und Drachentöter
im Verlauf der Jahrhunderte«
Im »Münchner Tagesherold«, Königlich-Bayerisches Hofblatt
vom 10. Juli 1924

24. Januar 1925, Avranches (Normandie), Königreich Frankreich
Die Männer, die sich im Schein der Lampen um den größten Tisch im Gastraum versammelt hatten, starrten Silena und Grigorij mit einer Mischung aus Feindseligkeit und Neugierde an. Es war offensichtlich, dass die meisten von ihnen die beiden Fremden für den Vorfall in Saint Gervais verantwortlich machten oder sie zumindest damit in Verbindung brachten.

»Also hat das Wesen den Schädel von Aubert gestohlen«, brach Silena das Schweigen. »Und warum sollte es das tun? Was ist die Besonderheit an dem Schädel?«

Farou winkte dem Wirt, und gleich darauf brachte er einen Krug mit Wein und einen mit Wasser sowie ein Tablett voller kleiner Gläser. Die Getränke wurden ausgeschenkt und verteilt. »Sie kennen demnach die Legende um den Gründer des Mont-Saint-Michel nicht?«

»Nein. Wir kennen sie nicht«, antwortete Grigorij und leerte sein erstes Glas, schob es von sich und zog das nächste zu sich heran. »Hätten Sie die Güte und würden das ändern?«

»Wie er spricht«, lachte jemand. »Als wäre er ein König oder so etwas.«

»Er säuft auch so«, kam es aus der hinteren, im Dunkel liegenden Reihe, und dann erschallte lautes Gelächter.

Grigorij hob das Glas, prostete in die Runde und grinste. »Robust und charmant«, rief er. »So liebe ich die Franzosen.«

»Also, was Aubert angeht: Er ist der Gründer des Mont-Saint-Michel.« Farou zeigte auf ein Bild an der Wand, das den Berg mit dem Kloster im Mittelalter zeigte. »Die Legende besagt, dass der Erzengel Michael dem Bischof von Avranches, Aubert, um das Jahr 708 erschien und ihm befahl, eine Wallfahrtskapelle zu errichten. Durch die Berührung des Erzengels erhielt Aubert ein Loch im Schädel, und nach seinem Tod wurden die Gebeine nach Avranches gebracht und sein Schädel als Reliquie verehrt.«

»Hm.« Grigorij betrachtete das Bild. »Ein alter Knochen?«

»Vom Erzengel berührt, Monsieur!«, stellte Farou mit Stolz in der Stimme fest.

»Ich will gewiss nicht Ihre religiösen Gefühle verletzen, aber wer sagt Ihnen denn, dass es nicht der Kopf eines Unglücklichen ist, dem man ein Loch in den Schädel geschlagen und ihn auf das Kissen gelegt hat, damit die Menschen etwas zum Anbeten haben?« Der Russe zeigte sich unbeeindruckt von der Legende. Umso erstaunter fand er, dass Silena schwieg. »Was ist, Großmeisterin?«

Sie fand die Geschichte äußerst aufschlussreich. Der Erzengel Michael galt als einer der Drachentöter, der Satan und seine Gefolgsleute bekämpft und besiegt hatte. Es konnte kein Zufall sein, dass es rund um den Mont-Saint-Michel seit dem Bau der gewaltigen Kirche keine Drachensichtungen mehr gegeben hatte. Der Mont-Saint-Michel barg ein Geheimnis. Ein wertvolles Geheimnis. »Sagen Sie, Monsieur Farou, wo kann ich mehr über den Berg lesen?«

»Im Rathaus. Dort haben wir die meisten alten Handschriften und Bücher des Klosters seit der Französischen Revolution archiviert, weil die Truppen die alte Klosteranlage vollständig ausgeräumt haben.«

Silena sah sich bereits wieder in einem muffigen Keller sitzen und im Schein von Öllampen oder funzeligen Glühbirnen lesen. »Sind es viele?«

»Na ja, Madame. Allein der mittelalterliche Bestand von zweihundert Pergamenthandschriften bietet einiges. Die meisten von ihnen sind gut lesbar«, antwortete ein junger Mann, der wie alle im Raum einfache Kleidung trug. Seine Augen starrten hinter dicken Brillengläsern hervor, und dem Körperbau nach verdiente er seinen Lebensunterhalt nicht mit harter Arbeit. Sie musste an Onslow Skelton denken.

»Das ist unser Stadtschreiber, Monsieur Patron«, stellte ihn Farou vor. »Warum fragen Sie danach, Großmeisterin? Können Sie uns über das berichten, was sich in der Basilika zugetragen hat?«

»Dazu müsste ich erst mehr über Bischof Aubert lesen«, wich sie aus, dabei betastete sie die verwundete Seite. Grigorij bemerkte es.

»Kein Problem. Ich habe einen Schlüssel«, bot Patron an. »Wir können sofort gehen, wenn Sie es möchten.«

»Großmeisterin, wer hat uns den Schädel von Aubert gestohlen?«, verlangte Farou mit Nachdruck zu wissen. »War es ein Drache? In welcher Gefahr schweben wir?«

Silena richtete die grünen Augen auf den Franzosen. »Nein, Monsieur. Es war ein Gargoyle. Aber fragen Sie mich nicht mehr. Fürst Zadornov und ich sind im Begriff, das Rätsel hinter den Vorgängen zu lösen, und wenn Sie und Ihre Stadt uns dabei behilflich sein möchten, käme uns das sehr gelegen.«

»Wir meinen dasselbe? Eine Gargouille, eine lebendig gewordene Steinstatue?« Farou sah sie lange an und versuchte, ihre Gedanken zu erkennen.

»Ich bin ebenso ratlos wie Sie, Monsieur. Aus dem Grund bin ich in die Stadt gekommen.«

»Wir helfen Ihnen, wenn Sie uns versprechen, dass Avranches seine Reliquie zurückerhält.«

»Das tue ich, so wahr mir Gott helfe und es in meiner Macht steht«, schwor sie.

Farou nickte dem jungen Mann zu. »Patron, geh mit ihnen. Gib ihnen, was immer sie verlangen. Es gefällt mir nicht, dass wir ohne unseren Heiligen dasitzen.«

Silena und Grigorij standen auf, Patron setzte sich an die Spitze der kleinen Gruppe und führte sie durch das regennasse Avranches, über dem sich das Unwetter ausgetobt hatte; von fern hallte der

Donner zu ihnen, und gelegentlich erhellte ein schwaches Leuchten den dunklen Himmel. Doch das Gewitter hatte sich über der Stadt ausgetobt und suchte eine andere heim.

Patron sprach nicht mit ihnen, er hing sehr wahrscheinlich seinen eigenen Gedanken nach. Silena berichtete Grigorij von ihren Vermutungen. »Worin aber der Zusammenhang besteht, weiß ich nicht.«

»Wie wäre es, wenn die Gargoyles und die Drachen gemeinsame Sache machen?«, vermutete er. »Sie stehlen Dinge, welche den Drachen gefährlich werden können, verschonen weder Drachentöter noch Medien wie Madame Sàtra und sind überall, wo auch wir sind. Sie streben nach dem Weltenstein.«

»Aber wenn sie gemeinsame Sache mit dem schwarzen Drachen machen, wieso greifen sie uns nicht einfach an? Er besitzt den Weltenstein doch, wie uns Gessler sagte. Also hat er sein Ziel erreicht.«

»Ein wichtiger Punkt, Großmeisterin.«

Sie folgten Patron die Stufen zum Rathaus hinauf, durch die dunklen Gänge bis zu einer mit Gitterfenstern versehenen großen Bibliothek.

Elektrisches Licht erwachte durch einen Knopfdruck zum Leben und beleuchtete die Vielzahl von Regalen und Vitrinen, in denen Bücher und Handschriften lagerten.

»Ach herrje«, entfuhr es dem Russen. »Das wird keine leichte Arbeit, Großmeisterin. Wir brauchten geschätzte dreihundert freiwillige Leser, die uns unterstützen.«

»Die haben wir aber nicht, Fürst.« Sie ließ sich die Vitrinen von Patron öffnen, nahm die erste Handschrift heraus. »Wir suchen nach Hinweisen auf Aubert, den Weltenstein oder einen Gargoyle. Sollten Sie einen Drachen finden, und wenn er nur als kleines Symbol irgendwo in die Ecke gemalt wurde, rufen Sie mich.« Silena deutete auf die andere Seite des Raumes. »Fangen Sie dort oben an, bitte.« Und an Patron gerichtet, fragte sie: »Hätten Sie Kaffee für uns?«

»Sicher, Großmeisterin.« Er nickte und verschwand im unteren Stock.

Grigorij musterte ihr blasses Gesicht. »Ziehen Sie sich aus, Großmeisterin.« Er schlüpfte aus dem Mantel, krempelte die Ärmel hoch und streckte die Finger nach ihr aus.

»Was?« Sie machte einen Schritt nach hinten.

Er zeigte auf den Boden, wo ein roter Blutfleck zu sehen war. »Die Wunde ist nicht richtig geschlossen. Ich möchte danach sehen.« Von Patron, der soeben zurückkehrte, erbat er sich Wasser, Seife, Handtücher und Verbandsmaterial. »Sie wissen, dass ich Wunden versorgen kann.« Er streifte ihr den Mantel von den Schultern. »Also, stellen Sie sich nicht so an.«

Silena ließ es geschehen, dabei betrachtete sie sein Gesicht. Verwundert stellte sie fest, wie sehr sich ihre Einschätzung ihm gegenüber verändert hatte, und als er den Kopf hob, war sie auf der Stelle von seinen blauen Augen gefangen, konnte dem Blick nicht mehr ausweichen.

»Sie werden ruhig, Großmeisterin«, sagte er mit tiefer, leiser Stimme. »Atmen Sie langsam ein und aus, schließen Sie die Lider und«, er wartete, bis sie die Augen geschlossen hatte, »denken Sie dabei an einen Flug mit dem Luftschiff. Um Sie herum ziehen die Wolken vorbei, es ist ein strahlender Tag. Sie sind allein in der Kanzel, niemand stört Sie bei Ihren Gedanken.«

Silena zögerte, sich auf die beschworenen Bilder einzulassen, doch ihr Widerstand verschwand, je mehr sie von der faszinierenden Stimme vernahm. Sie wurde ruhiger, während sie in ihrer Vorstellung in die Lüfte aufstieg.

»Sie öffnen den Ausstieg, holen tief Luft und machen einen Schritt auf die nächste Wolke. Sie ist weich und federt unter Ihren Sohlen wie eine saftige, frische Wiese. Sie laufen am Himmel entlang und schauen zurück, nehmen eine der Leinen des Luftschiffs, die von der Nase herabhängen, und ziehen es hinter sich her.

Dann legen Sie sich hin, auf den Bauch, und betrachten durch eine Lücke die Erde unter Ihnen, bis die Sterne rings um Sie aufziehen. Sie können sogar einen davon berühren, wenn Sie möchten. Er ist warm und pulsiert, und er leuchtet sogar, sobald Sie ihn anfassen. Dann wird es Zeit, in das Luftschiff zurückzukehren. Ich zähle rückwärts bis eins, und dann werden Sie die Augen öffnen. Zehn ...«

Als Grigorij eins sagte, öffnete Silena die Lider. Sie lag mit dem Bauch nach unten auf dem Tisch, er stand vor ihr und trocknete eben seine Hände an einem Tuch; das Wasser in der Schüssel war rot. Blut – ihr Blut! Neben ihr lag das Stützkorsett, das rot und feucht glitzerte, daneben ruhten ihr seidener Büstenhalter sowie ihr Uniformhemd.

»Begehen Sie nicht den Fehler aufzuspringen, Großmeisterin«, warnte er sie. »Die Naht war gerissen. Dieser Wagner hat keine große Erfahrung, was das Nähen von Fleisch angeht.«

»Ich ... mein Spaziergang«, sagte sie heiser. »Ich war nicht ...«

Er lächelte. »Es hat Ihnen den Schmerz erspart, Großmeisterin. Hypnose.« Er reichte ihr den Büstenhalter. »Um Sie zu beruhigen: Den habe ich Ihnen erst ausgezogen, nachdem Sie sich auf die Wolke gelegt haben. Ich habe also nichts von Ihren Brüsten gesehen.« Es klang bedauernd.

Silena versuchte sich zu erinnern. »Das ist ... Ich kann mich nicht erinnern, mich ausgezogen und hingelegt zu haben«, sagte sie nach einer Weile und spürte den Schmerz, das Klopfen der frisch behandelten Verletzung. »Und die Bilder waren echt. Als wäre ich tatsächlich spaziert.« Sie lächelte. »Es war wunderschön.« Dann wurde sie sich bewusst, dass Grigorij in diesem Zustand alles mit ihr hätte anstellen können, sie dazu gebracht hätte mitzumachen. »Eine sehr gefährliche Gabe«, befand sie und nahm den Büstenhalter an sich, legte ihn um, ohne ihn zu schließen, und richtete sich vorsichtig auf.

Grigorij wandte sich um und reichte ihr blind ein frisches Hemd. »Das ist von Patron.«

»Hat er mich ...?«

»Nein, Großmeisterin. Er hat Sie nicht nackt gesehen. Die Nähte und der Verband sollten halten.« Grigorij bewegte sich auf den Tisch mit den Büchern zu.

Silena wollte sich ankleiden, doch der Verband spannte zu sehr. Sie fürchtete, dass die Naht erneut aufgehen könnte. Daher rief sie ihn zurück. »Würden Sie mir helfen, bitte?«

Er wandte sich um, kam mit geschlossenen Augen auf sie zu und fasste zielsicher nach den Verschlüssen des Büstenhalters, als sähe er sie. Dann streifte er ihr das Hemd über und begann mit dem untersten Knopf in der Reihe. Seine Finger bewegten sich langsam, zitterten nicht, doch wirkten sie für einen Mann, der Dutzende Frauen in seinem Leben entkleidet hatte, seltsam ungeschickt.

Als er auf der Höhe ihrer Brüste angelangt war, sah er Silena in die grünen Augen. Er schluckte, sah sie wieder in dem Zimmer, wie sie die Strumpfbänder anzog. »Ich habe wirklich nichts getan, was Sie desavouieren würde«, flüsterte er.

Silena bewegte sich nicht. Aus der erbetenen Hilfeleistung erwuchs Ungeahntes, sowohl bei ihr als auch bei ihm. »Ich weiß«, gab sie heiser zurück und forderte ihn mit einem Augenaufschlag auf fortzufahren. Es kribbelte in ihrem Magen, sie sehnte sich nach einer Berührung. Sie war beinahe enttäuscht, als er zurücktrat und murmelte: »Fertig.« Hastig ging er zum Tisch, wo der Kaffee stand.

Silena rutschte vom Tisch, ihre Gefühle waren hoffnungslos in Aufruhr. Rasch setzte sie sich, versenkte sich in ein Buch und schaute verstohlen doch immer wieder zu Grigorij. Sah so ein netter Mann aus?

Gegen vier Uhr morgens fielen Silena die Augen zu, und selbst die Menge Kaffee half nichts dagegen.

Grigorij dagegen war ein Bündel an Ausdauer. Er selbst schob es auf die Wirkung seines besonderen russischen Tabaks, der abscheulich stank und mit irgendetwas parfümiert worden war. Sie wollte gar nicht wissen, womit, aber die winzigen Pupillen sprachen Bände.

Silena gähnte und rieb sich die Augen, legte die Handschrift zur Seite und nahm die nächste. Es war wieder etwas Neuzeitliches, ein Pergament, das ein Forscher vor ihr gelesen und auf das Jahr 1520 datiert hatte, wie eine Notiz darin verriet.

Ein Blick genügte, und sie fühlte sich wach. In der Buchmalerei, links oben auf dem Pergament, war das Dach der Kathedrale Mont-Saint-Michel dargestellt, und daran erkannte sie Cyrano, den geflügelten Gargoyle, dem sie in München und in Avranches begegnet waren.

»Fürst, kommen Sie bitte zu mir.« Grigorij erhob sich und eilte herbei, und Silena zeigte ihren Fund. »Was halten Sie davon?«

Er verstand sofort, was sie meinte. »Ist es unser Gargoyle oder irgendeiner, der da als Schmuck dient?«

»Das finden wir nur heraus, wenn wir die Insel und die Kathedrale besuchen.«

»Warten Sie! Mir ist da ...« Er eilte an seinen Platz zurück, wo er inzwischen an der achten Handschrift saß und verschiedene Lupen und Notizzettel um sich herum ausgebreitet hatte. Das Glas mit der stärksten Vergrößerung über das Pergament haltend, winkte er ihr aufgeregt zu. »Da! Oh, ich Idiot! Da, schauen Sie!«

Silena erhob sich mit bleiernen Beinen und wünschte sich ein Bett, in das sie fallen durfte. Oder dass sie noch einmal die Wolken unter ihren Füßen spüren durfte. Doch sie ahnte, dass sie sich diesen Luxus vorerst nicht leisten durfte. Sie beugte sich über ihn, er sprang auf und zwang sie auf seinen Stuhl, dann stellte er sich hinter sie.

»Schauen Sie auf die Zeichnung!«, sagte er überschwänglich.

Silena tat es. Das Pergament stammte aus den frühen Jahren des Mont-Saint-Michel; die Bemerkungen eines Gelehrten gingen davon aus, dass es sich sogar um eine Handschrift des Bischofs handelte. Der Berg lag recht unscheinbar umgeben von Wasser, eine kleine Kirche erhob sich, die mehr den Eindruck einer Hütte machte. Darüber kreiste ein Vogelschwarm. »Ich sehe nichts, Fürst. Sie sollten weniger …«

»Die Vögel, Großmeisterin!« Er legte die Rechte auf ihren Rücken und drückte sie tief nach unten, sodass ihre Nase beinahe das Pergament berührte. »Schauen Sie sich die Vögel an.«

Die Wunde versetzte ihr einen kleinen Stich; sie konzentrierte sich, die Augen gehorchten ihr mit etwas Verzögerung und enthüllten, weswegen der Russe so aufgeregt war. »Es sind Gargoyles!« Sie schaute noch genauer und konnte deutliche Unterschiede im Körperbau der Wesen ausmachen. »Sie kreisen um den Berg.«

»Sie hatten Recht, Großmeisterin. Wenn wir das Rätsel lösen wollen, müssen wir auf die Insel.« Er sah ihr an, dass sie dringend Schlaf benötigte. »Halten Sie durch, oder sollen wir …«

»Nein. Wir können uns keine Verzögerung erlauben.« Silena stemmte sich in die Höhe. »Eine Tasse Kaffee …«

Plötzlich hielt ihr Grigorij ein Döschen hin. »Das macht Sie schneller munter als Kaffee. Möchten Sie es versuchen?«

»Besser nicht, Fürst. Es ist mir zu gefährlich.« Sie eilte zum Ausgang, er folgte ihr. Vor der Tür auf einem Stuhl saß der schlafende Patron, einen leeren Becher in der Hand haltend. »Monsieur, wir müssen auf der Stelle übersetzen.«

Er schreckte aus seinem Schlummer. »Was?«

»Wir, mein französischer Freund, müssen auf den Mont. Jetzt«, wiederholte Grigorij lachend und zerrte ihn auf die Beine. »Kommen Sie. Sie bringen uns an die Küste. Es gibt keine Zeit zu verlieren.«

»Ja, ja, ich komme schon.« Patron brauchte eine Weile, bis er seine Schlaftrunkenheit abgeschüttelt hatte. Er sperrte das Rathaus ab und lief mit ihnen zu einem Haus, wo ihnen nach kurzem Klopfen die Tür von Farou geöffnet wurde.

»Ja? Fündig geworden?« Seinem Aussehen nach hatte er nicht geschlafen; er trug noch immer seine Kleider, als habe er damit gerechnet, geweckt zu werden.

»Sie wollen auf den Mont«, erklärte Patron.

»Gut, ich fahre sie.« Er griff hinter sich und hielt einen Mantel sowie eine Mütze in der Hand. Schon verließ er das Haus und ging auf seine Scheune zu, die etwas weiter entfernt in der gleichen Straße stand. Darin stand ein schicker Citroën Phaeton.

»Das nenne ich einmal Luxus. Sieht nach einem starken Motor aus. Schöner Innenausbau, perfekte Ledersitze, gehegt und gepflegt«, meinte Grigorij anerkennend und applaudierte andeutend. »Wie kommen Sie denn an so einen Wagen?«

»Als Bürgermeister darf ich mir das erlauben«, erwiderte Farou und stieg ein. »Nehmen Sie hinten Platz. Es sitzt sich sehr angenehm.« Er wartete, bis sie sich niedergelassen hatten, dann startete er den Motor und steuerte den Phaeton aus der Scheune; mit hoher Geschwindigkeit ging es durch die Straßen. »Wie sieht Ihre Spur aus, Großmeisterin?«

»Wir müssen uns die Wasserspeier und Steinstatuen auf den Dächern der Kathedrale anschauen. Es kann sein, dass wir bald mehr wissen.« Silena klappte das Fenster nach unten und ließ die eisige Winterluft hineinströmen, um zu verhindern, dass sie einschlief.

»Wer lebt auf dem Mont-Saint-Michel?«

»Ein paar Fischer sind dort geblieben und bewachen sozusagen die Anlage. Die Mönche haben das Kloster schon lange aufgegeben, es wurde vor etwa dreißig Jahren zu einem Denkmal Frankreichs erklärt. Charles der Unerreichte hat angeordnet, es restaurieren zu lassen, aber Gelder sind noch keine geflossen. Er wird die Steuern für seinen Hof benötigen.« Farou brauste mit ihnen über die schmale Straße in Richtung der Bucht, wo sich der Berg als dunkler Schatten über den glitzernden Wellen abhob. Die Wolken hatten sich aufgelöst und den Sternen Platz gemacht, deren schwaches Licht nicht ausreichte, den Berg zu beleuchten.

Während sie sich der Insel näherten, rief Silena sich ins Gedächtnis, was sie in den letzten Stunden über den Mont-Saint-Michel erfahren hatte.

Ein mächtiges Kloster, eine Festung, ein Gefängnis – der Mont-Saint-Michel war vieles gewesen, bis das Kloster 1863 aufgegeben worden war. Etwa zehn Jahre später war der Berg zum nationalen Denkmal erklärt worden.

Und niemals, zu keinem Zeitpunkt, konnte sich Silena daran erinnern, etwas in den Berichten quer durch die Jahrhunderte über Drachen gelesen zu haben. »Was ist denn die Aufgabe der Menschen, die dort leben, Monsieur Farou?«

»Auf dem Mont?«

»Ja.«

»Sie halten die Mauern in Schuss und machen Führungen für die Gäste, die in den Sommermonaten zu Scharen hierherkommen. Einige vermieten ihre Häuser, andere dagegen sind Fischer und Salzbauern geblieben.« Farou lenkte den Phaeton auf den Damm, über den an manchen Stellen noch Wasser schwappte. »Die Gezeiten sind hier sehr ausgeprägt«, warnte er sie. »Das Wasser fließt bei Flut schnell in die Bucht, mit etwa einem Meter pro Sekunde. Das hat früher zahlreiche Pilger das Leben gekostet. Wer im Watt stecken blieb, der war verloren. Aber wenigstens kam seine Seele in den Himmel. Das ist das Gute an Pilgerfahrten.«

Sie hielten auf einen kleinen Wendeplatz vor dem Eingang zu. Farou stellte den Motor ab und stieg aus dem Wagen, die anderen zwei folgten ihm.

Silena atmete die salzige Luft tief ein. Es roch frisch und unglaublich belebend, unsichtbar kleine Tröpfchen flogen umher und wurden auf den Mänteln sichtbar, und als sie sich über die Lippen leckte, schmeckte sie das Salz. »Der Damm ist die einzige Zufahrt.«

»Es gibt eine Fähre, die bei Bedarf hinausfährt, aber wenn wir eine Sturmflut haben, ist gar nichts mehr zu machen. Dann ist der Berg von der Außenwelt abgeschnitten.« Farou schritt auf das Tor zu und zog an der Kette, die aus der Wand hing. Von ganz weit weg hörten sie ein leises Schellenläuten. »Aber die Bucht versandet allmählich. Ich nehme an, dass es an dem Damm liegt.«

Silena sah hinauf zur Kathedrale, deren Fenster immer noch leuchteten. Ein atemberaubender Anblick.

Eine Glocke erklang, mit einem einzelnen, tiefen und sehr durchdringenden Schlag, der durch Silenas Körper fuhr und auf der Haut kribbelte, ihr sogar für einen Lidschlag die Luft raubte. »Bei den Heiligen, was war *das*?«

Grigorij hustete, klopfte sich gegen die Brust. »Das war der erstaunlichste Ton, den ich in meinem Leben hören durfte – einmal vom Schrei eines Drachen abgesehen.«

»Das war der Erzengel. Er erhebt seine Stimme immer zur Viertelstunde.« Farou betätigte die Schelle ein weiteres Mal, aber mit mehr Kraft und Ausdauer, bis er einen wütenden Ruf hinter der Mauer vernahm. »Ah, es ist doch noch einer wach«, grinste er.

»Ich finde die Insel immer erstaunlicher«, meinte Grigorij. »Man kann also einen Erzengel dazu bringen, alle fünfzehn Minuten zu rufen.«

»Es ist die Glocke, die angeblich schon zu Auberts Zeiten hier aufgestellt wurde. Sie wurde niemals angetastet, nicht einmal von den Revolutionstruppen.« Farou klopfte gegen die Tür, und schließlich öffnete sie sich.

Zu sehen war eine ältere Frau, die einen Regenmantel und Hausschuhe trug, die langen schwarzen Haare steckten unter einem Netz. »Bürgermeister?« Sie betrachtete die Fremden. »Was soll das?«

»Bonjour, Jaqueline. Schön, dass du schon auf den Beinen bist.« Farou lächelte. »Wir müssen in die Kathedrale. Hol mir den Schlüssel.«

Die Frau starrte ihn an, als sei er geisteskrank. »Bürgermeister, du kommst mitten in der Nacht, um den beiden hier Saint-Michel zu zeigen? Seid ihr alle betrunken, oder was ist in euch gefahren?«

»Keine Zeit. Besorg mir den Schlüssel.« Er drängte sie einfach zur Seite und nahm ihr die Taschenlampe ab. »Wir gehen schon mal nach oben. Und beeile dich, es ist wichtig.«

»Der alte Rondon hat Glockendienst. Er wird euch aufmachen.«

»Du weißt, dass er fast taub ist. Ich habe keine Lust, im Freien zu stehen.« Er sandte Jaqueline einen Blick zu. »Mach schon. Es ist wichtig.« Brummelnd verschwand sie in ein Haus unmittelbar neben dem Tor, während sich Farou anschickte, zusammen mit seinen Begleitern den Berg durch die engen Sträßchen des Fischerdorfs zu erklimmen.

Es war kein leichter Aufstieg.

Die Gasse wand sich und war steil. Grigorij keuchte und schnaufte, und auch Farou hatte sichtliche Mühe, den schnellen Schritt der Drachentöterin beizubehalten. Um ihnen eine Pause zu gönnen, blieb sie stehen und sah hinüber zum Festland, über die Dörfer, in deren Häusern die Bewohner nach und nach erwachten und sich dem Tagwerk widmeten. Es sah wunderschön aus. Wie musste die Aussicht erst im Sonnenschein wirken?

Endlich hatten sie den Eingang zum Kloster erreicht. Farou führte sie durch einen Kreuzgang, in dessen Mitte ein bezaubernder Garten lag und dessen Sommerschönheit man nur erahnen konnte. Durch einen Seitengang ging es in die beleuchtete Kathedrale, und sowohl Silena als auch Grigorij blieben die Münder vor Staunen offen stehen.

Niemals hätten sie es für möglich gehalten, ein so imposantes, großartiges Gebäude auf der Spitze eines kargen Granitfelsens zu finden. Die Räume waren gigantisch hoch; die Haupt- und Seitenschiffe standen jedem Kirchenbau auf dem Festland in nichts nach und schraubten sich bogen- und pfeilergestützt in die Höhe. Die Schmucklosigkeit unterstrich die Einzigartigkeit der Architektur. Lediglich im Hauptteil, dort, wo sich einst der Altar befunden hatte, hatte jemand ein großes Kreuz aufgestellt.

Wieder schlug die große Glocke. Der Klang im Innern der Kathedrale war noch überwältigender und gab den dreien das Gefühl, selbst in Schwingung zu geraten, als ob die Knochen und Organe in den Körpern sängen.

»Da hinüber, zum Aufgang«, wies Farou sie an.

»Oh, nicht noch eine Treppe«, stöhnte Grigorij.

»Es wird sich nicht vermeiden lassen, wenn wir auf das Dach möchten, Fürst«, merkte Silena an. Sie sah die Schweißtropfen auf seiner Stirn, er atmete noch immer schnell wie nach einem langen, anstrengenden Dauerlauf. Wieder spürte sie das Kribbeln, das mit seinem Anblick einherging. »Sie sollten weniger trinken und die

Drogen weglassen«, sagte sie schroff, um ihre Gefühle zu verbergen. Sie wollte sich nicht in diesen Mann verliebt haben.

»Nein. Dann habe ich auf dieser Insel ja gar keinen Spaß mehr. Ansonsten gibt es hier nur alte Weiber und Glocken.« Grigorij hielt bereits eine Zigarette in der Hand. »Gehen wir und schauen, wie hoch ein Kathedralenturm sein kann.«

»Ich warte hier unten, wenn es recht ist. Der alte Rondon muss wissen, dass Sie hier sind, oder er stirbt mir vor Schreck. Überraschungen ist er nicht mehr gewohnt.« Farou sperrte ihnen die Tür auf. »Viel Erfolg.«

Silena ging vorneweg und stellte den Fuß auf die erste Stufe. Im selben Augenblick schoss ein Blitz am Fenster vorbei, und ein lautes Krachen ertönte. Kurz darauf setzte das Prasseln von Regen ein. Das Unwetter war von seinem Ausflug an Land zurückgekehrt.

**24. Januar 1925, Marazion (Cornwall),
Königreich England**

Arsènie ging auf die Jagd.

Dafür trug sie ein knöchellanges weißes Kleid, darüber eine schwarze Bluse, die einen tiefen Ausschnitt besaß, und dazu die doppelte Perlenkette, um ihren Hals und das Dekolleté zu betonen. Sie legte Perlenohrringe an und band das Haar mit einem breiten, weißen Schal zurück. Feine Perlmuttplättchen auf dem Stoff sorgten für einen zusätzlichen Blickfang. Etwas Rouge und Lippenstift, dazu die passende schwarze modische Handtasche – und Arsènie eröffnete die Pirsch.

Ihr erstes Opfer war der kleine Sean, der sie anstaunte. »Mylady, Sie sehen ...« Ihm fehlten die Worte.

»Meinst du, ich bekomme einen Platz im Pub?« Sie steckte eine Zigarette auf die Spitze und zündete sie an.

»Jeden, den Sie haben möchten, Mylady.« Er eilte zur Treppe. »Ich führe Sie gleich hin.«

Arsènie war mit dem ersten Test zufrieden, auch wenn sie wusste, dass ein kleiner Junge ihrem Charme nichts entgegenzusetzen hatte.

Sie warf sich ihren Pelzmantel über und schlüpfte in die flachen Schuhe. »Nicht so schnell, sonst hängst du mich ab.«

Gemeinsam verließen sie das Hotel. Schon nach den ersten Schritten wurden ihr von den Männern bewundernde Blicke zugeworfen, sowohl von Einheimischen als auch von Gentlemen, die ihrer Kleidung nach zur London-Aristokratie und nicht zum Landadel gehörten. Das gab ihr neue Bestätigung. Jasper würde ihr buchstäblich mit Haut und Haaren verfallen.

Als sie das *Dartmoor* betrat und Sean mit einem Klaps auf die Schulter nach Hause schickte, liefen die Gespräche weiter; erst als sie absichtlich die Bahn der Dartspieler kreuzte und einen Wurf verhinderte, war sie sich der Aufmerksamkeit der Männer gewiss. Fremde im örtlichen Pub, das kam schon mal vor. Aber eine Dame, und dazu noch ohne eine männliche Begleitung, das war erstens ungewöhnlich und dazu noch ein bisschen unschicklich für eine Stadt wie Marazion. London mit seinen Nachtclubs und Bars lag schließlich weit entfernt.

Ohne eine Regung im Gesicht zu zeigen, stellte sie sich an den Tresen. »Einen Martini, bitte.«

»Haben wir nicht, Lady.« Der Wirt sah sie an wie ein Wesen aus einer anderen Welt. »Ich kann Ihnen einen Whiskey geben oder ein Guinness.«

»Dann nehme ich einen Whiskey.« Sie sog an der Silberspitze. »Den besten, den Sie haben, und davon einen doppelten.«

»Wie Sie wünschen, Lady.« Er wandte sich um, griff zu einer Flasche, in der eine dunkelbraune Flüssigkeit gegen die Wände schwappte, und füllte ein dickwandiges Glas großzügig voll. »Bitte sehr, Lady.«

»Danke.« Sie nickte und drehte sich um, damit sie die Dartspieler beobachten konnte. Dabei versuchte sie, den Herrn des Saint Michael's Mount auszumachen, auch wenn Seans Beschreibung nicht die beste gewesen war. Aber der feuerrote Bart und die buschigen Augenbrauen machten ihn inmitten der schwarzhaarigen Männer recht einzigartig.

Er saß mit einem jüngeren Mann zusammen und redete intensiv auf ihn ein, dann reichte er ihm einen dicken Schlüsselbund, warf Geldstücke auf den Tisch und schritt zur Tür, ohne dass Arsènie eine Gelegenheit bekam, sich auf ihr Opfer zu stürzen.

Sie nippte an ihrem Whiskey.

Ein scharfer Geschmack breitete sich auf der Zunge aus, einhergehend mit einer gewissen Süße und etwas Salz. Arsènie unterdrückte den Hustenreiz, der sich mehr aus Überraschung als aus Abneigung einstellte, und schluckte. Ein Freund von ihr, ein Whiskeykenner, würde jetzt sagen: »Im Abgang spüre ich einen samtenen Nachgeschmack, der an Rum erinnert. Guten Rum, ma chère Arsì.«

In dem Augenblick sah der junge Mann hoch, den Schlüsselbund zwischen den Fingern; er hatte das Kunststück fertiggebracht, sie eben erst zu bemerken.

Arsènie lächelte und traf. Als sie sah, dass es kein Entkommen mehr für ihre Beute gab, hob sie ihr Glas und prostete ihm zu. Nachdem er den Gruß mit unübersehbarer Verwunderung erwidert hatte, löste sie sich von der Bar und schlenderte durch die Menge hinüber an seinen Tisch. Er stand sofort auf und bot ihr einen Stuhl an. »Freut mich, einen Gentleman in Marazion zu treffen, Sir.« Sie setzte sich, stieß gegen sein Glas. »Auf mein Flugzeug und meine Zwischenlandung.«

»Ach, Sie sind die Kanadierin!« Er leerte sein Glas. »Mein Name ist Tobias.«

Arsènie lachte auf. »Das spricht sich hier aber schnell herum, Mister Tobias.«

»Es gibt wenig zu reden im Winter. Die meisten hohen Herrschaften, über die man sonst reden kann, sind in London oder sonst wo und kehren erst wieder im Sommer zurück. Und wenn es eine so schöne Frau hierher verschlägt, die den Strand im Tiefflug entlangdonnert und den Snobs die Hüte vom Kopf holt, ist das etwas, das sehr schnell die Runde macht.« Er stand auf und nahm sein leeres Glas. »Ich hole mir noch eins. Sie auch?«

»Danke, ich habe noch genug zu trinken.«

Nach einigen Minuten kehrte er zu Arsènie zurück. »Trägt man das in Kanada?«

»Ich bin aus dem französischen Teil«, erwiderte sie mit einem charmanten Lächeln. »Wir sind ein bisschen extravaganter.«

»Was bringt einen denn dazu, in einem Flugzeug nach Marazion zu wollen?«

»Der kaputte Motor, Mister Tobias.«

»Ach ja, das hatte ich vergessen. Unser Mechaniker ist schon ganz aufgeregt. Ein echtes Flugzeug in seinen Händen.« Er griente. »Was machen Sie denn beruflich, Madame?«

»Ich bin Künstlerin.«

»Flugkünstlerin?«

»Exakt. Meine Spezialität ist es, an belebten Stränden zu landen, Mister Tobias.« Sie zeigte auf den Schlüsselbund, der unter seiner abgelegten Mütze auf der Bank lag. »Sie haben vermutlich ein großes Haus?«

Er folgte ihren Blicken und lachte. »Nein, Madame. Ich bin nur der Hausverwalter von Sir Jasper. Er ist seit einigen Wochen sehr viel unterwegs und kann sich nicht so um das Anwesen kümmern.«

»Der Anzahl der Schlüssel nach, ist es ein großes Anwesen.«

»Es ist das Schloss, über das Sie geflogen sind, Madame. Der Saint Michael's Mount.«

»Wirklich?« Sie leerte ihren Whiskey mit einer schnellen Bewegung, und es sah sehr, sehr routiniert aus. »Oh, Sie Beneidenswerter! Sie fühlen sich sicher wie ein Lord, habe ich Recht?«

»Nein, wie ein Angestellter eines Lords. Aber es ist eine gute Tätigkeit.«

Sie lehnte sich nach vorn. »Sie müssen bestimmt viele Gäste herumführen.«

Er verdrehte die Augen. »Oh, wenn Sie wüssten. Es sind gewiss Hunderte im Sommer. Aber jetzt habe ich frei.«

Die Augen wurden zu ihren Waffen, das Dekolleté sorgte wie eine Artillerie für indirekte Unterstützung. »Mister Tobias, vermutlich fliege ich morgen schon wieder weiter. Wäre es möglich, mir einen Traum zu erfüllen?«

Er lachte. »Fast jeden, soweit es in meiner Macht steht, Madame.« Und das meinte er sogar ernst, wenn seine Körpersprache nicht log.

Arsènie schenkte ihm ein noch bedenkenzerstörerischeres Lächeln. »Was halten Sie davon, Sir, mir eine Privatführung zu gewähren? Ich möchte unbedingt einen Fuß auf den Berg setzen. Sie machten mir damit eine sehr große Freude.«

Tobias überlegte nicht lange. Die hübsche Frau hatte einen weiteren Verbündeten, und der hieß Stout-Bier, das sich auf seine Ent-

schlussfreudigkeit und seine Kühnheit beschleunigend auswirkte.
»Sehr gern, Madame. Es ist mir eine Freude. Ich hole Sie morgen in aller Frühe ...«
»Nein, Mister Tobias. Es sollte schon noch heute Abend sein.« Arsènie wischte einen Whiskeytropfen, der am Außenrand des Glases hinabbrann, mit dem rechten Zeigefinger weg und leckte ihn ab. Eine provokante, erotische Geste. »Ich würde mich dafür gern revanchieren, Mister Tobias.«
»Ja ... gut.« Der Brite erhob sich, schaute sich noch einmal im Pub um und genoss die neidischen Blicke der anderen Männer. Eine Kanadierin war mindestens genauso gut wie eine Französin. Er war der größte Gewinner an diesem Abend in Marazion.

Sie verließen das *Dartmoor*, Tobias führte sie zu seinem Wagen und ließ sie einsteigen, ehe er selbst hinter dem Steuer Platz nahm; auf dem Weg zum Strand und dem natürlichen Damm hinüber zum Berg sprachen sie kein Wort.

Arsènie amüsierte sich innerlich köstlich. Sie ahnte, dass dem Mann alle möglichen Fantasien durch den Kopf schossen – zu schade, dass keine davon in Erfüllung gehen sollte.

Tobias stellte den Wagen auf einem Platz am oberen Teil des Strandes ab und führte sie zur Wasserlinie, wo ein Boot vertäut lag. »Wir müssen hinüberrudern«, erklärte er. »Das Wasser ist schon zu weit gestiegen.«

»Eine Bootsfahrt kann sehr romantisch sein.« Sie lächelte ihn an und schaute bewundernd zum Saint Michael's Mount. »Es sieht unglaublich aus! Der Sternenhimmel und das Glitzern der Wellen – als sei alles für uns gemalt worden.«

»Warten Sie, bis wir drüben sind, Madame.« Er führte sie zum Strand, half ihr beim Einsteigen und schob das Boot ins Wasser; dann sprang er hinein und brachte das Gefährt mit kräftigen Ruderschlägen hinüber zur Insel und der kleinen Anlegestelle.

Von dort ging es einen gewundenen Pfad hinauf, vorbei an vielen hübschen Pflanzen, von denen einige sogar trotz des Winters blühten. Das Klima in Cornwall war wirklich außergewöhnlich. Schließlich standen sie vor dem großen Tor, so ziemlich das einzige, das nicht von einer Plane verborgen war.

Tobias zückte einen der Schlüssel, öffnete eine kleinere Pforte und ging voraus. »Kommen Sie, Madame. Ich zeige Ihnen die Schönheit des Anwesens.«

Arsènie folgte ihm und sah nichts von den wundervollen Fassaden der altehrwürdigen Gebäude. Planen und Segeltuch flatterten sanft in der Brise. »Die Renovierung verdirbt einen wunderschönen Anblick, nehme ich an?«

»Ja, leider. Ich bin erst seit heute wieder in Marazion, Seine Lordschaft hatte mir zwei Wochen Urlaub gegönnt. Und eigentlich sollte ich erst morgen früh hier sein. Aber das macht einen guten Angestellten aus: Er sorgt sich unentwegt um das Wohl dessen, was man ihm zum Schutz aufgetragen hat.« Er hielt ihr den Arm hin, sie hakte sich ein. »Womit wollen wir anfangen?«

»Wie wäre es mit dem Haupthaus, Mister Tobias?« Sie drückte seinen Unterarm und spielte das begeisterte kleine Kind. »Oh, ist das aufregend. Ich fühle mich ein bisschen wie eine Verbrecherin.«

Der Mann lachte. »Das müssen Sie nicht, Madame.« Er lotste sie durch die Dunkelheit.

»Gibt es Geschichten um die Insel? Vielleicht … Na ja, es wäre doch ein guter Drachenhort, oder?«

»Nein, nicht wirklich. Es liegt am Wasser, und die Seedrachen mögen es nicht, so nahe bei den Menschen zu leben – würde ich spontan sagen. Nein, es hat keine Drachen auf Michael's Mount gegeben.« Er hielt auf ein großes Gebäude zu, oder jedenfalls musste sich darunter eines verbergen. Tobias schlug die Plane zur Seite. »So, wir müssen leise sein. Außer, Sir Jasper …« Er wollte den Schlüssel ins Türschloss schieben – doch da befand sich keine Tür.

Nicht nur das: Das gesamte Gebäude fehlte!

»Was, zum Teufel …?« Er machte ein paar Schritte nach vorn und befand sich in einem Wald aus Gestängen, die keinen anderen Zweck hatten, als die Dächer zu stützen.

Arsènie schluckte. Sie befand sich am richtigen Ort, auch wenn sie nicht wusste, wie das Verschwinden eines gesamten Hauses in die Ereignisse um den Weltenstein passte. »Mister Tobias, warum stiehlt jemand …«

»Warten Sie hier.« Er rannte an ihr vorbei, hinauf auf den Hof und auf das nächste Gerüst zu. Sie ließ ihn gehen und überlegte fieberhaft.

Als sich Eris Mandrake in ihren Verstand gearbeitet hatte, hatte sie in seinem diese Insel gesehen. Der Weltenstein hatte nicht in einem Zimmer gelegen, sondern in einem aus dem Fels geschlagenen Raum, vielleicht eine Art Vorratslager der Befestigungsanlage. Arsènie begab sich ebenfalls ins Freie und schaute sich um.

Tobias kehrte zurück. »Stein für Stein abgetragen. Es ist alles weg, Mauern und Gebäude«, sagte er keuchend. »Wir müssen sofort zurück, Madame, und Constable Paddy und Sir Jasper rufen. Die Leute müssen erfahren, was …«

»Nicht nötig, Mister Tobias. Ich bin hier.« Jasper war unbemerkt von ihnen unter der Plane aus einem Nebenhaus getreten; in der linken Armbeuge lag ein Jagdgewehr. »Wollten Sie nicht erst morgen früh hier erscheinen?«

»Sir, ich …« Tobias schaute zu Arsènie. »Ich kann es erklären, Sir.«

»Und ich kann es mir denken, Mister Tobias. Wir haben eine attraktive Frau, eine ruhige Insel, Sie glaubten mich auf dem Festland – nun ja, auch ich war einmal jung.« Er lächelte wissend. »Aber Ihr Timing war äußerst schlecht.« Er hob das Gewehr, und die Doppelläufe zielten auf ihn und die Frau. »Sie werden die Insel nicht mehr verlassen. Nicht vor morgen früh.« Er schwenkte die Läufe zur Seite und bedeutete ihnen, dass sie zur Seite treten sollten. »Gehen Sie zum rechten Wachtturm, Mister Tobias. Sie kennen das Verlies ja von den Führungen, die Sie immer machen.«

»Sir, was hat das zu bedeuten?« Tobias war zu verwundert, um den Anweisungen Folge zu leisten. »Die Burg …«

»Gehen Sie bitte. Ich würde Sie ungern erschießen müssen, Mister Tobias.«

Arsènie machte einen Schritt von dem Mann weg, dessen Weigerung ihn dicht an den Tod brachte. Da sie nicht wusste, ob sich in dem Gewehr Schrot oder eine einzige Kugel befand, wollte sie etwas Abstand gewinnen und nicht durch Zufall getroffen werden. Sie hielt sich bereit, um ihre Fertigkeiten einzusetzen, wollte zunächst jedoch abwarten. Sie benötigte mehr Informationen.

Tobias fing sich und trottete auf die Stelle zu, an der sich einer der Türme befunden hatte. Natürlich gab es auch dort keine Mauern mehr, lediglich die Klappe am Boden war geblieben.

»Aufmachen und runter mit Ihnen beiden«, befahl ihnen Jasper.

»Da unten können Sie ungestört ein wenig turteln, wenn Ihnen noch immer der Sinn danach stehen sollte.« Er nahm die Waffe nicht eher herunter, bis zuerst Arsènie und danach Tobias die Holztreppe hinabgestiegen waren. Dann schloss er die Klappe wieder, und sie hörte, wie ein Riegel von außen vorgeschoben wurde.

Es war stockdunkel und kalt in ihrem Gefängnis. Arsènie hörte das Rumpeln der Brandung und leises, stetes Tropfen.

»Es tut mir leid, Madame, dass unser Ausflug so endet! Aber wie sollte ich ahnen, dass Sir Jasper wahnsinnig geworden ist?«, sagte Tobias in der Finsternis.

»Was denken Sie, was das zu bedeuten hat?«

»Er hat still und heimlich die Burg verkauft«, antwortete er ihr. »Das ist die einzige Erklärung. Damit es keiner in den Orten aus der Umgebung merkt, hat er die Lüge mit der Restaurierung erfunden.« Er lief umher, wie sie anhand seiner Schritte vernahm. »Es hätte einen Sturm der Entrüstung in den Dörfern gegeben, wenn sie bemerkt hätten, dass sie ihr Wahrzeichen verlieren.«

Arsènie hätte dieser Erklärung unter anderen Umständen Glauben geschenkt, aber nicht jetzt. Es gab einen anderen Grund, den Michael's Mount abzutragen, und nach den Worten von Jasper zu schließen, sollte heute Nacht der Rest davon weggebracht werden. Sicherlich verschwand dann der Weltenstein an den gleichen Ort wie die Burg – doch weswegen? Und wohin?

»Kommen wir irgendwie raus, Mister Tobias? Es gibt doch immer irgendwelche Geheimgänge auf Burgen.«

»Schon, aber nicht in ihren Verliesen«, gab er zurück. »Der einzige Weg hinaus ist die Klappe über uns.«

»Wenn das so ist, nehmen wir eben den Ausgang.« Sie hatte sich absichtlich nicht von der Stelle bewegt und befand sich noch immer an der Leiter.

»Ich bin nicht so stark, dass ich die Eisenriegel verbiegen kann, Madame.« Tobias klang beschämt.

»Lassen Sie nur.« Arsènie lehnte sich gegen die Sprossen und konzentrierte sich. »Ich mache das mit den Waffen einer Frau.« Sie hob die Arme, legte die Handflächen gegeneinander und wartete auf das Kribbeln, das sich meist einstellte, bevor sie Ektoplasma freisetzte.

XIX.

»*Die Linie Prokop*
Einer Legende nach soll der heilige Prokop den
Teufel an die Egge gebunden und mit dem Kreuz
angetrieben haben. Die Nachfahren der Linie
benutzen Vorrichtungen, die den Eggen nach-
empfunden sind. Sie umspannen den Drachen
wie Klammern von drei Seiten gleichzeitig und
fügen ihm zahlreiche Wunden zu. Danach springen die Truppen herbei und erste-
chen ihn.«

aus der Serie »Drachentöterinnen und Drachentöter
im Verlauf der Jahrhunderte«
Im »Münchner Tagesherold«, Königlich-Bayerisches Hofblatt
vom 1. Juni 1924

25. Januar 1925, Avranches (Normandie), Königreich Frankreich

Silena und Grigorij erklommen Stufe um Stufe. Die Geräusche des Windes schwollen an; aus dem Säuseln war ein anhaltendes, nahezu einschüchterndes Pfeifen geworden.

»Das wird auf dem Dach gleich ein sehr gefährliches Unterfangen, Großmeisterin.« Grigorij schnaufte, hielt aber tapfer mit Silena mit. »Wollen wir nicht warten, bis das Unwetter abgeklungen ist?«

»Nein. Ich brauche Gewissheit, Fürst.« Sie hatte eine kleine Plattform erreicht, in der Wand befand sich ein Ausstieg. »Es wird einen Grund haben, warum Cyrano den Schädel von Aubert gestohlen hat. Und zwar heute. Jetzt will ich sehen, ob wir uns bei unseren Beobachtungen getäuscht haben oder ob wir die Statue finden.« Sie löste die Halterung, öffnete die Luke. Im nächsten Augenblick wurde ihr diese von einer starken Böe aus den Fingern gerissen; klappernd stieß sie gegen die Mauer und zerbarst, die Holzbretter fielen auseinander und stürzten auf das Kathedralendach.

»Das war kein gutes Omen«, meinte Grigorij.

»Es war der Wind, Fürst. Nichts weiter.« Silena schwang sich hinaus, hielt sich am Rand fest und ließ sich an der rauen Wand hinab auf die Schindeln gleiten.

Strömender Regen tränkte ihre Kleidung und suchte sich jede freie Stelle, jede Naht, um an ungeschützte Haut zu gelangen. Der Sturm brandete gegen sie und versuchte, sie umzuwerfen, doch sie breitete die Arme aus wie eine Seiltänzerin und behielt das Gleichgewicht; erst als sie sicher stand, wagte sie, einen Blick rundum zu werfen.

Sie befand sich auf dem höchsten Punkt der Umgebung, und ein solches Panorama hatte sie noch niemals gesehen.

Über dem Meer herrschte sternenklarer Himmel und brachte dem aufgewühlten Meer einen Zauber, verwandelte die Schaumkronen auf den Wellen in Silberbeschläge. Die Gestirne schienen beruhigend auf die See einzuwirken und den Frieden zu bringen, den das Unwetter genommen hatte.

Auf der anderen Seite, über Avranches, rollte das Gewitter heran. Der Sturm ballte und formte die Wolken nach Belieben, und das unentwegte Drücken presste Regen und Blitze aus ihnen heraus, die mit Wucht auf das Land niedergingen. Silena erkannte sogar zwei lodernde Feuer, eines davon in Avranches, wo der Blitz etwas in Brand gesetzt hatte.

Hinter ihr klirrte es, dann huschte ein Schatten an ihr vorüber. Geistesgegenwärtig griff sie nach ihm und bekam die Schulter des Fürsten zu fassen. Er hatte beim Aussteigen das Gleichgewicht verloren und war nach unten geschlittert.

»Danke sehr, Großmeisterin.« Er war bleich im Gesicht, die grüne Brille war von Tropfen übersät. Grigorij sah zum Dachrand. »Das hätte übel ausgehen können.« Er schluckte schwer. »Ich schulde Ihnen mein Leben ...«

Silena ließ ihn los. »Nein, tun Sie nicht. Es wäre sicherlich gut für Sie ausgegangen.« Sie mochte den Gedanken nicht, einen Menschen an sich gebunden zu wissen. Nicht aus ewiger Dankbarkeit. »Ich habe dem guten Ausgang nur vorgegriffen, das war alles.«

Er sah nach Avranches. »Meine Güte«, stöhnte er beim Anblick der schwarzwolkigen Front. »Es sieht aus wie ein Raubtier, das sich brüllend auf uns stürzen möchte. Ich habe noch niemals Wolken gesehen, die so böse und lebendig wirkten wie diese.«

»Einbildung, Fürst. Machen wir uns auf die Suche.« Silena arbeitete sich vorsichtig zum First hoch und balancierte auf dem handbreiten Grat entlang; dabei sah sie immer wieder nach rechts und links und hielt nach steinernen Statuen Ausschau.

Grigorij kam ihr nach, wobei er es bevorzugte, auf dem Hosenboden vorwärts zu rutschen.

»Ich gehe da hinüber«, rief sie und hatte nun beträchtliche Schwierigkeiten, sich gegen die Böen zu stemmen. Sie hob den Fuß – und der Erzengel Michael rief aufs Neue.

Das Vibrieren seiner Stimme versetzte sogar den First in Schwingung – jedenfalls hatte Silena den Eindruck. Dieses Mal erwischte es sie, auch die ausgleichenden Bewegungen mit den Armen halfen nicht länger.

Sie fiel nach links, rutschte über die Schindeln. Ihre Rippen wurden geprellt, Stoff und Haut scheuerten sich an dem harten Stein auf.

»Silena!« Grigorij handelte, ohne darüber nachzudenken, was er tat. Er sprang, warf sich mit Schwung auf das Dach und schlitterte der Frau kopfüber hinterher. Als er sie eingeholt hatte, packte er ihre Hand.

Sie schoss an dem Sockel eines Wasserspeiers vorbei. Grigorij dagegen schaffte das Kunststück, ihn genau mit dem Oberkörper zu rammen und einen Absturz zu verhindern. Seine Rippen und das Brustbein knirschten, die Luft schoss ihm aus den Lungen.

Silena baumelte frei über der Kante, unter ihr ging es etliche Meter nach unten. Den Sturz hätte sie niemals überlebt.

»Ich habe dich«, ächzte er und zog sie langsam zurück aufs Dach. Während er sie nach oben hievte und sie sich zurück auf die Schindeln schwang, wunderte sie sich über die Selbstlosigkeit des Mannes. So hatte sie ihn bisher nicht eingeschätzt.

Fest umklammerte sie den Sockel und drückte seine Hand, er nickte ihr zu. Beide waren zu sehr außer Atem, um sprechen zu können.

Grigorij schaute an dem Gargoyle hinauf, ein gewaltiges Exemplar in einer zusammengekauerten Haltung, sodass man die wahre Körpergröße nur erahnte. Er bemerkte die kleinen, kurzen Schuppen, die im nächsten Blitz aufglänzten. Der Regen hatte den Stein dunkelgrau gefärbt. Als der Russe das echsenhafte Gesicht erblickte, stockte sein Atem: In den Augen lauerte etwas, die Schatten auf dem Antlitz verliehen dem Wasserspeier ungekannte Düsternis und Gefährlichkeit.

Er schauderte und wollte sich rasch abwenden, da fiel ihm ein, weswegen ihm der Anblick bekannt vorkam. »London«, stöhnte er und packte Silenas Arm. »Das ...«

Ruckartig bewegte sich die vermeintliche Statue, und ein grün leuchtendes Augenpaar blickte zu ihnen hinab. Sie öffnete ihr Maul und kreischte schrill, durchdringend, dabei beugte sie sich nach vorn und erschien noch größer und bedrohlicher, als sie es ohnehin war.

Silena schlug ohne zu zögern mit dem Schwert samt der Scheide zu. Im Kampf gegen steinerne Gegner waren Schwung und Gewicht angebrachter als Schärfe.

Die Scheide brach einige Zähne aus dem langen Maul. Der Gargoyle brüllte laut und schlug mit beiden Händen nach Silena, die unter den ausgestreckten Armen abtauchte; stattdessen traf es Grigorij, der eben aufstehen wollte. Er hob ab, wurde zurück auf den First katapultiert und schlug dort auf.

Silena blieb keine Zeit, sich um sein Wohlergehen zu kümmern. Der nächste Angriff nahte, und den Klauen an der Dachkante auszuweichen, erforderte all ihre Aufmerksamkeit. »Wo ist der andere?«, rief sie dem Gargoyle entgegen und schlug wieder mit dem Schwert zu, aber dieses Mal wehrte das Wesen ihre Attacke mit dem Unterarm ab, dem der Hieb nichts ausmachte. »Sag mir, wo Cyrano ist!«

Der Gargoyle scherte sich nicht um ihre Fragen, sondern hieb weiter auf sie ein.

Silena wich immer weiter zurück, bis der Wind erneut zu ihrem zweiten Feind wurde. Er packte sie unvermittelt und schubste sie gegen das Dach, sodass sie gegen die Schindeln fiel. Dabei verfehlte ihr Kopf nur knapp ein Verankerungseisen, das der Eindeckung zusätzliche Stabilität verleihen sollte.

Geistesgegenwärtig griff sie danach und riss es heraus. Es war armlang und sehr schwer – genau die richtige Waffe gegen den Gargoyle.

»Wo ist der andere von euch? Cyrano, der mit den großen Flügeln und dem zerstörten Gesicht?« Silena schlug mit beiden Armen zu und traf den Gargoyle erneut, dieses Mal genau auf das Handgelenk.

Es gab ein merkwürdiges Geräusch, und die Hand wurde abgeschlagen. Die Drachentöterin sah eine steinerne Bruchkante, kein Blut, keine Knochen, keine Sehnen. Eine Statue, die lebte.

Der Gargoyle schrie und machte einen Schritt zurück, starrte auf den Stumpf und konnte nicht verstehen, dass er ein Gliedmaß verloren hatte.

Silena nutzte die Ablenkung und drosch zu, zielte auf den Kopf.

Wieder erklang das Geräusch, Schnauze und Schädel erhielten Risse, und das Wesen brüllte auf, flatterte mit den Schwingen und wandte sich zur Flucht. Es hechtete vom Dach und drückte sich in dem Augenblick ab, als Silena mit ganzer Kraft gegen den rechten der kurzen Flügelansätze schlug und ihn zerstörte.

Es war zu spät für den Gargoyle, den Sprung abzubrechen. Mit einem verzweifelten Kreischen stürzte er in die Tiefe und kreiselte, seiner Flugfähigkeit beraubt, um die eigene Achse, bis er auf die Mauer neben dem Fischerdorf prallte und in unzählige Stücke zerschellte.

Silena hatte den Tod des Wesens verfolgt, wandte sich auf dem Dach um und entdeckte zwei Meter von ihr entfernt eine weitere Statue. »Grigorij?«, rief sie gegen den Wind und wischte sich das Regenwasser aus den Augen. Sie glaubte, behandschuhte Finger zu erkennen, die sich an den First klammerten.

»Ich lebe noch, Großmeisterin«, kam es gedämpft, und dann erschien sein regennasses Haupt über dem First. Die langen schwarzen Haare hingen ihm ins Gesicht. »Wo ist unser Gargoyle?«

»Tot ... ich meine ... zerborsten.« Sie wog das Befestigungseisen in der Linken und ging auf die nächste Statue zu. Sie reichte ihr nur bis zur Hüfte, hockte da und hielt die Beine umschlungen, streckte einen vogelähnlichen Kopf nach vorn und hatte den Mund weit geöffnet; im Rachen und auch am Gaumen zeigten sich nadelartige Zähne, die nach hinten geneigt waren und als Widerhaken fungierten.

Silena schaute nach den Augen, die weit aufgerissen, aber vollständig versteinert waren. Sie rechnete jeden Moment damit, dass sie grün aufleuchteten und das Wesen nach ihr schnappte. »Mal sehen, was der hier macht.« Sie holte aus und schlug das Eisen mit Kraft gegen den Rücken. »Sag etwas, wenn du mich hörst.« Steinsplitter platzten ab, fielen in die Tiefe und auf das Dach.

»Versuchen Sie es noch einmal«, riet Grigorij, der rittlings auf dem Grat saß und das Unwetter beobachtete. »Und beeilen Sie sich! Wir sollten hier verschwinden, bevor uns ein Blitz zu Asche verwandelt.«

Silena zielte auf den Nacken des Gargoyle. »Ich werde dich enthaupten, Wasserspeier. Los …«

Neben der Dachkante schoss eine breite Gestalt hinauf, die Flügel entfachten zusätzlichen Wind und rissen an ihrer Kleidung.

»Achtung!«, schrie Grigorij. »Es ist dieses Monstrum aus München!«

Silena umrundete den Wasserspeier und brachte ihn als Deckung zwischen sich und Cyrano, der drei Meter vor ihr mit Mühe landete. Die Böen machten auch ihm zu schaffen.

Die grünen Augen legten sich auf sie. »Halt! Lass ihn in Ruhe! Er hat dir nichts getan und kann sich nicht wehren.« Dieses Mal bewegten sich die Lippen, er sprach ganz normal zu ihr.

Sie hob das Eisen zum Schlag. »Solltest du näher kommen, zerschlage ich deinen Freund, wie ich es mit dem anderen getan habe!«

Das steinerne Monstrum blieb sofort stehen. Innerlich atmete Silena auf, anscheinend hatte sie ein Druckmittel gegen das übermächtige Wesen gefunden. »Wo ist der Schädel?«

»In Sicherheit.«

»In Sicherheit?«

»Sie … nein, er trachtet danach. Den Drachenstein besitzt er schon, jetzt darf er nicht auch noch den Schädel erhalten, oder alles ist verloren.« Der Kopf neigte sich zur Seite, und Silena sah die zerstörte Gesichtshälfte deutlich im Licht des nächsten Blitzes. »So verloren wie mein Bruder, den du getötet hast.«

»Er wollte mich umbringen und trägt selbst Schuld an seinem … Ableben.« Silena rührte sich nicht, die Arme als Drohung weiterhin schlagbereit erhoben. »Wo bin ich da hineingeraten, Gargoyle? Warum die vielen Toten?«

»Es ging nicht anders, Silena. Das glaubten wir zumindest. Doch er ist schlauer, als wir angenommen haben.« Cyrano blickte zu Grigorij. »Der Seher hat mit seiner Vision alles komplizierter gemacht. Ohne ihn hättest du dich nicht eingemischt. Nicht so.«

»Sage mir, was vorgeht zwischen dir und den Drachen oder ich schwöre, dass ich alle Gargoyles, die ich finden kann, zerschlage. Keiner deiner Brüder wird mir entkommen.«

»*NEIN!*«, brüllte Cyrano wütend auf und streckte bittend die Hand nach vorn. »Nein, das darfst du nicht. Wir haben so lange auf den Tag unserer Befreiung gewartet. Strafe sie nicht für meine Taten, Drachentöterin. Wenn du einen Schuldigen für den Tod deiner Brüder suchst, dann finde ihn in mir.«

»Also warst *du* es wirklich?« Ihre Augenbrauen zogen sich zusammen; starke Gefühle in ihrem Innern verlangten von ihr, mit dem Eisen zuzuschlagen und sämtliche Wasserspeier dieser Welt auszulöschen. Doch Silena beherrschte sich, obwohl ihr Körper vor Hass auf das Wesen bebte. »Erkläre mir auf der Stelle, was es mit dem Weltenstein auf sich hat, oder du wirst zusehen, wie das Officium sämtliche Gargoyles vernichtet.«

Er schaute sich um. »Wo ist Sàtra?«

»Was hat sie damit zu tun?«

»Wir könnten sie jetzt gut gebrauchen. Wenn wir uns gegen die Drachen verteidigen müssen, wäre eine Magierin wie sie von Nutzen.«

Ein Blitz stieß aus den Wolken und schlug laut zischend vier Meter von Silena entfernt in einen Ableiter ein. Auch wenn das Metall die Energien anzog und absorbierte, spürte sie die Wärme des Blitzschlags und das Kribbeln im Körper.

»Runter vom Dach, Großmeisterin.« Grigorij hockte noch immer auf dem First, die Waffe auf die Kreatur gerichtet. »Ich hatte eben ein merkwürdiges Gefühl im Schritt und möchte nicht wissen, wie es sich anfühlt, wenn der Strom meine Hoden zum Glühen bringt.«

Silena starrte den Gargoyle an. »Wir treffen uns im Hauptschiff der Kathedrale, neben dem Kreuz. Kommst du nicht oder greifst du mich an, wird dafür gesorgt, dass ...«

Er winkte ab. »Ich habe es verstanden, Silena.« Cyrano sprang vom Rand in die Tiefe und verschwand für einen Augenblick, ehe er mit ausgebreiteten Schwingen einige Meter unterhalb des Daches zu sehen war und um das Gotteshaus flog.

Silena machte sich auf den Rückweg. Der Fürst hatte sich bereits ins Innere gerettet, und gemeinsam stiegen sie nach unten.

»Ich bin vom Verlauf der Dinge überwältigt«, sagte Grigorij aufgeregt. »Niemals hätte ich erwartet, dass wir den Gargoyle tatsächlich antreffen ... Nun, schon. Aber nicht so rasch.« Er nahm eine Zigarette aus dem Etui, hatte sie bereits halb im Mund, dann schnippte er sie davon. »Sie hatten Recht, Großmeisterin. Ich lasse es lieber.«

»Freut mich.« Silena wog das Fixiereisen in der Hand. Es war die bislang wirksamste Waffe gegen die lebendigen Statuen. Sie wünschte sich einen Vorschlaghammer, einen Morgenstern oder irgendetwas Vergleichbares, das Gewicht aufwies und genug Schwung entwickelte, um Stein zu sprengen. Ihr war nicht entgangen, dass der Fürst sie vorhin in höchster Gefahr beim Vornamen gerufen und sie geduzt hatte, ohne die hochtrabende Anrede. »Sie haben sich ...« Silena verstummte. Es war nicht die Zeit, darauf näher einzugehen.

»Ja?«

»Vergessen Sie es.« Am Boden des Turmes angelangt, fiel ihr Blick auf einen breiten Schrank. Sie öffnete ihn und fand darin drei Ersatzklöppel für die kleineren Glocken der Kathedrale. »Mein Wunsch ist erhört worden«, murmelte sie, stellte das Eisen weg und nahm sich eines der keulenartigen Gebilde. »Fürst, greifen Sie zu.«

»Damit kann man dem Gargoyle echtes Kopfzerbrechen bereiten«, kommentierte er ihren Fund und rüstete sich ebenfalls.

Als sie das Hauptschiff betraten, wurden sie bereits erwartet.

Der Gargoyle stand mit dem Rücken zu ihnen. Die riesigen Schwingen waren ausgebreitet, und er sah zu den großen Fenstern hinauf, als wolle er die unentwegten Blitze zählen. Weder Silena noch Grigorij sprachen, sondern begaben sich hinter ihn und warteten.

»Hass hielt mich am Leben. Der Gedanke an Mord erfreute mich«, sagte er mit seiner altertümlichen, mahlenden Stimme. »Und nach Rache trachte ich. Sie sollen vernichtet werden. Von ihren eigenen Sklaven.« Die Worte hallten dunkel in der Kathedrale nach.

Silenas Nackenhaare stellten sich auf; in den Worten lagen wahrhaftig starke Empfindungen.

Er wandte sich um, die Flügel erzeugten einen kleinen Windstoß. »Die Drachen und wir entstammen derselben Blutlinie, aber während wir kleiner und schwächer blieben, wuchsen sie und schwangen sich zu Tyrannen empor, die nichts und niemanden achten. Als wir uns gegen sie auflehnten, warfen sie den steinernen Bann über uns. Versteinert und dennoch wach, mussten wir fortan mit ansehen, wie die Welt sich veränderte.« Seine Augen leuchteten grün. »Aus den harmlosen Wesen mit Pelz und einer kaum verständlichen Sprache entwickelten sich Kreaturen mit Verstand und Wissen, die, ohne es zu ahnen, unsere einstigen Herren in Bedrängnis brachten.«

Silena lehnte sich gegen die Kirchenbank und entlastete die schmerzende Stelle an der Seite und am Rücken, auf der sie das Kirchendach hinabgerutscht war. »Ich soll dir glauben, dass es dich und die ... Gargoyles schon vor Tausenden von Jahren gegeben hat?«

»Wie es die Drachen gab und gibt.« Cyrano setzte sich, faltete die Flügel zusammen und schaute auf den Fußboden. »Die Menschen fanden einige von uns in der versteinerten Form und setzten sie auf ihre Gebäude. Zur Abschreckung, zur Zier, zu was auch immer. Sie schufen weitere Statuen, die unser Aussehen nachahmten, aber nicht die gleiche Lebendigkeit besitzen wie wir. Im Lauf der vielen Jahrhunderte haben uns die Drachen vergessen.« Die Muskeln an dem mächtigen Leib spannten sich. »Aber wir sie nicht.«

Grigorij betrachtete Cyrano fasziniert. Ein Blitz zuckte nieder und beleuchtete den Gargoyle von hinten, schuf Licht und Schatten in dem markanten Antlitz, das trotz der Zerstörung eine ungeheuerliche Würde und Ausstrahlung besaß. »Wie wurdest du zum Leben erweckt?« Er wurde sich bewusst, dass er seine Stimme gesenkt hatte.

»Durch Menschen. Menschen, die aus den Reihen derer kommen, die sich heute selbst Spiritisten und Medien nennen.« Er sah hinauf zur Kathedralendecke. »Sie haben im Verlauf ihrer Séancen oder Anbetungen oder Beschwörungen Kräfte freigesetzt, die bei einigen von uns den Fluch der Drachen zum Teil aufgehoben haben. Im Mittelalter hat man solche Männer und Frauen als Zauberer und Hexen verbrannt.« Ein langes, schweres Seufzen entwich seiner Brust. »Doch noch ist der Bann nicht gänzlich vernichtet. Viele von uns warten sehnsüchtig darauf, und wir, die halb Befreiten, sind teilweise noch Stein.«

»Unsinn! Es gibt keine Magie.« Silena sah Cyrano widerspenstig an.

Der Gargoyle fuhr sich mit Zeige- und Mittelfinger über die zerstörte Stelle in seinem Gesicht, die nach Stein aussah. »Wie kann dann das sein, Silena?« Er lachte bedauernd. »Du kannst nicht alles verstehen, was auf der Welt geschieht. Auch wenn du groß und erwachsen geworden bist. Es gibt nach meinem Wissen niemanden unter den heutigen Medien, der sich seiner magischen Fertigkeiten bewusst ist. Das machte die Suche für uns so schwierig. Viele sind Scharlatane, eine Hand voll verfügt über besondere Kräfte, und ein Bruchteil von diesen wiederum sind echte Magier.«

Silena schnaubte. »Sàtra? Sàtra soll zu denen gehören, die schwarze Künste beherrschen?«

»Sicher, Großmeisterin!« Grigorij schulterte den Klöppel. »Erinnern Sie sich an Edinburgh. Wie sie uns vor dem Drachenfeuer rettete und die Treppe vor dem Einsturz bewahrte.« Er rieb sich über den Bart. »Natürlich! Sie weiß es jedoch nicht! Sie hält die Erscheinungen für Geisterkräfte, für Ektoplasma. Dabei ist sie es selbst.«

Zwar weigerte sich alles in der Drachentöterin, Magie als existent anzuerkennen, aber seltsamerweise befahl ihr der Verstand, Cyranos Erklärung vorerst so hinzunehmen. »Die schwarze Kunst.« Das würde der Inquisition zu neuem Ansehen verhelfen und ihr viel Arbeit bescheren.

»Es hat nichts mit schwarzer oder weißer Kunst zu tun«, widersprach der Gargoyle. »Menschen entscheiden, was sie mit ihren besondern Fertigkeiten anstellen, mehr ist es nicht. Diese Kraft an sich ist weder gut noch böse. Sie ist ein Werkzeug.«

»Das du und deine Freunde nutzen wolltent«, führte Grigorij fort. »Wie viele Freie gibt es von euch?«

»Nicht mehr als zehn, und einige haben bereits ihr Leben verloren.« Er senkte den Blick und schaute den Russen an. »Wir geben unser Dasein zum Wohle der anderen und für das Ende der Herren.«

»Und dabei spielen die Menschen, die ihr tötet, keine Rolle!« Silena sah ihn verächtlich an.

Cyrano drehte sich zu ihr. »Sie spielen sehr wohl eine Rolle, aber sie stehen in dieser Auseinandersetzung unterhalb unserer Ziele.« Die Augen verloren das Leuchten. »Dir hätte ich niemals etwas zuleide tun können, Silena. Du hast mir meinen Namen gegeben, seit dem ersten Tag unserer Begegnung. Ich bin der Erste von uns, der einen Namen erhielt. Einen eigenen Namen, keinen Sklavennamen.«

Sie hielt sich am Klöppel fest, das Gewicht gab ihr Sicherheit und verhinderte, dass sie sich in einem unbesonnenen Moment auf den Gargoyle warf. »Ihr habt die Medien und Drachentöter umgebracht – warum?«

»Die Spiritisten, die wir entführt und geprüft hatten und die nichts taugten, konnten wir nicht gehen lassen. Sie hätten unsere Sache verraten. Und mit den Morden an deinen Leuten wollten wir das Officium verstärkt gegen die Drachen hetzen, damit wir in Ruhe unsere Vorbereitungen treffen konnten.« Cyrano nickte Grigorij zu. »Dich hätten wir beinahe ebenfalls ausgelöscht. Du warst eine sehr große Bedrohung für unseren Plan.« Er schwieg. »Aber es macht keinen Sinn mehr, gegen euch zu kämpfen«, fügte er dumpf hinzu. »Wir brauchen euch, um den schwarzen Drachen aufzuhalten.«

Grigorij schluckte. Nachträglich kam es ihm wie ein Wunder vor, dass er noch lebte. Sein Rachegefühl war weniger stark ausgeprägt, doch ein Blick in Silenas Gesicht verriet ihm, dass sie kurz vor einem Ausbruch stand. »Was hat es denn nun mit dem Schädel und dem Mont-Saint-Michel auf sich?«, fragte er schnell und schob sich dabei vor sie, damit er sie notfalls aufhalten konnte. »Wir haben eine Abbildung gesehen, auf dem Gargoyles über der Kathedrale fliegen.«

»Wir ... *ich* war der Diener von Aubert.«

»Dem Bischof?«, entfuhr es ihr. »Wie ...«

Cyrano lachte dunkel. »Aubert gehörte zu den ganz seltenen Drachen, die ihre Gestalt wandeln und mit Magie umgehen können. Für ihn gab es keinen besseren Schutz vor den Menschen, als sich als einer von ihnen auszugeben. Das Amt des Bischofs nutzte er, um Reichtümer anzuhäufen und sich daran zu ergötzen.« Er pochte gegen den Boden. »Seinen Hort verwahrte er auf dem Mont, ein idealer Hort – wenn er in eine Festung verwandelt war. Er sorgte sich ständig darum, dass es die anderen Drachen nach seinen Schätzen verlangen könnte. Er suchte Wege, um Vorkehrungen zur Verteidigung zu treffen, die gegen alle Drachen taugten, ganz gleich, in welcher Gestalt sie erschienen.« Cyrano hob den Zeigefinger, gleich darauf erklang die Stimme des Erzengels: Der Glockenschlag fuhr ihnen wieder in die Gebeine. »Aubert unternahm Versuche mit Tönen, weil er wusste, dass man mit gewissen Lauten Tiere in die Flucht schlagen kann. Die Wirkung verstärkte er mit seiner Magie, und heraus kam dabei die Glocke, deren magischer Klang einen Drachen töten kann.« Er lachte auf. »Dabei starb er, dieser Trottel. Er wurde von der Wirkung seiner eigenen Waffe überrascht.«

»Ich verstehe aber nicht, was es mit dem Weltenstein und dem Schädel auf sich hat«, unterbrach ihn Silena.

»Das wirst du gleich. Nach seinem Tod entbrannte der Kampf zwischen uns und den Drachen, und dank Auberts Glocke, die den Namen Engelsstimme erhielt, kamen sie niemals bis hierher. Wir hätten sie beinahe besiegt. Aber die Drachen ließen Auberts Schädel aus Avranches entführen, öffneten ihn, um …«

»… den Drachenstein zu bekommen!« Silena hatte die Verbindung hergestellt. »Dieser Stein im Gehirn ermöglicht es, Magie zu nutzen. Oder wie immer man die Kräfte nennen möchte. Ist es das?«

»Ja. Derart mächtige zaubernde Drachen wie Aubert stehen im Ruf, einen Drachenstein zu bergen.« Grigorij nickte. »Dann ist er nichts anderes als ein … magisches Organ?«

»Das seine Macht auch nach dem Tod des Trägers behält«, ergänzte Cyrano. »Wir erfuhren zu spät davon. Und die Drachen fanden in Auberts Schädel einen *mächtigen* Drachenstein.«

»Das erklärt das Loch.« Silena überlegte, warum sich Aubert als Mensch hatte begraben lassen, und fragte den Gargoyle.

»Aubert war ein eitler Drache. Er wollte sich der Anbetung und des Ruhms auch über den Tod hinaus gewiss sein. Also starb er in der Gestalt eines Menschen, damit er angebetet und verehrt wurde. Von Wesen, die er im Grunde verachtet hatte.« Cyrano strich über das Kreuz. »Die Drachen woben mithilfe des Steines den Bann, der uns Gargoyles zu Stein erstarren ließ. Damit sie die Formel nicht vergaßen, um den Fluch eines Tages vielleicht aufheben zu können, schrieben sie diese auf die Innenseite des Schädels. Wer ihn aufhebt, wird Herrscher über die Gargoyles sein.« Er grollte. »Doch das entscheidende letzte Wort steht auf dem Stein.«

»Der schwarze Drache und du haben ein Abkommen …«

»Nein. Er schlug mir einen Pakt vor und machte mir große Versprechungen, dass wir uns an den alten Drachen, den so genannten Altvorderen, rächen dürften, doch ich durchschaute sehr schnell, was er in Wahrheit beabsichtigte. Er will einen Krieg, und dabei will er uns als Verbündete erzwingen, indem er es ist, der den Bann bricht.

Mit uns und seinen verbündeten Drachen würde er die Ostdrachen aufhetzen, gegen die Alte Welt einen Schlag zu führen.« Cyrano schüttelte den Kopf. »Er ist wahnsinnig.«

Grigorij betrachtete den Gargoyle. »Angenommen, du bist derjenige, der es schafft, den Fluch zu brechen und deine Freunde zum Leben zu erwecken: Wie würde es weitergehen?«

Cyrano grinste, und dabei zeigte er sein kräftiges Gebiss. »Wir würden den Menschen das Angebot unterbreiten, die Drachen auszulöschen. Kein Ort wäre mehr sicher für sie, weder die Gebirge noch die Schluchten noch die Tiefen der Meere, in denen einige von uns schlummern und auf ihre Erweckung warten. Danach wollen wir mit euch in Frieden leben.« Er sah in die Runde. »Wir haben denselben Feind. Es liegt an dir zu entscheiden, Silena, ob wir Verbündete sind oder eine zweite Front eröffnen.«

Silena wandte sich ab und wandelte durch die Kathedrale, in der das Krachen des Donners widerhallte. Sie hatte keine Ahnung, was sie tun sollte. Das Officium in Kenntnis setzen? Das Wesen angreifen und vernichten und den Schädel auf eigene Faust suchen? Wo waren die geraubten Gegenstände aus dem Museum abgeblieben? Was würden die Drachen unternehmen, um Auberts Reste in die Klauen zu bekommen?

»Der schwarze Drache wird die Insel angreifen lassen, Großmeisterin.« Grigorij tauchte neben ihr auf. »Er ist nicht mehr weit von seinem Ziel entfernt, und alles, was wir zur Verteidigung besitzen, ist eine Glocke und ein halb zerstörter Gargoyle.« Er stellte sich ihr in den Weg, damit sie anhielt. »Sie *müssen* das Officium informieren, Großmeisterin! Dies ist der Ort, den ich in meiner Vision gesehen habe. *Hier* wird der Kampf um den Weltenstein entschieden, da bin ich mir sicher. Und wir brauchen dabei alle Krieger, die uns das Officium senden kann.«

Silena schaute über die Schulter zu Cyrano. »Ich sollte ihn töten«, flüsterte sie bebend. »Er hat meine Brüder ermordet, und auf sein Geheiß hin brachten die Gargoyles den Tod zu anderen Drachentötern.«

Grigorij packte sie bei den Schultern. »Schieben Sie Ihre Rache auf, Großmeisterin, ich bitte Sie! Es geht um die Vorherrschaft der Drachen! Um einen Weltkrieg, wie ihn noch kein Mensch erlebt hat und den kaum ein Mensch überleben wird. Sie kennen die Macht der Drachen. Stellen Sie sich vor, was sie anrichten, wenn sie über uns herfallen! Wenn die Gargoyles erwachen, erneut zu ihren Dienern werden und ebenfalls über uns herfallen.«

Sie sah ihn an. »Dann glauben Sie die Geschichten, die Cyrano und Gessler uns erzählt haben?«

Er seufzte. »Ich habe in den letzten Wochen Dinge erlebt, die mich an nur noch wenigen Ereignissen zweifeln lassen. Aber was wir herausgefunden haben, die Bilder mit den Gargoyles – es fügt sich.« Grigorij nahm die Hände nicht von ihren nassen Schultern, die Blicke der beiden wollten sich nicht mehr voneinander lösen.

Silena schluckte wieder, schwieg.

In die Stille hinein schlug die Glocke aufs Neue. Ein beruhigender, bewegender Ton, der sogar das Krachen des nächsten Blitzes übertönte.

Sie schloss die Augen und lauschte, sog den Klang in sich auf, der die Ängste aus ihrem Verstand fegte und nichts als Klarheit zurückließ.

Als Silena die Lider hob, lächelte sie. »Ich suche ein Telefon«, verkündete sie und schritt auf den Ausgang zu. Farou kam ihr entgegen; erschrocken starrte er zum Kreuz, wo Cyrano stand.

24. Januar 1925, Marazion (Cornwall),
Königreich England

Die Energien schossen als seildicke, gleißend weiße Fäden aus Arsènies Handinnenseiten und warfen sich schimmernd gegen die Luke. Ein lautes Ächzen ertönte, als sich das Metall unter der Wucht der Kräfte verbog; das Schimmern beleuchtete ihr Gesicht und erhellte das karge Verlies.

Die Eisenriegel an der Außenseite quietschten, bis sie rissen und die Klappe nach oben gefegt wurde. Der Ausgang erschien als graues Quadrat.

Arsènie atmete erleichtert aus. Sie hatte den Verdacht gehegt, dass ihre Fertigkeiten auf dem St. Michael's Mount versagen könnten.

»Mister Tobias, kommen Sie. Ich habe uns in die Freiheit entlassen.« Mit diesen Worten ging sie voraus, erklomm die Stufen und fand sich im Freien wieder.

Der junge Mann folgte ihr. Auf seinem Gesicht stand große Verwirrung, er wusste das Erlebte so gar nicht einzuordnen. »Wie ... haben Sie das gemacht, Madame?«, stotterte er.

»Es muss Sie nicht weiter beunruhigen, lieber Tobias.« Sie spähte durch die Plane hinaus, konnte Sir Jasper aber nirgends entdecken. »Wenn Sie etwas Wertvolles auf der Insel verstecken müssten, wo würden Sie es verbergen?«

»Entweder im Verlies oder im Weinkeller des Haupthauses«, gab er zur Antwort. »Sir Jasper hat ihn herrichten lassen wie ein Gefängnis, und er besitzt den einzigen Schlüssel dazu. Nicht einmal ich darf hinein.«

Arsènie wandte sich zu ihm um. »Mister Tobias, wie Sie sich denken können, bin ich mehr als nur eine Pilotin ...«

»Jetzt weiß ich, wer Sie sind! Sie sind Madame Sàtra. Ihr Gesicht kam mir gleich so bekannt vor«, fiel er ihr ins Wort. »Und eben, im Verlies, ist es mir wieder eingefallen. Egoplasma, richtig?«

»Ein schlauer Bursche sind Sie, Mister Tobias. Und es heißt Ektoplasma«, lächelte sie belohnend. »Ich bin hier, um ein Unheil zu verhindern. Ihr Sir Jasper arbeitet mit einem gefährlichen Drachen zusammen, der ein mächtiges Artefakt gestohlen hat und es auf dem St. Michael's Mount verbirgt. Ich bin im Auftrag des Officiums und von Hamsbridge & Coopers hier, um es zu beschaffen, bevor es der schwarze Drache einsetzt.«

Tobias erblasste. »Doch nicht etwa das fünfköpfige Monstrum, das Edinburgh vernichtet hat?«

»Doch. Genau dieses.« Sie berührte seinen Oberarm. »Ich benötige Ihre Hilfe. Stehen Sie mir auf der Suche danach bei? Wir müssen es finden, ehe der Drache auftaucht und Marazion ebenso dem Erdboden gleichmacht wie das arme Edinburgh. Denken Sie an die vielen Freunde, Ihre Verwandten.«

»Sicher, Madame.« Tobias wirkte fest entschlossen, das Unheil zu verhindern. »Aber warum sind Sie allein hier? Man hätte Ihnen doch wenigstens einen oder zwei Drachentöter mitgeben können ...«

»Sie sind an anderer Stelle tätig und treffen weitere Vorbereitungen. Im Verborgenen.« Arsènie zeigte auf das Haupthaus. »Gehen wir es an.«

Er nickte und rannte los. Sie eilte ihm nach, sobald sie sich sicher war, dass Jasper ihnen nicht aus dem Hinterhalt auflauerte. Lieber erwischte es den Dörfler als sie.

Sie duckten sich unter den Planen hindurch und standen auf blankem Fels.

»Hier war früher die Eingangshalle«, flüsterte Tobias. »Ich fasse es nicht. Nicht einmal der Fußboden ist geblieben.«

»Wo ging es zum Weinkeller?«

Er zeigte nach rechts. »Da befand sich die Küche, und daneben ist der Abstieg zum Keller.« Tobias lief voran, Arsènie folgte ihm aufmerksam und stets bereit, ihre ektoplasmischen Kräfte gegen einen Angreifer zu schleudern.

Unbehelligt stiegen sie die finstere Treppe hinab. Licht gab es keines mehr, bis Tobias eine alte Lampe mit Streichhölzern entzündete. »Er ist ebenso leer«, entfuhr es ihm. »Wie konnte er das in den zwei Wochen, in denen ich nicht da war, nur schaffen? Dazu hat er ein Heer von Arbeitern benötigt.«

»Und eine Flotte von Schiffen oder Lastwagen, um es wegzubringen.« Arsènie hielt sich nicht mit Staunen auf, sondern nahm ihm die Leuchte aus der Hand und ging auf das Gitter zu; auf der anderen Seite stand ein mannsgroßer Geldschrank aus Stahl.

»Der ist neu«, raunte Tobias und schloss zu ihr auf.

»Schauen wir, was Sir Jasper eingelagert hat.« Ohne lange zu zögern, gab sie einen gezielten Strahl Ektoplasma gegen das Schloss frei, das sich unter dem Ansturm der Kräfte verformte und dann aufsprang. Arsènie öffnete die Tür mühelos und ging auf den Tresor zu. Wieder konzentrierte sie sich, aber dieses Mal versagten die Energien; außer einem kurzen Aufglühen und nähgarndünnen Entladungen, die den Tresor lediglich mit einem Brandmuster überzogen, erreichte sie nichts. Sie hatte sich bei ihrem Ausbruch zu sehr verausgabt. Somit blieb ihr nur eine Möglichkeit.

»Ihr Geister der Toten, ich rufe euch«, murmelte sie und schloss die Augen. »Kommt und helft mir! Gebt mir eure Kraft, um dieses Hindernis aus Stahl zu beseitigen, damit ich an den Inhalt gelange.« Sie hob die Arme. »Geister der Toten, erscheint! Ich befehle …«

Dann spürte sie, dass etwas anders war als sonst.

Eine mächtige Quelle befand sich in ihrer Nähe, von der unglaubliche Macht ausströmte, die aber durch einen Widerstand abgeschwächt wurde. Dennoch reichte es aus, um Arsènies Bemühungen zu verstärken. Für sie gab es nur eine Erklärung: *Der Weltenstein! Er liegt tatsächlich in diesem Tresor!*

Sie setzte ihre Anrufung fort – und erstarrte.

Etwas Mächtiges tauchte aus dem Jenseits hervor, ein leuchtender Schemen, der die Umrisse eines schlangengleichen, flügellosen Drachen trug; die platte Schwanzspitze ließ sie vermuten, dass es sich um einen Seedrachen handelte.

Zunächst erschrak Arsènie, doch sie verstand, dass die Seele ihr nichts Böses wollte. Es war nicht das Wesen, das sie bei den Séancen in Berlin und London angegriffen hatte. Sie hatte geschafft, was noch keinem Séancier zuvor gelungen war. Jetzt gab es für sie keinen Zweifel mehr daran, dass sie den Weltenstein in ihren Besitz bringen musste!

Du hast ihn also gefunden, Zauberin, sagte die Seele zu ihr. *Ein altes Geheimnis ist endlich gelüftet worden.*

»Ja. Und du wirst mir helfen, ihn aus dem Tresor zu befreien«, verlangte sie und war sich nicht sicher, wie man eine Drachenseele ansprach.

Mit Respekt, Zauberin. Ich verlange eine Anrede, wie sie mir gebührt. Dass du mich beschworen hast, bedeutet nicht, dass ich dir gehorche. Noch nicht. Die Drachenstimme klang erhaben, machtbewusst. *Besäßest du die volle Macht des Weltensteins, lägen die Dinge anders.*

Arsènie hörte, worauf es hinauslief. »Du möchtest eine Belohnung dafür, dass du mir hilfst.«

Wir verstehen uns.

»Wonach kann eine Seele streben? Was ist für dich noch von Bedeutung?«

Das Leben. Seit meinem Tod mehr als jemals zuvor. Ich habe es geschafft, mit meinem Körper nicht vollkommen zu vergehen und das Elementarste von mir zu retten. Seitdem harre ich in dieser Gestalt aus, und dein mächtiger Ruf hat es geschafft, mich neugierig zu machen.

»Ich kann dir keinen neuen Leib geben.« Arsènie wusste nicht, worauf die Verhandlungen hinausliefen. Es passte ihr auch nicht, dass die Seele offenbar ihre Gedanken las, als lägen sie offen wie in einem Buch.

Das musst du auch nicht, Zauberin. Es gibt andere Wege, und der Drachenstein aus dem Kopf des alten Aubert wird sie dir erschließen. Der Schemen schlängelte sich näher, und Arsènie erkannte einen kräftigen Schlangenleib mit tiefseeblauen Schuppen und einem flachen Kopf mit Stoßhörnern von der Nase bis zur Stirn. Die Augen glitzerten weiß wie Sterne. *Es gibt einen Drachen, einen mächtigen schwarzen Drachen, der einen Krieg und die Herrschaft über die Welt anstrebt. In ihn möchte ich einfahren.*

»Gorynytsch, so heißt er. Als Mensch nennt er sich Eris Mandrake. Ist er das?«

Ja. Er täuschte mich und nannte sich Freund, ehe er mich heimtückisch ermordete und mir meine Insel nahm. Jetzt ist er der Herr von Michael's Mount. Doch meine Seele konnte er nicht auslöschen.

»Du willst Rache an ihm nehmen.«

Ich will ihn vollständig vernichten. Wenn meine Seele in ihn einfährt, wird seine vergehen. Auch wenn es eine Umstellung bedeutet, im Körper eines Flugdrachen zu stecken, ist es allemal besser, als hier zu warten.

Arsènie spürte eine Berührung an ihrer Schulter. »Madame, ich höre Schritte«, vernahm sie Tobias' Stimme wie durch Watte und weit, weit entfernt. »Beeilen Sie sich.«

Sie durfte sich kein langes Zaudern mehr leisten. »Welche Garantie bekomme ich, dass du mich nicht angreifen wirst, wenn es vollbracht ist?«

Der Drache lachte. *Kann es ein, Zauberin, dass du die Macht des Steines noch nicht kennst? Mit deinen Veranlagungen nimmst du es mit den stärksten der Altvorderen auf. Du wirst ihrem Feuer trotzen, ihre Zähne können dir nichts anhaben, aber du kannst sie mit einem Fingerzeig auslöschen und verbrennen, wie sie es zuvor mit ihren Opfern getan haben. Was sollte ich da gegen dich ausrichten?*

»Madame, ich ...« Es krachte mehrmals. »Oh, bloody shit! Madame, ich beschütze Sie vor ihm. Aber um Himmels willen, unternehmen Sie etwas, bevor er nachgeladen hat!«

Arsènie brach der Schweiß aus. Sie hasste es, unter solchen Bedingungen eine schwer wiegende Entscheidung zu treffen. »Ich kann dir nichts versprechen, da ich keine Ahnung habe, wie ich deine Seele in seinen Körper bringen soll.«

Dir wird etwas einfallen. Dein Wort genügt mir, Zauberin.

»Ich verspreche es.« Arsènie sah die Seele an. »Du wirst mir deine Kraft leihen …« Sie hielt inne, da sich der Umriss des Drachen rasend schnell von ihr entfernte. »Was soll das? Komm zurück!«, befahl sie wütend. »Du wirst …«

Hinter ihr erklang ein Schrei. Der Todesschrei von Tobias …

Dann sagte eine sanfte Stimme: »Ich hatte Sie nicht in meinem Keller vermutet, Madame.«

XX.

»Der Papst – sicher. Es gibt ihn, und er ist ein netter Mann. Solange er dem Officium nicht reinredet und mich meine Arbeit machen lässt, habe ich keine Schwierigkeiten mit ihm.«

Kardinal Fréderic de Rambon,
Leiter des Officiums von 1811 bis 1834

25. Januar 1925, Marazion (Cornwall), Königreich England
»Um ehrlich zu sein, hatte ich *gar nicht mehr* mit Ihnen gerechnet.« Eris Mandrake drehte sie ruckartig herum, seine rechte, blutige Hand legte sich um ihre Kehle. »Madame Sàtra, Sie erstaunen mich auf großartige Art und Weise.« Rund um seinen Mund war Blut zu sehen, das er mit einem schmutzigen, rotfleckigen Taschentuch abtupfte.

Arsènie bekam fast keine Luft mehr und wagte es nicht, sich zu rühren oder der Umklammerung zu entkommen. Sie wusste, was sich hinter der Fassade des hübschen Mannes verbarg, der gekleidet wie ein Gentleman vor ihr stand; am Boden hinter ihm lag Tobias' Leichnam, der Kopf war ihm abgerissen worden. Gleich neben ihm ruhte Sir Jasper, dem die linke Seite vollständig fehlte, die Bissmale waren eindeutig. »Lassen Sie mich, Mandrake.« Sie suchte nach der Seele des Wasserdrachen und zog dabei ihre Reserven an Ektoplasma zusammen. »Ich habe Verbündete.«

»Meinen Sie etwa Sarrazz?«, entgegnete er heiter und sah an ihr vorbei. »Zeig dich unserer Besucherin. Sie wird dich gern von Angesicht zu Angesicht sehen wollen.« Eris drehte sich und bewegte Arsènie einfach mit.

Durch die Eingangsluke kam der bekannte Kopf des tiefseeblauen Drachen, mit dem sie eben noch als vermeintliche Seele gesprochen hatte. Die Augen schimmerten weiß, die grüne Zunge zuckte hervor und berührte sie beinahe im Gesicht. *Ich muss dich enttäuschen, Zauberin. Ich bin nicht tot. Ich habe dich nur ein bisschen hingehalten, damit du unseren Schatz nicht stiehlst. Jasper, der Idiot, hat es nicht fertig gebracht, euch richtig wegzuschließen. Man merkt, dass er kein echter Aubyn ist. Sie sind cleverer als er.*

Eris hatte sie noch immer nicht losgelassen. »So, Madame. Ich gestehe, dass Ihr Erscheinen meine Pläne etwas ändern kann. Und zwar im positiven Sinn.« Die braunen Augen brannten sich in ihre. »Sie sind eine echte Zauberin, wie mir die Gargoyles berichtet haben.«

»Sie arbeiten mit denen zusammen?«

»Nicht mehr. Doch die kurze Spanne genügte mir, um herauszufinden, dass die wenigen magiebegabten Menschen, die es gibt, nicht einmal wissen, welchen Schatz sie in sich bergen. Stattdessen vergeuden sie ihre Zeit, Spielereien wie Séancen und dergleichen zu betreiben.« Eris ließ sie vorsichtig los und reichte ihr ein frisches Taschentuch, um sich am Hals von seinen Fingerabdrücken zu säubern. »Sie, Madame Sàtra, wissen nun, was in Ihnen schlummert.« Er begab sich neben den Tresor. »Aber Sie haben keine Vorstellung davon, was aus Ihnen werden könnte, wenn ich Sie als meine Partnerin betrachten und Sie an der Macht des Weltensteins teilhaben lassen würde.«

»Ich habe gesehen, wie Sie mit Ihren Partnern umgehen, Mandrake. Den in Innsbruck haben Sie getötet, Sie fünfköpfiges Monstrum.« Arsènie schaute hinter sich, wo sich die rettende Treppe nach oben befand. Aber in der Luke schwebte der Kopf des Wasserdrachen, und nicht weit weg von ihr stand Gorynytsch in seiner menschlichen Gestalt.

»Inzwischen bin ich ein wenig gewachsen und habe aufgestockt«, meinte er grinsend.

»Hoffentlich machen Sie sich einen Knoten in die Hälse«, gab sie zurück und wischte sich das erkaltende Blut von der Haut; angewidert warf sie das Tuch auf den Boden. »Ersticken Sie an sich selbst!«

»Temperament und gutes Aussehen. Wie ich. Arsènie, wir beide wären ein unschlagbares Gespann.« Eris tätschelte den Tresor. »Der Weltenstein lässt Sie die Macht erlangen, mit der Sie alle Herrscherhäuser Europas in die Knie zwingen. Keine Armee vermag Sie zu schlagen, und die Kaiser und Könige rutschen auf Knien vor Ihren Thron, um Abgaben zu liefern. Sie wären die Kaiserin der Alten Welt.

Und darum ging es Ihnen doch die ganze Zeit über: um Macht. Habe ich Recht?«

»Der Titel Impératrice wäre mir lieber, Mandrake«, gab sie säuerlich zurück. »Eine nette Vorstellung. Aber sie scheitert.«

»Woran sollte sie scheitern, meine Liebe?«

»An Ihnen.« Sie lächelte kühl. »Früher oder später würden Sie mich vernaschen. Im wahrsten Sinne des Wortes.«

Eris machte ein bedauerndes Gesicht, er strich sich das Haar aus den Augen. »Lassen Sie sich durch meine Strafaktion in Innsbruck nicht täuschen. Ich kann streng sein, und Verräter wie Gessler haben nichts anderes verdient. Verräter an mir und meiner Sache. Wenn Sie also nicht vorhaben, mich ebenfalls zu hintergehen, können wir sehr lange über die Alte Welt herrschen ...«

»... sobald sie aus der Asche, welche die asiatischen Drachen hinterlassen haben, neu erstanden ist.« Arsènies Angst schwand allmählich, da sie ahnte, wie wertvoll sie als eine Verbündete sein konnte. Sie wusste allerdings nicht, ob sie eine sein wollte. Andererseits stellte sich die Frage wohl kaum, wenn sie den Michael's Mount lebendig verlassen wollte.

Eris lachte, kam auf sie zu und fasste sie an beiden Händen. »Oh, Arsènie. Glauben Sie doch nicht alles, was man Ihnen über mich erzählt. Gessler war ein schlecht schmeckender Intrigant.«

»Dann wird es keinen Krieg geben?«

»Nicht zwischen den Menschen und den Drachen. Sobald die Ostdrachen über Russland vorrücken, werden sich die Altvorderen ihnen entgegenstellen. Deutet sich in der Schlacht eine Entscheidung an, erscheinen wir – meine Drachen, die Gargoyles und Sie –, um dem vermeintlichen Sieger den Todesstoß zu versetzen.« Er drückte ihre Hand. »Die Schlacht findet irgendwo in Russland statt, meine teure Freundin. Keine wertvolle Stadt jenseits des Don wird zerstört. Dafür sind mir die Menschen, die Sie und mich anbeten sollen, viel zu wertvoll.«

»Die Gargoyles sind doch gar nicht mehr Ihre Verbündeten ...«

»Ich werde sie dazu *zwingen*. Mit dem Weltenstein und Auberts Schädel, der auf dem Mont-Saint-Michel liegt.« Eris suchte ihren Blick. »Der Schädel, Arsènie, und ich kann meinen Plan erfüllen. Sie könnten mir dabei helfen.«

»Und wie?«

»Sagen wir«, er ließ sie los und breitete die Arme aus, »weder ich noch einer meiner Drachenfreunde können uns der Insel nähern. Es gibt dort eine Glocke, deren Schall in der Lage ist, einen von unserer Spezies zu ... paralysieren.«

Jetzt lächelte Arsènie. »Da hilft Ihnen auch Ihre menschliche Gestalt nicht, Mandrake?«

Er zuckte mit den Achseln. »Leider, leider, liebe Freundin.«

»Was hat es mit dem Schädel auf sich?«

»Die Gargoyles waren einst unsere Diener, bis sie sich auflehnten und zur Strafe auf unabsehbare Zeit in Stein verwandelt wurden. Die Formel, um diesen Fluch zu brechen, findet sich in dem Schädel, und das magische Potenzial dazu«, er zeigte auf den Geldschrank, »haben wir hier.«

Arsènie legte den Kopf schief und strich sich die hellen Haare aus dem Gesicht. »Mandrake, Sie haben Recht. Sie brauchen mich wirklich, um Ihr Ziel zu erreichen.«

»Sehen Sie? Ich habe Sie nicht belogen.« Eris lächelte generös. »Machen wir es so: Sie gehen auf den Mont-Saint-Michel, wo sich die gute Silena und der Hellseher befinden, stehlen den Schädel und kehren zu mir zurück. Danach brechen wir den Fluch und ziehen aus, um uns Europa untertan zu machen, nachdem wir die Altvorderen ausgelöscht haben.«

»*Und* die asiatischen Drachen gleich mit«, fügte sie hinzu. Sie tippte sich mit dem Zeigefinger gegen die Unterlippe. »Verstehe ich das richtig, dass China, Japan und der Rest der östlichen Hemisphäre nach dem Krieg frei von Geschuppten wären?«

Eris lachte und drohte ihr spielerisch mit dem Zeigefinger. »Sie machen schon Pläne für die Zeit nach der Unterwerfung Europas?«

»Was sollte ein Heer aus Drachen mit einer Zauberin an der Spitze aufhalten?« Arsènie gab sich selbst die Antwort. »Die Drachentöter höchstens.«

»Sie werden Geschichte sein. Unsere Gargoyles machen mit ihnen kurzen Prozess. Zudem habe ich gute Kontakte zu der Gruppe der Drachenfreunde. Sie stehen uns jederzeit zur Verfügung.« Eris legte die Hand an das Zahlenschloss, drehte das Rädchen zweimal hin und her, es klickte jeweils. »Eine dritte Zahl fehlt noch, Arsènie. Die werde ich dann eingeben, wenn Sie mir den Schädel bringen. Danach beginnen wir mit der Eroberung der Welt.« Er sah sie abwartend an.

»Eine einzige Zahl fehlt noch, sagen Sie?« Arsènie mobilisierte schlagartig das aufgefrischte Ektoplasma, richtete die Arme auf Eris und Sarrazz, dann ließ sie den Energien freien Lauf. Es war nicht einfach gewesen, ihre wahren Gedanken vor den beiden Drachen zu verheimlichen, doch es war ihr anscheinend gelungen.

Die Strahlen verließen ihre Handflächen und jagten gleichzeitig auf den Drachenkopf und den Mann zu. Arsènie hatte alles auf eine Karte gesetzt.

26. Januar 1925, Avranches (Normandie),
Königreich Frankreich
Silena drückte den Hörer fester ans Ohr. Die Leitung rauschte unglaublich, jedes Funkgerät hatte eine bessere Verständlichkeit. Sie lauschte auf die Stimme des Erzbischofs. »Wann kann ich mit Unterstützung rechnen, Exzellenz?«

»Ich sende die erste Gruppe sofort auf den Weg. Die ersten zehn Drachentöter sollten in weniger als zehn Stunden bei Ihnen sein, Großmeisterin«, sagte Kattla. »Sie werden Ihnen nicht sagen, dass die Gargoyles hinter den Morden an unseren Leuten stecken. Vorerst gibt es Wichtigeres als Vergeltung. Das gilt auch für Sie, Großmeisterin.«

»Ja, Exzellenz.«

»Ich höre an diesen zwei Worten, dass es Ihnen nicht passt.«

»Nein, Exzellenz.«

»Dann denken Sie an unseren heiligen Kampf gegen die Teufel. Wir werden diese Gargoyles so lange zu unserem Nutzen einsetzen, wie wir können, und danach sehen wir weiter. Das Angebot ihres Anführers, dieses Cyrano, klingt gut. Sie werden die Drachen aufspüren und vernichten oder sie uns vor die Waffen treiben.«

»Darf ich frei sprechen, Exzellenz?« Silena sah sich um, ob sich ihr niemand unbemerkt genähert hatte.

»Sicher.«

»Sie sind zu gefährlich, um sie unkontrolliert frei zu lassen. Sie sind kleiner und wendiger als die Drachen, und sie wissen durch Spionage viel mehr über das Officium, als wir derzeit erahnen. Wenn wir sie mit dem Weltenstein vom Bann befreien, haben wir es mit einer Plage zu tun, die schlimmer sein könnte als die Drachen selbst.«

»Sie sehen zu schwarz, Großmeisterin. Es sind nicht viele Gargoyles, und sie besitzen lange nicht die Macht, mit der die Ältesten der Teufel ausgestattet sind. Sie haben keine Schätze, keine Menschen, die ihnen dienen, und keinen Einfluss. Abgesehen davon kann man ihnen mit einer großkalibrigen Waffe Schaden zufügen.« Kattla klang sehr zuversichtlich. »Es sind hässliche Wesen, Verwandte der Drachen, über die *wir* entscheiden. Nicht sie über uns.«

»Exzellenz, ich weiß nicht, ob Sie Cyrano nicht zu sehr unterschätzen. Er macht einen klugen Eindruck.« Silenas Augen sahen eine kindgroße Steinstatue, die unter der Decke als Balkenstütze angebracht worden war. »Niemand kann uns sagen, wie sich die Gargoyles von herkömmlichen Statuen unterscheiden. Ganze Gebäude können einstürzen, wenn sie ihren Platz verlassen und …«

»Großmeisterin, ich diskutiere nicht mit Ihnen darüber«, unterbrach sie der Erzbischof. »Hindern Sie jeden, der nicht zum Officium gehört, daran, den Weltenstein einzusetzen, und befreien Sie die Gargoyles von dem Fluch. Das ist Ihr Auftrag.«

Silena schluckte ihre Widerworte hinunter. »Gibt es Neues von der Cadmos und der Theben?«, erkundigte sie sich.

»Sie sind wohl irgendwo über der Ostsee aufeinander getroffen, aber der Kontak zu Hauptmann Litzow ist abgerissen. Die letzte Meldung über den Kampf der Luftschiffe erreichte uns vom Leuchtturm auf Rügen.« Kattla klang besorgt. »Ich bleibe jedoch zuversichtlich, dass wir den Haudegen wiedersehen.«

Es klopfte, und Grigorij streckte den Kopf zur Tür herein. »Noch mehr Verbündete sind angekommen, Großmeisterin«, raunte er und zeigte nach draußen. »Cyrano möchte Sie sehen und die Verteidigung besprechen.«

»Ich komme, Fürst.« Silena scheuchte ihn mit einer Handbewegung hinaus. »Exzellenz, wir müssen Schluss machen. Es sind weitere Monster aufgetaucht. Eine Nachricht von Onslow Skelton und Madame Sàtra?«

»Nein. Ich werde vorsichtshalber noch ein Team nach Cornwall senden, das nach dem Rechten sieht. Gute Jagd, Großmeisterin.«

Silena legte ohne einen Gruß auf. Sie ärgerte sich über die unumstößliche Anweisung, den Gargoyles nichts anzutun. Ihr Blick richtete sich auf die steinerne Balkonstütze. »Es ist nicht richtig, dass wir euch nicht auslöschen«, zischte sie. »Hoffentlich geht ihr alle gegen die Drachen drauf.« Sie zog die Handschuhe an, stellte den Kragen ihres Mantels hoch und verließ den Raum. Durch den Flur hinaus gelangte sie ins Freie.

Es war früher Morgen, die Luft war klar und salzig. Lichtstrahlen bohrten sich durch die schnell ziehenden Wolken und beleuchteten den Mont-Saint-Michel. Alle paar Lidschläge verschwanden sie, um an anderer Stelle auf das Mauerwerk, die Ziegel oder das Pflaster zu scheinen.

Silena stand in der engen Gasse des Fischerdörfchens unterhalb der Kathedrale. Grigorij hatte neben der Tür auf sie gewartet.

Auf den umliegenden Dächern saßen die unterschiedlichsten Wasserspeier, die aus leuchtend smaragdenen und weißen Augen auf sie herabstarrten.

Es herrschte gespenstisches Schweigen, nur das Schreien der Möwen und ein einsames, tönendes Windspiel erklangen. Als die Michaelsglocke schlug, sprang Cyrano von einem der Dächer, breitete die Flügel aus und glitt sanft auf die Erde nieder.

»Wir sind da, Drachentöterin. Sieben Erwachte stehen bereit, um den Schädel des Aubert zu verteidigen.« Er zeigte hinauf zur Kathedrale. »Sollte die Stimme des Erzengels nicht ausreichen, werden wir die Drachen aufhalten.«

»Es ist Verstärkung auf dem Weg«, meinte sie. »Du musst mir sagen, wo du den Schädel verborgen hast. Nur dann können wir die Verteidigung so organisieren, dass niemand in seine Nähe gelangt, der ihn nicht besitzen soll.«

Cyrano lachte. »Nein, Drachentöterin. Gerade weil ich ihn verborgen habe, ist er sicher. Vor dir und vor allen, die Böses damit anrichten wollen.«

»Das Officium ...«

»Das Officium ist mir gleichgültig, Drachentöterin. Wir kämpfen zusammen mit dir und deinen Freunden, aber ich werde es nicht zulassen, dass ihr den Fluch von uns nehmt und wir erneut zu Dienern werden«, fiel er ihr hart ins Wort. »Wir selbst befreien unsere versteinerten Freunde. Keiner sonst.«

»Das verstehen wir«, schaltete sich Grigorij schnell ein, um zu verhindern, dass Silena in ihrer Wut etwas Unbeherrschtes sagte.

Sie ging einen Schritt auf den Gargoyle zu. »Aber du stehst mit deinem Leben für die Sicherheit des Schädels ein«, sagte sie drohend. »Ich werde es mir nehmen, wenn du versagst. Das ist ein Versprechen und«, sie hob den Kopf und blickte die übrigen Wasserspeier an, »keiner von euch wird mich daran hindern können!«

Cyrano deutete eine Verbeugung an. »So soll es sein. Du wirst deine Rache für den Tod deiner Brüder erhalten«, sagte er und traf damit die Wahrheit, die hinter ihrer Äußerung steckte.

»He, ihr da unten! Ein Flugzeug!«, rief Farou zu ihnen herunter und winkte mit den Armen, dann deutete er nach Nordwesten. »Es brennt!«

»Arsènie«, sagte der Russe sofort.

»Wir gehen nachsehen.« Cyrano stieß sich ab und entfaltete die Schwingen; kräftige Schläge brachten ihn aus der schmalen Gasse hinauf in den Himmel. Seine drei Artgenossen, die ebenfalls Flügel hatten, folgten ihm.

Die übrigen hopsten mit großen Sprüngen von Dach zu Dach und erklommen die Steilwände der Kathedrale. In Windeseile befanden sie sich hoch oben auf dem Gotteshaus, während Silena und Grigorij nichts anderes übrig blieb, als den steilen, gewundenen Weg zu nehmen.

Keuchend gelangten sie auf das kleine Plateau. Von ferne drang das Geräusch eines stotternden Motors zu ihnen hinauf.

»Das ist nicht gut«, befand Silena und hob das Fernglas, das sie um den Hals trug.

Die Maschine, eine Curtiss, versprühte aus dem Motor dunkle, fette Wolken. Etwas hatte den Antrieb beschädigt, und an einer Stelle züngelten kleine Flämmchen. Die Bespannung und die Bleche waren an einigen Stellen abgerissen worden, das Heck der Maschine sah angesengt aus: Ein Drache musste das Flugzeug derart zugerichtet haben.

»Ein Wunder, dass sie es überhaupt bis hierher geschafft hat«, murmelte sie, auch wenn es ihr missfiel, der ungeliebten Französin Anerkennung zollen zu müssen.

Arsènie war fast nicht zu erkennen, doch das weißblonde Haar wirbelte im Luftstrom wie eine farblose Flamme. Es war ihr anscheinend keine Zeit geblieben, sich die Fliegerkappe aufzuziehen.

Die Gargoyles tauchten neben der Maschine auf.

Grinsend verfolgte Silena, wie Arsènie eine Pistole zog und auf die Wesen anlegte. Sie hatte nicht vergessen, dass Cyrano sie entführen wollte.

Von Kugeln ließen sich die Gargoyles jedoch nicht beeindrucken. Einer von ihnen lenkte das Medium ab, während die anderen drei sich um das in den Sturzflug übergehende Flugzeug kümmerten. Der Motor zerbarst mit einem lauten Knall, der Propeller wurde regelrecht abgesprengt.

Silena gab zu, dass sie sich geschickt anstellten. Einer flog unter die Schnauze und drückte sie nach oben; aus dem Sturz wurde ein Gleiten. Waren sie genauso über ihre Brüder hergefallen?

Die Curtiss hielt genau auf die Kathedrale zu, Flammen breiteten sich nach rechts und links auf die Tragflächen aus, krochen auf die Tanks zu.

Ein Gargoyle packte Arsènie mit seinen greifvogelartigen Hinterbeinen an den Schultern und riss sie aus der Kanzel, gleich darauf schwappten die Feuerzungen gegen den Sitz. Einen Lidschlag später, und das Medium wäre zur Unkenntlichkeit verbrannt.

Die Gargoyles drückten die brennende Maschine nach unten und ließen sie in hundert Metern Entfernung zum Berg ins Watt stürzen; Wasser und Schlamm spritzten umher, es zischte laut, und eine weißgraue Dunstwolke stieg auf. Das Flugzeug zerbrach, der restliche Treibstoff entzündete sich und verwandelte die Curtiss in einen teuren Scheiterhaufen.

Die Gargoyles flogen auf Silena und Grigorij zu, setzten Arsènie ab und zogen sich auf das Dach der Kathedrale zurück. Die Glocke schlug wieder.

»Diese Viecher arbeiten doch für Sie, Großmeisterin«, giftete sie.

»Nein. Es hat sich einiges ergeben, Madame. Lassen Sie es sich erklären«, übernahm Grigorij das Wort.

»Aber zuerst will ich wissen, was sich auf dem Saint Michael's Mount abgespielt hat«, fügte Silena hinzu und musterte die Französin. Sie trug etwas, was einmal ein höchst verführerisches Kleid gewesen sein mochte, und darüber eine kurze, aber schwere Lederjacke, in der noch die Abdrücke der Gargoyleklauen zu sehen waren. Ihr Antlitz zeigte Spuren von verwischter Schminke. »Wo ist Mister Skelton?«

»Tot«, antwortete sie knapp und lächelte den Russen flüchtig an, wie man einem Bediensteten zulächelt. Sie unternahm nicht einmal den Versuch zu charmieren. Das Kapitel war für beide abgeschlossen. »Könnte ich wohl eine Zigarette bekommen, Fürst? Die habe ich mir dringend verdient.«

»Sicherlich.«

Während er in seinen Taschen suchte, berichtete sie. »Eris Mandrake, Großmeisterin, Sie erinnern sich?«

»Natürlich, Madame.«

Sie bekam eine Zigarette gereicht, steckte sie an und nahm einen langen Zug. Dann legte sie eine Hand an die Hüfte und stützte den Arm mit der Zigarette darauf ab. »Er ist der schwarze Drache. Er kann seine Gestalt wechseln.«

»Was?«, riefen Silena und Grigorij gleichzeitig aus.

»Ich denke nicht, dass ich es wiederholen muss, oder?« Sie nahm erneut einen Zug. »Wir wurden in Cornwall erwartet, von einem Seedrachen, der zu Mandrake gehört. Übrigens nennt er sich als Drache anders ... Etwas Russisches ... Gorysch oder so ähnlich.«

»Gorynytsch?«, verbesserte Grigorij sofort.

Sie nickte. »Genau.«

Er hob die Augenbrauen. »Er ist wohl sehr von sich überzeugt. So heißt ein Drache in einem russischen Märchen. Übersetzt bedeutet der Name so viel wie *Der vom Berge*. Er soll im elften Jahrhundert gelebt und die Kinder des Zaren geraubt haben, bevor ihn ein Held erschlagen hat.« Er sah unglücklich aus. »Wenn ich mich richtig erinnere, besaß der Märchendrache sogar zwölf Köpfe.«

»Mandrake hat inzwischen sechs. Und ich neige dazu, beinahe jedem Märchen über Drachen zu glauben.« Arsènie hatte die Zigarette fertig geraucht, so sehr stand sie unter Spannung. »Er hat in Innsbruck diesen hässlichen Wurmdrachen getötet, und seitdem besitzt er sechs Köpfe. Onslow und ich sind in einen Hinterhalt geraten und überwältigt worden. Mir hat Mandrake einen Pakt vorgeschlagen, aber ich habe abgelehnt. Mithilfe meines Ektoplasmas bin ich gerade so entkommen.«

»Wo ist der Weltenstein jetzt?«, fragte Silena.

Sie zuckte mit den Schultern. »Bis vor ein paar Stunden war er noch auf dem St. Michael's Mount, Großmeisterin. Ob er sich nach meiner Flucht immer noch dort befindet, weiß ich nicht.«

Grigorij sah Silena an. »Das Officium muss sofort Truppen nach Cornwall entsenden.«

»Ich regele das gleich.« Silena hob das Fernglas und suchte den Himmel ab. »Ist er Ihnen gefolgt?«

»Mandrake? Nein.« Arsènie lachte kehlig. »Ich habe ihm eins mit meiner Magie verpasst, dass es ihm ein Loch in die Brust geschlagen hat. Er drehte ab, und ich habe es bis hierher geschafft.«

»Sie wissen, dass Sie mehr sind als ein Medium und eine Spiritistin, Madame?«, erkundigte sich Grigorij und überging den warnenden Ausdruck auf Silenas Gesicht. »Es sind keine Geister, Madame, die Ihnen die Kräfte verleihen. Sie selbst rufen sie hervor. Es ist …«

Sie nickte und schnippte den Stummel davon. »Magie, ich weiß. Mandrake hat es mir gesagt. Ich sollte für ihn mit dem Weltenstein in den Krieg ziehen.« Arsènie schüttelte den Kopf, legte die Haare nach hinten. »Niemals, mein Lieber. Niemals würde ich für dieses Scheusal etwas tun.« Sie sah Silena absichtlich in die Augen, damit sie die Wahrheit erkennen sollte. »Er will die Gargoyles aus ihrer Starre reißen und sie gegen andere Drachen hetzen. Wussten Sie das?«

»Cyrano, der Gargoyle, der Sie in München entführen wollte, hat es uns berichtet. Mandrake will den Schädel des Bischofs Aubert.« Silena senkte das Fernglas und sah die Französin an. »Sie sind mutiger, als ich angenommen habe, Madame.«

»Danke für das Kompliment. Nun ja, wäre ich ein normaler Mensch, stünde ich jetzt auf der Seite Mandrakes. So aber konnte ich es mir erlauben, das Angebot abzulehnen.« Sie lächelte, und Silena erwiderte das Lächeln. »Mandrake weiß, dass sich der Schädel mit der Formel auf der Burg befindet, aber er kommt nicht an den Berg heran. Es soll …« Die Michaelsglocke schlug und brachte Arsènie dazu, die Hände gegen die Ohren zu pressen. »Mon dieu! Jetzt weiß ich, was er gemeint hat.«

»Mit dem Unterschied, dass Drachen angeblich bei ihrem Klang sterben und tot zu Boden stürzen.« Grigorij bot ihr eine zweite Zigarette an, die sie dankend annahm. Das Haschischöl wirkte angenehm beruhigend. »Hat er gesagt, was er vorhat?«

Sie verneinte. »Aber er machte eine Andeutung, dass er die Drachenfreunde ins Spiel bringen wolle.«

»Natürlich! Ich hätte viel früher daran denken müssen. Sie können sich im Gegensatz zu den Drachen dem Berg nähern und uns angreifen.« Silena schaute hinab zum zwei Kilometer langen Damm, der frei begehbar übers Watt verlief. »Ich werde Farou bitten, uns ein paar Bewaffnete zu schicken. Sie werden uns helfen, bis die Drachentöter hier eingetroffen sind.«

»Denken Sie, dass es hier Männer mit Gewehren gibt?« Grigorij war nicht von dem Einfall überzeugt.

»Ich bin mir sogar sicher, dass Avranches eine kleine Streitmacht verbirgt.«

»Wäre es nicht einfacher, Sie würden mit Ihren Befugnissen als Drachentöterin den französischen König um Hilfe ersuchen? Er kann uns in kurzer Zeit Soldaten schicken.«

Silena schreckte vor dem Gedanken zurück. »Je weniger Menschen von den Vorkommnissen um den Weltenstein und dessen Macht wissen, desto besser.« Sie wollte um jeden Preis verhindern, dass ein König von der Macht erfuhr, die in dem Artefakt steckte. Das hätte zu allem Überfluss noch gefehlt: zusätzlich ein Monarch voller Gier im Spiel.

»Ich veranlasse das.« Grigorij eilte in die Kathedrale, um Farou Bescheid zu geben.

Silena und Arsènie standen sich allein gegenüber, die Frauen schwiegen und sahen sich an. Als die Französin grinste, musste auch die Drachentöterin grinsen – eine neuerliche vorsichtige Sympathiebekundung. »Wie wird wohl das Officium reagieren, wenn es hört, dass es wirklich so etwas wie Magie gibt, Großmeisterin?«

»Wie immer: offiziell leugnen und die Inquisition informieren, damit sie der Sache nachgeht.« Silena nickte Farou zu, der aus dem

Gotteshaus kam und die Stufen zu seinem Phaeton hinablief. Er würde Männer organisieren, daran hegte sie keinen Zweifel. »Seien Sie unbesorgt«, meinte sie, an Arsènie gewandt. »Weder wird man Sie einer Folter unterziehen noch verbrennen.«

»Ich weiß. Heutzutage greift die Kirche lieber auf Attentäter zurück, die ein Problem unauffällig lösen.« Arsènie schien nicht besorgt zu sein. »Ich fühle mich auf seltsame Weise auserwählt, Großmeisterin. Ist es nicht großartig, wozu Menschen in der Lage sind?«

»Was werden Sie mit Ihren Kräften anstellen?«

»*Nach* unserem Abenteuer, nehme ich an, möchten Sie wissen?«

»Ja.«

Sie schnalzte mit der Zunge, betrachtete die glimmende Zigarettenspitze. »Ich werde so weitermachen wie bisher. Aber ich dehne das Geschäft ein wenig aus.« Arsènie lächelte. »Ein Star, das will ich werden. Ich trete auf Bühnen und in Filmen auf, ich verdiene Geld wie Heu und leiste mir alles, was ich will.«

»Haben Sie auch schon mal an etwas Selbstloses gedacht?«, warf Silena ein. »Sie könnten ... was weiß ich ... irgendetwas Gutes tun?«

»Was meinen Sie damit? Soll ich einen Despoten vom Thron zaubern oder mich in die Politik einmischen?« Sie rauchte die letzten Millimeter ihrer Zigarette und warf den Rest weg. »Was für einen Eindruck haben Sie von mir, Großmeisterin?«

»Eine nicht leicht zu beantwortende Frage.«

»Beantworten Sie sie einfach. Offen und ehrlich.« Sie hob die Hand und wackelte mit den Fingern, als wolle sie Silena zu einem echten Faustkampf herausfordern. »Nur zu. Die Wahrheit, bitte.«

»Ich habe Sie bislang für eine recht selbstsüchtige Frau gehalten«, sagte Silena. »Sie mögen den Schein von Äußerlichkeiten, umgeben sich mit weltlichen Dingen, als könne man sie mit ins Jenseits nehmen, und Sie lieben es, bewundert und von vielen Menschen beneidet zu werden. Bis kurz vor Ihrer Rückkehr hielt ich nicht sonderlich viel von Ihnen, Madame.«

Arsènies Augen wurden immer größer. »Kind, wenn ich das nächste Mal darum bitte, dass Sie die Wahrheit sagen sollen, um

Gottes willen, dann lügen Sie!«, brach es aus ihr heraus. »Sie könnten mit Ihrem Urteil vernichtender als ein Hagelschauer sein.« Dann kicherte sie und setzte sich auf ein Mäuerchen. »Oh, Großmeisterin. Danke für Ihre ehrliche Ansicht. Und ich teile sie. Ich kenne mich sehr gut, und ich habe es niemals gemocht, eine Kerze umgeben von Scheinwerfern zu sein. Und da ist es recht schwierig, selbstlos zu sein. Es ist einfach nicht meine Art.«

»Aber Sie haben Mandrakes Angebot abgelehnt.«

Sie hob die Brauen und wiegte den Kopf hin und her. »Einer meiner seltenen Anflüge von Großmut.« Arsènie senkte den Blick. »Vielleicht war mir klar, dass ich in diesem Bündnis immer die zweite Geige gespielt hätte. Mandrake kann man nicht trauen, Großmeisterin. Er frisst Verbündete und Feinde gleichermaßen, um seine eigene Apokalypse auszulösen. Also unterstellen Sie mir nicht zu viel einer guten Seite.«

Apokalypse. Silena dachte bei der Nennung des Wortes an die Offenbarung des Johannes. Darin kam mindestens ein Drache vor ... Sie bekam plötzlich ein sehr ungutes Gefühl.

Sie drückte der Französin das Fernglas in die Hand. »Hier. Nehmen Sie das und halten Sie den Himmel im Auge. Und den Damm. Sobald Sie etwas sehen, das Ihnen verdächtig erscheint, geben Sie Bescheid.« Sie hielt auf den Eingang des Klosters zu. »Ich bin im Lesesaal.« Mit diesen Worten rannte sie davon, ohne auf die Erwiderung zu warten.

Auch wenn die wertvollsten Bücher nach Avranches gebracht worden waren: Eine Bibel ließ sich ohne weiteres finden. Rasch blätterte sie weiter und überflog die Seiten, bis sie bei der Offenbarung des Johannes angekommen war.

UND ES ERSCHIEN EIN ANDERES ZEICHEN AM HIMMEL, UND SIEHE, EIN GROSSER, ROTER DRACHE, DER HATTE SIEBEN HÄUPTER UND ZEHN HÖRNER UND AUF SEINEN HÄUPTERN SIEBEN KRONEN,

UND SEIN SCHWANZ FEGTE DEN DRITTEN TEIL DER STERNE DES HIMMELS HINWEG UND WARF SIE AUF DIE ERDE.

Silena wurde etwas ruhiger. Die Rede war von einem roten Drachen, nicht von einem schwarzen. Vorsichtshalber las sie weiter.

> UND ES ENTBRANNTE EIN KAMPF IM HIMMEL: MICHAEL UND SEINE ENGEL KÄMPFTEN GEGEN DEN DRACHEN. UND DER DRACHE KÄMPFTE UND SEINE ENGEL, UND SIE SIEGTEN NICHT, UND IHRE STÄTTE WURDE NICHT MEHR GEFUNDEN IM HIMMEL.
> UND ES WURDE HINAUSGEWORFEN DER GROSSE DRACHE, DIE ALTE SCHLANGE, DIE DA HEISST: TEUFEL UND SATAN, DER DIE GANZE WELT VERFÜHRT, UND ER WURDE AUF DIE ERDE GEWORFEN, UND SEINE ENGEL WURDEN MIT IHM DAHIN GEWORFEN.
> WEH ABER DER ERDE UND DEM MEER! DENN DER TEUFEL KOMMT ZU EUCH HINAB UND HAT EINEN GROSSEN ZORN UND WEISS, DASS ER WENIG ZEIT HAT.

Diesen Teil der Offenbarung kannte sie besser. Silena fand es bezeichnend, dass sie sich zum Kampf gegen die Drachen auf dem Berg eingefunden hatten, der dem heiligen Michael geweiht worden war. Ganz so zufällig lief die Begegnung anscheinend doch nicht ab. Bedeutete dies, dass es zum Kampf um den Mont kam und sie die Drachen bezwangen?

Sie sah auf, ihre Gedanken schweiften ab. Zu Eris Mandrake.

Angewidert wischte sie sich über den Mund. Sie hatte den Teufel geküsst, einen Menschenfresser, den schlimmsten aller Teufel. Eris verstand zu küssen und in den Bann zu schlagen. Ein Verführer, ein echter Satan. Niemals durfte jemand erfahren, wie nahe sie ihm gekommen war und wie sehr er ihr gefallen hatte.

Silena zwang sich zur Konzentration. Das Officium musste ihr die Frage beantworten, ob Drachen die Farbe ihres Schuppenkleides zu wechseln vermochten. Wenn Eris oder besser gesagt Gorynytsch als Mensch erscheinen konnte, war es für ihn dann nicht ebenso leicht, von Schwarz auf Rot zu wechseln?

»Wenn er sieben Köpfe hat, wird er zum Drachen der Apokalypse?« Silena senkte den Kopf.

UND ICH SAH EIN TIER AUS DEM MEER STEIGEN, DAS HATTE ZEHN HÖRNER UND SIEBEN HÄUPTER UND AUF SEINEN HÖRNERN ZEHN KRONEN UND AUF SEINEN HÄUPTERN LÄSTERLICHE NAMEN.
UND DAS TIER, DAS ICH SAH, WAR GLEICH EINEM PANTHER UND SEINE FÜSSE WIE BÄRENFÜSSE UND SEIN RACHEN WIE EIN LÖWENRACHEN. UND DER DRACHE GAB IHM SEINE KRAFT UND SEINEN THRON UND GROSSE MACHT.
UND ICH SAH EINES SEINER HÄUPTER, ALS WÄRE ES TÖDLICH VERWUNDET, UND SEINE TÖDLICHE WUNDE WURDE HEIL. UND DIE GANZE ERDE WUNDERTE SICH ÜBER DAS TIER,
UND SIE BETETEN DEN DRACHEN AN, WEIL ER DEM TIER DIE MACHT GAB, UND BETETEN DAS TIER AN UND SPRACHEN: WER IST DEM TIER GLEICH, UND WER KANN MIT IHM KÄMPFEN?

Silena war alles andere als eine Bibeldeuterin, sie verstand nichts von Handapparaten, Interpretationen und Auslegungsvarianten. Was könnte auftauchen, dem sich ein Drache beugte?

Ein Schatten fiel über sie. »Was tun Sie hier, Großmeisterin?«

Silena erschrak, obwohl sie Grigorij anhand der tiefen, angenehmen Stimme sofort erkannt hatte. »Ich habe mich an ein paar Dinge erinnert.« Spontan las sie ihm die Offenbarung vor, so weit wie sie gekommen war, und teilte ihm die eigenen Befürchtungen mit. »Nach dem, was wir wissen: Wie würden Sie das verstehen?«

Grigorij setzte sich. »Wenn wir einmal annehmen, dass es sich bei Mandrake um den Drachen der Apokalypse handelt, ist er die Vorstufe zu diesem Tier, das sich aus dem Meer erhebt. Aber ein solches Tier findet man wohl kaum in der freien Natur, nicht wahr? Es ist grotesk ...« Er verstummte. »Mein Gott, Großmeisterin! Die Gargoyles!«

Silena benötigte eine Weile, um seinen Gedankengang nachzuvollziehen. »Ich bin mir nicht sicher ...«

»Erinnern Sie sich daran, wie seltsam sie aussahen. Wie Chimären, wie Mischungen aus verschiedenen Wesen.«

»Wie das Tier, das aus dem Meer auftaucht!« Sie biss sich auf die Unterlippe. Es ergab Sinn.

Grigorij sprang von seinem Stuhl und lief in dem Raum auf und ab. »Es ist der Fluch! Wenn er von ihnen genommen wird, sind sie frei und … Vielleicht ist ein solcher Gargoyle im Flug vom Bann getroffen worden und stürzte versteinert ins Meer. Deswegen heißt es, dass das Tier aus dem Meer steigt.« Er drehte das Buch und las in der Offenbarung weiter, dann schob er es Silena hin. »Lesen Sie selbst, was geschehen wird.«

Sie war verwirrt, schaute auf die Seiten. »Fürst, Sie …«

Er schlug mit der Faust auf das Buch. »Lesen Sie es, Großmeisterin, und Sie werden sehen, dass ich Recht habe.«

UND IHM WURDE MACHT GEGEBEN, ZU KÄMPFEN MIT DEN HEILIGEN UND SIE ZU ÜBERWINDEN; UND IHM WURDE MACHT GEGEBEN ÜBER ALLE STÄMME UND VÖLKER UND SPRACHEN UND NATIONEN.

»Mein Gott«, wisperte Silena hilflos. Es stand eindeutig zu lesen: Die Gargoyles würden gegen die Nachfahren der Drachenheiligen antreten und sie vernichten, um sich anschließend die Erde zu unterwerfen. »Ich habe den Erzbischof gewarnt«, sagte sie entgeistert. »Sobald die Gargoyles vom Drachenbann befreit sind, wird man sie nicht mehr aufhalten können.«

Grigorij hatte sich hinter sie begeben, seine blauen Augen schweiften über die nachfolgenden Zeilen.

UND ICH SAH EIN ZWEITES TIER AUFSTEIGEN AUS DER ERDE; DAS HATTE ZWEI HÖRNER WIE EIN LAMM UND REDETE WIE EIN DRACHE.

UND ES ÜBT ALLE MACHT DES ERSTEN TIERES AUS VOR SEINEN AUGEN, UND ES MACHT, DASS DIE ERDE UND DIE DARAUF WOHNEN, DAS ERSTE TIER ANBETEN, DESSEN TÖDLICHE WUNDE HEIL GEWORDEN WAR.

UND ES TUT GROSSE ZEICHEN, SODASS ES AUCH FEUER VOM HIMMEL AUF DIE ERDE FALLEN LÄSST VOR DEN AUGEN DER MENSCHEN;

UND ES VERFÜHRT, DIE AUF ERDEN WOHNEN, DURCH DIE ZEICHEN, DIE ZU TUN VOR DEN AUGEN DES TIERES IHM MACHT GEGEBEN IST; UND SAGT DENEN, DIE AUF ERDEN WOHNEN, DASS SIE EIN BILD MACHEN SOLLEN DEM TIER, DAS DIE WUNDE VOM SCHWERT HATTE UND LEBENDIG GEWORDEN WAR.

UND ES WURDE IHM MACHT GEGEBEN, GEIST ZU VERLEIHEN DEM BILD DES TIERES, DAMIT DAS BILD DES TIERES REDEN UND MACHEN KÖNNE, DASS ALLE, DIE DAS BILD DES TIERES NICHT ANBETETEN, GETÖTET WÜRDEN.

UND ES MACHT, DASS SIE ALLESAMT, DIE KLEINEN UND GROSSEN, DIE REICHEN UND ARMEN, DIE FREIEN UND SKLAVEN, SICH EIN ZEICHEN MACHEN AN IHRE RECHTE HAND ODER AN IHRE STIRN,

UND DASS NIEMAND KAUFEN ODER VERKAUFEN KANN, WENN ER NICHT DAS ZEICHEN HAT, NÄMLICH DEN NAMEN DES TIERES ODER DIE ZAHL SEINES NAMENS.

Grigorij schaute Silena an. »Es gibt für mich keinen Zweifel. Mandrake ist nur das Vorspiel zu einem weitaus größeren Problem, dem wir uns stellen müssen. Wenn die Gargoyles von ihrem Fluch erlöst werden, kann das, was wir in der Bibel lesen, Wirklichkeit werden: Sie werden über die Menschheit herrschen.«

»Mandrake ist ein schwarzer, kein roter Drache, Fürst«, versuchte Silena, die Auslegung auf die einfachste Weise zu entkräften. »Vielleicht sollten wir uns weniger Sorgen machen. Die Angst, die allein schon bei der Vorstellung entsteht, kann lähmend sein und nur Vorteile für unsere Feinde bringen.«

Er ging zum Fenster und blickte auf die glitzernden Wellen der Flut. »Er hat die Anzahl seiner Köpfe verändert, Großmeisterin. Ich kenne mich mit Drachen nicht aus, aber ist es ihnen nicht möglich, die Farbe ihres Schuppenkleides zu wandeln?«

Auf diese Frage bekam sie nur vom Officium Antwort. »Ich kläre das, Fürst.« Sie klappte die Bibel zu, strich über den abgegriffenen Ledereinband. »Was wird mir wohl gesagt werden?«

Grigorij löste den Blick, kam zu ihr und legte nach kurzem Zögern die Hand auf ihre Schulter. Silena schaute zu ihm auf und lächelte. Sie mochte seine Augen, war dankbar für die Nähe und wünschte sich zu ihrem eigenen Erstaunen, dass …

Da wurde die Tür aufgestoßen, und eine atemlose Arsènie stand auf der Schwelle. Sie sah einige Sekunden perplex auf den Fürsten und die Drachentöterin, ehe sie sagte: »Drei Lastwagen auf dem Damm. Es geht los, fürchte ich.«

XXI.

»Drachenjäger sind Abschaum. Sollte mir je einer während einer Mission in die Quere kommen, werde ich ihn ebenso zerteilen wie den Drachen, den ich jage.
Nur viel langsamer. Und mit einer stumpfen Klinge.«

Großmeister Roman,
Linie des Romanus von Rouen

26. Januar 1925, Avranches (Normandie),
Königreich Frankreich

Silena, Arsènie und Grigorij eilten hinaus.

Tatsächlich rollten drei Lastwagen mit großer Geschwindigkeit den Damm entlang, während das Meer zurückkehrte und die Flut die Bucht mehr und mehr mit Wasser füllte. Nichts wies darauf hin, dass es Verbündete waren, die unter der Leitung des Bürgermeisters anrückten, kein Hupen, keine Lichtsignale. Für Silena gab es daher kaum noch einen Zweifel, dass es sich um Gegner handelte. Denn es war die letzte Möglichkeit für einen Angriff auf den Mont-Saint-Michel, und die Drachenfreunde schienen sie nutzen zu wollen.

»Sehe ich es richtig, dass Monsieur Farou noch nicht aufgetaucht ist?«, wollte Silena wissen und überprüfte ihre Luger. Auch Grigorij schaute nach seiner Pistole.

»Nein, Großmeisterin.« Arsènie atmete tief ein. »Wir sind auf uns allein gestellt.«

»Nicht ganz.« Vor ihnen landete Cyrano. »Wir sind auch noch da. Die Menschen stellen für uns keine große Herausforderung dar. Wenn sie keine Kanonen dabei haben oder andere Geschütze, werden sie wenig gegen uns ausrichten.« Er hob den linken Arm, und die geflügelten Gargoyles stürzten sich vom Dach der Kathedrale.

Sie breiteten die Schwingen aus und nutzten die Geschwindigkeit des Sturzes; pfeilschnell zischten sie durch die Luft und schossen knapp über die Dächer der Häuser hinweg; in ihren Klauen hielten sie schwere Steinbrocken. Als sie über dem ersten Laster waren, warfen sie ihre Last gegen die Kabine ab.

Ein Brocken durchschlug das Fenster und krachte ins Innere, die anderen verbeulten das Dach und die Motorhaube. Der Angriff hatte offensichtlich den Fahrer verletzt. Das Fahrzeug zog plötzlich nach rechts und holperte den Damm hinab, bis es im Schlick landete und absoff.

Einige Männer, die auf der Ladefläche gestanden hatten, sprangen rufend ab, überschlugen sich und kullerten die Böschung hinunter, andere landeten auf der Straße und zwangen die nachfolgenden Wagen zum Anhalten. Erste Schüsse wurden auf die Gargoyles abgefeuert, ohne Schaden an den Wesen anzurichten.

In Silena wuchs die Zuversicht, auch ohne die Männer aus Avranches auszukommen. »Madame Sàtra, würden Sie nach unten gehen und Ihre Kräfte bereithalten? Für den Fall, dass einige der Drachenfreunde doch durchbrechen.«

Die Gargoyles flogen einmal um den Mont, verschwanden kurz hinter der Kathedrale und tauchten mit neuen Steinen beladen wieder auf. Der zweite Angriff folgte, während ihre schwingenlosen Artgenossen über die Dächer des Dörfchens zur Mauer hinab sprangen und sich auf dem Wehrgang niederkauerten. Sie warteten, bis es zu einem Nahkampf kam.

Arsènie seufzte. »Es geht nicht, Großmeisterin«, eröffnete sie zur Überraschung aller. »Ich … fühle mich innerlich leer. Als hätte ich meine Kräfte bei der Abwehr von Mandrake überstrapaziert. Es wird wohl Zeit brauchen, bis ich erneut in der Lage bin, Magie zu wirken.« Sie schaute unglücklich. »Ich weiß, dass der Zeitpunkt äußerst ungünstig dafür ist. Liebend gern würde ich daran etwas ändern, aber es geht nicht.« Sie legte eine Hand an die Schläfe. »Das Kopfweh, unter dem ich seitdem leide, ist grässlich, und ich höre immerzu die Stimme des Drachen in meinem Verstand.«

»Wir machen Ihnen keinen Vorwurf«, beruhigte Silena sie. »Sie werden weiterhin den Himmel für uns absuchen. Sobald sich …«

Die Engelsglocke schlug und verschluckte, was sie sagen wollte.

»Mir wird nichts entgehen, was sich am Himmel ereignet«, versprach Arsènie entschlossen.

Grigorij behielt die Geschehnisse am Damm im Auge.

Dieses Mal warfen die Gargoyles die Steine mitten auf die Ladefläche des vordersten Lastwagens. Drei Männer blieben regungslos liegen, ein halbes Dutzend war von den Geschossen verwundet worden. Dafür setzte sich die übrige Kolonne wieder in Bewegung. Es trennten sie nicht mehr als einhundert Meter vom großen Tor.

»Gehen wir nach unten, Großmeisterin?« Der Russe hatte die Waffe gezogen.

»Sie können es getrost meinen Freunden überlassen, die Drachenanbeter auszuschalten.« Cyrano kreuzte die Arme vor der breiten Brust. »Wenn das alles ist, was sie ...«

Ein leises Pfeifen ertönte, das lauter und lauter wurde – dann verging ein Hausdach im Fischerdörfchen in einer Detonation. Scharfkantige Ziegelsplitter flogen umher und beschädigten die Fronten und Eindeckungen der umstehenden Gebäude, Fenster gingen zu Bruch.

Neues Pfeifen erklang, dieses Mal wurden Löcher in die Dächer geschlagen, bevor die Explosionen erklangen. Die Druckwelle sprengte die Häuser von innen, blies die Fenster aus den Rahmen und ließ die Dächer bersten. Einrichtungsgegenstände kullerten durch die Gassen, brennende Stofffetzen trudelten durch die Luft, und polternd brach das Gebälk eines Häuschens ein.

»Sie haben Artillerie in Stellung gebracht.« Grigorij nahm Arsènie das Fernglas ab und suchte den zwei Kilometer entfernten Küstenstreifen ab. »Es können nur leichtere Mörser sein, das Krachen von schweren Geschützen hätten wir gehört.«

Silena sah Cyrano an. »Flieg mit deinen Gargoyles los und schalte die Mörser aus, ehe sie den Mont flach bombardieren oder«, ihr Blick wanderte besorgt zur Kathedrale, »die Glocke zerstören. Damit wäre der Weg für die Drachen frei.« Er nickte und breitete die Schwingen aus, da hielt Silena ihn am Arm fest. »Sag mir, wo der Schädel ist.«

»Nein.«

»Du kannst gegen diese Mörser zu Tode kommen, und ich will nicht im Unklaren bleiben.«

Der Gargoyle beugte sich zu ihr, seine Lippen kamen ganz dicht an ihr rechtes Ohr. »Vernimm die Stimme des Engels, und du weißt, wo er sich befindet«, raunte er und stieß sich ab. Sofort gesellten sich die flugfähigen Artgenossen an seine Seite. Als sie den Damm passierten, ließen sie einen weiteren steinernen Hagel niedergehen, der die Angreifer verletzte und etliche tötete.

»Wir gehen zum Tor«, befahl Silena dem Fürsten. »Madame, Sie passen weiterhin auf den Himmel auf.«

Arsènie hob bestätigend die Hand. »Haben Sie verstanden, was er meinte?«

»Nein«, log sie und lief die Stufen hinab. Grigorij begleitete sie, während ein neuerliches Pfeifen weitere Granateneinschläge ankündigte. Cyrano hatte so leise gesprochen, dass niemand außer ihr es hätte verstehen müssen.

Die Detonationen erklangen unmittelbar um sie herum. Sie wurden mit Glassplittern überschüttet, glücklicherweise ohne tiefe Schnittwunden davonzutragen. Verletzte Einwohner liefen auf die Gasse, der eine oder andere trug ein Gewehr mit sich und rannte hinab zum Tor, um die Gegner gebührend zu empfangen.

Direkt vor ihnen zerschellte eine Granate auf den Pflastersteinen. Sie schlug auf und platzte wie ein Blumenkübel auseinander; die Fragmente rutschten bis vor Silenas Stiefelspitzen.

Grigorij schlug das Kreuz. »Ein Blindgänger. Der Erzengel ist mit uns.«

Sie verdrängte den Gedanken, dass sie mit etwas Pech soeben von den Schrapnellen zerfetzt worden wären. »Das ist der Grund, weswegen ich den Luftkampf bevorzuge, Fürst«, rief sie durch das Krachen der nicht enden wollenden Explosionen. »Ich sehe meine Gegner immer kommen.«

»Wissen Sie, was mir eben eingefallen ist?«

»Was? Hoffentlich etwas Gutes.«

»Nein, Großmeisterin.« Grigorij erreichte die Mauer und erklomm die Stufen, duckte sich unter den Rand der Brüstung. »Der Märchendrache, Gorynytsch, von dem ich Ihnen erzählte.«

»Was ist mit ihm?«

»Er hatte eine Besonderheit.« Kurz lugte er über den Rand, hob die Pistole und schoss zweimal. »Seine abgeschlagenen Häupter wuchsen zum Schrecken des Kämpfers nach, und der Säbel des Mannes war sogar an dem Schuppenkleid abgebrochen.«

Silena verdrehte die Augen. »Das hätten Sie für sich behalten können, Fürst.« Auch sie riskierte einen Blick auf den Damm.

Das vom Sturm gepeitschte Meerwasser strömte rasch in die Bucht und war auf geschätzte fünf Meter angestiegen; die Lastkraftwagen hatten den kleinen Platz vor dem Tor beinahe erreicht und stellten sich quer, um den Männern als Deckung zu dienen. Wenn sie die Zahl richtig überschlagen hatte, kam sie auf fünfzig Angreifer.

»Mit ein bisschen Glück ist der Sturm so stark, dass der Damm überspült wird und das Wasser die Idioten einfach mit sich reißt.« Grigorij sah zu einem der Gargoyles am Tor, der eben an der Wand hinaufkletterte und sich in Stellung brachte. Er lauerte wie eine Spinne auf den ersten Feind, um sich auf ihn zu stürzen. »Was machen wir mit dem Schädel, Großmeisterin?«, flüsterte er. »Wir werden dem Officium nicht erlauben, diese Wesen allesamt in Freiheit zu entlassen, nicht wahr?«

»Nein. Weder dem Officium noch Cyrano. Nicht nachdem wir die Passagen in der Apokalypse gefunden haben, die man durchaus so deuten kann, wie wir es tun.«

»Ich bin sehr erleichtert.« Er sah hinauf zur Kathedrale. »Wir sollten versuchen, den Schädel zu finden, solange Cyrano unterwegs ist, und ihn an uns nehmen, bevor wir überhaupt in die unangenehme Lage kommen, Weltenstein und Schädel zusammen an einem Ort zu haben.«

Silena schoss zwei Angreifer nieder, musste aber den Kopf einziehen. Schüsse peitschten, Steinsplitter platzten von der Mauer ab. »Sie haben Recht. Trauen Sie es sich zu, die Verteidigung allein zu übernehmen?«

»Großmeisterin, es ist mir eine Ehre«, grinste er und bekam ihre Luger und Munition gereicht. »Meine hässlichen Verbündeten und die Dorfbewohner werden mir gern beistehen.«

Sie nickte und legte ihm dieses Mal die Hand auf die Schulter. Er strahlte sie an und deutete einen Handkuss an, ehe sie von der Mauer sprang und die Straße hinauf zu dem monumentalen Gotteshaus rannte.

Das zurückkehrende Gewitter und das Tosen des Sturmes machten es unmöglich, auf das warnende Pfeifen zu hören, das stets vor den Granateneinschlägen erklang. Am Hang explodierten zwei der Geschosse, eines jedoch traf das Haus zur Silenas Linken und zerfetzte das Dach. Teile des Gebälks und des Giebels brachen ab; sie fielen auf die Gasse und begruben die Drachentöterin unter sich; ein Ziegel prallte gegen ihre Schulter, und der rechte Arm wurde taub.

Hustend und fluchend kämpfte sie sich unter dem Schutt hervor; der einsetzende Regen spülte ihr den Staub aus den Augen und den Dreck aus der Wunde.

Mit einem dumpfen Stöhnen richtete sie sich auf und zog den Ziegelsplitter aus dem Fleisch, schleuderte ihn davon und erhob sich. Grigorij dürfte die neue Wunde später nähen, und seltsamerweise dachte sie daran, dass sie ihm einen erneuten Blick auf ihre seidene Unterwäsche gewähren würde.

Die Glocke des Erzengels schlug, dann stimmten weitere Glocken in das Dröhnen ein. Das konnte nur bedeuten, dass Arsènie Drachen gesichtet hatte.

Silena kämpfte sich den Aufstieg hinauf und traf auf das Medium. »Wo sind sie?«

Arsènie zeigte nach Nordwesten. »Da habe ich etwas gesehen, unterhalb der Wolken«, rief sie gegen das anschwellende Brüllen des Sturms, der oben auf dem Mont-Saint-Michel noch mehr Kraft besaß als in den geschützten Gassen. »Ich habe den Leuten im Turm gesagt, sie sollen die große Glocke ständig läuten ...«

»Nein«, widersprach Silena sofort. »Wir lassen die Teufel näher rankommen, damit wir so viele wie möglich von ihnen erwischen.« Sie legte eine Hand an den Säbelgriff und schaute in die Wolken über dem Meer.

»Finden Sie es nicht merkwürdig, dass sie einen offenen Angriff unternehmen, obwohl sie genau wissen, dass die Glocke sie töten kann?« Arsènie hatte das Fernglas wieder an die Augen gesetzt. »Es ist doch reiner Selbstmord.«

»Ich halte es für ein Ablenkungsmanöver. Aus irgendeinem Grund wollen sie, dass wir denken, sie würden angreifen, Madame. Und ich ...« Sie hielt inne, weil sie sah, dass einer der Gargoyles plötzlich neben ihr auftauchte. Das Wesen war groß wie ein irischer Wolfshund, hatte jedoch den Körper einer Katze, drei hundeähnliche

Köpfe und einen gezackten Schwanz; anstelle von Pfoten besaß es lange, handähnliche Klauen. Die braun leuchtenden Augen wanderten zwischen ihr und Arsènie hin und her. »Verschwinde zum Tor«, gab sie Anweisung und deutete zum Fuß des Berges.

Der Gargoyle duckte sich und knurrte – in Richtung der Französin.

Arsènie bemerkte das Wesen jetzt erst, setzte das Glas ab und schaute es an. »Was gibt es, kleiner Zerberus? Du magst wohl mein Parfüm nicht.«

Silena ging auf den Gargoyle zu. »Benimm dich, oder ich sage es Cyrano. Er wird sich eine Strafe für dich ausdenken.« Sie eilte in die Kathedrale und befahl den Männern an den Glockenseilen, die Stimme des Engels schweigen zu lassen. Dann begab sie sich an ein Fenster, nahm ihr Fernglas und spähte hinaus aufs Meer.

Und tatsächlich erkannte sie vier geflügelte Drachen, zwei weiße, einen grünen und einen braunen, die knapp unterhalb der Wolkendecke segelten und sich für einen Angriff bereit machten. Es waren alles Einender und der Größe von geschätzten sieben Metern nach junge Exemplare. Folglich zog es Eris vor, sich selbst nicht in Gefahr zu bringen. Er sandte seine Verbündeten an die Front.

Silena hielt es für einen Test. Sie war sich sicher, dass noch mehr der geflügelten Teufel in den Wolken lauerten und zusahen, wie es den vier bei ihrer Attacke auf den Mont erging.

Die Drachen flogen aufgereiht wie an einer Schnur, dann stieß einer einen Schrei aus und sie flogen parallel nebeneinander, beschrieben einer Kurve und gingen in den Sturzflug über, um maximale Geschwindigkeit zu erreichen.

»Bereit machen!«, rief Silena nach unten, ohne die Augen von den heranschießenden Drachen zu wenden.

Vierhundert Meter.

Die Drachen flogen knapp über die aufgepeitschte See, ihre Schwingen berührten die Wellenkämme und schlugen hohe Gischtfontänen. Die sich auf dem Wasser spiegelnden Blitze erzeugten den Eindruck, als entstünden Energiebahnen zwischen der Unterseite der geschuppten Leiber und dem Meer.

Dreihundert Meter.

Wieder erklang ein Schrei, und Silena erkannte, dass sie gleich auseinander fächern würden, um den Berg aus verschiedenen Richtungen anzugreifen.

Zweihundert Meter.

»Jetzt!«, schrie sie. Sie hörte, wie das Seil, das hinter ihr senkrecht nach oben lief, knirschte und sich spannte, es sich zuerst nur langsam, dann immer stärker bewegte. Es dauerte, bis die schwere Glocke genügend Schwung bekommen hatte und Kontakt mit dem Klöppel hatte.

Einhundert Meter.

Noch schwieg die Glocke, während drei der Teufel aus ihrem Blickfeld verschwunden waren. Der braune Drache zog nach oben und hielt genau auf die Kathedrale zu.

Fünfzig Meter.

»Verdammt!« Silena sprang und griff mit beiden Händen nach dem Seil, zog es mit ihrem Gewicht nach unten – und der Engel sprach mit seiner tiefen, erschütternden Stimme.

Silena schaute hinaus, um zu sehen, was mit dem Angreifer vor dem Fenster geschah.

Der Drache hatte sich bis auf zehn Meter angenähert, riss sein gewaltiges Maul auf und stand im Begriff, sein Feuer in den Turm zu speien, als ihn der Klang der Glocke traf.

Es sah aus, als sei er gegen ein unsichtbares Hindernis geprallt. Der mächtige Leib zuckte und krampfte, mit viel zu hektischen Schwingenschlägen versuchte er, in die Luft zu entkommen. Silena erkannte schwarzes Blut, das ihm aus den Augen, den Ohren und dem Maul schwappte. Sämtliche inneren Gefäße mussten geplatzt sein.

Mit dem nächsten Glockenschlag explodierte der Schädel in einer Blutwolke, Spritzer flogen bis zum Turm; der Drachenkadaver stürzte ins Meer, wo er von den Fluten verschlungen wurde.

Etwas Schweres prallte gegen die Decke der Kathedrale, eine immense Erschütterung lief durch den Turm. Dreck und Staub rieselten auf Silena herab, und sie rannte nach unten. »Läutet weiter«, befahl sie den Männern. »Es sieht gut für uns aus.«

Sie begegnete Arsènie im Hauptschiff der Kathedrale. »Was ist mit den Drachen geschehen?«

»Sie sind beim zweiten Läuten … einfach gestorben«, sagte sie aufgeregt. »Einer ist über dem Meer niedergegangen, einer ist im Sterben auf die Kirche gestürzt, der andere aufs Dorf, und der vierte ist vor dem Tor auf dem Damm aufgeschlagen.«

»Das nächste Mal lasse ich sie früher läuten. Es wäre beinahe schiefgegangen.« Silena sah zur Decke, die einige kleinere Risse aufwies; vor den teilweise gesprungenen Fenstern an der Südseite lief eine schwarze, zähe Substanz herab. Drachenblut. »Aber es funktioniert.«

»Und wie.« Arsènie fuhr sich durch die nassen, weißblonden Haare. »Fürst Zadornov verlangt nach Ihnen am Tor. Es gibt Schwierigkeiten mit den Gargoyles. Sie scheinen seit dem Glockenläuten durchzudrehen und die Dörfler anzufallen.«

»Verflucht.« Silena rannte hinaus. »Gehen Sie ans Fenster und behalten Sie die Umgebung im Auge. Und die Glocke soll weiter geläutet werden.«

Arsènie nickte und lief zum Turm.

Silena kehrte zurück in den Sturm und den peitschenden Regen. Der Sprung ans Glockenseil hatte ihrer verletzten Schulter nicht gutgetan.

Von weitem sah sie, dass die Männer an der Mauer die Drachenanbeter nach wie vor in Schach hielten, auch wenn sie selbst einige Verluste erlitten hatten.

Ein toter weißer Drache lag quer über der Dammstraße, auch ihm hatte die Stimme des Engels den Kopf zerrissen und nichts als Fetzen übrig gelassen; Hautlappen hingen lose über dem gesprengten Schädelknochen, ein Auge baumelte am Sehnerv herab.

»Ihr seid zu töten wie jedes andere Ungeziefer auch«, murmelte Silena bei dem Anblick. Diese Glocke war immens wertvoll, und sicherlich würde das Officium Ansprüche darauf erheben, wenn der Kampf um die Insel und den Schädel entschieden war.

Sie hetzte die Treppe zu Grigorij hinauf, der sich einen Karabiner genommen hatte. »Eine schöne Vorstellung, Großmeisterin«, sagte er grinsend. »Obwohl ich befürchtet habe, dass das grüne Ungetüm durch die Decke der Kathedrale brechen könnte.« Er zeigte nach oben.

Der Kadaver hing aufgespießt auf den kleinen Ziertürmchen der Kathedrale und erinnerte von seiner Haltung her an eine Kreuzigung.

»Was ist mit den Gargoyles?«, verlangte Silena zu wissen.

»Ich habe sie rausgeschickt, um die Drachenanbeter im Nahkampf niederzumachen oder sie uns vor die Flinte zu treiben.« Er lachte. »Es funktioniert nicht schlecht. Und dass die Artillerie nicht mehr feuert, sehe ich als gutes Zeichen.«

Silena starrte ihn an. »Keine Schwierigkeiten mit ihnen?«

Grigorij sah sie verwundert an. »Nein. Wie kommen Sie darauf?«

»Geben Sie mir die Luger zurück.« Sie hielt die offene Hand hin. »Ich muss eine Französin erschießen.« Ohne ein Wort reichte er sie ihr, und Silena eilte die Stufen hinab und hastete zur Kathedrale.

»Warten Sie!« Grigorij folgte ihr.

Arsènie nickte den Männern zu, die im Turm standen und unablässig das Glockenseil bedienten, ging an ihnen vorbei und nahm die schmale Treppe, die nach oben führte. Dabei riss sie ihr Taschentuch entzwei, knüllte die Fetzen zusammen und schob sie sich in die Ohren. Sie hatte keine Lust, taub zu werden.

Bald darauf erreichte sie die Etage, in der sich die Glocken und allen voran das gewaltige Geläut befand, das Drachen mit einem einzigen Schlag zu töten vermochte. Langsam pendelte die Stimme des Erzengels hin und her, und trotz der Stopfen im Ohr vernahm sie die Töne noch immer sehr laut, von den Schwingungen im Körper ganz zu schweigen.

Arsènie konzentrierte sich und hob beide Arme, die Handflächen waren aufgerichtet. Ein weißer und ein dunkler Strom Ektoplasma jagten aus ihnen hervor und griffen nach dem Klöppel.

Unvermittelt wurde sie von einem Schatten angesprungen und zu Boden gerissen. Sie musste den Zauber unterbrechen, um sich gegen den Angreifer zu wehren.

Über ihr ragte der dreiköpfige Gargoyle auf, die Mäuler weit geöffnet. Geifer floss über die Lefzen auf ihr Gesicht.

»Du Missgeburt wirst mich nicht aufhalten!« Arsènie setzte einen Plasmastoß frei und traf in den mittleren der Schädel, der daraufhin Risse bekam und zersprang.

Doch der Gargoyle ließ sich dadurch nicht aufhalten. Er schnappte mit den verbliebenen Mäulern nach ihr, und sie schaffte es gerade noch, eine Barriere knapp vor ihre Kehle zu legen, sonst wäre ihr Hals zerfleischt worden.

Arsènie fand es anstrengender als sonst. Vielleicht lag es daran, dass sie ungewöhnlich oft auf ihre Kräfte zurückgriff, aber jedenfalls stellte sie der Kampf auf eine harte Probe.

Der Gargoyle stemmte sich mit aller Macht gegen das Hindernis, die scharfen Klauen zerfetzten ihre Kleidung und hinterließen tiefe Furchen in ihrer weichen, weißen Haut; Blut quoll hervor und bildete einen starken Kontrast.

Die Schmerzen wirkten anfeuernd auf Arsènie. Sie sandte schreiend einen weiteren dunklen und hellen Strahl aus ihren Händen gegen die Kreatur und traf beide Häupter gleichzeitig. Sie verwandelten sich auf der Stelle in Staub, der vom Wind weggetragen wurde. Der Kadaver fiel auf sie und wurde zu Stein.

»Runter von mir«, ächzte sie und schob die Überreste zur Seite, zog sich auf die Beine und betastete den verletzten Bauch. Die Wunden brannten feuergleich, ihre Bluse bestand nur noch aus Fetzen, und um ein Haar wäre auch der teure rote Büstenhalter beschädigt worden. »Verdammtes Vieh.«

Arsènie riss sich zusammen und mobilisierte erneut das Ektoplasma, packte den Klöppel. Mit einer ruckartigen Bewegung riss sie ihn durch ihre Kräfte aus der Verankerung in der Glocke. Das Dröhnen endete, der Engel hatte seine Sprache verloren.

Sie ließ den Klöppel zu sich heranschweben und sah, dass sie Cyranos leise gesprochene Andeutung richtig gedeutet hatte: Oberhalb der Verdickung, mit der er gegen die Innenwand der Glocke schlug, war ein Schädel mit einer Schnur festgebunden worden.

Arsènie senkte den Schwengel auf den Boden und löste die Schnur, nahm den Schädel an sich und fuhr mit dem Zeigefinger über die Augenpartie, die Nase, die Zähne bis zum Kinn. »Habe ich dich, Aubert.«

Sie sandte einen weißen Strahl Ektoplasma gegen die Halterung der gewaltigen Glocke. Knirschend gaben die Bolzen, das Holz und das Metall nach. Die Glocke schoss in die Tiefe, stürzte den Turm hinunter und durchschlug die verschiedenen hölzernen Zwischendecken. Sie zerstörte den Treppenaufgang, prallte klingend gegen die Wände, bis sie am Boden aufschlug und mit einem Scheppern zerschellte. Schreie von Männern gellten auf.

Arsènie ließ die restlichen Glocken folgen und hoffte auf größtmögliche Zerstörung und Opfer. »Auch das war recht einfach.« Sie wandte sich nach Norden, schaute in die Gewitterwolken. *Ich habe meinen Teil erfüllt, nun erfülle deinen.*

Du hast zu spät eingegriffen. Ich habe vier meiner Gefolgsleute verloren, bekam sie zur Antwort.

Es ging nicht früher. Ich habe den Schädel. Halte dein Wort und mach mich zur Impériatrice, wie ich es mir gewünscht habe.

Sicher, Arsènie. Wir beide sind unschlagbar. Und ich bin immer noch sehr glücklich, dass du zur Vernunft gekommen bist, auch wenn ich nach deinem Angriff auf mich zuerst Bedenken hegte.

Ich war durcheinander, wiegelte sie die Attacke auf dem Saint Michael's Mount herab. *Jetzt erscheine und bringe mich von hier fort. Danach mache mit dem Mont-Saint-Michel, was immer du möchtest.*

Spring, Arsènie, Impériatrice der Alten Welt.

Sie stutzte. *Ich soll was tun?*

Spring. Es ist einfach. Ich will sehen, ob du mir vertraust.

Natürlich vertraute Arsènie dem Drachen nicht, aber sie hatte keine andere Wahl, um von der Insel und der Kathedrale zu entkommen. Sie stellte sich auf den Fenstersims, packte den Schädel fest mit beiden Händen und stieß sich ab.

Sie fiel wie ein Stein, die Wand huschte an ihr vorbei, und Arsènie konnte sich nicht dagegen sträuben, einen schrillen Schrei auszustoßen. Die Empfindungen waren zu gewaltig.

Die Luft verwirbelte um sie herum. Ein lang gestreckter Körper schoss unter ihr durch, und sie prallte gegen einen Rücken aus schwarzen Drachenschuppen.

Ihr Sturz hatte ein Ende gefunden.

Silena und Grigorij hatten die Kathedrale fast erreicht, da sahen sie, wie eine Frauengestalt aus dem Turm sprang.

»Um Himmels willen! Das ist Arsènie!« Grigorij blieb stehen. »Was tut sie da?«

Da tauchte der sechsköpfige schwarze Drache aus den Wolken über der Kirche auf. Die Schwingen lagen eng an den Leib gepresst, und er stürzte sich wie ein Raubvogel auf die Frau.

»Mandrake«, fluchte Silena.

Anstatt sie mit einem seiner Mäuler zu schnappen, tauchte er unter ihr hindurch und fing sie auf, bevor sie gegen den Fels prallte. Es gelang ihr, Halt auf dem Rücken der Kreatur zu finden, und der Drache zog sofort wieder nach oben in Richtung Wolken; dabei stieß er einen triumphalen Schrei aus.

»Sie hat uns verraten, Fürst«, sagte Silena bitter. »Und ich habe ihr sogar noch alles abgekauft, was sie uns an Lügen auftischte.«

Grigorij weigerte sich offensichtlich, an die Schuld der Französin zu glauben. »Er wird sie mit seinen Drachenfähigkeiten gezwungen haben, Großmeisterin.« Überzeugt klang er nicht.

»Sie wird sich mit seiner Hilfe einen Wunsch erfüllen: Herrscherin zu sein. Und sie ist in ihrer Überheblichkeit nicht in der Lage zu erkennen, dass er sie nur benutzt, so wie er es gerade benötigt.« Silena schaute hinunter zum Damm. Die Gargoyles sprangen zwischen den Lastwagen umher und suchten nach überlebenden Drachenanbetern, während die Männer auf der Mauer sich erhoben hatten und zur Kathedrale blickten.

Ihre Schlacht hatten sie gewonnen – allerdings ergab der Sieg keinen Sinn mehr. Die eigentliche Entscheidung war zu Gunsten des Feindes gefallen.

Der schwarze Drache verschwand vor dem dunklen Horizont. Dafür tauchten drei weitere Flugdrachen auf, zwei dunkelgelbe und ein violettfarbener, alle höchstens vier Meter lang.

Gefährlich waren sie dennoch. Die Einender stießen von verschiedenen Seiten auf den Mont herab und überzogen alles, was sie fanden, bei ihrem ersten Überflug mit Feuer.

Gelb, blau und grün schlugen die Flammen aus den Mäulern, setzten Häuser in Brand und vernichteten einen Großteil der Tapferen am Eingang zum Dörfchen; zu allem Überfluss wand sich ein großer, tiefseeblauer Wasserdrache aus den Fluten und kroch blitzschnell auf das Tor zu.

»Großmeisterin, Cyrano und die Gargoyles kehren zurück!« Grigorij zog den Kopf ein, als der violettfarbene Drache über sie hinwegflog und sich einen Bewohner, der ein Stückchen weiter oben durch die Gasse gerannt war, mit einer schnellen Bewegung schnappte. Er hörte das Brechen der Knochen, und der Schrei des Mannes endete. Gleich darauf folgten die schwingenbewehrten Gargoyles und setzten ihm nach.

»Damit bleiben die beiden gelben für uns, Fürst.« Silena zog ihren Säbel. »Fangen wir an.«

»Und wie?« Er bekreuzigte sich nach der Art der Orthodoxgläubigen. »Ich unterstütze Sie gern, wenn ich wüsste, dass wir Aussichten auf einen Erfolg haben.«

»Dann begleiten Sie mich auf das nächste Dach.« Sie eilte auf ein Haus zu, das dem Feuer entkommen war.

»Und dann?«

»Die Dämonen haben offensichtlich Hunger. Und wenn Sie sich denen als Happen anbieten, werden sie unvorsichtig sein.« Silena stürmte hinein, vorbei an den verängstigten Bewohnern, und erklomm die Stufen hinauf zum Dach.

»Wie kommen Sie darauf, dass es sich so verhält?«

»Es sind kleine Drachen. Sie sind nicht mehr als Fressmaschinen ohne Verstand.« Sie stieß die Luke auf und schwang sich hinaus. »Um den Seedrachen mache ich mir mehr Sorgen. Er sieht erfahren aus.« Silena duckte sich hinter einen Kamin und deutete auf den First. »Da hinauf, Fürst.«

Er kletterte ins Freie. »Und was tue ich, wenn einer kommt?«

»Rufen Sie und lassen sich fallen. Den Rest erledige ich und mein Schwert. Wenn sie im Tiefflug kommen, ist ihr Bauch ungeschützt. Die Schuppen haben ihren vollen Härtegrad noch nicht erreicht.«

Grigorij zuckte zusammen, als einer der gelben Drachen mit seinen Hinterläufen ein Hausdach zerschlug und den Kopf hineinsteckte. Laute Schreie erklangen, die bald danach endeten; als der Drache seinen Schädel hob, war er vollständig von Menschenblut bedeckt, die Kiefer zermalmten die Knochen des Opfers, und ein Unterarm hing seitlich aus dem Maul. Durch die Kaubewegungen hüpfte er auf und ab und erweckte den Eindruck, als winke der Tote.

»Das gefällt mir nicht«, brummte der Fürst und zeigte sich dem Drachen.

Die kleinen Augen richteten sich auf ihn, und das Wesen stieß einen Schrei aus. Zwischen den langen, spitzen Zähnen sah Grigorij die Überreste eines Kinderkopfes. Dann drückte sich der Drache ab und kam im Segelflug auf ihn zu.

Der Russe nahm all seinen Mut zusammen, hob den Karabiner und schoss nach ihm. Die Kugel traf in das rechte Auge, und der Drache kreischte auf. Der Glaskörper war tatsächlich geplatzt. »Ich habe ihn erwischt!«, jubelte er und lud nach. Dabei vergaß er völlig, dass er sich fallen lassen sollte.

Silena ahnte, dass Grigorij das Jagdfieber gepackt hatte. Sie hörte das Rauschen der Flügel und sprang hinter ihrer Deckung auf. »Weg, Fürst!« Sie stieß ihn zur Seite, er geriet aus dem Gleichgewicht und schlitterte das Dach hinab, ehe er in die Luke stürzte. Dadurch verfehlten ihn die langen, scharfen Klauen um eine Handbreit.

Silena gelang das Kunststück, genau zwischen den Hinterläufen des Drachen zu stehen. Sie packte den Schwertgriff mit beiden Händen und hielt ihn senkrecht nach oben, stemmte sich mit den Stiefeln gegen den First und hoffte, dass die Ziegel hielten oder sie auf der nassen Oberfläche den Halt nicht verlor.

Die Schneide drang in den hinteren Teil des Unterleibs ein und schlitzte ihn bis zum After auf; rosafarbene, braune und grüne Gedärme quollen aus dem Schnitt und verfingen sich am Kaminschlot des nächsten Hauses und am Giebel.

Der Drache brüllte grässlich und schlug mit den Schwingen, als könne er den Schmerzen an seinem Unterleib entkommen, doch damit riss er sich noch mehr Innereien heraus, die sich über zwei Hausdächer verteilten. Sterbend stürzte er vor der Stadtmauer ab.

Gelbliche Schwaden stiegen auf, wo sich die Mägen des Drachen fanden. Die Säure ätzte sich durch den Stein und würde sich bis zu den Grundmauern fressen. Silena erinnerte sich daran, dass einige Exemplare diese Säure auch speien und als Waffe einsetzen konnten.

»Haben wir es geschafft, Großmeisterin?« Grigorijs Kopf erschien in der Luke, er hatte eine Platzwunde an der Stirn. »Ich hätte mich ungern sinnlos verletzt.«

»Wir haben einen erledigt, Fürst.« Sie winkte ihm zu. »Kommen Sie. Das machen wir gleich noch einmal.« Ihr Blick wanderte nach rechts, und sie erkannte, dass sich weitere Fahrzeuge auf dem Damm näherten, trotz des hohen Wellengangs. »Noch mehr Drachenanbeter!«

»Vorsicht, hinter Ihnen!«, hörte sie den Fürsten schreien, und im nächsten Moment wurde sie gepackt. Das Dach fiel unter ihr zurück, sie stieg und stieg, während der Mont-Saint-Michel immer kleiner wurde.

Silena sah nach oben und erkannte den violettfarbenen Drachen, der mit weit geöffnetem Maul nach ihrem Kopf schnappte.

XXII.

»Drachentöter haben etwas Enervierendes. Die meisten von ihnen kleiden sich wie Gentlemen, geben Geld aus wie Könige und benehmen sich wie Ferkel. Das Schlimme ist, dass ich ihre Rechnungen bezahlen darf.«

Königin Viktoria die Zweite,
Herrscherin des British Empire

**26. Januar 1925, Avranches (Normandie),
Königreich Frankreich**

Silenas Instinkte und ihre Ausbildung halfen ihr.

Anstatt sich zu ducken, stieß sie das Schwert tief in den Rachen des Drachen, der sofort zurückwich. Schwarzes Blut lief ihm aus dem Maul, dann öffnete er einfach seine Klaue und ließ die widerspenstige Beute fallen.

Silena raste der Erde entgegen und fiel mit den Regentropfen um die Wette.

Das Dach der Kathedrale wuchs, sie konnte den Kadaver des großen, darauf liegenden Drachen in allen Einzelheiten erkennen. Sie schätzte, dass sie dicht neben ihm aufschlug. Seltsamerweise dachte sie daran, dass sie im Flugzeug immer einen Fallschirm trug. Er hätte ihr in diesem Fall das Leben gerettet.

»Ich habe dich«, rief jemand, und schon wurde sie wieder gepackt, dieses Mal jedoch unter den Achseln hindurch. Zwei Arme verschränkten sich über ihrer Brust, und aus dem senkrechten Fall wurde ein gezieltes Gleiten.

Silena musste sich nicht umdrehen, um zu wissen, dass es sich bei ihrem Retter um Cyrano handelte. Der Eindruck, den sie vom kurzen Flug mit ihm bekam, war unvergesslich, denn er stellte alles, was sie in einem Flugzeug erlebte, in den Schatten. Sie vergaß sogar die Schmerzen in der Schulter und im Rücken.

Es kam ihr vor, als hätte sie selbst Flügel. Weder gab es störende Motorengeräusche noch eine Windschutzscheibe, sirrende Spanndrähte und das Flattern des Stoffes. Alles, was sie hörte, waren das Pfeifen des Sturms und das Grollen des Donners. Sie beneidete den Gargoyle, der keine Maschine brauchte, um sich emporzuschwingen.

»Wir haben ihn gleich, und danach kümmern wir uns um den Seedrachen«, sagte Cyrano. »Die Laster auf dem Damm sind deine Leute. Sie haben die Abzeichen des Officiums auf ihren Mänteln.«

»Dann waren sie schneller als angekündigt.«

»Eine Falle, um uns glauben zu machen, es sei Verstärkung?«, meinte er warnend.

Silena deutete auf den Damm. »Flieg mich hin. Ich kenne viele Drachentöter, also kann ich leicht herausfinden, ob es sich um einen Schwindel handelt oder nicht.«

Cyrano beschrieb eine harte Rechtskurve, die ein Flugzeug unmöglich hätte fliegen können. Es stimmte schon: Die Gargoyles waren die vollendeten Drachenjäger.

Sie verfolgte, wie zwei andere geflügelte Wasserspeier den violettfarbenen Drachen in der Luft angriffen. Einer stürzte sich von oben auf seinen Rücken und riss ihm einen Flügel aus, und aus dem Flug des Drachen wurde ein Trudeln. Der Zweite hatte eine der eisernen Türmchenverzierungen der Kathedrale abgerissen und rammte sie dem Drachen seitlich durch die Schnauze, als dieser nach dem ersten Gargoyle schnappen wollte.

Brüllend bäumte sich der Drache auf und versuchte, seinen Sturz abzufangen, aber es gelang ihm nicht. Mit einem letzten grünen Flammenstrahl, den er den beiden in sicherer Entfernung fliegenden Gargoyles hinterher sandte, krachte er gegen die Felswand unterhalb des Klosters und zerschmetterte sich den Hals und die Brust. Sodann rutschte er auf die untere Befestigungsanlage und fiel ins Meer.

Die Gargoyles kümmerten sich um den letzten der gelben Drachen, der sich mit Feuer zur Wehr setzte.

Silena hatte inzwischen den Damm erreicht und wies Cyrano an, knapp über die Lastwagen hinwegzufliegen. Sie hatte sich als Kind immer ausgemalt, an den bunten Drachen aus Papier zu hängen, die im Herbst über den Stoppelfeldern standen und im Wind tanzten. Genauso fühlte es sich nun an.

Schon der erste Überflug brachte die beruhigende Gewissheit, dass es sich um Unterstützung und nicht um neue Gegner handelte. Sie winkte den Drachentötern zu, und es waren vorneweg mindestens zehn aus drei verschiedenen Heiligenlinien, wie man an den Abzeichen und der Bewaffnung erkannte. Jetzt gab es für den Seedrachen kein Entkommen mehr.

Auch wenn es dunkel war und das Meer rings um den Damm wogte und sich mit Gewalt gegen die Befestigung warf, glaubte sie einen Schatten unter der Oberfläche gesehen zu haben. »Zurück«, wies sie Cyrano an. »Mehr nach rechts.«

Sie ließ den Gargoyle über der Stelle kreisen und machte die Kolonne aufmerksam. Ein Suchscheinwerfer auf einem der Lastwagen flammte auf und beleuchtete das Meer. Er enthüllte der entsetzten Drachentöterin einen zweiten Drachen, der mit enormer Geschwindigkeit wie ein Torpedo unter der Wasseroberfläche entlangschoss und genau auf den Damm zuhielt.

»Flieg mich rüber zu ihnen. Ich muss sie vor dem Ding warnen«, rief sie Cyrano zu und winkte mit den Armen, um auf sich aufmerksam zu machen.

In dem Augenblick sprang der Drache. Der gewaltige, stromlinienförmige Schädel brach zwischen den Wellen hervor, das Maul öffnete sich und setzte im Flug vernichtendes weißes Feuer frei, das die hinteren drei Lastwagen der Kolonne erfasste und sofort in Brand steckte. Die sich entzündenden Treibstoffdämpfe sorgten dafür, dass der Tank des letzten Wagens in einer großen Verpuffung verging und eine zusätzliche Explosionswolke schuf.

Der Wasserdrache stand wie ein Rundbogen über dem Damm, ehe er wieder vollständig ins Meer eintauchte und verschwand, als hätte es ihn niemals gegeben.

»Eine Falle für das Officium.« Cyrano hielt Abstand zu den Fahrzeugen. »Ich fürchte, er wird zurückkehren und einen zweiten Angriff wagen.«

Silena sah, dass die Drachentöter anhielten und Vorbereitungen trafen. Sie hatten nicht damit gerechnet, noch im Anmarsch attackiert zu werden, zudem es sich bei den zerstörten Fahrzeugen nicht um Wagen des Officiums handelte. Es mussten geliehene gewesen sein, vielleicht auch nur welche zur Ablenkung. »Es wird ihm nicht mehr gelingen.« Sie sah zu den ungeflügelten Gargoyles, die unschlüssig herumstanden und die Neuankömmlinge misstrauisch betrachteten. »Sie werden sich friedlich verhalten?«

»Solange ihr sie nicht angreift, ja.«

Die verbliebenen Lastwagen gaben Gas und hielten auf den kleinen Parkplatz zu.

Erst als sie das Tor erreicht hatten, erschien der zweite Drache erneut. Er hob den Kopf aus den Wellen und überschüttete die Wagen mit seinen Lohen. Aber die Aufbauten aus stabilem Eisen mit dem Überzug aus Drachenhaut hielten den Flammen stand und beschützten die Insassen vor dem Tod. Wütend brüllte der Drache und schlängelte sich an Land, um die Wagen mit seinen Kiefern zu knacken.

Bevor er sie erreichte, klappten die Seitenwände nach unten, und nahezu antik aussehende Katapulte beschossen ihn. Er schreckte zurück, als er die Holzspieße in sein Antlitz und in den Hals bekam. Dann öffnete er das Maul, um die Menschen ein weiteres Mal mit Feuer zu überziehen.

Da eilten zwei Drachentöter heran, ausgestattet mit Schildern und Speeren, und drangen auf ihn ein, während ein Dritter in einem merkwürdig anzusehenden gepanzerten Anzug erschien, der mehr an einen Tiefseetauchanzug erinnerte, und sich viel zu weit nach vorn wagte; auch er war bewaffnet, aber mit dem Schwert sah er eher hilflos als mutig aus.

»Das wird er wohl nicht überleben«, kommentierte Cyrano und setzte Silena auf ihren Wunsch hin vor dem Tor bei ihren Leuten ab.

»Geh und kümmere dich zusammen mit den anderen Gargoyles um den zweiten Wasserdrachen. Wenn ihr unsere Verbündeten sein wollt, muss das Officium sehen, dass ihr etwas taugt.«

Unterdessen hatte der Gepanzerte, dessen Ganzkörperharnisch aus einer glasähnlichen Substanz bestand, den Drachen erreicht – und wurde von ihm verschlungen, ohne mit der Waffe überhaupt zugeschlagen zu haben.

Cyrano flog lachend davon, und auch Silena grinste, wenngleich nicht aus Schadenfreude, sondern weil der Gargoyle die Lage falsch eingeschätzt hatte. Sie kannte Sebastian aus Berichten, nicht persönlich, aber er gehörte – wie einst die selige Martha – zu den Drachentötern, welche die Bestien von innen bekämpften und ihnen durch die Gedärme hindurch ein Ende bereiteten.

Der Drache machte sich indessen zu einem Angriff bereit. Der breite, kraftvolle Schlangenleib rollte sich wie eine Eisenfeder zusammen, die Spitze fegte heran, um die Männer von den Beinen zu wischen und sie ins Meer zu schleudern.

Unvermittelt stiegen graue Rauchschwaden zwischen den Schuppen im vorderen Drittel seines Körpers empor. Der Drache brüllte auf und fuhr herum, starrte auf die qualmende Stelle und kroch auf das Wasser zu, um sie zu kühlen. Laut zischte das Wasser; unvermittelt klaffte ein breites Loch in den Drachenschuppen, und darunter wurde verätzte Haut sichtbar. Hastig kroch er auf den Damm zurück und versuchte, auf ihm nach Avranches und weg von den Gegnern zu kriechen. Er kringelte sich wie ein Regenwurm und wurde bald von drei Drachentötern eingeholt, die ihn mit ihren Speeren zur Strecke brachten.

Die Zersetzung des Drachenleibs schritt weiter voran. Silena sah, wie Drachenschuppen, die Haut und das Fleisch darunter mit unglaublicher Geschwindigkeit aufgelöst wurden, bis nur noch das Knochengerüst übrig war.

Dahinter wurde ein Schutzanzug sichtbar, und der Drachentöter schlug sich mit dem Schwert den Weg in die Freiheit. Von der Gischt ließ er sich den Schmutz von seiner ungewöhnlichen Rüstung spülen; wieder zischte und qualmte es, als das Wasser mit ihm in Berührung kam. Es dauerte eine Weile, bis die Reaktion nachließ, dann nahm er den Helm ab und kehrte zum Wagen zurück, aus dem er gestiegen war. Der Wasserdrache war besiegt – durch eine Säure, die ihm von innen in die empfindlichen Gedärme geschüttet worden war.

Ein weiterer, dem Aussehen nach sehr erfahrener Drachentöter hatte sich in der Zwischenzeit genähert. Auch er trug eine Schuppenrüstung, und auf seinem Helm, den er unterm Arm trug, war ein weißes Kreuz mit einem daran genagelten Drachen gemalt worden.

»Sie sind Großmeisterin Silena, wie ich sehe.« Die Blicke aus den klaren, graugrünen Augen waren gefühlslos. Als sie bejahte, fuhr er fort. »Mein Name ist Prokop. Berichten Sie mir in aller Kürze, was sich ereignet hat.«

Sie zweifelte nicht daran, dass er zum Officium gehörte, doch dass er ihr so vollkommen unbekannt war, sowohl vom Namen als auch vom Aussehen her, verblüffte sie. Eigentlich kannte sie jeden, zumindest die Älteren und Altgedienten, zu denen sie ihn zählte. Rasch fasste sie die Geschehnisse für ihn zusammen. »Und greifen Sie die Gargoyles nicht an. Sie sind unsere Verbündeten«, betonte sie.

Prokop lächelte sie an wie ein kleines Kind, mit dem man nachsichtig sein musste. »Kattla hat mich über alles in Kenntnis gesetzt, Großmeisterin. Ich weiß Bescheid.« Er gab Befehle, und die Truppe aus Drachentötern rückte durch das Tor in die engen Gassen von Mont-Saint-Michel vor.

Sie schaute zu den rauchenden Lastwagenwracks, die auf dem Damm standen und von dem tosenden Meer und seiner Gischt gelöscht wurden. »Wie viele Verluste haben wir erlitten?«

»Keinen einzigen, Großmeisterin. Aber Avranches benötigt einen neuen Bürgermeister, fürchte ich.« Prokop klang unbeeindruckt. »Wollen Sie uns begleiten oder der Flut beim Auflaufen zuschauen?«

Silena ahnte, warum er ihr zur Hilfe gesandt worden war: Er nannte den Leiter des Officiums beim Vornamen, und daraus schloss sie, dass es sich bei ihm um einen alten Freund des Erzbischofs handelte. Kattla wollte sicherstellen, dass alles so geschah, wie er es wollte, und nicht wie eine aufrührerische Großmeisterin. Ein gewisser Ruf war nicht immer von Vorteil.

Silena folgte der kleinen Gruppe in das Dörfchen, in dem es nichts mehr zu besiegen gab und das zum Großteil in Trümmern lag. Lediglich die Kathedrale erhob sich äußerlich unversehrt auf der Bergspitze und stellte den Drachenkadaver wie eine Trophäe aus.

Prokop winkte Silena zu sich. »Wir treffen uns im Lesesaal des Klosters, Großmeisterin. Bringen Sie Ihren Russen und die Wasserspeier mit. Ich möchte, dass wir uns über die weitere Vorgehensweise beraten, um den Weltenstein zu finden.« Er befahl den Fußtruppen, mit dem Ausschlachten der umherliegenden Drachenkadaver zu beginnen. »Es sieht nach einer Sturmflut aus, wir können die Insel ohnehin derzeit nicht verlassen.«

»Wir werden die Erlöse aus den Drachenkadavern benutzen, um den Menschen zu helfen, die ihre Häuser verloren haben, nehme ich an, Großmeister?«, fragte sie spitz, um keinen Zweifel daran zu lassen, wie sie die Sache sah. Sie mochte die Art des Mannes nicht, der sich wie ein Feldherr und nicht wie ein Gleichrangiger benahm.

Prokop pochte gegen die nächste Hauswand. »Das hier, Großmeisterin, ist französisches Territorialgebiet, und es handelte sich um einen unabwendbaren Einsatz gegen die Drachen gemäß dem Drachenvernichtungsgesetz Paragraf zwölf. Somit schicken wir die Rechnung an Charles den Unerreichten.« Er sah sie streng an. »Eines noch: Mein Titel ist Prior, nicht Großmeister.« Er ging zum Kadaver des violettfarbenen Drachen und betrachtete die Zähne.

Silena verstand die Welt nicht mehr. Prior – ein unmittelbarer Vertreter des Leiters vom Officium, das hatte es schon lange nicht mehr gegeben.

Sie hielt einen von den einfachen Soldaten aus den Drachentötereinheiten am Arm fest und nickte zu Prokop. »Können Sie mir sagen, wann er in das Amt des Priors berufen wurde?«

Der Soldat salutierte. »Kurz vor unserem Abmarsch, Großmeisterin. Er wird der Nachfolger von Erzbischof Kattla und ist sein Stellvertreter im Feld, wurde uns gesagt.«

»Danke. Sie können wegtreten.« Sie verfolgte Prokop, der den Eindruck eines reinen, nicht denkenden Kriegers machte und allein den Willen des Erzbischofs erfüllte, mit Blicken. Die Berufung des Mannes richtete sich eindeutig gegen sie. Nun gab es jemanden, dessen Anordnungen sie sich ohne zu zögern fügen musste. Keine Ausreden mehr am Telefon.

Fluchend machte sie sich auf den Weg zum Lesesaal.

**26. Januar 1925, nahe des Galdhøpigg,
Hochgebirgsregion Jotunheimen, Königreich Norwegen**
Grendelson lag im Eingang zu seiner Höhle, schaute in die Sonne und verspürte keine Lust mehr, neutral zu sein. Er fand es sehr schwer, sich ruhig zu verhalten. Bald müsste er es nicht mehr.

Er züngelte, suchte nach Gefahr oder Abwechslung in der Langeweile.

Schnee rieselte ihm von oben auf die Schnauze, überrascht hob er den Kopf. Gleich darauf sprang er fauchend auf die Beine und bereitete einen Flammenstoß vor: Auf dem Felsen über ihm saß ein merkwürdig anzuschauender Drache, der ihn aus orangefarbenen Augen betrachtete.

Er besaß den gewundenen, gut zehn Meter langen Leib eines Wurms, gleichzeitig vier Beine mit fünf Klauen und filigrane Schwingen; die Hornschuppen glänzten gleich poliertem Gold. Die Hörner erinnerten entfernt an ein Geweih, und zudem wirkte er auf Grendelson, als bestünde der Kopf aus einer Montage verschiedener Lebewesen. Allerdings wirkte er in seiner Gesamtheit nicht lächerlich, sondern eher erhaben, und nicht zuletzt verschafften ihm die Zähne enormen Respekt.

Ich werde dir zeigen, was es bedeutet, mir aufzulauern! Grendelson sprang den Unbekannten an, der unzweifelhaft zu den Asiaten gehörte. Anscheinend hatte der Krieg bereits begonnen.

Ich habe dir nicht aufgelauert. Der goldene Drache wich dem Angriff aus und schlang sich um Grendelsons Leib. *Die Menschen meiner Heimat nennen mich Nie-Lung.* Zwei prankenähnliche Hände legten sich um die Schnauze und drückten die Kiefer des Gegners zusammen, damit er nicht gebissen wurde. *Ich möchte mit dir sprechen und nicht gefressen werden.*

Grendelson stieß sich ab und ließ sich den Hang hinabrutschen; er zog den Drachen einfach mit sich. *Ihr werdet meine Länder nicht so einfach bekommen.* Er spürte, dass der Asiate ihm an Kraft und Gewicht unterlegen war, auch wenn er seine Flinkheit bewundern musste.

Sie rollten weiter und weiter; um sie herum geriet der Schnee in Bewegung, große Flächen rutschten ab und begleiteten sie auf dem Weg nach unten, bis sich die ringenden Drachen im Mittelpunkt einer immensen Lawine befanden. Umschlossen vom Weiß, eingehüllt in funkelnde Schneewolken rasten sie talwärts.

Das Gewicht, das die Naturgewalt auf beide ausübte, nahm zu und wurde allmählich auch für die gigantischen Wesen bedrohlich. Grendelson stieß sich von Nie-Lung ab und legte sich wie ein Fisch in die Strömung, schwamm mit dem Schnee und ließ sich an die Oberfläche treiben, wo er endlich nach Atem ringen konnte.

Ein breiter Felsvorsprung tauchte vor ihm auf und teilte die Lawine, das Weiß brach sich daran und sprühte viele Meter gleich einem Geysir in die Höhe.

Grendelson gelang es, sich dahinter zu schieben und die Schneemassen an sich vorbeitreiben zu lassen, ohne dem malmenden Druck ausgesetzt zu sein.

Endlich ließ das Rumpeln nach, die Lawine verebbte.

Du trauerst der Zeit nach, als deine Wikinger die halbe Welt erobert hatten, doch dann ging es mit deinem Einfluss bergab. Skandinavien spielt keine große Rolle im Konzert der Mächtigen, und weil du dir deiner geringen Stärke bewusst warst, hast du dich aus dem Weltkrieg herausgehalten, vernahm er Nie-Lungs einlullende Stimme in seinem Verstand. *Norwegen, Dänemark und Schweden waren schwach genug, man musste sie nicht unnötig durch ein Kriegsunterfangen in den Staub treten. Habe ich Recht?*

Schade, dass du überlebt hast. Grendelson schwang sich auf den Felsbrocken und überblickte das weiße Meer um sich herum. *Zeig dich, und ich fetze dich in Stücke!*

Es ist gut für dich, dass ich noch lebe. Ich weiß, dass der Germane einen Aufstand gegen Vouivre anzettelt. Aber weder er, Ddraig, Vouivre noch der abtrünnige Gorynytsch kennen dein Geheimnis. Grönland ist der Schlüssel gewesen, wisperte es.

Nichts von alledem stimmt, grollte Grendelson und konnte sein Erschrecken schwer verbergen. Denn leider stimmte alles, was der Asiate von sich gab. Er wurde sich klar, dass er nicht als Erster von den Altvorderen das Opfer eines Angriffs geworden war, sondern dass sich etwas Größeres anbahnte. Ob es besser wurde, wusste er noch nicht.

Urplötzlich detonierte die Schneedecke neben ihm, der Schlangenleib schoss hervor und fegte ihn von seinem Aussichtspunkt.

Kaum landete er im Schnee, war Nie-Lung über ihm und drückte ihn mit seinen vier Pranken nieder, so gut es ihm möglich war. *Der Schlüssel für die schleichende, heimliche und bald abgeschlossene Eroberung Kanadas. Der gesamte Norden, von der West- bis zur Ostküste, ist bereits von deinen Vertrauten unterwandert.*

Grendelson stieß mit dem Kopf zu und brachte den Asiaten dazu, von ihm abzulassen. *Woher willst du das wissen?*

Nie-Lung lachte und versetzte ihm einen weiteren Hieb mit dem Schweif, der die vor langer Zeit verwundete Stelle in seiner Seite traf. Die Narbe schmerzte immer noch, wütend zischte Grendelson. *Ich weiß es. Und ich biete dir einmalig ein Abkommen an.* Der Drache versank im Schnee, als wäre es Treibsand, und verbarg sich wieder.

Es stimmt. Vouivre mit seinen Franzosen, Ddraig mit ihren Briten – sie sind alle gescheitert und halten sich nicht auf Dauer in dem Land. Grendelson verließ den viel zu weichen Schnee und begab sich auf eine Felsgruppe. Hier konnte er nicht von unten angegriffen werden.

Du hast vor einigen Jahren einen Generalstreik in Winnipeg angezettelt und für den Sieg der Liberalen Partei bei den Parlamentswahlen 1921 gesorgt. Premierminister Mackenzie King führt das Land nach und nach in die Souveränität, wie du es möchtest, sagte Nie-Lung aus seinem Versteck heraus.

Nicht mehr lange, und die Unterordnung des kanadischen Parlaments unter britische Institutionen ist endgültig beseitigt. Dann ist Kanada mein, und du, lass deine Klauen davon!

Nie-Lung grub sich aus dem Schnee und verharrte in vier Meter Entfernung von ihm, sein Leib blinkte wie massives Gold. *Dagegen habe ich auch nichts. Allerdings möchte ich dafür dein Wort, dass die Vereinigten Staaten von dir unbehelligt bleiben.*

Grendelson wurde hellhörig. Darum ging es dem Asiaten – hatte er die Macht entdeckt, welche die USA in Wirklichkeit leiteten? *Weswegen sollte ich darauf eingehen?*

Weil ich dich in Kanada in Ruhe lassen werde. Andernfalls müsste ich dich erneut besuchen, und am Ende lägest du tot in deiner Höhle, Grendelson. Nie-Lung sprach noch immer freundlich. *Bleibe in Kanada und erfreue dich an der neuen Macht, die du mit Vouivres Tod erhältst. Alles andere bringt dir Unheil.* Der goldene Drache breitete die Schwingen aus, schüttelte den Schnee ab. *Und sollte es wegen Gorynytsch tatsächlich zu einem Krieg kommen, werde ich Skandinavien verschonen. Ein besseres Angebot kannst du nicht erwarten.*

Verschwinde!

Nie-Lung rollte mit den Augen und schnüffelte. *Halte dich von Amerika fern, oder die anderen von deiner Sorte werden das kleine kanadische Geheimnis erfahren. Danach wärst du der Nächste, der durch eine Intrige stürzen würde.* Er erhob sich mit schnellen Schlägen in die Luft, rollte und wirbelte um die eigene Achse und verdrehte den Leib, wie es Grendelson bei keinem Flugdrachen zuvor gesehen hatte. Schon schwang er sich weiter hinauf und war bald nichts weiter als ein gleißendes Leuchten zwischen den Wolken, ehe Grendelson ihn ganz aus den Augen verlor.

Nachdenklich betrachtete er die Kratzer, welche die fünf Klauen auf seinem Panzer hinterlassen hatten. Er würde es wohl in einigen Jahren auf einen Versuch ankommen lassen. Niemand drohte ihm! Schon gar nicht ein Leichtgewicht wie Nie-Lung.

26. Januar 1925, Avranches (Normandie), Königreich Frankreich
Grigorij schaute auf das karge Mahl, das ihnen gebracht worden war: eine warme Suppe mit Fischeinlage, dazu etwas Brot und Käse. »Dieser Prior ist also so etwas wie ein Feldherr, dem sich alle anderen Drachenheiligen unterordnen müssen. Das habe ich richtig verstanden?«

»Ja, Fürst. Leider.« Silena löffelte ihre Suppe, die ausgezeichnet schmeckte. Prokop hatte sich noch nicht blicken lassen, er organisierte die Aufteilung der Ausbeute. Mit dem Geld, das sich durch den Verkauf verdienen ließ, waren die Kosten für die nächsten Jahre des Officiums gedeckt. »Eine solche Einberufung geschieht nur in besonderen Ausnahmefällen, wenn es im Verband gegen einen besonders mächtigen Drachen oder eine ganze Drachenplage geht.«

»Für mich klingt es vernünftig. Einer muss den Überblick behalten. Bei den Militärs gibt es auch Generale, die eine Schlacht koordinieren. Weswegen sollte es bei Ihnen anders sein?« Er kaute, spürte mit der Zunge eine Gräte auf und entfernte sie mit Daumen und Zeigefinger aus dem Mund.

»Im Prinzip gebe ich Ihnen Recht, Fürst.« Silena seufzte und gestand sich ein, dass sie die Sache zu persönlich nahm. Sie suchte Halt bei ihrer Münze und schickte sie zwischen ihren Fingern auf Wanderschaft.

Grigorij sah sie an, und die blauen Augen sogen ihr die Gedanken aus dem Verstand; rasch wich sie dem Blick aus. »Aber Sie verstehen es als Maßregelung. Oder als Strafe dafür, dass es Ihnen nicht gelungen ist, den schwarzen Drachen zu stellen oder zumindest den Schädel zu beschützen«, sagte er ihr auf den Kopf zu.

»Ja.« Sie schob sich einen Bissen Brot in den Mund und kaute auf der Kruste herum, als seien es die Selbstvorwürfe. »Ich kann es dem Erzbischof auch nicht verdenken. Ich habe im Grunde unentwegt versagt. Von Anfang an.«

»Na, na. Das ist schon etwas zu hart, meinen Sie nicht?«

»Nein, meine ich nicht, Fürst. Nichts von dem, was mir aufgetragen wurde, konnte ich erfüllen.« Silena wünschte sich zum ersten Mal in ihrem Leben, eine Flasche Wein für sich allein zu haben und sich zu betrinken, um an nichts mehr denken zu müssen. Jedenfalls berichteten genügend Soldaten aus ihrer Einheit von dieser Wirkung. Sie sah neidisch auf das Glas neben dem Russen, in dem rubinroter Wein schimmerte.

»Andererseits wüsste das Officium doch gar nichts von den Gargoyles, der Verschwörung der Drachen, dem Weltenstein und dem bevorstehenden Krieg mit dem Osten. Ganz zu schweigen von einer möglichen Apokalypse.« Grigorij hob sein Glas und leerte es in einem Zug. »Ohne Sie, Großmeisterin, wäre die Welt jetzt schon verloren.«

Sie lächelte ihm dankbar zu. »Ohne Sie, Fürst. Sie waren es, der mich mit dem irrwitzigen Anliegen aufsuchte und mich erst auf die wahre Gefahr aufmerksam machte.«

Er verneigte sich und warf die schwarze, lockige Haarsträhne wieder zurück über die Schulter. »Dann hat die Welt doch immerhin zwei Menschen, die sie nach abgewendeter Katastrophe feiern kann.« Er lachte auf seine sehr sympathische Art, und Silena fühlte sich gleich wieder etwas wohler. Sie erlaubte es sich, die Wirkung dieses Mannes auf sich zu spüren, und betrachtete ihn. »Meine Güte, Großmeisterin. Sie haben mich für einen Spinner gehalten, als ich Ihnen im Restaurant gegenübersaß, oder?«

Silena überlegte, wie sie diplomatisch anworten konnte, doch das Grinsen des Russen brachte sie zum Lachen. »Sie haben Recht. Aber ich …«

Die Tür wurde ohne ein höflich-warnendes Klopfen aufgerissen, und Prior Prokop trat ein. Er trug noch immer eine Rüstung aus

Drachenhaut, darunter eine Soldatenuniform in Schwarz. Hinter ihm erschienen zwei Bewaffnete, die Karabiner in den Händen hielten, und ein Adjutant. »Guten Tag.« Er blieb vor einem freien Stuhl am Tisch stehen und sah Silena abwartend an.

Es dauerte etwas, bis sie verstand, warum er stumm verharrte. Ihr blieb nichts anderes übrig, als sich zu erheben und militärisch zu grüßen; dass er darauf bestand, zeigte ihr, wie ernst er sein Amt nahm. Zumindest ihr gegenüber. Der Erzbischof musste ihn entsprechend instruiert haben.

»Danke. Sie können Platz nehmen, Großmeisterin.« Prokop bedachte den sitzenden Grigorij mit einem herablassenden Blick. »Sie auch.«

»Danke. Ich stehe ungern«, erwiderte er nonchalant. »Suppe?« Er deutete auf die große Schüssel und die leeren Teller.

Prokop hob den Finger, und sofort eilte sein Adjutant herbei, um ihm zu servieren. Silena wusste spätestens jetzt: Er war einer von den Drachentötern, die erstens eingebildet und zweitens auch noch stolz darauf waren. Einer, der sich für etwas Besseres hielt. »Wir haben die Biester zerlegt und werden neue Lastwagen aus Avranches und der Umgebung herbeischaffen lassen, die uns die Einzelteile zum nächsten Bahnhof bringen. Das wird den Kämmerer des Officiums freuen.« Er kostete von der Suppe. »Nun möchte ich einen Bericht über die Vorgänge der letzten Stunden. In allen Einzelheiten.« Prokop zeigte mit dem Löffel auf den Fürsten. »Und danach von Ihnen.«

Grigorij bleckte die Zähne, die vom Rotwein leicht eingefärbt waren. »Damit Sie wissen, mit wem Sie es zu tun haben, da Sie es anscheinend vergessen haben, werter Prior: Ich bin Grigorij Wadim Basilius Zadornov, ein Knjaz und damit ein Fürst, keiner Ihrer Soldaten, die Sie anbrüllen können, kein Adjutant, der Ihnen den Arsch abwischt, wenn Ihnen danach ist, und kein Drachentöter, dem Sie Befehle erteilen können.« Er deutete an sich herunter. »Und durch meine Vision, Prior, die ich dem Officium mitteilte, sind Sie erst zum Prior geworden. Sollte mir Ihr Ton nicht gefallen, werde ich jedwede Kooperation mit Ihnen einstellen und ausschließlich mit ihr sprechen.« Er zeigte auf Silena. »Das wäre alles.«

Prokop riss eine Scheibe Brot auseinander und schien sich zu wünschen, das Rückgrat des Hellsehers zwischen den Fingern zu haben. »Danke für die überflüssige Belehrung, Fürst. Ich werde mich Ihrer Worte bei passender Gelegenheit erinnern«, versprach er mehrdeutig, dann nickte er Silena zu, und sie begann zu erzählen. Anschließend berichtete auch Grigorij von seinen Erlebnissen.

Prokop vernahm die Berichte schweigend, sein Adjutant notierte eifrig mit. »Das bedeutet, dass der Teufel in Menschengestalt, der auf den Namen Gorynytsch hört, sowohl das Artefakt als auch die Reliquie des Aubert besitzt, wir aber keine Ahnung haben, wohin er damit geflogen sein kann?«, fasste er zusammen. »Dazu kommt, dass sich die Spiritistin auf seine Seite geschlagen hat.«

»Wir können jetzt gern den Begriff Magierin gebrauchen, Prior«, warf Grigorij ein. »Was wir gesehen haben, lässt durchaus den Schluss zu, dass es diese übernatürlichen Kräfte gibt.«

»Was auch immer«, kanzelte ihn Prokop ab.

»Können wir die Theben ... Was ist eigentlich mit der Theben?«, fiel es Silena ein.

»Sie ist abgestürzt. Fischer haben die Überreste aus der Ostsee gezogen. Es gab sieben Überlebende, darunter auch Hauptmann Litzow. Er liegt mit gebrochenen Armen im Krankenhaus und wird aber wieder gesund werden«, sagte Prokop in seiner teilnahmslosen Art. »Sie sind gegen die Cadmos ohne eine Aussicht auf Erfolg geblieben.« Er nahm sich Nachschlag von der Suppe. »Sie wurde über Sankt Petersburg gesehen, danach verliert sich ihre Spur.«

Silena war beruhigt, dass ihr Freund nicht zu den Toten zählte. »Haben wir wenigstens einen Hinweis auf die Entführer bekommen?«

»Nein.« Er aß weiter. »Fürst, Sie erwähnten ein russisches Märchen?«

»Nichts von Bedeutung. Kinderkram.« Dabei zwinkerte er Silena zu. Es war ihr vorhin bereits aufgefallen, dass er seine Informationen zurückhielt. Anscheinend traute oder mochte er Prokop ebenso wenig wie sie.

»Dann bleibt uns nichts anderes übrig, als zum St. Michael's Mount zu fahren und nach Spuren zu suchen.« Prokop zog die Nase hoch. »Es wird Zeit für Resultate.«

Grigorij grinste und verbarg sein leises Lachen in einem künstlichen Hüsteln, auf das der Prior aber sogleich reagierte.

»Was möchten Sie mir damit sagen, Fürst?«

»Dass ich Sie für einen eingebildeten Besserwisser halte«, antwortete er ehrlich. »Sie sind der Meinung, dass Sie den schwarzen Drachen schon lange besiegt hätten und wir uns deswegen erst gar nicht in dieser Lage befänden.«

Prokop sah zu Silena. »In der Tat. Das bin ich. Erzbischof Kattla zögerte zu lange, mich in das Amt einzusetzen.« Dann wanderte der Blick aus den graugrünen Augen zurück zum Fürsten. »Wenn ich es recht bedenke, benötige ich Ihre Hilfe nicht mehr. Sie können gehen, sobald der Damm passierbar ist. Das sollte in einer halben Stunde der Fall sein.«

»Prior, wir brauchen den Fürsten ...«

»Wofür, Großmeisterin?«, donnerte er sie an. »Um einen Drachen ausfindig zu machen? Wohl kaum. Wir sind das Officium, und ich brauche keinen Mann in meinen Reihen, der sich weigert, meinen Befehlen zu gehorchen, und sich wie ein aufsässiges Kind benimmt. Er wird uns nicht nach Michael's Mount begleiten, und sollte er mir wieder begegnen, lasse ich ihn von der örtlichen Polizei abführen.«

Grigorij erhob sich von seinem Stuhl, nahm Silenas Hand und gab ihr einen vollendeten Kuss darauf. Sie spürte, dass darin mehr lag, und auch sie fühlte erneut das Kribbeln im Magen, das nicht von der Fischsuppe herrührte. »Wir sehen uns wieder, Großmeisterin. Schon bald«, flüsterte er zum Abschied und verließ den Raum.

Im ersten Moment hatte sie aufstehen und ihm folgen, ihn zum Bleiben überreden wollen, dann aber wurde sie sich gewahr, dass sie damit gegen den Befehl ihres Vorgesetzten verstieß. Und mehr von ihren geheim gehaltenen Gefühlen zeigte. »Das war kein guter Zug, Prior«, meinte sie.

»Überlassen Sie mir das Denken.« Er zeigte auf die Tür. »Sie werden im ehemaligen Dormitorium erwartet. Bis Sie fertig sind, sind unsere Schiffe da, die uns nach Cornwall bringen.«

Sie runzelte die Stirn. »Fertig? Womit?«

»Mit Ihrer Untersuchung.«

Silena begriff die Worte nicht. »Sollten Sie es vorziehen, in ganzen Sätzen zu sprechen, Prior, könnte ich verstehen, was Sie meinen.«

»Das müssen Sie nicht, Großmeisterin.« Prokop wischte sich den

Mund mit einer Serviette ab. »Sie handeln nach meinen Anordnungen, und ich erwarte von Ihnen, dass Sie augenblicklich in das einstige Dormitorium gehen und mit den Leuten sprechen, die Sie erwarten.«

»Ich habe Ihnen einen Bericht …«

Er schleuderte die Serviette auf den Tisch. »Gehen Sie, Großmeisterin!«

Wütend stand sie auf und verließ das Zimmer. Sie wandelte durch das einstige Kloster, bis sie vor dem Raum stand, in dem einst die Mönche geschlafen hatten. Vor der Tür standen zwei Bewaffnete, einer öffnete den Eingang und ließ sie hinein.

Silena betrat den großzügigen Raum und stand vor einem quergestellten, langen Tisch, hinter dem zwei Männer und eine Frau in schwarzen Anzügen saßen; die weißen Kragen und das Kreuz am Revers verrieten, dass es sich um Geistliche handelte; auf ihrer Seite stand ein Stuhl.

Das Licht der aufgehenden Sonne brach durch die Scheiben und beleuchtete sie von hinten, sodass ihre Gesichter unkenntlich blieben und Silena blinzeln musste.

»Setzen Sie sich, Großmeisterin«, wurde sie aufgefordert, ohne dass der Mann sich ihr vorstellte. Keinerlei Freundlichkeit lag in seiner Stimme. »Wir werden Ihnen einige Fragen zu Eris Mandrake stellen, zu dem Sie einen langen und auch privaten Kontakt hatten, wie uns zugetragen wurde.«

Die Frau lehnte sich nach vorne und verschränkte die Finger, ihre Nägel reflektierten den Sonnenschein. »Es gibt einige Menschen im Officium, die darüber sehr besorgt sind. Wir möchten deren Sorge zerstreuen, Großmeisterin. Helfen Sie uns dabei mit ehrlichen Antworten.«

Silena schluckte. Sie befand sich vor einem Tribunal der Inquisition. »Ja«, wollte sie sagen und krächzte stattdessen unverständlich. Kein guter Anfang.

26. Februar 1925, Marazion (Cornwall), Königreich England

Silena saß mit einer Decke um die Schultern auf einer Anhöhe am Strand und betrachtete die kahle Insel, auf der bis vor einigen Wochen noch der Saint Michael's Mount gestanden hatte. Jetzt erhoben sich Gerüste wie abgestorbene kahle Äste, Planen flatterten im Wind; teilweise hatten sie sich gelöst und waren davongeflogen.

Die Anwohner von Marazion und der umliegenden Dörfer waren entsetzt, als beim Auftauchen der Drachentöter klar wurde, dass sich unter den Segeltüchern, mit denen die Burg während der angeblichen Sanierungsarbeiten vor der Witterung geschützt worden war, nichts mehr befand. Und es hatte Tote gegeben, wie den Verwalter Tobias und Sir Jasper Aubyn. Den *vermeintlichen* Sir Jasper.

Es stellte sich bald heraus, dass es sich um einen Schauspieler gehandelt hatte. Der echte Schlossbesitzer kehrte am gleichen Tag von einer langen Seereise nach Marazion zurück und war *not amused*, sein gesamtes Anwesen und die Angestellten verloren zu haben. Sie waren vermutlich zu Drachenfutter geworden.

Niemand konnte sich die Vorgänge erklären.

Auch nicht Silena, die den Auftrag bekommen hatte, den Berg für den Fall nicht aus den Augen zu lassen, falls Mandrake aus irgendeinem Grund zurückkehrte.

Der Prior war nach kurzem Aufenthalt mit den restlichen Drachentötern abgereist. Jetzt saß sie da, ließ die Münze zwischen den Fingern wandern und sinnierte. Sinnlos.

Schritte näherten sich ihr, sie wandte sich nicht um.

»Ich kann mir vorstellen, dass Sie sich einen Hellseher wünschen«, sagte eine dunkle Männerstimme, und schon setzte sich Grigorij neben sie. Er hatte sich den Bart rasiert und die Haare gestutzt, außerdem trug er die Sachen eines einfachen Fischers. Die Gummistiefel und die Pfeife im Mund ließen ihn wie einen Einheimischen aussehen. Und dennoch umgab ihn eine Aura, die ihn auf der Stelle aus einer Ansammlung von Fischern hervorheben würde.

Sie starrte ihn an. »Sind Sie das wirklich, Fürst?«

Er grinste und stocherte mit einem eisernen Häkchen in der Pfeife herum, bis Rauch gleichmäßig und voll aus dem Kopf stieg. »Ich lasse mir nichts von dem Abenteuer entgehen, Großmeisterin. Sie ...«

Sie hob die Hand. »Tun Sie mir einen Gefallen, Fürst, und nennen Sie mich nicht *Großmeisterin*«, unterbrach sie ihn. »Ich habe seit dem Auftauchen von Prior Prokop eine Abneigung dagegen entwickelt.«

»Wie Sie möchten … Dann sagen Sie aber Grigorij, und wir vergessen die Titel gänzlich.« Er hielt ihr die Hand hin, sie schlug ein und hielt seine Hand lange fest. Silena war froh, den Mann an ihrer Seite zu haben. Jemand, mit dem sie über die vergangenen Tage reden konnte. »Was ist nach meiner Abreise geschehen? Nur an Ihrem neuen Vorgesetzten wird es nicht liegen.«

Sie schaute auf die Wellen, die in gleichmäßigem Turnus den Strand hinaufliefen, zurückfielen, hinaufliefen, zurückkehrten … »Er hat mir die Inquisition auf den Hals gehetzt«, wisperte sie und schluckte schwer.

»Wer?«

»Der Erzbischof.«

»Wegen mir?«

»Wegen allem.« Sie sah ihn an und lächelte ihm zu. »Aber in erster Linie, weil ich Kontakt zu Eris Mandrake hatte. Oder Gorynytsch. Und dann gab es noch Sie, Fürst …«

»… Grigorij.«

»… und Sàtra. Weil sie offenkundig unter den Einfluss von Mandrake geriet, wollte man bei mir sichergehen, dass es sich nicht so verhält.« Silena schüttelte sich. »Dass ich frei von allem Übel bin. Unbefleckt, wie die es nannten.«

»Verzeihen Sie mir, wenn ich so direkt danach frage, aber hat die Inquisition des Officiums noch in irgendeiner Weise etwas mit der frühneuzeitlichen Vorgehensweise zu tun?« Er schenkte ihr einen mitfühlenden Blick. »Folter?«

»Nein, glücklicherweise. Sonst gäbe es an vielen Stellen meines Körpers Wunden. Heutzutage machen sie es mit Verhören. Endlosen, stundenlangen Verhören, ohne dass man etwas zu essen und zu trinken bekommt, während die gleichen Fragen wieder und immer wieder gestellt werden.« Sie presste die Lippen zusammen und betrachtete die See. »Das Schlimme daran ist, dass ich maßlos enttäuscht bin. Ich habe den Erzbischof immer für einen Freund gehalten. Er kennt mich von Kindesbeinen an, daher sollte er wissen, wie es um mich bestellt ist.« Sie schloss die Augen für eine Weile. »Ich fühle mich verraten. Von meinen eigenen Leuten, Grigorij.«

Er blickte den Strand entlang, und als er sicher war, dass keiner zu ihnen schaute, nahm er ihre Hand und drückte sie. »Es tut mir leid, Silena.«

Sie wandte ihm den Kopf zu, dabei hob sie die Lider und ließ das Grün erstrahlen. Es war einer von diesen Augenblicken, die entweder genutzt wurden oder aber vorbeizogen und an die man ewig zurückdachte.

Grigorij hasste Verschwendung. Er ließ ihre Hand los, legte den Arm um ihre Schulter und zog sie zu sich heran. Sie lehnte den Kopf an seine Schulter und weinte, während er ihr Halt und Trost gab.

Minuten verstrichen, bevor Silena sich beruhigt hatte. Er reichte ihr ein Taschentuch, sie wischte sich die Tränen von den Wangen und schnäuzte sich die Nase.

»Das hättest du nicht gedacht?«, lächelte sie verlegen. »Dass ich einmal in deinen Armen liege?«

Beinahe hätte er eine Bemerkung gemacht. »Ich bin Hellseher, Silena«, erwiderte er nur. Er berührte ihre braunen Haare, die vom rauen Wind zerzaust waren. »Wir sind seit meiner Vision aneinander gebunden. Wie es für uns endet, weiß ich nicht.«

»Werde ich dich nicht töten?«, erinnerte sie sich an seine Vision.

Grigorij schwieg. »Ich hatte eine neuerliche Vorhersehung, die mir den Michael's Mount so zeigte, wie er vor mir steht: nackt, ohne ein Schloss.«

»Hat sie dir auch erklärt, warum Mandrake es stahl?«

Er atmete tief ein und aus. »Ich weiß es nicht. Ich sah die Burg, allerdings stand sie auf einem anderen Berg, einem hohen, trostlosen Berg. In der Ebene davor sammelte sich ein Heer aus Drachentötern und anderen Bewaffneten, während Gargoyles aus allen Enden der Welt herbeiströmten und um das Schloss kreisten. Dann erschienen drei Drachen, ein grüner, ein roter und ein weißer – und die Schlacht begann.«

Silena war enttäuscht. Sie hatte sich mehr von dem Hellseher versprochen. »Weißt du, wie sie endet?«

»Nein.« Grigorij betrachtete den Mount. »Wir haben etwas in den Klosterschriften übersehen. Etwas, das mit dem Fluch zu tun hat«, meinte er nach einer Weile und schnippte kleine Steinchen die Anhebung hinunter. »Braucht er das Schloss, um den Bann zu brechen? Wenn ja: Warum hat er ihn nicht von hier aus zerstört?«

Sie sah, wie einige Boote am Strand ablegten und Einheimische zu der Insel fuhren. Es entwickelte sich ein wahrer Ansturm auf das schreckliche Wunder. Cornwall war seines Wahrzeichens beraubt.

»Ich kann es erklären.« Ein Windstoß fegte von hinten über sie, Flügelschlag erklang, und das Licht verdunkelte sich kurz. Sie wandten sich beide um und erkannten Cyrano, der hinter ihnen gelandet war und sich nun zu ihnen gesellte. »Ich muss um Entschuldigung bitten, Drachentöterin«, sagte er, als er neben ihr stand. Den Russen würdigte er keines Blickes. »Ich habe dir verschwiegen, dass ich wusste, wozu er das Schloss benötigte.«

»Was?« Silena erhob sich. »Das fällt dir etwas zu spät ein ...«

»Hör mir zu: Als die Drachen den Bann über uns Gargoyles warfen, konnten sie das nicht vom Mont-Saint-Michel oder Avranches aus tun. Die Gefahr, durch die Glocke getötet zu werden, war zu groß. Nachdem sie den Schädel geraubt hatten, griffen wir sie an; sie flüchteten und gelangten über den Kanal auf den Mount. Im Augenblick unseres Angriffs gelang es ihnen, den Fluch auszusprechen. Der Angriff ist das Letzte, an das ich mich erinnern kann, ehe ich zu Stein wurde und die Jahrhunderte überdauerte, bevor mich die Fügung erlöste und ich nach der Befreiung aller streben konnte.«

»*Das* erklärt es!« Grigorij klatschte in die Hände. »Dann hat er das Schloss benötigt, um den Fluch aufzuheben, und es deswegen abtragen lassen.«

»Damit er den Spruch an einem verborgenen Ort vorbereiten kann und nicht dabei gestört wird. Er musste annehmen, dass einer von euch, Cyrano, um die Geschichte des Bannes wusste«, vervollständigte Silena den Gedanken. So rasch wie die Euphorie über sie kam, so rasch ging sie wieder. »Es bringt uns nichts, solange wir den Ort nicht kennen.«

»Wir sehen an den Gargoyles, ob er den Fluch aufgehoben hat oder nicht.« Cyrano blickte zuerst sie, dann den Russen an. »Ich kann versichern, dass es ihm noch nicht gelungen ist.«

»Wohin würde Mandrake die Burg bringen?«

»Gorynytsch lebte in der Gegend um Kiew«, warf Grigorij ein. »Vielleicht sollten wir ...«

»Großmeisterin Silena!« Ein Junge, der sich ihr bereits am Tag ihrer Ankunft als Sean vorgestellt und sich seither als ebenso geschäftstüchtig wie zuverlässig erwiesen hatte, kam den Hügel vom Land her hochgerannt und hielt einen langen Papierstreifen in der Hand. Cyrano duckte sich an den Hang, damit ihn der Junge nicht sah. Er wollte ihn nicht erschrecken. »Mister Miles von der Post schickt mich. Er hat etwas für Sie bekommen, das er Ihnen nicht eher hatte geben dürfen.« Keuchend reichte er ihr den Zettel. »Eine Botschaft. Von einem Onslow Skelton.«

»Skelton? Ich dachte, er sei tot«, wunderte sich Grigorij.

»Das sagte zumindest Sàtra.« Sie nahm den Streifen entgegen, der aus einer Telegrafiermaschine stammte. Sie las die Nachricht aufmerksam durch, während Grigorij Sean ein paar Pennies in die Hand drückte und ihn zurückschickte.

»Eine Falle von Mandrake, nehme ich an.« Er stopfte die Pfeife nach.

»Nein. Ich lese es vor:«

BIN NICHT TOT – STOPP – HOFFE, DASS SIE NACH MIR
SUCHEN UND DAS LESEN – STOPP –
SÀTRA NICHT TRAUEN – STOPP – VERFOLGTE MAN-
DRAKE NACH RUSSLAND – STOPP –
BIN IN NÄHE VON KIEW – STOPP – BURG AUF TRIGLAV
AUFGETAUCHT – STOPP –
MANDRAKE GESEHEN – STOPP – HAT EINEN KOPF
MEHR – STOPP – ERBITTE HILFE – STOPP –
TREFFEN UNS IN KIEW – STOPP
ONSLOW SKELTON

»Wieso schickt er die Nachricht nach Marazion?«, wunderte sich Silena. »Wir hatten ausgemacht, das Officium zu informieren.«

»Das hat er vielleicht.« Grigorij erbat sich den Zettel. »Doch du bist in der Gunst des Erzbischofs gefallen. Es kann Absicht sein, dass du nichts von unserem tapferen Onslow Skelton hörtest.« Er sah nach dem Datum. »Die Nachricht ist zwei Wochen alt. Mister Miles musste sie zurückhalten, so etwas in der Art sagte der Junge doch, oder?«

»Diese …« Sie sparte das unflätige Wort aus. Jetzt erklärte sich, warum man sie mit einer Saint und einer Hand voll Drachentöter allein in Cornwall hatte sitzen lassen. Der Rest des Heeres befand sich unter der Leitung von Prior Prokop längst in Kiew. Man wollte sie und die Gargoyles nicht dabei haben.

Sie sprang auf, warf die Decke auf den Boden und stürmte zu dem geparkten Automobil. »Hast du Lust, mit nach Kiew zu kommen, Grigorij?«, rief sie, ehe sie den Motor startete. »Mit meiner Maschine ist das schnell zu schaffen.«

»Sicher. Gern, Silena.« Er rannte zum Wagen und sah nach Cyrano.

Das Wesen war verschwunden.

XXIII.

»Manchmal frage ich mich schon, warum wir das Officium benötigen. Wir haben eine hervorragende Armee, die mit jedem Drachen fertig wird... Ach? Wir haben noch keinen besiegt? Keinen großen? Gut, dann streichen Sie die letzte Bemerkung, und notieren Sie stattdessen, dass wir schon bald dazu in der Lage sind. Denken Sie sich was aus, Sir, Sie sind doch der Journalist. Sie können besser lügen als ich.«

Lord Edward Charles Nightingale
Oberst der Royal Ground Forces

26. Februar 1925, am Pic de Aneto (Pyrenäen), an der Grenze der Königreiche Spanien und Frankreich
»Ich nenne das Gebiet auch gern die Mutter des Lebens.« Vouivre sah in die Drachengesichter von Ddraig, Iffnar und Grendelson und deutete mit der Schnauze unter sich, wo zahlreiche kleine Seen in einigem Abstand zueinander zu erkennen waren. »Flüsse in Spanien und in Frankreich nehmen hier ihren Ursprung und bringen den Regionen Fruchtbarkeit. Wasser ist Leben.«

»Und Feuer ist Herrschaft«, ergänzte Iffnar, der den massigen grauen Leib auffällig nahe an der Felswand hielt. »Darum sind wir hier, Vouivre. Es steht mir nicht der Sinn danach, Eure Landschaften zu bewundern.«

Grendelson schnaubte zustimmend und wanderte zurück in die Kare, eine tiefe, nischenartige Einbuchtung im Pic de Aneto, die einst ein gewaltiger Gletscher in den Hang gegraben hatte. »Ich mag es nicht, so im Freien zu stehen.«

Ddraig verfolgte verwundert, wie sich der grüne und der graue Drache in die schützende Vertiefung begaben. »Man könnte meinen, Ihr fürchtet das Licht.«

»Nicht das Licht. Die Heimtücke. Es ist seit unserem letzten Treffen zu viel passiert«, deutete Iffnar an. »Ich schiebe es auf unseren umtriebigen und nach wie vor unauffindbaren Gorynytsch, dass ich Besuch von Drachentötern bekam, die es auf meine Haut abgesehen hatten.« Er verschwand durch den schmalen Durchgang im hinteren Bereich der Kare, wo er in den Sitz von Vouivre gelangte; der Hausherr und die rote Drachin folgten ihnen.

Den Eingang bildete eine verschiebbare Felswand, die auf eisernen Rollen lief und von Dienern mit Muskelkraft bewegt wurde. Hier gab es keine Technik, keine hydraulischen Systeme, keine Elektrizität. Keinen Fortschritt.

Von da ging es durch einen kleinen Gang in den Thronsaal. In diesem ausgehöhlten Bereich des Pic de Aneto erschloss sich der Luxus, mit dem sich Vouivre gerne umgab. Die Eingangshalle, die allen vier Drachen gleichzeitig genügend Raum bot, war einem Kreuzgratgewölbe nachempfunden, die Wände mit Silber, die Kuppeldecke mit Blattgold verziert; dazwischen prangten Fresken, die Vouivre in verschiedenen Posen zeigten, mal beim Bad in einem See, mal als Herrscher, vor dem ein halbes Dutzend europäischer Könige auf die Knie sanken, mal als Feldherr, der beobachtete, wie Schlachten aus verschiedenen Epochen zwischen Menschen ausgetragen wurden. Öllampen und Kerzenleuchter spendeten Wärme und Licht.

Ddraig und Iffnar schauten einander an und verstanden sich. Hier gab es viele schmerzliche Hinweise auf die Niederlagen, die sie dem silbernen Wurmdrachen zu verdanken hatten.

»Ein Aufschneider, nach wie vor«, meinte die rote Drachin und ließ sich in der Mitte nieder. Sofort eilten Diener herbei, die ohne Scheu zwischen den gewaltigen, uralten Wesen umherliefen, ausgeweidete und vom Fell befreite Schafe anboten, Rinderhälften anschleppten und entborstete Schweine hübsch angerichtet präsentierten.

»Ist es nicht mehr erlaubt, sich im Glanz des Ruhmes zu sonnen, liebe Ddraig?«, gab Vouivre süffisant zurück und nahm sich eine Rinderhälfte. »Gebt es zu: Ihr habt auch solche schönen Malereien von Euren glorreichsten Siegen.«

»Mir gefällt das Bild von Waterloo in meiner Sammlung fast am besten«, bemerkte Iffnar mit einem Grinsen. »Und auch der tapfere

Arminius bekam ein passendes Gemälde für seinen Triumph über die Römer.«

»Varus war vor meiner Zeit«, wischte Vouivre den Hinweis weg, auch wenn es ihn traf. »Kommen wir zu einer nicht weniger bedeutsamen Schlacht ...«

»... wie der von Waterloo«, schlug Iffnar nochmals in die Kerbe und schlang ein Schwein hinunter. Ddraig musste lachen. Sie wusste, wie sehr Vouivre den Untergang von Napoleon bedauerte.

»Hört mit diesen Kindereien auf«, polterte Grendelson und verschmähte die angebotenen Leckereien. »Pratiwin hat versagt und ist vermutlich gegen Gorynytsch gefallen, habe ich Recht?« Die Augen richteten sich auf Vouivre. »Euer Verbündeter hat nichts getaugt.«

»Das würde ich so nicht sagen.« Der silberne Drache bemühte sich um Haltung und zog die Périgord-Trüffeln zu sich heran. »Er hat immerhin herausgefunden, dass Gorynytsch sich in Gestalt von Eris Mandrake unter den Menschen bewegt und wohin er sich mit seinen Verbündeten begeben hat.« Er nannte ihnen den Ort. »Soweit ich weiß, hat das Officium bereits seine Leute ausgesandt.«

»Gut. Dann nehmen sie uns die Arbeit ab.« Iffnar ließ Vouivre nicht aus den Augen. »Da Pratiwin tot ist, sollten wir über die Aufteilung des Zarenreichs ...«

»Ihr seid zu schnell. Die Menschen werden es nicht alleine schaffen. Gorynytsch wird sie zusammen mit seinen Verbündeten auslöschen.« Ddraig hatte keine Hemmungen, dem grauen Drachen ins Wort zu fallen. »Wir sollten ihnen helfen. In unserem eigenen Interesse.«

»Niemals!«, fauchte Grendelson. »Das Officium wird die Gelegenheit nutzen, uns ebenfalls anzugreifen, sobald Gorynytsch besiegt ist.«

»Zudem ist es nicht gut, dass wir uns ihnen zeigen«, warf Vouivre ein. »Wir würden sie und vor allem die Menschheit aufschrecken.«

»Andernfalls steht uns der Krieg gegen die Asiaten bevor«, warnte sie. Dabei glaubte sie zu bemerken, dass Grendelsons Augen sich rasch von ihr abwandten. »Lieber nehme ich in Kauf, dass die Menschen von uns wissen, als alles zu verlieren.«

Iffnars Schweif peitschte. »Ihr malt sehr schwarz.«

»Ich sehe es, wie es ist, Iffnar.« Ddraig nahm sich ebenfalls von den

Trüffeln und spie sie nach kurzem Probieren aus. »Widerlich«, ächzte sie und wählte ein Schwein, um den Geschmack des Pilzes von der Zunge zu bekommen. »Wie könnt Ihr nur so etwas mögen, Vouivre?«

»Er ist Franzose. Sie essen auch verschimmelten Käse«, fügte Iffnar spitz hinzu.

Grendelsons Kopf schnellte herum, die Augen sahen zum Eingang. »Es kommt jemand. Ich höre ...«

Schon gab es eine gewaltige Detonation.

Der Eingang verschwand in einem Feuerblitz. Felsbrocken und herausgerissene Eisentrümmer flogen durch den Gang bis hin zu ihnen, beschädigten die Malereien, rissen das Blattgold vom Gestein und zerstörten etliche Ölleuchten. Auf der Stelle brach Feuer aus. Vier Diener waren von der brennenden Flüssigkeit überschüttet worden und taumelten als lebendige, schreiende Fackeln umher.

Die Drachen erhoben sich, bereiteten sich auf den kommenden Angriff vor – und sahen nichts als drei menschengroße, aus Eisenblech geformte Kugeln, die zu ihnen in den Thronsaal rollten. Gleich darauf ereigneten sich die nächsten Explosionen, noch bevor einer der Diener oder Drachen etwas unternehmen konnte.

Die Sprengladungen waren gewaltig. Die Druckwellen reichten aus, um die Altvorderen von den Beinen zu fegen und sie an die Wände der Halle zu schleudern.

Der Pic de Aneto war auf eine solche Attacke nicht vorbereitet, und bei aller Festigkeit des Berggesteins brach der riesige Raum an einigen Stellen ein. Drachenglieder wurden getroffen, und durch das dröhnende Krachen erklang ihr wütendes, hasserfülltes Brüllen, in das sich das Rufen der überlebenden Diener mischte.

Ddraig wühlte sich aus dem Schutt hervor, sie verspürte am Rücken enorme Schmerzen; ein scharfkantiges Bruchstück hatte das Schuppenkleid durchbohrt und ihr eine Wunde zugefügt.

»Das wird Gorynytsch mir büßen!«, schrie sie und strengte sich an, um aus der Kare zu gelangen. Kaum hob sie die Schnauze und schob die Trümmer zur Seite, schoss eine weiße Lohe auf sie zu und überzog sie mit Hitze.

Rasch schloss die rote Drachin die Augen und schob die Schutzdeckel über die Nasenöffnungen. Weiße Flammen ließen sich ertragen und standen weit unter ihrem vernichtenden Feuer. Als der Angriff verebbte, hob sie die Lider und erkannte einen bräunlich weißen Drachenschädel, der sich durch den Gang in die eingestürzte Höhle schob. Gorynytschs Verbündete überprüften wohl, ob die Altvorderen dem Anschlag zum Opfer gefallen waren.

Ddraig schnappte nach dem Hals des unerfahrenen Gegners und riss ihn zur Hälfte auf. Aufkreischend zuckte der Drache zurück und starb durch den Klauenhieb, den Ddraig folgen ließ. Mit zerschmettertem Genick brach er im Gang zusammen.

Die rote Drachin wollte über den Kadaver hinwegsteigen – als zwei weitere Kugeln zu ihr geschleudert wurden. Sie waren noch größer als die ersten.

4. März 1925, sieben Kilometer nördlich von Kiew,
Zarenreich Russland

Der etwa zwanzig Meter lange Zeppelin Staaken R-VI rauschte auf Geheiß von Silena im Tiefflug über die Ebene und näherte sich Kiew unaufhaltsam.

Der umgebaute ehemalige Bomber lag stabil in der Luft und transportierte anstelle von Sprengkörpern nun Menschen, und das recht komfortabel. Einst war er im Weltkrieg für das deutsche Kaiserreich über England gezogen und hatte bei jedem Überflug zwei Tonnen Bomben auf die britischen Städte geworfen. Die sieben MG-Kanzeln in Bug-, Rücken- und Bauchpositionen erinnerten an die Luftkämpfe. Dieses beeindruckende Modell mit einer Spannweite von mehr als zweiundvierzig Metern hatte jedoch kurz vor Ende des Krieges notlanden müssen und war von der Royal Air Force sichergestellt worden. Nun verkehrte es gewöhnlich zwischen London und Berlin.

Das Brummen der vier starken Mercedes-Reihenmotoren und das Röhren der Propeller erzeugten ein einschläferndes Geräusch. Grigorij musste mit sich ringen, um nicht einzudösen.

»Es war eine gute Entscheidung, die restlichen Drachentöter mitzunehmen«, sagte er zu Silena und rührte in seinem Kaffee. Die Staaken besaß einige Annehmlichkeiten, darunter auch einen Bordservice mit einer Flugbegleiterin. Es war die neueste Errungenschaft, die den Flug gleich viel angenehmer machte – auch wenn alle Passagiere geistig beim bevorstehenden Kampf waren.

»Wir hatten Glück, dass wir in London diese Maschine von der Royal Air Force auftreiben konnten. Eine gute Idee, einen alten Bomber umzubauen und damit Menschen durch die Gegend zu fliegen.« Silena bedauerte, dass sie nicht in der Saint saß, doch es hatte sich herausgestellt, dass der Motor einen nicht schnell zu reparierenden Schaden aufwies. Sie glaubte nicht an einen Zufall. Prior Prokop hatte dafür sorgen wollen, dass sie am Boden blieb.

»Ich kann mich nicht beschweren«, stimmte Grigorij ihr zu und kostete von dem Getränk. Es war einer der seltenen Augenblicke, in dem Silena ihn keinen Alkohol trinken sah. Sie wartete darauf, dass er gleich einen Flachmann mit Wodka aus dem Gehrock zog oder sich einen Whiskey von der Flugbegleiterin erbat. »Ich bemerke, dass ich dich verwundere«, meinte er und grinste über den Rand des Bechers hinweg. »Weil ich nüchtern bin wie schon lange nicht mehr?«

»Ja. Ich muss mir deswegen keine Sorgen machen, oder, Grigorij?« Sie sagte es halb im Ernst und halb im Scherz. »Wenn du schon enthaltsam bist, was kommt dann auf dem Triglav auf uns zu?«

»Eine Schlacht, wie es zuvor noch keine gab, fürchte ich.« Er schaute aus dem bullaugengroßen Fenster, vor dem nette, kleine Vorhänge baumelten und dem Flugzeuginnenraum einen häuslichen Eindruck gaben. »Ich möchte all meine Sinne zusammenhaben.«

Silena rutschte tiefer in ihren Sitz. »Jetzt habe ich doch Angst«, meinte sie grinsend und sah zu der kleinen Schar der Ausgestoßenen, die mit ihnen reiste.

Sie hätte es schon viel früher merken können, dass Kattla und Prokop sie vor dem Michael's Mount abgeschoben hatten. Die Namen ihrer Truppe lasen sich wie eine Liste von Aufrührern und aufgeblasenen Angebern: Großmeister Ademar stand im Verdacht, mehrmals mit Drachenjägern zusammengearbeitet zu haben, Brieuc hatte sich geweigert, die Anordnungen des Königs von Spanien zu befolgen, und war allein in den Kampf gegen einen Drachen gezogen, der daraufhin die Gegend verwüstet hatte – weil er verwundet entkommen war. Donatus sollte sich sogar an Drachenhorten bereichert und Kunstgegenstände für sein eigenes Haus entwendet haben. Dennoch waren es allesamt hervorragende Drachentöter und Kämpfer, die man unmöglich aus dem Officium verbannen konnte: Sie würden sich sofort auf die Seite der mundanen Jäger begeben.

Wie Silena.

»Was hat Kattla bei deinem Telefonat gesagt?«

Sie sah dem Russen in die blauen Augen, und das Kribbeln im Magen kehrte auf der Stelle zurück. »Nichts. Ich hatte ihn nicht erreicht, sondern nur Kleinhuber am Apparat. Eine Lüge, um sich nicht erklären zu müssen, schätze ich.« Ihre Wut war maßloser Enttäuschung gewichen. »Er weiß, dass es nicht richtig ist, mich so zu behandeln. Ein schlechtes Gewissen macht stumm.«

Grigorij hob den Becher, und die Dame brachte ihm frischen Kaffee. »Demnach sind wir ohne die Zustimmung des Officiums unterwegs?«

»Es gibt weder eine klare Verneinung noch eine Ablehnung. Kleinhuber hat getobt und mit allen möglichen Dingen gedroht, danach hat er versucht zu argumentieren. Ich konnte jedoch alles entkräften. Schließlich musste er zugeben, dass ein Heer nach Kiew unterwegs ist und zum Triglav vorstößt.« Sie schüttelte den Kopf. »Mich einfach in Cornwall zu lassen. Dabei benötigen sie jeden von uns.«

»Das Officium wird sich noch nicht im Klaren darüber sein, wie gefährlich die Lage ist und wie viele Verbündete Mandrake tatsächlich besitzt. Es werden sie einige Drachen erwarten, und vielleicht hat er bis dahin sogar die Gargoyles vom Bann befreit.« Grigorij bekam Kaffee gereicht, er kippte Milch und Zucker hinein.

Vor Silenas innerem Auge sah sie das Heer gegen ein nicht minder großes Heer aus Teufeln und ihren erwachten Dienern ziehen. »Wir werden mehr benötigen als die dreihundert Kämpfer«, ahnte sie.

Er berührte sie am Arm. »Zuversicht, Silena. Bewahre dir diese, sonst brauchen wir nicht anzutreten. Gegen die Drachen auf dem Mont-Saint-Michel haben wir gesiegt. Und das waren schon gefährliche Biester.«

»Leider nur zu spät.«

»Wir hatten eine Verräterin in den eigenen Reihen. Dagegen ist jede Streitmacht der Welt machtlos.« Er deutete auf eine Bergkette am Horizont. »Weißt du, dass der Triglav ein ganz bekannter Berg ist?«

»In Kiew vielleicht.«

Grigorij lachte. »Nein, beinahe auf der ganzen Welt. Wer Modest Mussorgsky und seine *Nacht auf dem kahlen Berg* kennt, kennt auch den Triglav.«

Sie dachte nach. »Ich weiß nicht, ob ...«

Er schmetterte ansatzlos das Hauptthema des Stückes und wirbelte mit den Armen, als sei er der Dirigent eines großen Orchesters.

Ademar drehte sich zu ihm um. »Die Nacht auf dem kahlen Berg? Ist das eine Botschaft?«

»Genug, Grigorij!«, lachte Silena. »Du hast dein Ziel erreicht. Wie du siehst, bin ich ungebildet genug, nichts darüber zu wissen.« Sie senkte die Stimme. »Selbst Ademar hat erkannt, was du da so schön schräg gesungen hast.«

»Das war nicht schräg, das soll so sein. Frag Mussorgsky, was er sich dabei dachte«, gab er zurück. »Der Triglav ist ein absolut ödes, totes Stück Fels, ein Berg mit flacher Kuppe, auf dem sich in den Legenden schon immer Teufel, Hexen und Dämonen in Sturmnächten getroffen haben. Mussorgskys Stück bringt das sehr schön zum Ausdruck. Wir sollten, wenn das alles vorbei ist, gemeinsam ein Konzert besuchen, dann wirst du sehen, was ich meine.«

»Ich weiß nicht, ob ich nach dem, was uns bevorsteht, den Namen Triglav noch einmal hören möchte.« Silena schenkte ihm einen freundlichen, warmen Blick. »Aber wir können dennoch gerne ins Konzert gehen.« Ihr Herz pochte etwas schneller, als sie sagte: »Es würde mich sehr freuen.«

Er verneigte sich und gab ihr einen Handkuss. »Auch mich freut es, Silena.« Er räusperte sich. »Um noch einmal auf den Berg zurückzukommen: So stelle ich mir den Mond vor.«

Ihre grünen Augen verengten sich. »Woher kennst du den Triglav eigentlich so gut?«

»Nicht persönlich. Aber ich bin in der Nähe vorbeigereist, und wenn man abends in einer Schenke sitzt und sich die Leute Geschichten erzählen, hört man so manches.« Er klopfte sich mit dem

Griff des Gehstocks gegen die Stirn. »Ich hätte schon viel früher daran denken können. Spätestens beim Namen Gorynytsch hätten mir Kiew und der kahle Berg einfallen müssen.«

»Wir haben ihn dank des guten Mister Skelton auch so entdeckt.« Silena fuhr sich durch die braunen Haare, und Grigorij grinste.

»Was?«, wollte sie wissen.

»Nichts.«

»Weil ich mir durch die Haare gefahren bin?«

Er nickte. »Es sah richtig feminin aus, Silena.« Grigorij bemerkte, dass sich ihr Gesicht verdüsterte. »Herrje, versteh mich nicht falsch, du bist eine durchaus attraktive Frau, aber bislang hast du keinen Wert darauf gelegt, als eine solche zu erscheinen. Diese Bewegung allerdings hat mich überzeugt.«

»Überzeugt?«

»Dass du im Kleid, das du tragen wirst, wenn wir das Konzert besuchen, alle anderen Frauen im Saal blass erscheinen lassen wirst.« Er verneigte sich wieder. »Ich weiß, was du jetzt denkst: Der Fürst macht wieder seine üblichen Sprüche.« Grigorij sah ihr fest in die Augen. »Doch glaube mir: Ich meine es ernst.«

Sie erwiderte seinen Blick, sah in das Ozeanblau und erkannte die Wahrheit darin. Sie musste keine Hellseherin sein, um zu wissen, dass er sich in sie verliebt hatte. Sie errötete.

Die Staaken legte sich in die Kurve, neigte sich nach rechts, und Silena erhaschte durch das Fenster neben ihnen einen Blick an der Tragfläche vorbei auf die Erde: Der Boden war schwarz, verbrannt und qualmte.

Silena glaubte nicht an einen Waldbrand oder eine Feuersbrunst. Sie sprang auf und rannte zum Cockpit, um eine bessere Sicht zu haben.

»Habe ich etwas Falsches gesagt?«, rief ihr Grigorij hinterher.

»Schau aus dem Fenster«, rief sie und öffnete die Tür zu der mit Glas versehenen Kanzel, wo zwei Piloten den Bomber auf Kurs hielten.

Sie sah eine Ebene von zwei Quadratkilometern, die vollkommen von Feuer eingeäschert worden war; nicht einmal mehr verkohlte Baumstümpfe standen dort, und nur eine Straße sowie eine Bahnlinie hoben sich als noch schwärzere Bänder von der Umgebung ab.

Wenn Silenas Augen sie nicht allzu sehr täuschten, befanden sich darauf die Überreste von Fahrzeugen.

»Gehen Sie tiefer runter«, befahl sie dem Piloten. »Fliegen Sie so knapp über das Gebiet, wie es geht.«

»Aye, Großmeisterin.« Der Mann zog den Steuerhebel nach hinten. Schwerfällig schob sich die Nase nach unten. Erst knapp über der Erde fing er sie ab und ließ sie parallel zu Straße fliegen.

Silena hatte sich nicht getäuscht. Einige wenige Überreste von Lastwagen waren geblieben, irgendwelche geschmolzenen Gestänge mit Fetzen von Drachenhaut daran.

Die vier Propeller der Staaken wirbelten die Asche auf und zogen sie als dicken, schwarzgrauen Streifen wie einen fetten Abgasstrahl hinter sich her.

Grigorij erschien hinter ihr und blieb wegen der Enge des Cockpits in der Tür stehen, drückte sich aber gegen sie, damit er über ihre Schulter blicken konnte. »Waren das die Drachentöter?«, flüsterte er. Das Entsetzen hatte ihm die Stimme geraubt.

»Ich hoffe, dass es nur ein Versorgungstrupp war, sonst ist alles verloren«, gab sie leise zurück und verlangte einen zweiten Überflug.

»Wie viele Drachen benötigt man für ein solches Inferno?«

Silena wusste keine Antwort und fürchtete die Wahrheit. Sie sah vor ihrem geistigen Auge eine Phalanx aus feuerspeienden Drachen vorrücken. Dicht an dicht flogen und liefen sie und arbeiteten so effizient wie die Flammenwerfer, die im Weltkrieg zum Einsatz gekommen waren. Mit höherer Reichweite und größerer Hitze. »Sehr viele«, sagte sie nach einer Weile.

Die Staaken hatte gedreht und senkte sich wieder. Es ging durch die Aschewolken, dieses Mal von Westen nach Osten über den vernichteten Landstrich. Hier und da lagen abgebissene Gliedmaßen und größere Körperstücke in der Asche und sahen merkwürdig rosa und unverbrannt aus.

»Sie sind ihnen beim Fressen aus den Mäulern gefallen«, schätzte Silena und nahm ein Fernglas. Sie suchte an den Überresten nach Hinweisen auf die Herkunft der Toten. Schließlich erspähte sie Teile einer Rüstung, wie sie die Drachentöter trugen. Einige Meter weiter steckte ein angesengter Wimpel in der Asche und ragte wie zum Trotz aus der Wüste; daran flatterte ein verbrannter Stofffetzen, an dem sie das Zeichen des Officiums zu erkennen glaubte.

Grigorij lenkte ihre Aufmerksamkeit nach rechts. »Sieh mal! Das da drüben kommt mir vor wie ein zerstörter Zug mit einer Kanone darauf.«

Sie schwenkte das Fernglas in die angegebene Richtung. »Du hast Recht.«

Es war ein langer Zug gewesen, der in der Mitte ein Haubitzengeschütz transportiert hatte. Das Drachenfeuer hatte die Wagons geschmolzen; zwei waren vollständig zerrissen worden, als sich die darin befindliche Munition vermutlich wegen der immensen Hitze selbst entzündet hatte.

»Das war einmal eine dicke Berta, Grigorij. Da unten haben die Cask's Cannons ihre letzte Schlacht geschlagen.« Sie sah, dass der Stahl an einigen Stellen noch immer glühte; neben der Kanone lagen Menschen als Aschebilder, die durch den Wind der Propeller verweht wurden.

»Wer?«

»John the Cask MacIntire und seine dreihundert Mann. Er hatte sich eine Haubitze besorgt«, erklärte Silena beim Überflug. »Das Geschütz verschießt Granaten von vierhundert Kilogramm, die mehr als zwölf Kilometer weit fliegen. Damit haben die Deutschen im Weltkrieg belgische Forts geknackt. Wirkt auch gegen unbewegliche Hortdrachen, wie man hört.«

»Und wenn eine nicht trifft?«

»Barnsdale, östlich von Stoke-on-Trent, ein kleines Dörfchen. Die Granate kam lotrecht nach unten geschossen und rauschte neben der Kirche in den Friedhof. Die Kirche ist durch die Wucht der Explosion eingestürzt und hat die halbe Gemeinde erschlagen, die gerade Gottesdienst feierte, während man die Gebeine aus den gesprengten Gräbern noch in vier Kilometern Umkreis fand.« Silena konnte sich vorstellen, wie sinnlos das Geschütz gegen den Angriff dieser schnellen Drachen gewesen war.

Grigorij hob die Augenbrauen. »Das Officium hat sich Hilfe geholt. Sehr weise vom Erzbischof.«

»Oder sie sind aneinander geraten.« Silena ordnete an, die Ma-

schine nach Kiew zu steuern und ein geeignetes Landefeld zu suchen.
»Wir werden in der Stadt hoffentlich mehr erfahren.«

Als die Maschine drehte, tauchte in weiter Entfernung der Triglav auf. Oben auf der flachen Spitze war eine Anzahl von Gebäuden zu erkennen.

Silena spähte mit dem Fernglas. »Wir sind richtig«, gab sie ihre Entdeckung weiter. »Da drüben ist die Burg, die Mandrake von Michael's Mount hat abbauen lassen.« Über der Burg kreisten vier kleine Drachen, und an den Hängen saßen noch mehr von ihnen. »O Gott!«

Die Felswände starrten vor Blut, es lief überall herab und stammte von den unzähligen Leichen, die verstreut umherlagen. Anscheinend hatten sich die Drachen Vorräte angelegt. Einige waren noch mit Fressen beschäftigt, andere stritten sich um die Kadaver und rissen sie in Stücke.

Mehr vermochte sie nicht mehr zu erkennen, die Maschine hatte eine neue Route ausgewählt. Aber es genügte Silena, um gegen den Brechreiz ankämpfen zu müssen.

Hastig verließ sie das Cockpit, eilte zurück an ihren Platz und schaffte es noch, eine der Papiertüten unter dem Sitz hervorzuziehen, in die sie ihr Essen spuckte. Grigorij brachte ihr ein Glas Wasser, das sie dankbar entgegennahm.

Stockend erzählte sie, was sie durch das Fernglas am Triglav gesehen hatte. »Ich frage mich, wie wir bisher gegen die Drachen bestehen konnten.« Silena rang mit den Tränen. »Sie haben unsere besten Kämpfer einfach ausgelöscht, als seien sie nichts weiter als einfache Soldaten.« Grigorij setzte sich neben sie und nahm ihre Hand.

»Sie haben sicherlich gekämpft ...«

»Ich habe keinen einzigen Kadaver von einem der Teufel gesehen. Sollen sie keine Verluste gegen das Officium davongetragen haben?« Sie schluchzte und drückte seine Hand. Er zog ihren Kopf an seine Schulter, aber sie sträubte sich. »Nein, Grigorij. Danke für deinen Trost, aber jetzt ist nicht die Zeit dafür, Schwäche zu zeigen.« Silena lächelte und trocknete die ersten Tränen, die über den Lidrand gesprungen waren, dann nickte sie ihm zu. »Danke.« Sie legte ihre zweite Hand auf seine.

Ein harter Schlag traf das Flugzeug, die Staaken sackte weg und ging in den Sturzflug. Lose Gegenstände flogen geschossgleich durch die Kabine, klirrend gingen Flaschen zu Bruch, Kaffee ergoss sich auf den Boden.

Grigorij sah aus dem Fenster. »Ein Drache! Direkt neben uns!«

Silena starrte hinaus und sah ein hellblau-schwarzmarmoriertes Monstrum, das zu ihnen aufschloss und nach der Tragfläche schnappte. Sie überlegte fieberhaft, was sie gegen den Angreifer ausrichten konnten, und erinnerte sich an die Geschützkuppeln des Bombers.

Eine kurze Anweisung genügte, und die übrigen Drachentöter verließen die Kabine, um die Parabellum-Maschinengewehre zu besetzen. Auch wenn das Kaliber vermutlich nicht ausreichte, um den Drachen zu töten, würde es genügen, ihn von der Maschine zu vertreiben. »Wir müssen heil runterkommen«, rief sie auf dem Weg zum Heck. »Denkt daran: Wir sind der letzte Widerstand gegen die Dämonen.«

Sie schlüpfte durch die kleine Tür und nahm in der winzigen Auslegergondel unter dem Leitwerk Platz. Es waren Doppelmaschinengewehre, zur Verteidigung eingebaut – und sie waren geladen. Darunter befand sich ein dickerer Lauf für Luftschiffpfeile. Die ideale Waffe gegen die Teufel!

In der Gondel neben ihr tauchte Grigorij auf und eröffnete sofort das Feuer, als der Drache am Heck erschien. Silena streifte sich die Kappe mit dem eingebauten Funkgerät auf, schwenkte das Fadenkreuz auf den schlanken Kopf der Bestie und betätigte die Doppelabzüge; klingelnd regneten die leeren Hülsen in den Auffangsack.

Es gab keine Alternative zu einem Sieg.

Der Drache wich den Geschossen zunächst nicht aus.

Sie prallten gegen das Schuppenkleid und spritzten ab, doch als Silena direkt auf die Augen zielte, brüllte er wütend auf und glitt nach links außerhalb ihres Schussfeldes. Anhand des Dröhnens schloss sie, dass die nächste Maschinengewehrstellung in Aktion getreten war und die Kreatur mit stählernem Stakkato bearbeitete.

Gleich darauf erschütterte ein neuerlicher Schlag die Staaken, woraufhin sie sich zur Seite legte und einmal um die eigene Achse zu rotieren drohte. Was mit einem schnellen Jagdflieger ein einfaches Manöver gewesen wäre, bedeutete für einen Koloss wie den alten Bomber das unweigerliche Aus. Die Gefahr, dass die langen Tragflächen unter der Belastung abbrachen, war enorm hoch; dann zog das Flugzeug eine schwarze Bahn hinter sich her.

»Die linken Triebwerke sind zerstört«, bekam sie über Funk von einem der Drachentöter mitgeteilt. »Das Vieh hat uns gerammt.«

»Gut für uns, dass es offenbar kein Feuer speien kann«, antwortete Silena. Sie betrachtete den Zusatzlauf für den Luftschiffpfeil. »An alle: Treibt mir den Teufel wieder ans Heck. Zielt auf die Schnauze.« Silena bereitete den armlangen, massiven Eisenstab vor, der an einen überdimensionalen Armbrustbolzen erinnerte.

Es war nichts anderes als eine große Feuerwerksrakete, die in ihrem Inneren außer der Treibladung eine gehörige Portion Magnesium besaß. Im Weltkrieg waren diese Geschosse vor allem von Bodentruppen genutzt worden, um die anfänglichen Luftschiffe damit zu beschießen, die noch mit Wasserstoff für Auftrieb gesorgt hatten. Ein guter oder zwei schlechte Treffer mit einem solchen brennenden Pfeil hatten ausgereicht, um den Wasserstoff zu zünden und sie verglühen zu lassen. Innerhalb von Sekunden waren die Luftschiffe vergangen und brennend abgestürzt.

Silena betrachtete den Pfeil. Das Magnesium würde seinen Teil dazu beitragen, den Drachen von innen heraus zu verbrennen. Sie ärgerte sich, dass noch keiner vor ihr auf diesen Gedanken gekommen war – oder war es schon ohne Erfolg versucht worden?

Um sie herum röhrten die Maschinengewehre in den Kuppeln und deckten den Drachen mit unaufhörlichem Hagel ein.

Wie ein lästiger Bienenschwarm, der einen Bären verfolgt, tauchte das Wesen wieder am Heck auf. Aus den Nüstern lief tatsächlich schwarzes Blut, die Kugeln hatten an den weicheren Stellen Wunden geschlagen, blieben jedoch ohne nachhaltige Wirkung.

Die Piloten hatten die Staaken abgefangen und einen Absturz verhindert, die Maschine näherte sich jedoch sehr rasch dem Boden; eine normale Landung war fast nicht vorstellbar.

Daran verschwendete Silena derzeit auch keinen Gedanken.

»Nicht schießen, Grigorij.« Sie schwenkte das Fadenkreuz auf den Drachen. »Er soll näher herankommen. Tu so, als wäre dein MG beschädigt.« Auch sie rüttelte an dem Verschluss ihrer rechten Waffe herum, um den Drachen glauben zu machen, er hätte leichtes Spiel.

Mit einem lauten Schrei tat er einen Flügelschlag mehr, dann klappte er die Schwingen beinahe vollständig ein und sauste wie ein Geschoss an das Leitwerk heran; die Kiefer öffneten sich, um danach zu schnappen und es abzureißen.

Silena schwenkte den Lauf herum und zog den dritten Abzug.

Es gab einen leisen Knall, als die Treibladung zündete, beißender Rauch füllte die Kanzel – aber der Pfeil startete nicht.

»Grigorij, schieß!«, rief Silena und bückte sich, um nach dem Rohr zu sehen. Ratternd feuerten die Maschinengewehre nach dem Drachen, um ihn im letzten Augenblick am Zubeißen zu hindern.

Silena erkannte das Problem: Ein Sicherungsriegel war nicht entfernt worden und hielt den Luftschiffpfeil arretiert.

Hustend löste sie den Splint und wurde vom Zusammenprall mit dem Drachen aus dem kleinen Sitz geschleudert. Sie fiel auf den Boden und sah vor lauter Qualm gar nichts mehr. Der ätzende Rauch brannte sich in ihre Lungen, und sie kroch auf allen vieren durch das Türchen raus aus der Gondel.

Silena hörte, wie es hinter ihr laut klirrte, das Geräusch von einströmender Luft wurde überlaut; auch das Feuer der Maschinengewehre, die Grigorij ohne Unterlass betätigte, erklang trommelfellsprengend, so als stünde sie unmittelbar vor den Mündungen.

Sie schaute über die Schulter und sah den eingeschlagenen Geschützausleger; der Wind hatte den Rauch längst hinausgeblasen. Der Drache hatte sich bei seinem Angriff mit einer Kralle in einer Verstrebung verfangen und zog ruckartig daran, während er selbst wie ein Segler über der Staaken schwebte und mitgezogen wurde; die Belastung ließ das Metall des Flugzeuges ächzen.

»Jetzt entkommst du mir nicht.« Silena sprang zurück in die zerstörte Gondel, richtete den Pfeillauf neu aus und schlug mit Wucht dagegen. Die Erschütterung löste die Blockade, und das Geschoss zischte davon.

Es traf den Drachen in den Unterleib, durchschlug die Schuppen und verschwand beinahe vollständig im Leib.

Aufkreischend befreite sich das Monstrum mit einem mörderischen Ruck der Kralle, wobei der Bomber einen Teil des Leitwerks verlor. Der Drache schlug mit den Schwingen und versuchte, den Pfeil mit der Schnauze aus dem Körper zu ziehen, doch es gelang ihm nicht. Aus der Wunde schlugen grelle Flammen, und die Hornschuppen vergingen in dichtem, weißem Qualm. Plötzlich erschlaffte das Ungeheuer und stürzte wie ein Stein dem Erdboden entgegen.

Der Staaken erging es ähnlich. Zwei verlorene Motoren und ein beschädigtes Leitwerk verlangten dem Piloten alles ab, damit sich der Bomber nicht senkrecht in den Boden bohrte.

Grigorij kam zu Silena. »Eine Meisterleistung«, rief er und reichte ihr die Hand, schüttelte sie, dann umarmte er sie im Überschwang. »Ach was: Das war großmeisterlich!«

Sie freute sich, immer noch hustend, dass ihr die Rettung gelungen war. Dann wurde ihr Blick starr: Am Heck erschien ein weiterer Drache, ein größeres braunes Exemplar mit zahlreichen Hörnern auf der Stirn. Sie erkannte deutlich, dass Rauch aus der Nase quoll. Das Monstrum bereitete sich auf einen gezielten Feuerstoß gegen die Staaken vor.

»Es ist aus, Grigorij«, flüsterte sie und hielt seine Hand.

Da erklang ein lautes Kreischen, als flögen Sirenen durch die Luft.

Zwei Schatten huschten dicht hintereinander über den Drachen hinweg. Das Kreischen wurde überlaut, sodass Silena und Grigorij die Hände auf die Ohren pressten. Der Drache brüllte und faltete die Schwingen zusammen, sackte weg vom Flugzeug und verschwand aus ihrer Sicht.

Silena hatte das charakteristische Surren der Doppeltriebwerke sofort erkannt. »Das waren zwei Saints«, rief sie aufgeregt, stand auf und rannte zur Kuppel, in welcher der Fürst vorhin gesessen hatte. Aufgeregt suchte sie den Himmel ab.

Was sie sah, begeisterte sie und versetzte ihr einen wahren Euphorierausch. »Die Cadmos!«, schrie sie. »Da oben ist sie!« Sie deutete zum Himmel über ihnen, wo ein beeindruckend großes Luftschiff mit einer langen Gondel darunter schwebte.

Die beiden Saint-Maschinen zogen eine Runde um das Schiff und bereiteten sich auf die Landung auf der kurzen Bahn vor. Die erste setzte zur Landung an, während die zweite sicherte.

Der Drache blieb verschwunden, er hatte den Lärm der Sirenen, den Hauptmann Litzow damals bei der Präsentation so angepriesen hatte, nicht ausgehalten.

»Der Erzbischof hat uns Nachschub gesendet!« Kaum hatte sie den Satz ausgesprochen, sah sie, dass das Emblem des Officiums von der Seite der Cadmos entfernt worden war. Die Räuber des auf der Welt einmaligen Luftschiffes waren über Kiew aufgetaucht.

Grigorij hatte ebenfalls verstanden, dass es sich nicht um Drachentöter handelte, die ihnen zu Hilfe gekommen waren. »Jetzt bin ich neugierig«, sagte er leise.

Unter ihren Füßen erklangen merkwürdige Geräusche, als kehre jemand mit tausend Besen den Rumpf der Staaken ab. Unter dem Glasausleger flogen die Wipfel von jungen Birken entlang, die sich im Luftzug bogen und wiegten.

Das Flugzeug wurde abrupt gebremst, Silena und Grigorij wurden gegen die Abtrennungswand geschleudert; gleich darauf setzte der Bomber auf.

9. März 1925, Kiew, Zarenreich Russland

»Sie kommt wieder zu sich. Ich habe gesehen, wie ihre Lider sich bewegt haben.«

Silena hörte die dunkle Stimme und wusste genau, dass Grigorij rechts neben ihr stand.

»Es ist möglich, dass sie träumt, Fürst«, erwiderte eine Frau, deren Stimme ihr fremd vorkam. »Oder aber, dass sie nie mehr erwacht. Es sieht nach einer üblen Kopfwunde aus, und seit dem Absturz sind einige Tage verstrichen.«

»Ich ...«, krächzte Silena und schluckte trocken. So sehr sie ihren Lidern befahl, sich zu heben, sie reagierten zunächst nicht.

»Hat sie etwas gesagt?« Leder knarrte, Parfüm wehte ihr entgegen. Sie sah durch den Spalt einen Schatten, der sich über sie beugte.

»Ich bin mir nicht sicher.« Grigorij hörte sich verzweifelt an. »Dabei benötigen wir sie so dringend.«

»Eigentlich nicht.« Die Frau klang abwertend und kühl. »Meine Flieger sind ebenso gut wie die des Officiums, wie Sie bei der Rettung des Bombers gesehen haben. Von mir aus kann sie hier liegen und sich ausruhen, wenn wir in zwei Tagen ausrücken und ihre Arbeit erledigen.« Sie lachte düster. »Wer hätte das gedacht. Dass das Schicksal der Welt von Drachenjägern entschieden wird und nur der Abschaum des Officiums den Angriff der Drachen überlebt hat.«

»Mit Verlaub, aber ich habe nicht gesehen, dass Ihre Piloten den Drachen erledigt haben. Sie haben nicht einmal den Versuch unternommen, die Lanzen einzusetzen.«

»Wir sind nicht so wahnsinnig, Fürst. Wir haben andere Mittel. Die Idee mit den Luftschiffpfeilen war schon in Ordnung. Da hatte die Großmeisterin mal einen guten Einfall.« Leder knarrte, die Frau richtete sich auf. »Wie gesagt, Fürst: Ich brauche sie nicht, und es wird mir eine Freude sein, Ihnen zu zeigen, dass ich sehr gute Flieger habe, die dem schlafenden Schönchen hier das Benzin abgraben können.«

»Zur Hölle mit Ihnen, Havock!« Jetzt schnellten Silenas Lider in die Höhe, denn sie hatte die Stimme zusammen mit den Behauptungen endlich einordnen können. Vor ihr stand die blonde Drachenjägerin mit gekreuzten Armen und grinste sie an; die entstellte Gesichtshäfte war wie immer hinter vielen Strähnen verborgen. Und im gleichen Augenblick wusste sie, dass ihre Rivalin das alles nur gesagt hatte, um sie aus dem Schlaf zu wecken.

Leída lachte und wandte sich an Grigorij. »Sehen Sie, Fürst?«

Er wirkte erleichtert. »Ich hätte es nicht für möglich gehalten, und die tausend Mark zahle ich Ihnen gern, Frau Havock.«

»Misses Havock.«

»Zahlen?« Silena betastete den Kopf und fühlte einen dicken Mullverband. Wie auf Knopfdruck schoss ihr der Schmerz durch den Schädel, gerade so als tobe sich eine Gewitterwolke darin aus und wolle das Gehirn mit kleinen elektrischen Entladungen quälen.

»Eine Wette, nichts weiter. Er meinte, dass es mir nicht gelingen

509

würde, Sie ins Reich der Lebenden zurückzuholen.« Sie bleckte die Zähne. »So leicht habe ich noch niemals Geld verdient.«

Auf Grigorijs Wink eilte eine Krankenschwester herbei, half Silena beim Aufrichten und reichte ihr ein Glas Wasser.

Nachdem sie es geleert hatte, fühlte sie sich schon eher in der Lage zu sprechen. »Was ist …«

»Du bist im Fadorin-Krankenhaus in Kiew. Die Staaken ist beim Versuch einer Notlandung auseinander gebrochen, aber alle haben es mehr oder weniger schwer verletzt überstanden«, erklärte Grigorij. »Misses Havock ist mit der Cadmos aufgetaucht und hat uns gegen den Angriff des zweiten Drachen verteidigt.«

»Sie und Ihre Leute waren es? Sie haben die Cadmos aus Stuttgart gestohlen?« Silena fühlte trotz ihrer Schwäche und der Kopfschmerzen den dringenden Wunsch, von ihrem Lager aufzuspringen und die Frau zu schlagen.

Leída senkte angriffslustig den Kopf. »Wie Sie bemerken, Fürst, wird sie immer lebhafter.«

»Jetzt kommen zu den illegalen Drachenjagden auch noch Raub und Mord hinzu, Havock.« Silena sah die brennende Generatorenhalle vor sich, die Schießerei und die vielen Verwundeten und Toten, die nach dem Überfall auf die Luftschiffhalle des Officiums zurückgeblieben waren. »Das bricht Ihnen das Genick. Im wahrsten Sinne des Wortes.«

Sie hob die Arme. »Ich hatte damit nichts zu tun. Mein Bruder hatte die Entführung organisiert und mir nichts gesagt. Es muss einiges dabei schiefgelaufen sein. Ihm war gesagt worden, dass der Stützpunkt so gut wie verlassen sei.«

»Scheint, als habe Ihr Bruder bereits seine Strafe für diese Tat in Edinburgh erhalten«, merkte Silena an und trank noch ein Glas.

»Sie ist ebenso ein Opfer wie wir. Sie hat Eris Mandrake kennen gelernt, Silena«, warf Grigorij ein. »Er hatte sich der Gruppe in Edinburgh als Führer angeboten und sie gleich danach auf dem Arthur's Seat ausgelöscht. Sie und zwei ihrer Leute waren die einzigen Überlebenden.«

»Wir haben mit ihm lange vorher schon zusammengearbeitet. Er hat uns des Öfteren Hinweise auf Drachen gegeben, die wir dann zur Strecke brachten. Es gab keinen Grund, ihm zu misstrauen.« Leída ließ sich ebenfalls ein Glas Wasser geben. »Ich finde es nach wie vor unglaublich, dass sich ein Drache in einen Menschen verwandeln kann.«

»*Er* kann es.« Silena empfand nach wie vor kein Mitleid und fand es äußerst befriedigend, dass auch andere auf seine Maskerade hereingefallen waren. Sie freute sich darauf, den schwarzen Drachen zu töten.

Leída verzog die Mundwinkel, hakte die rechte Hand hinter die Gürtelschnalle, auf der inzwischen sieben Kerben prangten. »Ich erkenne Ihre Gedanken, Drachentöterin. Es wird einen Wettstreit zwischen uns geben, wer ihn vernichtet. Und ich bin bereit, das gewonnene Geld auf meinen Sieg zu setzen.«

»Ich bin dabei«, sagte Silena sofort und nahm die Wette an.

»Erzählen Sie ihr, wie es in Edinburgh weiterging«, forderte Grigorij die Drachenjägerin auf.

»Nachdem Sie den Zug entführt hatten, mussten wir mit Autos aus der Stadt flüchten. Mandrake begleitete uns eine Weile, bis er sich absetzte und versprach, dass er sich wieder bei uns melden werde. Er wollte unbedingt wissen, wo genau sich die Cadmos befand.« Leída stellte das Glas ab. »Heute ist mir klar, weswegen. Ich dachte damals, er wolle das Luftschiff für die Queen stehlen, jetzt weiß ich, dass er es zerstören wollte.«

Silena nickte. »Aber er meldete sich nicht mehr?«

»Nein. Ich hätte es ihm ohnehin nicht gesagt.«

»Und wenn er Ihnen als Drache gegenübergestanden und Sie bedroht hätte?«

Leída verzog verächtlich den Mund. »Dann erst recht nicht, Drachentöterin.« Sie schritt auf den Ausgang zu. »Wach sind Sie. Jetzt kommen Sie auf die Beine und tun Sie Ihre heilige Pflicht – oder wie immer Sie das nennen. Wir sehen uns im Hotel *Batu Khan*.« Sie verließ den Raum.

Grigorij setzte sich neben Silena aufs Bett und nahm wieder ihre Hand, selbstverständlich und ohne zu fragen. »Es sieht nicht gut in Kiew aus. Die Menschen verlassen die Stadt, weil sie natürlich die Drachen auf dem Triglav gesehen haben und wissen, was mit Edinburgh geschehen ist. Der Zar hat Truppen auf den Weg geschickt, aber ich habe von Unruhen im Heer gehört, weil sich niemand sehenden Auges in einen sinnlosen Tod stürzen möchte. Nach der Vernichtung der Drachentöter bestehen sowieso mehr Zweifel als alles andere. Drei Offiziere der Armee sind bereits hier, um die Vorgehensweise mit uns zu besprechen.«

Sie war glücklich, dass er ihr Halt gab. »Ist wenigstens die Cadmos unbeschädigt?«

»Die Cadmos ja. Aber von den vier Saints sind nur drei geblieben. Eine haben sie verloren, weil ihr Pilot nicht mit der Steuerung zurechtkam und abstürzte. Der Erzbischof hat aber die defekte Maschine, die in Marazion stand, hierher schaffen lassen. Damit sind wir wieder bei vier.«

»Immerhin etwas.« Silena sah zum Fenster, vor dem sie den Schädel eines steinernen Wasserspeiers entdeckte. »Was ist mit den Gargoyles und vor allem Mister Skelton?«

»Mister Skelton geht es gut. Wir treffen ihn später im Hotel. Was die Gargoyles angeht: Sie sind vor zwei Tagen in Kiew angekommen. Im Geheimen. Sie haben sich nur mir gezeigt. Cyrano hat nicht gesagt, was er in der Zwischenzeit unternommen hat, aber er versicherte, dass er und seine Leute jederzeit bereit seien, uns bei einem Angriff zu unterstützen.« Er rieb sich über den Stoppelbart, den er nun wieder trug. Silena gefiel er so besser. »Wir werden im Kampf ein wachsames Auge auf sie werfen müssen. Sonst schnappen sie sich den Stein und den Schädel.« Er zögerte, bevor er sagte: »Wir sollten die Havock einweihen. Wir sind zu wenige, um die Gargoyles unter Kontrolle zu halten.«

»Wie viele sind wir überhaupt, und mit wie vielen Drachen haben wir zu tun?« Ihre Lebensgeister erwachten mehr und mehr, sie verlangte einen schwarzen Tee mit Sahne und Zucker.

Er zog einen kleinen Block hervor und blätterte hin und her, bis er seine Notizen gefunden hatte. »Havocks Einheit besteht aus vierzig Mann, darunter sind vier Piloten. Wir haben sieben Drachentöter, und die Zarentruppe kommt mit fünftausend Mann und schwerem Gerät nach Kiew. *Falls* sie kommt.« Er blätterte um. »Drachen sind es … nach den letzten Beobachtungen dreiundzwanzig, davon fünf große und vier mehrköpfige.«

»Dreiundzwanzig.« Silena musste die Zahl auf sich wirken lassen. »Ich verstehe das nicht. Wenn sie sich viel früher in der Form organisiert hätten, wie sie es jetzt tun, hätten sie uns schon längst von der Erde gefegt.«

»Ihnen hat vielleicht ein Wesen wie Mandrake gefehlt. Eine Persönlichkeit, mal Drache, mal Mensch.« Grigorij nickte nachdenklich. »Ich denke, das wird es gewesen sein.« Er beugte sich nach vorne. »Es würde sich sehr gut mit unserer Version der Apokalypse decken: Der Drache als Wegbereiter für das Tier.«

Silena wollte sich erheben und bemerkte, dass sie nichts am Leib trug. Gerade noch rechtzeitig hielt sie mit dem Aufstehen inne, bevor sie sich Grigorij vollkommen nackt gezeigt hätte. »Würdest du bitte?«, bat sie ihn freundlich und winkte einer Krankenschwester zu, damit sie ihr die Sachen brachte, die sie über dem Stuhl entdeckt hatte.

»Aber sicher.« Er lächelte, strich ihr über die Wange und verließ das Zimmer.

Silena sah ihm nach. Und lächelte ebenfalls.

Grigorij wartete vor der Tür auf sie. »Wie gut fühlst du dich?«

»Gut genug, um die Schlacht zu planen. Wir haben großes Glück gehabt, dass Mandrake den Fluch noch nicht gebrochen hat.« Sie marschierte so schnell, wie es ihr möglich war, den breiten Flur entlang. Der Russe lotste sie zum Ausgang, wo ein Automobil des Militärs auf sie wartete. »Haben wir Karten vom Triglav?«

»Ja. Die Kartographen des Zaren haben gute Arbeit geleistet. Den Grundriss des Michael's Mount besitzen wir ebenfalls, und wenn wir beides kombinieren, können wir uns hoffentlich einigermaßen vorbereiten.«

»Sehr gut, Grigorij.« Sie stieg ein, er setzte sich neben sie. Schweigend verbrachten sie die Fahrt. Silena war mit ihren Gedanken überall: in der Vergangenheit bei ihren Brüdern, bei der getöteten Martha, bei der bevorstehenden Schlacht, bei den ausgelöschten Drachentötern ... Ihr wurde schwindelig.

Grigorij störte sie nicht, sondern machte sich weiter Aufzeichnungen, trotz der ruckelnden Fahrt durch Kiews Straßen. »Wir werden aber nichts von dem Weltenstein sagen, oder?«, vergewisserte er sich vorsichtshalber.

»Nein. Das Geheimnis muss unseres bleiben. Die anderen sollen denken, dass die Ausrottung der geflügelten Höllenbrut genügt.«

Sie betraten das *Batu Khan*, ein im mongolischen Stil gehaltenes Hotel, an dessen Wänden Erinnerungsstücke an den Eroberer prangten. Die Decken waren Baldachinen nachempfunden, Schilder und Säbel hingen an den Wänden. Grigorij führte sie in den Salon.

Leída stand am Kartentisch, hinter ihr hatten zwei ihrer Leute Aufstellung genommen. Cyrano bevorzugte den Platz in der Ecke und sah in seiner Regungslosigkeit wie eine Statue aus; vier Offiziere der russischen Armee unterhielten sich und deuteten auf verschiedene Stellen des aufgezeichneten Triglav. Vier der Drachentöter waren ebenfalls im Raum, sie standen weit entfernt von Leída und ihren beiden Begleitern.

»Ich nehme an, dass die Anwesenden Cyrano für ein Standbild halten?«, wisperte sie Grigorij zu.

Er griente boshaft. »Ja. Ich habe es mit ihm so abgesprochen. Es wird den Offizieren und der Havock einen herrlichen Schrecken einjagen.«

Silena blieb nach vier beherzten Schritten stehen und wartete, bis sich die Aufmerksamkeit aller auf sie gerichtet hatte. »Es wird Zeit, dass wir etwas unternehmen, meine Herrschaften. Schmieden wir also zusammen einen Plan, wie wir die Drachen bezwingen.«

Leída nahm einen Zeigestock, der am unteren Ende der Karte lag. »Das sollte einfach sein. Wir können die Cadmos mit Bomben ausstatten und sie sozusagen aus großer Höhe auf die Festung regnen lassen. Sie werden uns auf einer Höhe von vierundzwanzigtausend Fuß nicht vermuten und auch nicht sehen, bis die ersten Explosionen stattfinden.« Sie kreiste die Festung ein. »Damit zerblasen wir die Mauern und alles, was sich darin befindet. Die Drachen, die entkommen, sind Opfer für die Saints und die Drachentötereinheit. Von mir aus kann die Armee Flugabwehrkanonen aufbauen, um Drachen unter Feuer zu nehmen.« Sie stützte sich auf den Stock. »Ein guter Plan, oder?«

Silena und Grigorij wechselten kurze Blicke. So würden sie den Weltenstein und den Schädel verlieren. Oder zumindest wäre es sehr schwer, Artefakt und Reliquie aus den Trümmern zu bergen – falls überhaupt etwas übrig bliebe.

»Ich weiß nicht«, sagte Grigorij und wollte etwas hinzufügen.

Die Tür zum Saal wurde aufgestoßen, und Onslow Skelton eilte herein, ein Telegramm schwenkend. Wie üblich trug er eine karierte Garderobe, als gäbe es in seinem Leben nichts anderes. »Sie wollen sich uns anschließen!«, rief er aufgeregt.

»Mister Skelton! Ich hatte Sie schon vermisst«, sagte Silena freudig. »Ihnen haben wir zu verdanken, dass wir rechtzeitig von Mandrakes Aufenthaltsort wussten.« Sie nahm das Schreiben entgegen, das er ihr hinhielt. »Was ist das?«

Er strahlte sie an, rückte die Brille zurecht. »Totgesagte leben länger, Großmeisterin. Ich erzähle Ihnen später, wie es sich zugetragen hat. Aber zuerst habe ich etwas anderes: eine Unterstützungszusage!« Onslow schaute in die Runde. »Von Drachen!«

XXIV.

»Auch wenn es mir schwer fällt, es zuzugeben, aber es muss etwas Übernatürliches bei den Drachentöterinnen und -tötern im Spiel sein. Wie sonst kann es möglich sein, dass eine einzelne Person oder eine kleine Einheit ein Wesen bezwingt, das zuvor eine Kompanie ausgebildeter Soldaten samt Fahrzeugen vernichtet hat?
Ich würde nicht von Gott sprechen, sondern von einer übernatürlichen Macht, die auch den Helden aus den Sagen und Märchen beistand. Eines Tages werde ich diese Macht messen und nachweisen können. Ich nenne es: den Herosfaktor.«

Prof. Dr. Lady Geraldine MacIntosh,
Society of Psychical Research

9. März 1925, Kiew, Zarenreich Russland

»Das ist ein Scherz.« Silena konnte die Augen nicht von Onslow Skelton wenden, so sehr sie sich auch zwang.

»Es wäre der schlechteste Scherz, den ich jemals in meinem Leben gemacht habe, Großmeisterin. Dazu noch zum denkbar schlechtesten Zeitpunkt.« Onslow zeigte auf das Papier. »Allerdings kann ich nicht dafür garantieren, dass es sich bei dem Verfasser nicht um einen schlechten Spaßmacher handelt.«

Leída kam auf sie zu. »Ich möchte wissen, was da steht.«

»Ich lese es vor«, meinte Silena.

MENSCHEN,

WIR HABEN DIE NOT ERKANNT, IN DER IHR STECKT, UND WIR EILEN EUCH ZU HILFE.
ES DARF GORYNYTSCH NICHT ERLAUBT WERDEN, EINE SOLCHE MACHT ZU ERLANGEN, UND BEI ALLER FEINDSCHAFT ZWISCHEN UNSEREN RASSEN IST ES UNSERER

MEINUNG NACH DRINGEND AN DER ZEIT, DASS WIR GEMEINSAM KÄMPFEN.
WIR ÜBERLASSEN DIE WAHL JEDOCH EUCH: WÄHLT UNS ALS VERBÜNDETE ODER ALS FEINDE. SO ODER SO SEHEN WIR UNS IN DER SCHLACHT WIEDER, DIE MORGEN BEGINNEN WIRD. DIE ZEICHEN SPRECHEN DAFÜR.
SENDET UNS GROSSMEISTERIN SILENA, UM UNS EURE ENTSCHEIDUNG MITZUTEILEN. WIR ERWARTEN SIE AN DER AUSFALLSTRASSE NACH NORDEN, DREI MEILEN VON KIEW ENTFERNT. UM MITTERNACHT.

UNTERZEICHNET
DIE MÄCHTE DES FEUERS

»Eine Falle«, sagte Leída sofort. »Was soll das sein, *die Mächte des Feuers?*«

»So bezeichnen sich die Drachen selbst«, erklärte Skelton. »Wir hatten die Ehre, mit einem von ihnen zu sprechen. In Innsbruck.« Leída, ihre Begleiter und die Offiziere lachten gleichzeitig los, was Skelton jedoch nicht erschütterte, weil er wusste, dass Silena und Grigorij ihn verstanden. »Ich erinnere mich genau, wie Gessler davon sprach, dass es mächtige Drachen gebe, die aus dem Verborgenen über die Geschicke der Menschen entscheiden.«

Leída hatte an den ernsten Gesichtern der Drachentöterin und des Fürsten abgelesen, dass Onslow die Wahrheit sprach, und sie hob die Hand, um das Grölen ihrer Männer zu ersticken. »Warten Sie. Was erzählt unser Versicherungsvertreter da?«

»Sie haben es gehört, Misses Havock.« Nun war es Grigorij, der herablassend lächelte. »Sie sind seit Jahrzehnten ein Spielball der Mächtigsten unter den Drachen, die Sie glauben lassen, Sie hätten sie im Griff. In Wirklichkeit ist es umgekehrt.« Er ging auf sie zu, fixierte sie mit den blauen Augen. »All Ihre Siege, die Ihres Bruders«, er deutete mit dem Spazierstock auf Silena, »leider auch ihre Siege und die der anderen Drachentöter waren nichts anderes als Bauernopfer. Einkalkulierte Verluste, um die Macht zu erhalten und uns in Sicherheit zu wiegen.«

Leída schüttelte langsam den Kopf, und die Bewegungen wirkten so, als fielen sie ihr sehr schwer und als wäre der Kopf mit zusätzlichen Gewichten behängt. »Unmöglich«, flüsterte sie. »Das ist unmöglich.« Sie schaute Silena an. »Das Officium muss doch etwas davon gewusst haben.«

»Nein. Wir alle waren blind. Besser gesagt: Wir wurden absichtlich in Blindheit gehalten. Wie hätten wir da suchen sollen?« Es fiel ihr nicht leicht, die Niederlage vor aller Augen und Ohren einzugestehen, aber sie zu verleugnen, funktionierte ebenso wenig. Es lag auf der Hand, dass die Drachen übermächtig waren. »Wenn Sie mir nicht glauben«, sie zeigte auf Cyrano, »fragen Sie ihn.«

Auf das Stichwort hin erwachte der Gargoyle und ließ die Augen grün aufleuchten. Dann machte er einen Schritt und stand mitten unter den Offizieren.

Die Männer sprangen laut rufend auseinander und griffen nach ihren Pistolen. Leída langte an ihren Holster, auch ihre Begleiter machten sich kampfbereit.

»Keine Angst, er tut nichts«, beruhigte Silena feixend die Männer und die Drachenjägerin. »Er ist einer unserer Verbündeten gegen die Drachen.«

Leída hatte die Hand am Waffengriff und staunte den Gargoyle an. »Eine lebendige Statue! Was, zum Teufel, geht hier vor?«

»Ich bin keine Statue, sondern ein Wesen, das von euch den Namen Gargoyle bekam«, erklärte Cyrano mit tönender Stimme. »Wir waren einst die Diener der Drachen, ehe sie uns verfluchten und zu Stein verwandelten. Dafür wollen wir Rache.«

Sie blinzelte verwundert. »Das soll jetzt heißen, dass all diese Wasserspeier und anderen Steinfiguren an den Kirchen, auf den Dächern und sonst wo in Wirklichkeit lebendig sind und nur darauf warten, sich auf die Drachen zu stürzen?«

»Nein, nicht alle.« Cyrano ging an den murmelnden Offizieren vorbei und sah auf die Karte. »Wenn wir die Festung erreichen und dort den Fluch brechen können, haben die Drachen ihre Leben verwirkt.«

Leída entspannte sich etwas. »Ich verstehe nicht einmal die Hälfte von dem, was ich eben gehört habe, aber solange es bedeutet, dass wir Kreaturen wie dich zur Verfügung haben, ist es gut. Über den

Rest mache ich mir nach der Schlacht Gedanken.« Sie schaute auf die Muskeln. »Bist du stark?«

Cyrano streckte den Zeigefinger aus und hob damit so mühelos den Kartentisch an, als bestünde er aus Papier.

»Na schön. *Das* ist stark.« Leída wies ihre Begleiter an, die Waffen zu verstauen. »Wie viele von euch haben wir?«

»Wir sind insgesamt noch sieben. Vier von uns können fliegen, die drei anderen müssen laufen. Aber sie sind sehr schnell.« Er hatte den Tisch nicht abgestellt, um seine Kraft zu demonstrieren, nichts in seiner Stimme verriet, dass es ihn anstrengte. »Und um dich zu verbessern, Menschenfrau: Ihr *habt* keinen von uns. Wir sind Kampfgefährten, keine Diener.« Jetzt klang er einschüchternd düster. »Wir werden niemals mehr jemandes Diener sein.« Cyrano ließ den Tisch los. Krachend landeten die Beine auf dem Boden.

Silena fragte sich, wie sehr sie die Drachenjägerin wegen ihrer Bedenken zu den Gargoyles ins Vertrauen ziehen durfte.

»Sie werden heute Abend nicht allein gehen, oder?« Leída sah sie an. »Nicht, dass ich Sie besonders gut leiden könnte, aber wir benötigen Ihre Pilotierfähigkeit.«

»Das war mir schon klar, Misses Havock.« Silena deutete auf Cyrano. »Er und seine geflügelten Freunde werden in der Nähe sein und mir Deckung geben, außerdem habe ich den Fürsten an meiner Seite.«

Einer der Offiziere trat vor. »Mit Verlaub, Großmeisterin, aber wir könnten die Artillerie anweisen, auf diesen Punkt, an dem Sie warten, auf Ihr Funkzeichen hin zu feuern. Damit wäre es uns möglich, eines der Scheusale auszuschalten. Was meinen Sie dazu?«

Silena sah sich auf einem freien Feld, umgeben von unaufhörlichen Explosionen, scharfkantigen Schrapnellen und haushohen Dreck- und Staubwolken. »Nein, das ist kein sonderlich verlockender Gedanke, Oberst. Selbst wenn mich Cyrano hinausflöge, wäre mir das Risiko zu groß, dabei verletzt zu werden.« Sie schob die Karte zurecht, die durch den Aufprall des Tisches ein wenig verrutscht war.

»Befassen wir uns mit einer ersten Planung, was die Strategie angeht. Wenn es an der Zeit ist, werde ich mich auf den Weg zum Treffpunkt machen.« Sie nickte Grigorij zu. »Ich bin sehr gespannt, was uns da erwartet.«

Cyrano ballte eine Faust. »Vergessen Sie nicht: Egal, was Sie hören, Großmeisterin, die Drachen werden ihr Wort nicht halten. Sie mögen uns tatsächlich in der Schlacht gegen Gorynytsch unterstützen, aber was wird geschehen, wenn wir siegen? Sie werden sich die Gelegenheit nicht entgehen lassen, auch den Rest des Officiums zu vernichten.«

»Deswegen zähle ich auf dich, Cyrano. Und deine Gargoyles.« Silena beugte sich über die Karte, und die anderen im Raum Versammelten taten es ihr gleich.

9. März 1925, Kiew, Zarenreich Russland
Silena und Grigorij standen auf der breiten Straße und suchten die Umgebung ab, soweit es das Licht der Nachtgestirne zuließ. Sie hatten absichtlich darauf verzichtet, eine Lampe anzuschalten, um keine unnötige Aufmerksamkeit auf dem Triglav zu wecken.

Nicht weit von ihnen entfernt, etwa zwanzig Meter hinter ihnen, lagen die Gargoyles auf dem Boden verborgen und wachten über sie. Dennoch fühlte sich Silena nicht wohl, auch wenn sie nicht an eine Falle glaubte. Es war die Unterredung mit dem Wurmdrachen in Innsbruck, die sie sicher machte, es mit einem echten Unterstützungsangebot zu tun zu haben.

»Aber warum wollen sie mit dir sprechen?«, führte Grigorij ihre Gedanken fort, als wären es seine eigenen gewesen.

Silena wandte sich zu ihm um. »Weißt du, dass du mir manchmal unheimlich bist?«

Er machte ein unschuldiges Gesicht. »Was habe ich denn getan?«

»Du hast mehr als einmal meine Gedanken erraten. Das kann kein Zufall sein.«

»Ich bin ein Hellseher. So etwas erwartet man doch von mir, nicht wahr?« Er lächelte entschuldigend. »Was wäre ich wohl für ein Vertreter meiner Profession, wenn ich das nicht könnte?«

»Für meinen Geschmack geschieht in den letzten Wochen zu viel in dieser Hinsicht. Hellseherei, die wirklich funktioniert, und Magie, die es zu geben scheint.« Sie trat nach einem Steinchen. »Drachen, die im Hintergrund lauern und behaupten, dass sie unsere Geschicke bestimmen. Alles, was mir vertraut war, hat sich seit Anfang des Jahres gewandelt.«

»Verstehe es als eine Herausforderung.«

»Was bleibt mir denn anderes übrig?« Silena blickte ihm ergründend ins Gesicht. »Was war das mit der Wette zwischen dir und Sàtra?«

Er lachte auf. »Das beschäftigt dich aber ziemlich.«

»Ich hatte den Eindruck, dass es dabei um mich ging. Neugier ist eine der Eigenschaften einer Drachentöterin.«

»Und ich dachte immer, dass es die Neugier ist, die Menschen umbringt.«

»Nein. Das waren die Gargoyles und die Drachen«, gab sie leise zurück und wandte den Kopf zum Himmel. Sie hatte ein Rauschen vernommen, als setze ein großes Wesen mit Schwingen zum Landen an. Gleich darauf traf sie ein kräftiger Wind, wirbelte Dreck auf und wehte ihnen durch die Haare. Dann senkte sich ein Schatten aus dem Himmel.

Die Umrisse eines gewaltigen Drachen wurden sichtbar, der die Ausmaße von Gorynytsch noch übertraf. Die Farbe konnte Silena nicht einordnen, im silbrigen Sternenschein sahen die Schuppen schwarz aus, doch ein zweiter Ton schimmerte durch. War es rot?

Silena starrte den vierbeinigen Teufel an, der die gezackten Schwingen zusammenfaltete und an den Schuppenleib legte. Wie die meisten Vertreter der Flugspezies hatte er einen schlanken Kopf, und ein Paar glutrote Augen schauten aus acht Metern Höhe auf sie herab. Die lange Schnauze war leicht geöffnet, matt schimmerten die Zähne auf. Eine eindeutige Drohung.

Ich bin Y Ddraig Goch, hörten beide eine weibliche Stimme in ihrem Verstand sagen. *Die Mächte des Feuers bieten euch Unterstützung, nicht den Frieden an. Ohne uns werdet ihr unterliegen.*

»Und ohne uns werdet ihr ausgerottet«, sagte Silena. »Wir wissen, dass Gorynytsch plant, einen Krieg anzuzetteln, der den Osten gegen den Westen führt und die Gargoyles von ihrem Bann befreit.« Sie zeigte auf ihn. »Deine Tage und die aller anderen Teufel wären gezählt.«

Ddraig lachte. *Denkst du, wir wären so schwach?*

»Da du hier bist, um uns einen Beistandspakt anzubieten, denke ich das sehr wohl. Sonst würden du und deine Freunde einfach über Kiew eure Bahnen ziehen und zuerst Gorynytsch und danach uns vernichten. Beides ist bislang nicht geschehen, und ich frage mich, warum.« Silena dachte nicht daran, untertänig oder in irgendeiner Weise diplomatisch zu klingen. Sie verhandelte mit einer Kreatur, die sie eigentlich angreifen und vernichten müsste.

Ich habe Iffnar schon immer gesagt, dass er die Menschen unterschätzt. Ddraig klang amüsiert. *Du sollst wissen, dass ich eine Verehrerin von dir bin, Silena. Deine Taten sind ausgesprochen mutig, und wie du den dreiköpfigen Groszny erledigt hast, verdient meine Bewunderung. Die anderen dagegen hassen dich.* Ihr Kopf beugte sich herab, die Augen schwebten nur noch einen Meter über ihnen. *Das ist der Grund, weswegen ich erschienen bin. Ich wollte dich kennen lernen, bevor du in der Schlacht fällst. Du bist eine Legende, Silena.*

»Ich bin eine Drachentöterin wie viele andere Frauen und Männer vor mir und viele weitere nach mir«, entgegnete sie. »Auch wenn es eine Enttäuschung für dich bedeutet, aber ich werde nicht im Kampf um den Weltenstein fallen.«

Du weißt, dass du mit Schuld daran trägst, dass die Welt vor dem Abgrund steht?

»Ich trage keine Schuld. Ihr Drachen habt das ausgelöst.«

Du hast den dreiköpfigen Drachen erlegt, erinnerst du dich? In Russland.

»Ja. Was ist mit ihm gewesen?«

Durch seinen Tod rückte Gorynytsch auf die frei gewordene Stelle im Rat und hat uns getäuscht. Ddraigs Kopf befand sich genau vor den beiden Menschen. *Und damit trägst du meiner Ansicht nach schon eine gewisse Mitschuld.*

»Du machst es dir sehr einfach.« Grigorij hielt sich nicht länger zurück.

Es ist einfach, Hellseher, korrigierte die Drachin ihn und richtete sich auf; die lange Schnauze zeigte auf den Triglav. *Morgen wird es so weit sein. Die letzten seiner Verbündeten sind eingetroffen. Zusammen mit dieser Sàtra wird er versuchen, den Bann zu brechen. Es wird um die Mittagszeit geschehen. Was bedeutet, dass der Angriff beim ersten Sonnenstrahl beginnen muss.* Ddraig schwenkte den Kopf auf Kiew.

Die jämmerlichen Soldaten, die der Zar sandte, taugen allenfalls als Happen zur Stärkung zwischendurch. Ihre Waffen werden gegen die Drachen kaum etwas ausrichten.

»Selbst wenn sie uns nur Sekunden verschaffen, haben sie eine gute Leistung vollbracht.«

Und was wollt ihr in diesen Sekunden ausrichten?

Grigorij machte einen Schritt nach vorne, das Ende seines Spazierstocks zielte auf die Drachin. »Nur einmal nebenbei bemerkt: Was habt ihr uns eigentlich zu bieten? Die Mächte des Feuers, das klingt zwar schön, aber was verbirgt sich dahinter?«

Genaues über uns werde ich dir sicherlich nicht anvertrauen, Hellseher, aber es werden vier mächtige Drachen bei Sonnenaufgang erscheinen und sich zusammen mit dem Officium, den Soldaten und Havocks Leuten gegen Gorynytsch werfen.

»Vier?«, lachte Grigorij verächtlich auf. »Mandrake hat beinahe zwei Dutzend …«

Dampf schoss aus der Nase und hüllte ihn ein, keuchend und hustend wankte er rückwärts, um aus dem heißen Odem zu entkommen, der seine Kleidung durchfeuchtete, die Haare nass herabhängen und die Brille beschlagen ließ.

Ddraigs Schädel schnellte schlangengleich vorwärts und hielt eine halbe Armlänge entfernt von ihm an. *Wir, Hellseher, sind die mächtigsten vier Drachen der Alten Welt. Wir haben Jahrhunderte überdauert. Ich herrsche über das Britische Empire, Iffnar über das Deutsche Reich und Österreich-Ungarn, der gute Grendelson über die nordischen Länder und Vouivre über den Rest im Süden und Westen. Wir haben viele Helden überstanden, die man gegen uns aussandte. Siegfried und Beowulf sind vor uns gestorben. Ihre Namen kennt man aus Sagen, wir herrschen über ihre Nachfahren.*

»Und Gorynytsch besaß einst Russland, nehme ich an?« Grigorij war mit dem Ergebnis seiner Provokation zufrieden; die aufgebrachte und selbstherrliche Ddraig hatte mehr offenbart, als sie vermutlich gewollt hatte. Er sah eine imaginäre Landkarte vor sich, auf der die Grenzlinien der Menschen verschwammen und sich stattdessen blutrote Linien formten, welche die Drachenreiche symbolisierten.

Er hat Groszny verraten, damit der Platz für ihn frei wird. Danach verriet er uns, und in der Gestalt von Eris Mandrake besaß er viele Möglichkeiten, Einfluss auf die Welt der Menschen zu nehmen und Drachenjäger wie Drachentöter zu lenken, wie es ihm beliebte. Schneller und wirkungsvoller als wir. Ddraig verstummte, hob die Nase in den Wind und witterte. *Es sind Gargoyles in der Nähe.*

»Unsere Verbündeten, Ddraig. Sie achten auf uns«, sagte Silena.

Wieder lachte die Drachin. *Aus ihnen werden niemals freie Geister. Sie müssen immer jemandem dienen. Das ist ihre Bestimmung.*

Schnelle Schritte erklangen hinter ihnen, plötzlich stand Cyrano zwischen Silena und Grigorij. »Du wirst bald sehen, wie frei wir sein können!«, grollte er und hatte die Fäuste geballt. »In der Schlacht mag Waffenstillstand gelten, doch danach jagen wir euch alle, Y Ddraig Goch!«

Du denkst, dass du den Weltenstein erlangst? Die Drachin fauchte. *Du wirst sehen, dass du dich irrst, Sklave.* Sie breitete die Flügel aus, Wind kam erneut auf, und der Schatten verdunkelte das Licht der Nachtgestirne. Sie sah beeindruckend aus, unbesiegbar. *Wir greifen morgen früh an, Silena. An deiner Stelle würde ich auf die Gargoyles achten. Sie sind tückisch und vergessen gern, auf welcher Seite sie stehen.*

»Aber du kennst unseren Plan noch gar nicht!«, wollte Silena Ddraig zum Bleiben bewegen, um sich mit ihr abzusprechen.

Es bedarf keines Plans mehr. Wir fallen über sie her, bevor sie es tun können, vernichten Gorynytsch und seine Magierin. Wenn das geschafft ist, sehen wir, wie es mit uns weitergeht. Die Drachin spannte die Muskeln und bereitete sich vor abzuheben. *Aber ich verspreche, dass wir bis zum Tod von Gorynytsch und Sàtra keinen von euch angreifen werden.* Ddraig schlug mit den Schwingen und entfachte einen Sturm, auf dem sie davonflog und in die Nacht verschwand.

Silena schaute Cyrano an, der wütend und mit grün leuchtenden Augen Ddraigs Flug verfolgte.

10. März 1925, Kiew, Zarenreich Russland
»Misses Havock?«

Leída schreckte aus dem Schlaf hoch und sah einen ihrer Männer an ihrem Bett stehen; hinter ihm warteten Silena und Grigorij. »Geht es los?«, murmelte sie und schaute auf den Wecker. Kurz vor ein Uhr morgens.

»Nein. Aber wir müssen dringend mit Ihnen sprechen«, sagte Silena aus dem Hintergrund.

»Alleine«, fügte Grigorij hinzu.

Leída setzte sich auf. Es machte ihr nichts aus, dass sie von den Fremden im Unterhemd und einer Schlafanzughose gesehen wurde; dafür kämmte sie rasch ein paar blonde Strähnen über ihre entstellte Gesichtshälfte. Das war das Einzige, worauf sie immer achtete. Sie entließ den Mann mit einem Nicken. »Was gibt es?«

Silena wartete, bis sie wirklich nur zu dritt im Zimmer waren. »Es wird sofort bei Morgenanbruch losgehen, Misses Havock. Den Angriff beginnen vier große Drachen, die es sich nicht bieten lassen möchten, dass sie von einem scheinbaren Emporkömmling wie Mandrake ihrer Macht und ihres Lebens beraubt werden sollen.«

Sie schwang sich aus dem Bett, setzte sich an den kleinen Tisch und goss sich Wasser ein. »Aber unser Plan ...«

»Vergessen Sie den Plan. Die Drachen fliegen voraus, danach werden sich die Gargoyles in den Kampf stürzen. Wenn die ersten Teufel gefallen sind, kommen die Saints zum Einsatz und greifen ausschließlich Mandrake an. Die Drachentöter und Ihre Leute müssen in die Burg gelangen und dort nach dem Weltenstein und dem Schädel suchen. Das hat absolute Priorität«, schärfte sie ihr ein. »Überlassen Sie die Drachen den Fliegern und unseren Verbündeten. Wenn das geschafft ist, können Sie und Ihre Leute tun, was Sie möchten.«

Leída trank von dem Wasser. »Was wäre denn so schlimm, wenn diese Gargoyles vom Fluch erlöst würden – was immer das bedeuten mag? Haben wir es dann mit einer zweiten Plage zu tun?«

Silena und Grigorij tauschten rasche Blicke, dann setzte sich die Drachentöterin ihr gegenüber. »Was ich Ihnen jetzt sage, Misses Havock, darf diesen Raum nicht verlassen. Versprechen Sie mir das?«

»Warum sollte ich?«

»Es geht um mehr, als es den Anschein hat, und dieses Wissen könnte für sehr viel Unruhe sorgen. Selbst wenn die Schlacht gut ausgeht.« Silena suchte den Blick der Frau, die schließlich nickte. »Schön. Jetzt sollen Sie erfahren, weswegen ich Sie ins Vertrauen ziehe.«

Eine Stunde lang berichtete Silena einer erstaunten Leída Havock, was sich hinter dem Weltenstein, Auberts Schädel, der Feindschaft der Drachen und Gargoyles sowie dem drohenden Unheil verbarg, das sie und Grigorij befürchteten: die Apokalypse.

Leída hörte aufmerksam zu, bis der letzte Satz gesprochen war, dann lehnte sie sich zurück, schaute gegen die Decke und schwieg.

»Um Himmels willen: Sagen Sie etwas, Misses Havock!«, drängte Grigorij.

»Ich suche ein Wort, mit dem ich beschreiben könnte, was gerade in mir vorgeht«, sagte sie nachdenklich. »Ich bin keine Poetin und war auch niemals sonderlich gut, was den Umgang mit Sprache angeht, deshalb dauert es. Ich schwanke zwischen Erschütterung, Unglaube und Entsetzen.« Sie schnalzte unzufrieden mit der Zunge. »Nein, das trifft es auch nicht.« Leída richtete den Oberkörper wieder auf, sah zuerst zu Silena, dann zum Russen. »Jedenfalls müssen wir verhindern, was geschehen könnte.« Sie streckte die Hand aus. »Was immer dafür zu tun ist, ich bin dabei.«

Silena schlug ein. »Sie haben mir damit sehr geholfen. Nicht jeder hätte meiner Geschichte Glauben geschenkt.«

»Keiner könnte so lügen.« Leída grinste. »Außer mir vielleicht. Wie gehen wir vor?«

»Ich hoffe einfach, dass es uns gelingt, den Weltenstein vor allen anderen in unseren Besitz zu bringen. Dann ist schon viel erreicht. Sollten unsere Einheiten allerdings aufgerieben werden und es sich abzeichnen, dass der schlimmste Fall eintreten wird, brauchen wir einen Ersatzplan.«

Leída nickte. »Mir ist klar, was Sie meinen.« Sie stand auf, schlüpfte in die Kleidung und bereitete sich zum Aufbruch vor. »Damit ist die Nacht für mich zu Ende. Ich hoffe, dass ich genug Kaffee bekomme, um in der Schlacht die Augen offen halten zu können.«

Grigorij langte in seine Westentasche. »Ich hätte da etwas Besseres, Misses Havock. Ich brauche es nicht mehr.«

10. März 1925, Kiew, Zarenreich Russland
Silena schritt durch die menschenleeren, dunklen Straßen Kiews.

Nur selten entdeckte sie ein Licht hinter den Fenstern, denn wenige Menschen waren in der Stadt geblieben. Wind wehte lose Blätter umher und jagte die Wolken am Himmel davon.

Sie hatte gehofft, dass es nicht regnete, denn sonst wäre ein Luftkampf nicht eben leichter. Ihre Lederkleidung knirschte, und sie bewegte sich etwas ungelenk, weil sie über ihrer Fliegerkombination noch einen Anzug aus Drachenhaut trug, der ihr zusätzlichen Schutz vor möglichen Flammen bot. Die Saint besaß zwar eine geschlossene Kanzel, aber sie konnte durchaus zerstört werden.

Silena blickte nach Osten, wo sich der Himmel erhellte. Die Sonne verkündete ihr Nahen mit einem zarten Rosa, und sobald sie richtig zu sehen war, würde der Tanz beginnen.

Ihr fehlte jegliche Vorstellung, wie ein Massengefecht gegen Flugdrachen verlief. Bei einem einzelnen Gegner war es überschaubar, aber umringt wie von einem Bienenschwarm, hatte sie noch nie gekämpft.

»Siebenundzwanzig«, wiederholte sie die Zahl der heute gesichteten Drachen auf dem Triglav und zog die Handschuhe fester. Ein Höllentanz mit Dämonen und Teufeln auf dem kahlen Berg.

Grigorij hatte es sich nicht nehmen lassen, eine Schallplatte aufzutreiben und ihr Mussorgskys Stück vorzuspielen. Es passte. Es passte unglaublich gut zu diesem Stück Fels und zu dem, was sich darauf abspielte.

Silena erkannte die Saint, die startbereit am Ende der breiten Straße auf sie wartete. Die Bodencrew, die ihr der Erzbischof gesandt hatte, traf soeben die letzten Vorbereitungen und hielt darin inne, um die Drachentöterin salutierend zu grüßen.

Sie ließ es sich nicht nehmen, die wichtigsten Teile der Saint selbst zu inspizieren, darunter auch die Lanzenhalterung und die drei Lanzen, mit denen sie sich in den Kampf gegen die Drachen stürzte. Drei Versuche hatte sie, danach musste sie landen und neue Lanzen laden; dass die an den Tragflächen montierten Sirenen eine verstörende Wirkung auf die Wesen hatten, war bereits unter Beweis gestellt worden.

»Wo sind die Explosivspitzen für die Lanzen?« Silena sah auf den Fallschirm, den man ihr reichte, und lehnte ab. »Nein, den benötige ich nicht.«

Der Mann sah sie entsetzt an. »Großmeisterin, in dieser Schlacht mehr denn je!«

Sie lächelte. »Ich gehe davon aus, dass ich gegen die Teufel gewinne. Wenn nicht«, sie tippte gegen den Fallschirm, »wird der mir auch nichts mehr nützen.« Sie schwang sich in die Kanzel. »Die Explosivspitzen?«

»Es gab Schwierigkeiten bei der Herstellung. Sie werden mit den herkömmlichen vorliebnehmen müssen.«

»Na, das passt aber hervorragend.« Sie zog das große Kabinenfenster zu und verriegelte es von innen. Auf Knopfdruck erwachten die Heckmotoren und versetzten die Propeller in Drehung. Erst als sie merkte, dass die Saint nach vorne drückte, löste sie die Bremsen und gestattete ihr, Fahrt aufzunehmen.

Silena beschleunigte, bis die notwendige Geschwindigkeit erreicht war und sie die Nase der Saint nach oben zog. Gleichzeitig spürte sie das geliebte Kribbeln im Bauch, das sich jedes Mal einstellte, wenn sich Maschine und Erdboden voneinander trennten und sie in das Element Luft eintauchte. Hier galten andere Gesetze als am Boden.

Sie flog eine Schleife über Kiew, um sich die Stadt noch einmal anzusehen. Sie traute den Drachen durchaus zu, dass sie über sie herfallen und alles verwüsten würden.

Die Stadt sah wundervoll aus. Sie war zum größten Teil auf den Hügeln oberhalb des Dnjepr errichtet worden, und im alten Stadtkern am rechten Flussufer überragten Kirchen und die Ruinen von alten Schlössern und Befestigungsanlagen die Hügel.

Silena zählte etliche Kathedralen, sah das Perchersky-Kloster, das als eines der heiligsten Gebäude der russisch-orthodoxen Kirche galt, zahlreiche große Gebäude, Theater, Universitäten und andere

Bauwerke. Dazwischen gab es grüne Flächen und riesige Plätze. Hier war eines der Zentren gegen den Zaren gewesen, ehe er die aufkeimende Revolution niedergeschlagen hatte. Bis vor fünf Jahren hatte sich der Widerstand gegen die harte Hand des Herrschers in Kiew gehalten.

»Großmeisterin, wir sind gleich bei Ihnen«, hörte sie in ihrem Funkgerät, und schon schnellten drei weitere Saints an ihr vorbei, zogen in einer Pfeilspitzenformation über die Kathedrale hinweg und schlugen einen Bogen.

»Bestätigt.« Silena wusste, dass es gute Piloten waren – sie aber nichts gegen Drachen taugten. Sie hätten mindestens zwei Jahre benötigt, um sich mit den Tricks und Kniffen vertraut zu machen, die man einfach brauchte, um am Himmel gegen die Teufel zu bestehen. So waren sie bessere Hilfskräfte, die entweder als Ablenkung oder als Treiber dienten. Keiner von ihnen würde es wagen, sich mit der Lanze gegen einen Drachen zu werfen. »Ihnen allen viel Glück und klare Himmel. Bestätigen.«

»Negativ. Wir fliegen nicht im Verband?«

»Negativ. Das macht es für die Drachen nur einfacher. Jeder für sich allein, aber erst, nachdem unsere Verbündeten die schwersten Brocken unserer Gegner ausgeschaltet haben. Bestätigen.«

»Bestätigt. Woran erkennen wir unsere Verbündeten? Bestätigen.«

Silena sah die Sonne sich über den Rand des Horizonts erheben. »Schauen Sie nach rechts. Es sollten vier große Drachen sein. Bestätigen.« Sie drehte selbst den Kopf und war gespannt, was sie erkennen würde.

Vorneweg flog die Drachin, mit der sie gestern Nacht gesprochen hatte, und sie war tatsächlich rot. Ihr folgte ein krokodilähnlicher grauer Drache, dessen Schwingen im Vergleich zu ihren kümmerlich und klein wirkten; er glitt mehr dahin, als dass er flog. Unter ihnen rannte ein smaragdgrüner Drache, der sie an einen Waran erinnerte; er hatte keinerlei Schwierigkeiten, ihrem Tempo zu folgen. Der versprochene vierte fehlte.

Silena schwenkte die Saint, um auf gleiche Höhe mit Ddraig zu gelangen. Die lässigen, leichten Flügelschläge täuschten über die enorme Geschwindigkeit hinweg. Die rote Drachin musste ein uraltes Exemplar sein, wie sie an der Größe und an den tiefen Rillen in den Schuppen erkannte; die Narben und Kratzer darauf zeugten von etlichen Kämpfen gegen Artgenossen oder Drachentöter.

Ddraig wandte ihr den schlanken Kopf zu und funkelte sie mit den roten Augen an. *Es ist selten, dass sich unsere Arten so annähern, ohne dass sie sich angreifen.*

»Das wird sich bald ändern, wenn wir näher an den Triglav gekommen sind«, sagte Silena und wurde sich gleichzeitig bewusst, dass ihre Stimme nicht durch das Kanzeldach drang. Sie sah sich noch einmal um und benutzte die Spiegel, um hinter sich zu schauen. Es waren noch immer nur drei Drachen. »Sollten es nicht vier von euch sein?«

Ddraig verstand sie dennoch. *Drei von uns werden es auch tun.* Die Antwort klang ungehalten, und ohne zu viel hineindeuten zu wollen, nahm Silena an, dass sich einer der Altvorderen um den Kampf gedrückt hatte. Feiglinge gab es auch unter den Drachen. *Dieser Tag ist entscheidend für uns alle.* Ddraig richtete ihre Aufmerksamkeit wieder nach vorne. *Viel Glück.*

Silena zog die Saint senkrecht nach oben, ließ sie über den rechten Flügel um 180 Grad in einer halben Rolle kippen und flog zurück nach Kiew. Sie hatte Ddraig absichtlich keine guten Wünsche mitgegeben. »An alle: Fertig machen«, befahl sie über Funk, während sie knapp über die Dächer der Stadt brauste, um nach den aufgestellten, abmarschbereiten Einheiten zu sehen.

Die auf zehntausend Mann angewachsene Soldatentruppe des Zaren besetzte die Lastwagen und Fahrzeuge, sogar schwere Panzer mit kleinen Haubitzen befanden sich darunter. Was martialisch aussah und mit noch martialischerem Lärm auszog, würde als Erstes fallen. Silena bedauerte die Soldaten.

Sie wackelte mit den Flügeln, der alte Fliegergruß, als sie über die Truppen hinwegfegte, und zog wieder nach oben, wo die anderen Saints schwirrten.

Aus dieser Höhe erkannte sie die verschiedenen kleineren Einheiten von Drachentötern und Drachenjägern, die noch in der Nacht um den Triglav herum aufmarschiert waren und sich jetzt auf die Hänge zubewegten. Es würde ein harter Aufstieg werden, und gerade wenn sie die oberen Regionen passierten, wo das Blut geflossen war und die Leichenteile der Gefallenen aus der ersten Schlacht lagen, würde sich zeigen, wer Nerven besaß und wer nicht.

Der rote und der graue Flugdrache hatten die Festung erreicht und warfen sich sofort auf die kleineren Exemplare, die auf den Außenmauern saßen und zunächst nichts bemerkt hatten. Wie erfahrene Piloten waren Ddraig und ihr Begleiter aus der Sonne gekommen.

Die Drachin spie blaue Flammen gegen zwei Angreifer und brannte ihnen die Schädel vom Hals. Zuckend fielen die enthaupteten Leiber in den Burghof; heißes schwarzes Blut sprudelte aus den verkohlten Stümpfen und rann dampfend über den Stein.

Der graue Drache schnappte im Tiefflug nach seinen Feinden, und jeder Biss seiner breiten Schnauze zermalmte die Köpfe der Scheusale, als bestünden sie aus weichem Gebäck und nicht aus harten Knochen und Hornplatten. Bei dieser ersten Attacke verloren fünf von Mandrakes Verbündeten ihr Leben.

Silena schluckte. Hier zeigten sich die Unterschiede zwischen den jungen und alten Drachen deutlich.

Allerdings waren jetzt die Erfahreneren auf den Plan gerufen worden. Sie schwangen sich brüllend in die Lüfte und schleuderten verschiedenfarbige Flammen aus den Mäulern gegen den roten und den grauen Angreifer; beide verschwanden in der Feuerwolke, in der die Lohen zu einer dunklen, undefinierbaren Farbe verschmolzen.

Doch Ddraig und Iffnar stießen nach zwei Atemzügen wieder daraus hervor. Sie zogen helle Qualmwolken hinter sich her, doch mehr hatte der Angriff nicht gegen sie ausrichten können. Dafür warfen sie beide sich mit noch mehr Grimm gegen die Widersacher.

Inwischen hatte auch der waranartige Drache unter ihren Verbündeten die Festung erreicht und klomm unglaublich schnell über die Mauer, glitt in den Hof und sprang an den Hinterleib eines Flugdrachen, der eben aufsteigen wollte. Die langen, spitzen Zähne hobelten den Schuppenpanzer samt der Haut darunter ab, dann verhakten sie sich am rechten Hinterlauf – und durchtrennten ihn!

Aufkreischend stürzte der Flugdrache ab, schlug mit den Flügeln und stierte auf den Beinstummel, aus dem das Blut spritzte.

Damit gab sich der grüne Drache nicht zufrieden. Er schlich wie ein Fuchs geduckt an der Innenmauer entlang und zerrte den nächsten der jungen Drachen am Schwanz von der Mauer. Ehe dieser sich zur Wehr zu setzen vermochte, riss ihm der Drache die Kehle auf; gleichzeitig schlug der dünne, lange Schwanz nach einem heranstürmenden Feind und zerschlitzte ihm mit den scharfen, klingenartigen Enden den Wanst.

Silena sah zum ersten Mal, wie Drachen untereinander kämpften. Es hatte eine ungemeine Anziehungskraft, die Bestien dabei zu beobachten – diese Urgewalt und Kraft, die kein anderes Lebewesen auf der Erde besaß.

Ein Schatten in ihrem Rückspiegel erzwang ihre Aufmerksamkeit, sie musste sich auf ihre Umgebung konzentrieren. Hinter ihr flog einer der kleineren Drachen, der sie als Beute auserkoren hatte.

Für Silena bedeutete das kein Problem. Er war anscheinend unerfahren und noch nie gegen ein Flugzeug angetreten.

Silena rollte nach links um die eigene Achse und drückte die Saint der Erde entgegen, und als sie sich sicher war, dass der Drache ihr folgte, fing sie die Maschine ab und beschleunigte, bis sie einen Vorsprung herausgeholt hatte. Dann wendete sie mit einer halben Rolle um 180 Grad und kam der Kreatur entgegen.

Mit einem Knopfdurck wurde die Lanze ausgefahren, die Spitze ragte sieben Meter vor der Nase des Flugzeugs hinaus. Die entsprechende Markierung auf dem Cockpitglas zeigte ihr an, wo sich das Lanzenende befand.

Der Drache öffnete den Mund zu einem lauten Schrei und versuchte, unter der Saint hindurchzutauchen, doch sie konterte die Ausweichbewegung mit einem minimalen Manöver und jagte im rechten Winkel auf den Rücken des Drachen zu.

Sie rammte ihm die Lanze unmittelbar neben dem Rückgrat in den Leib; die Arretierung löste sich sofort und verhinderte, dass sich Maschine und Drache nicht voneinander lösen konnten. Silena zog die Saint senkrecht nach oben, weg von der sterbenden Kreatur.

Der Anpressdruck, der dabei entstand, stellte ihren Kreislauf wie immer auf eine harte Probe; ungewohnte oder untrainierte Menschen fielen bei solchen Manövern in Ohnmacht. Sie hatte sich einmal den Spaß gemacht und einen Spiegel vor sich montiert, um bei extremen Flugmanövern ihr eigenes Gesicht beobachten zu können. Sie hatte dabei vollkommen entstellt ausgesehen, alles hatte sich in

Falten gelegt. Sie hatte dabei an eine Figur aus einem Gruselkabinett denken müssen.

Im Rückspiegel verfolgte sie, wie der Drache sterbend der Erde entgegenstürzte und zwei lange, schwarze Linien hinter sich herzog. Es war das Blut, das aus den Wunden sprühte.

Silena legte die Saint wieder gerade und orientierte sich neu. Sie suchte nach Mandrake, konnte ihn aber nicht entdecken. Wenn es wahr war, was Ddraig ihr gestern gesagt hatte, befand er sich sicherlich irgendwo in der gestohlenen Festung und bereitete die Aufhebung des Fluches vor. Mit der Hilfe von Sàtra.

Sie verfolgte, wie eine der Saints mit Maschinengewehrfeuer Jagd auf einen kleineren Drachen machte und ihn durch die Luft vor sich hertrieb. Die Chancen, ihn damit zu töten, standen eins zu tausend, bei älteren Exemplaren war es völlig vergebens.

Der Pilot bemerkte in seinem Jagdfieber nicht, dass sich ein großer Drache senkrecht von unten auf ihn zubewegte. Zwar gab es das Spiegelsystem, das dem Flieger einen Blick unter den Rumpf erlaubte, aber er nutzte es offenbar nicht.

Bevor Silena ihn warnen konnte, prallte der Drache mit seinen langen Schädelhörnern gegen die Maschine und zerteilte sie in der Luft in zwei Hälften.

Das Heck mit dem Doppelmotor donnerte einige Meter weiter, bis die Propeller stehen blieben und es brennend nach unten sackte. Das Vorderteil trudelte ebenfalls nach unten. Die Kanzel wurde aufgeschoben und der Pilot sprang hinaus; um Haaresbreite verfehlte ihn dabei das um sich selbst kreiselnde Trümmerstück. Noch während sich der Fallschirm öffnete, schnappte sich ein Jungdrache den Mann und biss ihm die Beine ab.

Wütend über so viel Frechheit, brüllte ihn der größere Drache an und sandte ihm zur Warnung eine Lohe hinterher, dann schnappte er sich die Reste. Den Fallschirm zerrte er dabei hinter sich her, bis er die Schnüre durchbiss und die Ballonseide wie eine flache, weiße Wolke im Wind trieb.

»Dir wird der Hunger vergehen.« Silena betätigte den Mechanismus für die Ladetrommel unter der Saint, die nächste Lanze wurde ausgefahren. Sie setzte das schnelle Flugzeug schräg über den Drachen und öffnete die Luftdüsen für die Sirenen.

Aufgeschreckt durch das Kreischen, wandte er den Kopf.

In diesem Moment erhöhte Silena die Motorleistung und jagte nach unten. Mit etwa fünfhundert Stundenkilometern durchbohrte sie den hässlichen Schädel des Drachen, der geistesgegenwärtig zur Seite auswich. Damit ging die Lanze nicht durch das Gehirn, sondern durchbrach das Maul und verband Ober- und Unterkiefer miteinander wie eine überdimensionale Nadel.

»Scheiße!« Silena ließ die dritte und letzte Lanze herausschnappen und folgte dem verwundeten Monstrum. Jetzt war es doppelt so gefährlich.

Der Drache versuchte, mit Feuerspucken die Lanze zu verbrennen, aber die verstärkenden Eisenbänder hielten der Hitze stand. Die Flammen fuhren klein, aber sehr grell aus seinen Nasenöffnungen und erinnerten an Schneidbrenner; immer wieder sah er über die Schulter nach Silena und flog im Zickzack, um ihr den nächsten Angriff zu erschweren.

»Abdrehen!«, schrie Silena in ihr Mikrofon, um die Saint zu warnen, die auf der Flucht vor zwei kleinen Drachen die Bahn des Großen kreuzen würde.

Der Pilot versuchte, die bevorstehende Kollision zu verhindern, aber die Ausweichbewegung war zu spät eingeleitet worden. Er krachte mit vierhundert Stundenkilometern gegen den Leib des Drachen. Durch den Aufprall bohrten sich alle drei Lanzen in den Bauch der Kreatur. Die Saint wurde vollkommen zerstört und verging zu unzähligen Wrackteilen, der Drache erschlaffte und fiel wie ein Stein vom Himmel. Er krachte mitten in die Burg und brachte eines der kleineren Häuser zum Einsturz.

Silena schlug ein Kreuz und wünschte der Seele des verunglückten Piloten Erlösung. Es war eine material- und lebensvernichtende Weise, Drachen zu erlegen. Wirkungsvoll, doch unsinnig.

Sie flog Spiralen über dem Berg, die Saint dabei leicht zur Seite geneigt, um zu beobachten, was sich rund um den Triglav tat.

Drachentöter und -jäger hatten die Spitze fast erreicht und kämpften an verschiedenen Stellen bereits mit Drachen; auch die Soldaten vor dem Berg mussten sich mit allem, was sie an Waffen mit sich führten, gegen die Attacken von drei kleineren Drachen zur Wehr setzen.

Als die ersten gelben und grünen Lohen aus den Mäulern flogen und die vorderen Reihen der Truppen zu verkohlten Leichen und Asche verwandelten, war Silena sich sicher, dass keiner der Männer den Abend erleben würde, nicht einmal die Besatzungen der Panzer. Die erfahrenen Drachen kannten die Schwachstellen der stählernen Ungetüme: die Rohre und die Motoren. Einen Feuerstoß da hinein, und die Insassen wurden gegrillt wie Hähnchen in einer Backröhre.

Silena lenkte die Saint zurück nach Kiew. Sie wollte zwei Lanzen nachfassen und auftanken, die sinkende Treibstoffanzeige machte sie nervös. »Ich habe gleich gesagt, dass die Dinger einen größeren Tank benötigen«, grummelte sie und setzte auf der breiten Straße zur Landung an.

Kaum stand die Saint, rannte die Bodencrew herbei. Es wurde getankt und nachgerüstet, während Silena eine Flasche mit Wasser gereicht bekam.

Sie legte den Kopf zum Trinken in den Nacken, und dabei fiel ihr Blick auf einen verwitterten Gargoyle, der unter dem Dach einer schön anzusehenden Villa angebracht war und den First stützte.

Sie hielt inne. Ein silbriges Glühen lag auf der Statue, blaue Blitze jagten wie Elektrizität über den Körper. Die Augen leuchteten weiß auf, und die moosbewachsenen Finger lösten sich langsam vom Balken.

XXV.

»Ich schwöre, dass ich einen zehn Meter langen, braunschwarzen Drachen gesehen habe, der im Wald auf einer Lichtung saß und sich gesonnt hat. Um ihn herum sprangen vier hübsche junge Mädchen, die für ihn sangen und tanzten. Plötzlich hat er sich eine von ihnen geschnappt und mit einem Bissen verschlungen. Die anderen drei sangen weiter, als sei nichts geschehen. Schwarze Magie, sage ich. Diese Teufel beherrschen schwarze Magie, um den Verstand der Lebenden zu verblenden. Wer würde freiwillig einem Drachen dienen?«

Simone Wendner, Hausfrau

aus der Serie »Drachentöterinnen und Drachentöter
im Verlauf der Jahrhunderte«
Im »Münchner Tagesherold«, Königlich-Bayerisches Hofblatt
vom 4. August 1924

10. März 1925, Triglav, Kiew, Zarenreich Russland
Der Boden unter Arsènie bebte, weil ein Drache in den Burghof gestürzt und gegen die Mauer des Gebäudes geprallt war. Der Kampf um den Berg tobte mit aller Macht, und wenn sie es richtig einschätzte, standen die Aussichten für die Angreifer besser.

»Woher, zum Teufel, kommen diese drei Drachen?«, fragte sie Eris. »Sie machen mit so ziemlich all Ihren geschuppten Freunden kurzen Prozess.«

»Sie waren nicht vorgesehen, liebe Arsènie«, gab er missgelaunt zurück und verfolgte, wie eines der Flugzeuge einem seiner Verbündeten eine Lanze durch die Schnauze rammte. Er ballte die Fäuste. »Kümmern Sie sich nicht weiter darum, sondern bringen Sie die Gargoyles zum Leben!«

Arsènie nickte und wandte sich dem Schädel und dem Weltenstein zu. Bis auf eine Kleinigkeit hatten sie und Eris die Formel entschlüsselt – aber es fehlte ein Wort. Nichts wies im Schädel darauf hin, dass es sich einmal darin befunden hatte. Es gab keine Kratzspuren, keine Farbreste. Nichts.

»Wie komme ich an dein Geheimnis?«, fragte sie den Schädel und drehte ihn zum elften Mal hin und her, ohne etwas zu finden. Dann sah sie zum Weltenstein, nahm ihn in die Hand und wendete ihn ebenso. »Oder hast du es verborgen?«

Sie stülpte die Oberseite des Schädels, die man abnehmen konnte, auf den Weltenstein und sah durch das Loch, dann schob sie den Stein unschlüssig herum. Durch das Loch hatte man den Stein unmöglich herausbekommen, welchen Sinn ergab es also? Um das Gehirn des Toten abzusaugen und den Stein freizulegen? Aber dazu hätte man ebenso die Nase nehmen oder den Schädel gleich zerschlagen können.

Dieses Mal war das Beben näher bei ihnen, auf dem Hof erklang ein lauter Drachenschrei, der das Kreischen anderer Drachen überlagerte. Das Rauschen, das danach erklang, war das Feuer, das gespien wurde. Arsènie fühlte, wie die Wand in ihrem Rücken unvermittelt sehr heiß wurde und die einzelnen Quader knackten.

»Verflucht!« Eris eilte zur Tür. »Machen Sie weiter, liebe Arsènie. Ich werde nachsehen, warum meine Freunde es nicht schaffen, unsere Feinde aufzuhalten.« Er rannte hinaus.

Arsènie sah nicht auf, sie hatte den Eindruck, dass sie etwas auf der Spur war. Plötzlich fügte sich der Stein so genau in den Schädel, dass er sich nicht mehr bewegen ließ. »Aha«, meinte sie aufgeregt und sah wieder durch das Loch: Sie erkannte den Südpol.

Bei noch genauerem Hinsehen meinte sie eine Vertiefung zu erkennen. Rasch zog sie ihr Taschenmesser, drückte in die Kerbe, und ein deutlich vernehmbares Klicken ertönte. Auf der anderen Seite hatte sich ein Schlitz geöffnet und ein dünnes, pergamentartiges Streifchen Papier hervorgeschoben; darauf stand ein lateinisches Wort. »Ubique«, lachte sie auf. Damit war die Formel komplett. Übersetzt bedeutete sie:

DIENER, DIE IHR WART
DIENER, DIE IHR SEIN WERDET –
GENOMMEN SEI EUCH DIE STRAFE,
DIE WIR ÜBER EUCH GEWORFEN HABEN.

FOLGT MEINEM RUF UND GEHORCHT,
WO IMMER IHR EUCH BEFINDET:
STADT FÜR STADT,
LAND FÜR LAND,
WO ES AUCH NUR SEI.

Viel besser hätte es sich nicht fügen können. Sie war im Besitz der Formel – und ohne Aufsicht durch Mandrake.

Wenn sie eines wollte, dann sicherlich nicht, dass Europa in Schutt und Asche versank oder sich Drachen zu den offenkundigen Herrschern aufschwangen, denen sie sich beugen musste.

Arsènie nahm den Weltenstein in die Rechte, schob sich den Papierstreifen in den Mund und kaute ihn. Das alte Papier schmeckte furchtbar und zerfiel sofort, löste sich auf ihrer Zunge auf wie eine dünne Oblate.

Damit kannte niemand außer ihr die Formel.

Sie hatte jedoch ebenso wenig Lust, keinerlei Vorteil aus ihrer Entdeckung zu ziehen. Den Titel Impériatrice fand sie nach wie vor sehr reizvoll. Eine Armee aus Gargoyles sollte ihr dabei helfen, ihr Ziel zu erreichen.

Sie rannte aus dem Raum, lief hinauf in den obersten Stock und suchte sich das Zimmer aus, das keinerlei Fenster besaß. Dann warf sie die Tür ins Schloss und verriegelte sie.

Arsènie setzte sich hinter eine große Truhe, nahm den Weltenstein in beide Hände, schloss die Augen. »Ihr Geister des Jenseits, ich rufe euch! Wacht über mich und stürzt euch auf jeden, der durch diese Tür kommt«, beschwor sie ihre eigenen Verbündeten.

Erst als sich zwei fahle, gespenstische Figuren zeigten, die sich als Mister Walsh und Misses Deromina vorstellten und sich vor dem Eingang postierten, sprach sie die Formel.

Da sie nicht wusste, was sie sonst noch tun musste, gab sie etwas von ihrem Ektoplasma frei und schickte es durch die Fingerspitzen in den Drachenstein.

Er leuchtete sofort auf und erwärmte sich, doch mehr ereignete sich zunächst nicht.

Arsènie gab noch mehr von ihrer Energie in den Stein, bis die milchig-trübe Konsistenz sich wandelte und zu rauchfarbenem Glas wurde. Im Innern leuchteten funkelnde Punkte wie eingeschlossene kleine Sterne, und zwischen ihnen entstanden Verbindungslinien, die immer weiter zunahmen.

Je mehr Ektoplasma sie freisetzte und dem Stein spendete, umso mehr von diesen Fäden entstanden und woben ein dichtes Geflecht. Es sah wunderschön aus und fesselte Arsènie voll und ganz.

Es klopfte laut gegen die Tür. »Arsènie, sind Sie da drin?«, rief Eris.

Sie kümmerte sich nicht darum, sondern versorgte den Stein weiter mit Energie. Dabei wiederholte sie unentwegt die Formel. Sie spürte Schwindel, gleichzeitig nahm ihre Aufmerksamkeit ab. Hatte sie zunächst das Artefakt mit Ektoplasma versorgt, zapfte es sie jetzt rücksichtslos an und nutzte sie gegen ihren Willen als Quelle.

Es rumpelte, und die Tür bekam einen langen Riss, durch den Eris schaute. »Ich sehe Sie doch, Arsènie. Warum haben Sie das Zimmer verlassen?« Ein weiterer Schlag, und der Eingang wurde freigesprengt, Trümmerteile flogen bis zur anderen Seite des Raumes. »Sie hintergehen mich doch nicht etwa, Arsènie?«

Sie verstand ihn kaum, sie war schwach wie nach einer zweiwöchigen Fastenkur. Halb bewusstlos sackte sie zusammen und fiel gegen die Wand. So sehr sie sich bemühte, ihre Fingerspitzen lösten sich nicht mehr vom Weltenstein.

»Das nehme ich Ihnen äußerst übel. Ich werde mir eine Strafe ausdenken, die Ihnen nicht gefallen wird.« Eris setzte einen Fuß in das Zimmer.

Sofort stürzten sich Mister Walsh und Misses Deromina auf ihn.

10. März 1925, Kiew, Zarenreich Russland

»Gargoyles!« Silena warf die Wasserflasche aus dem Cockpit und zog das Dach zu. »An alle: Die Gargoyles sind erwacht! Nehmt sie euch erst dann vor, wenn sie euch angreifen. Erst dann, keinesfalls vorher. Bestätigen.« Sie hatte die Einschränkung absichtlich erlassen, um ihre eigenen Verbündeten zu schonen. Noch war der Pakt zwischen Cyrano und seinen verbliebenen Kämpfern nicht aufgekündigt.

Sie startete die Motoren der Saint, um sie in die Luft zu bekommen, bevor die Gargoyles sich auf sie stürzen konnten. Sie hatte keine Ahnung, wie viele Verfluchte in den nächsten Minuten durch das Zutun von Sàtra erwachen und sich in den Kampf werfen würden. In ihren schlimmsten Vorstellungen waren sie Legion.

Im Anrollen sah sie den Gargoyle von seinem Aussichtspunkt springen und auf dem Tankwagen landen. Er schlug ein Loch in den Behälter, und der Treibstoff ergoss sich gluckernd auf die Straße.

Die Bodencrew eilte in alle Richtungen davon, während zwei Soldaten nach dem Gargoyle schossen, um ihn an weiterem Unheil zu hindern.

Die Kugeln trafen, ohne ihn zu verletzen. Fauchend hielt er einen Arm vor die weißen Augen, ein Querschläger traf irgendetwas Metallisches und entzündete das Benzin.

Die Saint hielt genau darauf zu. Silena erhöhte den Schub, um die Flammenwand schnell zu durchstoßen.

Zur ihrer Rechten sah sie Grigorij rennen, er winkte in ihre Richtung. »Was macht er denn hier?«, murmelte sie. Eigentlich hätte er bei einer Abteilung von Drachentötern und auf dem Weg zum Gipfel sein sollen. Kurz vor der Flammenwand brachte sie die Saint zum Stehen, öffnete die Kanzel. »Was ist los?«

»Ich will mit dir fliegen.« Er rannte auf die Maschine zu und machte sich daran, den Flügel zu erklimmen und zu ihr ins Cockpit zu steigen.

»Das geht nicht«, rief sie. »Die Saint ist ein Einsitzer ...« Sie legte die Rechte an den Griff, um das Cockpit zu schließen.

Es rumpelte, und das Flugzeug wippte, weil es auf der anderen Tragfläche einen weiteren Besucher erhalten hatte: den Gargoyle.

»Das haben wir davon«, fluchte sie und zog die Luger aus dem Achselholster, aber Grigorij stürmte an ihr vorbei.

»Ich erledige das«, rief er und sprang mit den Füßen voran gegen das Wesen, das ihm nun entgegengelaufen kam. »Gib Gas, Silena! Oder wie immer man bei Flugzeugen sagt.«

Die Art des Angriffs überraschte den Gargoyle derart, dass er mit beiden Füßen getroffen wurde. Grigorij prallte von ihm ab und fiel der Länge nach auf die Tragfläche, während das Wesen nach hinten geschleudert wurde; aufbrüllend stürzte es vom Flügel und verschwand.

»Komm rein!« Silena beschleunigte und legte die Saint in die Kurve. Die Bewegung genügte, um den Fürsten in das Cockpit rutschen zu lassen. Sie zog das Glasdach zu und steigerte die Treibstoffzufuhr. Eine Tragfläche der Saint huschte durchs Feuer, aber da die Hülle aus Drachenhaut bestand, konnten die Flammen keinen Schaden anrichten.

Grigorij lag halb auf Silena und grinste, ehe er versuchte, irgendwo einen Flecken zu finden, wo er weniger im Weg war. »Verzeihung, Silena. Es war nicht der Versuch, dich näher berühren zu dürfen.«

»Setz dich in den Fußraum, zieh die Beine an und halte dich von allen Hebeln fern, die du hier siehst.«

Grigorij kauerte sich auf das nackte Metall, der Steuerknüppel zwischen den Beinen, und wenn Silena sich nach vorn beugte, berührten ihre Brüste seinen Hinterkopf. »Es tut mir leid, dass ich Schwierigkeiten mache, aber es muss sein«, erklärte er.

»Eine Vision?«, mutmaßte sie sofort.

»Ja. Ich habe den Weltenstein gesehen, und er war aktiviert. Und ich sah außerdem, wie man ihn abschalten kann.«

Silena sah den erwachten Gargoyle wieder. Er tauchte vor ihnen auf, schwang etwas, das an einen Laternenmast erinnerte. Wenn das Eisen in einen Propeller geriete, wäre die Saint fluguntauglich. Aber es gab noch eine Art, wie sie sich zur Wehr setzen konnte.

Sie schob die Schutzkappe auf dem Steuerknüppel zur Seite und betätigte den Auslöser für die Maschinengewehre. Die 08/15er röhrten auf, es dröhnte gewaltig im Cockpit, und Grigorij hielt sich in einem Reflex die Ohren zu.

Die Salven trafen das Wesen und prallten gegen den Oberkörper, wo sie zahlreiche kleine Löcher hinterließen. Silena lenkte die Saint mehr nach rechts, sägte eine Linie in den Gargoyle und zerfetzte ihm mit der Wucht der Projektile den linken Arm. Dann beschleunigte sie und fuhr die Lanze aus.

»Was tust du da?«, erkundigte sich Grigorij beunruhigt.

»Halt den Kopf unten, Grigorij.«

Die Lanze wollte sich in die Brust des Gargoyle bohren und zerbarst daran. Er stemmte sich dagegen und hielt dem Druck zunächst Stand. Zentimeter um Zentimeter des Holzes zersplitterte, die Eisenbeschläge verbogen sich und schoben den Gargoyle rückwärts über die Straße. Die langen Klauen zogen Furchen in den Teer – bis die Wucht ausreichte, um den Stein zu sprengen.

Als die Saint abhob, donnerte sie über die auf der Straße verteilten Überreste des Gargoyles hinweg.

Was Silena sah, jagte ihr Schauder über den Rücken.

An vielen Stellen Kiews erhoben sich Wesen in den Morgenhimmel, unter ihnen sprangen groteske Kreaturen durch die Straßen oder von Dach zu Dach. Sie kam auf etwa dreißig Gargoyles, die von der Macht des Weltensteins und durch die Magie von Arsènie zum Leben erweckt worden waren. »Mehr als lebendiger Stein«, sagte sie. Sie ahnte, warum es so viele waren. Cyrano hatte die Tage genutzt, um weitere seiner versteinerten Freunde nach Kiew zu schaffen.

Es ergab keinen Sinn, im Tiefflug über Kiew hinwegzudonnern und sich auf die Jagd zu begeben. Sie war eine Drachentöterin, und ihre Talente an diesen Wesen auszutoben, wäre reine Verschwendung. »Saint drei, bestätigen.«

»Hier Saint drei, Großmeisterin.« Die Stimme klang sehr angespannt, und das Heulen der Motoren verriet ihr, dass der Pilot die Maschine mit höchster Geschwindigkeit flog.

»Ich brauche Sie in Kiew. Machen Sie Jagd auf die befreiten Gargoyles. Ich wiederhole: Machen Sie Jagd auf die befreiten Gargoyles.«

»Hatten Sie nicht angeordnet, dass ...«

»Diese Biester greifen uns an«, unterbrach sie ihn. »Das wird nicht eher enden, bis wir ... den Verantwortlichen dafür erledigt haben. Machen Sie Tontaubenschießen, Saint drei, und halten Sie der Armee den Rücken frei. Bestätigen.«

»Bestätigt, Großmeisterin. Ich bringe Ihnen was mit.«

Silena näherte sich wieder dem Triglav und sah die Maschine auf sich zukommen. Hinter ihr und mit einigem Abstand folgte ein großer, weißer Drache mit zwei Köpfen.

»Er wird nach links abtauchen«, sagte Grigorij abwesend.

»Was?«

»Der weiße Drache, der auf uns zufliegt. Er wird nach links abtauchen und uns von hinten angreifen«, wiederholte er.

Silena warf einen Blick auf die montierten Spiegel. Nein, er konnte nicht sehen, was vor der Schnauze der Saint geschah.

»Ich bin ein Hellseher, Silena«, rief er belustigt.

»Das sehen wir gleich.« Sie hatte beschlossen, sich auf Grigorijs Ankündigung einzulassen, und verlangte von der Maschine ein sehr abruptes, hartes Abwärtsmanöver. Gleichzeitig ließ sie die Lanze hervorschnellen.

Im selben Moment änderte der Zweiender seine Flugbahn, und die Lanze versenkte sich in den linken Hals, durchstieß ihn und bohrte sich dazu noch in den Leib. Wie festgenagelt war der Kopf nach hinten gebogen, und das schwarze Blut sprudelte zwischen den Schuppen hervor.

Der andere Kopf des Zweienders wandte sich ihnen zu. Gleich darauf verschwand der Himmel in einer roten Feuerwolke, die Silena die Sicht raubte. Grigorij beobachtete, welche verschiedenen Färbungen das Feuer hatte und einmal orange, dann fast zinnoberfarben erschien.

Fluchend lenkte sie die Saint aus dem Drachengruß, und der Himmel kehrte zurück. Zwei rote Lämpchen blinkten auf ihrem Armaturenbrett, die Hitze in den Motoren war empfindlich gestiegen. »Wieso hast du *davon* nichts gesagt?«, sagte sie zu ihm.

»Das habe ich nicht gesehen.« Er zuckte zusammen. »Nach rechts, sofort!«

Silena fragte nicht einmal, sie tat, was er ihr sagte.

An der schräg gestellten Tragfläche zischte ein zerfetzter Drachenkadaver vorüber, sein sprühendes Blut prasselte als schwarzer Regen gegen die Saint und traf auf das Glasdach. Ohne Grigorijs Warnung wäre ihnen der Leichnam unmittelbar auf die Kanzel geknallt.

»Unter uns ist einer. Pass auf, sonst ...«

Allmählich hasste Silena es, Grigorijs Stimme zu vernehmen. Die Maschinen liefen auf gedrosselter Kraft, also setzte sie auf Abschreckung. Sie betätigte einen Hebel, und die Verschlüsse vor den Sirenen schwangen zur Seite.

Der blaue Drache, der ihnen mit ausgestreckten Hinterläufen und greifbreiten Klauen entgegenkam, änderte seine Route und stieß einen gequälten Schrei aus; die gelben Flammen verfehlten sie glücklicherweise.

»Das war gut. Noch mehr Hitze, und die Motoren hätten angefangen zu brennen. Dann wollen wir ...« Entgeistert verstummte sie.

Was zuerst wie schwarze Schleierwolken am Horizont wirkte, entpuppte sich mit einem Mal als Flug der Gargoyles. Die schwingengerüsteten Exemplare trugen diejenigen, die nicht fliegen konnten, hin zum Triglav. Wieder andere stürzten sich auf die Truppen des Zaren und begannen ein Gefecht mit den Soldaten, und an den Hängen befanden sich die ersten Drachentöter im Kampf mit den steinernen Wesen.

»Beim Allmächtigen!« Silena sah, wie die Saint 3 bei einem erneuten Angriff auf einen fliegenden Pulk selbst Opfer wurde. Zwei Gargoyles gelang es, sich auf den Tragflächen zu halten. Gemeinsam rissen sie das Dach des Cockpits weg, packten den Piloten und schleuderten ihn wie eine Puppe davon. Das führerlose Flugzeug dirigierten sie beim Absturz so, dass es in die Fußtruppen stürzte und in einer Detonation verging.

»Sie werden uns kriegen«, sagte Grigorij.

»Sei ruhig!«, schrie sie ihn an und ging in einen mörderischen Steigflug über. »Hier Saint vier. Plan B. Bestätigen.«

»Plan B bestätigt. Widerruf innerhalb zehn Minuten möglich. Bestätigen.«

»Bestätigt.« Silena wollte noch etwas sagen, doch da erklang ein lautes, metallisches Kreischen. Beide Motoren waren ausgefallen, und die Beschleunigung endete abrupt.

Für einen kurzen Augenblick hatten Silena und Grigorij das Gefühl, dass sie schwebten, ehe die Saint auf die Erde zustürzte.

Eris wurde von der Wucht des Angriffs überrascht.

Es half nichts, dass er die Arme zur Abwehr erhob, denn die Geistergestalten kümmerten sich um solche Widerstände herzlich wenig.

Er wurde von ihnen angehoben und rückwärts aus der Tür geschleudert. Nach nicht weniger als sieben Metern Flug prallte er gegen die Wand und rutschte auf den Boden.

»Verdammte Tote.« Er sprang auf die Füße und wollte seine menschliche Hülle abwerfen, um sich ihnen als schwarzer Drache zu stellen – den diese harmlosen Kreaturen aus Nichts keinesfalls aufhielten. Es durfte nicht angehen, dass sich Arsènie seiner Verbündeten bediente. Alles geriet durch diese Frau in Gefahr, er würde den Raum mit schwarzem Feuer fluten und notfalls auch den Weltenstein opfern, bevor die Situation gänzlich aus dem Ruder lief.

Die Faust eines Giganten brachte die Wandseite, an der er stand, zum Einsturz, und ein lautes Brüllen erklang.

Eris fiel zusammen mit dem einbrechenden Boden nach unten und sah dabei die breite, lange Schnauze eines grauen Drachen vor sich erscheinen. Er ließ seiner wahren Gestalt freien Lauf, um dem ersten echten Gegner gegenüberzutreten.

Iffnar, rief er grimmig. *Du bist zu spät, um mich aufzuhalten.* Rasend schnell wuchs sein Körper, die sechs Hälse wucherten in die Höhe, an deren Enden die Schädel wie fleischige Knospen wuchsen. *Und genau rechtzeitig, um als Erster von den Altvorderen zu sterben.* Er schob sich unter dem Schutt hervor.

Der Burghof war übersät mit Drachenkadavern und Gargoyleteilen, zwischendrin sprangen Menschen umher und kämpften gegen kleinere Drachen. Sie stellten sich geschickt an, Eris erkannte sie als Drachentöter, und am anderen Ende machte eine Schar Drachenjäger einem angeschlagenen Exemplar den Garaus.

In der Luft ging der Kampf weiter. Überall sirrten kleine und große Gargoyles umher, wurden gejagt oder jagten. Sie warfen sich zu mehreren gegen die Drachen und hockten auf ihnen wie Ameisen auf einer scheinbar unbezwingbaren Beute. Mitunter hielten sie Waffen in den Händen, die aus den Raubzügen in den Museen stammten.

Eris verfluchte Arsènie und schalt sich selbst, sie aus den Augen gelassen zu haben. Dabei war ihm klar, dass sie ihn erneut hintergehen würde. Dafür würde sie sterben. Später. Erst war Iffnar an der Reihe.

Ich hatte dir vertraut! Ich habe für dich bei den anderen gesprochen, und du hast mich hintergangen! Der graue, gewaltige Drache schlug mit dem Schwanz nach ihm und sprang gleichzeitig nach vorn; die Schnauze klaffte auseinander und legte das immense Gebiss frei. *Der Drachenrat betrachtet mich beinahe als einen ebenso großen Verräter wie dich.*

Eris gelang es nicht mehr, dem stürmischen Doppelangriff auszuweichen.

Iffnars Schnauze bekam drei Hälse auf einmal gepackt und riss sie aus. Der Schwanz traf ihn an der linken Seite und warf ihn gegen das Haus, das daraufhin zu einem großen Teil einstürzte. *Ich lasse nichts mehr von dir übrig, Verräter!* Iffnar spie die Hälse aus, das Blut färbte Unterkiefer und Hals.

Eris schrie mit seinen verbliebenen drei Mäulern und überzog den Feind mit schwarzem Feuer, was Iffnar zum Aufbrüllen brachte. Seine Schuppen qualmten weiß, es stank, und die Augen tränten. Halb blind schlug er wieder mit dem Schwanz zu und kappte einen weiteren Hals, stieß graues Feuer nach Eris und hechtete im Schutz der heranrollenden Flammenwalze gegen ihn.

Aber Eris befand sich nicht mehr dort.

Er hatte die Flügel ausgebreitet und die heiße Luft dazu genutzt, sich davontragen zu lassen. Auf einen körperlichen Schlagabtausch durfte er sich nicht mit Iffnar einlassen, an Kraft und Panzerung war der andere ihm überlegen.

Die Schmerzen, die durch seinen Körper rasten, brachten ihn zum Brüllen; knirschend bildeten sich neue Wirbelfragmente, die Stummel wuchsen in die Länge, Fleisch und Muskeln legten sich darum, und die eben abgebissenen und abgeschlagenen Hälse regenerierten sich innerhalb einer knappen halben Minute.

Währenddessen zog Eris Kreise, krümmte sich und schrie seine Qualen hinaus. Nicht einmal die Gargoyles wagten sich an den schwarzen Drachen heran, der zu stark und zu gereizt war. Sie lauerten auf eine bessere Gelegenheit und beschäftigten sich stattdessen weiter mit den Feinden am Boden und in der Luft.

Eris sah, dass sie sich auch auf den angeschlagenen Iffnar warfen. Er erkannte Cyrano, der eine mächtige Keule in den Fingern hielt und sich damit auf den breiten Kopf des grauen Drachen stürzte.

Bereits mit dem ersten Schlag brachen die Hornplatten über dem Schädel. Iffnar schüttelte sich; er machte einige unbeholfene Schritte und entfaltete die kleinen Flügel, um sich vom Triglav in die Tiefe zu stürzen und davonzugleiten.

Die übrigen Gargoyles zerschlitzten ihm die Haut, brachen ihm die Knochen und beraubten ihn seiner bescheidenen Flugfähigkeit. Iffnar schnappte um sich, zermalmte zwei von ihnen und konnte den kräftigen Cyrano doch nicht abschütteln. Der nächste Keulenhieb brach die lange Schnauze ab, Blut rann aus dem Maul.

Eris lachte. *Das wird nichts mit deiner Rache.* Seine Hälse und Köpfe waren nachgewachsen, er stürzte sich pfeilschnell nach unten, um den grauen Drachen von oben zu packen und ihm den Nacken zu brechen. Es war wichtig, dass Iffnar ihm zum Opfer fiel und er ihn auffraß. Nur so bekam er einen weiteren Kopf und stieg in der Hierarchie unaufhaltsam nach oben.

Eris achtete nicht auf die Gargoyles, die auf dem Widersacher herumsprangen und ihn zu spät bemerkten. Die kräftigen Hinterbeine schlugen sich in den Nacken und den Kopf des Drachen, wo er ohnehin eine Verletzung hatte. Die Hornplatten zerbrachen, der Schädel verformte sich und sackte zusammen; die Augen wurden aus den Höhlen gedrückt, und aus dem Maul schwappte eine unglaubliche Menge Blut.

Iffnar zuckte nicht mehr einmal, das Gehirn war zerstört.

Eris fraß mit vier Köpfen gleichzeitig, während sich zwei immer wieder umschauten und Gargoyles, die sich heranwagten, mit schwarzen Flammen auf Abstand hielt. Niemals in seinem Leben hatte er so rasch gefressen.

Und während er sich durch die weichen Innereien wühlte und sie verschlang, nahmen seine eigenen Schuppen eine neue Färbung an. Die Schwärze verlor sich mehr und mehr.

Grigorij wurde ihnen zum Verhängnis.

Da er nicht wie Silena angeschnallt war, wurde er durch jede neue Bewegung der Saint in eine andere Richtung geschleudert und rollte im Cockpit umher. Mal hing er an der Glaskanzel, mal lag er quer über den Instrumenten – Silena hatte nicht einmal mehr den Hauch einer Chance, den beschädigten Flieger zu steuern.

»Zum Teufel, halt dich an irgendetwas fest, Grigorij!«, schrie sie ihn schließlich an und packte ihn im Nacken. »Ich muss unseren Sturz abfangen!«

Er klammerte sich an sie, sie sah seine blauen Augen dicht vor ihren. »Verzeih mir«, flüsterte er – und küsste sie auf den Mund. Zwei, drei Sekunden lang.

Sie fand es nicht unangenehm, genoss das Prickeln in ihrem Nacken, die Gänsehaut, die auf ihren Armen entstand, und die Leichtigkeit im Magen. Silena hatte lange darauf gewartet und sich ein wenig nach einer solchen intimen Berührung gesehnt. Allerdings fand sie den Moment unpassend.

Als er den Kopf zurückzog, bemerkte sie zu spät, was er tat: Er öffnete das Dach und wurde sogleich hinausgeschleudert, auch die Glaskuppel riss ab und trudelte davon.

»Grigorij!« Silena griff nach ihm, bekam seinen Schuh zu fassen und verlor ihn gleich wieder. Der Russe war weg.

Die Saint wirbelte und drehte sich immer noch, tanzte wie eine zu schwere Feder im Wind. Silena zwang sich, die Maschine abzufangen, was jetzt keinerlei Schwierigkeiten mehr bedeutete. Es gab nichts, was sie dabei behinderte.

Im Gleitflug hielt sie auf den Triglav zu, über dem weitere Maschinen auftauchten; sie trugen das Emblem des Zaren und beharkten die Gargoyles und Drachen sofort mit ihren eingebauten MGs. Sie hatten offenkundig den Befehl erhalten, so viel Ablenkung wie möglich zu schaffen, um die Einheiten am Boden zu entlasten.

Das alles kümmerte Silena nicht. Mit Tränen in den Augen flog sie die Saint, ließ die nächste Lanze nach vorn rutschen und durchbohrte einen von Eris' Verbündeten, der vor ihr aufgetaucht war. Ohne die Motorengeräusche gab es keine verräterischen Laute, welche die Drachen warnten.

Das nachfolgende Ausweichmanöver gestaltete sich als sehr schwierig, der sich im Todeskampf aufbäumende Drache schlug nach ihr, und ein Teil der rechten Tragfläche bekam einen langen Riss. Die Saint sackte nach rechts, genau auf einen Dreiender zu.

Sie sah das rote Feuer, das aus seinen Mäulern flog und auf sie zuhielt. Es blieb ihr nichts anderes übrig, als sich tief nach vorn zu beugen und im Cockpit abzutauchen, die Luft anzuhalten und auf den schützenden Effekt ihrer Spezialkleidung zu hoffen.

Es wurde glühend heiß um sie herum, es fauchte und knisterte.

Silena schrie. Aus Angst, aus Wut und aus Trauer um Grigorij.

Blind hielt sie die Saint auf Kurs und ließ die nächste Lanze ausfahren. Sie würde mit der Maschine zusammen sterben und diesen Dreiender auf jeden Fall mit in den Tod nehmen.

Die Hitze verschwand, und sie wagte es, sich aufzurichten.

Der Dreiender erschien groß wie eine Felswand vor ihr und versuchte, sich mit schnellen Flügelschlägen aus der Bahn des Flugzeugs zu bringen.

Silena löste den Gurt, stellte sich in den Sitz und zog ihr Schwert. Wenn sie beim Aufprall gegen den Drachen geschleudert würde, wollte sie ihn mit der Klinge voran begrüßen und durchbohren. Ganz nach der Art des heiligen Georg.

Das Flugzeug raste in den Drachen und perforierte dessen Brust. Das Monstrum schrie auf.

Aber bevor sie gegen den geschuppten Leib prallte, wurde sie von einer roten Kralle an der Schulter gepackt. *Du wirst mir nicht sterben, Silena. Erst erfüllst du deine Aufgabe.*

Sie erkannte Ddraig und sah nach oben zu der Drachin, die aus verschiedenen kleineren Wunden blutete.

Du musst dafür sorgen, dass der Zauber endet. Finde denjenigen, der ihn aufrechterhält, und töte ihn. Ohne magische Energie kann er sich nicht weiter ausbreiten. Ddraig beschrieb einen Bogen, hängte zwei Gargoyles ab und setzte Silena auf der Ruine des Haupthauses ab, ehe sie sich auf den sechsköpfigen schwarzen Drachen warf, der den grauen zu zwei Dritteln verzehrt hatte. Sie flog durch das schwarze Feuer, das er ihr entgegenschnaubte, und riss ihn von den Beinen. *Du musst die Gargoyles auf unsere Seite ziehen.*

Silena sah, dass auch der warangleiche smaragdene Drache tot war. Viele kleine Gargoyles sprangen auf ihm herum und stachen unablässig auf ihn ein.

Inzwischen hatten sowohl Drachentöter als auch Jäger ihre Vorbehalte aufgegeben und kämpften im Burghof Rücken an Rücken gegen die kleineren Drachen. Leída stand in der Mitte und koordinierte die verbliebenen Männer und Frauen.

»Hilfe!«, kam der schwache Ruf aus der Ruine, auf der sie sich befand. Der Stimme nach handelte es sich um Arsènie.

Silena folgte dem Klang, bewegte sich vorsichtig an den Bruchkanten entlang und lauschte. Sie nahm den Geruch von verbranntem Fleisch wahr und dachte sich zunächst nichts dabei. Das Schlachtfeld befand sich in unmittelbarer Nähe. Doch er wurde stärker, und als sie eine Tür öffnete, fand sie dahinter einen Raum, in dem Arsènie stand. Teilweise war die Decke eingebrochen, große Balken hingen in den Raum, aber der Boden bewahrte sich noch eine gewisse Tragfestigkeit.

Das Medium sah zu Silena, hob bittend die Arme. »Helfen Sie mir, Großmeisterin!«, bat sie wimmernd.

Silena würgte. Der Weltenstein hatte eine enorme Hitze entwickelt und die Hände der Frau verbrannt. Die Fingerkuppen waren nichts anderes als schwarze Stummel, die allmählich zerfielen; das übrige Fleisch bestand aus einer einzigen rohen, rotschwarzen Masse; Brandblasen zogen sich die Arme hinauf bis zum Gesicht. Ihre Kleidung schmorte an verschiedenen Stellen und stand kurz vor der Selbstentzündung.

»Hören Sie auf, ihn mit Kraft zu versorgen!«, befahl Silena und machte einen Schritt in den Raum.

»Es geht nicht!«, rief Arsènie gequält. »Er saugt mich aus! Er nimmt sich mein Ektoplasma.« Sie kam auf Silena zu, die Hitze wanderte mit ihr. »Tun Sie etwas, bei allen Heiligen!«

Silena hob einen Holzstab vom Boden auf, der einmal als Teppichhalterung gedient hatte, und holte zum Schlag aus, um den Weltenstein wegzudreschen.

»Halt!« Grigorij sprang in den Raum. Seine Haare waren zerzaust, die Schulter blutig, aber er war am Leben.

»Du?« Silena hielt inne.

Er schenkte ihr im Vorbeigehen ein Zwinkern. »Wir werden Ihnen erst helfen, wenn Sie die Gargoyles auf die Drachen hetzen«, verlangte er dann von Arsènie. »Ich kenne einen Weg, den Weltenstein auszuschalten ...«

»Dann tun Sie es!«, kreischte sie und starrte auf die Fingerkuppen, unter denen die blanken Knochen zum Vorschein kamen. »Es frisst mich auf!«

»Die Gargoyles, Arsènie!«, brüllte er sie an. »Auf der Stelle!«

»Und zwar auf alle Drachen«, fügte Silena hinzu.

Sie schloss die Augen, ihre Lippen bewegten sich lautlos, während dicke Tränen unter den Lidern hervorrannen und sich dabei rot färbten. Sie besaß kein Wasser mehr im Körper, also schied der Leib aus, was er noch geben konnte. »Sie ziehen sich zurück.«

»Silena, sieh nach, was draußen vor sich geht«, bat er angespannt.

Sie lief zur Tür hinaus und schaute von der Ruine auf den Burghof. »Es stimmt!«, jubelte sie. Die Wesen ließen von den Menschen ab, kümmerten sich auch nicht mehr um die arg dezimierten Flugzeuge, sondern einzig um die Teufel, ganz gleich in welcher Gestalt. Aber es waren nicht mehr viele von ihnen übrig, auch die Diener hatten im Kampf gegen ihre alten Herren starke Verluste erlitten. Es waren höchstens zwanzig, und unter ihnen befand sich auch Cyrano.

Sie eilte zurück ins Zimmer. »Sie hat ihr Wort gehalten. Hilf ihr, Grigorij.«

»Sehr gern.« Er kniff die Augen zusammen, weil er sich der Hitze näherte, holte aus und verpasste Arsènie einen gewaltigen Kinnhaken, sodass sie rückwärts taumelte und mit dem Kopf gegen die Wand schlug; bewusstlos rutschte sie auf die Bretter.

Das Leuchten im Drachenstein erlosch auf der Stelle, er fiel aus ihren Fingern und rollte über den Boden, genau vor Silena, die verwundert auf das Artefakt starrte.

»So einfach ist das?« Sie lachte auf.

Er ging auf sie zu, hob den Stein auf und reichte ihn ihr. »So einfach ist das. Es war nur leider keiner in ihrer Nähe, der das hätte tun können.« Er sah zu der regungslosen Französin. »Cyrano hat mich aufgefangen und abgesetzt. Er sagte mir, was zu tun ist, auch wenn ich denke, dass er mit *ausschalten* eigentlich *umbringen* meinte.« Er betrachtete seine Faust. »Ich habe noch niemals eine Frau geschlagen. Aber es tut ebenso weh.«

»Dafür sah es gekonnt aus.« Silena verstaute den Stein in einer Tasche unter ihrer Weste und gab Grigorij einen Kuss auf den Mund. Dabei berührte sie zärtlich seine Stirn und verließ das Zimmer.

Er sah nach der schnell atmenden Arsènie, von der er fest annahm, dass sie ihre Brandwunden nicht überstehen würde. Bedauern spürte er keines.

Dann folgte er Silena. Der Kampf gegen die Drachen näherte sich dem Ende, und das wollte er nicht verpassen.

XXVI.

»Fazit: Das Officium muss aufgelöst und die Drachenbekämpfung in die Hände der Allgemeinheit gegeben werden. Allein das Volk besitzt als Ganzes die Macht, diese Drachen mit einem Schlag aus der Welt zu schaffen. Nur dann sind wir sie los. Und wenn wir die Drachen besiegt haben, sind die Könige Europas an der Reihe.«

Alexander Lenin

aus dem Bericht »Das Officium –
Die heimliche Macht«
in »Kommunistische Wahrheit«
vom 6. September 1924

10. März 1925, Kiew, Zarenreich Russland

Eris wurde von Ddraigs Angriff zur Seite gefegt, dennoch beschäftigten sich vier seiner Köpfe noch immer mit Schlingen; gleich hatte er es geschafft.

Genieß das Mahl. Es ist dein letztes, Gorynytsch. Ddraig schlug mit dem Flügel nach ihm, trieb ihn zurück und schob sich vor Iffnars Kadaver. *Selbst ein Mensch besitzt mehr Verstand als du. Wie konntest du annehmen, dass dein Plan gelingen würde?*

Eris musterte sie, die Hälse fächerten auseinander wie ein Pfauenschweif und suchten nach einer Möglichkeit, die letzten Bissen zu ergattern. *Noch hast du nicht gewonnen.* Doch bemerkte er, dass die Gargoyles plötzlich ihr Verhalten änderten. Sie ließen von den Menschen ab und stürzten sich ausschließlich auf seinesgleichen. Arsènie war tot. *Willst du die Stunde des Sieges unseren Sklaven und Dienern überlassen?*

Nein. Doch ich werde erst gehen, wenn ich dich zerfetzt habe. Ddraig beugte sich nach vorn und spie ihr blaues Feuer gegen ihn – doch es richtete nichts aus! *Was geht hier vor?* Sie betrachtete seine Schuppen, die an vielen Stellen dunkelrot schimmerten und das Schwarz verloren hatten. Da sprang sie ein Gargoyle an, und sie musste nach hinten schnappen, um sich ihn vom Rücken zu pflücken, bevor er mit seiner Lanze zustechen konnte.

Das genügte Eris.

Alle sechs Köpfe schnellten vor, drei von ihnen bekamen Drachenbrocken zu fassen und schlangen sie hinab, während er sich aufrichtete und ebenfalls die Flügel ausbreitete.

Damit ist es vollkommen. Er wartete auf die Schmerzen, die den siebten Hals und Kopf ankündigten, und öffnete seine Mäuler, aus denen rötlichgelber Dampf stieg.

Die verbliebenen Gargoyles umringten ihn, sie interessierten sich nicht mehr für Ddraig. Cyrano landete auf der Mauer, schwang das Zepter des Marduk. »Wir werden schon bald alle frei sein, Gorynytsch, und die Ära der Drachen beenden, aber du wirst es nicht mehr erleben.«

Wer will mich aufhalten? Ein angeschlagener Diener und seine zwanzig lumpigen Freunde?, lachte ihn Eris aus; die Heiterkeit schwang um in ein Stöhnen, und die sechs Drachenhäupter schrien voller Qual auf.

Nein. ICH! Ddraig schnappte und biss ihm dabei vier Hälse durch, die rasiermesserscharfen Zähne schnitten durch die weichen Schuppen, Haut, Fleisch und Knochen; sich windend und ringelnd rutschten sie über den Stein.

Eris schrie auf, brach in die Knie, und Ddraig biss erneut zu: Noch ein Hals fiel.

Silena kam an der Spitze der vereinten Drachenjäger und -töter angelaufen, an ihrer Seite folgten Grigorij und sogar Onslow Skelton. Sie hielten Abstand zur Drachin, auf ihren Gesichtern stand die Entschlossenheit, die Gefahr, die von Eris ausging, ein für allemal auszuschalten. »Es wird dein letzter Tag auf Erden, Teufel«, rief ihm Silena entgegen, die nun einen Speer in der Hand hielt. »Haltet euch bereit«, rief sie nach hinten, und Leída nickte.

Macht euch nicht lächerlich, sondern nutzt die Gelegenheit, euch mir zu unterwerfen, bevor ich zum Herrscher über Europa aufsteige. Die Halsansätze ragten bereits aus den Wunden hervor, und ein weiterer bildete sich soeben aus.

»Arsènie kann dir nicht mehr helfen!« Silena nahm das Amulett mit dem glühenden Eisensplitter ab und wickelte es um ihre Speerspitze. Es hatte dem heiligen Georg geholfen, nun würde es ihr helfen, dieses Monstrum zu erlegen.

Ich weiß, aber ich brauche sie nicht. Es gibt andere wie sie. Alles, was ich benötige, ist der Drachenstein. Eris ächzte auf. *Du hast ihn, Silena. Ich spüre es.* Er machte einen Schritt auf sie zu. *Gib ihn mir, und alles ist vergessen. Wir werden gute Freunde sein.*

Silena hob den Speer. »Das ist das Einzige, was du von mir bekommen wirst«, versprach sie.

Skelton trat neben sie. »Außerdem müssten Sie mit mir darüber verhandeln, Mister Mandrake. Ich bin der Bevollmächtigte des Museums, wenn Sie so möchten.« Er wandte sich an die Drachentöterin. »Dürfte ich das Eigentum meiner Mandanten bitte ausgehändigt bekommen, Großmeisterin?« Er hielt ihr die ausgestreckte Hand entgegen.

Sie starrte ihn an. »Das ist nicht Ihr Ernst, Mister Onslow?«

Menschen! Ihr seid so lustig, wenn man gar nicht damit rechnet! Eris lachte und klang dabei äußerst gereizt.

»Das ist mein voller Ernst. Weiß ich denn, ob Sie den Kampf überleben?« Onslow zwinkerte nicht, seine Mundwinkel blieben starr, und es lag nicht einmal andeutungsweise ein Lächeln auf seinem Gesicht. »Großmeisterin, bitte. Sie tragen viele Millionen Pfund in Ihrer Tasche herum, deren Ausgabe ich Hamsbridge & Coopers ersparen ...«

Genug davon! Eris' beide Köpfe stießen nach unten und schnappten zum einen nach Onslow, zum anderen nach Silena.

Sie stieß aus einem Reflex heraus mit der Lanze in den riesigen Rachen und ließ sich fallen. Gewaltige Kiefer prallten gegen den Boden, ohne sich zu schließen, und damit rammte sich der Drache die Lanze selbst durch den Gaumen ins Gehirn; das rötlichgelbe Leuchten in den Pupillen endete, und der lange Hals erschlaffte. Der Kopf fiel auf die Seite, und rasch kroch sie darunter hervor, zog den Speer hinter sich her.

Silena hatte die Schwachstelle entdeckt: Da es nichts nachzuwachsen gab, blieb der Kopf tot. Sie erlaubte sich einen Triumphschrei und sah nach dem verbliebenen zweiten Schädel.

Ihr stockte der Atem: Onslow hing mit dem Arm, in dem sich der Drachenknochen befand, zwischen den Zahnreihen und wurde von Eris geschüttelt, doch der Arm ließ sich nicht durchtrennen.

»Greifen wir an!«, rief Silena, hob den Speer in Richtung Cyrano, um ihm zu zeigen, dass die Attacke begann, und schaute zu Ddraig. »Noch haben wir einen Pakt!«

Ich weiß. Die Drachin schlug mit dem Schwanz nach Eris.

Gargoyles, Menschen und die Drachin stürzten sich auf Gorynytsch, der zurückwich und seinen toten Kopf einem geknickten Stängel gleich hinter sich herschleifte. Er hielt den Briten noch immer im Maul, dann öffnete er seine Fänge, um Feuer zu speien.

Er hatte nicht mit Onslow Skelton gerechnet. Anstatt sich fallen zu lassen, langte er in die Zahnreihen und schwang sich auf die dünne, lange Zunge.

Was danach geschah, verstand keiner: Er packte sie mit beiden Armen, bog sie nach hinten, bis sie aus dem Fleisch riss und stopfte sie Eris in den Schlund. Das schwarze Blut besudelte ihn, heiß und tödlich überschüttete es ihn – und verletzte ihn nicht. Dunkler Rauch kräuselte aus dem Hals, das Feuer gelangte nicht bis nach oben.

Der Drache schüttelte sein Haupt, würgte, doch er bekam keine Luft, während die Menschen und Gargoyles genügend Gelegenheiten hatten, über ihn herzufallen.

Cyrano drosch mit dem Zepter auf das rotschwarze Haupt ein, Silena rammte den Speer in die Seite und traf das Herz. Ächzend wankte der Drache und brach unter dem lauten Jubel von Gargoyles und Menschen zusammen; dumpf krachte es, als der schwere Körper zu Boden fiel, und ein Beben lief durch den Triglav.

Silena gönnte sich nur ein kurzes Lächeln, hob die Lanze und zielte dorthin, wo Ddraig gestanden hatte. Doch die Drachin war bereits nichts mehr als ein Schemen am Himmel. »Geflüchtet«, sagte sie enttäuscht und senkte ihre Waffe.

»Sie war zu geschwächt für einen Kampf gegen uns alle.« Cyrano landete neben ihr. »Wir machen Jagd auf sie, wenn auch unsere Wunden verheilt sind.«

Silena drehte sich zu dem getöteten schwarzroten Drachen um. Vier Köpfe waren stummelhaft nachgewachsen, die anderen beiden lagen wie tote Schlangen da. »Das gibt es doch nicht!«, entfuhr es ihr.

Onslow stieg aus Eris' Schnauze. Das Einzige, was an ihm gelitten hatte, war seine Kleidung, die vom Drachenblut verätzt an ihm herabhing. »Es hat Vorteile, wenn man den Knochen eines Drachen in sich trägt«, meinte er müde, wankte und setzte sich auf ein Mauerstück.

»Sie haben das mit Absicht getan! Sie wollten, dass er Sie verschlingt«, verstand Grigorij und lachte auf. »Mister Skelton, Sie sind mir ja ein Held!«

Onslow grinste. »Ich wusste, dass ich ihm nur Schwierigkeiten bereiten kann, wenn er mich nahe an sich heranlässt. Er wusste nicht, wozu ich in der Lage bin.« Er hielt wieder die Hand in Richtung Silena. »Kann ich bitte jetzt den Drachenstein bekommen, Großmeisterin?«

»Wir wussten das auch nicht, Mister Skelton.« Grigorij zog seinen Handschuh aus und schlug ein. »Lassen Sie sich gratulieren, Sir. Sie haben ...« Die blauen Augen weiteten sich, er ließ die Finger los und machte zwei Schritte rückwärts. »Oh, mein ...« Er sah gehetzt zu Silena. »Töte ihn!«, raunte er panisch.

»Was?« Sie sah ihn verwirrt an.

Onslow stand langsam auf. »Was haben Sie denn, Fürst?«

Leída näherte sich mit zweien ihrer Leute, auch die Drachenheiligen kamen herbei. »Welch ein Sieg über die Drachen!«, rief sie von weitem. »Die Kadaver werden uns viel Geld einbringen.«

»Sie gehören dem Officium«, entgegnete Brieuc, einer der Drachentöter. »So ist das Gesetz.«

»Das kümmert mich überhaupt nicht.« Leída wandte sich ihm zu. Keiner hatte bemerkt, dass sich der Russe merkwürdig benahm.

»Silena, töte ihn, bevor es zu spät ist!« Grigorij zog seine Waffe und schoss das Magazin leer, die Kugeln drangen in Brust und Kopf des Versicherungsdetektivs.

Doch es störte den Mann nicht. Er packte Silena bei der Kehle und drückte zu, mit der anderen langte er unter ihre Jacke und suchte nach dem Stein; dabei veränderten sich seine Augen, die Pupillen bekamen Schlitze.

»Du hast meinen Vater Groszny getötet«, zischelte er. Die Haut über seinem Gesicht platzte ab, darunter kamen schwarze Hornschuppen zum Vorschein. »Jetzt bekomme ich meine Gelegenheit, ihn zu rächen und größte Macht zu erlangen.« Er zerrte die Tasche mit dem Weltenstein unter ihrer Weste hervor. »Ich hatte schon beinahe nicht mehr daran geglaubt, seit ich für die Altvorderen nach ihm suche.« Er drehte sich, damit er Menschen und Gargoyles im Blick hatte. »Zurück mit euch!«

Silena keuchte. Niemand wagte, etwas zu tun, solange sie sich in seinen Klauen befand. »Ddraig ...«

Er schüttelte den Kopf. »Sie kennt mich nicht als Mensch. Vouivre ist der Einzige von ihnen gewesen, der um mein Geheimnis wusste. Irgendwann beschloss ich, dass ich sehr gut selbst mit der Macht umgehen kann, die der Weltenstein verleiht.« Er lachte und zeigte Reißzähne. »Der künftige Herrscher über Europa wird Pratiwin heißen.« Er entriss ihr die Tasche und schleuderte sie gegen Cyrano und Grigorij. Sie fiel, der Russe fing sie auf.

Zwei Gargoyles sprangen auf den Drachen zu, der sich mehr und mehr verwandelte, aber seine schnellen Schläge sandten sie tot auf den Boden des Hofs.

»Ich habe es zu spät gesehen«, entschuldigte Grigorij sich bei Silena. »Erst eben, als ich ihn berührte ...«

Sie hielt sich an ihm fest. »Wie spät ist es?«, fragte sie. Er sah sie verständnislos an.

Pratiwin packte den Weltenstein aus. »Wer sich rührt, wird sterben! Lasst mich gehen, und ich gewähre euch das Leben!«

»Wie spät?«, verlangte sie harsch zu wissen.

Grigorij zog seine Taschenuhr hervor und wollte es ihr eben sagen, da erklang ein leises Pfeifen, zu dem sich rasch weiteres gesellte. Es wurde lauter und lauter, und es näherte sich rasend schnell. Von oben.

Dann explodierte unmittelbar hinter Pratiwin die erste von zahllosen Bomben, welche die Cadmos aus sechstausend Metern auf den Triglav abgeworfen hatte.

Die Druckwelle katapultierte Pratiwin nach vorn, direkt auf die Menschen und Gargoyles zu.

Silena sah ihn auf sich zukommen, packte den Speer mit dem Eisensplitter der Georgslanze und rannte ihm schreiend entgegen, während um sie herum immer mehr Detonationen stattfanden.

Unmittelbar vor dem Zusammenprall stellte sie das hintere Ende auf den Stein, fixierte mit dem Fuß den Schaft und zielte auf den breiten Brustkorb des sich verwandelnden Drachen.

Er befand sich im Übergang von Mensch zu Monstrum und zeigte sich damit in einer besonders grotesken Form, mehr als doppelt so groß wie Cyrano, der Kopf verformt und die Arme überlang mit mächtigen scharfen Krallen.

Dann stießen sie zusammen.

Die hellblau leuchtende Spitze durchbrach den Schuppenpanzer und drang in das Herz. Dann trat die Klinge auf dem Rücken neben der Wirbelsäule in einem Blutschwall aus.

Pratiwin schrie gellend und gab die Tasche mit dem Weltenstein frei. Da die Waffe keinen Fanghaken besaß, rutschte er den Schaft entlang und schlug mit beiden Armen nach Silena. *Ich töte dich, Mensch! Ich sterbe nicht allein!*

Einer Attacke entging sie, aber die andere streifte ihren Hals, und das Blut spritzte aus der Schlagader.

Sie ließ den Speer los, zog ihr Schwert und trennte ihm den rechten Arm ab, der wieder nach ihr zuckte. Dann schlug sie ihm den echsenhaften Kopf von den Schultern. »Aber du stirbst«, krächzte sie und brach in die Knie. »Das ist sicher.«

So sehr sie versuchte, das sprudelnde Blut mit ihren Fingern aufzuhalten, es gelang ihr nicht. Sie rollte auf den Rücken, und die gewaltigen Bombenexplosionen um sie herum wurden leiser und leiser.

Silena schaute in das Blau über sich, vor dem die Wolken zogen, dann erschien Grigorijs Gesicht vor ihr. Ein Schrapnell hatte seine Wange aufgeschlitzt. »Du weinst ja«, flüsterte sie und streckte die Hand nach ihm aus. »Meinetwegen?«

Er nahm ihre Finger und küsste sie. »Nein.«

»Du Lügner.« Sie lächelte, und plötzlich waren ihre Schmerzen verschwunden. Sie fühlte sich federleicht, drehte den Kopf etwas.

»Schau«, hauchte sie. »Klare Himmel.« Dann verließ sie die Kraft.

21. April 1925, München, Königreich Bayern, Deutsches Kaiserreich

»Ich trauere mit Ihnen, Fürst.« Erzbischof Kattla stand in der Eingangshalle des Officiums, wo er den ungewöhnlichen Gast begrüßte und davon absah, ihm die Hand zu geben. Keine gute Idee bei einem Hellseher. »Wir haben eine sehr gute Drachentöterin verloren, ich eine außergewöhnliche Frau, die ich mein ganzes Leben lang kannte, und Sie eine gute Freundin.«

Grigorij, entgegen seiner sonstigen Angewohnheit in einen schlichten schwarzen Gehrock gekleidet und mit einem hohen schwarzen Zylinder auf den Locken, verneigte sich. Die dunkelrot getönte Brille machte es schwer, etwas von seinen Augen zu erkennen. »Danke.« Er sah sich um, lässig auf den Gehstock gestützt. »Ich gestehe, dass Ihr Angebot mich neugierig gemacht hat.«

Kattla deutete auf eine Tür, die zu einem Besprechungsraum führte, damit Außenstehende nicht lange durch das Gebäude am Marienplatz wandeln mussten. »Die Jagd nach dem Weltenstein ist leider noch nicht zu Ende.«

Er ließ dem Russen den Vortritt und bedeutete ihm, sich an den kleinen Tisch zu setzen. Eine Angestellte brachte ihnen Kaffee und verließ den Raum wieder.

Der Erzbischof betrachtete ihn. »Das Officium hätte ihn gerne in seinem Besitz, um ihn sicher zu verwahren, Fürst. Nirgends wäre er sicherer verwahrt als bei uns.«

Grigorij roch an dem Kaffee, zog einen Flachmann hervor und schüttete eine grüne Flüssigkeit hinein. »Das Officium besteht derweil aus ... sind es elf oder zwölf Drachentöter, Exzellenz?«

»Elf«, antwortete Kattla säuerlich.

»... elf Drachentötern.« Er kostete und nickte. »Mir erscheint Ihre Aussage ein wenig gewagt, Exzellenz.«

»Wir haben gute Freunde gefunden.« Der Erzbischof setzte sich.

»Na, so würde ich es nicht unbedingt nennen. Nur weil sich sieben Gargoyles dem Officium angeschlossen haben, kann man nicht von Freunden sprechen.« Grigorij zog die Brille ab und betrachtete den Mann eingehend. »Wir hatten Glück, dass Arsènies magische Energie oder ihr Können bei weitem nicht ausreichten, den Fluch auf einen Schlag zu lösen. Er kroch mehr über das Land, als dass er flog. Stimmt es, dass Cyrano und einige andere dieser Wesen in Leída Havocks Dienste getreten sind?«

»Ja. Zu uns kamen die vom Weltenstein Erweckten, die Freien entschieden sich für die Drachenjäger«, erklärte Kattla freimütig. Es freute ihn, dass er dem Fürsten Fragen beantworten konnte. »Sie helfen uns, um sich ihre eigene Freiheit zu sichern. Denn wenn jemand den Weltenstein findet, müssten sie ihm gehorchen.«

»Verständlich. Ich würde dasselbe tun«, erwiderte Grigorij mit einem knappen Lächeln. »Außerdem schwächen sie sich damit selbst, indem sie sich spalten, nicht wahr?«

»Sie erraten genau meine Gedanken.«

»Tja.« Grigorij seufzte. »Also, Sie haben keinen Hinweis auf den Weltenstein in der Nähe des Triglavs gefunden?«

»Nein, Fürst. Nachdem die Cadmos, die sich – wie Sie wissen – wieder in unseren Händen befindet, endlich das Bombardement eingestellt hatte, war von der Spitze des Berges und der Festung nahezu nichts mehr übrig.« Er trank ebenfalls von dem Kaffee. »Da können wir froh sein, dass die Gargoyles alle Überlebenden so rasch in Sicherheit flogen.«

»Ich bin Cyrano bis ans Ende meiner Tage dankbar, Exzellenz. Ihm und Gott.« Grigorij deutete ein orthodoxes Kreuzzeichen an. »Was macht Sie so sicher, dass es den Weltenstein überhaupt noch gibt? Ich meine, die Cadmos hat Tonnen von Bomben abgeworfen.«

Kattla langte unter sein schwarzes Gewand, nestelte ein Kästchen hervor und schob es in die Mitte des Tisches. »Ich werde es öffnen und Sie den Inhalt berühren lassen, wenn Sie einen Kooperationsvertrag mit uns eingehen, Fürst.«

Zadornov lehnte sich neugierig nach vorn. »Ist das etwa ein Splitter davon?«

Kattla zuckte mit den Achseln, machte ein unbeteiligtes Gesicht und sagte: »Ja.« Er erschrak über das Wort, das seinen Mund verlassen hatte. Obwohl er nicht wollte, bewegten sich seine Lippen weiter.

»Man fand ihn etwas unterhalb der Nordseite des Triglavs. Es war reiner Zufall, dass er zu uns gelangte. Wenn Sie ihn berühren, erhalten wir Gewissheit, was mit dem Stein geschehen ist.« Er langte nach dem Telefonhörer neben sich. »Schicken Sie bitte Herrn Kleinhuber herein«, sagte er.

Der Fürst grinste. »Haben Sie Angst vor mir, Exzellenz?«

»Eine Vorsichtsmaßnahme. Ihre blauen Augen entlocken mir zu viel, und das würde ich gern durch eine zweite Person verhindern lassen.« Er schaute absichtlich an ihm vorbei gegen die Wand. »Doch es spricht für Sie und Ihre Fähigkeiten.«

»Welche die Kirche anzweifelt. Ebenso wie Magie.«

»Ich bin das Officium, Fürst. Meine Aufgabe ist es, Drachen zu vernichten. Seit der Schlacht vor Kiew darf ich in der Wahl meiner Mittel nicht mehr kritisch sein. Solange es mir hilft, die Teufel zu vernichten, ist beinahe alles erlaubt.« Kattla runzelte die Stirn. »Es ist besser, wenn wir erst weitersprechen, sobald Herr Kleinhuber da ist.«

»Gern.« Grigorij trank von seinem Kaffee und zog die Brille wieder auf. »Die vielen Toten«, meinte er bedauernd.

»Sie starben nicht umsonst. Ohne sie wäre die Welt am Abgrund. Und dabei hat die Welt nicht einmal gemerkt, wie knapp sie vor dem Untergang stand. Vor der Apokalypse.« Der Erzbischof schüttelte sich. »Der Papst wird in Absprache mit dem Zaren und Vertretern der Ostkirche aus Triglav einen Wallfahrtsort machen, damit die gefallenen Drachentöter ihre Anerkennung und Anbetung erfahren.«

»Die Gebeine …«

»Es gibt keine Gebeine mehr auf dem Triglav. Die Bomben der Cadmos haben alles pulverisiert. Spätestens nach dem Abwurf der Brandbomben sind die Toten zu Asche verbrannt.« Er bekreuzigte sich. »Mögen sie Frieden finden.«

»Amen«, sagte Grigorij aufrichtig. »Eines noch: Wie passt in all die Selbstlosigkeit und Aufrichtigkeit der Drachentöter denn der Verrat der Großmeisterin, die mit Gorynytsch in Edinburgh gemeinsame Sache machte? Wie hat die Öffentlichkeit darauf reagiert, nachdem die Zeitungen berichteten?«

»Es stellte sich heraus, dass es sich dabei nicht um die echte Großmeisterin handelte. Wir haben Leas Leichnam an anderer Stelle gefunden. Gorynytsch benutzte gern seine eigenen Gefolgsleute, wie auf dem Michael's Mount, um die Umgebung zu täuschen.« Kattla sprach, als hätte er die Erklärung schon tausendmal abgegeben, sie klang eingeübt und leidenschaftslos. »Wir nehmen an, dass er Leída Havock absichtlich am Leben ließ, damit sie den scheinbaren Verrat mit anhörte und davon berichtete. Das Officium sollte in Misskredit geraten.«

Die Tür öffnete sich. Ein langer, hagerer Mann betrat das Zimmer und wurde als Kleinhuber vorgestellt.

»Haben Sie sich entschieden, Fürst?« Kattlas Zeigefinger legte sich auf den Deckel. »Sie müssen begreifen, dass Sie quasi eine moralische Verpflichtung haben, uns bei der Suche zu helfen. Stellen Sie sich vor, der Weltenstein fällt wieder in die Hände eines Mediums, wie es diese Sàtra war. Alles begänne von vorne.«

Grigorij betrachtete das Kästchen. »Sie vergessen, dass die Formel mit ihr untergegangen ist.«

»Aber sie wurde zuvor ausgesprochen. Vielleicht genügt es, wenn man den Weltenstein mit neuer Energie füttert? Und wir reden eben nicht nur von Gargoyles. Wir reden von Magie.« Kleinhuber legte die Hände zusammen und musterte ihn wie ein Lehrer seinen aufsässigen Schüler. »Das darf nicht sein. Und was, wenn er in die Hände eines Drachen geriete?«

Grigorij sah über den Glasrand und fing Kleinhubers Blick. »Die Altvorderen sind doch vernichtet worden. Die rote Drachin wurde von einem Ihrer Gargoyles erschlagen, wenn ich richtig gehört habe?«

Der Sekretär nickte – und wirkte dabei erschrocken.

»Schauen Sie ihm nicht in die Augen«, mahnte Kattla scharf und leise.

»Dann ist doch alles in bester Ordnung.« Grigorij stand auf. »Meine Herren, ich empfehle mich.«

Der Erzbischof erhob sich. »Fürst, Sie müssen uns helfen!« Kleinhuber sprang auf und stellte sich vor die Tür.

Langsam wandte sich der Russe um und betrachtete Kattla. »Oder sonst tun Sie was, Exzellenz? Hetzen Sie die Inquisition auf mich?«

»Wenn es sein muss, ja.« Kattla reckte das Kinn. »Entweder sind Sie für oder gegen uns.«

»Dann bin ich wohl gegen Sie.« Er drehte sich zu Kleinhuber, hob den Gehstock und schob den Mann mit dem Griff zur Seite. »Zu schade, dass ich dem Officium immer einen Schritt voraus sein werde.« Er drückte die Klinke hinab. »Sie wissen ja: Ich bin ein Hellseher.« Grigorij tippte sich an den Zylinderrand und spazierte hinaus, durchquerte die Halle und trat hinaus in die Frühlingssonne.

Auf dem Marienplatz tummelten sich viele Menschen. Einheimische und Fremde streiften umher, saßen in den Cafés, liefen um die aufgebauten Marktstände und betrachteten die Auslagen. Man flanierte und genoss den Frühling.

Grigorij setzte sich in Bewegung und verschmolz mit dem Strom. Wie er dahintrieb, so flossen auch seine Gedanken, bis er seinen schwarzen Horch am Straßenrand geparkt sah; er setzte sich in den Fond des Stadt-Coupés. »Zum Bahnhof.«

Das Automobil setzte sich in Bewegung.

Er sah aus dem Fenster, nahm den Flachmann hervor und goss die grüne Flüssigkeit aus. Gefärbtes Wasser. Die anderen sollten ruhig denken, dass er sich immer noch von Absinth und Haschisch ernährte.

»Es ist nach wie vor die Vision, Knjaz?«, wurde er gefragt.

»Ja. Sie hat mich einfach sehr beunruhigt.« Er konzentrierte sich auf die Bilder, um jede Einzelheit zu erkennen. »Da war Arsènie, von ihren Brandwunden genesen, in einem dunklen Zimmer. Sie hat mit Auberts Schädel gespielt. Und gleich darauf habe ich diesen einäugigen, silbrigweißen Wurmdrachen gesehen, der einem seiner Sklaven eine Einladung an die Französin diktiert hat, sie doch einmal zu besuchen.«

»Nichts Neues, Knjaz?«

»Nein.« Er grübelte. »Aber seitdem frage ich mich, was diese Bilder sollten. Arsènie ist tot, nichts ist den Bomben entkommen – vielleicht ein Blick in die Vergangenheit?« Grigorij polierte den Griff seines Stocks. »Und ich frage mich: Wenn zaubernde Drachen ein magisches Organ im Kopf haben, wie verhält es sich mit zaubernden Menschen?«

»Das kann ich nicht beantworten. Dazu hätte man Madame Sàtra finden müssen, Knjaz.« Der Horch hielt neben dem Eingang zum Bahnhof an, Grigorij wurde die Tür geöffnet. »Wir sind da.«

»Vielleicht sind es meine schlimmsten Ängste. Und wir wissen beide seit der Schlacht am Triglav, dass meine Visionen sich nicht immer erfüllen müssen.« Er schwang sich ins Freie und winkte einen Träger herbei. »Hören Sie doch auf, mich Knjaz zu nennen, Oberst Litzow.«

Der Mann grinste, fuhr sich über den Schnurrbart und zwirbelte die Enden in die Höhe. »Es gebührt Ihnen. Ich halte es nur für sehr höflich. Außerdem haben Sie viel für einen alten Soldaten getan.«

»Und ich bin geehrt, dass Sie bei mir mitmachen.« Grigorij lächelte ihn an und klopfte ihm auf die Schulter. »Kommen Sie, unser Zug wartet. Ihnen wird Ihre neue Aufgabe gefallen. Ich habe einen Luftschiffhangar in Cardington aufgetan, in dem Sie Zigarren bauen können, die doppelt so groß wie die Cadmos sind.«

Der Hauptmann strahlte. »Das werde ich, Knjaz.«

Sie schritten den Bahnsteig entlang, wandelten durch weißen Wasserdampf und stiegen in die Wagen der ersten Klasse, wo Grigorij zwei Abteile gemietet hatte. Er wünschte Litzow eine gute Fahrt und verschwand in seinem Abteil.

»Du bist spät dran.« Silenas Stimme klang vorwurfsvoll. Sie saß neben dem Fenster, vor dem die Vorhänge zugezogen waren. »Ich dachte schon, das Officium hätte dich doch auf seine Seite gezogen.«

Sie stand auf. In dem weißen Kleid sah sie unglaublich elegant aus. Der breitkrempige, geschwungene Hut in Beige verdeckte ihr Gesicht bis zum Kinn. Eine bessere Maskerade für sie, die Frau, die man ansonsten nur in Hosen gesehen hatte, gab es nicht.

»Mich? Wo die schönste, klügste und beste Frau der Welt auf mich wartet?« Er nahm sie in die Arme, ihre Lippen trafen sich zu einem langen, liebevollen Kuss. Er öffnete die Augen und sah die Narbe an ihrem Hals, das Andenken an Pratiwin. »Niemals. Auch wenn ich sie in dieser Aufmachung kaum erkannt hätte.«

Silena lachte. »Das geht hoffentlich allen so.« Sie nahm den Hut ab und legte ihn auf die Ablage.

Grigorij löste sich von ihr und schlüpfte aus dem Gehrock, dann streifte er die Schuhe ab. »Ah, das wird eine lange Fahrt.«

»Wir werden uns die Zeit schon vertreiben.« Silena grinste vieldeutig. Sie fühlte sich unglaublich erleichtert, das Officium verlassen zu haben. Es war kein Ort mehr, an dem sie sich geborgen gefühlt hätte. Das bedeutete für sie jedoch nicht, dass sie das Schlachtfeld verließ. Eine dritte Front wurde eröffnet, abseits von Drachentötern und Drachenjägern.

»Nicht doch«, meinte Grigorij gespielt entsetzt. »Der gute Litzow ist direkt nebenan.« Er lockerte den Hemdkragen, öffnete den obersten Knopf und warf sich gegen sie; zusammen landeten sie auf dem weichen Polster. »Aber ich denke, er hört sowieso nicht mehr gut.« Wieder küssten sie sich. »Du siehst unbeschreiblich glücklich aus.«

»Und es täuscht dich nicht.« Sie lächelte. »Es war eine gute Idee, mich auf dem Triglav sterben zu lassen.«

Er hob den Zeigefinger. »Wir haben sie im Glauben gelassen, dass du gestorben bist. Ein feiner Unterschied«, verbesserte er ernst. »Wie gut, dass mir in Kiew noch einige Leute einen Gefallen schuldeten.« Grigorij fuhr mit dem Finger über ihren Nasenrücken. »Bereust du es nicht, das Officium verlassen zu haben?«

»Ich habe kein Vertrauen mehr. Lieber jage ich die Drachen auf eigene Rechnung und im Namen meines Vorfahren.« Silena betrachtete liebevoll sein Gesicht. Dann schluckte sie, denn sie spürte etwas Furcht vor der Frage, die sie ihm zu stellen gedachte. »Willst du mich heiraten, mein Fürst?«

Er lachte auf. »Du bist unglaublich. Das wollte ich dich fragen.«

»Ich weiß. Deshalb bin ich dir zuvorgekommen.« Sie schlang die Arme um seinen Nacken und zog ihn zu sich herab. »Deine hellseherischen Fähigkeiten färben auf mich ab.«

»Ach ja?«

»Ja«, neckte sie ihn. »Ich sage dir voraus, dass wir viele Kinder haben werden. Lauter kleine Drachentö... Drachenvernichter.«

Er lächelte. »Natürlich will ich, Silena. Dann bekommst du endlich einen Nachnamen. Und einen fürstlichen Titel.« Grigorij küsste zärtlich ihre Narbe, und sie erschauderte, fuhr ihm auffordernd durch die Haare.

Er hoffte sehr, dass sein Talent nicht abfärbte. Sonst würde sie eines Tages herausfinden, dass sie ein Stück Drachenknochen in ihrem Halswirbel trug. Ohne die unfreiwillige Gabe von Pratiwin wäre sie nicht mehr am Leben.

»Was ist?« Silena bemerkte, dass er gedanklich woanders war.

»Ich habe nur an unsere Kinder gedacht«, beruhigte er sie, und seine Hand fuhr über ihre Hüfte bis zum Bein. Er ertastete ein Strumpfband. »Sie kommen alle nach dir.« Grigorij küsste sie erneut. »Die Drachen werden nichts zu lachen haben.« Er öffnete die Verschlüsse an ihrer Bluse.

Mit einem schrillen Pfiff verkündete die Lokomotive, dass die Reise begann.

Nachwort

Ein Zufall, mehr war es nicht.

Als ich im Rahmen einer ganz anderen Recherche immer wieder Hinweise wie »die katholische Kirche kennt mehr als 80 Drachenheilige« entdeckte, machte mich dies stutzig – und schon begann der Film vor meinen Augen abzulaufen. Warum gab es so viele Heilige? Was, wenn es sie noch immer gäbe? Wie wären sie wohl organisiert? Und wie verhielten sich die Drachen?

So kam der Stein ins Rollen.

Die Zwanzigerjahre und ihr Flair – ich mag sie einfach. Luftschiffe, Doppeldecker, Séancen, formschöne Autos. Die Schwelle zwischen Modernität und Zauber liegt für mich genau dort. Passende Filme wie »Die tollkühnen Männer in ihren fliegenden Kisten« oder »Das große Rennen rund um die Welt« aus meiner Jugend taten ihr Übriges dazu. Warum nicht dort den Schauplatz eines Buches hinverlegen?

Ich recherchierte über die Zwanziger, schuf meine eigenen Drachen, veränderte die Geschichtsschreibung ein wenig und griff auf ein Seminar aus meiner Studienzeit zurück: »Der Drache im russischen Volksmärchen«. Dazu kamen etliche historische Zitate und Ansichten über Drachen, aber eben auch Pseudohistorisches.

So entstand dieses Buch.

Sicher ist es ein Wagnis: keine High Fantasy, Sagengestalten in einem neuen Umfeld, viele neue Wunder für die Lesenden, die sie so noch nicht zu Gesicht bekommen haben.

Dennoch – es musste sein. Ich sehe es als meine Aufgabe, Neues in der Fantasy zu entwerfen und mit viel Spaß zum Leben zu erwecken. Oder besser gesagt: Die Bilder verlangten von mir, zum Leben erweckt zu werden. Diesen Spaß wünsche ich nun den Leserinnen und Lesern. Vielleicht gibt es ein Wiedersehen mit Drachen, Hellsehern und Silena.

Mein Dank geht an das Österreichische Museum für Volkskunde, Nicole Schuhmacher und Carina M. Heitz, meine Lektorin Angela Kuepper und Carsten Polzin vom PIPER Verlag.

Die Drachenheiligen
(Quelle: Österreichisches Museum für Volkskunde)

Adelphus
Afra
Agapitus von Praeneste
Amandus von Maastricht
Ambrosius
Andreas
Antonius Abbas / der Große
Armel/Armaglius
Arnold
Arsakios
Barlaam
Beatus
Christophorus
Callupan
Coelestin
Crescentius vin Città di Castello
Cyriakus von Rom
Demetrius
Domitian von Maastricht
Donatus von Arezzo
Eleutherius
Erasmus
Eucharius
Felix
Florentinus
Fridolin
Georg
Gereon
Germanus der Schotte
Goar
Godehard
Hilarion der Eremit

Hilarius von Poitiers
Hypatius von Gangra
Ignatius von Loyola
Inflananus
Juliana
Julianus von Anazarbus
Julianus von Le Mans
Justus von Triest
Konstantin der Große
Leo IV.
Liphard von Meung
Longinus
Ludwig Bertrand
Magnus von Füssen
Marcellus von Paris
Margareta von Antiochien
Maria Magdalena
Marina von Orense
Martha von Bethanien
Martin von Monte Massico
Matthäus
Mauritius von Agaunum
Maurus
Mercurialis von Forli
Michael (Erzengel)
Narzissus
Olav II. von Norwegen
Petrus von Alexandrien
Petrus Damiani
Philipp
Pirmin von der Reichenau
Prokop
Quirinius von Malmedy
Romanus
Romanus von Rouen
Satyrus
Sentius von Bieda

Servatius von Tongern
Silvester I.
Stephanus
Syrus von Genua
Theodor
Theodor Stratilates
Theodor Tiro von Euchaïta
Timoteus
Trudo
Trugdal von Tréguier
Veranus von Cavaillon
Vigor von Bayeux
Viktor von Marseille
Viktor von Xanten
Viton von Verdun
Wilhelm von Maleval

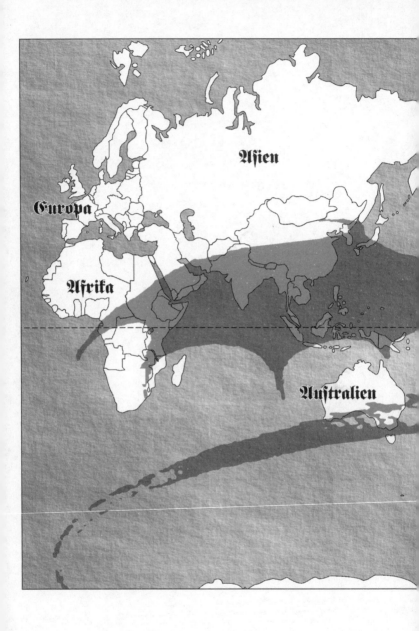

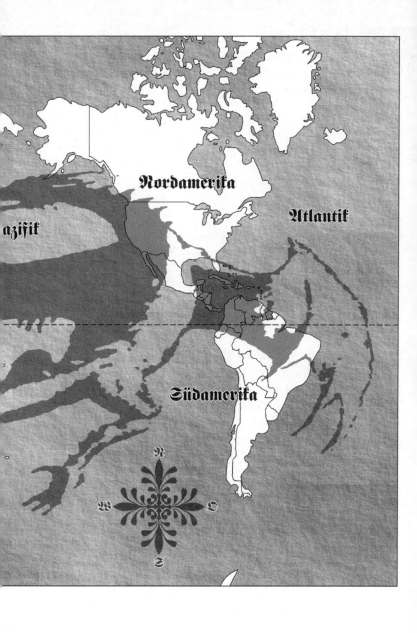

SERIE PIPER

Julia Conrad
Der Aufstand der Drachen
Roman. 512 Seiten. Serie Piper

Die Drachen kehren zurück: Als der graue Drache Urchulak aus seinem Todesschlaf in den Tiefen der Erde erwacht, sinnt der Verbannte auf Rache. Geleitet von Hass und Niedertracht gegen die Hohen am Himmel und die Menschen von Chatundra, setzt er alles daran, die Welt zu vernichten. Sein teuflischer Plan scheint aufzugehen: Nach und nach gewinnt der Drache an Stärke und scheint bald unbesiegbar. Doch noch ist nicht alles verloren: Die Hohen des Himmels beauftragen sieben Auserwählte, die Welt von der todbringenden Kreatur zu erlösen ...

Nach dem Bestseller »Die Drachen« nun der neue fulminante Roman für alle Fans von Zwergen, Orks, Trollen und Kobolden!

Thomas Finn
Der Funke des Chronos
Ein Zeitreise-Roman. 416 Seiten. Serie Piper

Durch eine Verkettung unglücklicher Umstände gerät der Medizinstudent Tobias mit einer Zeitmaschine ins Hamburg des Jahres 1842. Dort erwartet ihn, statt der Idylle der biedermeierlichen Hansestadt, blankes Unheil: Ein Serienmörder treibt sein Unwesen und versetzt die Bewohner in Angst und Schrecken. Der fremd aussehende Zeitreisende gerät ins Visier der Polizei und wird der Morde verdächtigt. Als Tobias auch noch in einen Strudel rätselhafter Freimaurerverschwörungen hineingezogen wird, scheint die Katastrophe unabwendbar. Da kommt ihm in letzter Not der berühmte Dichter Heinrich Heine zu Hilfe.

Ein phantastisches, actionreiches Abenteuer um einen Zeitreisenden, der in einem Netz von Verschwörungen und Intrigen um sein Leben und die Liebe kämpfen muß.